P9-BIB-215

EL VALLE DEL ASOMBRO

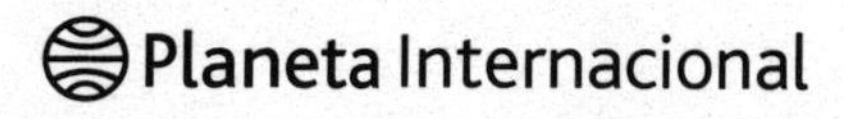

EL VALLE DEL ASOMBRO

AMY TAN

Traducción de Claudia Conde

Obra editada en colaboración con Editorial Planeta – España

Título original: *The Valley of Amazement*

Bajo el sello editorial PLANETA M.R.
Avenida Presidente Masarik núm. 111, 2o. piso
Colonia Chapultepec Morales
C.P. 11570, México, D.F.
www.editorialplaneta.com.mx

Primera edición impresa en España: febrero de 2014
ISBN: 978-84-08-12480-1
ISBN: 978-0-06-210731-2, HarperCollins Publishers ediciones, Nueva York,
Estados Unidos, edición original

Primera edición impresa en México: marzo de 2014
ISBN: 978-607-07-2059-8

Impreso en los talleres de Litográfica Ingramex, S.A. de C.V.
Centeno núm. 162-1, colonia Granjas Esmeralda, México, D.F.
Impreso en México - *Printed in Mexico*

Para Kathi Kamen Goldmark y Zheng Cao,
almas gemelas

Años de arenas movedizas, que me empujan hacia quién sabe dónde, fracasan sus planes, sus políticas, ceden sus líneas, las sustancias se escapan.

Sólo el tema que canto, el alma grande y enteramente poseída, no escapa ni me elude.

Mi propio yo no ha de ceder nunca; es la sustancia definitiva, lo único cierto.

De las políticas, los triunfos, las batallas, la vida, ¿qué queda al final?

¿Qué hay de cierto, cuando se quiebran las apariencias, excepto mi propio yo?

Walt Whitman, «Años de arenas movedizas»

CAPÍTULO 1
La Oculta Ruta de Jade

Shanghái
1905-1907
VIOLETA

A los siete años, sabía exactamente quién era yo: una niña del todo americana en cuanto a raza, modales y manera de hablar, cuya madre, Lulú Minturn, era la única mujer blanca que poseía una casa de cortesanas de primera categoría en Shanghái.

Mi madre me llamó Violeta por una florecita que le gustaba mucho cuando era niña en San Francisco, una ciudad que yo sólo había visto en postales. Llegué a odiar ese nombre. Las cortesanas lo pronunciaban igual que una palabra del dialecto de Shanghái: *vyau-la*, que es lo que se dice para ahuyentar a una alimaña. «*Vyau-la! Vyau-la!*», me saludaban siempre.

Mi madre adoptó un nombre chino, Lulú Mimi, que se parecía a su nombre americano. Su casa de cortesanas pasó a llamarse entonces la Casa de Lulú Mimi, pero los clientes occidentales la conocían por la traducción al inglés de los caracteres chinos que componían su nombre: la Oculta Ruta de Jade. No había ninguna otra casa de cortesanas de prestigio que atendiera tanto a clientes chinos como occidentales, muchos de los cuales figuraban entre los más acaudalados personajes del comercio internacional. Así pues, mi madre rompió tabúes en ambos mundos y lo hizo a lo grande.

Aquella casa de flores era todo mi mundo. No había nadie de mi edad, ni tenía ninguna amiguita americana. A los seis años, mi madre me inscribió en la Academia para Niñas de la

Señorita Jewell. Había solamente catorce alumnas y todas eran crueles. Algunas de sus madres se habían opuesto a mi presencia y las hijas de esas señoras consiguieron unirse con todas las demás niñas en una conjura para expulsarme. Decían que yo vivía en una casa de «malas costumbres» y que nadie debía tocarme para no contagiarse. También le dijeron a la señorita que yo no dejaba de proferir palabrotas, cuando en realidad lo había hecho una sola vez. Pero el peor insulto vino de una niña mayor con unos ridículos ricitos. En mi tercer día de clase, yo acababa de llegar al colegio e iba andando por un pasillo, cuando esa niña vino hacia mí a toda prisa y, en un tono de voz suficientemente alto para que la oyeran la profesora y las niñas más pequeñas, me espetó:

—Te he oído hablando en chino con un mendigo. Eso significa que eres *chinita.*

No pude tolerar ni uno más de sus insultos. La agarré de los rizos y no la solté. Se puso a gritar, mientras una docena de puños me aporreaban la espalda y otro más me ensangrentaba los labios y me hacía saltar un diente que ya estaba flojo. Escupí, y por un segundo nos quedamos mirando el reluciente colmillo. Entonces me llevé las manos al cuello para conseguir un mayor efecto dramático y chillé «¡Me mataron!», antes de desplomarme. Una de las niñas se desmayó, al tiempo que la cabecilla se escabullía con la cara demudada, acompañada de sus secuaces. Recogí el diente —hasta ese momento una parte viva de mi persona—, y la profesora me aplicó un pañuelo anudado sobre la cara para contener la sangre, antes de enviarme a casa en *rickshaw* sin una palabra de consuelo. Ese mismo día mi madre decidió que estudiaría en casa.

Confusa, le conté lo que le había dicho al viejo mendigo: «¡Déjame pasar, *lao huazi*!» Hasta que mi madre me dijo que *lao huazi* era una palabra china que significaba «mendigo», yo no había notado que hablaba una mezcolanza de inglés, chino y shanghaiano. Por otra parte, ¿cómo iba a saber decir «mendigo» en inglés si nunca había visto a un abuelo americano acurrucado contra una pared, farfullando con la boca floja para darme pena? Antes de ir a la escuela, sólo hablaba mi peculiar lengua en la Oculta Ruta de Jade, con nuestras cuatro cortesanas, sus doncellas y las sirvientas. Las sílabas de sus comadreos, coqueteos, quejas y lamentaciones me entraban por los oídos y me salían por la boca, y mi madre no me decía nunca que hubiera algo incorrecto en mi forma de hablar cuando conversaba con ella. Para mayor complicación, mi madre también hablaba chino, y su ayudante, Paloma Dorada, hablaba igualmente inglés.

La acusación de la niña me siguió preocupando. Le pregunté a mi madre si ella hablaba chino de pequeña, y me respondió que Paloma Dorada le había dado clases. Después le pregunté si yo hablaba chino tan bien como las cortesanas.

—En muchos aspectos, lo hablas mejor —me dijo ella—. Con más belleza.

Me alarmé. Le pregunté entonces a mi nuevo tutor si los chinos tenían la habilidad natural de hablar chino mejor de lo que jamás podría hacerlo ningún americano, y él me contestó que la forma de la boca, la lengua y los labios de cada raza se adaptaban de forma óptima a su propio idioma, lo mismo que los oídos, que conducían las palabras al cerebro. Le pregunté entonces cómo explicaba que yo hablara chino, y él lo atribuyó al estudio y a lo mucho que había ejercitado la boca, que me permitía mover la lengua de varias maneras diferentes.

Estuve preocupada dos días más, hasta que la lógica y la deducción me llevaron a reivindicar mi raza. En primer lugar —razoné—, mi madre era americana, y aunque mi padre estaba muerto, era evidente que también había sido americano, porque yo tenía la piel blanca, el pelo castaño y los ojos verdes. Además, llevaba ropa occidental y zapatos normales; no me habían aplastado ni estrujado los pies como la masa de unos buñuelos para que me cupieran en unos zapatos diminutos. También era instruida, ¡y en materias difíciles, como la historia o la ciencia!

—Y sin más propósito que el saber en sí mismo —había dicho mi tutor.

La mayoría de las niñas chinas sólo aprendían buenos modales.

Tampoco pensaba yo como una china: no hacía reverencias

delante de las estatuas, ni quemaba incienso, ni creía en los espíritus.

—Los espíritus son supersticiones, producto del miedo de los chinos —me había explicado mi madre—. Los chinos son un pueblo miedoso y por eso tienen muchas supersticiones.

Yo no era miedosa. Ni tampoco hacía las cosas de determinada manera solamente porque así se hubieran hecho durante los últimos mil años. Tenía el ingenio y la mentalidad independiente de los norteamericanos. Me lo había dicho mi madre. Por ejemplo, una vez se me ocurrió dar a los sirvientes tenedores modernos para que los usaran en lugar de los milenarios palitos. Pero mi madre les ordenó en seguida que devolvieran los cubiertos de plata. Me dijo que cada pieza valía más de lo que cualquiera de los sirvientes ganaba en un año, por lo que era posible que alguno sintiera la tentación de venderlos. Los chinos no tenían la misma idea de la honestidad que nosotros los americanos. Le di la razón. Si yo hubiera sido china, ¿habría dicho eso mismo de mí?

Cuando dejé de ir a la Academia para Niñas de la Señorita Jewell, prohibí a las cortesanas que me llamaran *Vyau-la.* Tampoco podían dirigirse a mí en términos cariñosos chinos, como «hermanita». Les pedí que me llamaran «Vivi». Sólo podían llamarme «Violeta» los que sabían pronunciar correctamente mi nombre, es decir, mi madre, Paloma Dorada y mi tutor.

En cuanto me cambié el nombre, me di cuenta de que podía cambiarlo tantas veces como quisiera, según mi humor o mis intenciones del momento, y al poco tiempo adopté mi primer apodo, como resultado de un accidente. Iba corriendo por el salón principal y choqué con un sirviente, cuya bandeja cargada de té y bocaditos fue a estrellarse contra el suelo. El sirviente exclamó que yo era un *biaozi,* un «pequeño torbellino», y la palabra me encantó. Yo era el Torbellino que soplaba a través de la afamada Oculta Ruta de Jade, con la cabeza nimbada de oscura y sedosa cabellera, y la gata persiguiendo la cinta que hasta ese momento me sujetaba el pelo. A partir de entonces, los sirvientes tuvieron que llamarme «torbellino» en inglés, *Whirlwind,* que ellos pronunciaban *Wu-wu.*

A mi gata, dorada como un zorrito, la quería con locura. Ella era mía y yo era suya, de una manera que no sentía con nadie más, ni siquiera con mi madre. Cuando la estrechaba contra mi pecho, ella me amasaba con las patitas el canesú del vestido y me destrozaba el delicado encaje convirtiéndolo en una red de pesca. Tenía los ojos verdes como yo y un brillo dorado en todo el pelaje a manchas negras y castañas que resplandecía a la luz de la luna. Mi madre me la había regalado cuando le dije que quería tener un amigo. Había pertenecido a un pirata —me confió— que la había llamado *Carlota* por el nombre de la hija del rey portugués que él mismo había raptado. Cualquiera podía tener un amigo, pero nadie más tenía una gata que hubiese pertenecido a un pirata. Los gatos eran fieles, a diferencia de los amigos. Mi madre me dijo que lo sabía por experiencia.

Casi todos en la casa tenían miedo de mi gata pirata, que arañaba a todo el que quisiera echarla de los sillones y aullaba como un fantasma cuando se quedaba encerrada en un armario. Si percibía miedo en quienes se le acercaban, erizaba el pelo y les demostraba que hacían bien en respetarla. Paloma Dorada congelaba el movimiento cada vez que veía aproximarse a *Carlota*. Un gato montés la había herido gravemente en la infancia y había estado a punto de morir de fiebre verde purulenta a raíz de las heridas. Mi gatita mordía con fuerza y rapidez a todo el que intentara levantarla, y si alguien pretendía acariciarla sin mi permiso, enseñaba las uñas. Una vez mató a un chico de diecisiete años llamado Lealtad Fang, que había venido a la Oculta Ruta de Jade con su padre. Yo estaba buscando a *Carlota* y la descubrí debajo de un sofá. El chico estaba en medio y empezó a parlotear en una lengua que me resultó incomprensible. Antes de que pudiera advertirle que no tocara a *Carlota*, él se agachó y la agarró por la cola, a lo que ella le hincó las uñas en un brazo y le arrancó cuatro cintas ensangrentadas de carne y piel. El muchacho se puso blanco como un papel, rechinó los dientes y se desmayó, mortalmente herido. Su padre se lo llevó a casa y Paloma Dorada comentó que seguramente moriría. Después, una de las cortesanas confirmó que había fallecido y dijo que era una pena que el joven no hubiera llegado a disfrutar nunca de los placeres del *boudoir.* Aunque la culpa había sido del chico, tuve miedo de que me quitaran a *Carlota* para ahogarla.

Conmigo, *Carlota* era diferente. Cuando la llevaba en brazos, era blanda y tierna. Por la noche ronroneaba contra mi pecho, y por la mañana me gorjeaba para despertarme. Solía guardarme en el bolsillo del delantal trocitos de salchicha para ella y también una pluma verde de loro atada a un cordel, que usaba para sacarla de su escondite debajo de uno de los muchos sofás del salón. Sus patas asomaban entre los flecos del tapizado cuando intentaba atrapar la pluma. Juntas corríamos por el laberinto que formaban los muebles, y ella saltaba a las sillas y a las mesas, trepaba por las cortinas y se encaramaba al reborde de los paneles de madera de las paredes para llegar a donde yo quería que fuera. El salón era nuestro parque de juegos, mío y de *Carlota,* y nuestro parque estaba situado en una antigua casa encantada que mi madre había transformado en la Oculta Ruta de Jade.

En varias ocasiones la oí contar a periodistas occidentales que la había comprado prácticamente por nada.

—Si quieres ganar dinero en Shanghái —decía—, aprovéchate del miedo de la gente.

Lulú

Esta mansión, caballeros, fue construida hace cuatrocientos años como residencia de verano de Pan Ku Xiang, estudioso de gran fortuna y poeta de prestigio, cuyos méritos líricos se desconocen porque sus escritos ardieron y se esfumaron. Los terrenos y los cuatro edificios originales de la finca ocupaban una hectárea y media, el doble que en la actualidad. El grueso muro de piedra es el original, pero las alas oriental y occidental tuvieron que ser reconstruidas tras ser consumidas por un misterioso incendio, el mismo que devoró los escritos poéticos del sabio. Una leyenda transmitida a lo largo de cuatrocientos años cuenta que una de sus concubinas inició el fuego en el ala occidental, y que su mujer murió gritando en el ala oriental, rodeada por las llamas. Si es cierto o no, ¿quién puede saberlo? Pero toda leyenda que merezca la pena debe incluir un asesinato o dos, ¿verdad?

Cuando murió el sabio, su primogénito encargó a los mejores canteros una estela apoyada en una tortuga y coronada por un dragón, símbolos honoríficos reservados a los altos funcionarios, aunque ningún documento del condado probara que el poeta lo hubiera sido alguna vez. Muchos años después, cuando su bisnieto llegó a ser el jefe de la familia, la estela se había caído y yacía casi oculta entre hierbas y arbustos espinosos. La intemperie había transformado en muescas ilegibles el nombre y las alabanzas al viejo sabio. No era ésa la reverencia eterna con que había soñado el poeta. Con el tiempo, sus descendientes malbarataron la finca y empezó la maldición. Al día siguiente de recibir el dinero de la venta, su tataranieto sintió un dolor quemante y repentino, y murió en el acto. Un ladrón mató a otro de sus descendientes. Los hijos de aquellos hombres fueron muriendo por distintas causas, ninguna de las cuales fue la vejez. Sobre los compradores recayeron también toda clase de desgracias: golpes de mala suerte, esterilidad, demencia y otras desdichas. La casa, cuando la encontré, era una monstruosidad abandonada en medio de una jungla de plantas trepadoras y arbustos invasivos, un refugio perfecto para los perros salvajes. Compré la propiedad por el precio de una canción china. Tanto los occidentales como los chinos me decían que era una locura comprarla, al precio que fuera. Jamás conseguiría que un carpintero, un cantero o un culi atravesara el umbral de la mansión encantada.

¿Qué habrían hecho ustedes, caballeros? ¿Darse por vencidos y ponerse a evaluar sus pérdidas? Yo contraté a un actor italiano, un jesuita de tez oscura caído en desgracia, cuyos rasgos parecían más asiáticos cuando se echaba el pelo hacia atrás a la altura de las sienes, como hacen los cantantes de la ópera china para resaltar dramáticamente sus ojos rasgados. El actor se puso los ropajes de un maestro de feng shui, y enviamos a varios niños a repartir octavillas para anunciar la celebración de una feria delante de la casa encantada. Instalamos puestos de comida y llevamos acróbatas, contorsionistas, músicos, frutas exóticas y una máquina que fabricaba caramelos masticables. Cuando llegó el maestro de feng shui sentado en su palanquín, con su ayudante chino, varios cientos de personas lo estaban esperando: niños con sus nanas, sirvientes y conductores de *rickshaws*, cortesanas y madamas, sastres y otros muchos proveedores de chismorreos.

El maestro de feng shui pidió que le llevaran fuego en un caldero. Extrajo de entre sus ropajes un pergamino y lo arrojó a las llamas mientras salmodiaba un sinsentido en jerigonza tibetana y rociaba el fuego con vino de arroz para avivarlo.

—Ahora entraré en la mansión maldita —anunció el actor a la multitud congregada— y convenceré al fantasma del poeta Pan para que se vaya. Si no regreso, les ruego que me recuerden como a un buen hombre que dio su vida por el bien de sus semejantes.

Las previsiones de peligro mortal siempre son útiles para que la gente se crea cualquier invención. El público lo vio entrar donde nadie se había atrevido a pisar. Al cabo de cinco minutos regresó, y la gente murmuró emocionada. El maestro de feng shui declaró que había encontrado al poeta fantasma metido en un tintero de su estudio y que había mantenido con él una agradable conversación sobre su poesía y su pasada gloria. El poeta se había quejado de que sus descendientes lo habían relegado a un prematuro anonimato. Su monumento se había convertido en una losa cubierta de musgo donde meaban los perros. El maestro de feng shui prometió erigirle una estela mejor incluso que la anterior. El poeta se lo agradeció y de inmediato abandonó la casa, hasta entonces maldita, para reunirse con su esposa asesinada.

De ese modo quedó superado el primer obstáculo. Después tuve que vencer el escepticismo que suscitaba un club social abierto a la vez a visitantes chinos y occidentales. ¿Quién habría querido venir? Como saben ustedes, la mayoría de los occidentales considera a los chinos inferiores tanto en el plano intelectual como en los aspectos morales y sociales. Parecía poco probable que estuvieran dispuestos a compartir con ellos el brandy y los cigarros.

Los chinos, por su parte, se sienten agraviados por la prepotencia con que los extranjeros tratan a Shanghái, como si el puerto y la ciudad fueran suyos, y por el modo en que la gobiernan con sus tratados y sus leyes. Los extranjeros no confían en los chinos y los ofenden hablándoles en *pidgin*, aunque su inglés sea tan refinado como el de un lord británico. ¿Por qué iban a hacer negocios los chinos con gente que no los respeta?

La respuesta es sencilla: por dinero. El comercio exterior es su interés común, el idioma que todos hablan, y yo los ayudo a hablarlo en un ambiente que disipa todas las reservas que puedan tener.

A nuestros huéspedes occidentales les ofrezco un club social con los placeres a los que están acostumbrados: billares, juegos de cartas, los mejores cigarros y un buen brandy. En ese rincón, ven ustedes un piano. Al final de cada noche, los rezagados se reúnen a su alrededor y entonan los himnos y las canciones de amor de sus respectivos países. Tenemos a varios que se creen el primo de Caruso. A nuestros huéspedes chinos les proporcionamos los placeres de una casa de cortesanas de primera categoría, donde los clientes respetan los protocolos del cortejo. Esto no es una casa de prostitución como las que conocen los clientes occidentales. También ofrecemos a nuestros huéspedes chinos los servicios occidentales que actualmente cabe esperar de una casa de cortesanas de prestigio: billares, naipes, el mejor whisky, cigarros además de opio y chicas guapas que tocan instrumentos, conocen las viejas canciones chinas y animan a los hombres a cantarlas con ellas. Nuestros salones son superiores a los de cualquier otra casa. La diferencia está en los detalles, y como soy americana, llevo esa convicción en la sangre.

Llegamos ahora al lugar del encuentro entre Oriente y Occidente: el gran salón, donde coinciden los hombres de negocios de ambos mundos. Imaginen la animación que hay aquí cada noche. En esta sala se han forjado muchas fortunas, y todas empezaron con una presentación mía y un primer apretón de manos entre dos hombres. Caballeros, esto es una lección para cualquiera que desee hacer fortuna en Shanghái. Cuando la gente dice que una idea es imposible, se vuelve imposible. Pero en Shanghái no hay nada imposible. Hay que combinar lo antiguo con lo moderno, redecorar la casa, por así decirlo, y montar un buen espectáculo. Hacen falta ingenio y audacia. ¡Bienvenidos sean los oportunistas! Entre estas paredes se revela el camino a la riqueza a todo aquel que disponga de un mínimo de diez mil dólares para invertir o de una influencia igual de valiosa. Tenemos nuestras normas.

Cuando alguien llegaba a los portones de la mansión, le bastaba un vistazo para saber que estaba entrando en una buena casa con una historia digna de respeto. El pasaje abovedado de la entrada aún conservaba la losa labrada correspondiente a un estudioso de la época Ming, con restos de líquenes en las esquinas como prueba de autenticidad. El lacado rojo de los gruesos portones se renovaba periódicamente y los apliques de latón siempre estaban lustrosos y resplandecientes. En cada columna había un panel con los dos nombres de la casa: Oculta Ruta de Jade, en inglés, a la derecha, y Casa de Lulú Mimi, en chino, a la izquierda.

Atravesar los portones y entrar en el patio delantero era como retroceder a los tiempos en que el poeta fantasma era el amo y señor de la casa. El jardín era sencillo y de proporciones clásicas, desde los estanques con peces hasta los pinos nudosos y retorcidos. La casa era más bien austera, con fachada de sobria escayola gris sobre piedra y ventanas de celosías cuyo entramado formaba un simple patrón de hielo resquebrajado. Los aleros de la cubierta de tejas grises se curvaban hacia arriba, pero no en exceso, sino apenas lo suficiente para recordar las alas de los murciélagos, portadores de buena suerte. Delante de la casa se erguía la estela del poeta, restaurada y devuelta a su posición original, con una tortuga en la base y un dragón en lo alto, y una inscripción que proclamaba que pasarían diez mil años y el sabio aún seguiría siendo recordado.

Una vez en el vestíbulo, sin embargo, todos los signos de la dinastía Ming desaparecían. El visitante encontraba a sus pies un colorido patrón de azulejos moriscos y, delante, un muro de cortinas de terciopelo rojo, que al descorrerse daban paso a un «palacio de delicias celestiales», como lo llamaba mi madre. Era el gran salón, decorado enteramente al gusto occidental. El estilo occidental estaba de moda en las mejores casas de cortesanas, pero el de mi madre destacaba por su autenticidad y su audacia. Cuatrocientos años de fríos ecos quedaban amortiguados por tapices multicolores, gruesas alfombras y una plétora de divanes bajos, rígidos canapés, mullidas tumbonas y otomanas turcas. Había jarrones sobre pedestales, con peonías del tamaño de la cabeza de un bebé, y mesitas redondas para el té, con lámparas que conferían al salón el meloso fulgor ambarino de un atardecer. Sobre los burós, los visitantes encontraban cigarros en humidificadores de marfil y cigarrillos en jarras de *cloisonné* y filigrana. Los copetudos sillones estaban rellenos con tanta guata que se confundían con los traseros de la gente que se sentaba en ellos. Algunos de los adornos resultaban muy divertidos para los visitantes chinos. Por ejemplo, los jarrones blancos y azules importados de Francia estaban decorados con imágenes de personajes chinos cuyas caras recordaban a Napoleón y a Josefina. Pesadas cortinas de mohair con borlas verdes, rojas y amarillas cubrían las celosías; sus flecos, gruesos como dedos, eran el juguete favorito de *Carlota*. Candelabros y apliques de pared iluminaban varias escenas de diosas romanas de mejillas sonrosadas y blancos cuerpos musculosos que retozaban junto a caballos igualmente fornidos. A muchos hombres chinos les oí decir que eran figuras grotescas, representantes, en su opinión, de escenas de bestialismo.

A la derecha y a la izquierda del gran salón, se abrían puertas que conducían a salitas más pequeñas e íntimas, y esas salas, a su vez, daban paso a pasillos cubiertos que atravesaban el patio y desembocaban en la antigua biblioteca del viejo poeta, su estudio de pintura y el templo familiar, todos ellos ingeniosamente transformados en salones donde los hombres de negocios podían invitar a cenar a sus amigos, en compañía de delicadas cortesanas que sabían cantar con verdadero sentimiento.

Al fondo del gran salón, mi madre había instalado una escalera curva y alfombrada, con pasamanos de madera lacada en rojo, que permitía subir a tres balcones tapizados de terciopelo, construidos a imagen y semejanza de los palcos en los teatros de la ópera. Los balcones dominaban el gran salón, y desde allí contemplaba yo las fiestas mientras *Carlota* se paseaba por la balaustrada.

La actividad empezaba después del anochecer, y los carruajes y *rickshaws* seguían llegando durante toda la noche. Huevo Quebrado, el portero, memorizaba los nombres de los invitados y no dejaba pasar a nadie más. Desde mi mirador, yo veía a los hombres que aparecían entre las cortinas rojas y entraban en el salón palaciego. Distinguía perfectamente a los primerizos, que se quedaban mirando la escena y recorrían lentamente el salón con la vista, sin acabar de creerse que chinos y occidentales pudieran saludarse y hablar civilizadamente. El recién llegado occidental tenía entonces su primera oportunidad de ver a las cortesanas en su hábitat natural. Quizá sólo las hubiese visto fugazmente en un carruaje, por la calle, con pieles y sombreros. Pero allí las tenía a su alcance. Podía acercarse a una de ellas, hablarle y admirarla sonriendo, pero sabía de sobra que no le estaba permitido tocarla. A mí me encantaba observar el respeto reverencial que inspiraba mi madre en hombres de diferentes naciones. Ella tenía el poder de dejarlos sin habla desde el momento en que entraban en la sala.

Nuestras cortesanas figuraban entre las más admiradas y talentosas de todas las que trabajaban en las mejores casas de Shanghái. Elegantes, dueñas de una seductora timidez y de un electrizante talento para eludir los avances de sus admiradores, cantaban y recitaban poemas con sentida emoción. Las llamaban «las Bellas Nubes», porque todas llevaban la palabra «nube» en su nombre, como sello identificador de la casa a la que pertenecían. Cuando dejaban el establecimiento, ya fuera para casarse, ingresar en un convento budista o trabajar en una casa de menor categoría, la nube se evaporaba de su nombre. Las que vivían con nosotras cuando yo tenía siete años eran Nube Rosada, Nube Ondulante, Nube Nevada y, mi favorita, Nube Mágica. Todas las chicas eran muy listas. Casi todas llegaban a los trece o catorce años y se iban a los veintitrés o veinticuatro.

Mi madre establecía las reglas sobre la manera de tratar a los huéspedes y sobre la parte de sus gastos y ganancias que debían pagar a la casa. Paloma Dorada controlaba la conducta y la apariencia de las cortesanas, y se aseguraba de que cumplieran las normas y mantuvieran la reputación de una casa de primera categoría. Ella sabía muy bien con cuánta facilidad puede perder una chica su prestigio. En otro tiempo había sido una de las cortesanas más valoradas de la ciudad, hasta que su cliente permanente le rompió los incisivos y la mitad de los huesos de la cara. Cuando al cabo de un tiempo se recuperó, aunque con el rostro ligeramente torcido, se encontró con que otras flores habían ocupado su sitio. Tampoco pudo acallar las habladurías de quienes afirmaban que debía de haber ofendido muy gravemente a su cliente, para que un hombre tan apacible reaccionara con tanta violencia.

Pero por muy atractivas que fueran las cortesanas, todos los huéspedes, tanto los chinos como los occidentales, ansiaban por encima de todo ver a una mujer: mi madre. Era fácil distinguirla desde mi mirador, por la esponjosa masa de rizos castaños que adornaba sus hombros con descuidado estilo. Mi pelo se parecía mucho al suyo, sólo que era más oscuro. Su piel tenía un matiz moreno, y ella contaba con orgullo que unas gotas de sangre de Bombay corrían por sus venas. Con toda honestidad, nadie, ni chino ni extranjero, habría descrito a mi madre como una gran belleza. Tenía la nariz grande y aguileña, como esculpida con un cuchillo de mondar la fruta, y la frente alta y ancha, signo inequívoco de una naturaleza cerebral, como decía Paloma Dorada. La barbilla le sobresalía como un belicoso puño cerrado y sus pómulos trazaban un ángulo afilado. Tenía el iris desusadamente grande, dentro de unas órbitas profundas y oscuras, bordeadas de espesas pestañas. Pero todos coincidían en que era cautivadora, mucho más que cualquier mujer de rasgos regulares y gran belleza. Todo en ella era fascinante: su sonrisa, su voz grave y melodiosa, sus lánguidos y provocativos movimientos... Brillaba. Resplandecía. Si un hombre recibía una mirada fugaz de sus penetrantes ojos, quedaba hechizado. Lo vi miles de veces. Conseguía hacer creer a todos los hombres que eran especiales para ella.

Tampoco tenía rival en cuanto a estilo. Vestía la ropa que ella misma se diseñaba. Mi favorito era un traje de organza de seda de color lila casi transparente, que flotaba sobre un canesú de seda salvaje de color rosa pálido. Un bordado de sinuosas plantas trepadoras de hojas diminutas le llegaba al escote y parecía florecer en dos capullos de rosa. Quien pensara que también esas rosas eran de seda, estaría sólo parcialmente en lo cierto, porque una de ellas era una rosa auténtica que iba perdiendo los pétalos y desprendiendo su aroma a medida que avanzaba la noche.

Desde el balcón, yo seguía los movimientos de mi madre mientras ella iba y venía por el salón, arrastrando la cola del vestido y dejando a su paso una estela de admiración masculina. La veía volverse hacia un lado para hablar en chino con un huésped, y después hacia otro para conversar con un occidental, y me daba cuenta de que todos los hombres se sentían privilegiados por ser el objeto de su atención. Todos querían lo mismo de mi madre: su *guanxi*, como decían los chinos, o sus influyentes conexiones, como afirmaban los occidentales. Les atraía su trato de amistosa familiaridad con muchos de los chinos y occidentales más poderosos y de mayor éxito de Shanghái, Cantón, Macao y Hong Kong, así como su amplio conocimiento de los negocios y las oportunidades que esos hombres podían tener al alcance de la mano. El magnetismo de mi madre era su capacidad para guiar a los hombres hacia las oportunidades de beneficio.

Las envidiosas madamas de las otras casas decían que mi madre conocía a esos hombres y sus secretos porque se acostaba con todos ellos, con cientos de hombres de todos los colores, o que los chantajeaba tras averiguar los medios ilícitos que habían empleado para ganar su dinero, o que todas las noches los drogaba. ¡Quién sabe lo que habría tenido que hacer para que todos esos hombres le revelaran sus secretos!

La verdadera razón de su éxito empresarial tenía mucho que ver con Paloma Dorada. Mi madre lo decía a menudo, pero con tantos rodeos que sólo pude enterarme de algunos fragmentos de la historia, una historia que en su conjunto parecía demasiado fantástica para ser cierta. Supuestamente, Paloma Dorada y ella se habían conocido unos diez años antes, cuando ambas vivían en una casa del pasaje Floral Oriental. Al principio, Paloma Dorada dirigía un salón de té para marineros chinos. Poco tiempo después, mi madre abrió una taberna para piratas, y entonces Paloma Dorada inauguró un salón de té más selecto, para capitanes y oficiales. Mi madre montó a continuación un club privado para armadores de barcos, y las dos siguieron rivalizando, hasta que mi madre abrió la Oculta Ruta de Jade y ésa fue la jugada definitiva. Durante todo ese tiempo, mi madre le enseñó inglés a Paloma Dorada, y ésta le enseñó chino a mi madre, mientras las dos se ejercitaban en la práctica de un ritual llamado *momo*, utilizado por los ladrones para robar secretos. Paloma Dorada decía que el *momo* consistía simplemente en estarse callada. Pero yo nunca la creí.

A veces bajaba de mi mirador con *Carlota* y me abría paso entre un alto laberinto de hombres en traje oscuro. Pocos me prestaban atención. Era como ser invisible, excepto para los sirvientes, que a los siete años ya no me temían por ser un torbellino, pero me trataban como si fuera uno de esos arbustos que van dando tumbos por el desierto.

Por mi baja estatura, nunca podía ver más allá de los corrillos que formaban los hombres, pero oía la voz clara de mi madre, acercándose o alejándose, mientras saludaba a cada cliente como si fuera un amigo perdido tiempo atrás. Reprendía gentilmente a los que llevaba mucho tiempo sin ver, y ellos se sentían halagados de que los hubiera extrañado. Yo observaba su manera de conseguir que todos los hombres estuvieran de acuerdo con todo lo que ella decía. Si dos huéspedes expresaban opiniones enfrentadas, ella no tomaba partido, sino que se situaba por encima de su conflicto, como una diosa, y guiaba los puntos de vista de ambos hasta hacerlos coincidir. No cambiaba sus palabras, pero alteraba sutilmente el tono, la intención, el interés y la voluntad de cooperación.

También sabía perdonar los lapsus, que se producían con cierta frecuencia, como en todas las relaciones entre naciones. Recuerdo que una noche estaba yo junto a mi madre, cuando ella hizo las presentaciones entre el señor Scott, un británico propietario de molinos, y un banquero llamado Yang. El señor Scott se lanzó de inmediato a contar una anécdota sobre la suerte que había tenido ese día en las carreras. Por desgracia, el señor Yang hablaba un inglés perfecto, por lo que mi madre no pudo distorsionar el contenido de la conversación mientras el señor Scott hablaba animadamente de su tarde en el hipódromo.

—Aquel caballo pagaba doce a uno. En el último cuarto de milla, empezó a devorar la pista y a ganar velocidad a medida que se acercaba a la meta. —Entornó los ojos, como si estuviera viendo una vez más la carrera—. ¡Ganó por cinco cuerpos! ¿Le gustan las carreras, señor Yang?

—No he ido nunca al hipódromo —respondió el señor Yang con fría diplomacia—, ni tampoco ningún chino que yo conozca.

El señor Scott se apresuró a replicar:

—¡Entonces tenemos que ir juntos! ¿Le parece bien mañana?

Con expresión grave, el señor Yang repuso:

—Según las leyes occidentales de la Concesión Internacional, tendría que ir como su sirviente.

La sonrisa del señor Scott se evaporó. Había olvidado la prohibición. Echó una mirada nerviosa a mi madre, y ella dijo en seguida en tono ligero:

—Señor Yang, la próxima vez que vaya usted a la Ciudad Amurallada, debería llevar al señor Scott como conductor de su *rickshaw*. Puede pedirle que corra tanto como ese caballo ganador suyo. De esa forma, quedarán ustedes en paz.

Tras las risas que siguieron, añadió:

—Y ya que hablamos de correr, les recuerdo que tenemos que unir cuanto antes nuestros esfuerzos para asegurarnos la aprobación de la ruta marítima a través de Yokohama. Conozco a alguien que puede ayudar. ¿Quieren que le envíe un mensaje mañana?

La semana siguiente, llegaron tres regalos en efectivo: uno del señor Yang, otro de mayor importe enviado por el señor Scott y un tercero del funcionario que había facilitado el trato, porque tenía un interés financiero en el asunto.

Yo veía cómo cautivaba mi madre a los hombres, que actuaban como si estuvieran enamorados de ella. Sin embargo, no les estaba permitido hacerle ninguna confesión de amor, por auténtica que fuera. Estaban advertidos de que jamás consideraría sinceras sus protestas de pasión y que las vería como simples artimañas para obtener una ventaja injusta. Había prometido expulsar para siempre de la Oculta Ruta de Jade a todo el que intentara ganarse su afecto. Rompió su promesa con un solo hombre.

Detrás de los balcones había dos pasillos, y en medio, una sala común, donde solíamos comer. Al otro lado de una galería circular, había un salón más grande, al que denominábamos la «Sala Familiar». Había en su interior tres mesas de té con sus sillas, así como mobiliario occidental. Allí se reunía mi madre con el sastre, el zapatero, el recaudador de impuestos, el banquero y las otras personas que venían a casa a tratar asuntos aburridos. De vez en cuando celebrábamos allí el simulacro de boda entre una cortesana y un pretendiente que había firmado un contrato al menos por dos temporadas. Cuando la sala no estaba ocupada, que era lo más habitual, las Bellas Nubes la usaban para tomar el té y comer semillas azucaradas mientras charlaban despreocupadamente sobre un pretendiente que ninguna quería, o un restaurante nuevo que servía comida extranjera, o la caída en desgracia de una cortesana de alguna otra casa. Se trataban entre ellas como hermanas, atadas por las circunstancias a esa casa, en ese instante de sus breves carreras. Se consolaban mutuamente, se daban ánimos y a veces discutían por nimiedades, como los gastos de la comida que compartían. Había celos y envidia entre ellas, pero eso no impedía que se prestaran broches y brazaletes. Todas contaban la misma historia de cómo habían tenido que separarse de sus respectivas familias y al final lloraban juntas un buen rato, confortándose las unas a las otras.

—Nadie debería soportar un destino tan amargo. —Era un comentario frecuente.

—Ojalá se pudra ese perro piojoso. —Era otro.

Un pasillo conducía a un patio flanqueado por dos grandes alas, dispuestas como cuadrángulos en torno a un patio interior más pequeño. El ala sudoeste, donde vivían las Bellas Nubes, estaba a la izquierda. Un pasaje cubierto que discurría a lo largo de los cuatro lados del edificio era la ruta que seguía cada cortesana para llegar a sus aposentos. La de menor rango tenía la habitación más cercana al pasillo y la menos íntima, ya que las otras cortesanas tenían que pasar delante de su ventana y de su puerta para llegar a las suyas. La de mayor categoría tenía la más alejada del pasillo y, por lo tanto, disfrutaba de más intimidad. Las habitaciones, de forma alargada, estaban divididas por la mitad. A un lado de una alta celosía de madera, la Bella Nube y su huésped podían disfrutar de una cena íntima. Detrás de la mampara se encontraba el *boudoir*, con una ventana orientada al patio interior, ideal para mirar la luna. Cuanto más admirada era una cortesana, mejor decorada estaba su habitación, a menudo adornada con costosos regalos de sus clientes y admiradores. El estilo de los *boudoirs* era más chino que el de los salones. Los clientes preferían saber con seguridad dónde reclinarse para fumar, o dónde hacer sus necesidades, o dónde echarse a dormir cuando estuvieran exhaustos o a punto de caer agotados.

Mi madre, Paloma Dorada y yo vivíamos en el ala nordeste. Mi madre tenía habitaciones independientes que daban a dos frentes del edificio. Una de ellas era su dormitorio y la otra, su estudio, donde decidía con Paloma Dorada quiénes serían los invitados de cada noche. Yo siempre me reunía con ella a mediodía, para comer, y después la acompañaba a su dormitorio, donde se arreglaba para la velada. Para mí era el momento más feliz del día. Durante esas horas de ocio, ella me preguntaba por mis estudios y a menudo ampliaba con datos interesantes los temas que estaba estudiando. También me pedía explicaciones por las infracciones que yo había cometido y que habían llegado a sus oídos. Me preguntaba, por ejemplo, qué había hecho para que una de las doncellas quisiera suicidarse, por qué le había contestado mal a Paloma Dorada o cómo era posible que hubiera roto otro vestido más. Yo le daba mi opinión sobre una nueva cortesana, sobre el sombrero nuevo que se había puesto, sobre la última travesura de *Carlota*, o sobre cualquiera de los muchos asuntos que me parecían importantes para la administración de la casa.

Había otra sala junto al estudio de mi madre, separada de éste por puertas cristaleras cubiertas con gruesas cortinas para mayor intimidad. A esa sala, que tenía diferentes usos, la llamábamos «la del bulevar» porque sus ventanas daban al camino de Nankín. Allí recibía yo las lecciones de mis tutores americanos durante el día. Sin embargo, si mi madre o Paloma Dorada tenían huéspedes llegados de fuera de la ciudad, los alojaban en esa habitación. De vez en cuando, por un fallo en la planificación o un exceso de popularidad, una de las cortesanas reservaba la misma noche para dos clientes. Cuando así sucedía, recibía a uno en la sala del bulevar y al otro en su *boudoir*. Si era hábil y cuidadosa, ninguno de los dos notaba la duplicidad.

Mi habitación estaba en la cara norte del ala oriental, y por encontrarse muy cerca del corredor principal, me permitía oír los chismorreos de las cuatro doncellas, que pasaban mucho rato a pocos pasos de mi ventana, a la vuelta de la esquina, esperando una orden para llevar té, fruta o toallas calientes a las habitaciones. Como cada una servía a una sola cortesana, conocían muy bien el estado de sus relaciones con cada uno de sus admiradores. A mí me parecía desconcertante que las cortesanas se comportaran como si las doncellas fueran sordas.

—Tendrías que haberle visto la cara cuando le enseñó un collar que valía menos de la mitad de lo que ella esperaba.

—Su situación es desesperada. Dentro de un mes, ya no estará aquí. Pobre chica. No merece este destino. Es demasiado buena.

Al anochecer, por lo menos una de las Bellas Nubes se llevaba a su cliente permanente al patio más grande para mantener con él una romántica conversación sobre la naturaleza. Yo me quedaba en el sendero y escuchaba tan a menudo aquellos ensayados murmullos que podría haberlos recitado con el mismo melancólico anhelo de las cortesanas. La luna era un tema frecuente.

—Ojalá me sintiera feliz al contemplar la luna llena, amor mío. Pero mirarla me hace daño, porque no puedo dejar de pensar que mis deudas crecen y tu afecto mengua, lo mismo que la luna. ¿Por qué, si no, no has vuelto a hacerme ningún regalo? ¿Acaso la pobreza debe ser la única recompensa de mi devoción?

No importaba que el cliente fuera muy generoso. La bella siempre le pedía más. Por lo general, el sufrido cliente suspiraba y le decía a la cortesana que dejara de llorar, dispuesto a aceptar cualquier fórmula de felicidad con tal de poner fin a las quejas de la joven.

Eso era lo habitual; pero una noche, oí con regocijo una respuesta diferente:

—Si fuera por ti, habría luna llena todas las noches. No vuelvas a importunarme nunca más con ese sinsentido de la luna.

Al final de la mañana, solía oír a las chicas hablando entre ellas en el patio.

—El miserable se hizo el sordo.

—Aceptó sin más. ¡Tendría que habérselo pedido hace meses!

—Su amor es auténtico. Me ha dicho que no soy como las otras flores.

A la luz del día, veían diferentes mensajes en el cielo. ¡Qué cambiantes eran las nubes, tanto como el destino! Las chicas interpretaban señales de mal agüero en los plumosos cirros, que les parecían demasiado lejanos. En cambio, se alegraban cuando las nubes eran rechonchas como nalguitas de bebé y se asustaban cuando los bebés se daban la vuelta y dejaban al descubierto las barrigas ennegrecidas. Otras Bellas Nubes, antes que ellas, habían visto cambiar su suerte en un solo día. Otras flores de más edad les habían advertido que la popularidad era tan duradera como la moda en materia de sombreros. Pero cuando crecían su fama y su reputación, muchas olvidaban la advertencia. Creían ser la excepción.

En las noches frías, yo entreabría la ventana y escuchaba a las doncellas. Cuando hacía calor, la abría de par en par y permanecía en silencio en la oscuridad, detrás de las celosías. *Carlota* se apoyaba en mi hombro y las dos escuchábamos la conversación de las doncellas sobre lo que estaba sucediendo en las habitaciones de las cortesanas. A veces usaban expresiones que yo había oído en las conversaciones de las Bellas Nubes: «enhebrar la aguja», «entrar en el pabellón», «despertar al guerrero» y otras muchas que las hacían reír a carcajadas.

¿Cómo no iba a sentir curiosidad una niña por la causa de esas risas? Pude satisfacer esa curiosidad en el verano que cumplí siete años. Se presentó la oportunidad cuando tres de las doncellas y una cortesana se pusieron terriblemente enfermas por tomar comida en mal estado, y la única doncella sana tuvo que pasar el día atendiendo a la cortesana sacudida por los vómitos. Minutos después de ver a Nube Rosada pasar con su pretendiente delante de mi ventana, en dirección a su *boudoir*, salí corriendo hacia el ala occidental y me agaché bajo su ventana. Era demasiado bajita para ver la habitación, y la mayor parte de lo que oí fue un tedioso intercambio de amables formalidades.

—Se te ve guapo y feliz. Los negocios deben de ir muy bien. Tu esposa debe de estar cantando como un alegre pajarito.

Justo cuando estaba a punto de renunciar a mi empeño y volver a mi habitación, oí una aguda exclamación de sorpresa y, poco después, la temblorosa voz de Nube Rosada, que agradecía el regalo que le había llevado su cliente. Unos instantes más tarde, oí gruñidos y la misma exclamación de sorpresa, repetida muchas veces.

La noche siguiente, comprobé con alegría que las enfermas aún no habían sanado. Se me había ocurrido la idea de subirme a una tinaja invertida para llegar a una altura que me permitiera espiar el interior de la habitación. A la luz de una lámpara, vi las oscuras figuras de Nube Rosada y de su pretendiente, detrás de las finas cortinas de seda de la cama, moviéndose animadamente como muñecos en un teatro de sombras. De pronto, de la cabeza del hombre parecieron surgir dos piececitos, como dos siluetas, que descorrieron las cortinas de un golpe. El hombre estaba desnudo y saltaba sobre Nube Rosada con tanta violencia que los dos se cayeron de la cama. Yo no pude contener un acceso de risa.

Al día siguiente, Nube Rosada fue a quejarse a Paloma Dorada de que yo la había estado espiando y de que mi risa había distraído a su pretendiente, casi hasta el punto de hacerle perder el interés. Paloma Dorada se lo contó a mi madre, que me instó a su vez con mucha calma a respetar la intimidad de las flores y a no interferir en sus negocios. Lo interpreté como un consejo para que, en adelante, fuera más cuidadosa y no me dejara sorprender.

Cuando se me presentó otra oportunidad, la aproveché. A esa edad, lo que veía no me excitaba sexualmente, pero me emocionaba saber que mis víctimas se habrían avergonzado si hubiesen descubierto que las estaba mirando. Ya había cometido otras maldades, como espiar a un hombre mientras usaba un orinal, o manchar con grasa el traje de una cortesana que me había regañado. Una vez cambié por latas las campanillas de plata del lecho nupcial, de modo que cuando la cama empezó a sacudirse por los rápidos movimientos del hombre, no fueron tintineos lo que oyó la pareja, sino un desagradable entrechocar de hojalata. Yo sabía que obraba mal, pero mis malas acciones me entusiasmaban y me hacían sentir valiente. También sabía que las Bellas Nubes albergaban sentimientos sinceros hacia sus clientes permanentes y sus pretendientes, y ese conocimiento me confería un poder secreto, un poder que no dejaba de serlo aunque no tuviera ninguna aplicación concreta y con tanto valor como cualquiera de los objetos que guardaba en mi cofre de los tesoros.

A pesar de que yo era muy traviesa, no sentía ningún deseo de espiar a mi madre y a sus amantes. Me repugnaba la idea de que permitiera que un hombre la viera sin su preciosa ropa. Con las flores, tenía menos escrúpulos. Las espiaba mientras se retorcían con sus amantes sobre los divanes. Había visto a hombres mirando entre sus piernas, y a cortesanas de rodillas, haciendo reverencias ante el miembro de un cliente. Una noche vi que un hombre corpulento entraba en la habitación de Nube Ondulante. Se llamaba Próspero Yang y era dueño de varias empresas; en algunas fabricaba máquinas de coser y en otras ponía a mujeres y a niños a trabajar con esas máquinas. Besó tiernamente a la bella, que reaccionó con temblorosa timidez. Le habló con suavidad, y ella empezó a quitarse la ropa, con los ojos cada vez más llorosos. Moviendo su masa impresionante, el hombretón se cernió sobre la joven como un nubarrón oscuro, y el gesto de ella fue de miedo, como si estuviera a punto de morir aplastada. El hombre se pegó a ella y los dos cuerpos empezaron a moverse como peces boqueando en la orilla. Ella se debatió para zafarse del abrazo y sollozó con voz trágica. Después, las cuatro piernas se enredaron entre sí como serpientes mientras él profería ruidos animales y ella chillaba como un pichón en el nido. Entonces él la montó por detrás y la cabalgó como si fuera un poni, hasta caer derrotado, dejándola a ella tumbada de lado, inmóvil. La luna que entraba por la ventana iluminó el cuerpo blanco de la bella y yo pensé que estaba muerta. Me quedé mirando por lo menos una hora, hasta que despertó de los umbrales de la muerte con un bostezo, tendiendo un brazo.

Por la mañana, en el patio, oí a Nube Ondulante contar a las otras flores que Próspero Yang le había dicho que la apreciaba mucho y que quería ser su cliente permanente. Incluso era posible que algún día la hiciera su esposa.

Entonces, de repente, lo que había estado espiando se volvió peligroso y repugnante. Mi madre y Paloma Dorada me habían dicho varias veces que algún día me casaría. Yo siempre había considerado el matrimonio como uno de mis muchos privilegios de americana, un privilegio que me diferenciaba de las cortesanas y que podía considerar como propio. Nunca había previsto que mi matrimonio pudiera incluir una sucesión de saltos sobre mi persona como los que había presenciado entre Nube Ondulante y su pretendiente. Desde entonces, ya no pude dejar de ver mentalmente aquellas escenas. Me venían a la cabeza sin que las llamara y me hacían sentir mal. Durante varias noches, tuve sueños desagradables. En todos ellos, yo ocupaba el lugar de Nube Ondulante, tumbada boca abajo, esperando. La forma oscura de un hombre se perfilaba detrás de las cortinas traslúcidas y entonces aparecía Próspero Yang, saltaba sobre mi espalda y me cabalgaba como a un poni, triturándome uno a uno todos los huesos. Cuando terminaba, yo me quedaba quieta, fría como el mármol. Tardaba mucho en moverme, como Nube Ondulante. Pero a diferencia de ella, me iba quedando cada vez más fría. Porque estaba muerta.

Después de eso, no volví a espiar nunca más a las Bellas Nubes.

La flor que me gustaba más era Nube Mágica. Por eso la había espiado sólo una vez cuando estaba con su cliente permanente. Solía presumir de la rareza y el valor de sus muebles y accesorios con una extravagancia que me hacía reír. Decía, por ejemplo, que su cama de matrimonio había sido tallada del tronco de un solo árbol de madera noble, grueso como toda la casa. Pero yo le veía junturas. El brocado dorado del diván para fumar opio era un regalo de una de las concubinas imperiales, que según ella era hermanastra suya. Fingió ofenderse cuando le dije que no me lo creía. La colcha de su cama estaba rellena de nubes de seda, que flotaban al menor suspiro. Yo suspiraba y suspiraba para demostrarle que la colcha no se movía. También tenía un sencillo escritorio Ming que contenía tesoros para estudiosos, instrumentos para eruditos que todo cliente apreciaba, aunque nunca hubiera alcanzado los peldaños más elevados de la instrucción. Nube Mágica decía que aquellas piezas habían pertenecido al poeta fantasma y que sólo ella se atrevía a tocarlas. Yo no creía en espíritus, pero me ponía nerviosa cuando me insistía en que inspeccionara los objetos: un tintero de piedra morada de Duan, pinceles de suave pelo de oveja y bastoncillos de tinta labrados con escenas del huerto de la casa de un sabio. Me enseñaba los rollos de papel y me decía que absorbían la cantidad justa de tinta y reflejaban la calidad de luz exacta. Cuando le pregunté si sabía escribir poemas, me dijo:

—¡Claro que sí! ¿Para qué iba a tener, si no, todas estas cosas?

Yo sabía que ella, como la mayoría de las cortesanas, tenía nociones muy someras de lectura y escritura. Pero Paloma Dorada había ordenado a las cortesanas que tuvieran artículos de escritorio en sus habitaciones porque eso mejoraba la reputación de la casa y la colocaba por encima de las demás. Nube Mágica me dijo que el poeta fantasma apreciaba los tesoros de su cuarto mucho más que los de otras habitaciones.

—Sé lo que le gusta porque fue mi marido en una vida pasada —me dijo una vez—, y yo fui su concubina favorita. Cuando murió, me quité la vida para estar con él. Pero incluso en el cielo, la sociedad nos separó. Su esposa me impidió verlo y consiguió que se reencarnara antes que yo.

Yo no creía en espíritus, pero me ponía nerviosa cuando escuchaba las tonterías de Nube Mágica.

—Vino a verme la primera noche que pasé aquí. En cuanto sentí un soplo de aire frío en la mejilla, supe que había llegado. En cualquier otro momento, habría pegado un salto de dos palmos y habría huido a todo correr. Pero esa vez, ni siquiera me castañetearon los dientes de miedo, sino que sentí un calor maravilloso que me corría por las venas y un amor más intenso que cualquiera que haya dado o recibido de nadie. Aquella noche soñé con nuestra vida pasada y me desperté más feliz que nunca.

Según ella, el poeta fantasma la visitaba por lo menos una vez al día. Sentía su presencia cuando entraba en su antiguo estudio de pintura, o cuando se sentaba en el jardín junto a su estela conmemorativa. Por muy triste, desesperada o enfadada que estuviera en esos momentos, de inmediato se sentía ligera y alegre.

Cuando las Bellas Nubes se enteraron de que tenía un amante fantasma, tuvieron miedo y le reprocharon que hubiera liberado al espectro. Pero se abstuvieron de criticarla demasiado por temor a que su amante del más allá, el antiguo propietario de la mansión, se vengara de ellas por despotricar contra su amada.

—¿Lo ves? ¿Lo hueles? —le preguntaban las otras flores cada vez que Nube Mágica parecía complacida sin razón aparente.

—Poco antes del amanecer —respondía ella—, vi su sombra y sentí que me rozaba suavemente.

Y así diciendo, se pasaba dos dedos por un brazo.

Entonces yo también creía ver una sombra y sentía que un soplo frío me recorría la piel.

—¡Ah, tú también lo sientes! —exclamaba Nube Mágica.

—¡No, yo no creo en fantasmas!

—Entonces ¿por qué tienes miedo?

—No tengo miedo. ¿Por qué iba a tenerlo? Los fantasmas no existen.

Como para contrarrestar la mentira, mi miedo aumentaba. Recordaba entonces que mi madre me había dicho que los espíritus eran manifestaciones del temor de la gente. ¿Por qué, si no, esos supuestos fantasmas atormentaban solamente a los chinos? Pese a la lógica de mi madre, yo creía que el poeta fantasma aún vivía en nuestra casa. Mi repentina sensación de miedo era la señal de que estaba presente. Pero ¿por qué me visitaba a mí?

El poeta fantasma asistió al simulacro de boda entre Nube Ondulante y Próspero Yang, que había firmado un contrato por tres temporadas. Oí decir que Nube Ondulante tenía dieciséis años y él, alrededor de cincuenta. Paloma Dorada la consoló, diciéndole que iba a ser muy generoso, como suelen serlo los hombres mayores. Nube Ondulante replicó entonces que Próspero Yang la quería y que eso la hacía sentirse afortunada.

Mi madre era famosa por celebrar las mejores bodas de todas las casas de cortesanas. Eran de estilo occidental, a diferencia de las bodas chinas tradicionales para novias vírgenes, a las que las cortesanas jamás podrían haber aspirado. Nuestras cortesanas se ponían incluso un traje blanco occidental, elegido entre la amplia variedad que tenía mi madre y que las Bellas Nubes podían usar. El estilo era claramente americano, con corpiño escotado y voluminosa falda, todo ello envuelto en seda resplandeciente y adornado con bordados, encajes y perlas diminutas. Eran vestidos que nadie habría confundido jamás con los trajes blancos del luto chino, confeccionados con tejido basto de estopa.

Una boda occidental tenía sus ventajas, como sabía yo por haber asistido a una versión china celebrada para una cortesana en otra casa. Para empezar, no era necesario rendir homenaje a los ancestros, que seguramente habrían repudiado a la cortesana como descendiente suya. No había, por lo tanto, rituales aburridos, ni había que ponerse de rodillas o hacer interminables reverencias. La ceremonia era breve. Se omitían las oraciones. La novia decía «sí, quiero»; el novio decía «sí, quiero», y entonces llegaba el momento del banquete. La comida también era digna de atención, porque todos los platos parecían occidentales, pero sabían a comida china.

Por diferentes tarifas, los clientes podían elegir música de distintos estilos. La música americana interpretada por una banda de vientos era la más cara, pero requería buen tiempo. Un violinista americano resultaba más barato. Después había que elegir la música. Era importante no dejarse engañar por el título de una canción. Una de las cortesanas le había pedido al violinista que tocara *Oh, Promise Me,* convencida de que una canción tan desusadamente larga reforzaría la fidelidad de su cliente y quizá prolongaría la duración del contrato. Pero la canción tardó tanto en terminar que los invitados perdieron el interés y se pusieron a hablar de otros asuntos. Más adelante las otras flores dijeron que por esa razón no se había renovado el contrato. A todos les gustaba mucho la canción escocesa *Auld Lang Syne,* interpretada con el doloroso acento de un instrumento chino semejante a un diminuto violonchelo de dos cuerdas. Aunque solía cantarse en ocasiones tristes, como despedidas y funerales, era una canción muy popular. Sólo requería aprenderse unas cuantas palabras en inglés, y a todos les gustaba mucho cantarla para demostrar que dominaban el idioma. Mi madre le había cambiado algunas palabras para convertirla en una promesa de monogamia. El quebrantamiento de la promesa por parte de la cortesana ponía fin al contrato y teñía la reputación de la infractora de una manera muy difícil de reparar. En cambio, si era el cliente quien faltaba a su palabra, la cortesana se sentía humillada. ¿Por qué la había deshonrado? Tenía que haber alguna razón.

Aquel día interpretó la canción Próspero Yang, que se creía un Caruso chino:

Del pasado los amantes
han quedado ya olvidados;
para siempre esos amantes
se han hundido en el pasado.
Celebrad, amigos míos,
celebrad un poco más,
en su mente sólo hay uno,
uno solo y nada más.

En medio de la canción, vi que Nube Mágica desviaba la vista hacia el pasaje abovedado. Se tocó levemente un brazo, volvió a levantar la vista y sonrió. Un instante después, sentí que el familiar aire frío me recorría el brazo y me bajaba por la columna vertebral. Me estremecí y fui a buscar a mi madre.

Próspero aulló la última nota, dejó que los aplausos se prolongaran durante demasiado tiempo y finalmente ordenó que trajeran los regalos para Nube Ondulante. Primero llegó el regalo tradicional que recibía toda cortesana: una pulsera de plata y una pieza de seda. ¡Un brindis por eso! Los invitados levantaron sus copas, echaron atrás la cabeza y se bebieron de una vez todo el vino. Después llegó un sofá occidental con tapizado de satén rosa. ¡Dos brindis por eso! Vinieron más regalos y, finalmente, Próspero le entregó a Nube Ondulante lo que ella más deseaba: un sobre con dinero, el primero de su estipendio mensual. Cuando ella vio la suma, sofocó una exclamación de asombro y se quedó sin habla mientras le corrían lágrimas por las mejillas. Hasta más adelante no podríamos saber si lloraba por haber recibido más dinero del que esperaba o menos. Hubo otro brindis y Nube Ondulante insistió en que ya no podía beber más. Tenía manchas rojas en la cara y dijo que le parecía como si el techo se inclinara hacia un lado y el suelo hacia otro. Pero Próspero la tomó por la barbilla y la obligó a beber primero una copa y en seguida otra, por insistencia de sus amigos. De repente, Nube Ondulante eructó, se puso a vomitar y cayó al suelo. Rápidamente, Paloma Dorada le hizo señas al músico para que tocara una última canción que animara a los huéspedes a abandonar el salón. Próspero salió con ellos, sin mirar siquiera a Nube Ondulante, que yacía en el suelo, pidiendo perdón entre balbuceos. Nube Mágica intentó ayudarla para que se sentara, pero la joven se desplomó sin sentido, como un pescado muerto.

—Cabrones —murmuró Paloma Dorada—. Métanla en una bañera y vigilen para que no se ahogue.

Vi muchas bodas como ésa. Las flores más jóvenes encadenaban un contrato con otro, con intervalos que no pasaban de una semana. Pero a medida que envejecían y el brillo de sus ojos se iba apagando, ya no había bodas para ellas. Entonces llegaba el día en que Paloma Dorada les decía que tenían que «subir a la berlina», una manera amable de comunicarles su expulsión. Recuerdo el día en que Nube Rosada recibió la mala noticia. Mi madre y Paloma Dorada le pidieron que subiera a la oficina. Yo estaba estudiando en la sala del bulevar, la habitación contigua, al otro lado de las puertas cristaleras. Oí que Nube Rosada levantaba la voz. Paloma Dorada le estaba mencionando importes de dinero y le señalaba que cada día tenía menos reservas de clientes. ¿Cómo era posible que pudiera oírlo todo con tanta claridad? Me acerqué a la puerta y vi que no estaba cerrada del todo. Había una rendija de un par de centímetros. Oí a Nube Rosada suplicar en voz baja que la dejaran quedarse un poco más, asegurando que tenía un pretendiente a punto de proponerle un contrato de permanencia. Pero la respuesta fue firme e inmisericorde. Le recomendaron otra casa a la que podía incorporarse. Airada, Nube Rosada alzó el tono de voz. Dijo que la estaban insultando como a una vulgar prostituta y salió corriendo del estudio. Unos minutos después, la oí gritar con el mismo chillido que lanzaba *Carlota* cuando se machucaba una pata con la puerta, un aullido que parecía salir a la vez de las entrañas y del corazón. Me puse enferma con sólo oírla.

Después le pregunté a Nube Mágica qué le había pasado a Nube Rosada.

—Algo que nos pasará a todos. Un día, el destino nos trae —dijo—, y al día siguiente, nos lleva. Tal vez su próxima vida sea mejor que ésta. Si sufrimos más ahora, sufriremos menos después.

—No deberíamos sufrir nunca —repliqué yo.

A los tres días, otra cortesana, de nombre Nube Turgente, ya estaba instalada en los aposentos de Nube Rosada. No sabía nada de lo sucedido entre esas cuatro paredes; ignoraba los saltos, los suspiros, las lágrimas y los gritos.

Unas semanas después, estaba yo en el *boudoir* de Nube Mágica a última hora de la tarde. Mi madre no había podido comer conmigo porque estaba demasiado ocupada. Había tenido que salir a toda prisa hacia un lugar que yo desconocía para reunirse con una persona cuyo nombre no había mencionado. Nube Mágica se estaba empolvando la cara, preparándose para una larga velada. Tenía que asistir a tres fiestas: una en la Oculta Ruta de Jade y las otras dos en sendas casas situadas a varias calles de distancia.

Yo no dejaba de hacerle preguntas.

—¿Son perlas auténticas? ¿Quién te las regaló? ¿A quién verás esta noche? ¿Lo traerás a tu habitación?

Me dijo que las perlas eran dientes de dragón y que un duque se las había regalado. Esa noche el duque iba a honrarla con su presencia y, naturalmente, pensaba llevarlo a su habitación para conversar con él y tomar el té. Yo me eché a reír, y ella se hizo la ofendida por mi incredulidad.

A la mañana siguiente, no la encontré en su habitación. En seguida supe que había pasado algo porque sus valiosos artículos de escritorio y su colcha de seda habían desaparecido. Me asomé a su armario y vi que estaba vacío. Mi madre dormía aún, lo mismo que Paloma Dorada y las otras cortesanas, por lo que corrí a buscar a Huevo Quebrado, el portero. Me dijo que la había visto salir, pero no sabía adónde había ido. Encontré la respuesta en la conversación entre dos doncellas:

—Tenía por lo menos cinco o seis años más de los que admitía. ¿Qué casa recibiría a una flor vieja con un fantasma a sus espaldas?

—Oí a Lulú Mimi decirle al cliente que no eran más que tonterías supersticiosas, pero él le respondió que le daba igual que fuera un fantasma o un hombre vivo, que en cualquier caso era infidelidad y que exigía la devolución de su dinero.

Corrí al estudio de mi madre y la encontré hablando con Paloma Dorada.

—Sé lo que hizo Nube Mágica y estoy segura de que lo lamenta. Tienes que dejarla volver —le pedí.

Mi madre dijo que no había nada más que hacer. Todo el mundo conocía las reglas, y si hacía una excepción con Nube Mágica, todas las flores se creerían con derecho a quebrantar las normas sin recibir ningún castigo. Entonces Paloma Dorada y ella siguieron hablando de los planes para una gran fiesta y del número de cortesanas suplementarias que necesitarían.

—¡Por favor, mamá! —supliqué, pero ella no me hizo caso. Sollozando, grité—: ¡Era mi única amiga! ¡Si no la dejas volver, no tendré a nadie que sea amable conmigo!

Se acercó a mí, me atrajo hacia ella y se puso a acariciarme el pelo.

—No digas tonterías. Aquí tienes muchas amigas. Nube Nevada...

—Nube Nevada no me deja entrar en su habitación como Nube Mágica.

—La hija de la señora Petty...

—Es tonta y aburrida.

—Tienes a *Carlota.*

—¡*Carlota* es una gata! No me habla ni responde a mis preguntas.

Mencionó los nombres de otras niñas, hijas de amigas suyas, y de todas dije que no me gustaban y que ellas me despreciaban a mí, lo cual era parcialmente cierto. Seguí insistiendo en mi falta de amigas y en el riesgo de que mi infelicidad fuera permanente. Entonces la oí hablar en un tono frío e implacable:

—Basta ya, Violeta. No la expulsé por una nimiedad. Ha estado a punto de arruinarnos el negocio. Era necesario.

—¿Qué hizo?

—Pensó únicamente en sí misma y nos traicionó.

Yo no sabía lo que significaba «traicionar» y, en mi frustración, sólo supe responder:

—¿Y a quién le importa que nos haya traicionado?

—A tu madre, que tienes aquí delante.

—¡Entonces yo también te traicionaré! —le grité entre sollozos.

Me miró con una expresión extraña, y por un momento pensé que iba a ceder. Por eso volví a insistir con descaro:

—¡Te traicionaré! —le advertí.

Se le crispó la cara.

—Por favor, Violeta, basta ya.

Yo no podía parar, a pesar de tener la certeza de estar desencadenando un peligro desconocido.

—Te traicionaré tantas veces como pueda —repetí y de inmediato vi que una sombra le cruzaba su rostro.

Le temblaron las manos y se le crispó tanto la expresión que pareció transformarse en otra. No dijo nada. Cuanto más prolongaba su silencio, más miedo sentía yo. Habría querido desdecirme y lo habría hecho si hubiese sabido qué hacer o qué decir. Pero sólo pude esperar.

Finalmente, se volvió y, mientras se alejaba, dijo en tono amargo:

—Si alguna vez me traicionas, no volveré a tener nada más que ver contigo. Te lo prometo.

Mi madre tenía una frase que usaba con todos los huéspedes, ya fueran chinos u occidentales. Se acercaba a toda prisa a un determinado hombre y le susurraba entusiasmada: «Eres exactamente la persona que quería ver.» Después inclinaba la cabeza hacia el oído del hombre y le musitaba algún secreto, que suscitaba en su interlocutor un vigoroso gesto de asentimiento. Algunos le besaban la mano. La repetición de esa frase me afligía. Había notado que con frecuencia mi madre estaba demasiado ocupada para prestarme atención. Ya no jugaba conmigo a las adivinanzas, ni me organizaba búsquedas del tesoro. Hacía tiempo que no me dejaba acurrucarme a su lado en su cama mientras ella leía el periódico. Tenía demasiadas cosas que hacer. Reservaba toda la alegría y las sonrisas para los hombres que acudían a sus fiestas. Sólo los quería ver a ellos.

Una noche, mientras recorría el salón con *Carlota* en brazos, oí que mi madre me llamaba:

—¡Violeta! ¡Ah, estás aquí! Eres exactamente la persona que quería ver.

¡Por fin era yo la elegida! Se disculpó en exceso con el hombre que había estado conversando con ella, diciéndole que su hija requería con urgencia su atención. ¿Qué podía ser tan urgente? Daba lo mismo. No veía la hora de oír el secreto que me tenía reservado.

—Vamos hacia allá —me dijo, señalando un rincón oscuro del salón.

Entrelazó el brazo con el mío y nos dirigimos a la otra punta de la estancia con paso vivo. Yo le iba contando las últimas travesuras de *Carlota*, para divertirla, cuando ella me soltó el brazo y me dijo:

—Gracias, cariño.

Entonces se acercó a un hombre que la esperaba en el rincón y lo saludó:

—¡Mi querido Fairweather! Siento mucho haberme retrasado.

Su moreno amante salió de entre las sombras y le besó la mano con falsa galantería. Ella recibió el gesto con los ojos entrecerrados y una sonrisa que nunca me dedicaba a mí.

Se me cortó la respiración, devastada por la fugacidad de mi alegría. ¡Mi madre me había utilizado como a un simple peón! Peor aún, lo había hecho para complacer a Fairweather, un hombre que la visitaba de vez en cuando y que siempre me había caído mal. En otro tiempo yo había creído ser la persona más importante de la vida de mi madre, pero en los últimos meses había descubierto que estaba equivocada. Nuestra íntima proximidad se había esfumado. Siempre estaba demasiado ocupada para prestarme atención durante la comida. En lugar de charlar conmigo, aprovechaba ese momento del día para preparar con Paloma Dorada los planes de la noche. Casi nunca me preguntaba por mis lecciones o mis lecturas. Me llamaba «cariño», pero también llamaba así a muchos hombres. Me besaba la mejilla por la mañana y la frente por la noche, pero también besaba a muchos de sus amigos, y a algunos en la boca. Decía que me quería, pero yo no veía ninguna prueba de que fuera cierto. En mi corazón sólo podía sentir la pérdida de su amor. Había cambiado, y yo estaba segura de que todo había empezado cuando la había amenazado con traicionarla. Poco a poco, estaba haciendo lo posible para no tener nada más que ver conmigo.

Un día, Paloma Dorada me encontró llorando en la sala del bulevar.

—Mamá ya no me quiere.

—Tonterías. Tu madre te quiere mucho. ¿Por qué crees que no te castiga por todas las maldades que haces? El otro día rompiste un reloj moviéndole las manecillas al revés. Y también destrozaste un par de medias porque te empeñaste en fabricar un ratón para que jugara *Carlota.*

—Eso no es amor —repliqué yo—. No se enfadó porque no le importan el reloj ni las medias. Si de verdad me quisiera, me lo demostraría.

—¿Cómo? —preguntó Paloma Dorada—. ¿Qué tiene que demostrarte?

Me sumí en un silencio desconcertado. Yo no sabía lo que era el amor. Sólo sabía que necesitaba desesperadamente su atención y su consuelo. Quería sentir sin ninguna duda que era más importante que cualquier otra persona en su vida. Cuando me detuve a pensarlo, me di cuenta de que prestaba más atención a las flores que a mí y de que pasaba más tiempo con Paloma Dorada que conmigo. Se había levantado antes del mediodía para comer con sus amigas: la pechugona cantante de ópera, la viuda viajera y la espía francesa. Dedicaba más atención a sus clientes que al resto del mundo. ¿Cuánto amor recibirían ellos del que me faltaba a mí?

Esa noche oí que una doncella le contaba a otra en el pasillo que estaba loca de preocupación porque había dejado a su hija de tres años volando de fiebre. A la noche siguiente, anunció alegremente que la pequeña se había recuperado. Al otro día, por la tarde, oí en el patio sus gritos. Un pariente había venido a darle la noticia de que su hija había muerto.

—¿Cómo es posible? —exclamó—. ¡Si esta misma mañana la abracé y la peiné!

Entre sollozos, describió los grandes ojos de su hija, su manera de inclinar la cabeza cuando la escuchaba y su risa, que sonaba a música. Balbució que estaba ahorrando para comprarle un abrigo nuevo y que esa misma mañana había adquirido un nabo en el mercado para prepararle una buena sopa. Después, gimiendo, dijo que quería morirse para estar con su hija. No tenía ningún otro motivo para vivir. Yo lloraba a escondidas mientras oía sus lamentos. Si yo hubiese muerto, ¿habría sentido mi madre lo mismo por mí? Me puse a llorar con más intensidad aún porque sabía que no.

Una semana después de jugarme aquella mala pasada, mi madre entró en la habitación donde yo estaba estudiando con mi tutor. Eran las once, y habitualmente no se levantaba antes de las doce. Le puse mala cara. Me preguntó si me apetecía ir a comer con ella al nuevo restaurante francés de la gran avenida del Oeste. Al principio desconfié y le pregunté quién más vendría con nosotras.

—Solamente tú y yo —replicó—. ¡Es tu cumpleaños!

Se me había olvidado. Nadie en la casa celebraba los cumpleaños. No era una costumbre china, y mi madre tampoco la observaba. Mi cumpleaños solía coincidir con el Año Nuevo chino, de modo que era eso lo que celebrábamos, lo mismo que todos los demás. Intenté no emocionarme demasiado, pero una oleada de alegría me recorrió el cuerpo. Fui a mi habitación a ponerme un vestido bonito, uno que no llevara las marcas de las garras de *Carlota*. Elegí un abrigo azul y un sombrero del mismo color. Me puse unos botines de persona mayor, de piel lustrosa, acordonados hasta los tobillos. Me miré en el alto espejo ovalado y me vi cambiada, además de nerviosa y preocupada. Ya tenía ocho años y había dejado de ser la niñita inocente que confiaba en las primeras impresiones. Cada vez que esperaba una alegría, recibía una decepción, y ahora que esperaba una decepción, rezaba para estar equivocada.

Cuando llegué al estudio de mi madre, encontré a Paloma Dorada, preparando las tareas del día. Iba y venía envuelta en su albornoz, con el pelo suelto y sin peinar.

—El viejo recaudador vendrá esta noche —le dijo mi madre—. Ha dicho que si lo atendemos un poco mejor, quizá pierda el interés por mis impuestos. Ya veremos si ese viejo perro dice la verdad esta vez.

—Le enviaré una nota a Carmesí —dijo Paloma Dorada—, la cortesana del Salón de la Paz Reverdecida. Últimamente acepta cualquier cosa. Le aconsejaré que vista colores oscuros: azul marino, por ejemplo. Cuando una ha dejado atrás la juventud, el rosa no le sienta bien. Debería saberlo. También le diré al cocinero que prepare el pescado que a ti te gusta, pero sin los condimentos americanos. Ya sé que quiere complacerte, pero nunca le sale bien y al final lo sufrimos todos.

—¿Tienes la lista de los invitados de esta noche? —preguntó mi madre—. No quiero ver nunca más por aquí al importador de Smythe & Dixon. Ninguna de sus informaciones ha resultado fidedigna. Es evidente que ha venido a curiosear, para llevarse algo a cambio de nada. Le daremos su nombre a Huevo Quebrado para que no lo deje pasar de la verja.

Cuando Paloma Dorada y ella terminaron, ya era casi la una. Me dejó en su estudio y se fue a su habitación a cambiarse. Yo empecé a ir y venir por su oficina, con *Carlota* detrás, frotándose contra mis piernas cada vez que me paraba para ver alguna cosa. En la sala había una mesa redonda cubierta de adornos y otros objetos, el tipo de regalos que solían hacerle a mi madre sus admiradores cuando aún no sabían que prefería el dinero. Si a mi madre no le gustaban, Paloma Dorada los vendía. Fui tomando los objetos de uno en uno mientras *Carlota* se subía a la mesa para olfatearlos. Un huevo de ámbar con un insecto dentro. Seguramente se desharía de él. Un pájaro de jade y amatista. Probablemente lo conservaría. Una vidriera con mariposas de diferentes países. Mi madre debía de detestarla. Un cuadro con la imagen de un loro verde. A mí me gustaba, pero los únicos cuadros que mi madre colgaba de las paredes eran escenas de diosas y dioses griegos desnudos. Después estuve pasando las páginas de un libro ilustrado titulado *El mundo del mar*, con imágenes de monstruos terribles, y utilicé una lente de aumento para agrandar los títulos de los libros en las estanterías: *Las religiones de la India, Viajes a Japón y China, Convulsión en China*... Escogí un libro de cubiertas rojas que tenía en la portada la silueta repujada de un chico uniformado que disparaba un rifle. *Bajo banderas aliadas. Historia de un bóxer*, se titulaba. Entre las páginas centrales encontré una nota, escrita con la trabajosa caligrafía de un escolar.

Querida señorita Minturn:

Si alguna vez necesita a un chico americano que sepa obedecer órdenes, ¿querrá tomarme como su ayudante voluntario? Quisiera ser tan útil como usted lo desee.

Su fiel servidor,

NED PEAVER

¿Habría aceptado mi madre su oferta? Leí la página donde estaba inserta la nota. Hablaba de un soldado llamado Ned Peaver (¡ajá!), que había luchado durante la rebelión de los bóxers. Tras echar un vistazo rápido a la página, llegué a la conclusión de que Ned debía de haber sido un chico aburrido y remilgado que siempre obedecía órdenes. Yo sentía un profundo disgusto por todo lo referente a la rebelión de los bóxers. Tenía dos años en 1900, durante la peor parte de la rebelión, y estaba convencida de que podría haber muerto en medio de la violencia. Había leído un libro sobre los jóvenes que se habían conjurado para formar la hermandad de los bóxers, mientras millones de campesinos morían de hambre en el centro de China, a causa de un año de inundaciones seguido de otro de sequía. Cuando oyeron rumores de que sus tierras iban a ser entregadas a los extranjeros, mataron a unos doscientos misioneros blancos y a sus hijos. Según decían, una valiente niñita siguió cantando con voz dulce mientras el golpe de una espada la enviaba al cielo ante la mirada de sus padres. Cada vez que imaginaba la escena, me llevaba la mano a la garganta y tragaba saliva.

Miré el reloj. Las manecillas recién reparadas indicaban las dos en punto. Llevaba tres horas esperando desde que ella me había anunciado que saldríamos a comer. De repente, la cabeza y el corazón me estallaron a la vez. Rompí en mil pedazos la carta de Ned Peaver. Fui hacia la mesa donde se acumulaba el botín de mi madre y estrellé contra el suelo la vidriera de las mariposas. *Carlota* salió huyendo. Después, tiré el pájaro de amatista, la lente de aumento y el huevo de ámbar, y le arranqué la portada a *El mundo del mar*. Paloma Dorada entró corriendo y se quedó horrorizada al ver los destrozos.

—¿Por qué la castigas? —dijo en tono sombrío—. ¿Por qué tienes tan mal genio?

—Ya han dado las dos. Dijo que iba a llevarme a un restaurante por mi cumpleaños. Y ahora no viene. Se le ha olvidado. Nunca se acuerda de que estoy aquí. —Se me llenaron los ojos de lágrimas—. No me quiere. Solamente quiere a esos hombres.

Paloma Dorada levantó del suelo el huevo de ámbar y la lente de aumento.

—Éstos eran tus regalos.

—Son las cosas que le regalan los hombres y que ella no quiere.

—¿Cómo puedes pensar algo así? Son regalos que ella ha elegido para ti.

—¿Por qué no ha vuelto para llevarme a comer?

—¡Ay, ay! ¿Has hecho esto porque tenías hambre? ¿Por qué no le pediste a la doncella que te trajera algo de comer?

No sabía cómo explicarle lo que significaba para mí la salida al restaurante. Los agravios me brotaron desordenadamente de los labios:

—Les dice a los hombres que está deseando verlos. A mí me dijo lo mismo, pero era un engaño. Ya no se preocupa cuando ve que estoy sola o triste...

Paloma Dorada frunció el ceño.

—Tu madre te malcría, y éste es el resultado. No demuestras la menor gratitud y respondes con arranques de mal genio cuando no consigues lo que quieres.

—Ha roto su promesa y ni siquiera ha venido a disculparse.

—Está alterada. Ha recibido una carta.

—Recibe muchas cartas —repliqué, dispersando con el pie el confeti en que se había convertido la nota de Ned.

—Ésta es diferente. —Me miró de forma extraña—. Traía noticias de tu padre. Ha muerto.

Al principio no entendí sus palabras. Mi padre. ¿Qué quería decir? La primera vez que le pregunté a mi madre por él, yo tenía cinco años. Había descubierto que todos tenían un padre, incluso las cortesanas, cuyos padres las habían vendido. Me respondió que yo no tenía ninguno. Cuando le insistí, me dijo que había muerto antes de que yo naciera. A lo largo de los tres años siguientes, volví a insistirle varias veces para que me dijera quién era mi padre.

—¿Qué más da? —replicaba siempre—. Está muerto, y ha pasado tanto tiempo que ya no recuerdo cómo era, ni cómo se llamaba.

¿Cómo podía haber olvidado su nombre? ¿Olvidaría el mío si yo muriera? Muchas veces la atormenté para que me diera una respuesta, pero cuando la veía callar y fruncir el entrecejo, me daba cuenta de que era peligroso continuar.

Sin embargo, ahora sabía la verdad. ¡Estaba vivo! O al menos lo había estado hasta hacía poco tiempo. Mi confusión dio paso a una cólera temblorosa. Mi madre me había estado mintiendo todo el tiempo. Era posible que él me hubiese querido, pero mi madre me lo había arrebatado al ocultarme que estaba vivo. Ahora que de verdad había muerto, ya era tarde.

Corrí al estudio de mi madre y entré gritando:

—¡No estaba muerto! ¡Me lo ocultaste!

Seguí profiriendo todas las acusaciones que me pasaron por la cabeza: Nunca me decía la verdad cuando se trataba de algo importante para mí. Me había mentido cuando dijo que yo era la persona que esperaba ver. Me había engañado cuando me anunció que iríamos a comer a un restaurante. Ella estaba boquiabierta.

Paloma Dorada entró a toda prisa detrás de mí.

—Le he contado que has recibido una carta que anuncia la muerte de su padre.

Mi madre la miró con dureza. ¿Estaría enfadada? ¿Nos echaría a las dos, como hacía cuando alguien la disgustaba? Apoyó la terrible carta sobre la mesa, me condujo hasta el sofá y me pidió que me sentara a su lado. Entonces hizo lo que llevaba mucho tiempo sin hacer: me acarició la cabeza y susurró dulces palabras de consuelo que me hicieron llorar con más fuerza todavía.

—Violeta, mi niña querida, de verdad creía que estaba muerto. Me resultaba demasiado doloroso recordarlo o hablar de él. Y ahora, al recibir esta carta...

Le brillaba el contorno de los ojos, pero el dique que contenía sus emociones aún resistía.

Cuando conseguí respirar de nuevo, le hice una retahíla de preguntas y a todas contestó que sí, asintiendo con la cabeza. ¿Era bueno? ¿Era rico? ¿La gente lo apreciaba? ¿Era mayor que ella? ¿Me quería? ¿Había jugado conmigo alguna vez? ¿Había llegado a decir mi nombre? Mi madre siguió acariciándome el pelo y los hombros. Yo estaba muy triste y no quería que dejara de consolarme. Seguí haciéndole preguntas, hasta quedar mentalmente agotada. También empezaba a sentir la debilidad del hambre. Paloma Dorada llamó a un criado para que me sirviera el almuerzo en la sala del bulevar.

—Ahora tu madre necesita estar sola.

Mi madre me dio un beso y se fue a su dormitorio.

Mientras comía, Paloma Dorada me contó lo mucho que mi madre había tenido que esforzarse para salir adelante sin un marido.

—Todo lo ha hecho por ti, pequeña Violeta —dijo—. Tienes que ser buena y agradecida con ella.

Antes de irse, me aconsejó que estudiara para saber mucho y poder demostrarle a mi madre cuánto la apreciaba. Sin embargo, en lugar de estudiar, me tumbé en la cama de la sala del bulevar y me puse a pensar en mi padre fallecido. Intenté componer su imagen: tenía el pelo castaño; sus ojos eran verdes, como los míos... Pronto me quedé dormida.

Aún estaba adormilada y sumida en el sopor del sueño, cuando oí que alguien maldecía en voz alta. Noté que no me encontraba en mi habitación, sino en la sala del bulevar. Me acerqué a la ventana y me asomé para ver la causa del alboroto. El cielo era de un gris oscuro a esa hora incierta entre la noche y la mañana. Los senderos estaban desiertos y las ventanas al otro lado del patio eran huecos negros. Me volví y vi un cálido rayo de luz que se colaba a través de una delgada abertura entre las cortinas de las puertas cristaleras. La voz airada era de mi madre. Miré a través de la rendija y la vi de espaldas. Se había soltado el pelo y estaba sentada en el sofá. Había vuelto de la fiesta. ¿Quién más estaba en la habitación? Apoyé el oído contra el cristal. Mi madre lanzaba imprecaciones con una voz extraña que se parecía al ronco gruñido de *Carlota.*

—Eres un cobarde... Un mono bailarín... Tienes tan poco carácter como un sucio ladrón callejero...

Arrojó lejos de sí un trozo de papel arrugado, que aterrizó cerca de la chimenea, donde el fuego ya se había apagado. ¿Sería la carta que había recibido? Fue a su escritorio y se sentó. Tomó una hoja y trazó algunas líneas con la pluma, pero en seguida arrugó el papel a medio escribir y lo tiró al suelo.

—¡Ojalá estuvieras muerto de verdad!

¡Mi padre estaba vivo! ¡Mi madre había vuelto a mentirme! Estaba a punto de entrar corriendo para exigirle que me dijera dónde estaba mi padre, cuando levantó la vista y casi me hizo gritar de miedo. Sus ojos habían cambiado. Los iris verdes parecían mirar hacia adentro y tenían el color mate de la arena, como los de los mendigos muertos que yo había visto tendidos en las alcantarillas. De repente, se puso de pie, apagó las lámparas y se fue a su habitación. Me dije que tenía que ver esa carta. Empujé con cuidado las puertas cristaleras. Estaba oscuro y tuve que caminar a ciegas, barriendo el aire con las manos para no chocar con los muebles. Me arrodillé y, de pronto, sentí que me tocaban. Era *Carlota,* que se recostó contra mí, ronroneando. A tientas encontré los ladrillos de la chimenea. Busqué entre las cenizas. Nada. Me topé con las patas del escritorio y me puse de pie lentamente. Mis ojos ya se habían acostumbrado a la oscuridad, pero no vi nada parecido a una carta. Salí con sigilo de la sala, presa de una amarga decepción.

Al día siguiente, mi madre se comportó como siempre, con su habitual vivacidad y su claridad de ideas para preparar las tareas del día. Por la noche estuvo encantadora y sociable, y sonrió como siempre a todos sus huéspedes. Mientras ella y Paloma Dorada se ocupaban de la fiesta, me escabullí hacia la sala del bulevar y abrí las puertas cristaleras justo lo suficiente para pasar entre las cortinas al estudio de mi madre, donde encendí una lámpara de gas. Abrí los cajones del escritorio y vi que uno de ellos estaba lleno de cartas con membretes de empresas grabados en los sobres. Miré debajo de su almohada y en la pequeña cómoda junto a su cama. Levanté la tapa del baúl al pie de la cama y un olor a trementina invadió la habitación. El olor procedía de unos lienzos enrollados. Al abrir uno de ellos, descubrí con asombro un retrato de mi madre de joven. Lo apoyé en el suelo y lo alisé. Tenía la cabeza vuelta hacia adelante, como si me estuviera mirando a mí, y sobre el pecho sostenía una tela castaña. Su pálida espalda resplandecía con la fría calidez de la luna. ¿Quién la habría pintado? ¿Por qué llevaba tan poca ropa?

Estaba a punto de mirar la otra pintura cuando me sorprendió el ruido de la risa de Nube Turgente, que se acercaba. Se abrió la puerta de la sala del bulevar y yo salté hacia un costado del estudio para que no me viera. Con voz melosa, le dijo a su cliente que se pusiera cómodo. ¡Tenía que haber elegido precisamente esa noche para atender a dos hombres! Nube Turgente cerró las puertas cristaleras y yo me apresuré a guardar las pinturas en el baúl. Cuando iba a apagar la lámpara para irme, entró Paloma Dorada en la habitación.

Las dos sofocamos al mismo tiempo una exclamación de asombro. Sin darle tiempo a decir nada, le pregunté si había visto a *Carlota*. Como si me hubiera oído, *Carlota* lanzó un fuerte maullido detrás de las puertas cerradas de la sala del bulevar.

—¡Ese maldito animal aúlla como un fantasma sin cabeza! —exclamó indignada Nube Turgente.

Yo corrí a entreabrir las puertas cristaleras y *Carlota* vino hacia mí como una flecha.

Con *Carlota* en los brazos, bajé rápidamente a la fiesta, pensando que quizá encontrara a mi padre merodeando entre los invitados. Pero entonces me di cuenta de que mi padre no se habría atrevido a aparecer por allí porque mi madre le habría arrancado los ojos. Me puse a observar a los huéspedes y di rienda suelta a mi fantasía, jugando a que cada uno de esos hombres, uno tras otro, era mi padre. Entre todos, elegía los de rasgos más agradables, los que tenían la risa fácil, los que iban mejor vestidos, los que parecían más respetados y los que me hacían un guiño cuando los miraba. También vi a un hombre con expresión crispada y hostil, y a otro con la cara tan roja que parecía a punto de explotar.

Desde entonces, todas las noches, antes de dormir, imaginaba diferentes versiones de mi padre: bien parecido o feo, respetado u odiado por todos. Imaginaba que siempre me había querido mucho. Imaginaba que no me había querido nunca.

Una mañana, un mes después de mi octavo cumpleaños, entré en la sala común para tomar el desayuno con las Bellas Nubes y sus doncellas. Cuando fui a sentarme en mi sitio habitual de la mesa, encontré que la cortesana más nueva, Nube Neblinosa, se había aposentado en mi silla. La miré con indignación y ella me devolvió una mirada de indiferencia. Tenía rasgos diminutos y una cara fofa y redonda que los hombres encontraban atractiva por algún motivo misterioso. Para mí, tenía la cara de un bebé feo pegada sobre una luna amarilla.

—Es mi silla —le dije.

—¿Ah, sí? ¿Tu silla? ¿Tiene grabado tu nombre? ¿Hay un decreto oficial que lo diga? —Fingió inspeccionar las patas y los apoyabrazos—. No veo ningún sello con tu nombre. Todas las sillas son iguales.

Sentí que me palpitaba la sangre en las sienes.

—Es mi silla —repetí.

—¿Lo es? ¿Y qué te hace pensar que eres la única que puede sentarse aquí?

—Lulú Mimi es mi madre —repliqué—, y soy americana como ella.

—¿Desde cuándo los bastardos mestizos americanos tienen los mismos derechos que los demás?

Me quedé estupefacta y sentí que la rabia me subía por la garganta. Dos de las flores se llevaron las manos a la boca. Nube Nevada, que hasta ese momento me había caído mejor que las demás, nos pidió calma y sugirió que usáramos la silla por turnos. Yo habría esperado que se pusiera de mi parte.

Miré a Nube Neblinosa y le espeté:

—Eres un gusano metido en el culo de un pescado muerto.

Las doncellas estallaron en carcajadas.

—¡Qué boca tan sucia tiene la mestiza! —exclamó ella y, dirigiéndose a las que estaban en torno a la mesa, añadió—: Si no es mestiza, ¿por qué tiene rasgos chinos?

—¿Cómo te atreves? —exclamé—. ¡Soy americana! ¡No tengo nada de china!

—Entonces ¿por qué hablas chino?

Tuve que morderme la lengua porque para responder tenía que hablar en chino y darle la razón.

Nube Neblinosa empuñó los palillos puntiagudos para tomar un cacahuate pequeño y aceitoso.

—¿Alguna de ustedes sabe quién es su padre chino? —preguntó, antes de llevarse el cacahuate a la boca con displicencia.

Las manos me temblaron de cólera al verla comer con tanta calma.

—Mi madre te castigará por decir esas cosas.

Repitió mis palabras en tono burlón y después se sirvió un rábano encurtido que se puso a masticar ruidosamente, sin preocuparse por taparse la boca.

—Si tú eres blanca pura, entonces todas nosotras también lo somos, ¿no creen, hermanitas?

Las otras bellas y sus ayudantes hicieron un intento poco convencido de hacerla callar.

—¡Tu boca es un pozo negro! —exclamé.

Ella frunció el ceño.

—¿Qué te pasa, mocosa? ¿Tienes tanta vergüenza de ser china que no puedes reconocer tu propia cara en el espejo?

Las otras bajaron la vista y dos de ellas intercambiaron una mirada de soslayo. Nube Ondulante apoyó la mano sobre un brazo de Nube Neblinosa y le rogó que terminara.

—Es demasiado pequeña para que le hables de esas cosas.

¿Por qué se había vuelto Nube Ondulante tan caritativa conmigo? ¿Quizá porque ella también creía lo que estaba diciendo Nube Neblinosa? Sentí que me hervía la sangre de rabia y empujé con fuerza a Nube Neblinosa hasta expulsarla de la silla. Al principio ella no reaccionó, porque la tomé por sorpresa, pero después me agarró por los tobillos y me bajó de la silla mientras yo le aporreaba los hombros con los puños. Entonces me tiró del pelo para apartarme.

—¡Niñita mestiza, bastarda y medio loca! ¡No eres mejor que ninguna de nosotras!

Me lancé contra ella y le aplasté la nariz con la base de la mano. Empezó a sangrar por las fosas nasales, y cuando se pasó los dedos y descubrió que los tenía rojos, se abalanzó sobre mí y me embadurnó la cara con su sangre. Yo le grité toda clase de improperios y le mordí la mano. Ella chilló, y pareció como si los ojos se le fueran a salir de las órbitas. Me agarró por el cuello y empezó a sofocarme. Muerta de miedo, mientras me debatía por respirar y trataba de zafarme, le di un puñetazo en un ojo. Ella se levantó de un salto y lanzó un grito de horror. Le había causado una de las peores desgracias que pueden abatirse sobre una bella: un ojo morado. No iba a poder asistir a ninguna fiesta mientras se le notara la contusión. Nube Neblinosa chilló, se abalanzó sobre mí y me dio una bofetada mientras juraba que me mataría. Las otras chicas y sus doncellas nos gritaban que paráramos. Entonces entraron los sirvientes y nos separaron.

De repente, todos guardamos silencio, menos Nube Neblinosa, que siguió maldiciendo entre dientes. Habían entrado mi madre y Paloma Dorada. Pensé que mi madre había venido a rescatarme, pero en seguida noté que sus ojos se habían vuelto grises como cuchillos.

—¡Me ha destrozado un ojo! —exclamó Nube Neblinosa con exagerada aflicción.

Yo me llevé la mano al cuello, como si me doliera.

—Ella ha estado a punto de estrangularme.

—¡Quiero dinero a cambio de mi ojo! —gritó Nube Neblinosa—. Yo gano más dinero para ti que cualquiera de las demás, y si no puedo trabajar hasta que se me cure el ojo, entonces quiero que me des el dinero que dejaré de ganar.

Mi madre se la quedó mirando fijamente.

—¿Y qué harás si no te lo doy?

—Dejaré esta casa y le contaré a todo el mundo que esta mocosa es mestiza.

—Bueno, no podemos permitir que vayas por ahí contando mentiras, solamente porque estás enfadada. Violeta, pídele perdón.

Nube Neblinosa me miró con una sonrisa triunfante.

—¿Y qué hay de mi dinero? —le preguntó a mi madre.

Mi madre dio media vuelta y abandonó la sala sin responderle. Yo la seguí, sin comprender por qué no me había defendido. Cuando llegamos a su habitación, exclamé:

—¡Me ha llamado «mestiza» y «bastarda»!

Mi madre soltó una maldición entre dientes. Por lo general se reía de los insultos de la gente. Pero esa vez, su silencio me dio miedo. Yo habría querido que acallara mis temores.

—¿Es cierto? ¿Soy medio china? ¿Mi padre es chino?

Me volvió la espalda y dijo en un tono que me pareció amenazador:

—Tu padre está muerto. Ya te lo he dicho. No vuelvas a hablar de esto con nadie.

El tono siniestro de su voz me aterrorizó por las muchas inquietudes que sembró en mi corazón. ¿Cuál era la verdad? ¿Cuál de ellas era la peor?

Al día siguiente, Nube Neblinosa ya no estaba. Las otras dijeron que la habían expulsado. No experimenté ninguna sensación de victoria, sino sólo cierto vértigo por haber infligido más daño del que pretendía. Sabía por qué ya no estaba. Había revelado la verdad. ¿La difundiría ahora, allí donde estuviera?

Le pregunté al portero si sabía adónde había ido Nube Neblinosa. Huevo Quebrado estaba rasqueteando un cerrojo oxidado.

—Cuando salió, estaba demasiado ocupada insultando a tu madre como para pararse a darme la dirección de su nueva casa. Con el ojo morado que llevaba, tardará un tiempo en encontrar adónde ir.

—¿Has oído lo que dijo de mí?

Estaba ansiosa por oír su respuesta porque quería saber hasta dónde se había propagado la mentira.

—No le hagas caso. La mestiza es ella —dijo el portero—. Cree que por tener sangre blanca es tan buena como tú.

¿Blanca? Nube Neblinosa tenía los ojos oscuros y el pelo negro. Nadie habría pensado que no fuera china pura.

—¿Te parezco medio china? —le pregunté en voz baja.

Él me miró y se echó a reír.

—Tú no eres como ella —respondió y siguió rasqueteando el cerrojo.

Sentí alivio.

Pero entonces, el portero añadió:

—No pareces medio china, no. Quizá solamente tengas unas gotas de sangre oriental.

Un pánico frío me recorrió el cuerpo, de la cabeza a los pies.

—¡Eh, era una broma! —aclaró él en un tono que me pareció demasiado amable, como de consuelo.

»Su madre tenía sangre sueca —oí más tarde que Huevo Quebrado le contaba a una doncella—. Estaba casada con un shanghaiano que murió al poco tiempo y la dejó sola con la niña. La familia del marido se negó a reconocerla como su viuda, y como ella no tenía familia propia, no le quedó más remedio que darse a la vida. Después, cuando vio que los hombres ya miraban a Nube Neblinosa cuando sólo tenía once años, la vendió a una casa de cortesanas de primera categoría para que al menos tuviera una oportunidad de llevar una vida mejor que la suya. Es lo que me ha contado el portero de la Casa de Li, donde trabajaba Nube Neblinosa antes de venir aquí. Si no le hubiera gritado a la madama de aquella casa antes de irse, ahora podría volver.

Más tarde, en mi habitación, pasé una hora entera sentada en la cama con un espejo apoyado en la falda, sin atreverme a ponérmelo delante de la cara. Cuando finalmente lo levanté, vi mis ojos verdes y mi pelo castaño, y lancé un suspiro de alivio. Dejé el espejo, pero no tardé en sentir la misma inquietud. Me aparté el pelo de la cara y me lo recogí con una cinta para ver con claridad mis facciones. Contuve la respiración y levanté otra vez el espejo. Tampoco en esa ocasión vi ningún rasgo chino. Entonces sonreí y, en cuanto lo hice, mis regordetas mejillas me levantaron los ojos y los inclinaron hacia arriba, y ese cambio instantáneo me encogió el corazón. Reconocí con excesiva claridad la huella de mi padre desconocido: la nariz ligeramente redondeada, las fosas nasales esquinadas, las almohadillas de grasa bajo las cejas, la suave redondez de la frente, las mejillas rechonchas y los labios carnosos. Mi madre no tenía ninguno de esos rasgos.

¿Qué me estaba pasando? Habría querido huir y dejar atrás esa nueva cara, pero me pesaban las piernas. Me miré al espejo de nuevo, con la esperanza de que mi cara cambiara y volviera a ser la de antes. Entonces ¿era ésa la razón de que mi madre ya no me quisiera? La sangre china de mi padre se estaba manifestando en mi cara como una mancha, y si ella lo odiaba tanto como para desear que no existiera, debía de sentir lo mismo por mí. Me desaté el pelo y lo sacudí para que cayera como una cortina oscura sobre mi cara.

Un aire frío me recorrió los brazos. El poeta fantasma había llegado para decirme que él ya sabía desde el principio que yo era china.

Me puse a espiar con un catalejo a todos los chinos que visitaban la Oculta Ruta de Jade. Eran hombres ricos, instruidos y estaban entre los más poderosos de la ciudad. ¿Estaría mi padre entre ellos? Los observaba para ver si mi madre demostraba más afecto o más desprecio por alguno de ellos que por los demás.

Pero, como siempre, parecía igual de interesada por todos. A todos les dedicaba su mirada cautivadora, su cálida risa y sus palabras sinceras, perfectamente ensayadas, que todos creían especiales y diferentes.

Sólo había un chino —que yo supiera— al que ella tratara con auténtica sinceridad y respeto: Huevo Quebrado, el portero. Lo veía todos los días y a veces bajaba para tomar el té con él, para hablar de los chismorreos que circulaban sobre los invitados a nuestras fiestas. Los porteros de las casas de cortesanas veían y oían todo lo que pasaba y se lo contaban a sus colegas. A menudo mi madre, hablando con Paloma Dorada, elogiaba la lealtad y la inteligencia de Huevo Quebrado.

Nunca conseguí imaginar de dónde podía venirle el nombre. No tenía un pelo de tonto y recordaba todo lo que mi madre le decía acerca del negocio. No sabía leer ni escribir más allá de unas pocas palabras, pero era un intérprete perfecto del carácter de las personas. Sabía juzgar si merecía la pena recibir a un huésped y cuál era su categoría social. Cuando reconocía a los hijos de nuestros invitados en la acera, sin saber qué hacer, les daba la bienvenida con especial amabilidad porque sabía que esa primera visita sería su iniciación en el mundo de los placeres masculinos. Memorizaba los nombres de todos los ricos y los poderosos que aún no habían visitado la casa por si algún día se presentaban. Por el tipo de ansiedad que demostraba cada hombre cuando llegaba a la puerta, era capaz de deducir si su propósito era cortejar a una Bella Nube o encontrar un socio comercial, y entonces informaba a mi madre al respecto. Tomaba nota de la apariencia de cada visitante, desde el peinado hasta los zapatos, pasando por el corte de su traje y su estilo para llevarlo. Conocía los signos del prestigio antiguo, que diferenciaban a los hombres habituados a la fortuna de otros que acababan de alcanzarla. En sus escasos días libres, Huevo Quebrado solía ponerse un traje de buena calidad que le había regalado un cliente. Tras años de observación, podía imitar los modales e incluso la forma de hablar de un caballero. Siembre iba muy arreglado, con el pelo bien cortado y las uñas limpias. Cuando me dijo que quizá yo tuviera unas gotas de sangre china, consideré la posibilidad de que fuera mi padre. Aunque él me gustaba, me habría avergonzado ser hija suya. Y si en verdad era mi padre, mi madre no lo habría reconocido, por vergüenza. Pero ¿cómo podría haber sido su amante? No era culto ni bien parecido, como sus otros amantes. Tenía la cara alargada, la nariz carnosa y los ojos muy separados. Era mayor que mi madre, quizá unos cuarenta años, y a su lado se veía enclenque. Además, por fortuna, yo no me parecía nada a él.

Pero ¿y si se trataba de mi padre? Tenía buen carácter y eso era lo más importante. Siempre era amable. Cuando se presentaba en la puerta un hombre que figuraba en la lista pero no satisfacía sus criterios, se disculpaba diciéndole que acabábamos de recibir un aluvión de huéspedes inesperados para una gran fiesta. A los jóvenes estudiantes y a los marineros extranjeros les daba consejos de hermano mayor:

—Crucen el puente del Perro Apaleado y prueben suerte en el fumadero de las Campanillas de Plata. Hay una chica mayor pero muy simpática llamada Pluma, que los tratará con cariño si pagan un par de pipas de opio.

Huevo Quebrado sentía debilidad por Pluma, que había trabajado en la Oculta Ruta de Jade hasta que la edad se lo impidió. «Es como una hija», decía él. Era protector con todas las chicas y a menudo ellas le expresaban su gratitud contando a las demás lo que había hecho él para protegerlas. Huevo Quebrado fingía no escucharlas, y cuando las chicas le preguntaban si era verdad lo que contaban, él las miraba con fingido desconcierto, como si no supiera de qué estaban hablando.

Si era cierto que mi padre era chino, entonces me habría gustado que fuera como Huevo Quebrado. Un mes después del incidente con Nube Neblinosa, mientras desayunábamos en la sala común, oí a Nube Nevada contar una historia:

—Ayer se presentó un borracho en la reja —dijo—. Yo estaba sentada en el jardín delantero, en un sitio donde no podía verme. Por la ropa barata y brillante que llevaba el hombre, me di cuenta de que era un visitante de una sola noche, sin nada de carne, un trozo de grasa amarilla flotando en un caldo frío. No estaba en la lista de invitados y no tenía ninguna posibilidad de cruzar el umbral, pero ya saben lo amable que es Huevo Quebrado con todo el mundo.

»El hombre le preguntó: "Eh, ¿se mueven bien en la cama las putas de esta casa?" Y se palmoteó la cartera, que estaba bien llena. Entonces Huevo Quebrado le puso su cara de pesadumbre y le dijo que todas las chicas de la Oculta Ruta de Jade usábamos una técnica llamada "rigidez cadavérica". Le hizo una demostración de cómo dejábamos las piernas trabadas en una sola posición, como si tuviéramos el rígor mortis, y le dijo que manteníamos la boca congelada en una mueca. Después le dijo que cobrábamos tres veces más que las chicas del Salón de las Golondrinas Cantoras del Sendero de la Tranquilidad, que eran mucho más movedizas. Entonces el hombre se fue muy feliz a ese burdel de tercera categoría, donde dicen que se acaba de declarar un brote de sífilis.

Todas estallaron en estruendosas carcajadas.

—Pluma me contó que la semana pasada Huevo Quebrado fue a verla y a fumar unas pipas —añadió—. Le dijo que no llorara y que seguía siendo muy guapa, pero ella estuvo un buen rato llorando en sus brazos. Él siempre es muy amable y generoso. Me ha contado Pluma que cada vez que se acuesta con ella insiste en pagarle el doble que el resto de los clientes.

«Cada vez que se acuesta con ella.» Imaginé a Huevo Quebrado reptando sobre mi cuerpo, mirando con su cara alargada mi expresión de miedo. No era mi padre. Era el portero.

Le pregunté a mi madre si podíamos visitar un orfanato para niñas mestizas abandonadas. No dudó ni por un momento en decir que era buena idea, y mi corazón palpitó alarmado. Se puso a recoger algunos de mis vestidos y juguetes viejos, que después, en el orfanato, yo dejé en una vasta sala llena de niñas de todas las edades. Algunas parecían totalmente chinas y otras habrían pasado por blancas puras, hasta que sonreían y los ojos se les inclinaban hacia arriba.

Cada vez que mi madre estaba demasiado ocupada para verme, yo lo tomaba como prueba de que no me quería ni me había querido nunca. Yo era su hija medio americana y medio odiada. Supuse que si no me decía la verdad, era porque habría tenido que admitir que no me quería. Muchas veces estuve a punto de preguntarle por mi padre, pero la pregunta siempre se me quedaba en la garganta. Lo que había averiguado me había agudizado la mente. Cada vez que un sirviente o una cortesana me miraban, yo veía una mueca de desprecio. Cuando los visitantes me dedicaban algo más que una mirada fugaz, sospechaba que se estarían preguntando de dónde venían mis facciones medio chinas. Pensaba que cuanto mayor me hiciera, más se notaría esa parte de mí. Temía que la gente dejara de tratarme como a una americana y que ya no me considerara mejor que las chicas chinas. Por eso intenté deshacerme de todo lo que pudiera sugerir que era mestiza.

No volví a hablar en chino con las Bellas Nubes ni con los sirvientes. Les hablaba solamente en *pidgin*, y si me hablaban en chino, fingía no entenderles. Les repetía una y mil veces que era americana. Quería que reconocieran que no éramos iguales. Quería que me odiaran porque ésa habría sido la prueba de que no pertenecía a su mundo. De hecho, algunos llegaron a odiarme, pero Huevo Quebrado se reía de mí y me decía que conocía a muchos chinos y extranjeros que lo trataban todavía peor que yo. Siguió hablándome en shanghaiano y yo estaba obligada a entenderlo porque era él quien me anunciaba que mi madre había vuelto, o que quería hablar conmigo, o que había mandado llamar un coche de caballos para que nos llevara a comer a un nuevo restaurante.

Hiciera lo que hiciera, yo siempre tenía miedo del padre desconocido que llevaba en la sangre. ¿Afloraría en algún momento su carácter para volverme todavía más china? ¿Y a qué mundo pertenecería yo si eso sucedía? ¿Qué me estaría permitido hacer? ¿Quién iba a querer a una niña odiada a medias?

CAPÍTULO 2
La nueva República

Shanghái
1912
VIOLETA

A las doce y media del día de mi decimocuarto cumpleaños, se oyeron gritos de alegría delante de la casa y estallaron petardos en el patio. *Carlota* aplastó las orejas y corrió a esconderse debajo de mi cama.

No teníamos costumbre de celebrar los cumpleaños de forma extravagante, pero pensé que quizá hubiera llegado a una edad especial. Corrí a buscar a mi madre. La encontré de pie en la sala del bulevar, mirando por la ventana hacia el camino de Nankín. Cada pocos segundos se oían tracas de petardos que estallaban a lo lejos. En seguida empezaron los silbidos de cohetes que desgarraban el aire, seguidos de explosiones que me retumbaban en el pecho. También se oían aclamaciones que crecían en timbre e intensidad, decaían y volvían a comenzar. La algarabía no tenía nada que ver con mi cumpleaños, después de todo. Fui a situarme junto a mi madre, que en lugar de saludarme, me dijo:

—¡Mira a todos esos imbéciles!

Huevo Quebrado entró sin llamar.

—¡Ya está! —anunció con su voz ronca—. La noticia corre por las calles. La dinastía Ching ha caído. Pronto Yuan Shi-kai será el nuevo presidente de la República de China.

Su expresión era de salvaje entusiasmo.

Era el 12 de febrero de 1912 y la emperatriz viuda Longyu

acababa de firmar la abdicación en nombre de su sobrino de seis años, el emperador Puyi, con la condición de que se les permitiera quedarse a vivir en el palacio y conservar sus posesiones. El régimen manchú había llegado a su fin. Lo esperábamos desde octubre, cuando el Nuevo Ejército se había sublevado en Wuchang.

—¿Por qué deberíamos confiar más en Yuan Shi-kai que en los compinches del emperador? —le dijo mi madre a Huevo Quebrado—. ¿Por qué no han dejado al doctor Sun en la presidencia?

—Yuan Shi-kai consiguió la renuncia del gobierno Ching, y con eso se ha ganado el derecho a ser presidente.

—Ese hombre fue comandante en jefe del ejército Ching —replicó ella—; todavía se le notan las raíces imperiales. He oído decir a algunos de nuestros clientes que, si le dan tiempo, acabará actuando como un emperador.

—Sí, pero si Yuan Shi-kai resulta ser un corrupto, al menos no tendremos que esperar dos mil años para que los republicanos nos suelten el cuello.

Meses antes de la abdicación, la casa ya estaba alborotada con la inminente caída de la dinastía Ching. Durante cierto tiempo, los huéspedes de las fiestas de mi madre dejaron de mezclarse: los occidentales se quedaban en su club social, y los chinos, en la casa de cortesanas. Hablaban incesantemente y por separado del cambio y de las posibilidades de que el nuevo régimen les fuera ventajoso o adverso, ya que era posible que muchos de sus amigos perdieran su influencia. Tendrían que forjar nuevas alianzas y prepararse para la eventualidad de nuevos impuestos o de diferentes tratados sobre comercio internacional que les resultaran más o menos favorables. Para atraerlos de nuevo a sus salones, mi madre tuvo que seducirlos con la promesa de lucrativas oportunidades que surgirían de la caótica situación.

Los sirvientes también se habían dejado contagiar por la fiebre del cambio. Recitaban como una letanía los agravios padecidos durante el dominio imperial, como la confiscación de las tierras de sus antepasados, que los había dejado sin un palmo de terreno para enterrar a los muertos. Decían que la obediencia a los ancestros había sido castigada y la corrupción de los Ching, recompensada, y se quejaban de que los extranjeros se hubieran hecho ricos con el comercio del opio, mientras el opio transformaba a los hombres en muertos vivientes.

—Venderían a sus madres por un trozo de goma de opio —decía Huevo Quebrado.

Algunas de las sirvientas y de las doncellas de la casa tenían miedo de la revolución. Querían la paz, pero sin más cambios que les trajeran nuevas preocupaciones. No creían que sus vidas fueran a mejorar bajo un nuevo gobierno militar. Según su propia experiencia, todos los cambios entrañaban sufrimiento. Cuando se habían casado, sus vidas habían empeorado. Cuando sus maridos habían muerto, las cosas habían empeorado todavía más. Los cambios eran lo que sucedía dentro de casa, y sólo ellas habían estado allí para padecerlos.

Un mes antes, el 1 de enero, nos enteramos de que la República había sido oficialmente proclamada y de que el doctor Sun Yat-sen había sido nombrado presidente provisional. El empalagoso amante de mi madre, Fairweather, llegó sin anunciarse, como siempre. De todos los hombres que mi madre se había llevado a la cama, Fairweather era el único que permanecía en su vida, persistente como una verruga. Yo lo odiaba todavía más incluso que aquella vez que mi madre me había utilizado como instrumento para reunirse con él. Estaba sentado en una butaca del salón, con un vaso de whisky en una mano y un cigarro en la otra. Entre sorbos y nubes de humo, declaró:

—Los sirvientes de tu casa tienen el fervor de los paganos recién convertidos por los misioneros. ¡Se sienten salvados! Pero por muy cristiano que sea el doctor Sun, no lo creo capaz de obrar el milagro divino de cambiarles el color de la piel para que dejen de ser amarillos. —Al verme en un rincón, me sonrió—. ¿Tú qué opinas, Violeta?

Mi madre debía de haberle contado que mi padre era chino. Sin poder soportar la imagen de ese gusano, salí del salón, ciega de ira, y me fui calle abajo, por el camino de Nankín. La gente había pegado a los lados de los tranvías británicos un mar de periódicos que temblaban como escamas. En el transcurso del último año se había puesto de moda la desobediencia civil, una forma temeraria de patriotismo que asestaba golpes simbólicos a los imperialistas. Yo sentía hervir mi sangre china y habría querido darle un puñetazo a Fairweather en plena cara. La calle bullía de estudiantes que corrían de una esquina a otra para pegar nuevos boletines de noticias en los muros públicos. La multitud se arremolinaba a su alrededor y los más instruidos leían en voz alta el artículo, que hablaba del nuevo presidente Sun Yat-sen. Sus palabras llenas de promesas y de visiones de futuro embelesaban a una muchedumbre desbordante de optimismo.

—Es el padre de la nueva República —oí decir a un hombre.

Me puse a buscar en el muro un retrato de ese padre revolucionario. Paloma Dorada me había dicho una vez que era posible descubrir el carácter de una persona observándole la cara. Miré un buen rato la fotografía del doctor Sun y llegué a la conclusión de que era honesto y amable, sereno e inteligente. También había oído decir que hablaba inglés a la perfección, por haber pasado la juventud en Hawái. Si el doctor Sun hubiera sido mi padre, me habría sentido orgullosa y le habría contado a todo el mundo que era medio china. Esa última idea me tomó por sorpresa y rápidamente la deseché.

Nunca había podido hablar con mi madre sobre lo que significaba para mí tener un padre chino. Éramos incapaces de reconocernos mutuamente lo que yo sabía. En los últimos tiempos, ella ocultaba sus verdaderos sentimientos acerca de casi todo. China estaba viviendo una revolución, y ella se comportaba como una espectadora en las carreras, lista para apostar por el favorito. Confiaba en que la nueva República no se inmiscuyera en los asuntos de la Concesión Internacional, donde vivíamos.

—La Concesión es nuestro oasis —les decía a sus clientes—, un oasis con leyes propias.

Pero yo notaba que su aparente falta de interés era una manera de enmascarar su preocupación. De hecho, ella me había enseñado a distinguir los sentimientos verdaderos a raíz del gran esfuerzo que la gente destinaba a ocultarlos. A menudo la oía comentar con Paloma Dorada lo que observaba entre sus clientes: una fanfarronada para compensar el miedo, un detalle de cortesía para disimular un engaño o la indignación que confirmaba una mala conducta.

Yo también hacía esfuerzos para esconder mi mitad china y siempre estaba en guardia por si en algún momento desfallecía en mi empeño, como cuando había sucumbido con tanta facilidad a mi tendencia innata y había deseado que el doctor Sun fuera mi padre. El apasionamiento de los estudiantes me parecía admirable y cada vez me costaba más forzar el corazón y la mente para parecer extranjera de la cabeza a los pies. Con frecuencia, me estudiaba en el espejo para aprender a sonreír sin entrecerrar los ojos en un ángulo que pareciera oriental. Copiaba la postura erguida de mi madre y su manera de andar, propia de una extranjera segura de su lugar en el mundo. Lo mismo que ella, miraba a la gente directamente a los ojos y saludaba a las personas que me presentaban diciendo:

—Soy Violeta Minturn, encantada de conocerlo.

Usaba el *pidgin* para felicitar a los sirvientes por su obediencia o celeridad. Era más amable con las flores que cuando era pequeña, pero no les hablaba en chino, a menos que se me olvidara mi determinación, lo que sucedía más a menudo de lo que habría deseado. Pero no era arrogante con Paloma Dorada ni con Huevo Quebrado. Tampoco era fría con la doncella de Nube Nevada, llamada Piedad, cuya hija, Pequeño Océano, se había ganado la simpatía de *Carlota.*

Desde mi altercado con Nube Neblinosa, seis años antes, nadie de la casa había mencionado que yo fuese mestiza, ni lo había insinuado siquiera. Probablemente, después de lo sucedido con Nube Neblinosa, no se atrevían. Pero yo siempre tenía presente el peligro de que alguien me hiriera con la terrible verdad. Cada vez que me presentaban a alguien, cualquier comentario referente a mi aspecto me resultaba devastador.

Lo había sufrido poco tiempo antes, cuando mi madre había traído a casa a su nueva amiga, una sufragista británica fascinada por poder visitar un «palacio del placer», como ella llamaba a la Oculta Ruta de Jade. Después de las presentaciones, la mujer había alabado el inusual color de mis ojos.

—Nunca había visto ese matiz de verde —dijo—. Me recuerda a la piedra serpentina. Cambia con la luz.

¿Se habría fijado también en la forma de mis ojos? Evité sonreír y me puse todavía más nerviosa un instante después, cuando le contó a mi madre que se había ofrecido voluntaria para recaudar dinero para el orfanato de niñas mestizas.

—Nadie las adoptará nunca —dijo—. Si no fuera por el orfanato y las mujeres generosas como usted, tendrían que vivir en la calle.

Mi madre abrió la cartera y le entregó un donativo.

El día de la abdicación, me alegré de formar parte del odiado grupo de los extranjeros. ¡Me gustaba que los chinos me despreciaran! Corrí al balcón del ala oriental de la casa y vi las chispas de los petardos y un montón de trocitos de papel que flotaban por el aire. El color del papel era el amarillo imperial, y no el rojo habitual de las celebraciones, como para señalar que la dinastía Ching había saltado en mil pedazos.

La muchedumbre crecía a ojos vistas. Un mar de gente con pancartas victoriosas levantaba el puño y lucía brazaletes con consignas antiextranjeras.

—¡No a los tratados del puerto! —oí que gritaban.

Estalló una ovación y la multitud repitió como un eco esas palabras.

—¡Basta de tra-la-lá y de canciones estúpidas!

La muchedumbre rugió de risa.

—¡Fuera de China los amigos de los extranjeros!

Hubo más aplausos y gritos.

¿Seguiríamos teniendo amigos? ¿Paloma Dorada sería aún amiga nuestra? ¿Nos querría lo suficiente para arriesgarse a que la echaran de China?

Las calles estaban tan atestadas de gente que los *rickshaws* ya no podían avanzar. Desde mi mirador divisé a una pareja de occidentales, un hombre y una mujer, que hacían señas desesperadamente al conductor de su palanquín para que atropellara a la gente que les bloqueaba el paso. El hombre soltó las asas del *rickshaw* y el coche se volcó repentinamente hacia atrás, lo que casi catapultó a la pareja fuera del vehículo. El conductor levantó los puños y los pasajeros huyeron. No pude verles la cara, pero sabía que debían de estar aterrorizados, en medio de una muchedumbre que los empujaba y los zarandeaba.

Me volví hacia mi madre.

—¿Corremos peligro?

—No, claro que no —respondió ella.

Vi que se le había formado un nudo en el entrecejo. Estaba mintiendo.

—Los codiciosos no han esperado ni un minuto para cambiar de bandera —dijo Huevo Quebrado—. Se les oye por todas partes, en la plaza del mercado: «¡Dos botellas de vino Nueva República por el precio de una!» Y en broma: «¡Dos botellas de vino Ching por el precio de tres!»

Se volvió y me miró.

—No deberías salir a la calle. No es seguro para ti —dijo—. Hazme caso.

Le entregó a mi madre la correspondencia y el periódico, el *North China Herald.*

—Los recogí en la oficina de correos antes de que acordonaran las calles —le explicó—. Pero si siguen los disturbios, quizá pasen varios días sin que recibamos nada más.

—Haz lo que puedas para conseguir los periódicos chinos y los ingleses. Quedarán muchos tirados por el suelo al final del día. Quiero ver las viñetas y los artículos que publican en la prensa opositora. De ese modo, tendremos una idea de lo que se avecina, antes de que las cosas se asienten.

Recorrí la casa para ver si alguien más estaba preocupado. Encontré a tres de los sirvientes y al cocinero fumando en el jardín delantero, sobre el suelo cubierto de confeti de papel amarillo. Habían sido ellos los que habían lanzado los petardos, y ahora se estaban regodeando en la indefensión del pequeño emperador manchú y de sus arrogantes eunucos. ¡La emperatriz y sus perros pequineses ya no volverían a ser más importantes que el pueblo hambriento!

—Mi tío se hizo bóxer cuando la mitad de nuestra familia murió de hambre —dijo uno de los sirvientes—. Fue la peor riada de los últimos cien años, o quizá de los últimos doscientos. El agua creció con la rapidez con que cae la niebla sobre un pantano. Después vino el año de la sequía: ni una gota de lluvia. Un desastre tras otro.

Se fueron pasando una cerilla para encender las pipas. Intervino entonces el cocinero:

—Cuando un hombre lo ha perdido todo, lucha sin miedo.

—Ahora que hemos echado a los Ching —dijo otro—, tenemos que expulsar a los extranjeros.

El cocinero y los sirvientes me miraron con desprecio. Me estremecí. El cocinero siempre había sido amable conmigo y muchas veces me preguntaba si quería que me preparara el almuerzo o la cena al estilo americano. Los sirvientes siempre habían sido corteses, o al menos pacientes, cuando yo los importunaba. Una vez, de pequeña, les había volcado las bandejas con la comida, y sólo me habían regañado un poco, y sin levantar la voz. Después le dijeron a mi madre que todos los niños eran iguales y nunca se quejaron abiertamente; pero esa misma noche, muy tarde, los oí despotricar contra mí en el pasillo, cerca de mi ventana.

El día de la abdicación actuaron como si yo fuera una desconocida. Tenían expresiones muy feas y había algo extraño en su aspecto. Cuando uno de ellos se volvió para agarrar una botella de vino, noté que se había cortado la trenza. Sólo uno la conservaba: Patito, el sirviente que abría la puerta de la casa y anunciaba a los visitantes por la tarde. Él aún llevaba la trenza enrollada sobre la nuca. Una vez, yo le había preguntado cuánto medía y él, mientras se la desenrollaba, me había contado que aquella trenza era el mayor orgullo de su madre. Para ella, la longitud de la trenza era la medida del respeto al emperador.

—Me llegaba justo por debajo de la cintura la última vez que me lo dijo —había recordado él en aquella ocasión—. Cuando murió, todavía no me había crecido hasta aquí.

Y me había enseñado que le llegaba hasta las rodillas.

El cocinero se estaba burlando de Patito.

—¿Qué pasa? ¿Todavía defiendes al emperador?

Los otros se echaron a reír y lo animaron a cortarse la trenza. Uno de ellos le dio el cuchillo que los otros habían usado para cortarse las suyas.

Patito contempló gravemente el cuchillo y después a sus sonrientes compañeros. Tenía la mirada huidiza, como de miedo. Se encaminó con paso rápido hacia un pozo abandonado que había junto al muro del jardín. Se soltó su adorada trenza, la miró un momento y se la cercenó. Los otros hombres estallaron en aclamaciones:

—¡Bien hecho!

—¡Enhorabuena!

—¡Mírenlo! ¡Por la cara que tiene, se diría que acaba de cortarse las pelotas para convertirse en eunuco!

Patito tenía la cara desfigurada por una mueca de dolor tan profundo que cualquiera habría dicho que acababa de matar a su madre. Levantó la tapa y suspendió sobre la boca del pozo su adorado tesoro. Le temblaban tanto las manos que la trenza se sacudía como una serpiente viva. Por fin la soltó y, de inmediato, se asomó al pozo para ver cómo caía. Por un momento, pensé que él también iba a saltar detrás.

En ese instante, Huevo Quebrado salió corriendo al patio.

—¿Qué pasa? ¿Dónde está la comida? ¿Por qué no hay agua hirviendo? ¡Lulú Mimi ha pedido su té!

Los hombres guardaron silencio y siguieron fumando.

—¡Eh! Cuando se cortaron la trenza, se rebanaron también una parte del cerebro? ¿Quién les paga el sueldo? ¿Qué será de ustedes si esta casa tiene que cerrar? No estarán mucho mejor que aquel mendigo de una sola pierna, recostado contra el muro.

Entre murmullos de protesta, se pusieron de pie y entraron en la casa.

¿Qué estaba pasando? ¿Qué ocurriría después? Recorrí los pasillos y vi la cocina abandonada, con agua fría en las cubetas, las verduras a medio picar y las tinajas con ropa a medio lavar, como si los sirvientes se hubieran caído dentro y se hubieran ahogado.

Encontré a Paloma Dorada y a las Bellas Nubes sentadas en la sala común. Nube Estival derramaba ríos de lágrimas por el fin de la dinastía Ching, como si se hubiera muerto su propia familia.

—He oído que las leyes de la nueva República nos obligarán a cerrar —dijo.

—Los políticos quieren dar muestras de una nueva moralidad, más elevada que la de los Ching y los extranjeros.

—¡Una nueva moralidad! ¡Bah! —exclamó Paloma Dorada—. Son los mismos que nos visitaban y se alegraban de que los occidentales nos dejaran en paz.

—¿Qué haremos ahora? —prosiguió Nube Estival en tono trágico. Levantó las suaves y blancas manos y se las quedó mirando con tristeza—. Tendré que lavarme la ropa, como una vulgar lavandera.

—Deja ya de decir tonterías —replicó Paloma Dorada—. Los republicanos no tienen ningún control sobre la Concesión Internacional, como tampoco lo tenían los Ching. Esto no cambiará.

—¿Cómo lo sabes? —repuso Nube Estival—. ¿Acaso vivías cuando depusieron a la dinastía Ming?

Oí que mi madre me llamaba.

—¡Violeta! ¿Dónde estás? —Vino hacia mí—. ¡Ah, aquí! Ven a mi estudio. Quiero que estés cerca de mí.

—¿Por qué? ¿Tenemos algún problema?

—No, ninguno. Es sólo que no quiero que salgas a la calle. Hay demasiada gente y podrían hacerte daño.

El suelo de su estudio estaba cubierto de periódicos.

—Ahora que ya no está el emperador —dije yo—, ¿lo pasaremos mal? ¿Nos cerrarán la casa?

—Ven aquí. —Me rodeó con los brazos—. Es el fin de la dinastía. A nosotros no nos afecta, pero los chinos están muy alterados. Pronto se calmarán.

Al tercer día, las calles ya estaban practicables y mi madre quiso ir a visitar a algunos de sus clientes para animarlos a regresar.

Huevo Quebrado dijo que era peligroso que una extranjera se dejara ver por la calle. Patriotas borrachos recorrían la ciudad armados con tijeras, cortándoles la trenza a los hombres que aún se atrevían a lucirla. También le habían cortado el pelo a alguna mujer blanca, sólo por divertirse. Pero mi madre nunca se dejaba intimidar. Se puso un pesado abrigo de pieles, pidió un coche de caballos y se equipó con un mazo de *croquet* para ella y otro para Paloma Dorada, con el fin de descargar el arma sobre la cabeza de cualquiera que se les acercara con unas tijeras y una sonrisa maliciosa.

Todos los clientes se mantuvieron alejados durante la primera semana que siguió a la abdicación. Mi madre les envió mensajes a través de los sirvientes para hacerles saber que había mandado retirar el cartel en inglés del establecimiento, pero ellos siguieron reacios. El nombre de la Oculta Ruta de Jade era demasiado conocido, lo mismo que el de la Casa de Lulú Mimi. Los clientes occidentales no querían que los vieran por allí, y los chinos temían que se supiera que habían estado haciendo negocios con extranjeros.

El domingo 18 fue el Año Nuevo chino, lo que volvió a encender el fervor de la semana anterior y redobló el ruido, con una cacofonía de petardos, gongs, tambores y cantos. Cuando se oía el silbido de un cohete, mi madre dejaba de hablar, apretaba la mandíbula y hacía una mueca preparatoria ante el inevitable estruendo de la explosión. Contestaba secamente a todo el mundo, incluso a Paloma Dorada. Estaba irritada por el estúpido miedo de sus clientes, que sin embargo iban regresando poco a poco: cinco una noche, una docena la siguiente... En su mayoría eran pretendientes chinos cuyas cortesanas favoritas les habían escrito cartas llenas de melancolía. Pero nadie estaba de humor para frivolidades. En los salones, se formaban grupos separados de chinos y occidentales, y se hablaba en tono sombrío de las protestas contra los extranjeros, que podían considerarse un barómetro del futuro del comercio internacional.

—He oído que muchos de los cabecillas estudiantiles se formaron en Estados Unidos. El gobierno Ching les dio esas malditas becas indemnizatorias y ahora han vuelto con conocimientos para hacer la revolución —decía uno de los caballeros.

Mi madre recorría el salón rezumando confianza, aunque una hora antes, mientras leía los periódicos, no parecía tener ninguna. Entre sonrisas, iba distribuyendo comentarios tranquilizadores.

—Sé positivamente y de muy buena fuente que la nueva República está utilizando el sentimiento antiextranjero para unir al país, pero sólo de forma provisional —dijo en una ocasión a un grupo—. Tengan en cuenta que los altos funcionarios del régimen Ching conservarán sus puestos en la República. Ya lo han anunciado, de modo que seguiremos teniendo amigos. Además, ¿por qué iba a expulsar la nueva República a los extranjeros? ¿Por qué iba a cortarse sus propias manos y a negarse la posibilidad de seguir sacando dinero del pozo sin fondo que tanto les gusta? Todo se calmará dentro de poco. Ya ha sucedido antes. Repasen la historia de otros alborotos similares. El comercio occidental siempre ha vuelto con más fuerza y con beneficios aún mayores. Todo acabará por asentarse. Pero, al principio, nos hará falta paciencia, y también audacia y mucha previsión.

Algunos hombres murmuraron su asentimiento, pero la mayoría parecieron escépticos.

—Piensen en la cantidad de divisas que el comercio internacional trae a China —continuó mi madre—. ¿Cómo podría sernos hostil el nuevo gobierno? Pronostico que tras una temporada de prohibiciones contra el desembarco de nuestros mercantes, volverán a recibirnos con los brazos abiertos y nos ofrecerán tratados y aranceles aún más favorables. Si quieren aplastar a los cabecillas locales, necesitarán dinero. Y nosotros lo tenemos.

Hubo más murmullos de aprobación.

Mi madre persistió en su actitud risueña.

—Los que se queden podrán aprovechar las oportunidades que hayan despreciado los dubitativos. Habrá oro por las calles para el que quiera recogerlo. Es un momento para la audacia, y no para el miedo ni los escrúpulos inútiles. Caballeros, hagan planes para un futuro más próspero. La nueva senda ya está trazada. ¡Viva la nueva República!

Pero los negocios no acababan de funcionar. Si había oro por las calles, estaba donde nadie se atrevía a recogerlo.

Al día siguiente, mi madre renunció a todo esfuerzo para insuflar vida a su negocio. Había llegado una carta justo antes de que saliéramos a celebrar con retraso mi cumpleaños a un restaurante. Cuando llegué a la puerta de su estudio, la oí hablando en tono airado. Miré y no vi a nadie. Estaba maldiciendo sola. Cuando era más pequeña, había pasado mucho miedo oyéndola blasfemar a solas. Pero sus estallidos de malhumor nunca tenían consecuencias terribles. Eran como el acto de sacudir una alfombra. Se desahogaba y después todo parecía aquietarse en su interior.

—¡Ojalá se te pudra el corazón! —exclamó—. ¡Maldito cobarde!

Pensé que su ira tenía algo que ver con lo sucedido al emperador.

—Mamá —dije suavemente.

Se volvió hacia mí sobresaltada, con una carta apretada contra el pecho. La escritura era cursiva, sin caracteres chinos.

—Violeta, cariño, no podremos salir a comer. Me ha surgido un imprevisto.

No mencionó la carta, pero yo sabía que era ésa la razón. Había pasado lo mismo en mi octavo cumpleaños. Esta vez, sin embargo, no me enojé; sólo me puse nerviosa. Estaba segura de que se trataba una vez más de una carta de mi padre. La última, seis años antes, traía la noticia de su muerte reciente. De ese modo me había enterado yo de que había estado vivo durante todos esos años, a pesar de que mi madre me había negado su existencia. Desde entonces, cada vez que había vuelto a sacar el tema de mi padre, ella me había respondido con sequedad:

—Ya te lo dije. Ha muerto, y eso no va a cambiar por muchas veces que lo preguntes.

La pregunta le molestaba, pero yo no podía evitar repetírsela porque la respuesta ya había cambiado una vez.

—¿Dejamos la comida para más tarde?

Sabía lo que iba a contestar, pero quería ver cómo me respondía.

—Tengo que salir para ver a alguien —dijo.

Yo no iba a dejar que se escabullera tan fácilmente.

—Íbamos a celebrar mi cumpleaños en un restaurante —me quejé—. Siempre estás demasiado ocupada para cumplir las promesas que me haces.

No pareció sentirse muy culpable.

—Lo siento —dijo—. Tengo algo muy urgente y muy importante que hacer. Mañana iremos a comer a un restaurante todavía mejor. Y brindaremos con champán.

—Yo también soy importante —repliqué.

Subí a mi habitación y repasé lo sucedido. Una carta. Otra celebración de cumpleaños postergada. ¿Quién era más importante?

Cuando la oí salir, entré en la sala del bulevar y me colé sigilosamente en su habitación a través de las puertas cristaleras. La carta no estaba en el cajón, ni debajo del colchón, ni dentro de la funda de la almohada, ni en los botes donde guardaba caramelos. Cuando ya me iba, la descubrí asomada entre las páginas de un libro de poesía, sobre la mesita redonda donde mi madre solía sentarse con Paloma Dorada para repasar las tareas del día. El sobre era de papel blanco y grueso, y estaba dirigido en chino a madame Lulú Mimi. Debajo, en inglés, podía leerse en escritura pulcra y florida: «Lucrecia Minturn.» *Lucrecia.* Nunca había oído que mi madre se llamara así. ¿Sería su verdadero nombre? El encabezamiento de la carta se dirigía a ella con otro nombre, que tampoco había oído nunca.

Mi querida Lucía:

Libre ya de mis obligaciones, podré darte por fin lo que en toda justicia te pertenece.

Pronto volveré a Shanghái. ¿Me permitirás que te visite el día 23 a las 12 del mediodía?

Tuyo,

LU SHING

¿Quién era ese chino que escribía en inglés? La había llamado por dos nombres diferentes: Lucrecia y Lucía. ¿Por qué regresaba?

Antes de que pudiera estudiar la carta un poco más detenidamente, entró Paloma Dorada.

—¿Qué haces aquí? —dijo.

—Estoy buscando un libro —repliqué en seguida.

—Dame eso —dijo. Le echó un rápido vistazo y añadió—: No le digas a tu madre que has visto esta carta. No se lo digas a nadie, o lo lamentarás el resto de tu vida.

Mis sospechas estaban justificadas. La carta tenía que ver con mi padre. Temí que el día 23 fuera a cambiar mi vida para peor.

Cuando llegó el día señalado, toda la casa estaba alborotada con la esperada llegada a mediodía de cierto visitante. Yo me había escondido en el balcón central sobre el gran salón y observaba la actividad en el piso de abajo. Se suponía que debía quedarme estudiando en mi habitación, y no en la sala del bulevar, y tenía órdenes estrictas de mi madre de no salir hasta que ella me lo dijera. También me había indicado que me pusiera mi vestido verde, que era uno de los mejores que tenía para los días de fiesta. Supuse que sería porque iba a conocer a ese hombre.

Las doce del mediodía llegaron y pasaron, y los minutos se convirtieron en horas. Presté atención por si anunciaban la llegada de nuevos invitados, pero no oí nada. Entré sin hacer ruido en la sala del bulevar. Si me descubría alguien, diría que estaba buscando uno de mis libros de texto. Puse uno debajo de la mesa por si acaso. Como esperaba, mi madre estaba en su estudio, al otro lado de las puertas cristaleras. Paloma Dorada se encontraba con ella. Mi madre estaba furiosa y su tono era tan grave y sombrío como los truenos que preceden al rayo. La amenaza vibraba en su voz. Paloma Dorada le respondía con voz suave y conciliadora, pero las palabras exactas de la conversación se me escapaban, convertidas en grumos de sonido sin forma definida. Ya había corrido un riesgo al entrar en esa habitación, pero tardé una hora en reunir el coraje necesario para apoyar un oído contra el cristal.

Estaban hablando en inglés. La mayor parte del tiempo, hablaban en voz demasiado baja para que yo distinguiera las palabras, pero muy pronto mi madre levantó la voz, llevada por la ira.

—¡Canalla! —gritó—. ¡Deberes familiares!

—Es un cobarde y un ladrón, y no creo que debas creer nada de lo que dice —declaró Paloma Dorada—. Si lo recibes, volverá a destrozarte el corazón.

—¿Tenemos un arma en la casa? Voy a meterle un balazo en los huevos. No te rías. Lo digo en serio.

Esas frases sueltas se añadieron a mi confusión.

Cayó la noche y oí voces de sirvientes que pedían agua caliente. Un criado llamó a la puerta de mi madre y anunció la llegada de un visitante, que estaba esperando en el vestíbulo. Mi madre no salió de su habitación hasta transcurridos diez minutos. En cuanto salió, empujé un par de centímetros las puertas cristaleras y levanté ligeramente el bajo de la cortina. Después corrí a mi escondite en el balcón que dominaba el gran salón.

Mi madre bajó unos peldaños, se detuvo y le hizo una señal con la cabeza a Patito, que esperaba de pie junto a las cortinas de terciopelo.

Patito descorrió el cortinado y anunció:

—Ha llegado el señor Lu Shing para presentar sus respetos a madame Lulú Mimi.

Era el nombre de la persona que había escrito la carta. Contuve la respiración, a la espera de que apareciera entre las cortinas. En pocos instantes iba a saber si era el hombre que yo creía.

Su apariencia era la de un caballero completamente moderno, con el porte de las personas de alcurnia, erguido pero sin envaramiento. Vestía un traje oscuro bien cortado y zapatos tan lustrados que desde mi balcón distinguía el brillo. Tenía el pelo espeso y pulcramente cortado, alisado con brillantina. No podía verle bien la cara, pero supuse que sería mayor que mi madre, ni demasiado joven, ni demasiado viejo. Llevaba doblado sobre el brazo un abrigo largo de invierno, y encima del abrigo, un sombrero, dos prendas que un sirviente se apresuró a llevarse.

El señor Lu recorrió el salón con la mirada, pero no con la expresión maravillada de la mayoría de los visitantes primerizos que llegaban a la casa de mi madre. El estilo occidental era la norma en la mayoría de las casas selectas de cortesanas, e incluso en los hogares respetables de los ricos. Pero la decoración de nuestra casa no se veía en ningún otro sitio: cuadros atrevidos, voluptuosos sofás con tapizado de piel de tigre, una escultura de una enorme ave fénix y una palmera gigantesca que llegaba hasta el techo. El hombre compuso una media sonrisa, como si nada de lo que veía fuera una novedad para él.

Nube Turgente vino a agacharse a mi lado.

—¿Quién es ése? —susurró.

Le dije que se fuera a otra parte pero no se movió. Estaba a punto de enterarme de quién era ese hombre y no quería que Nube Turgente estuviera a mi lado cuando lo descubriera.

Mi madre reanudó el descenso de la escalera. Había elegido para la ocasión un vestido extraño que yo no había visto nunca. Debía de haberlo comprado la víspera. Sin duda era de última moda (de lo contrario, mi madre no se lo habría puesto), pero el corte no se adaptaba a su costumbre de andar todo el tiempo a grandes zancadas por la casa. Era muy ceñido y el tejido de lana azul le acentuaba las curvas generosas del busto y las caderas. El talle era muy estrecho y también la falda, a la altura de las rodillas, lo que la obligaba a moverse lentamente, con la majestuosidad de una reina. El hombre fue paciente y la esperó sin quitarle la vista de encima. Cuando ella llegó hasta él, no le dio la bienvenida efusivamente, como hacía con otros hombres. No pude oír sus palabras exactas, pero su tono me pareció monocorde, aunque tembloroso. Él le hizo una ligera reverencia que no era china ni occidental y, tras incorporarse lentamente, la miró con expresión solemne. De repente, ella se volvió y se encaminó otra vez hacia la escalera con su paso breve. Él la siguió. Incluso a la distancia en que me encontraba, pude ver que la expresión de mi madre era exactamente la que ella detestaba ver en el rostro de cualquiera de nuestras flores. Tenía la barbilla levemente levantada y el gesto arrogante, con los ojos entrecerrados, mirando por encima de la nariz. Su expresión era de desdén. El hombre se comportó como si no notara su actitud poco amistosa. O quizá se la esperaba y estaba preparado.

—¡Oh! —exclamó Nube Turgente—. Un hombre cultivado. Y con dinero a montones.

Le lancé una mirada de ira para que se estuviera callada, y ella, que era siete años mayor que yo, reaccionó con su habitual resentimiento cada vez que yo la regañaba y me miró con una mueca de disgusto.

No podía ver bien las facciones del hombre, pero intuí algo familiar en su cara. Estaba a punto de desmayarme de nerviosismo. ¿Sería mi padre?

Cuando se disponían a subir la escalera, salí subrepticiamente de mi palco, me dirigí a toda prisa a la sala del bulevar y me escondí debajo de la cama. Sabía que tendría que esperar quince minutos hasta que la penumbra del crepúsculo se convirtiera en oscuridad; sólo entonces podría acercarme a las puertas cristaleras sin que se notara mi presencia a través de las cortinas. Las baldosas del suelo estaban frías, y lamenté no haberme envuelto en una manta. Oí el ruido de la puerta del estudio al abrirse, seguido de las voces de mi madre y de Paloma Dorada, que iba preguntando qué clase de refrigerio debía servir. Era costumbre de la casa servir en el estudio una selección de fruta, o bien té y galletas inglesas de mantequilla, según el huésped. Pero mi madre le dijo que no hacía falta servir nada y a mí me sorprendió su descortesía.

—Siento mucho el retraso —dijo el hombre, que hablaba como un inglés—. La muchedumbre estaba derribando las murallas de la Ciudad Vieja y las calles estaban impracticables. Dejé el coche y vine andando porque sabía que me estabas esperando. Tardé casi tres horas solamente en llegar a la avenida Paul Brunat.

Mi madre no hizo ningún comentario apreciativo del gran esfuerzo que había tenido que hacer él para venir a verla. Entonces los dos se fueron al otro extremo de la sala, e incluso con las puertas cristaleras abiertas ya no pude entender bien lo que decían porque sus palabras me llegaban demasiado débiles. La voz grave del hombre fluía con suavidad. La de mi madre era brusca y entrecortada. De vez en cuando, levantaba un poco la voz para hacer un comentario acalorado:

—Lo dudo mucho... No los recibí... No volvió.

De repente, exclamó:

—¿Por qué quieres verla ahora? ¿Cuándo fue la última vez que te preocupaste por ella? ¡No nos hiciste llegar ni una sola palabra, ni un solo dólar! No te habría importado que las dos nos hubiésemos muerto de hambre.

Sabía que estaba hablando de mí. Él nunca se había interesado por mí; nunca me había querido. ¡Canalla! Lo odié de inmediato.

El hombre murmuró una serie de frases rápidas que no entendí. Su tono parecía agitado. Después levantó la voz y pude oírlo con más claridad:

—Estaba devastado, atormentado. Pero ellos me lo impidieron. Me fue imposible.

—¡Cobarde! ¡Despreciable cobarde! —gritó mi madre.

—Fue cuando él estaba en el Departamento de Relaciones Exteriores.

—¡Ah sí, las obligaciones familiares! ¡La tradición! ¡El compromiso! ¡Los antepasados y las ofrendas incineradas! ¡Admirable!

La voz de ella se acercó a la puerta.

—Después de todos estos años en China —dijo él—, ¿todavía no conoces el poder que tiene la familia en este país? Es el peso de diez mil estelas fúnebres, y mi padre lo dirigió contra mí.

—Lo comprendo perfectamente. He conocido a muchos hombres, y de naturaleza tan predecible como la tuya. Se debaten entre el deseo y el deber, y los traicionan a los dos. Esos hombres tan predecibles me han convertido en una mujer de éxito.

—Lucía —dijo él en tono triste.

—¡No me llames así!

—Tienes que escucharme, por favor.

Se abrió la puerta del estudio y resonó la voz de Paloma Dorada.

—Perdón —dijo en chino—, pero tenemos un problema urgente.

Lu Shing empezó a presentarse en chino, pero Paloma Dorada lo interrumpió.

—Ya nos conocemos —le dijo secamente—. Sé muy bien quién eres y lo que has hecho. —Después siguió hablando con mi madre en un tono todavía más controlado que antes—. Tengo que hablar contigo. Tiene que ver con Violeta.

—¡Entonces está aquí! —exclamó el hombre—. ¡Por favor, déjame verla!

—Te dejaré verla cuando te hayas muerto —replicó mi madre.

Yo aún estaba furiosa, pero me emocionó que quisiera verme. Si venía a verme, yo lo rechazaría. Ya había oscurecido lo suficiente para que pudiera acercarme a las puertas cristaleras. Quería ver su expresión. Cuando me disponía a salir de debajo de la cama, oí que mi madre y Paloma Dorada cerraban la puerta del estudio y salían al pasillo. De pronto, la puerta de la sala del bulevar se abrió y yo volví a meterme precipitadamente en mi escondite. Me pegué a la pared y contuve la respiración.

—Esto es demasiado para que lo soportes tú sola —dijo Paloma Dorada hablando en voz baja, en inglés—. Debería estar yo contigo.

—Prefiero hacerlo sola.

—Si me necesitas, toca la campanilla para pedir el té. Yo me quedaré aquí esperando, en la sala del bulevar.

El corazón me dio un vuelco. Si me quedaba debajo de la cama, moriría congelada.

—No hace falta —replicó mi madre—. Ve a cenar con las demás.

—Al menos deja que le pida a la doncella que te traiga el té.

—Sí, estaría bien. Tengo la boca seca.

Salieron y yo suspiré aliviada.

Oí llegar a la doncella y en seguida resonó un ruido de tazas, seguido de palabras corteses. Salí de debajo de la cama, temblando de frío y nerviosismo. Me froté los brazos y me envolví con una manta que saqué de la cama. Cuando me dejaron de castañetear los dientes, me acerqué a las puertas de vidrio y espié a través de la abertura entre las cortinas.

Al instante supe que ese hombre era mi padre. Tenía mis facciones: los ojos, la boca y la forma de la cara. Sentí una oleada de resignación que me produjo náuseas. Yo era mitad china. Lo sabía desde hacía tiempo, pero había intentado aferrarme con todas mis fuerzas a la duda. Nunca habría un lugar para mí fuera de la casa. Otra sensación se apoderó de mí: el triunfante orgullo de haber estado en lo cierto cuando creía que mi madre me mentía. Mi padre existía. La insistente pregunta había dado paso a la horrible verdad. Pero ¿por qué lo odiaba mi madre hasta el punto de negarse a verlo durante todos esos años? ¿Por qué había preferido decirme que había muerto? Después de todo, cuando una vez le pregunté si mi padre me había querido, ella me había dicho que sí. Pero ahora sostenía que no.

El señor Lu apoyó una mano sobre el brazo de mi madre, y ella lo retiró, exclamando:

—¿Dónde está el niño? ¡Dímelo y después vete!

¿Quién era el niño?

El hombre intentó tocarle el brazo otra vez, pero ella le dio primero una bofetada y después le descargó una lluvia de puñetazos sobre los hombros mientras lloraba. Él no se movió. Permaneció extrañamente inmóvil, como un soldado de madera, dejándola hacer.

Mi madre parecía más desesperada que colérica, y eso me dio miedo, porque nunca la había visto así. ¿Por quién preguntaba? ¿Por qué le importaba tanto su paradero?

Por fin se detuvo y dijo con voz ronca:

—¿Dónde está? ¿Qué le han hecho a mi bebé? ¿Está muerto?

Me tapé con fuerza la boca para que no se oyeran mis gritos. Mi madre tenía un hijo y lo quería tanto que lloraba por él.

—Está vivo y goza de buena salud. —El hombre hizo una pausa—. Y no sabe nada de esto.

—No sabe nada de mí —dijo mi madre en tono monocorde.

Se fue al otro extremo de la habitación y se echó a llorar

convulsivamente, sacudiendo los hombros. Lu Shing fue hacia ella, pero mi madre le indicó con un gesto que se quedara donde estaba. Nunca la había visto llorar de esa manera. Se comportaba como si hubiera sufrido una pérdida enorme, cuando en realidad acababa de enterarse de que no era así.

—Se lo llevaron de mi lado —dijo él—. Mi padre lo ordenó. Se negaron a decirme dónde estaba. Lo escondieron y me dijeron que no me dejarían verlo nunca más si alguna vez hacía algo que dañara la reputación de mi padre. ¿Cómo iba a decírtelo a ti? Tú habrías luchado. Lo hiciste antes y ellos sabían que seguirías luchando. A sus ojos, eres alguien que no respeta nuestras tradiciones. Tú no habrías entendido su posición, ni la importancia de su reputación. No podía decirte nada porque el solo hecho de decírtelo habría anulado toda posibilidad de volver a ver a nuestro hijo. Tienes razón. Fui un cobarde. No luché como habrías luchado tú. Y lo que es peor, te traicioné y busqué excusas para justificar mi traición. Me dije que si me sometía a su voluntad, al menos tú tendrías una oportunidad de recuperarlo. Pero sabía que no era cierto. Lo que estaba haciendo en realidad era matar toda la pureza y confianza que había en tu corazón. La sola idea me atormentaba. Desde entonces, me despierto cada día pensando en lo que te hice. Puedo enseñarte mi diario. Todos los días, durante los últimos doce años, he empezado las anotaciones de cada día con una frase: «Para salvarme, he destruido a otra persona, y al hacerlo, me he destruido a mí mismo.»

—Una frase —dijo mi madre con voz neutra—. Yo he escrito muchas más. —Se volvió hacia el sofá y se sentó con los ojos vacíos, exhausta—. ¿Por qué me lo dices ahora? ¿Por qué hoy y no antes?

—Mi padre ha muerto.

Noté en ella un leve sobresalto.

—No puedo decirte que lo siento.

—Cayó enfermo el día de la abdicación y resistió seis días más. Te escribí al día siguiente de su muerte. Sentí que me quitaba un peso de encima. Pero te advierto que mi madre es tan obstinada como mi padre. Él usaba su fuerza de voluntad para obtener lo que quería y ella, para proteger a la familia. Nuestro hijo no es sólo su nieto, sino la siguiente generación, con todo lo que ello significa en cuanto a continuación de nuestro linaje, desde los comienzos de su historia. Aunque no respetes nuestras tradiciones familiares, sé que las conoces lo suficiente como para temerlas.

Le entregó un sobre.

—Aquí he escrito lo que seguramente querrás saber.

Ella se dispuso a abrir el sobre con el abrecartas, pero le temblaban tanto las manos que se le cayó al suelo. Lu Shing lo recogió y lo abrió. De su interior, mi madre extrajo una fotografía y yo me esforcé por encontrar un ángulo que me permitiera verla.

—¿Estoy yo en esa cara? —dijo ella—. ¿De verdad es Teddy? ¿O me estás jugando otra mala pasada? Soy capaz de dispararte con la pistola si...

Él murmuró algo, señalando la fotografía, y el gesto angustiado de mi madre se transmutó en una sonrisa.

—¡Qué expresión tan seria! ¿Así soy yo realmente? Se parece más a ti. Parece un niño chino.

—Ahora tiene doce años —dijo Lu Shing—. Es un niño feliz y hasta demasiado mimado. Su abuela lo trata como a un emperador.

Sus voces se apagaron en suaves murmullos. Él le apoyó la mano sobre un brazo y esta vez ella no lo retiró mientras lo miraba con expresión dolorida. Él le acarició la cara y ella pareció derrumbarse contra él, y entonces él la besó mientras ella lloraba.

Yo volví la vista, me dejé caer al suelo y me quedé mirando la oscuridad mientras consideraba todas las temibles posibilidades. ¡Todo había cambiado tan rápidamente! Los dos tenían un hijo y ella lo quería más de lo que nunca me había querido a mí. Me puse a repasar mentalmente todo lo que había dicho mi madre. Se me ocurrían un montón de preguntas nuevas, cada una más inquietante que la anterior, y todas me hacían sentir enferma. Su hijo también era mestizo, pero parecía chino. Y ese hombre, mi padre, cuyos ojos y pómulos eran los míos, ni siquiera se había molestado en llevarme con su familia. Nunca me había querido.

Oí un susurro de ropa en el estudio de mi madre y me volví para espiar a través de la abertura entre las cortinas. Mi madre ya había apagado las lámparas. No se veía nada. La puerta del estudio se cerró, y un instante después, oí que la puerta de su dormitorio se abría y se cerraba. ¿Habrían entrado Lu Shing y la fotografía de Teddy con ella en su habitación? Me sentí abandonada y sola con mis agónicas preguntas. Habría querido irme a mi cuarto para llorar mi dolor. Había perdido mi lugar en el mundo. Ya no era lo más importante para mi madre. Había pasado a un segundo plano tras la llegada de Lu Shing. Pero no podía salir de la sala del bulevar porque los sirvientes iban y venían por el pasillo. Si Paloma Dorada me hubiese visto salir de la habitación, habría exigido saber qué estaba haciendo allí, y yo no quería hablar con nadie de lo que sentía. Me tumbé en la cama y me envolví con la manta. Tendría que esperar a que empezara la fiesta para que todos bajaran al gran salón, de modo que me quedé donde estaba, entregada a la pena y la autocompasión.

Horas más tarde, me despertó el ruido de una puerta que se abría a lo lejos. Corrí a la ventana y miré a través de la celosía. El cielo era una aguada gris oscuro. Pronto saldría el sol. Oí que la puerta del estudio se abría y se cerraba, y corrí a las puertas cristaleras. Lo vi a él, de espaldas. Tenía la cabeza inclinada y se le veía la cara por encima del hombro. Estaba murmurando con ternura. Ella le respondió con voz aguda de niña. Fue devastador para mí. ¡Cuánto sentimiento tenía ella para los demás! ¡Cuánta amabilidad, cuánta felicidad! Lu se inclinó hacia adelante y ella bajó la cabeza para recibir su beso en la frente. Él le levantó la cara y siguió murmurando palabras dulces que la hicieron sonreír. Ella parecía casi tímida. Yo estaba descubriendo facetas suyas que no conocía: la había visto herida, desesperada y ahora tímida y apocada.

Lu Shing la estrechó con fuerza contra su pecho. Cuando la soltó, tenía los ojos llenos de lágrimas mientras ella se apartaba de él y se volvía. Abandonó la habitación en silencio, y yo regresé a toda prisa a la celosía, justo a tiempo para verlo pasar, con una expresión satisfecha que me llenó de ira. Todo le había salido a pedir de boca.

Abandoné la habitación para volver a mi dormitorio, y de inmediato *Carlota* vino hacia mí y se frotó contra mis piernas. Había engordado en los últimos siete años y se movía con más lentitud. La levanté y le di un abrazo. Sólo ella buscaba mi compañía.

No pude dormir, o al menos eso creí, hasta que oí la voz de mi madre hablando con un sirviente y dándole instrucciones para que subiera un baúl. Aún no eran las diez de la mañana. La encontré en su dormitorio, sacando vestidos del armario.

—¡Violeta! Me alegro de que te hayas levantado. —Lo dijo en tono ligero y animado—. Necesito que elijas cuatro vestidos: dos para el día y dos para la noche, con sus chaquetas y sus zapatos. Trae también el collar de granate, el relicario de oro, tus plumas para escribir, los libros de texto y los cuadernos. No dejes nada de valor. No puedo hacerte la lista completa, así que tendrás que pensar tú misma. Ya he pedido que te envíen un baúl a la habitación.

—¿Vamos a huir?

Mi madre inclinó la cabeza, como solía hacer cuando un huésped le presentaba una idea novedosa pero a su juicio poco sensata. Sonrió.

—Nos vamos a América, a San Francisco —dijo—. Vamos a visitar a tus abuelos. Tu abuelo está enfermo... He recibido un telegrama... y parece bastante grave.

¡Qué mentira tan tonta! Si era cierto que estaba enfermo, ¿por qué estaba tan contenta apenas dos minutos antes? No pensaba decirme la auténtica razón del viaje, pero yo sabía cuál era: íbamos a ver a su hijito querido. Decidí que la obligaría a contarme la verdad.

—¿Cómo se llama mi abuelo?

—John Minturn —respondió sin pensárselo dos veces, y siguió colocando los vestidos sobre la cama.

—¿También mi abuela vive?

—Sí..., desde luego. Ella envió el telegrama. Harriet Minturn.

—¿Partiremos pronto?

—Quizá mañana, o al día siguiente. O tal vez dentro de una semana. Últimamente todo está patas arriba y no se puede confiar en que nada funcione, ni siquiera pagando mucho dinero. Por eso es posible que no podamos partir en el próximo vapor. Además, hay muchos occidentales que intentan irse. ¡Quizá tengamos que conformarnos con una barca de remos que dé un rodeo por el polo norte!

—¿Quién era el hombre que te visitó ayer?

—Alguien con quien hice negocios en el pasado.

Con un hilo de voz, le dije:

—Sé que es mi padre. Le vi la cara cuando los dos subieron la escalera. Me parezco a él. Y además sé que vamos a San Francisco porque tienes un hijo que vive allí. Se lo oí decir a los sirvientes.

Me escuchó en silencio, estupefacta.

—No puedes negarlo —añadí.

—Violeta, cariño, siento haberte herido. Lo mantuve en secreto sólo porque no quería que supieras que tu padre nos había abandonado. Él se llevó a Teddy al poco tiempo de nacer, y desde entonces no he vuelto a verlo. Ahora tengo la oportunidad de reclamarlo y lo haré, porque es mi hijo. Si te hubieran apartado a ti de mi lado, habría luchado con la misma determinación para recuperarte.

¿Habría luchado por mí? Yo no estaba tan segura.

Pero entonces ella se acercó y me rodeó con los brazos.

—Te quiero y te valoro más de lo que piensas.

Se le formó una lágrima en el rabillo del ojo, y ese pequeño destello de su corazón fue suficiente para que yo le creyera. Sentí alivio.

En mi dormitorio, sin embargo, me di cuenta de que mi madre no había dicho nada acerca de los sentimientos de Lu Shing hacia mí. Yo jamás podría llamarlo «papá».

Durante el resto de la mañana y de la tarde, mientras llená

bamos los baúles, mi madre me estuvo hablando de nuestra nueva casa en San Francisco. Yo casi nunca había pensado en su pasado, antes de aquel día. Sabía que había vivido en San Francisco y eso era todo. Pero cuando empezó a hablarme de su infancia, fue como escuchar un cuento de hadas, y poco a poco mi rabia se fue transformando en entusiasmo. Imaginé el océano Pacífico de límpidas aguas azules, con peces plateados que saltaban entre las olas y enormes ballenas que lanzaban chorros de vapor hacia el cielo. Me contó que mi abuelo era profesor de historia del arte, y yo en seguida lo imaginé como un distinguido caballero de pelo blanco, de pie delante de un caballete. Me contó también que su madre era naturalista y que estudiaba a los insectos, como los que había dentro de las piezas de ámbar que yo había intentado destrozar. Imaginé una habitación con gotas de ámbar colgando del techo y una mujer que las contemplaba a través de una lente de aumento. Mientras ella hablaba, ya más tranquila y animada, yo veía mentalmente la ciudad de San Francisco y sus colinas a orillas del mar. Me imaginaba a mí misma subiendo por empinadas aceras bordeadas de casas occidentales parecidas a las de la Concesión Francesa, entre transeúntes de todas las clases y naciones.

—Mamá, ¿hay chinos en San Francisco?

—Unos cuantos, sí. Pero la mayoría son sirvientes y trabajadores manuales, tintoreros o similares.

Se dirigió a su armario y se puso a considerar cuál de sus vestidos de noche llevaría. Eligió dos, pero en seguida los devolvió a su sitio y escogió otros dos diferentes. Se decidió por unos zapatos blancos de piel de becerro, pero advirtió un pequeño rasguño en el talón y volvió a guardarlos.

—¿Allí hay cortesanas extranjeras o sólo chinas?

Se echó a reír.

—Allí no consideran extranjero a nadie, excepto a los chinos y a los italianos si son muy morenos.

Me sentí humillada. En China éramos extranjeras por nuestra apariencia. Una sensación de frío me recorrió las venas. ¿Parecería yo una china extranjera en San Francisco? Si la gente sabía que Teddy era mi hermano, se daría cuenta de que yo era tan china como él.

—Mamá, ¿me tratarán bien cuando sepan que soy mitad china?

—Nadie imaginará que eres mitad china.

—Pero si lo averiguan, ¿me despreciarán?

—Nadie lo averiguará.

Me molestó que tuviera tanta confianza en algo que no era seguro. Yo iba a tener que actuar con tanta confianza como ella, que estaba tan segura de poder guardar el secreto de que su hija era medio china. Sólo yo viviría con el constante temor de ser descubierta. Ella no se preocuparía.

—Viviremos en una casa preciosa —me dijo.

Nunca la había visto tan feliz, y estaba más cariñosa que nunca. Parecía más joven, casi como si fuera otra persona. Paloma Dorada decía que cuando el espíritu de un zorro se apodera del cuerpo de una mujer, se le nota en los ojos porque brillan en exceso. Los de mi madre echaban chispas. No era ella. Era otra mujer desde que había estado con el señor Lu.

—La construyó mi abuelo antes de que yo naciera —dijo—. No es tan grande como ésta —añadió—, pero tampoco es tan fría, ni tan ruidosa. Es de madera, pero tan robusta que incluso después de un gran terremoto que puso a toda la ciudad de rodillas, la casa se mantuvo en pie, sin una sola teja fuera de su sitio. El estilo arquitectónico no se parece en nada al de las casas extranjeras de las Concesiones Francesa y Británica. Para empezar, es mucho más acogedora, sin tantos muros ni tantos guardias. En San Francisco no es necesario que defendamos nuestra intimidad. Sencillamente, la tenemos. Un seto y una verja baja de hierro son suficientes, aunque hay vallas a los lados y al fondo de la casa. Pero son para que no entren los perros vagabundos y para que las plantas trepadoras tengan dónde apoyarse. Tenemos una pequeña extensión de césped, lo suficiente para que haya una alfombra de hierba a ambos lados del sendero. A lo largo de una de las vallas, hay rododendros, y al otro, macizos de lirios africanos, rosas perfumadas, azucenas amarillas y, por supuesto, violetas. Yo misma las planté, y no sólo hay violetas corrientes, sino otras de una variedad especialmente fragante, con el aroma de un perfume francés que solía ponerme. Tenía mucha ropa de ese color y me gustaban unos caramelos hechos con pétalos de violeta azucarados. Son mis flores favoritas y mi color preferido. Y es tu nombre, querida Violeta. Mi madre decía que eran plantas silvestres.

—¿A ella también le gustaban?

—Le parecían despreciables y me decía que dejara de cultivar malas hierbas. —Se echó a reír, aparentemente sin notar mi decepción—. Al entrar en la casa, lo primero que ves es el vestíbulo. A un lado hay una escalera, como la que tenemos aquí, pero un poco más pequeña, y al otro, una gruesa cortina de color caramelo colgada de una barra de latón, no tan ancha como la nuestra. Si pasas a través de la cortina, encuentras el salón. Los muebles son antiguos. Los eligió mi abuela. A través de un amplio arco, pasas al comedor...

—¿Dónde dormiré?

—Tendrás un precioso dormitorio en el piso de arriba, con las paredes pintadas de amarillo soleado. Era mi habitación.

¡Su habitación! Me sentí tan feliz que habría podido gritar. Exteriormente, no lo demostré.

—Hay una cama alta junto a los grandes ventanales. Una de las ventanas está cerca de un viejo roble. Puedes abrirla e imaginar que eres un arrendajo que salta entre las ramas. Son unos pájaros muy ruidosos. ¿Sabes que se me acercaban si les daba cacahuates? Hay muchas aves más: garzas, halcones, zorzales... Podrás buscarlas en los libros que tiene mi madre. El padre de tu abuela era botánico e ilustrador de libros de naturaleza. También tengo una bonita colección de muñecas, pero no son como bebés, sino que parecen mujercitas con la carita pintada. Y en toda la casa hay paredes enteras de libros, desde el suelo hasta el techo. Tendrás suficiente material de lectura para el resto de tu vida, aunque leas dos libros al día. Puedes llevarte tus libros a la torre circular y sentarte a leerlos. Cuando era pequeña, decoraba el mirador con chales, cojines y alfombras persas, y jugaba a que era un harén. Lo llamaba «el Palacio del Pachá». O también puedes mirar por la ventana con un telescopio y ver claramente toda la costa y la bahía, hasta las islas (hay varias), y contar las goletas y los barcos de pesca.

Siguió hablando, dejando florecer sus recuerdos. Yo veía la casa en la linterna mágica de mi mente, donde adquiría el color y el movimiento de la vida. Me deslumbraba la idea de los salones con paredes llenas de libros desde el suelo hasta el techo, y del dormitorio con una ventana abierta a la copa de un roble.

Para entonces, mi madre estaba sacando cofres de joyas de un armario cuyas puertas se cerraban con llave. Tenía por lo menos una docena de collares y otros tantos brazaletes, broches y alfileres, regalos que había recibido a lo largo de los años. Había vendido la mayor parte de las joyas y las que conservaba eran sus favoritas, las mejores y más valiosas. Guardó todos los cofres en su maleta. ¿No pensaría regresar?

—Cuando encuentres a Teddy, ¿lo traeremos a Shanghái con nosotras?

Una vez más, se hizo un silencio incómodo.

—No lo sé. No puedo predecir el futuro. Shanghái ha cambiado mucho.

Se me ocurrió una idea terrible.

—Mamá, ¿*Carlota* vendrá con nosotras?

Se puso a mover cajas de sombreros sin decir nada, de modo que en seguida supe la respuesta.

—No iré a ninguna parte sin ella.

—¿Te quedarías por un gato?

—Si no puedo llevármela, me niego a ir.

—¡Por favor, Violeta! ¿Vas a renunciar a tu futuro por un gato?

—Sí, claro que sí. Soy casi mayor de edad y puedo decidir por mí misma —dije apresuradamente.

Todo el afecto se esfumó de su cara.

—Muy bien. Quédate si quieres.

No esperaba esa reacción.

—¿Cómo puedes pedirme que elija? —pregunté con voz quebrada—. *Carlota* es mi bebé. Ella es para mí lo que Teddy es para ti. No puedo dejarla. No puedo traicionarla. Ella confía en mí.

—No voy a pedirte que elijas, Violeta. No hay elección posible. Tenemos que irnos y *Carlota* no puede venir. No podemos cambiar el reglamento de a bordo. Pero debes pensar que es muy posible que regresemos. Cuando estemos en San Francisco, tendré una idea más clara de lo que debemos hacer. Pero hasta entonces...

Prosiguió su explicación, pero la pena ya se había apoderado de mí. Tenía un nudo en la garganta. No podía decirle a *Carlota* por qué me iba.

—Mientras estemos fuera —oí decir a mi madre a través de mi neblina de tristeza—, la cuidará Paloma Dorada.

—Paloma Dorada le tiene miedo. Nadie quiere a *Carlota*.

—Pequeño Océano, la hija de la doncella de Nube Nevada, la adora. Estará encantada de cuidarla, sobre todo si le das un poco de dinero para que se ocupe de ella en nuestra ausencia.

Era cierto. Pero yo seguía preocupada. ¿Y si *Carlota* terminaba queriendo más a esa niñita que a mí? ¿Y si se olvidaba de mí y dejaba de importarle que yo regresara o no? Mi ánimo se volvió trágico.

Aunque mi madre me había impuesto un límite de cuatro vestidos, no tardó en fijarse a sí misma un límite mucho más generoso. Al final, llegó a la conclusión de que nuestros dos baúles de viaje no eran lo bastante grandes. Observó que no se podían apilar por tener la tapa abovedada, lo que reducía el volumen de lo que podíamos llevar con nosotras, y declaró que estaban viejos. ¡Los había traído de San Francisco! Llamó a Paloma Dorada para que comprara cuatro baúles nuevos, más grandes que los antiguos.

—El señor Malakar me dijo hace un mes que había conseguido pasar de contrabando, de Francia a Bombay, todo un cargamento de baúles Louis Vuitton. Quiero cuatro de tapa plana. También necesitaré dos maletines pequeños. Y adviértele que ni se le ocurra venderme imitaciones como si fueran auténticos, porque lo notaré.

Arrojó sobre la cama los trajes que había elegido. Se llevaba tantos que supuse que empezaría a asistir a bailes en cuanto desembarcara. Pero entonces llamó a Paloma Dorada y le pidió que le dijera con sinceridad qué vestidos la favorecían más, cuáles combinaban mejor con el color de sus ojos, con el tono de su cutis y con su melena castaña, cuáles envidiarían las mujeres americanas y qué trajes las harían dudar de su decencia.

Paloma Dorada no aprobó ninguna de sus elecciones.

—Has diseñado esos vestidos para impresionar y atraer a los hombres —le dijo—. Y no creo haber visto admiración en la cara de las mujeres americanas que se te quedan mirando en el parque.

En lugar de elegir, mi madre decidió llevar la mayor parte de sus trajes de noche, así como todos sus vestidos, abrigos y sombreros más nuevos. Mis cuatro vestidos se redujeron a los dos que me pondría durante el viaje. Me prometió que me esperaban muchos vestidos maravillosos en América, mucho mejores que los que ya tenía. Tampoco era necesario que me llevara mis libros favoritos, ni los libros de texto, porque sería muy fácil reemplazarlos por otros mejores cuando estuviéramos en San Francisco, donde además tendría mejores tutores que en Shanghái. Simplemente disfrutaría de unas pequeñas vacaciones de los estudios durante el viaje.

En mi maleta puso un cofre marrón con mis joyas, dos cajas que sacó de un cajón, dos pergaminos envueltos en seda y otros pocos objetos de valor. Encima de todo colocó su estola de piel de zorro, pensando —supongo— que necesitaría un poco de glamour en la cubierta del barco, cuando viéramos Shanghái perderse en la lejanía.

Finalmente estuvimos listas. Sólo faltaba que mi madre encontrara a alguien, entre su círculo de influyentes amigos extranjeros, que nos comprara boletos para Estados Unidos. Escribió una docena de cartas y se las dio a Huevo Quebrado para que las distribuyera.

Pasó un día, y después una semana. Las chispas en sus ojos desaparecieron y mi madre volvió a ser la de siempre, nerviosa y agria. Le dio otro paquete de cartas a Huevo Quebrado. Lo único que necesitábamos eran dos literas en un barco. ¿Por qué tenía que ser tan difícil? Cada mensaje que recibíamos traía la misma respuesta. Los compatriotas de mi madre estaban ansiosos por abandonar Shanghái, pero ellos también se habían encontrado con que no había ni un solo boleto para el mes siguiente.

Durante la espera, le enseñé a Pequeño Océano a fabricar un nido para *Carlota* con mis colchas de seda. Océano tenía ocho años.

—Seré tu obediente servidora —le susurraba a *Carlota* mientras la acariciaba, y mi gata ronroneaba y se ponía panza arriba. A mí me dolía el pecho de verla tan feliz.

Al cabo de once días, Fairweather entró con paso despreocupado en el salón de mi madre, con un anuncio. Traía buenas noticias.

Yo entendía que mi madre se hubiera enamorado de Fairweather en otro tiempo. Él sabía quitarle como nadie el malhumor; era divertido, y un alivio para sus preocupaciones. La hacía reír y sentirse maravillosamente atractiva. Le decía que la adoraba por sus rasgos extraños e inusuales. La miraba con exagerado arrobamiento. Le hablaba de emociones profundas y le decía que nunca había sentido nada parecido por ninguna otra mujer. La acompañaba en todas sus vicisitudes y problemas. La hacía reclinar la cabeza sobre su hombro y le decía que llorara hasta vaciarse el corazón del veneno de la pena. Y compartía su indignación cuando los clientes utilizaban de forma poco ética la información que ella les proporcionaba.

Se habían hecho amigos hacía más de nueve años, cuando él había sabido darle lo que ella necesitaba, fuera lo que fuese. A veces hablaban de una traición que había sufrido ella en otra época, de una pérdida de confianza y de problemas de dinero. Él conocía su éxito temprano y también al hombre que la había protegido a su llegada a Shanghái.

—Recuerda, recuerda, recuerda —le decía él, para hacer aflorar las emociones dolorosas del pasado, y así poder consolarla.

A mí me irritaba que tratara a mi madre con tanta familiaridad. La llamaba «Lu», «Lulú mía», «Luz del Día» o «Lujuriosa».

Cuando ella se enojaba, él le quitaba el enojo comportándose como un escolar castigado o hablando como un caballero medieval. Recitaba rimas tontas y ella estallaba en carcajadas. Le gustaba abochornarla delante de los demás, con conductas exageradamente halagadoras o directamente desagradables. Una vez, durante la cena, lo vi contorsionar de forma obscena los labios y la lengua, con el pretexto de tener algo pegado en el paladar.

—Quítate esa sonrisa de chimpancé de la cara —solía decirle ella.

Y entonces él se echaba a reír, se ponía de pie y se despedía con un cómico guiño para irse a esperarla al dormitorio. Cuando estaba con él, mi madre se volvía débil. Dejaba de ser ella misma. Se ponía tonta, bebía demasiado y reía con excesivo entusiasmo. ¿Cómo podía ser tan ingenua?

A todos los sirvientes de la Oculta Ruta de Jade les gustaba Fairweather porque los saludaba en shanghaiano y siempre les daba las gracias. Ellos estaban acostumbrados a que los trataran como si fueran apéndices de las bandejas de té. Todos se preguntaban cómo habría aprendido Fairweather su lengua. ¿De su nana? ¿De una cortesana? ¿De una amante? Sólo una mujer china podría haberle dado ese buen corazón de chino. Entre los hombres del país, se había ganado el merecido título de «dignatario extranjero al estilo chino». Aunque todos conocían su encanto, se sabía muy poco más de él. ¿De qué lugar de Estados Unidos procedía? ¿Sería de verdad americano? ¿Era un fugitivo de la justicia? Nadie conocía su verdadero nombre. Él mismo bromeaba diciendo que llevaba tanto tiempo sin usarlo que se le había olvidado. Usaba sencillamente el apodo de Fairweather («Buen Tiempo»), que le habían puesto sus compañeros de fraternidad cuando asistía a una universidad desconocida, a la que él se refería como «uno de esos sitios con aulas solemnes».

—El buen tiempo me seguía allí adonde iba —explicaba—, y por eso mis queridos amigos siempre me recibían con los brazos abiertos.

En Shanghái lo invitaban a fiestas en toda la ciudad, y él

siempre era el último en salir, cuando no se quedaba a dormir. Curiosamente, nadie le reprochaba que nunca diera una fiesta para retribuir tantas invitaciones.

Según una de las cortesanas, su popularidad tenía mucho que ver con uno de sus contactos, un hombre capaz de falsificar todo tipo de certificados. Esa persona tan hábil producía visados, actas de nacimiento, certificados de matrimonio y un suministro inagotable de documentos estampados con el sello oficial del consulado, en los que escribía en chino e inglés, con todos los «vistos» y «considerandos» necesarios, que la persona a cuyo nombre se extendía el certificado había impresionado al cónsul estadounidense como alguien completamente de fiar. Fairweather vendía esos papeles a sus «íntimos amigos chinos», como él mismo decía. De hecho, eran tan amigos suyos que les cobraba cinco veces más de lo que pagaba al falsificador. Pero ellos se lo pagaban con gusto. Todo súbdito chino, ya se tratara de un hombre de negocios, una cortesana o una madama, podía agitar su mágico certificado de «buena conducta» en cualquier tribunal de la Concesión Internacional y dejar que la bandera de las barras y las estrellas defendiera su honor. Ningún burócrata chino habría perdido el tiempo contradiciendo la opinión del consulado estadounidense, porque todos sabían que en esos tribunales los chinos perdían siempre. Puesto que los certificados sólo eran válidos por un año, Fairweather podía demostrar lo mucho que apreciaba a sus amigos con lucrativa regularidad.

Yo era la única que no se dejaba seducir por su untuoso encanto. Había sufrido mucho viendo que mi madre prefería su compañía a la mía, y ese sufrimiento me había revelado su falsedad. Sus expresiones de interés eran ensayadas; usaba siempre las mismas, con los mismos gestos e idénticas ofertas de caballerosa ayuda. Para él, las personas eran presas fáciles que abatir. Yo lo sabía porque siempre intentaba cautivarme con sus trucos, aunque se daba cuenta de que a mí no me engañaba. Me cubría de burlones halagos y elogiaba mi melena despeinada, mi mala pronunciación o el libro pueril que había escogido para leer. Yo no le sonreía. Si tenía que responderle, hablaba con sequedad.

Mi madre me regañaba a menudo por mi descortesía, pero él simplemente se echaba a reír. Por mi expresión y la rigidez de mi postura, le hacía ver con claridad que lo encontraba tedioso. Me ponía a mirar el techo y suspiraba. Nunca le demostraba mi rabia porque eso habría sido reconocer su victoria. Si me traía un regalo, yo lo dejaba abandonado sobre la mesa, en el estudio de mi madre. Cuando más tarde volvía para ver si seguía ahí, había desaparecido, tal como esperaba.

Poco después del día de Año Nuevo, Fairweather y mi madre tuvieron una discusión. Mi madre se había enterado por Paloma Dorada de que él se había estado acostando con Nube Turgente antes y también *después* de estar con ella. Mi madre no tenía ninguna pretensión de monogamia. Después de todo, ella también tenía otros amantes de vez en cuando. Pero Fairweather era su favorito y, además, le parecía de muy mal gusto que uno de sus amantes corriera detrás de sus subordinadas en su propia casa. Yo estaba escuchando cuando Paloma Dorada le contó la verdad a mi madre, tras regañarla con una dura observación:

—Ya te dije hace nueve años que ese hombre iba a reírse de ti. La lujuria te ciega mucho después de haber perdido la cabeza en la cama.

Paloma Dorada le había sonsacado la verdad a su doncella y dijo que no le ahorraría a mi madre ninguno de los detalles para que finalmente se decidiera a expulsar a Fairweather de su alcoba.

—Durante el último año, la ha hecho gozar tan salvajemente que las doncellas pensaban que estaba con un cliente sádico, por los alaridos que soltaba. Los gritos se oían por toda la casa. Todos lo sabían: las otras cortesanas, las doncellas y los sirvientes. Lo veían a él escabullirse por los pasillos. ¿Y sabes de dónde salía el dinero que le daba a Nube Turgente? Del que tú le prestabas para lo que él llamaba sus «pequeños gastos», porque supuestamente estaba esperando un pago que se había retrasado.

Mi madre escuchó hasta el último detalle de la desagradable verdad. Creo que sentía lo que tantas veces me había herido a mí: el dolor de que el ser amado prefiera a otra persona. A mí me alegraba que sufriera. Quería que conociera el daño que me había causado. Quería que me diera a mí el suministro de amor que le había entregado a ese estafador.

Cuando Fairweather llegó para asistir a su propia ejecución, yo ya había ocupado mi sitio en la sala del bulevar. Sentía un cosquilleo de emoción. Mi madre se había puesto un vestido negro y rígido, como de luto. Cuando llegó él a mediodía (procedente sin duda de la cama de Nube Turgente), se asombró de encontrarla levantada y en su estudio, ataviada con un vestido que calificó de «poco sentador». De inmediato se ofreció para quitárselo.

—Mantén a tu amiguito bien guardado detrás de la bragueta —la oí decir a ella con sequedad.

Me produjo un gran regocijo que finalmente expresara el mismo disgusto que yo siempre había sentido por él. Criticó su vista para los negocios. Lo menospreció diciendo que sólo sabía adular a la gente para sacar beneficio. Lo tachó de parásito que pedía dinero prestado y nunca lo devolvía. Dijo que por fin lo veía como lo que realmente era: un hombre «cuyos vulgares encantos salían a chorros por su triste manguerita para caer en la boca ansiosa de Nube Turgente».

Él, por su parte, achacó sus transgresiones con la cortesana a su adicción al opio. La joven lo había seducido únicamente con su pipa. El tiempo que pasaba con ella era tan memorable para él como una taza de té que se hubiera quedado frío. Me habría gustado que Nube Turgente lo hubiese oído. Le aseguró a mi madre que verla tan herida le había dado fuerza suficiente para emprender la curación y deshacerse a la vez de su vicio con el opio y de Nube Turgente. Ella guardó silencio. Yo estaba encantada. Fairweather volvió a repetir lo mismo, cambiando las palabras, y le recordó a mi madre que la adoraba y que nunca había amado a ninguna otra mujer.

—Compartimos un solo corazón y por eso no podemos separarnos.

La instó a mirar en su propio corazón y a comprobar que él estaba en su interior. Ella gruñó que lo dudaba mucho, pero me di cuenta de que empezaba a ablandarse.

Fairweather no dejaba de murmurar:

—Amor mío, mi vida, mi querida Lu...

¿La estaría conmoviendo? Yo habría querido gritar que la estaba engañando otra vez y que le había inoculado el veneno de su encanto. El tono de ella fue desgarrador cuando le confesó lo apenada que estaba. ¿Apenada? ¡Mi madre no reconocía ante nadie que estuviera triste! Entonces él masculló más palabras tiernas, hubo un silencio prolongado, y, de repente, ella levantó la voz.

—¡Quítame las manos de encima, sinvergüenza! Traicionaste mi afecto y te metiste en la cama con una cortesana de mi propia casa. Te reíste de mí, pero no voy a permitir que eso vuelva a pasar.

Él le declaró su amor una vez más y le dijo que ella era mucho más sabia y prudente que él. Insistió en que sus pecados no eran tan graves como ella los quería ver. No eran un crimen, sino simple estupidez. Nunca había querido mezclar su amor con favores económicos, pero ella siempre le ofrecía más. Se sentía abrumado por la gratitud, pero también tenía el orgullo herido porque era incapaz de rechazar regalos hechos con amor, incluso sabiendo que no podía retribuirlos. Por esa razón, había decidido no aceptar el nuevo préstamo que ella le había prometido unos días antes.

Mi madre empezó a maldecir y a soltar espumarajos. Jamás le había prometido ningún préstamo, ni siquiera de diez centavos. Fairweather insistió en que sí y le recordó su versión de una conversación durante la cual él le había dicho que la fábrica de pegamento en la que había invertido dinero necesitaba nueva maquinaria.

—¿No te acuerdas? —dijo—. Me preguntaste cuánto me hacía falta. Yo te dije que dos mil dólares, y tú replicaste: «¿Solamente eso? ¿Nada más?»

—¿Cómo puedes pretender que aquello fue una promesa? —dijo ella—. Jamás habría aceptado financiar otro de tus negocios dudosos. ¡Una plantación de caucho y ahora una fábrica de pegamento!

—La plantación fue rentable —insistió él—, hasta que el

tifón destruyó nuestros árboles. Esta fábrica de pegamento no tiene ningún riesgo. Si hubiese sabido que no tenías intención de prestarme el dinero, no habría aceptado inversores, y me temo que algunos de ellos son clientes tuyos. Ellos también se arriesgan a perderlo todo y espero que no te culpen a ti por el desastre.

Yo habría entrado en tromba por la puerta cristalera si ella hubiera accedido a darle el dinero. Pero en lugar de eso, la oí decir con voz clara:

—Me da igual. No veré a ninguno de esos clientes cuando me haya ido de Shanghái, ni tampoco te veré a ti, excepto en mi recuerdo, como un grandísimo charlatán.

Su respuesta fue una sucesión de juramentos con las peores combinaciones de palabras que había oído en mi vida. Yo no cabía en mí de dicha.

—Ni siquiera coges bien —dijo él al final.

Cerró la puerta de un golpe y siguió despotricando en voz alta mientras se alejaba por el pasillo.

Paloma Dorada vino de inmediato a reunirse con mi madre, que le hizo un resumen de lo sucedido con voz temblorosa.

—¿Todavía quieres a ese hombre?

—Si el amor es estupidez, entonces sí. ¿Cuántas veces me lo advertiste? ¿Por qué no fui capaz de verlo tal como es? ¿Qué me ha hecho? ¿Me ha hipnotizado? Toda la casa se está riendo de mí a mis espaldas, y aun así, si volviera a entrar por esa puerta..., no sé qué haría. ¡Me vuelvo tan débil cuando estoy con él!

Los rumores se extendieron en susurros por los pasillos. Yo escuchaba por las noches desde mi ventana. Los sirvientes lamentaban que Fairweather ya no nos visitara. Nadie culpaba a Nube Turgente. ¿Por qué iba a merecerlo Lulú Mimi más que ella? Además, Fairweather le había confesado su amor a Nube Turgente, que iba enseñando a todo el mundo el anillo que él le había regalado. Tenía el sello de su familia, emparentada con el rey de Escocia. Los sirvientes dieron su veredicto: ninguna mujer podía mandar sobre la fidelidad de un hombre, ni sobre los impulsos naturales de su virilidad. Nube Turgente se fue de la casa antes de que mi madre tuviera ocasión de expulsarla. Se llevó algunos regalos de despedida: muebles y lámparas de su habitación, que no le pertenecían.

Pensé que nos habíamos deshecho del embaucador de corazones, pero poco después de que mi madre tomara la decisión de partir de Shanghái, Fairweather se presentó en su despacho. Mi madre me pidió que me fuera a mi habitación a estudiar, pero yo me metí en la sala del bulevar y apoyé el oído contra el cristal. Lo oí expresar con voz quebrada la tristeza que le producía la noticia de su partida. Le dijo que lloraría amargamente su pérdida, la pérdida de una mujer poco común que nadie podría reemplazar, una mujer que él habría sido capaz de adorar por siempre, en la pobreza y en la vejez. No quería nada, excepto hablarle con sinceridad para que ella se llevara sus palabras y las recordara en el futuro, cuando llegaran malos tiempos. Lloró un poco para redondear el efecto y se fue, indudablemente abrumado por su mala actuación.

Mi madre le contó a Paloma Dorada con voz entrecortada lo que había pasado.

—¿Estuviste tentada de ceder? —preguntó Paloma Dorada.

—Ni siquiera intentó tocarme si a eso te refieres.

—Pero ¿sentiste la tentación de ceder?

Se hizo un silencio.

—La próxima vez que venga —dijo Paloma Dorada—, me quedaré aquí contigo.

No tuvieron que esperar mucho. Llegó con profundas ojeras, despeinado y con la ropa desordenada.

—No he podido conciliar el sueño desde la última vez que te vi. Mi vida es una agonía, Lu. Tus palabras me han dolido, pero lo merezco, porque estoy padeciendo el dolor de la verdad. Nunca has sido cruel conmigo, al menos intencionadamente, pero el odio que me profesas se me hace insoportable. Lo siento aquí, físicamente. Lo siento de día y de noche. Me quema y me hiere. ¿Cómo he podido tratarte así yo, que conocía la traición de Lu Shing y sabía que merecías mucho más? Te merecías lo mejor de mí, ¡y mira lo que te he dado! Te he sido infiel con el cuerpo, sí, pero mi corazón y mi espíritu nunca han dejado de ser tuyos, total y constantemente tuyos. ¡Querida

Lu, lo único que te pido es que entiendas y aceptes que te amo y que mi amor es sincero! Por favor, dime que me crees. Si no, no creo que merezca la pena seguir viviendo.

Cuando terminó, mi madre se echó a reír y él salió de la habitación como una tromba. Paloma Dorada se mostró muy satisfecha de que hubiera sido capaz de rechazarlo sin su ayuda.

Al día siguiente volvió a presentarse, recién peinado y con un buen traje.

—Salgo de Shanghái hacia Sudamérica. Aquí no queda nada para mí, ahora que tú te vas. —Su voz era triste pero serena—. Sólo he venido a decirte que nunca más volveré a molestarte. ¿Me permites que te bese la mano para despedirme?

Se puso de rodillas. Mi madre suspiró y le tendió la mano. Él la besó rápidamente y se apretó la palma contra la mejilla.

—Esto tendrá que durarme toda la vida. Sabes bien que no es cierto lo que dije acerca de tu falta de habilidad como amante. Sólo tú has sido capaz de llevarme hasta espasmódicas alturas de placer que ni siquiera sabía que existían. Hemos pasado momentos muy buenos juntos, ¿verdad? Espero que algún día puedas olvidar toda esta fealdad y recuerdes solamente aquellos instantes en que el placer nos dejaba tan exhaustos que ni siquiera podíamos hablar. ¿Te acuerdas? ¡Dios mío, Lu, querida Lu! ¿Cómo puedes arrebatarme esa dulzura? ¿No podrías regalarme al menos un recuerdo más? No puede hacernos ningún daño, ¿no crees? Sólo pido que me permitas regalarte un éxtasis más.

La miró desde el suelo donde estaba arrodillado y ella no dijo nada. Él le tocó una rodilla y ella siguió sin decir palabra. Le levantó la falda y le besó la rodilla. Yo sabía lo que vendría después. Lo vi en los ojos de mi madre. Se había vuelto tonta. Me salí de la habitación.

Paloma Dorada la regañó a la mañana siguiente.

—Ya veo que se te ha vuelto a pegar como una garrapata al cuerpo y al corazón. Lo veo en el brillo de tus ojos y en esa sonrisa leve que sólo se te nota en las comisuras de los labios. Estás recordando lo que te hizo anoche, ¿verdad? Ese tipo debe de poseer la magia de un millar de hombres, para ponerte suficiente lujuria entre las piernas y al mismo tiempo sorberte el cerebro.

—Lo de anoche no significó nada para mí —dijo mi madre—. Cedí por un momento a una vieja pasión. Nos divertimos entre las sábanas y nada más. He terminado con él.

Tres semanas después, Fairweather entró con paso despreocupado en la sala común, luciendo en la cara su sonrisa de chimpancé, y fue hacia mi madre con los brazos abiertos.

—Vas a tener que darme un beso, mi querida Lulú Minturn, porque acabo de reservarte dos camarotes en un barco que zarpa dentro de dos días. ¿No te parece suficiente prueba de amor?

Mi madre abrió mucho los ojos, pero no se movió. Fairweather le contó entonces que a través de la comunidad de negocios de Shanghái le había llegado su llamada de auxilio, y que aunque ella estaba enfadada con él, y él con ella, pensó que podía recuperar su confianza proporcionándole lo que tan desesperadamente ansiaba.

Los dos salieron de la sala común y se dirigieron al estudio de mi madre. Yo acabé rápidamente el desayuno, fui a la sala del bulevar y desarreglé unos cuantos libros y papeles sobre la mesa para crear una imagen de estudiosa actividad antes de apoyar el oído contra el frío cristal de la puerta. Oí entonces su nauseabundo discurso sobre el corazón roto y la vida sin propósito, y sobre cómo todo volvía a tener sentido para él desde que había encontrado una manera de ayudarla. La cubrió de palabras cariñosas, junto con los habituales votos de tristeza y dolor eternos. Después, cambió de registro.

—Fue divertido lo de la otra noche, ¿eh, Lu? ¡Dios santo! Nunca te había visto tan llena de fuego erótico. Se me incendian las entrañas con sólo recordarlo. ¿A ti no?

Hubo un largo silencio, y yo esperé que no se estuvieran besando, o algo peor.

—Apártate —dijo ella con sequedad—. Primero quiero saber un poco más acerca de tu propuesta para hacer las paces.

Él se echó a reír.

—Como quieras. Pero no olvides mi recompensa. Cuando

sepas lo que te he conseguido, quizá quieras darme doble premio. ¿Estás lista? Tengo dos camarotes en un vapor que hace solamente tres escalas: Hong Kong, Hai Phong y Honolulú. Son veinticuatro días hasta San Francisco. Los camarotes no son de primera clase (todavía no soy Dios para obrar ese milagro), pero son decentes y están a babor. Lo único que necesito son sus pasaportes. No te preocupes. Ya tengo las reservaciones, pero para que sean firmes, mañana debo llevar su documentación.

—Te daré el mío, pero una niña que viaja con su madre no necesita pasaporte.

—El agente de la naviera me ha dicho que se exige pasaporte a todos los pasajeros, hombres, mujeres y niños. Si Violeta no lo tiene, puedes presentar su acta de nacimiento en el consulado de Estados Unidos para que le expidan uno en seguida. Imagino que tendrás su acta de nacimiento, ¿no?

—Desde luego. La tengo aquí mismo.

Oí el ruido de las patas de una silla contra el suelo, el chasquido de una llave y el chirrido de un cajón al abrirse.

—¿Dónde está ese maldito certificado? —dijo mi madre en tono nervioso.

—¿Cuándo lo viste por última vez?

—No he tenido ningún motivo para buscarlo. Todos mis documentos importantes están aquí, guardados bajo llave.

Entre maldiciones, se puso a abrir y a cerrar con violencia más cajones.

—Cálmate —dijo él—. El consulado puede darte una copia del acta sin ningún problema.

Me costaba oír lo que decía mi madre. Estaba mascullando entre dientes. Decía algo sobre el orden en su oficina e insistía en que nunca había perdido nada...

—Tranquilízate, Lulú —dijo Fairweather—. Ven aquí. Todo esto tiene fácil solución.

Ella volvió a murmurar y lo único que distinguí fue la palabra «robado».

—¡Por favor, Lu! ¡Un poco de sensatez! ¿Quién iba a querer robarte el acta de nacimiento de Violeta? No tiene sentido. Quítatelo de la cabeza. Mañana mismo iré al consulado y te conseguiré el certificado y el pasaporte. ¿Con qué apellido está registrada Violeta? Es lo único que necesito saber.

La oí mencionar el apellido «Tanner» y las palabras «marido» y «americano».

—¿Marido? —repitió Fairweather—. Sabía que lo querías y que vivieron juntos, pero no que habías llegado a esos extremos por Violeta. Bueno, me alegro de que fuera así. Significa que es americana y legítima, y por lo tanto, una auténtica ciudadana estadounidense. Imagina lo difícil que habría sido todo esto si la hubieras registrado con el nombre de su verdadero padre, el chino.

Sentí sus palabras como un puñetazo. ¿Por qué sabía tanto de mí ese hombre despreciable?

Por la tarde, Fairweather regresó con expresión contrariada y subió con mi madre al estudio, mientras yo me apostaba en mi lugar habitual, en la sala del bulevar. Antes ya me había ocupado de dejar las puertas abiertas y las cortinas descorridas.

—No tienen registrado el nacimiento de Violeta —anunció él.

—Eso es imposible. Iré yo ahora mismo y conseguiré ese documento.

—Lulú, cariño, es inútil. Supongo que habrán perdido un archivador entero, y por mucho que insistas o amenaces, no vas a recuperar el certificado a tiempo para salir de Shanghái.

—Si no podemos conseguirle un pasaporte —dijo mi madre—, no iremos a ninguna parte. Nos quedaremos y esperaremos.

Estaba dispuesta a quedarse por mí. Me quería. Era una prueba de su amor que nunca hasta entonces me había dado.

—Imaginé que dirías eso y por eso he procurado encontrar una solución. Conozco a una persona muy encumbrada, un auténtico pez gordo, que ha accedido a echarnos una mano. No puedo revelar su identidad porque es alguien tremendamente importante. Pero en una ocasión le hice un favor y durante todos estos años he mantenido el secreto. Es algo referente al hijo de una persona cuyo nombre reconocerías, aunque para mu chos no es más que un chino. Lo importante es que el pez gordo y yo somos muy buenos amigos, y me ha dicho que podemos conseguir todos los documentos necesarios para que Violeta viaje a Estados Unidos si simplemente declaro que soy su padre.

Estuve a punto de gritar de indignación. Mi madre se echó a reír.

—¡Me alegro de que no sea verdad!

—¿Por qué insultas así al salvador de tu hija? Me he tomado muchas molestias para ayudarte.

—Y yo estoy esperando que me digas cómo piensas hacerlo y qué esperas a cambio de tu falsa paternidad. No soy tan tonta para creer que nuestra pasión abrasadora de la otra noche ha sido suficiente compensación.

—Me conformo con que se repita una vez más. No pretendo sacar ningún beneficio, Lu. Sólo necesitaré dinero para los gastos.

—Ya propósito, ya que hablamos de honestidad, ¿cuál es tu verdadero nombre, el apellido que pretendes darle a Violeta?

—Lo creas o no, me llamo Fairweather, Arthur Fairweather. Yo mismo hice la broma del «buen tiempo» antes de que me la hicieran los demás.

Entonces mi falso padre reveló su plan. Mi madre tenía que darle el dinero necesario para comprar los dos camarotes en el barco y compensar al pez gordo. Él nos traería los boletos por la mañana y me llevaría a mí al consulado. A mediodía, mi madre enviaría nuestro equipaje al barco y embarcaría temprano para asegurarse de que ningún intruso se instalara en nuestros camarotes.

Fairweather parecía demasiado despreocupado, hablaba con demasiada soltura para estar diciendo la verdad. Sólo quería el dinero de mi madre.

—¿Dudas de que pueda conseguir los papeles?

—¿Por qué no puedo ir yo al consulado, como madre suya que soy?

—Perdóname la franqueza, Lulú querida, pero el consulado de Estados Unidos no quiere que el nuevo gobierno chino lo acuse de hacer favores especiales a personas cuyos establecimientos atienden las necesidades de la carne. De repente, todo el mundo se ha vuelto muy puritano, y tú eres demasiado famosa y notoria. No creo que mi amigo el pez gordo quiera poner a prueba los límites de su influencia. Violeta quedará registrada con mi apellido, como hija mía y de mi difunta esposa Camille. Sí, ya ves, estuve casado, pero no pienso hablar de mi mujer por ahora. Cuando tengamos el acta de nacimiento y el pasaporte, Violeta y yo nos embarcaremos como un padre con su hija, y nos reuniremos felizmente contigo. ¿Por qué pones esa cara? ¡Sí, desde luego! ¡Viajaré contigo! ¿Por qué crees que iba a tomarme todas estas molestias si no fuera a acompañarte? ¿Sigues sin creerme cuando te digo que te quiero de verdad y que mi mayor deseo es permanecer para siempre a tu lado?

Hubo un largo silencio, e imaginé que se estarían besando. ¿Por qué le creía mi madre sin cuestionarle nada? ¿Un par de besos habían sido suficientes una vez más para vaciarle el cerebro? ¿Pensaba presentarle ese sinvergüenza a su hijo y decirle: «Éste es el querido y devoto padre de tu hermana»?

—Violeta y yo compartiremos un camarote —dijo mi madre por fin—, y tú tendrás el otro para ti solo, por respeto a la señora Fairweather, que en paz descanse, y en atención a mi «notoriedad», como tú dices.

—¿Quieres obligarme a cortejarte todo el camino, desde aquí hasta San Francisco? ¿Es eso?

Se hizo un silencio, y tuve la certeza de que se estaban besando de nuevo.

—Ahora hablemos de negocios —dijo ella—. ¿Cuánto te debo por esta muestra de afecto?

—Muy simple: el costo de los camarotes, el agradecimiento monetario al pez gordo y la desorbitada cuantía que él mismo indique de los sobornos que haya tenido que repartir. Esta clase de influencia no se consigue a bajo precio, ni de forma honesta. Cuando conozcas el importe, te preguntarás si los camarotes están revestidos de oro puro. Es una suma dolorosa, que además hay que pagar en dólares mexicanos de plata porque nadie sabe cuánto tiempo más aguantará la nueva moneda.

Hubo otro silencio y después se oyó una maldición de mi

madre. Fairweather le repitió todos los detalles. Cuando mi madre le preguntó qué parte de esa suma se quedaría él para su propio beneficio, él levantó la voz y criticó airadamente su ingratitud después de todo lo que estaba haciendo por ella. Le dijo que no sólo había recurrido a todas sus relaciones y contactos, sino que por ella iba a marcharse de Shanghái en la más absoluta pobreza. Había una gran suma de dinero que debía cobrar dos semanas después, pero iba a dejarlo todo, incluidas varias facturas sin pagar, lo que significaba que ya nunca podría regresar a la ciudad. ¿Qué más prueba quería de lo mucho que la adoraba?

Siguió un silencio. Me puse nerviosa pensando que mi madre iba a creerse sus mentiras.

—Cuando estemos en el barco —dijo ella por fin—, te demostraré mi gratitud. Y si me has engañado, sabrás que mi venganza no conoce límites.

A la mañana siguiente, discutí con ella por el lastimoso plan. Ya se había puesto el traje que había elegido para el viaje: falda azul aciano y chaqueta larga, con sombrero, zapatos y guantes de cabritillo de color crema. Parecía que fuera a ir a las carreras. Se suponía que yo tenía que ponerme un ridículo conjunto marinero de falda y blusa que había enviado Fairweather para mí. Dijo que me haría parecer una patriótica niña americana y que era necesario tomar esa precaución para disipar cualquier duda acerca de mi inmaculada pureza. Pero yo estaba segura de que quería hacerme poner ese traje barato solamente para humillarme.

—No confío en él —dije mientras Paloma Dorada me ayudaba a ponerme la blusa.

Expuse mi argumento. ¿Alguien había ido al consulado para verificar que era cierto lo que decía? ¿No estaría allí mi acta de nacimiento después de todo? ¿Y quién era ese hombre tan influyente al que supuestamente conocía? Su único móvil era la codicia. ¿Cómo podía mi madre estar segura de que no iba a huir con su dinero en cuanto se lo diera?

—¿De verdad piensas que no me he planteado esas preguntas y otras cincuenta más?

Quería aparentar fastidio, pero yo veía que su mirada se movía sin cesar, como atenta al peligro en los rincones más oscuros. Tenía miedo. Dudaba.

—Lo he analizado todo —prosiguió, hablando atropelladamente— y he estudiado todos los aspectos del plan que él podría aprovechar para beneficiarse.

Siguió hablando sobre sus sospechas y las medidas que había tomado. Huevo Quebrado había enviado a una persona a averiguar si los boletos eran auténticos. Era cierto que estaban reservados y los había pagado alguien que esperaba recuperar el doble de lo invertido, y no el triple, como había dicho Fairweather. Pero ésa era su conducta habitual, y mi madre estaba dispuesta a pasarla por alto, siempre que consiguiera los pasajes. También le habían confirmado que era obligatorio presentar los pasaportes para embarcarse. Y Paloma Dorada ya había visitado el consulado para comprobar si era verdad que mi acta de nacimiento había desaparecido. Por desgracia, sólo podían proporcionar esa información a los padres de la niña.

—¿Por qué se tomará Fairweather todas estas molestias? —se preguntó mi madre y, al cabo de un momento, ella misma se contestó—: Porque mover sus contactos y sus relaciones es su deporte favorito. Le encanta demostrar su influencia. ¿Tú qué crees, Paloma Dorada? ¿Debo confiar en él?

—En nada que tenga que ver con el amor —respondió ella—. Pero si se presenta aquí con los boletos, entonces habrá demostrado que puede cumplir sus promesas. Si no te trae los billetes, Huevo Quebrado recuperará el dinero para ti, junto con una rebanada de la nariz de ese sinvergüenza.

—¿Por qué tenemos que irnos tan precipitadamente? —exclamé—. Si esperamos un poco más, no necesitaremos su ayuda. Todo esto es por Teddy, ¿verdad? Por su culpa, tengo que fingir que Fairweather es mi padre. Por su culpa, tengo que abandonar a *Carlota* y morirme de pena.

—No te pongas histérica, Violeta —dijo mi madre—. No es sólo por Teddy, sino por todos nosotros. —Estaba jugueteando con los guantes. Era evidente que también estaba nerviosa—. Si no conseguimos tu pasaporte, mi decisión es definitiva: no iremos a ninguna parte.

Uno de sus guantes tenía un botón casi suelto y ella se lo quitó y lo arrojó sobre la mesa.

—Pero ¿qué prisa tenemos? Teddy no se irá de San Francisco.

Estaba de espaldas a mí.

—Shanghái está cambiando. Puede que en el futuro ya no haya lugar para nosotras. En San Francisco empezaremos de nuevo.

Recé para que Fairweather no viniera, para que se fuera con el dinero y demostrara así su calaña. Pero se presentó puntualmente a las nueve, cuando Paloma Dorada y yo estábamos aún en el estudio de mi madre. Se sentó y le entregó a mi madre un sobre.

Ella frunció el ceño.

—Aquí hay un boleto para un solo camarote y una sola litera.

—Lulú, cariño, ¿cómo puede ser que aún no confíes en mí? Si llevas tú todos los boletos, ¿cómo quieres que embarquemos mi hija Violeta y yo? —Extrajo los otros dos pasajes del bolsillo delantero de la chaqueta y se los tendió—. Sólo tendrás que llamar a la puerta de mi camarote para comprobar que tu hija y tu humilde servidor están ahí. —Se incorporó y se puso el sombrero—. Será mejor que Violeta y yo nos pongamos en marcha y vayamos al consulado, porque de lo contrario todo este esfuerzo será inútil.

Todo sucedía con demasiada rapidez. Le eché a mi madre una mirada cargada de intención. «¡Por favor, no dejes que me lleve!», habría querido rogarle. Ella me miró con resignación. El corazón me palpitaba con tanta fuerza que sentía mareos. Levanté a *Carlota*, que había estado durmiendo debajo del escritorio, y me puse a llorar, enjugándome las lágrimas sobre su pelaje. Un sirviente se llevó mi maleta.

—¿Y por mí no lloras? —dijo Paloma Dorada.

Ni siquiera se me había ocurrido que no vendría con nosotras. ¿Cómo iba a pensarlo? Mi madre y ella eran como hermanas. Era una tía para mí. Fui hacia ella, la abracé y le agradecí todo lo que había hecho por mí. Me costaba entender que no fuera a volver a verla durante mucho tiempo, y quizá nunca más.

—¿Vendrás pronto a San Francisco? —pregunté entre lágrimas.

—No tengo ningún deseo de ir. Tendrás que volver a Shangái para verme.

Paloma Dorada y mi madre bajaron la escalera conmigo. Yo estreché con tanta fuerza a *Carlota* que le hice soltar un gemido. Junto a la reja, vi que las cortesanas y sus doncellas ya se habían reunido para despedirme. Le agradecí a Huevo Quebrado lo mucho que me había cuidado. Él sonrió, pero tenía los ojos tristes. Pequeño Océano, que adoraba a *Carlota*, estaba a su lado. Yo apreté la cara contra el pelo de mi gata.

—Lo siento, lo siento —le dije.

Le prometí que regresaría a buscarla, pero sabía que probablemente no volvería a verla nunca más. Pequeño Océano le tendió los brazos y *Carlota* rodó hacia su pecho. No demostró ninguna pena por mi partida y eso me hizo daño. Pero cuando mi madre y yo atravesamos la reja, oí que *Carlota* me llamaba. Me volví y vi que se estaba debatiendo, tratando de soltarse y alcanzarme. Mi madre me rodeó la cintura con un brazo y me obligó a seguir adelante. Se abrió el portón y un coro de flores exclamó:

—¡Regresa! ¡No nos olvides! ¡No engordes demasiado! ¡Tráeme una estrella de la buena suerte!

—Será sólo un momento —me aseguró mi madre, pero vi un pequeño nudo de preocupación en su frente. Me acarició la cara—. Le he pedido a Huevo Quebrado que espere en el consulado y me envíe un mensaje en cuanto tengas tu pasaporte. Esperaré a recibirlo para embarcar. Fairweather y tú irán directamente al barco, y nos encontraremos en la popa, para ver la salida del puerto.

—Mamá... —empecé a protestar.

—No me iré si tú no vienes conmigo —dijo ella con firmeza—. Te lo prometo. —Me dio un beso en la frente—. No te preocupes.

Fairweather me condujo hasta el coche de caballos. Yo me volví y vi a mi madre, que me saludaba con la mano. El nudo de preocupación seguía visible en su frente.

—¡A las cinco, en la popa del barco! —me gritó.

Por encima de sus palabras, cada vez más lejanas, oí el maullido de *Carlota.*

CAPÍTULO 3
El Pabellón de la Tranquilidad

Shanghái
1912
VIOLETA – VIVI – ZIZI

Cuando me apeé del coche, vi la reja de una mansión y una placa con caracteres chinos, donde podía leerse: «Pabellón de la Tranquilidad.» Miré a un lado y a otro de la calle, en busca de un edificio con la bandera de Estados Unidos.

—No es aquí adonde tenemos que ir —le dije a Fairweather.

Él me miró sorprendido y le preguntó al conductor si era la dirección correcta, a lo que el cochero contestó que sí. Fairweather pidió a los que estaban junto a la puerta que salieran a ayudarnos, y dos mujeres sonrientes vinieron a nuestro encuentro. Una de ellas me dijo:

—Hace demasiado frío para que te quedes ahí fuera, hermanita. Pasa en seguida y pronto entrarás en calor.

Sin dejarme pensar siquiera, me agarraron por los codos y me sacaron del coche. Yo me resistí y dije que íbamos al consulado, pero ellas no me soltaron. Cuando me volví para pedirle a Fairweather que me sacara de allí, no vi más que polvo flotando en el aire, iluminado por el resplandor del sol. El coche se alejaba por la calle a buen ritmo. ¡Canalla! Yo tenía razón desde el principio. Nos había engañado. Antes de que pudiera decidir qué hacer, las dos mujeres enlazaron los brazos con los míos y tiraron de mí con más fuerza para obligarme a caminar. Yo me debatí y grité, y a todos los que veía —los que habían salido a la calle, el portero, los sirvientes y las doncellas— les advertía que mi madre los metería en la cárcel por secuestrarme. Ellos me miraban con caras inexpresivas. ¿Por qué no me obedecían? ¿Cómo se atrevían a tratar de ese modo a una extranjera?

En el salón principal, vi estandartes rojos colgados de las paredes: «Bienvenida, hermanita Mimi.» Los caracteres de la palabra «Mimi» eran los mismos que usaba mi madre para su nombre y que significaban «oculto». Corrí hacia uno de los estandartes y lo arranqué de la pared. Tenía el corazón desbocado y el pánico me encogía la garganta.

—¡Soy extranjera! —aullé en chino—. ¡No pueden hacerme esto!

Las cortesanas y sus doncellas se me quedaron mirando.

—¡Qué raro que hable chino! —susurró una de ellas.

—¡Malditos sean todos ustedes! —grité en inglés.

Mi mente funcionaba a toda velocidad en un caos de ideas, pero apenas podía mover las piernas. ¿Qué estaba pasando? Tenía que decirle a mi madre dónde estaba. Necesitaba un coche. Tenía que avisar a la policía cuanto antes. Me volví hacia un sirviente y le dije:

—Te daré cinco dólares si me llevas a la Oculta Ruta de Jade.

Un segundo después, me di cuenta de que no llevaba dinero. Al verme indefensa, me sentí aún más confusa. Supuse que me mantendrían retenida hasta las cinco, la hora en que zarpaba el barco.

Una doncella le susurró a otra que jamás habría pensado que una cortesana virgen de una casa de primera categoría fuera a ir vestida con un triste trajecito de niña yanqui.

—¡No soy una cortesana virgen! —exclamé.

Entonces una mujer baja y rechoncha, de unos cincuenta años, vino andando hacia mí contoneándose como un pato. Por la expresión de todos, supe en seguida que se trataba de la madama. Tenía la cara ancha y una palidez malsana. Sus ojos eran negros como los de un cuervo, y llevaba los mechones de las sienes retorcidos y estirados hacia atrás para alargar los ojos y convertirlos en óvalos gatunos. De su boca sin labios salió un saludo:

—¡Bienvenida al Pabellón de la Tranquilidad!

Hice una mueca de desprecio ante el orgullo con que anunció el nombre. «¡Tranquilidad!» Mi madre decía que sólo los establecimientos de segunda categoría tenían nombres de cosas buenas, para alimentar falsas expectativas. ¿Dónde estaba la tranquilidad? Todos parecían atemorizados. El mobiliario occidental era lustroso y barato. Las cortinas eran demasiado cortas. Toda la decoración era una imitación de lo que esa casa nunca llegaría a ser. Era imposible confundirse. El Pabellón de la Tranquilidad era un burdel de segunda fila.

—Mi madre es una americana muy importante —le dije a la madama—. Si no me dejas ir en este instante, hará que te juzguen en un tribunal estadounidense y que cierren tu casa para siempre.

—Sí, ya sabemos quién es tu madre: Lulú Mimi, una mujer muy importante.

La madama hizo señas a las seis cortesanas para que vinieran a saludarme. Iban vestidas de verde y rosa fuerte, como si todavía estuviéramos en el festival de la primavera. Cuatro de ellas parecían tener diecisiete o dieciocho años, pero las otras dos eran mucho mayores: veinticinco, por lo menos. Una criada de no más de diez años me trajo unas toallas humeantes y un cuenco con agua de rosas. Yo lo aparté todo de un manotazo y la porcelana se estrelló contra las baldosas con el sonido estridente de un millar de campanillas. Mientras recogía los añicos, la aterrorizada sirvienta le pedía perdón a la madama, que en ningún momento la tranquilizó diciéndole que la culpa no había sido suya. Poco después, una criada un poco mayor me trajo un tazón con té de osmanto. Aunque estaba sedienta, lo tomé y lo arrojé contra los estandartes con mi nombre. Negros manchones como lágrimas fluyeron de los caracteres manchados.

La madama me sonrió con indulgencia.

—¡Ay, ay, ay! ¡Qué carácter!

Hizo un gesto a las cortesanas y todas, una por una, acompañadas de sus doncellas, me dieron las gracias por venir y aumentar así el prestigio de la casa. No parecían sinceras en su bienvenida. Cuando la madama me tocó un codo para guiarme hacia la mesa, aparté el brazo.

—¡No me toques!

—Chis, chis —intentó calmarme ella—. Pronto te sentirás más cómoda en la casa. Llámame «madre» y te trataré como a una hija.

—¡Puta barata!

Su sonrisa se esfumó y, sin inmutarse, volvió la vista hacia los diez platos con bocaditos especiales servidos en la mesa de té.

—Tú piensa solamente que te alimentaremos durante los próximos años —dijo y siguió parloteando falsedades.

Los buñuelos de carne me parecieron muy apetecibles y decidí no desperdiciarlos. Una criada me sirvió vino en una copa pequeña y la dejó sobre la mesa. Cuando tomé los palillos para servirme un buñuelo, la madama los golpeó con los suyos y me hizo un gesto negativo con la cabeza.

—Antes de comer, tienes que beberte el vino. Es la costumbre.

Tragué rápidamente el líquido repugnante y tendí la mano para tomar un buñuelo. Con dos palmadas y un gesto de la mano, la madama indicó sin palabras que retiraran la comida. Supuse que su intención era llevarme a comer a otra sala.

Se volvió hacia mí, aún sonriendo, y me dijo:

—He invertido mucho dinero en ti. ¿Trabajarás y te esforzarás para que merezca la pena darte de comer?

Fruncí el ceño, y antes de que pudiera insultarla, ella me asestó un puñetazo en un costado de la cabeza, cerca de la oreja. La fuerza del golpe estuvo a punto de separarme la cabeza del cuello. Los ojos se me llenaron de lágrimas y sentí zumbidos en un oído. Nunca nadie me había pegado.

Las facciones de la mujer se contorsionaban y sus gritos me llegaban de lejos. Me había dejado sorda de un oído. Me dio una bofetada y sentí que un nuevo torrente de lágrimas me quemaba las mejillas.

—¿Me entiendes? —dijo con su voz lejana.

No conseguí rehacerme lo suficiente para responder antes de recibir más golpes. Me arrojé contra ella y le habría aporreado la cara con los puños si los sirvientes no se hubieran abalanzado sobre mí para apartarme.

La mujer me dio varias bofetadas más, maldiciendo. Me agarró por el pelo y me tiró la cabeza hacia atrás.

—Niña malcriada, te arrancaré a golpes ese mal carácter, aunque tenga que seguir pegándote después de muerta.

Entonces me soltó y me empujó con tanta fuerza que perdí el equilibrio, caí al suelo y acabé en un lugar profundo y oscuro.

Desperté en una cama extraña, cubierta por una colcha. Una mujer vino rápidamente hacia mí. Temiendo que fuera la madama, me protegí la cabeza con los brazos cruzados.

—¡Por fin despiertas! —exclamó—. Vivi, ¿no recuerdas a tu vieja amiga?

¿Cómo sabía mi nombre? Levanté los brazos y abrí los ojos. Tenía la cara redonda, ojos grandes y una ceja arqueada en actitud interrogativa.

—¡Nube Mágica! —grité.

Era la Bella Nube que soportaba mis travesuras cuando era pequeña. ¡Había vuelto para ayudarme!

—Ahora me llamo Calabaza Mágica —dijo—. Soy cortesana en esta casa.

Parecía cansada y la piel se le había vuelto mate. Había envejecido mucho en esos siete años.

—Tienes que ayudarme —dije apresuradamente—. Mi madre me está esperando en el puerto. El barco parte a las cinco, y si no llego a tiempo, zarpará sin nosotras.

Mi amiga frunció el ceño.

—¿Ninguna palabra de alegría por volverme a ver? ¿Sigues siendo la misma niña mimada de antes, pero con las piernas y los brazos más largos?

¿Por qué criticaba mis modales en un momento como ése?

—Necesito ir al puerto ahora mismo, o de lo contrario...

—El barco ya ha zarpado —dijo—. Madre Ma te echó en el vino un brebaje para hacerte dormir. Llevas casi todo el día durmiendo.

Me quedé perpleja. Imaginé a mi madre con los baúles nuevos apilados en el muelle y sin poder utilizar los boletos. Pensé en lo furiosa que se habría puesto al enterarse de que Fairweather la había engañado con sus untuosas palabras de amor. Se merecía que la engañaran, por tener tanta prisa en ir a San Francisco a ver a su hijo.

—Tienes que ir al puerto —le dije a Calabaza Mágica— y decirle a mi madre dónde estoy.

—¡Eh, no soy tu sirvienta! Además, tu madre no está en el puerto. Está a bordo, navegando hacia San Francisco. El barco no va a dar la vuelta.

—¡No es cierto! ¡Ella jamás me abandonaría! ¡Lo prometió!

—Un mensajero fue a decirle que ya habías embarcado y que Fairweather estaba contigo.

—¿Un mensajero? ¿Qué mensajero? ¿Huevo Quebrado? Él no me vio entrar ni salir del consulado. —Yo encontraba una objeción a todo lo que decía Calabaza Mágica—. Ella me lo prometió. Ella jamás me mentiría.

Cuanto más lo repetía, menos lo creía.

—¿Me llevarás de vuelta a la Oculta Ruta de Jade? —pregunté por fin.

—Pequeña Vivi, lo que ha sucedido es peor de lo que piensas. Madre Ma ha pagado demasiados dólares mexicanos a la Banda Verde para dejar una mínima grieta por la que puedas escapar. Y la Banda Verde ha amenazado a todos los de la Oculta Ruta de Jade. Si las Bellas Nubes te ayudan, las dejarán desfiguradas. A Huevo Quebrado lo amenazaron con cortarle todos los músculos de las piernas y dejarlo tirado en la calle para que lo pisoteen los caballos, y a Paloma Dorada le han dicho que bombardearán la casa y a ti te arrancarán los ojos y te cortarán las orejas.

—¿La Banda Verde? ¿Qué tiene que ver la Banda Verde con esto?

—Fairweather hizo un trato con ellos a cambio de saldar su deuda de juego. Consiguió que tu madre se fuera para que ellos pudieran apoderarse de su casa sin la intervención del consulado de Estados Unidos.

—Llévame a la policía.

—¡Qué inocente eres! El jefe de policía de Shanghái es miembro de la Banda Verde. La policía está al corriente de todo, y la banda me mataría de la forma más dolorosa posible si te sacara de aquí.

—¡No me importa! —grité—. ¡Tienes que ayudarme!

Calabaza Mágica se me quedó mirando fijamente, boquiabierta.

—¿No te importa que me torturen y me maten? ¿En qué clase de jovencita te has convertido? ¡Qué egoísta! —exclamó y salió de la habitación.

Sentí vergüenza. En otro tiempo, ella había sido mi única amiga. No podía explicarle que tenía miedo. Nunca había demostrado miedo o debilidad ante nadie. Estaba acostumbrada a que mi madre resolviera de inmediato todos mis problemas. Habría querido contarle a Calabaza Mágica todo lo que sentía: que mi madre no se había preocupado lo suficiente por mí y que en lugar de cuidarme se había vuelto tonta y había creído a ese mentiroso. Siempre era igual porque a él lo quería más que a mí. ¿Estaría con él a bordo de ese barco? ¿Volvería? Lo había prometido.

Contemplé la cárcel a mi alrededor. La habitación era pequeña. Todo el mobiliario era de mala calidad y estaba gastado más allá de toda redención. ¿Qué clase de hombres serían los clientes de una casa como ésa? Hice un inventario de todos los defectos de la habitación para contarle después a mi madre cuánto había sufrido. La estera del suelo era demasiado fina y tenía bultos. Las cortinas que enmarcaban el arco de la alcoba estaban desteñidas y manchadas. La mesa de té tenía quemaduras, marcas de agua y una pata torcida, por lo que sólo servía para leña. El jarrón de porcelana falsamente agrietada tenía una grieta auténtica. Al techo le faltaban trozos de escayola y las lámparas de las paredes estaban inclinadas. El tejido de la alfombra, de lana naranja y azul oscuro, formaba los símbolos habituales en las casas de los sabios, pero la mitad estaban gastados o comidos por las polillas. Los sillones occidentales eran raquíticos y el tapizado estaba deshilachado sobre los bordes del asiento. Sentí un nudo en la garganta. ¿Realmente estaría mi madre a bordo de ese barco? ¿Estaría muerta de preocupación?

Yo aún llevaba puesto el odiado traje marinero azul y blanco, «prueba de mi patriotismo estadounidense», como había dicho Fairweather. El malvado me estaba haciendo sufrir porque sabía que yo lo odiaba.

Detrás del armario, distinguí un par de diminutas zapatillas bordadas. Estaban tan gastadas que el forro mugriento casi se veía más que la seda azul y rosa, y tenían la mitad trasera completamente aplastada. Estaban hechas para piececitos minúsculos. Para calzárselas, la chica que las había usado debía poner los dedos en cuña y andar de puntillas, para imitar el efecto de los pies vendados. ¿Apoyaría los talones en la mitad trasera de las zapatillas cuando nadie la miraba? ¿Por qué las habría dejado, en lugar de tirarlas? Era imposible repararlas. La imaginé como una chica de cara triste, pies grandes, pelo ralo y cutis grisáceo, tan gastada como las zapatillas y a punto de ser desechada porque ya no servía. Sentí náuseas. Las zapatillas me parecieron un presagio. Yo iba a convertirme en esa chica. La madama jamás me dejaría ir. Abrí la ventana y las arrojé al callejón. Oí un grito y me asomé para ver. Una niña vagabunda se estaba frotando la cabeza. Recogió las zapatillas del suelo, las apretó contra su pecho y levantó la vista hacia mí, con expresión culpable. Después, salió corriendo como una ladrona.

Intenté recordar si mi madre tenía esa misma expresión de culpa cuando se había despedido de mí, porque de ser así, habría sido la prueba de que estaba de acuerdo con el plan de Fairweather. Cuando yo la había amenazado con quedarme en Shanghái si no podía llevarme a *Carlota*, podría haberlo utilizado como excusa para irse. Podría haberse justificado pensando que yo prefería quedarme. Intenté recordar otros fragmentos de conversaciones, otras amenazas mías, otras promesas suyas y las cosas que yo le gritaba cuando me decepcionaba. Entre esos retazos estaba la razón de que yo me encontrara donde me encontraba.

Vi mi maleta junto al armario. Su contenido revelaría las intenciones de mi madre. Si en su interior había ropa para mi nueva vida, entonces sabría que me había abandonado. En cambio, si la ropa era suya, sabría que la habían engañado a ella. Me quité del cuello la cadenita de plata con la llave de la maleta y contuve la respiración. Poco después, exhalé un suspiro de gratitud al descubrir un frasco del costoso perfume de aceite de rosas del Himalaya que usaba mi madre. Acaricié su estola de piel de zorro. Debajo encontré su vestido favorito, uno de color lila que se había puesto una vez para visitar el Club Shanghái, donde había entrado con paso audaz para ir a sentarse a la mesa de un hombre demasiado rico e importante para que le dijeran que no estaba permitida la entrada de mujeres. Colgué el osado vestido en la puerta del armario y puse debajo un par de zapatos de tacón de mi madre. El resultado fue la sobrecogedora apariencia de un espectro sin cabeza. Más abajo, en la maleta, había un cofre de nácar con mis joyas: dos pulseras con cuentas, un relicario de oro y un collar de amatistas con un anillo a juego. Abrí otra caja pequeña que contenía gotas de ámbar, el regalo que había rechazado para mi octavo cumpleaños. Saqué después dos rollos de pergamino, uno corto y otro largo, y desplegué el papel que los envolvía. No eran pergaminos, después de todo, sino lienzos pintados al óleo. Desplegué el más grande en el suelo.

Era el retrato de mi madre de joven, la misma pintura que había descubierto yo poco después de cumplir los ocho años, cuando registré su habitación en busca de una carta que acababa de recibir y que la había trastornado. En aquella ocasión sólo había tenido tiempo de echarle un vistazo rápido antes de guardarlo. Ahora, mientras examinaba el lienzo con detenimiento, sentí una extraña incomodidad, como si estuviera viendo un secreto terrible de mi madre cuyo conocimiento fuera a ponerme en peligro, o quizá un secreto que me concernía a mí. Mi madre tenía la cabeza inclinada hacia atrás, dejando al descubierto las fosas nasales. Tenía la boca cerrada, sin una sonrisa. Era como si alguien la hubiera desafiado y ella hubiera aceptado el reto sin dudarlo. O tal vez tenía miedo e intentaba disimularlo. Sus ojos estaban muy abiertos y las pupilas eran tan grandes que volvían negros sus ojos verdes. Era la mirada de una gata asustada. Así era ella antes de aprender a disfrazar sus sentimientos con una pátina de confianza en sí misma. ¿Quién era el pintor que disfrutaba viéndola amedrentada?

La pintura era similar en estilo a los retratos europeos encargados como una novedad por los shanghaianos ricos, que se empeñaban en poseer los mismos lujos que los extranjeros, aunque fueran representaciones de antepasados ajenos con pelucas empolvadas, niñas con cintas en el pelo, perros de caza y liebres. Estaba muy de moda utilizarlos para decorar los salones de los hoteles y las casas de cortesanas de primera categoría. Mi madre se burlaba de esos cuadros y los tildaba de pretenciosos y mal ejecutados.

—Un retrato —había dicho una vez— debe mostrar a una persona que respiraba mientras la pintaban. Debe atrapar uno de esos alientos.

Pero ella había contenido la respiración mientras la retrataban. Cuanto más contemplaba yo su cara, más cosas veía, y cuanto más veía, más contradicciones encontraba. Primero vi audacia, y después miedo. Reconocí una vaga cualidad suya, que aparentemente ya poseía en su juventud. Al cabo de un momento, me di cuenta de que esa cualidad era altanería: el convencimiento de que era mejor que los demás y también más lista. Creía que no se equivocaba nunca. Cuanto más la reprobaba el resto, más demostraba ella su propia reprobación. Cuando paseábamos por el parque, nos cruzábamos con todo tipo de personas que la criticaban.

—La madama blanca —decían al reconocerla.

Mi madre los miraba de arriba abajo, lentamente, y después resoplaba disgustada, lo que a mí me ponía al borde del ataque de risa, sobre todo cuando la víctima de su desprecio sucumbía al nerviosismo y se retiraba cabizbaja y sin habla.

Por lo general ella no prestaba atención a la gente que la ofendía. Pero el día que recibió la última carta de Lu Shing, dio rienda suelta a la rabia acumulada.

—¿Sabes qué es la moral, Violeta? Son las reglas de los demás. ¿Sabes qué es la conciencia? La libertad de usar tu propia inteligencia para diferenciar lo que está bien de lo que está mal.

Tú eres dueña de esa libertad y nadie puede quitártela. Cuando los demás te critiquen, no les hagas caso y recuerda que tú eres la única que debe juzgar tus decisiones y tus actos...

Así siguió durante un buen rato, como si una vieja herida le estuviera supurando y necesitara veneno para limpiarla.

Fijé la vista en el cuadro. ¿Qué conciencia tenía mi madre? Para ella, el bien y el mal venían determinados por su propio egoísmo, que la impulsaba a actuar según su conveniencia.

—Pobre Violeta —la imaginé diciendo—. En San Francisco se burlarían de ella por ser de raza dudosa. Es mucho mejor que se quede en Shanghái, donde vivirá feliz con *Carlota.*

Me puse furiosa. Siempre encontraba la manera de justificar sus decisiones, por muy erróneas que fueran. Cuando una cortesana tenía que dejar la Oculta Ruta de Jade, decía que la expulsaba por imperiosa necesidad. Cuando no podía cenar conmigo, me explicaba que era por imperiosa necesidad. El tiempo que pasaba con Fairweather era siempre de imperiosa necesidad.

«Imperiosa necesidad.» Era su excusa para hacer siempre lo que más le convenía. Era un pretexto para su egoísmo. Recordé un episodio en el que su falta de ética me había repugnado. Había sucedido tres años antes, en un día memorable porque pasaron varias cosas poco corrientes. Estábamos con Fairweather en el hipódromo de Shanghái, listos para presenciar el vuelo de un francés en aeroplano sobre la pista de carreras. Todas las localidades estaban ocupadas. Nadie había visto nunca un aeroplano en vuelo, ni menos aún sobre sus propias cabezas, de modo que cuando despegó, toda la multitud soltó al unísono un murmullo de asombro. A mí me pareció cosa de magia. ¿De qué otro modo habría podido explicarlo? Vi cómo el aparato planeaba, perdía altura y se inclinaba a un lado y a otro. Primero perdió un ala y después se le cayó la otra. Yo pensaba que así debía ser, hasta que se estrelló en el centro de la pista y se partió en pedazos. Se formó entonces una columna de humo oscuro, la gente empezó a gritar y, cuando sacaron a rastras de entre los restos del aparato al maltrecho aviador, varios hombres y algunas mujeres se desmayaron. Yo estuve a punto de vomitar. La palabra «muerto», «muerto», «muerto» resonaba como un eco por la tribuna. Se llevaron los restos del aparato y echaron tierra fresca sobre la sangre. Al cabo de un instante, los caballos entraron en la pista para dar comienzo a la tarde de carreras. Mucha gente se levantó y se fue, comentando airadamente que era inmoral seguir como si nada con las carreras y vergonzoso que alguien pudiera divertirse viéndolas. Yo pensé que nosotros también nos iríamos. ¿Quién podría haberse quedado después de ver cómo un hombre se mataba? Pero me sorprendí al darme cuenta de que mi madre y Fairweather permanecían en sus asientos. Cuando comenzó la primera carrera, los dos estallaron en gritos de ánimo para los caballos, mientras yo seguía con la vista fija sobre la tierra húmeda, donde habían echado agua para disimular la sangre. A mi madre no le pareció mal que nos quedáramos a ver las carreras. Yo no tuve más remedio que quedarme, pero no pude evitar sentirme culpable por no haberles dicho lo que pensaba.

Esa misma tarde, mientras volvíamos a casa, una niña china más o menos de mi edad salió corriendo de un portal oscuro y le dijo a Fairweather en laborioso inglés que era virgen y que le ofrecía los tres orificios por un dólar. Las niñas esclavas daban mucha pena. Si no recibían por lo menos a veinte hombres al día, las mataban a palos. Pero ¿qué podíamos hacer nosotros, excepto tenerles piedad? E incluso eso era difícil, porque eran muchísimas y se movían de aquí para allá como pollos nerviosos, tironeando de los faldones de las chaquetas y acosando a los hombres hasta el punto de convertirse en una molestia. Normalmente apretábamos el paso y seguíamos de largo sin mirarlas siquiera. Pero aquel día mi madre reaccionó de otra manera. Cuando hubimos dejado atrás a aquella niña, murmuró:

—Al canalla que la vendió habría que cortarle la verga raquítica con una guillotina de cigarros.

Fairweather se echó a reír.

—Pero cariño, ¡si tú misma has comprado niñas a la gente que las vende!

—Hay una diferencia entre vender una niña y comprarla —repuso ella.

—El resultado es el mismo —dijo Fairweather—: la prostitución. El comprador es cómplice del vendedor.

—Para la niña, es mucho mejor que la compre yo y la traiga a mi casa, que acabar esclavizada como ésa, muerta a los quince años.

—A juzgar por las chicas que tienes en tu casa, se diría que sólo las más guapas merecen la salvación.

Mi madre se paró en seco. El comentario la había irritado.

—No es un problema de conciencia, sino de pragmatismo. Soy una mujer de negocios, no una misionera al frente de un orfanato. Hago las cosas por imperiosa necesidad, según las circunstancias de cada momento. Y sólo yo sé cuáles son esas circunstancias.

Otra vez las mismas palabras: «Imperiosa necesidad.» Justo después de decirlas, se volvió abruptamente y se dirigió al portal donde estaba sentada la dueña de la niña. Le dio a la mujer algo de dinero, tomó a la chiquilla de la mano y se reunió con nosotros. La chiquilla estaba petrificada y no dejaba de volver la vista atrás, hacia donde estaba su antigua ama.

—Al menos no tiene los ojos muertos de la mayoría de las niñas esclavas.

—Ya veo que has comprado otra pequeña cortesana —dijo Fairweather—. ¡Una niña más salvada de la calle! ¡Enhorabuena!

Mi madre le respondió secamente:

—Esta niña no será cortesana. Ahora no necesito ninguna, y si la necesitara, ella no me serviría. Ya está arruinada. La han desflorado mil veces. Sólo sabrá quedarse tumbada boca arriba, con cara de derrotada sumisión. La pondré de sirvienta. Una de las criadas se casa y se va a la aldea de su marido.

Después me enteré de que no era cierto que se marchara ninguna criada. Por un momento pensé que había recogido a la niña porque tenía buen corazón, pero en seguida me di cuenta de que lo había hecho por arrogancia, para dejar en evidencia a quien la había reprobado. Por la misma razón se había quedado a ver las carreras. Había comprado a la niña porque Fairweather se había burlado de su conciencia.

Volví a examinar la pintura al óleo, fijándome en cada una

de las pinceladas que formaban su rostro juvenil. ¿Habría sido más compasiva con los demás cuando tenía mi edad? ¿Se habría conmovido con el aviador muerto o la niña esclava? Era una persona contradictoria y sus «necesidades imperiosas» eran absurdas. Podía ser fiel o desleal; podía ser una buena madre en un momento y una mala madre al minuto siguiente. Tal vez me quisiera a ratos, pero su amor no era constante. ¿Cuándo había sido la última vez que había demostrado su amor por mí? Quizá cuando me había prometido que no se iría si yo no iba con ella.

Al dorso del lienzo había una inscripción: «Para la señorita Lucrecia Minturn, con ocasión de su diecisiete cumpleaños.» Yo no sabía cuándo cumplía años mi madre, ni qué edad tenía. Nunca habíamos celebrado su cumpleaños y no había ninguna razón para que yo supiera su edad. Yo tenía catorce años. Si ella me había tenido a los diecisiete, entonces debía de haber cumplido ya los treinta y uno.

Lucrecia. Ése era el nombre que había visto en el sobre de la carta de Lu Shing. Las palabras bajo la dedicatoria habían sido consignadas al olvido por el trazo oscuro de un lápiz. Di la vuelta al cuadro y encontré las iniciales «L. S.» en la esquina inferior derecha. Lu Shing era el pintor. No me cabía ninguna duda.

Desenrollé la pintura más pequeña. Al pie de la imagen también aparecían las iniciales «L. S.». Era un paisaje: un valle visto desde lo alto de un acantilado, de cara a la escena que se abría más abajo. Las montañas que se erguían a ambos lados eran abruptas y sus sombras se proyectaban sobre el suelo del valle. Los nubarrones eran del color de un moretón antiguo, pero tenían los lomos rosados, y las nubes que retrocedían al fondo estaban nimbadas de oro. En el extremo más alejado del valle, una abertura entre dos montañas resplandecía como la entrada al paraíso. Parecía el amanecer. O quizá el crepúsculo. Era imposible determinar si estaba a punto de llover o si el cielo se estaba despejando, ni tampoco si la imagen representaba la alegría de llegar a ese lugar o el alivio de irse. ¿Cuál era el sentimiento del cuadro? ¿Esperanza o desesperación? ¿Estaba el observador en lo alto del acantilado vibrando de coraje, o temblando de miedo ante lo que le esperaba? También era posible que el cuadro representara al iluso que había perseguido un sueño y que contemplaba el engañoso fulgor de un tesoro que siempre estaría fuera de su alcance. La pintura me recordó las ilustraciones que cambian al girarlas de lado o ponerlas boca abajo, convirtiendo, por ejemplo, a un hombre barbudo en un árbol. No era posible mirar el cuadro de las dos maneras al mismo tiempo. Había que decidir cuál era su significado original. Pero ¿cómo saberlo, a menos que uno fuera la persona que lo había pintado?

El cuadro me produjo náuseas. Era un presagio, como las zapatillas gastadas. Estaba ahí para que yo lo encontrara. Lo que sucediera a continuación sería mi salvación o mi condena. De pronto, tuve la certeza de que la pintura representaba la llegada al valle, y no la partida. La lluvia se acercaba. Estaba anocheciendo, oscurecía y ya no sería posible encontrar el camino de vuelta.

Con manos temblorosas, le di la vuelta. *El valle del asombro,* leí, y debajo, unas iniciales: «Para L. M. de L. S.» La fecha estaba borrosa. Podía ser 1897 o 1899. Yo había nacido en 1898. ¿Habría recibido mi madre ese cuadro junto con su retrato? ¿Qué estaría haciendo ella un año antes de que yo naciera? ¿Y un año después? Si Lu Shing lo había pintado en 1899, eso significaba que aún estaba con mi madre cuando yo tenía un año.

Arrojé las dos pinturas al otro extremo de la habitación. Un segundo después, me sobrecogió el espanto de que una parte de mí fuera desechada y destruida, y de que ya nunca pudiera rescatarla. Mi madre odiaba a Lu Shing porque la había abandonado. Tenía que haber una razón de peso para que hubiera conservado sus cuadros. Corrí a recoger los lienzos, los enrollé llorando y los guardé en el fondo de la maleta.

En ese momento entró Calabaza Mágica y dejó sobre una silla dos conjuntos de camisa y pantalón de algodón, verdes con ribetes rosa, como los que usan los niños.

—Madre Ma ha pensado que esta ropa impedirá que escapes. Dice que eres demasiado presumida para dejarte ver en público vestida como una sirvienta china. Si te empeñas en mantener tu altanería occidental, te dará una paliza peor de la que ya has recibido. Si respetas sus normas, sufrirás menos. Tú decides cuánto dolor quieres soportar.

—Mi madre vendrá a buscarme —declaré—. No tendré que quedarme mucho tiempo aquí.

—Si viene, no será dentro de poco. Se tarda un mes en llegar de Shanghái a San Francisco y otro mes en regresar. Si te obstinas, estarás muerta antes de que pasen dos meses. Obedece y haz todo lo que te diga la madama. Finge prestar atención a todo lo que te enseña. No te morirás por eso. Te ha comprado como cortesana virgen y todavía pasará por lo menos un año antes de tu desfloración. Mientras tanto, puedes maquinar tu fuga.

—No soy una cortesana virgen.

—No dejes que el orgullo te ciegue el entendimiento —repuso ella—. Tienes suerte de que no te ponga a trabajar ahora mismo.

Fue hacia mi maleta, hundió las manos en su interior y extrajo la estola de piel de zorro de mi madre, con sus garritas colgantes.

—No toques mis cosas.

—Tenemos que darnos prisa, Vivi. La madama va a venir a llevarse lo que quiera. Cuando pagó por ti, compró todo lo que te pertenece. Se deshará de todo lo que no necesite, incluyéndote a ti si no te portas bien. ¡Rápido! Elige solamente lo más valioso. Si agarras demasiadas cosas, se dará cuenta.

Yo no moví un músculo. Hasta ahí me había llevado el egoísmo de mi madre. De pronto, me veía convertida en cortesana virgen. ¿Por qué iba a querer guardar sus pertenencias?

—Bueno, si tú no quieres nada —dijo Calabaza Mágica—, yo elegiré un par de cosas para mí.

Descolgó el vestido lila del armario mientras yo reprimía un grito de protesta. Lo dobló rápidamente y se lo metió debajo de la chaqueta. Después abrió la caja donde estaban guardadas las gotas de ámbar.

—No son de buena calidad —comentó—. Tienen por lo menos una docena de defectos. Además, están sucias por dentro. ¡Bichos! ¡Qué asco! ¿Para qué las guardaba tu madre? Los americanos son muy raros.

Sacó otro paquete envuelto en papel. Era un traje de marinerito, con camisa azul y blanca, pantaloncitos y una gorra como las que usan los marineros estadounidenses. Mi madre debía de haberlo comprado cuando Teddy era bebé y ahora pensaba enseñárselo como prueba de su amor perdurable. Calabaza Mágica volvió a guardarlo en la maleta porque la madama tenía un nieto, según dijo. Después extrajo la estola de zorro con sus garritas, le echó una mirada nostálgica y la volvió a guardar. Del cofre de joyas, sacó solamente la cadena con el relicario de oro. Yo se lo arrebaté de las manos, lo abrí y separé las fotografías diminutas que tenía a cada lado: una de mi madre y otra mía.

Siguió buscando en el fondo de la maleta y sacó las dos pinturas. Desenrolló el retrato de mi madre y se echó a reír:

—¡Qué desvergonzada!

Después abrió el sombrío paisaje.

—Muy realista. Nunca había visto un atardecer tan bonito —comentó y colocó el cuadro en el montón de las cosas que había elegido para ella.

Mientras me vestía, me recitó los nombres de las cortesanas: Brote de Primavera, Hoja Primaveral, Pétalo, Camelia y Kumquat.

—No es necesario que te los aprendas ahora. Puedes llamarlas simplemente «hermanas flores». Pronto las conocerás por su forma de ser —siguió parloteando—. Brote de Primavera y Hoja Primaveral son hermanas. Una es lista y la otra, tonta. Las dos tienen buen corazón, pero una de ellas está triste y no le gustan los hombres. Dejaré que tú misma descubras cuál. Pétalo finge ser simpática, pero es falsa y taimada, y hace cualquier cosa por ser la favorita de la madama. Camelia es muy inteligente. Sabe leer y escribir, y todos los meses gasta un poco de su dinero para comprarse una novela o una pequeña cantidad de papel para escribir sus poemas. Maneja el pincel con singular habilidad. Me gusta Camelia porque es honesta. Kumquat es una belleza clásica con cara de melocotón. Aparte de eso, es como una niña: busca lo que quiere, sin pensar en nada más. Hace cinco años, cuando estaba en una casa de primera categoría, se enamoró de un hombre y sus ganancias se redujeron a cero. Es la historia de todas nosotras.

—Por eso tuviste que irte, ¿no? —dije—. Tenías un amante.

Resopló con gesto enfadado.

—¿Te lo han contado? —Guardó silencio un momento y la mirada se le volvió soñadora—. Me enamoré de muchos hombres a lo largo de los años, a veces incluso cuando tenía contratos con clientes permanentes. A uno de ellos le di demasiado dinero. Pero a mi último amante no le interesaba el dinero. Me amaba con todo su corazón. —Me miró—. Tú lo conoces. El poeta Pan.

Sentí una brisa fría sobre la piel y me estremecí.

—A mi cliente permanente le llegaron habladurías de que me acostaba con un fantasma y de que lo llevaba metido en el cuerpo. El hombre no quiso tocarme nunca más y pidió que le devolvieran el dinero del contrato. La que hizo correr el rumor fue Nube Turgente. A esa chica le falla algo en el corazón. En todas las casas hay alguien como ella.

—¿Era cierto que tenías al poeta fantasma metido en el cuerpo?

—¡Qué pregunta tan estúpida! Nunca me acosté con él, ni nos tocamos. ¿Cómo iba a tocarlo? ¡Era un fantasma! Sólo estábamos unidos espiritualmente, y eso era más que suficiente para mí. Muchas chicas en este negocio no conocen nunca el verdadero amor. Tienen amantes y clientes, y viven siempre con la esperanza de que uno de ellos las haga su concubina. Sueñan con ser la Segunda Esposa, la Tercera Esposa, o incluso la Décima Esposa si están muy desesperadas. Pero eso no es amor. Es sólo un golpe de suerte. Con el poeta Pan, yo sentía únicamente amor, y él sentía lo mismo por mí. No teníamos nada que ganar el uno del otro. Por eso sabíamos que lo nuestro era verdadero. Cuando me fui de la Oculta Ruta de Jade, él tuvo que quedarse porque formaba parte de la casa. Sin él, sentí que ya no había vida en mi cuerpo. Quise matarme para estar con él... Piensas que estoy loca, lo noto en tu cara. La pequeña señorita americana instruida no me cree. ¡Bah! ¿Qué sabrás tú? Ahora vístete. Si llegas tarde, la madama te aplastará otra vez la nariz. —Me tendió el traje, semejante a un pijama—. Quiere que todas las chicas la llamemos «madre». «Madre Ma.» No son más que palabras, no significan nada. Repítelas muchas veces, hasta que puedas soltarlas sin atragantarte: madre Ma, madre Ma, madre Ma... A sus espaldas, la llamamos «vieja avutarda».

Al decirlo, se puso a imitar a un pajarraco que graznaba y agitaba las alas para proteger su nidada. Y en seguida anunció:

—A madre Ma no le gusta tu nombre, «Vivi». Dice que no tiene sentido, que no son más que dos sonidos. Le sugerí que te lo cambie por el nombre chino de la violeta. Te llamarás así: «Violeta» —dijo en chino.

Pronunció la palabra, que en chino se dice *zizi*, como el zumbido de un mosquito: «¡Zzz! ¡Zzz!»

—Es sólo una palabra —añadió—. Es mejor que te llamen con otro nombre, el nombre de otra. Tú puedes tener un nombre secreto que sólo te pertenezca a ti: «Vivi», tu apodo americano, o el nombre inglés de la flor, tal como te lo puso tu madre. Mi nombre de cortesana es «Calabaza Mágica», pero en mi corazón soy «Tesoro Dorado». Es el nombre que yo misma me he puesto.

Durante el desayuno, hice todo lo que me había aconsejado Calabaza Mágica.

—Buenos días, madre Ma. Buenos días, hermanas flores.

La vieja avutarda se alegró de verme vestida con mi ropa nueva.

—¿Lo ves? El destino cambia cuando te cambias de ropa.

Con unos dedos como pinzas, me tomó por la barbilla y me hizo girar la cara primero a la izquierda y después a la derecha. Me repugnaba que me tocara. Tenía los dedos fríos y grises, como los de un cadáver.

—En Harbín conocí a una chica que tenía tu mismo tono de piel —dijo—. Y los mismos ojos. Tenía sangre manchú. En aquellos tiempos, los manchúes eran como perros que violaban a todas las chicas que atrapaban: rusas, japonesas o coreanas, de ojos azules, verdes o marrones, rubias o pelirrojas, grandes o pequeñas... Se llevaban a todas las que podían pescar desde sus caballos. Ni siquiera me sorprendería que hubiera caballos con sangre manchú. —Volvió a tomarme de la barbilla—. Fuera quien fuese tu padre, estoy segura de que tenía sangre manchú en las venas. Lo veo en las líneas de tu mandíbula y en tus ojos, verdes y rasgados como los de un mongol. He oído que una de las concubinas del emperador Qianlong tenía los ojos verdes. Diremos que desciendes de ella.

La mesa estaba servida con platos dulces, salados y picantes: brotes de bambú, raíz de loto con miel, rábanos encurtidos, pescado ahumado y muchos manjares sabrosos. Yo estaba hambrienta, pero comí poco y con los modales delicados que había aprendido de las cortesanas de la Oculta Ruta de Jade. Quería demostrarle a la madama que no tenía nada que enseñarme. Tomé un cacahuate diminuto con mis palillos de marfil, me lo llevé a los labios y lo deposité sobre mi lengua como si fuera una perla que estuviera apoyando sobre un cojín de brocado.

—Se te nota la buena crianza —dijo la vieja avutarda—. Dentro de un año, cuando hagas tu presentación, serás capaz de enloquecer a cualquier hombre. ¿Qué me dices a eso?

—Gracias, madre Ma.

—¿Lo ven? —apuntó, dirigiéndose a las demás con una sonrisa complacida—. Ahora obedece.

Cuando madre Ma tomó los palillos, pude mirar mejor sus dedos. Parecían plátanos podridos. La estuve observando mientras picoteaba los restos de comida de su plato. Entonces la insidiosa cortesana Pétalo se levantó y se apresuró a servirle más pescado y brotes de bambú, pero no prestó atención a la última porción de raíz de loto con miel. Esperó a que Brote de Primavera se sirviera el último trozo, para decir en tono severo:

—¿Por qué no se lo das a madre Ma? Ya sabes cuánto le gustan los dulces.

Así diciendo, transfirió al plato de la madama los trozos de raíz de loto que aún tenía en su plato, y la vieja la elogió por tratarla como a una verdadera madre. Brote de Primavera no cambió de expresión, ni miró a nadie, pero Calabaza Mágica me miró con el rabillo del ojo y me susurró:

—Está furiosa.

Cuando madre Ma se levantó de la silla, se tambaleó, y Pétalo corrió a ofrecerle su brazo para que se apoyara. Pero la madama la apartó secamente con un golpe del abanico.

—No soy una vieja débil. Es por los pies. Estos zapatos me están demasiado estrechos. Ve a buscar al zapatero y dile que venga.

Se levantó el ruedo de la falda. Tenía los tobillos grises e hinchados, y supongo que los pies, bajo las vendas, estarían todavía peor.

En cuanto se fue de la mesa, Camelia le dijo a Calabaza Mágica con exagerada cortesía:

—Colega mía, no puedo dejar de observar que el color melocotón de tu nueva chaqueta resalta el tono de tu cutis. Un cliente nuevo pensaría que tienes diez años menos.

Calabaza Mágica le respondió con una maldición. Camelia le sonrió con suficiencia y se fue.

—Siempre nos estamos mofando la una de la otra —me explicó Calabaza Mágica—. Yo le digo que el poco pelo que le queda es muy bonito y ella elogia el tono de mi piel. Nos reímos de nuestra edad, en lugar de llorar. Los años pasan.

Estuve a punto de decirle que el color melocotón no le sentaba nada bien. Cuando una mujer mayor se viste con colores juveniles, lo único que consigue es mostrar la edad que intenta disimular.

A partir de entonces, seguí los consejos de Calabaza Mágica e hice lo que la madama esperaba de mí. La saludaba con untuosa amabilidad y respondía educadamente cada vez que me hablaba. También observaba todos los rituales de la buena educación en el trato con mis hermanas flores. ¡Qué fácil me resultaba fingir! Al principio, cada vez que hacía un gesto que madre Ma interpretaba como americano, recibía una bofetada. Yo no me daba cuenta, hasta que me caía el castigo, y entonces ella me amenazaba con hacer picadillo cualquier parte de mi persona que le recordara a los extranjeros. Si yo la miraba a los ojos cuando me regañaba, me pegaba todavía más fuerte. En seguida aprendí que la expresión que esperaba de mí era de servil sumisión.

Una mañana, cuando llevaba casi un mes en el Pabellón de la Tranquilidad, Calabaza Mágica me anunció que unos días después me mudaría a otra habitación. Me habían asignado la primera solamente para humillarme, porque en realidad era un trastero donde se guardaban muebles viejos.

—Te instalarás en mi *boudoir*—me dijo—. Es casi tan bonito como el que tenía en la Oculta Ruta de Jade. Yo me voy a vivir a otro sitio.

Sabía lo que eso significaba. Se iría a una casa todavía peor. Pero si se iba, yo no tendría ninguna aliada.

—Compartiremos la habitación —dije.

—¿Cómo quieres que haga arrumacos a mis clientes mientras tú estás en la habitación jugando con muñecas? No te preocupes por mí. Tengo una amiga en la Concesión Japonesa. Alquilaremos una casa tradicional de dos plantas y abriremos un salón de opio, solamente ella y yo, sin ninguna madama que se lleve el beneficio y nos cobre por cada plato que pongamos sobre la mesa...

Iba a rebajarse a vulgar prostituta. Fumaría un par de pipas con los clientes y después se tumbaría y se abriría de piernas para hombres como Huevo Quebrado.

Calabaza Mágica adivinó mis pensamientos y frunció el ceño.

—¡No te atrevas a compadecerte de mí! No me avergüenzo. ¿Por qué iba a avergonzarme?

—Es la Concesión Japonesa —dije.

—¿Qué tiene de malo?

—Allí odian a los chinos.

—¿Quién te ha dicho eso?

—Mi madre. Por eso no admitía clientes japoneses en su casa.

—No los admitía porque sabía que le habrían birlado las mejores oportunidades de negocio. La gente los odia porque envidian su éxito. Pero a mí nada de eso me importa. Mi amiga me ha dicho que no son peores que los otros extranjeros, y además tienen pánico de la sífilis. Inspeccionan a todas las chicas, incluso en las casas de primera categoría. ¿Te lo imaginas?

Tres días después, Calabaza Mágica se fue, pero sólo por tres horas. Cuando regresó, depositó un regalo a mis pies, que aterrizó en el suelo con un familiar golpe seco. Era *Carlota*. Al instante rompí a llorar y la abracé hasta casi hacerle daño.

—¿Qué? ¿No me lo agradeces? —dijo Calabaza Mágica.

Me disculpé y declaré que era un auténtica amiga, un corazón noble, una inmortal de incógnito entre los hombres.

—¡Basta, basta!

—Tendré que encontrar la manera de esconderla —dije.

—¡Ja! Cuando la madama se entere de que la he traído, no me sorprendería que cuelgue estandartes rojos sobre la puerta y encienda una traca de cien cohetes para dar la bienvenida a esta diosa de la guerra. Hace dos noches, solté un par de ratas en la habitación de la vieja avutarda. ¿No oíste los gritos? Uno de los sirvientes creyó que se estaba incendiando el dormitorio y fue corriendo a llamar a la brigada de bomberos. Yo fingí asombro cuando me contó la razón de sus alaridos. Entonces le dije: «¡Qué pena que no tengamos un gato! Violeta tenía una gata, una pequeña cazadora feroz, pero la mujer que dirige ahora la Oculta Ruta de Jade se niega a soltarla.» La vieja avutarda me envió de inmediato a decirle a Paloma Dorada que había pagado por ti y por todas tus pertenencias, incluida la gata.

Según el testimonio de Calabaza Mágica, Paloma Dorada se había alegrado de deshacerse de la bestia y Pequeño Océano había derramado copiosas lágrimas, prueba de que había tratado bien a *Carlota*. Pero Calabaza Mágica no sólo me trajo a mi gata. También vino con noticias de Fairweather y de mi madre.

—Ese hombre tenía el vicio del juego, le gustaba el opio y debía montañas de dinero, lo que no me sorprende en absoluto. Se jugaba el dinero que la gente invertía en sus empresas con la esperanza de recuperar sus pérdidas anteriores, pero las deudas se le acumulaban. Entonces les decía a sus inversores que un tifón o un incendio había destrozado la fábrica, o que un cabecilla local se había hecho fuerte en sus edificios. Siempre tenía una excusa preparada y a veces usaba la misma para dos fábricas distintas. Lo que no sabía es que dos de sus inversionistas, que habían puesto dinero en diferentes empresas, eran miembros de la Banda Verde. Cuando les contó a los dos la misma historia del tifón, se dieron cuenta del engaño. No es lo mismo estafar a un mafioso que tomarlo por tonto. Iban a colgarlo por los pies y a meterlo de cabeza en un montón de carbón ardiente, pero él les propuso una manera de devolverles el dinero. Les dijo que podía echar a la madama americana que dirigía la Oculta Ruta de Jade.

»¡Ay! ¿Cómo puede volverse tan tonta una mujer tan lista? Es una debilidad de muchas personas, incluso de las más ricas, poderosas y respetadas. Lo arriesgan todo por el deseo carnal y por creerse que son las más maravillosas del mundo, solamente porque se lo ha dicho un mentiroso.

»En cuanto tu madre se fue, la Banda Verde mandó redactar un falso título de propiedad, en el que podía leerse que tu madre había vendido la Oculta Ruta de Jade a uno de los miembros de la banda. Registraron el contrato en la oficina de un jerarca de la Concesión Internacional que también pertenecía a la banda. ¿Qué iba a hacer Paloma Dorada? No podía presentarse en el consulado de Estados Unidos porque no tenía ningún contrato a su nombre. Tu madre había prometido enviárselo por correo cuando llegara a San Francisco. Una de las cortesanas le contó a Paloma Dorada que Nube Turgente se estaba pavoneando, diciendo que ahora Fairweather y ella eran ricos. Fairweather había cambiado los boletos para San Francisco por dos pasajes de primera clase en un buque que partía para Hong Kong. Su plan era presentarse allí como miembro de la alta sociedad shanghaiana, llegando a Hong Kong con su esposa, con el propósito de invertir en nuevas empresas en nombre de varias estrellas de cine occidentales.

»No imaginas lo enojada que estaba Paloma Dorada mientras me lo contaba. ¡Pensé que le iban a estallar los ojos! Y de hecho le estallaron, pero en lágrimas. Me dijo que a ninguna banda perteneciente a la Tríada le importaba mantener los estándares de calidad de un establecimiento de primera categoría. Los mafiosos son dueños de docenas de casas que les proporcionan pingües beneficios a bajo costo. Ya no hay largas veladas de cortejo para nuestras bellas, ni pequeños regalos, sino únicamente pagos en efectivo. Las Bellas Nubes habrían querido irse, pero los mafiosos les ofrecieron más dinero para que se quedaran y ahora están entrampadas en una maraña de deudas. A Huevo Quebrado lo han rebajado a sirviente común, y ahora los clientes de la casa son funcionarios que se creen importantes o nuevos ricos que han hecho fortuna con negocios insignificantes. Esos hombres están disfrutando ahora de las mismas chicas que antes eran cortejadas por caballeros verdaderamente distinguidos. No hay manera más rápida de acabar con la reputación de una casa que permitir que los subalternos frecuenten las mismas vaginas que sus jefes. El agua siempre fluye hacia la zanja más baja.

—No tienen derecho —repetía yo sin cesar.

—Sólo ustedes los americanos piensan que tienen derechos —dijo Calabaza Mágica—. ¿Qué leyes del cielo les dan más derechos y les permiten conservarlos? Los derechos no son más que palabras escritas sobre un papel por hombres que las inventan y las imponen. Cualquier día se las puede llevar el viento, como si nada.

Me tomó de las manos.

—Y a propósito de papeles, Violeta —dijo por fin—, tengo que hablarte de unos papeles que han ido y venido de San Francisco. Alguien le escribió una carta a tu madre, fingiendo ser funcionario del consulado de Estados Unidos. Le dijo que habías muerto en un accidente, arrollada por un coche de caballos o algo parecido, y le adjuntó un certificado de defunción, con todos sus sellos oficiales. En el certificado figuraba tu nombre verdadero, y no el que iba a darte Fairweather. Tu madre le envió un telegrama a Paloma Dorada para averiguar si era cierto, y Paloma Dorada tuvo que escoger entre revelarle a tu madre que el certificado era falso, o evitar que las Bellas Nubes, ella misma, tú y yo fuéramos torturadas, mutiladas o incluso asesinadas. Realmente, no había elección.

Calabaza Mágica sacó una carta que tenía oculta dentro de la manga y yo la leí de un tirón, sin respirar. Era de mi madre.

Hablaba de lo que había sentido al recibir la noticia de mi muerte, de su incredulidad y de la agonía con que esperaba la respuesta de Paloma Dorada.

> *Me atormenta la idea de que Violeta creyera antes de morir que la abandoné deliberadamente. ¡Y pensar que esas tristes reflexiones pudieron ser las últimas de su vida!*

Me puse furiosa. Ella había decidido creer que yo estaba a bordo porque se moría por zarpar cuanto antes hacia su nueva vida con Teddy y Lu Shing. Le pedí papel a Calabaza Mágica para poder escribirle una carta y decirle que a mí no me engañaba con sus mentiras y su fingido dolor. Pero Calabaza Mágica me contestó que ninguna carta mía saldría nunca de Shanghái, ni tampoco ningún telegrama. Los gánsteres se asegurarían de que así fuera. Por eso la carta de Paloma Dorada a mi madre contenía todas las mentiras que le habían ordenado que escribiera.

Me convertí en una niña diferente, una niña perdida y sin madre. No era americana ni china. No era Violeta, ni Vivi, ni Zizi. Vivía en un lugar invisible fabricado con mi débil aliento, de donde nadie podía expulsarme, porque nadie lo veía.

¿Cuánto tiempo habría esperado mi madre en la popa del barco? ¿Haría frío en la cubierta? ¿Le haría falta la estola de piel de zorro que había guardado en mi maleta? ¿Habría esperado a que se le pusiera la piel de gallina para bajar a su camarote? ¿Cuánto tiempo habría tardado en elegir un vestido para su primera cena en alta mar? ¿Se habría decidido por el de tul y encaje? ¿Cuánto tiempo habría tardado en comprender que nadie iría a llamar a su puerta? ¿Cuántas horas habría pasado despierta en la cama, mirando la oscuridad? ¿Habría visto mi cara en las sombras? ¿Habría imaginado lo peor? ¿Se habría levantado para ver el alba o se habría quedado en la cama hasta pasado el mediodía? ¿Cuántos días se habría desesperado, pensando que cada ola que pasaba era una ola que la alejaba de mí?

¿Cuánto tiempo habría tardado el barco en llegar a San Francisco, a su hogar? ¿Cuánto tardaría un barco por la ruta más rápida? ¿Cuánto por la más lenta? ¿Al cabo de cuántos días habría estrechado a Teddy entre sus brazos? ¿Cuántas noches habría soñado conmigo mientras dormía en su habitación con las paredes pintadas de amarillo soleado? ¿Vería aún la copa de un árbol frondoso desde la cama? ¿Cuántos pájaros habría contado ella en sus ramas, pensando que eran los pájaros que tendría que haber visto yo?

¿Cuánto tiempo tardaría un barco en regresar? ¿Cuánto por la ruta más rápida? ¿Cuánto por la más lenta?

¡Con qué lentitud pasaban los días mientras yo esperaba a saber cuál sería la ruta que tomaría ella! Y cuánto tiempo pasó después de que llegaron y se fueron todos los barcos, incluso los más lentos.

Al día siguiente, me mudé al *boudoir* de Calabaza Mágica. Reprimí las lágrimas mientras ella guardaba sus pertenencias. Me enseñó el vestido de mi madre y los dos lienzos enrollados, y me preguntó si podía llevárselos. Asentí con la cabeza, y un instante después se fue. De mi pasado, sólo me quedaba *Carlota.*

Una hora después, Calabaza Mágica irrumpió en mi habitación.

—¡Ya no me voy! —anunció—. ¡Y todo gracias a los dedos negros de la vieja avutarda!

Llevaba dos días urdiendo un plan y me contó con orgullo su desenlace. Justo antes de irse, se había reunido con madre Ma en la sala común para saldar sus cuentas. Cuando la madama empezó a hacer cálculos con el ábaco, Calabaza Mágica dio la voz de alarma:

—«¡Oh! ¡Cómo tienes los dedos!», le dije. «Veo que han empeorado. Es terrible; no mereces esta desgracia.» La vieja avutarda levantó las manos y me explicó que el color se debía a las pastillas que tomaba para el hígado. Le respondí que me alegraba de que fuera así, porque por un momento había pensado algo muy distinto y había estado a punto de recomendarle que probara el tratamiento con mercurio. Por supuesto, ella sabe tanto como cualquiera que el mercurio se usa contra la sífilis. Entonces me amenazó: «Nunca he tenido un chancro. No te atrevas a difundir el rumor de que lo tengo...»

»Le dije que se calmara y le aseguré que había hablado demasiado precipitadamente por algo que acababan de contarme acerca de Fruto del Caqui, una chica que había trabajado antes en el Pabellón de la Tranquilidad. "Fue hace unos veinte años, antes de que yo llegara, pero tú ya estabas aquí", le dije. "Uno de los clientes le contagió la sífilis y al principio el chancro se le curó, pero después le volvió a salir y los dedos se le pusieron negros, como los tuyos."

»Madre Ma dijo que no recordaba a ninguna cortesana llamada Fruto del Caqui que hubiera trabajado en el Pabellón de la Tranquilidad. ¿Cómo iba a recordarla si me la había inventado yo? Le dije que no era una cortesana, sino una sirvienta, por lo que no me sorprendía que no recordara su nombre. La describí como una joven con cara de melocotón, ojos pequeños, nariz ancha y boca menuda. La vieja avutarda siempre había insistido en que su memoria era mejor que la mía, de modo que al final se obligó a recordarla. "¿Te refieres a una chica regordeta y de tez oscura, que hablaba con acento de Fujián?"

»"¡Esa misma!", exclamé yo, y le conté entonces que había un cliente que solía colarse por la puerta trasera para usar sus servicios por un precio irrisorio. Le dije que la criada necesitaba el dinero porque su marido era opiómano y sus hijos pasaban hambre. Madre Ma y yo despotricamos un momento contra las sirvientas desleales, y entonces le dije que el cliente de Fruto del Caqui tampoco era de fiar. Le conté que se hacía llamar "comisionado Li" y que era el amante secreto de una de las cortesanas. Al oír eso, la vieja avutarda casi se cae del asiento. Es un secreto a voces entre las cortesanas más veteranas que la vieja fue amante del comisionado.

»"¡Ah! ¿Lo recuerdas?", le pregunté. Ella trató de disimular su disgusto.

»"Era un hombre importante", dijo. "Todos lo conocían."

»Seguí revolviendo un poco más. "Se hacía llamar 'comisionado'", dije. "Pero ¿dónde trabajaba?"

»Entonces ella replicó: "Tenía algo que ver con bancos extranjeros. Le pagaban muchísimo dinero por sus consejos."

»"¡Qué raro!", comenté yo. "Te lo contó a ti y a nadie más."

»"No, no me lo contó a mí", aclaró ella. "Lo he oído decir."

»Intenté parecer un poco dubitativa antes de continuar: "¿Y a quién se lo habrá dicho? Se cuenta que todos lo creían demasiado importante para contradecirlo. Una de las antiguas cortesanas me contó que si él hubiera asegurado que medía diez metros de altura, nadie lo habría corregido por puro miedo. Se sentaba a la mesa con las piernas muy separadas, de este modo, y su expresión era siempre desdeñosa, como si fuera el duque del cielo y las montañas." Todos los hombres importantes se sientan así, pero se lo dije para que se lo representara mentalmente.

»"Casi no lo recuerdo", dijo la vieja avutarda.

»Entonces le tendí la trampa. "Pues resulta que todo era falso. No era comisionado, ni era nada."

»La vieja saltó de la silla con una exclamación de sorpresa, pero de inmediato fingió que la noticia no significaba nada para ella. "Me ha picado un bicho en la pierna", explicó. "Por eso he saltado." Y, para apuntalar la mentira, se puso a rascarse.

»Entonces le di algo más que rascar: "Nunca invitaba a sus amigos, ni daba fiestas. ¿Lo recuerdas? Se suponía que la gente tenía que invitarlo a él a sus fiestas en cuanto se presentaba. ¡Qué honor para los anfitriones! Todos querían complacerlo. De hecho, una de las cortesanas quedó tan impresionada con su título que le entregó todo lo que tenía con la esperanza de que la convirtiera en su esposa. ¡Quería ser la comisionada! Le abrió la puerta de su *boudoir*, sin saber que antes solía visitar a Fruto del Caqui."

»Cuando oyó eso, la vieja avutarda abrió los ojos como platos. Empezó a darme un poco de pena, pero tenía que seguir. "Pero eso no fue todo", le dije, y entonces le conté todo lo que sabía de oídas del comisionado Li, una serie de datos que ella recordaría con claridad. "Cada vez que se metía en la cama con la cortesana, le pedía que cargara tres dólares en su cuenta, lo mismo que le habría costado una fiesta, aunque no había dado ninguna. Le explicaba que no quería hacerla perder dinero por pasar tanto tiempo con él, en lugar de atender a otros pretendientes. Cualquiera habría pensado que el comisionado era extraordinariamente generoso. Cuando llegó el Año Nuevo, le debía casi doscientos dólares a la cortesana. Como bien sabes, la costumbre exige que para esa fecha todos los clientes de la casa liquiden sus deudas. Pero él no lo hizo. Fue el único. No volvió a aparecer por la casa. Se llevó revolcones por valor de doscientos dólares."

»Noté que la vieja avutarda tenía la boca trabada en una expresión de amargura. Creo que se estaba esforzando para no maldecirlo. Dije lo que creí que estaría pensando ella: "A los hombres como él se les tendría que marchitar y caer el pito." Ella asintió vigorosamente y yo continué: "La gente dice que el único regalo que le dejó a la cortesana fue la sífilis. O así debió de ser porque la sirvienta la tenía: primero le salió una úlcera en la boca, después otra en la mejilla y quién sabe cuántas más en sitios que no se veían."

»A la vieja avutarda se le retiró la sangre de la cara. "Quizá fue el marido quien le contagió la sífilis a la criada", sugirió.

»Yo no me esperaba que me saliera con eso, de modo que tuve que pensar con rapidez. "Todo el mundo sabía que el pobre estaba atontado por el opio. Apenas era capaz de llegar al borde de la cama para inclinarse y mear. Era un saco de huesos. Pero ¿qué más da si ella le contagió el chancro al comisionado, o el comisionado a ella? Lo cierto es que al final los dos lo tenían, y todos suponían que él debió de pasárselo a la cortesana sin que ella lo sospechara. Fruto del Caqui se pasaba el día entero bebiendo té de *mahuang*, pero no le sirvió de nada. Cuando empezaron a supurarle los pezones, se los untó de mercurio y se puso muy enferma. Las úlceras se le secaron y pensó que estaba curada; pero hace seis meses, se le pusieron negras las manos y murió."

»Parecía como si a la vieja avutarda le hubiera caído una maceta en la cabeza. Realmente sentí pena por ella, pero tenía que ser implacable. Tenía que salvarme. Aun así, no seguí adelante con la historia, aunque tenía pensado decirle que corría la voz de que el comisionado mentiroso había muerto de la misma enfermedad de las manos negras. Le dije simplemente que, después de oír todo eso, me había preocupado por su salud al verle las manos. Ella farfulló que lo de sus manos no se debía a una enfermedad, sino a las malditas pastillas para el hígado. Yo la miré con expresión compasiva y le dije que deberíamos llamar al doctor para que comprobara el estado de su *qi* y la librara de ese padecimiento, ya que las pastillas no le estaban haciendo ningún bien. Entonces proseguí: "Espero que a nadie se le ocurra la descabellada idea de que tienes la sífilis. Las mentiras circulan con asombrosa rapidez. Y si la gente ve que tocas a las chicas con los dedos negros, quizá empiece a circular el rumor de que toda la casa está contaminada. Entonces vendrán los funcionarios de la sanidad pública y querrán hacer análisis y cerrar la casa hasta que quede demostrado que está limpia. ¿Quién quiere algo así? Yo no quiero que venga nadie a examinarme y a mirarme gratis las partes. Además, aunque estemos sanas, esos bastardos son tan corruptos que tendríamos que sobornarlos para que no nos denunciaran."

»Dejé que la idea se asentara, antes de decirle lo que me proponía desde el principio. "Madre Ma, se me acaba de ocurrir que yo podría ayudarte a impedir que ese rumor empiece a propagarse. Hasta que consigas restablecer el equilibrio del *qi* en el hígado, déjame que sea la tutora y ayudante de Violeta. Le enseñaré todo lo que sé. Como recordarás, en mis buenos tiempos llegué a ser una de las Diez Bellas."

»La vieja avutarda tuvo que aceptar. Asintió con un débil movimiento de la cabeza. Para tranquilizarla, añadí: "Puedes estar segura de que la niña recibirá su merecido cada vez que sea necesario. Si la oyes gritar pidiendo clemencia, sabrás que estamos haciendo progresos."

»¿Qué me dices, Violeta? Soy astuta, ¿eh? Lo único que tienes que hacer ahora es ponerte junto a la puerta un par de veces al día y pedirme a gritos que no te pegue.

No hubo un único momento de aceptación de mi condición de cortesana. Simplemente, empecé a rebelarme menos contra la idea. Me sentía como si estuviera en la cárcel a la espera de mi ejecución. Ya no arrojaba al suelo la ropa que me daban. Me la ponía sin protestar. Cuando recibí camisas y pantalones de verano hechos de seda ligera, me alegré por la fresca comodidad de llevarlos, pero no pude complacerme por su color o su estilo. El mundo carecía de interés. No sabía qué sucedía fuera de esas cuatro paredes. Ignoraba si aún continuaban las protestas en las calles o si habían expulsado a todos los extranjeros. Yo era una niña americana secuestrada, atrapada en un libro de aventuras al que habían arrancado los últimos capítulos.

Un día, mientras llovía intensamente, Calabaza Mágica me dijo:

—Cuando eras pequeña, jugabas a ser cortesana. Coqueteabas con los clientes, intentabas seducir a tus favoritos... ¿Y ahora me dices que nunca imaginaste ser cortesana algún día?

—Soy americana. Las chicas americanas no son cortesanas.

—Tu madre era la dueña de una casa de primera categoría.

—Pero ella nunca ha sido cortesana.

—¿Cómo lo sabes? Todas las madamas chinas empiezan siendo cortesanas. ¿De qué otro modo podrían aprender el negocio?

Sentí náuseas. Era posible que mi madre hubiera sido cortesana o, peor aún, una vulgar prostituta en uno de los barcos del puerto. No era un ejemplo de castidad. Tenía amantes.

—Ella eligió su vida —dije por fin—. Nadie le dijo nunca lo que tenía que hacer.

—¿Cómo sabes que ella eligió tener esta vida?

—Mi madre jamás habría permitido que nadie la obligara a hacer nada —dije y en seguida pensé: «Pero a mí me ha obligado a estar aquí.»

—¿Desprecias a los que no pueden elegir su vida?

—Los compadezco —respondí.

Me negaba a verme a mí misma como parte de ese lastimoso grupo. Yo iba a escapar.

—¿Me compadeces a mí? ¿Eres capaz de respetar a alguien de quien te apiadas?

—Tú me proteges y te estoy agradecida.

—Eso no es respeto. ¿Me consideras tu igual?

—Tú y yo somos diferentes... por raza y por el país al que pertenecemos. No podemos esperar lo mismo de la vida. Por eso no somos iguales.

—Quieres decir que yo debo esperar menos que tú.

—No es mi culpa.

De repente, se le enrojeció la cara.

—¡Yo no soy menos que tú! ¡Ya no! Soy más. Puedo esperar más, mientras que tú tendrás que esperar menos. ¿Sabes cómo te verá la gente a partir de ahora? Mira mi cara y piensa que es la tuya. Tú y yo no somos mejores que una actriz, una cantante de ópera o una acróbata. Ésta es tu vida ahora. Antes el destino te había hecho americana, pero ahora el destino te ha quitado ese privilegio. Eres la mitad bastarda de tu padre, quienquiera que fuera: han, manchú o cantonés. Eres una flor que será arrancada una y otra vez. Eres la hez de la sociedad.

—Soy americana y eso nadie lo puede cambiar, aunque esté retenida contra mi voluntad.

—¡Oh, qué terrible para la pobre Violeta! Sólo a ella le han cambiado las circunstancias contra su voluntad. —Se sentó y siguió chasqueando la lengua mientras me miraba disgustada—. Contra su voluntad... ¡Cuidado con ella! ¡Qué gran sufrimiento el suyo! ¿Sabes qué? Ahora eres igual que todas las chicas que están aquí porque tienes sus mismas preocupaciones. Tal vez debería hacer lo que le prometí a madre Ma y golpearte hasta que aprendas cuál es tu sitio.

Guardó silencio y yo agradecí interiormente que hubiera terminado su diatriba.

Pero entonces volvió a hablar, en un tono tan suave y triste que me pareció casi infantil. Desvió la vista y se puso a recordar cómo habían cambiado sus circunstancias en repetidas ocasiones.

Calabaza Mágica

Tenía sólo cinco años —era una niñita— cuando mi tío me separó de mi familia y me vendió a la mujer de un comerciante para que fuera su esclava. Me dijo que se lo habían ordenado mis padres, pero hasta el día de hoy sigo creyendo que no era cierto. Si pensara de otro modo, el corazón se me volvería completamente frío y amargo. Es posible que mi padre quisiera deshacerse de mí, pero mi madre debió de desesperarse cuando descubrió que yo no estaba en casa. Estoy segura. Incluso lo recuerdo. Pero ¿cómo puedo saberlo si no volví a verla después de que me robaron? Hace muchos años que pienso en eso. Si mi madre no me quería, ¿por qué ese bastardo tuvo que sacarme de casa en mitad de la noche? ¿Por qué tuvo que llevarme a escondidas?

Lloré todo el camino hasta la casa del mercader. Mi tío discutió el precio y me vendió como si fuera un cerdito destinado al engorde. El comerciante tenía una esposa, fruto de un matrimonio concertado, y tres concubinas. La concubina mediana era oficialmente la Tercera Esposa, pero en su corazón era la Primera. Fue la que me tomó a su servicio. Pronto descubrí que el comerciante encontraba excusas para visitar su dormitorio con más frecuencia que el de las demás. En retrospectiva, parece extraño que ella tuviera tanto poder sobre él. Era la mayor de las esposas. Sus pechos y labios eran más grandes de lo que marcaba el ideal, y sus rasgos no eran delicados; pero tenía una forma de ser que electrizaba a su marido. Hablaba inclinando ligeramente la cabeza, con voz suave y melodiosa. Siempre sabía lo que tenía que decir para tranquilizarlo y darle ánimos. Oí murmurar a las otras concubinas que procedía de los burdeles de Soochow, donde se había entregado a un millar de hombres y a todos les había sorbido el seso y les había anulado el buen juicio. Todas le tenían envidia, de modo que nunca pude saber si sus habladurías tenían algo de verdad.

Como mi señora, yo tampoco era una gran belleza. Mis grandes ojos eran lo mejor de mí, y mis pies grandes, lo peor. De pequeña me habían vendado los pies, pero los vendajes habían reventado antes de que llegara a casa del comerciante, y como yo andaba de puntillas, nadie se había dado cuenta de que nunca volví a vendármelos. A diferencia de las otras sirvientas, yo no sólo era obediente, sino que estaba ansiosa por complacer a mi señora. Estaba orgullosa de ser la criada de la concubina favorita del comerciante, la más preciada de sus esposas. Iba a buscarle flores de ciruelo para adornarle el pelo y siempre me aseguraba de que su té estuviera muy caliente. A lo largo del día, le llevaba cacahuates hervidos y otros bocaditos.

Como era tan atenta, mi señora decidió que algún día sería una buena concubina para uno de sus hijos menores, quizá no la Segunda Esposa, pero sí quizá la Tercera. ¡Me emocionaba la idea de que me llamaran «Tercera Esposa»! A partir de entonces, me trató con más amabilidad y empezó a darme mejor comida. También me vistió con ropa más bonita, con camisas más largas y pantalones mejor cortados. Para hacer de mí una buena concubina, me corregía los modales y la manera de hablar. Y en eso me habría convertido si el señor de la casa, ese infernal culo de perro, no me hubiera ordenado un día que me quitara la ropa para ser el primero en abrirme el portal. Yo tenía nueve años. No pude negarme. Mi vida era ésa: tenía que obedecer al amo porque mi señora también le obedecía. Cuando terminó, yo estaba sangrando y sentía tanto dolor que estuve a punto de desmayarme. A duras penas me puse de pie y entonces él me ordenó que fuera a buscarle toallas calientes. Me hizo limpiarle todas las huellas que le habían quedado de mí.

Cada vez que él visitaba a mi señora, yo me quedaba esperando junto a la puerta de la habitación. Desde fuera, oía la voz aguda de ella y los murmullos graves de él:

—Qué bueno es esto, qué bueno... Tus pliegues húmedos son como una flor blanca de loto.

Siempre hablaba de su sexo y del de ella. Gruñía y jadeaba, mientras ella soltaba grititos que me sonaban a gemidos de temor o de deleite infantil. Después, se hacía el silencio, y entonces yo iba corriendo a buscar toallas calientes, para tenerlas listas en el instante en que ella las pidiera.

Fingía no ver al amo detrás de los velos de la cama, pero

distinguía perfectamente la sombra de mi señora mientras lo limpiaba. Cuando ella tiraba al suelo las toallas sucias, yo las recogía y me las llevaba corriendo, reprimiendo las náuseas que me producía el olor de los dos. Después tenía que regresar y esperar. En cuanto salía mi señora, entraba yo, y entonces él me tumbaba boca arriba o boca abajo y hacía lo que quería conmigo. A veces me desvanecía de dolor. Todo eso se convirtió en parte de mis circunstancias: abrirme de piernas, llevarle toallas calientes, borrarle los rastros de mi olor, volver a mi habitación y frotarme la piel para eliminar todo rastro suyo.

A los once años, me quedé embarazada, y así fue como mi señora descubrió que su marido me había estado montando. No se enfadó conmigo, ni tampoco con él. Muchos maridos lo hacían con las sirvientas. Dijo simplemente que ya no era adecuada para ser la concubina de uno de sus hijos. Otra criada me trajo una especie de sopa, la echó en el interior de un tubo largo de vidrio y me metió el tubo por dentro. Yo no sabía lo que estaba haciendo, hasta que sentí que me perforaba, y entonces grité y grité mientras otras sirvientas me sujetaban para que no me moviera. Después sufrí unos retortijones terribles que me duraron dos días, y al final solté una bola sanguinolenta y perdí el conocimiento. Me desperté con fiebre y en estado de terrible agonía. Lo de dentro se me había vuelto hacia fuera, y estaba tan hinchada que por un momento pensé que el bebé no había salido, sino que seguía creciendo en mi interior. Después me enteré de que la criada me había cosido la abertura con pelos de cola de caballo para que en el futuro pudieran desflorarme otra vez, como si fuera virgen. Pero el lugar donde había estado el niño se me había llenado de pus.

Durante los días de la fiebre, no pude levantarme de la cama. A veces oía decir que tenía la piel verde y que pronto moriría. Una vez había visto un cadáver verde, e imaginaba que yo tendría el mismo aspecto. Si hubiese podido verme, me habría asustado de mí misma.

—¡Fantasma verde, fantasma verde! —repetía sin cesar.

El amo vino a visitarme, y cuando lo vi a través de los párpados entrecerrados, lancé un grito de pánico. Pensé que había vuelto para violarme otra vez. Parecía nervioso. Me habló con amabilidad, diciendo que había intentado cuidarme bien y que nunca me había pegado. Debía creerme estúpida hasta el punto de sentirme agradecida y no atormentarlo cuando volviera convertida en fantasma. Pero yo ya había decidido lo contrario. Vino un médico, que ordenó que me ataran de brazos y piernas para poder introducirme unos saquitos llenos de medicina, que me parecieron lo mismo que piedras candentes y me hicieron suplicar a gritos que me dejaran morir. Al cabo de una semana, la fiebre remitió, y mi señora me permitió quedarme en la casa un mes más, hasta que dejé de tener fuera lo de dentro y la costura de pelo de caballo dejó de notarse. Entonces me vendió a un burdel. Por suerte, era una casa de categoría, en la que ella misma había trabajado antes de que el comerciante la tomara como concubina. La madama me inspeccionó de la cabeza a los pies y, tras examinarme con un dedo la abertura de la vagina, se creyó que estaba intacta.

Me llamaron «Gota de Rocío». Todos dijeron que yo era muy lista por la rapidez con que aprendí a cantar y a recitar poemas. Los hombres me admiraban, pero no me tocaban. Decían que yo era valiosa como una pequeña flor, y muchas cosas más que me hacían verdaderamente feliz por primera vez en la vida. Estaba tan hambrienta de afecto que devoraba todo lo que me daban. Cuando cumplí trece años, le vendieron mi virginidad a un rico estudioso. Yo temía que descubriera la verdad. ¿Y si se daba cuenta de que me habían cosido? Seguramente se enfadaría y me mataría a golpes, y la madama también se pondría furiosa y ella también me daría una paliza de muerte. Pero ¿qué podía hacer yo?

Cuando el sabio me agarró por las caderas, yo apreté las piernas por miedo a que descubriera el engaño. Pero cuando finalmente rompió la costura de pelo de caballo, me dolió tanto como la primera vez, y mis lágrimas y mis gritos de dolor fueron sinceros. Brotó un río de sangre. Más tarde, cuando el estudioso se puso a examinar el daño que había causado, extrajo con los dedos un pelo suelto de cola de caballo.

—¡Ah, volvemos a encontrarnos! —suspiró.

Así me enteré de que no era la primera vez que lo engañaban de la misma forma. Me estremecí y me puse a llorar. Le conté que el amo de mi casa anterior me enviaba a buscar toallas calientes cuando tenía nueve años y que mi señora había mandado coserme cuando me salió de dentro el bebé. Entre lágrimas, le hablé de la fiebre y le expliqué que había estado a punto de convertirme en un fantasma verde.

El estudioso se levantó y se vistió. Una criada le trajo toallas calientes y él le dijo que no necesitaba ayuda para limpiarse. Parecía triste. Cuando se fue, estuve un rato esperando a que viniera la madama y me pegara. Supuse que me echaría de la casa. Pero en lugar de eso, empezó a inspeccionar la sangre de la cama.

—¡Cuánta ha manado! —exclamó complacida.

Me dio un dólar y dijo que el sabio había dejado ese regalo extra para mí. Era un hombre bueno. Me dio mucha pena enterarme, unos años después, de que había muerto de unas fiebres.

Así pues, sé muy bien lo que significa que te secuestren y te lleven al inframundo de los vivos. No eres la única. Y algún día, cuando llegue el momento de tu desfloración, ya sea aquí o con un amante o un marido, probablemente no necesitarás que los pelos de cola de caballo formen parte de tu lecho nupcial.

Un mes después de que Calabaza Mágica le contara a madre Ma la historia de la sífilis, la salud de la vieja se agravó y todos empezaron a pensar que no llegaría al festival de la primavera. No sólo siguió teniendo lo dedos negros, sino que la negrura se le extendió a las piernas. Desde que había oído la historia inventada por Calabaza Mágica, tenía mucho miedo de padecer la sífilis. Nosotras no sabíamos si tenía la enfermedad o no. Quizá fuera cierto que todo se debía a las pastillas para el hígado. O tal vez fuera la sífilis.

Pero un día la criada de la vieja avutarda vino a vernos a la sala común, mientras tomábamos el desayuno, y nos contó que mientras llevaba de una habitación a otra el orinal de su señora, había trastabillado y parte de la orina le había salpicado la cara y se le había metido en la boca. El sabor era dulce. Otra criada había recordado entonces que había servido en casa de una señora cuya orina también sabía dulce y cuyas manos y pies también se habían vuelto negros. Así nos enteramos de que la vieja tenía la enfermedad del azúcar en la sangre.

Vino un médico y, a pesar de las protestas de madre Ma, le cortó las vendas de los pies para examinárselos. Los tenía negros y verdes, y tenía grietas en la piel de las que rezumaba pus. Como se negó a ir al hospital, el doctor le amputó los pies allí mismo. Ella ni siquiera gritó, pero perdió el sentido.

Tres días después, me mandó llamar y me dijo que me sentara a su lado en el jardín, donde estaba oreando los muñones de las piernas. Yo sabía que había decidido arreglar sus cuentas con todos. Creía que su enfermedad se debía al karma y que aún estaba a tiempo de invertir su dirección.

—Violeta —me dijo con dulzura—, me han dicho que has aprendido buenos modales. No comas demasiadas grasas porque te arruinarás el cutis. —Me acarició suavemente las mejillas—. ¡Estás tan triste! Mantener falsas esperanzas es prolongar la tristeza. Acabarás odiándolo todo y a todos, o te volverás loca. Yo fui como tú en otro tiempo. Era hija de una familia de estudiosos, pero me raptaron a los doce años y me llevaron a un establecimiento de primera categoría. Me resistí, lloré y amenacé con matarme bebiendo matarratas. Pero al final tuve buenos clientes, caballeros muy amables. Fui la favorita de muchos y conseguí mucha libertad. A los quince años, mi familia me encontró. Me llevaron a casa, pero como ya estaba usada, sólo pudieron colocarme de concubina de un buen hombre, que tenía una madre terrible. ¡Aquello fue peor que ser esclava! Me escapé y volví a la casa de cortesanas. Me sentí feliz y agradecida de volver a la buena vida. Incluso mi marido se alegró por mí y se convirtió en uno de mis mejores clientes. Ésta es la maravillosa historia que tú también podrás contar algún día a una joven cortesana cuando le hables de tu vida.

¿Cómo podía alguien considerar que eso era una vida maravillosa? Aun así, si yo hubiera sido china y hubiera comparado esa vida con las otras posibilidades que se me ofrecían, quizá también habría pensado, con el tiempo, que me alegraba de estar donde estaba. Pero yo sólo era mitad china y me aferraba con todas mis fuerzas a la mitad americana, que aún creía tener otras opciones.

El doctor volvió unos días después y le amputó una pierna a madre Ma. Al día siguiente, le amputó la otra. Como ya no podía moverse, había que transportarla en un pequeño palanquín. Una semana después, perdió los dedos ennegrecidos y más adelante las manos, un trozo tras otro, hasta que ya no le quedó nada, excepto el tronco y la cabeza. Nos decía a todas que no iba a morir. Nos decía que quería vivir para poder tratarnos mejor, como a auténticas hijas, y prometía que nos mimaría. A medida que se debilitaba, se iba volviendo cada vez más amable y elogiaba a todo el mundo. A Calabaza Mágica le alababa con frecuencia su talento musical.

Un buen día, madre Ma dejó de reconocerme. No recordaba nada. Todo había desaparecido, como las palabras que se lleva el viento. Hablaba en sueños y decía que los fantasmas de Fruto del Caqui y el comisionado Li habían venido para llevársela al mundo de los muertos.

—Me han dicho que estoy casi tan negra como ellos y que los tres viviremos juntos y nos consolaremos mutuamente, así que estoy lista para irme.

A Calabaza Mágica le remordía la conciencia saber que madre Ma se había seguido creyendo su mentira hasta el final.

—Calla, calla —le dijo aquel día—. Te traeré una sopa que te devolverá la blancura de la piel.

Pero por la mañana, la anciana había muerto.

—Las contrariedades pueden endurecer el corazón incluso a las mejores personas —dijo Calabaza Mágica—. Recuérdalo, Violeta. Si alguna vez me vuelvo como ella, recuerda las cosas buenas que hice por ti y olvida los agravios.

Mientras lavaba el cuerpo de madre Ma y la preparaba para el mundo de los muertos, le dijo:

—Madre, siempre recordaré que me dijiste que tocaba la cítara mejor que nadie.

Paloma Dorada vino a la casa una semana después de la muerte de madre Ma. Habían pasado cinco meses desde la última vez que la había visto, pero parecía haber envejecido. Al principio sentí un destello de ira. Había tenido la oportunidad de contarle a mi madre que yo estaba viva, pero me había arrebatado mi posibilidad de salvación. Estuve a punto de exigirle que escribiera otra vez a mi madre, pero en seguida comprendí que habría sido actuar como una niña egoísta. Todas habíamos sufrido. Desde mi llegada al Pabellón de la Tranquilidad, había oído muchas historias de gente asesinada por oponerse a los deseos de la Banda Verde. Me fundí en un abrazo con Paloma Dorada y no me hizo falta decir nada. Ella conocía la vida que yo había llevado con mi madre y lo mucho que me había malcriado. También sabía que yo había sufrido mucho cuando era niña por creer que mi madre ya no me quería.

Mientras tomábamos el té, nos contó que la casa había perdido el relumbrón. El polvo se acumulaba en las esquinas y de los candelabros colgaban telarañas. En pocos meses, el mobiliario se había vuelto viejo y raído, y lo que en la época de mi madre parecía inusual y atrevido, ahora se había tornado simplemente raro. Imaginé mi habitación, mi cama, mi caja de madera llena de plumas y lápices, mis estantes de libros... Volví a ver mentalmente el cuarto de estudio, desde donde había espiado a través de las cortinas de las puertas cristaleras y había visto a mi madre y a Lu Shing hablando en voz baja y decidiendo qué hacer.

—Me voy de Shanghái —dijo Paloma Dorada—. Me voy a Soochow, donde la vida es más amable con las mujeres mayores. Tengo un poco de dinero ahorrado. Quizá abra algún tipo de tienda. O tal vez no haga nada, excepto beber té con las amigas y jugar al mahjong, como las viejas matriarcas.

De algo estaba segura: no iba a ser la madama de otra casa.

—Hoy en día, una madama debe ser implacable y mezquina. Ha de tener a la gente asustada por lo que pueda hacer. A menos que sea dura e inclemente, ya puede abrir la puerta y dejar que las ratas y los rufianes se lleven todo lo que quieran.

Me dio noticias de Fairweather, que se había convertido en uno de los temas favoritos entre las cortesanas y los clientes durante las fiestas. Después de la estafa a mi madre, todos habían comentado lo ingenioso y apuesto que era. A nadie le había parecido terriblemente mal lo que había hecho. Después de todo, era un americano que había embaucado a otra americana. A mí me dolió que la gente fuera tan poco compasiva con mi madre. No sabía que le tenían tan poca simpatía.

En Hong Kong, Fairweather y Nube Turgente se habían instalado en una mansión a medio camino de la cumbre de la montaña. En menos de un mes, a causa de la pasión de él por el juego y del vicio de ella con el opio, se quedaron sin dinero. Nube Turgente volvió a los burdeles y él trató de estafar a otro hombre de negocios, un pez gordo que pertenecía a otra banda de la Tríada.

—No consiguió robarle el dinero, pero le robó el corazón y la virginidad a su hija —nos contó Paloma Dorada—. Todos los rumores coinciden: los mafiosos lo metieron cabeza abajo en un saco de arroz y así, con los pies agitándose en el aire, lo tiraron al agua del puerto, donde se hundió rápidamente. Me desagrada un poco imaginarlo, pero no me da pena que haya tenido una muerte tan espantosa.

Cuando Calabaza Mágica fue a pedir el té y algo de comer, Paloma Dorada empezó a hablarme en inglés, para no alimentar los rumores en caso de que alguien nos estuviera oyendo.

—Te conozco desde que naciste. Te pareces mucho a tu madre. A menudo ves las cosas con excesiva claridad y en ocasiones ves más de lo que hay. Pero otras veces no ves nada. Nunca estás satisfecha con la cantidad o el tipo de amor que tienes. Siempre quieres más y sufres porque nunca tienes suficiente. Y aunque puedas tener más amor delante de ti, no lo ves. Ahora estás sufriendo enormemente porque no puedes huir de esta prisión, pero algún día encontrarás la forma de salir. Tu aflicción aquí será pasajera, pero el sufrimiento podría ser permanente si cierras tu corazón al amor por culpa de lo que ha sucedido. Espero que no sea así. A tu madre pudo haberle pasado, pero tú la salvaste después de la traición. Si ha podido sentir amor, ha sido gracias a ti, que naciste y le abriste el corazón. Algún día, cuando salgas de aquí, ven a verme a Soochow. Te estaré esperando.

—Quítate los zapatos —ordenó Calabaza Mágica—. Los calcetines también. —Frunció el entrecejo—. Ponte de puntillas.

Lanzó un suspiro, meneó la cabeza y siguió mirándome los pies, como si pudiera hacerlos desaparecer con la sola fuerza del pensamiento.

Faltaban dos días para que llegara la nueva madama de la casa, y Calabaza Mágica confiaba en que no me echara para que ella también pudiera quedarse como mi doncella. Le encargó al zapatero unas zapatillas rígidas, que me obligaran a caminar de puntillas, y el hombre les añadió unas tobilleras, para que no se me vieran los talones, y las adornó con cintas rojas. El conjunto creaba la ilusión de dos diminutos piececitos vendados.

—Camina por la habitación —me indicó Calabaza Mágica.

Me puse a brincar como una bailarina, pero a los cinco minutos cojeaba rígidamente como un pollo sin patas. Me desplomé en una silla y me negué a seguir practicando. Calabaza Mágica me pellizcó un brazo y me obligó a ponerme de pie. En cuanto di el primer paso, derribé un pedestal que sostenía un jarrón.

—Tu dolor no es nada comparado con el que yo tuve que sufrir. A mí no me dejaban que me sentara, ni permitían que me quitara los zapatos. Cuando me caía, me golpeaba la cabeza y me hacía daño en los brazos. Y todo para nada. —Levantó uno de sus pies deformes. Era casi tan grande como uno de los míos, que habían crecido naturalmente, y tenía una joroba en el empeine—. Cuando me vendieron a la casa del comerciante, nadie se tomó la molestia de vendarme los pies, y yo al principio me alegré. Pero más adelante me di cuenta de que mis pies eran una desgracia en dos sentidos: eran feos y ni siquiera eran pequeños. Cuando empecé en este negocio, los pies de loto eran muy importantes. Si hubiese tenido los pies más pequeños, podrían haberme elegido la bella número uno de todo Shanghái. Pero como usaba los mismos zapatos que calzas tú en esos pies consentidos que tienes, tuve que conformarme con ser la número seis. —Guardó silencio un momento—. Claro que ser la sexta tampoco está nada mal.

Por la tarde, me tiñó el pelo de negro, me lo untó con aceite y me lo estiró para que no se me rizara. Mientras tanto, no dejaba de hablar.

—Nadie está aquí para complacerte, y yo menos que nadie. Tú estás aquí para complacer a los demás. No debes desagradar nunca a nadie, ni a los hombres que te visitan, ni a la madama, ni a tus hermanas flores. Quizá no sea necesario que te esfuerces por complacer a los sirvientes y a las criadas, pero tampoco te los pongas en tu contra. Ser amable con los demás te hará la vida más fácil. Y no serlo tendrá el efecto contrario. Debes demostrarle a la nueva madama que lo sabes y lo comprendes. Debes ser la chica que ella quiera conservar. Te aseguro que si te mandan a otra casa, lo pasarás peor. No mejorarás en términos de fama o comodidad, sino que caerás cada vez más bajo. Subir o bajar. Ésa es nuestra vida. Saldrás al escenario y harás todo lo necesario para que los hombres te adoren. Más adelante recordarán esos momentos contigo, pero no se acordarán de ti, sino de la sensación de ser inmortales, porque tú los habrás transformado en dioses. Recuérdalo, Violeta. Cuando actúas, no te quieren por ser quien eres. Y después, es posible que nadie te quiera.

Me aplicó polvos en la cara y una nube blanca se propagó por la habitación. Entonces se fijó en mi expresión.

—Ya sé que ahora no me crees —prosiguió mientras me pasaba un pincel de kohl por las cejas y me pintaba los labios—. Tendré que repetirte todo esto muchas veces.

Se equivocaba. Yo la creía. Sabía que la vida podía ser cruel. Había presenciado la caída de muchas cortesanas y estaba convencida de que algo muy cruel le había pasado a mi madre, que a raíz de eso vivía sin amor y no podía querer verdaderamente a nadie, ni siquiera a mí. Sólo podía ser egoísta. Fuera como fuese mi futuro, no quería parecerme a ella.

Calabaza Mágica sacó una diadema.

—La usaba cuando tenía tu edad. Las perlas son de cultivo, pero algún día tendrás tu propia tiara y quizá las perlas sean naturales.

Me puso la diadema y tiró con fuerza, metiendo los mechones de pelo sueltos.

—Está demasiado apretada —me quejé—. Me tira de los ojos hacia atrás.

Calabaza Mágica me dio una palmadita en la coronilla.

—¿Ah sí? ¿Eres incapaz de soportar un dolor tan insignificante? —Se apartó un poco para contemplar el resultado y sonrió—. Bien. Ojos de fénix, la forma más atractiva. Mírate al espejo: ojos en forma de almendra, con las esquinas levantadas. Por mucho que yo me estire el pelo de las sienes, nunca conseguiré unos ojos de fénix. Esos ojos te vienen de tu familia paterna.

No podía dejar de mirarme al espejo, girando la cabeza y abriendo y cerrando la boca. Mi cara, ¿dónde estaba mi cara? Me toqué las mejillas. ¿Por qué me parecían más grandes? La diadema formaba una V sobre mi frente y me enmarcaba la cara en un óvalo alargado. Mis ojos también se inclinaban hacia arriba. Tenía un mohín rojo pintado en el centro de los labios y la cara blanqueada con polvos de arroz. Con unos pocos toques, mi mitad occidental había desaparecido. Me había vuelto de la raza que antes consideraba inferior. Junté los labios y arqueé las cejas. Tenía la cara de una cortesana. Ni bonita, ni fea. Sólo desconocida. Por la noche me lavé para quitarme la cara nueva y, cuando me miré al espejo, me sorprendió verme el pelo tan negro. Mi verdadera cara seguía ahí, y mis ojos también: ojos de fénix.

Al día siguiente, Calabaza Mágica me enseñó a aplicarme los polvos y el pintalabios. En el espejo vi aparecer la misma máscara china. Volví a asombrarme, pero esta vez no me disgusté. Me di cuenta de que todas las cortesanas parecían personas diferentes después de maquillarse para la noche. Llevaban máscaras. Pasé el día entero contemplando la mía en el espejo. Me puse más polvos y me ceñí aún más la diadema para que se me levantaran un poco más los ojos. Nadie, ni siquiera mi madre, me habría reconocido.

La nueva madama se llamaba Li y trajo consigo a una cortesana que había comprado con cuatro años. Bajo la tutela de la señora Li, Bermellón, ahora con diecinueve años, se había convertido en una prestigiosa cortesana de categoría. La joven se había ganado el afecto de la madama, que la consideraba una hija y así la llamaba. Venían de Soochow, donde la señora Li era propietaria de un establecimiento muy selecto. Había una opinión ampliamente aceptada que afirmaba que las cortesanas de Soochow eran las mejores. Lo creían todos y no sólo la gente de nuestro mundo. Las chicas de Soochow eran amables, se movían con elegancia y sus voces eran dulces y suaves. Muchas flores shanghaianas decían ser de Soochow para presumir; pero en presencia de alguien que realmente lo era, la mentira se hacía evidente. La señora Li confiaba en tener aún más éxito en Shanghái, donde circulaba el dinero del comercio internacional. Después de comprar el Pabellón de la Tranquilidad, se guió por la costumbre de dar a las casas de primera categoría el nombre de su dueña o de su mejor cortesana, y bautizó al establecimiento con el nombre de su hija: la Casa de Bermellón, lo que además era buena publicidad. La nueva madama se deshizo de todas las cortesanas, pero a mí pudo conservarme porque, al no ser aún cortesana, no tenía una mala reputación que superar. Hubo muchos llantos y maldiciones por parte de las hermanas flores que se iban, sobre todo mientras la madama inspeccionaba sus baúles para asegurarse de que no se llevaran pieles o vestidos pertenecientes a la casa.

La cortesana Pétalo me miró con rencor:

—¿Por qué permite que te quedes? El lugar de una mestiza es la calle y no una casa de primera categoría.

—¿Qué me dices de la cortesana Brisa? —repliqué.

Para darme ánimo, Calabaza Mágica me había contado poco antes la historia de Brisa, que también tenía sangre norteamericana.

—Nadie sabe con certeza en qué proporción —me había dicho Calabaza Mágica—. E incluso corren rumores de que no sólo fue cortesana, sino prostituta corriente. En cualquier caso, trabajó y se esforzó para ascender un poco más cada día. Siguiendo los planes que se había trazado, se ganó el afecto de un occidental rico que la hizo su esposa. Ahora es demasiado poderosa para que nadie pueda hablarle abiertamente de su pasado. Es lo que tú debes hacer. Paso a paso, cada vez más alto.

La madama había invitado a tres cortesanas de las mejores casas, atrayéndolas con la promesa de que podrían conservar todo el dinero que ganaran durante los tres primeros meses, sin tener que repartirlo con ella.

—La señora Li ha sido muy lista —me dijo Calabaza Mágica—. Esas chicas se esforzarán el doble para aprovechar el trato y, en consecuencia, la Casa de Bermellón subirá como la espuma nada más abrir sus puertas.

Los muebles y adornos baratos del salón fueron sustituidos el primer día por otros de gran estilo, y las cortesanas renovaron sus *boudoirs* con sedas suntuosas y terciopelos, lámparas de cristal pintado, sillones de respaldo alto con borlas en el tapizado y biombos de encaje para ocultar la bañera y el retrete.

Mi habitación se quedó como estaba.

—Tú no recibirás a nadie en tu alcoba por lo menos hasta dentro de un año —dijo Calabaza Mágica—, y aún tenemos que pagar el alquiler. ¿Para qué queremos más deudas?

Me di cuenta de que hablaba de las deudas como si fueran «nuestras deudas», lo que me hacía pensar que también consideraría «nuestro» el dinero.

—Lo que tengo en esta habitación —prosiguió— es más bonito que lo que tenían las otras chicas. Todavía está de moda y está todo pagado.

En realidad, eran cuatro cosas gastadas y sin estilo.

Al día siguiente fuimos a sentarnos a la mesa con la señora Li y Bermellón. Calabaza Mágica me había advertido que si no guardaba silencio me arrancaría un trozo de muslo de un pellizco.

—¿Sabes por qué he decidido conservarla? —le preguntó la madama a Calabaza Mágica.

—Porque te has compadecido de esta pobre niña abandonada y reconoces que tiene futuro. Te estamos muy agradecidas.

—¿Compadecerme? ¡Bah! Me la he quedado por hacerle un favor a mi antigua hermana flor Paloma Dorada, sólo por eso. Estaba en deuda con ella por algo que sucedió hace muchos años, y ella me lo recordó cuando se mudó a Soochow.

Ahora era yo quien estaba en deuda con Paloma Dorada. La señora Li me miró con dureza.

—Será mejor que te portes bien, porque no he prometido que vayas a quedarte para siempre.

Calabaza Mágica se lo agradeció profusamente. Le aseguró que ella misma sería una digna tutora y ayudante, y siguió parloteando sobre su experiencia como cortesana de primera categoría y sobre su elección como una de las Diez Bellas de Shanghái.

La madama la cortó en seco.

—No necesito oír más fanfarronadas. Nada de lo que digas cambiará el hecho de que la niña es mestiza. Tampoco quiero que presuma de ser hija de Lulú Mimi delante de los invitados. Todo Shanghái se está riendo aún de la madama americana que se dejó engañar por su amante, también americano, que no era más que un presidiario huido de la cárcel antes de venir a Shanghái.

¿Fairweather era un presidiario?

—¿Cómo sabes que...? —empecé a decir, pero Calabaza Mágica me pellizcó la pierna por debajo de la mesa y le dijo a la madama:

—Como puedes ver, ya no parece occidental. La he cambiado tanto que nadie la reconocerá. Además, le hemos puesto otro nombre: «Violeta.»

La señora Li hizo una mueca de desdén.

—¿También vas a teñirle los ojos? ¿Cómo explicaremos que sean verdes?

Calabaza Mágica tenía una respuesta preparada.

—Podríamos convertirlo en ventaja literaria —replicó con cierta pedantería—. Se dice que el gran poeta y pintor Luo Ping tenía los ojos verdes y era capaz de ver con ellos las más profundas cualidades del espíritu.

La señora Li resopló.

—También se cuenta que veía fantasmas. —Hizo una pausa—. No quiero pinturas de espectros en la habitación de la niña. Ahuyentarían a cualquier hombre normal.

—Madre —intervino Bermellón—, podríamos decir simplemente que su padre era manchú, de una familia originaria del norte. Mucha gente de la frontera tiene sangre extranjera y ojos claros. Podríamos decir también que su padre fue un alto funcionario del Ministerio de Asuntos Exteriores, ya fallecido. No estaríamos muy lejos de la verdad.

La señora Li se me quedó mirando, como para comprobar si mi cara encajaba con esas mentiras.

—No recuerdo que Paloma Dorada nos haya dicho nada de eso —declaró.

—Nos contó que su abuela paterna tenía sangre manchú y que su abuelo era un alto funcionario. Su padre sólo fue una gran decepción para toda la familia, pero no es necesario contar toda la verdad.

¡Sangre manchú! ¡Una decepción para toda la familia! No podía creer que Paloma Dorada les hubiera hablado de mi padre. A mí nunca me había contado esos detalles.

—No diremos que trabajaba en el Ministerio de Asuntos Exteriores —añadió la señora Li— porque se prestaría a bromas. La gente diría que la niña es el resultado de sus relaciones con una extranjera. ¿Te ha dicho Paloma Dorada cómo se llamaba el padre?

—No pude sonsacárselo —repuso Bermellón—. Sin embargo, creo que esta explicación será suficiente para que conviertas tu deuda con Paloma Dorada en una oportunidad de beneficio para ti. Algunos de nuestros clientes siguen siendo leales a los Ching, y como los emperadores y emperatrices Ching eran manchúes, puede resultarnos útil decir que la niña es en parte manchú. Además, será una manera de justificar sus pies grandes, porque las mujeres manchúes no tienen la costumbre de vendárselos.

—Todavía necesitamos una historia acerca de su madre —dijo la señora Li—, por si aún queda alguien que no sepa la verdad.

—Podríamos decir que también es mitad manchú —propuso Bermellón.

—Y que se suicidó cuando murió su marido —añadió Calabaza Mágica—. Una viuda honorable, una huérfana inocente...

Bermellón no le prestó atención.

—Bastará con que contemos la historia habitual: tras la muerte de su padre, su tío se jugó toda la fortuna familiar y empujó al arroyo a la mujer y a la hija pequeña de su hermano.

La señora Li le dio unas palmaditas en un brazo.

—Todavía te duele, ¿verdad? Pero me alegro de que tu madre te haya vendido y de haber podido comprarte. —Se volvió hacia mí—. ¿Has oído todo lo que hemos dicho acerca de tu padre y de tu madre? ¿Lo recordarás?

Calabaza Mágica se apresuró a intervenir.

—Puedo tomarle la lección y asegurarme de que se sabe de memoria hasta el último detalle, sin ningún error.

—En un mes tiene que estar lista para su primera fiesta. No será la presentación oficial de nuestra cortesana virgen, sino solamente una primera aparición para que corra la voz.

Sentí como si acabara de anunciar mi próxima muerte.

—No te preocupes —dijo Calabaza Mágica—. Es una buena chica y ya le quitaré yo a palos los restos de mal carácter que le queden.

La señora Li nos miró detenidamente a las dos y después relajó la postura.

—Pueden llamarme «madre Li».

Cuando se fue, Calabaza Mágica me pellizcó un brazo.

—No hay nada tan importante como un buen comienzo. ¿Quieres una buena vida? ¿Quieres ser una cortesana de primera clase? Mañana empezarán tus lecciones, y algún día, cuando seas famosa y estés cubierta de joyas, me dirás: «Calabaza Mágica, tenías razón. Gracias por darme una vida tan feliz.»

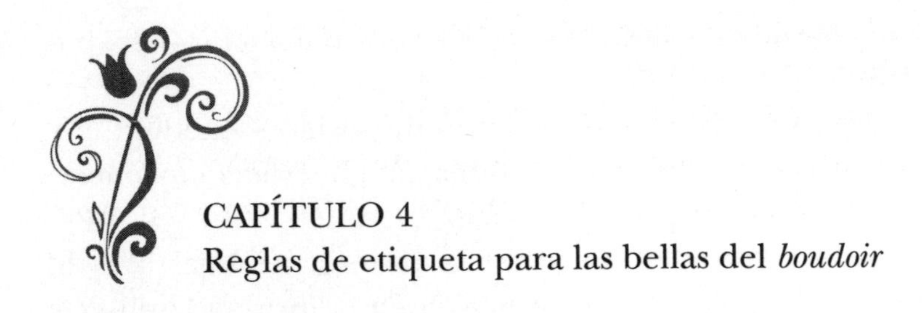

CAPÍTULO 4
Reglas de etiqueta para las bellas del *boudoir*

Donde Calabaza Mágica aconseja a la joven Violeta sobre cómo llegar a ser una cortesana de primera categoría, cuidándose de los avaros, del falso amor y del suicidio.

Shanghái
1912
CALABAZA MÁGICA

¿Quieres estar gastada y acabada antes de cumplir los dieciséis? Claro que no. Entonces apréndete bien estas lecciones.

Mientras aún seas una cortesana virgen, deberás aprender todas las artes de la seducción y lograr el justo equilibrio entre expectación y reticencia. Tu desfloración no se producirá antes del Año Nuevo, cuando cumplas quince años, y espero que para entonces, cuando la madama ponga en venta tu pureza, tengas muchos pretendientes apasionados.

Te estarás preguntando: «¿Qué sabrá de romances y amoríos Calabaza Mágica, mi vieja doncella?» Has de saber que a los diecinueve años fui una de las Diez Bellas de Shanghái. Y no son muchas las cortesanas que duran hasta los treinta y dos años. Así que ya lo ves: sé más que la mayoría.

Reputación

Recuerda siempre, pequeña Violeta, que tú creas un mundo de romanticismo e ilusión. Cuando toques la cítara, la música debe ser la acompañante alegre o dolorosa de tu poema-canción. Cántale a tu pretendiente como si no hubiera nadie más en la sala, y como si sólo el destino los hubiera reunido en ese momento y lugar. No pulses mecánicamente las cuerdas de seda, ni dejes que brote de tus labios un torrente de palabras memorizadas. Para eso, es mejor que olvides la música y te vayas directamente a un burdel, donde nadie pierde el tiempo con ilusiones o preludios.

La mayoría de las bellas aprenden sólo diez poemas-canciones en toda su vida. Pero tú no serás como la mayoría. Tú serás diferente. En el transcurso del próximo año, aprenderás tres melodías sobre retiros montañosos, tres baladas rústicas sobre doncellas y mancebos que se encuentran en las montañas, tres poemas clásicos sobre héroes que regresan de la guerra y cazan tigres, una narración melódica que haga reír a los invitados, una tonadilla animada para las celebraciones y un himno de despedida que hable de la inminente separación de los amigos, para poner una nota cálida al final de la velada e invitar a los huéspedes a reunirse otra vez y beber juntos en el futuro.

Como eres una chica instruida, sé que eres capaz de aprender rápido si estudias con disciplina. Si quieres llegar a ser una de las Diez Bellas de Shanghái, tu repertorio ha de ser suficientemente amplio para que puedas elegir una canción diferente para cada pretendiente que ofrezca una cena en tu honor. Cuando le cantes su canción, olvidará a todas las demás mujeres. Y cuando llegue el momento de que los clientes de las mejores casas de Shanghái nombren a las Diez Bellas, ¡adivina quién será la más votada! Todos los meses aprenderás una canción nueva y la interpretarás con sincera naturalidad, como si te saliera del corazón. Yo te acompañaré con la cítara, hasta que tus notas enmarañadas dejen de sonar como dos gatos peleándose por el mismo ratón muerto.

Elegiremos los poemas-canciones con mucho cuidado. No escogeremos ninguno que hable de la montaña en invierno, porque son fríos y austeros; pero buscaremos los que describen el deshielo en primavera, porque hablan de renovación y abundancia, que son lo contrario de la muerte y la soledad. Las canciones sobre el verano y la llegada del otoño son aceptables, sobre todo si mencionan el sabor de la fruta preferida de tu pretendiente. Pero recuerda que la fruta nunca ha de madurar en exceso, porque hace pensar en gusanos. El canto de las golondrinas cuando anidan está henchido de promesas, pero evita las canciones que hablan de la llegada de las urracas o de la partida del ave fénix, porque son agoreras y sugieren el final de la vida.

Más adelante, cuando estés próxima a tu desfloración, aprenderás unos cuantos poemas-canciones sobre la muerte de una hermosa joven. Te parecerá extraño escoger canciones tristes, pero la tragedia ablanda los corazones afligidos y los vuelve más receptivos al anhelo, la pasión y la desesperación. Un hombre hará cualquier cosa por dejar atrás la tristeza y sentir que vuelve a tener a su amada entre los brazos. Aunque nunca haya llorado la pérdida de una mujer verdaderamente amada, querrá fingir lo contrario y se acostará a tu lado para reunirse con ese espíritu perdido y volver a gozar de la cumbre de la pasión. Las propinas para las doncellas y las criadas son más abultadas que de costumbre cuando las canciones son trágicas, por no mencionar los regalos que se acumularán a tus pies de diosa.

Con el tiempo, añadiremos a tu repertorio poemas-canciones que reflejen la idea que cada hombre tiene de su propia importancia. ¿Se ve tu pretendiente como un erudito, como un hombre de negocios o como un político? Interpretarás esas canciones delante de sus amigos y cuantas más sepas, mejor podrás glorificar no sólo a un estudioso, sino al decano de una universidad, no sólo a un hombre de negocios, sino al director ejecutivo de Renji. Hay muchos capitanes de la industria y tú necesitas conocer la naturaleza de cada una de esas industrias. De vez en cuando tendrás que cantar para el abad de un templo, y entonces será fácil, porque elegirás canciones que hablen de los dioses. Las palabras entonadas con la intimidad de un susurro parecen sinceras, y a tu huésped se le henchirá el pecho de orgullo, sabiendo que hay otros hombres presentes para oír tus sinceras alabanzas. El efecto es el mismo en todos los hombres. Se sienten más poderosos, más viriles y con ánimo más conquistador y generoso, sobre todo si han bebido mucho vino. Por eso debes estar atenta y llenar las copas cuando estén medio vacías.

La madama ha dicho que asistirás a tu primera cena dentro de un mes. No será tu presentación formal. Sólo quiere que te dejes ver para que el rumor llegue a los tabloides. Los comentarios de los hombres presentes en la cena harán que otros muchos se sientan ansiosos por ofrecer más fiestas a la debutante, noche tras noche. Pero no hagas nada que alimente las habladurías malsanas. Cada nueva fiesta inspirará un nuevo reportaje en el *Social Shanghai* y queremos que la prensa hable bien de ti. El modo en que te comportes durante el próximo mes puede marcar el rumbo de toda tu carrera. No quiero que actúes como una niña pequeña, ni tampoco como una gran seductora. ¡Y no presumas de tus estudios occidentales, ni de tus opiniones de niña lista! Si te ríes, tápate la boca. Siempre se te olvida. Nadie de la fiesta querrá ver el feo interior de tu boca. Si un hombre mayor se pone impertinente, llámalo «abuelo». Algunos de esos viejos intentarán sentarte en su regazo. ¡Sinvergüenzas! Si veo algo así, acudiré rápidamente a tu lado y diré: «El señor Wu, de la calle Prosperidad Este, nos está esperando.» Será lo que diga cada vez que quiera sacarte de una situación indeseable. No cometas la estupidez de preguntarme quién es el señor Wu.

La primera fiesta ha sido encargada por un hombre importante llamado Lealtad Fang. «Importante» significa que es muy rico. Va a ofrecer un gran banquete y quiere dos cortesanas para cada uno de sus ocho invitados. Así de importante es él. Es bueno para ti empezar en la fiesta de un hombre rico. ¡Ya verás qué feroz será la competencia! Estarán presentes nuestras cuatro flores y doce más venidas de otras casas. El cliente le preguntó a la madama si hay una cortesana virgen en la casa, y a ella le complació poder contestarle que sí, que tiene una nueva, fresca e ingenua. El hombre pareció satisfecho y comentó que le gustaba la variedad de edades. Quizá sienta debilidad por las vírgenes, pero aunque así fuera, no trates de seducirlo. La madama ya le ha echado el ojo para convertirlo en el marido de Bermellón.

Si la primera vez cometes pequeños errores de protocolo, todos estarán dispuestos a perdonarte e incluso lo considerarán la prueba de que eres pura e inocente. Sin embargo, si eres terriblemente torpe, estúpida o altanera, habrás perdido para siempre la ocasión de tener una vida confortable y podrás considerarte afortunada si la madama te permite quedarte como sirvienta para pagar tus deudas.

Probablemente no te pedirán que hagas nada en especial, pero eso no significa que no debas hacer nada. En primer lugar, tienes que observar mis señales y aprenderlas. Saluda a los huéspedes, sitúate de pie detrás del invitado que te hayan asignado, pregúntale si quiere más té o un plato determinado y házmelo saber para que yo vaya a buscarlo. Dudo que el anfitrión te pida que cantes o recites para los huéspedes, ya que estarán presentes varias flores famosas por su talento para contar historias. Pero ya me he llevado otras sorpresas y ha sido una pena no estar preparada. Por si acaso, he recordado una historia que puedes aprenderte a lo largo de la próxima semana. La narrarás y yo te acompañaré con la cítara.

La historia trata de la eterna juventud. Si la cuentas bien, cualquier hombre que la oiga deseará unirse a ti para que se le pegue un poco de la tuya, aunque evidentemente no habrá ningún contacto real hasta el momento de tu desfloración. Con esta historia creas una promesa de futuro. Hablas de inmortalidad. Este relato ha prometido la inmortalidad a sucesivas generaciones desde hace más de mil años. Se titula «La primavera de los melocotoneros en flor», y hasta un niño podría recitarlo en alguna de sus versiones.

Como es una historia conocida y se cuenta a menudo, debes interpretarla con particular talento y mucha expresión: tristeza, fascinación, asombro, pena sincera y muchas cosas más. Una pausa, una mirada, un movimiento de los ojos para aumentar la expectación... Muchos hombres me dijeron en mi juventud que nunca se habían sentido tan próximos a la inmortalidad como oyendo ese relato de mis labios. Incluso las otras cortesanas lo decían, y ya sabes que no es corriente que una cortesana elogie a otra, excepto por hipocresía.

Mi versión era más o menos así:

Un pobre pescador se queda dormido y la corriente arrastra su barco hasta una gruta secreta. Emerge entonces al otro lado de la gruta, en un puerto cuyos habitantes visten y hablan al estilo de una época pasada. Allí nadie conoce la guerra ni las preocupaciones, y no saben lo que son el odio, la envidia, la enfermedad o la vejez. No hay más que una estación: una eterna primavera. Las jóvenes siempre son vírgenes, el vino siempre es dulce y las peonías nunca dejan de florecer. En todas las colinas crecen árboles con las ramas cargadas de suculentos melocotones.

—¿Dónde estamos? —pregunta el pescador a una joven, y ella le responde—: En la primavera de los melocotoneros en flor.

Tras hablar así, la muchacha lo complace de muchas y muy variadas maneras que el pescador nunca había creído posibles. («Con vino y canciones», dirás tú inocentemente, y ya verás que todos se ríen de buena gana.) En ese paraíso terrenal no pasa el tiempo, sino que se renueva, lo mismo que el apetito insaciable del pescador. Pero el hombre recupera la cordura y se da cuenta de que todos en su casa estarán muertos de preocupación por su ausencia. Entonces se hace a la mar, con el barco cargado de carnes suculentas y frutas deliciosas para su madre, su padre y su esposa, y con la determinación de invitar a sus amigos para que visiten con él esa utopía. Cuando llega a su destino, su barco está maltrecho y lleno de vías de agua. La mitad de su aldea ha sido arrasada por un incendio; la pagoda se ha desmoronado, y la gente se asusta al ver el pelo largo y apelmazado del pescador y su barba enmarañada. El hombre se entera de que han transcurrido dos siglos, su pueblo ha perdido tres guerras civiles y sus parientes y amigos llevan muchos años muertos. Entristecido, vuelve al barco y pone rumbo a la gruta. Ha pasado mucho tiempo desde entonces, y el pobre pescador aún sigue buscando la primavera de los melocotoneros en flor.

Ésa es la historia que todo el mundo conoce, pero a mí me gusta añadirle un final feliz. Dice así:

Cuando el pescador está a punto de ahogarse, divisa en la orilla a la misma hermosa doncella, comiendo un melocotón tan grande que tiene que sostenerlo con las dos manos para llevárselo a sus labios de cereza. La joven lo saluda y los dos entran juntos en la gruta de la primavera de los melocotoneros en flor. Nada ha cambiado. Las doncellas, los árboles, el buen tiempo, la felicidad... El pescador vuelve a ser joven y hermoso y, por supuesto, se parece mucho al anfitrión de la fiesta. La chica se parece a ti.

Cuando yo recitaba ese final, mencionaba los placeres eróticos que disfrutaría el afortunado. Todo el mundo los conoce: «nadar con peces de colores», «saborear la sandía», «trepar por el tronco del melocotonero»... A menudo me refería a los favoritos de mi huésped, que yo conocía bien. Pero tú no debes incluir ese tipo de detalles en tus historias mientras seas una cortesana virgen. Quizá el año próximo. Como te acompañaré con la cítara, mi música te servirá de guía para saber lo que viene a continuación: un *glissando* para señalar la sorpresiva llegada; un trémolo para la pasión abrasadora, y un barrido de las veintiuna cuerdas de seda para indicar el retorno al pasado. Durante las próximas semanas, te enseñaré a combinar cada palabra con gestos precisos de la cara y el cuerpo, pero sin dejar de parecer natural y espontánea, como si la historia se estuviera desplegando ante tus ojos y todas tus emociones fueran auténticas e inesperadas. Aprenderás a hablar con la voz modulada y melodiosa de una niña inocente, con la dulzura de sus trinos, su ritmo dubitativo y una repentina precipitación que culmine en un estallido gozoso.

Hay otro aspecto importante que hará que tu actuación sea superior. Algunas chicas actúan con mucha habilidad y poca emoción. Quizá sean maestras de la técnica, pero se les nota la concentración en la cara. A eso le llamo yo «mirar la flecha en lugar de la diana». Es un aburrimiento. Al cabo de tres minutos, los hombres están deseando que termine ya el cuento para poder entregarse a otras diversiones más animadas.

Otro estilo es el de la que parece «pulsar sus cuerdas interiores». Es cuando la bella cierra los ojos y parece perdida en otro mundo. Su cara irradia placer y tal vez levanta las cejas o sonríe un poco para sus adentros, como para demostrar lo mucho que la satisface su manera de interpretar la música. ¡Engreída!

El tercer estilo es el que yo llamo «flotar juntos y embelesados». Es el que tú aprenderás. Piensa en la historia mientras te indico lo que debes hacer. Empezarás con los ojos entreabiertos, con los párpados cargados aún de ensoñaciones, y cuando tus ojos se muevan de un lado a otro para ver lo que te rodea, encontrarás la mirada de tu anfitrión. Inténtalo ahora. No, no. Tienes que mover los ojos *despacio*. Si los mueves tan rápido, parecerás desconfiada. A continuación, míralo directamente a los ojos, con expresión anhelante. Ahora entrecierra otra vez los párpados. No, así es demasiado; parece como si te hubieras dormido. Tiene que parecer que estás en el paraíso. Relaja la boca y se te separarán los labios. No, no tanto. Ahora mantén la mirada fija en él mientras se te encienden las mejillas con incontrolable placer. De repente, sofocas una exclamación (suavemente, recuerda que no es de miedo, sino de placer) y expresas incertidumbre (pero sin fruncir el ceño). Poco a poco, la mirada interrogante se convierte en aceptación del destino. Con ese sueño suyo en los ojos, te sientes arrastrada por un torbellino. Eres una niña inocente y estás un poco asustada porque no sabes adónde te diriges. Cierra los ojos, respira agitadamente y gorjea para emular el trémolo de la cítara. Después vuelve a cerrar los párpados y suspira, sumida en un éxtasis devastador para tus sentidos. Con esto quiero decir que tu expresión ha de ser levemente atormentada, como si hubieras muerto, pero será un dolor ligero, una muerte pasajera que te hará permanecer inmóvil durante unos segundos. No rechines los dientes. Sientes el dolor en el corazón. Por último, relaja la expresión. Cuando tus ojos soñadores se encuentren con los suyos, le faltará tiempo para abrir la billetera y hacer todo lo posible para asegurarse el premio de tu desfloración.

Tienes que entender que «La primavera de los melocotoneros en flor» no es solamente una historia sobre el deseo de inmortalidad. También habla de ese lugar secreto del pasado al que todo hombre desearía regresar, ese lugar en el que se ha sentido más vivo. Cuando lo recuerda, se da cuenta de que su vida ha sido árida y solitaria. Se entristece, se pone sentimental y es penosamente consciente de los años transcurridos.

Puede que aquello que inspire su nostalgia sea un episodio escabroso de su juventud. Es muy típico. ¿Tuvo un idilio con una prima casada? ¿O quizá con una chica mayor que lo sedujo? ¿Qué vio cuando se mojó el dedo y perforó el biombo de papel de su tía joven? ¿Estaba ella con el padre de él, con su tío o con un chico de su edad? ¿Qué hizo ella cuando lo sorprendió espiando? ¿Lo castigó? ¿Disfrutó él con el castigo? ¿En qué recuerdo erótico se inspira ahora para alcanzar las cumbres del placer?

Recuerda también que un hombre maduro puede sentir nostalgia por su propia imagen idealizada. Se suponía que debía dejar un legado moral para que sus descendientes le rindieran culto por la elevada reputación lograda. Pocos hombres son capaces de vivir a la altura de ese ideal. Si es un estudioso, ¿qué principios filosóficos ha sacrificado por ambición? Si es un banquero, ¿qué juramento de honestidad ha traicionado por obtener un favor? Si es un político, ¿qué proyectos cívicos ha abandonado por culpa de los sobornos? Debes cultivar sus sentimientos de gloria moral y ayudarlo a atesorar su mito idealizado. Si lo consigues, no te dejará ir al menos por una temporada o dos.

Eres demasiado joven para conocer el verdadero significado de la nostalgia. Hace falta tiempo para volverse sentimental. Pero si ambicionas el éxito, debes aprender con rapidez. Cuando a un hombre le tocas la nostalgia, ya es tuyo.

Buenos clientes y clientes roñosos

Como cortesana, debes esforzarte por conseguir las Cuatro Necesidades: joyas, muebles, un contrato para toda la temporada con un buen estipendio y un retiro confortable. Olvídate del amor. Lo conocerás muchas veces, pero nunca será duradero. El amor no sirve para poner un plato en la mesa, aunque pueda conducir al matrimonio. A menos que llegues a ser famosa, sólo serías una entre varias concubinas. No serías la Segunda Esposa, sino la Cuarta, la Quinta, la Sexta o incluso peor. Tendrías que comer lo que eligiera la Primera Esposa de tu marido. Cuando pienses en el retiro, considera posibilidades que te aseguren una pequeña parte de la libertad de que ahora disfrutas. Nada podría ser mejor para ti que ser dueña de una casa como la que regentaba tu madre. Puede que ahora la odies, pero eso no tiene nada que ver con tu libertad y tu comodidad de los años venideros.

Para conseguir las Cuatro Necesidades, debes ser popular y deseada por muchos pretendientes que te hagan regalos costosos. Has de tener la cabeza despejada, el ánimo firme, la astucia de un hombre de negocios y su agilidad mental. Nunca ofrecerás descuentos, ni aceptarás menos de lo que mereces. Yo te diré cuánto es eso cuando haya transcurrido un año desde tu desfloración. Si no sigues mis consejos, bajará tu precio y ni siquiera todos mis esfuerzos serán suficientes para levantarlo.

Mi deber es estimular la competencia entre tus pretendientes, hasta que la madama decida cuál de ellos tendrá el privilegio de desflorarte. Asistiré a todas tus fiestas y te acompañaré en tus visitas a las otras casas. Insinuaré a tus admiradores que hay otros hombres pendientes de tus favores y quizá les mencione que el broche de diamantes o el anillo de jade imperial que luces ha sido un regalo de uno de ellos. Cada semana lucirás joyas un poco más valiosas que la anterior. Tendré que prestártelas. Diré que tu color favorito es el verde y que por lo tanto el jade y las esmeraldas son tus piedras preferidas. No me contradigas confesando que te gusta el rosa. Esa sinceridad es una estupidez que sólo conduce a que te regalen flores. A veces hay que avanzar muy poco a poco con los pretendientes, por muy ricos que sean. Incluso los hombres más acaudalados pueden haber tenido comienzos frugales, y los hábitos perduran. Cuando un hombre te haya demostrado su sinceridad con suficientes regalos, prepararé el *boudoir* y le haré saber que es bienvenido para tomar el té después de la fiesta. Sólo los pretendientes más serios tendrán ese privilegio, y vendrán únicamente a tomar el té y tal vez a oír una canción. Pero podrán entrever la alcoba donde quizá tengan la suerte de perder la cabeza.

Desarrollaremos un lenguaje para comunicarnos entre nosotras con los ojos, las cejas y con pequeños movimientos de los dedos sobre el abanico o los collares. Aprenderás a ser sutil para que yo pueda ser directa. Cuando te mencione la fiesta del señor Wu, significará que quiero sacarte de donde estás. Cuando te hable del señor Lu, de la calle de las Piedras, sabrás que el hombre que te está haciendo ojitos es el pretendiente de Bermellón. Te indicaré cuáles son particularmente generosos. Cuanto más te desee un hombre, más regalos te hará. Y cuantos más regalos recibas, más aumentará tu valor. Y cuanto mayor sea tu valor, mejor te tratará la madama. Si atraes a un cliente rico para la casa, te llamará «hija». Si no tienes admiradores, ni pretendientes, ni nadie que te visite, dirá que eres un parásito y te amenazará con expulsarte.

Te digo todas estas cosas para evitarte el dolor de la verdad más adelante. Nuestro mundo está lleno de promesas pasajeras y de artimañas. Así son las cosas, por pura necesidad. No somos mala gente, pero así nos ganamos la vida. Son muy pocos pasos los que separan el éxito del fracaso. Si comprendes lo que te estoy diciendo, no sufrirás tantas desilusiones como yo.

Tendrás favoritos entre los aspirantes a quedarse con tu flor: los más simpáticos, los más apuestos... Yo intentaré favorecerlos, pero la madama elegirá a quien considere más adecuado, que será quien más dinero ofrezca. Si es un hombre que a ti te parece desagradable, le pediré a la madama que te deje divertirte un poco con el siguiente. De esa forma, si un hombre te resulta odioso, recordarás que lo bueno aún está por llegar.

No debes olvidar que la primera semana es la más rentable. Después, dejas de ser virgen. Los hombres pierden el interés y te hacen menos regalos. Siempre les pasa a las flores más jóvenes. Cuando han vendido su virginidad, nadie quiere el resto de su inexperiencia. Pero tú los sorprenderás a todos porque yo voy a enseñarte a usar el cerebro con tanta destreza como las caderas y la boca.

En la Casa de Bermellón, todos los anfitriones de las fiestas y de las cenas serán ricos, lo mismo que en la Oculta Ruta de Jade. Pero los invitados de esos anfitriones no siempre lo serán.

Ahí es donde entrarán mis habilidades. Yo lo sabré rápidamente. Como formamos parte de una nueva casa de flores, al principio tendremos que depender de la fama y de los seguidores de Bermellón para establecer nuestra reputación entre las cortesanas de primera categoría. Por eso no debes robarle nunca los clientes, o de lo contrario yo misma te daré una cuerda de seda para que te cuelgues del techo y te ahorques. Ya han aparecido noticias de la Casa de Bermellón en los tabloides, y la madama se asegurará de que salgan más. A los periódicos sensacionalistas les encantan los rumores interesantes, y más todavía si son escandalosos. Siempre aparece algún palurdo que se queja de haber sido desplumado por una cortesana deshonesta. Yo creo que la mayor parte de los que acusan son simplemente tacaños convencidos de que por un dólar van a conseguir que una cortesana les acaricie el tallo, como haría una prostituta barata en un fumadero de opio. Otros son hombres que se han creído que el amor en una casa de cortesanas es amor verdadero y después se han sentido traicionados. Pero también hay algunas cortesanas que son auténticas estafadoras. Y si las descubren, se acaba para siempre su carrera en Shanghái, pues tendrían que mudarse a otra provincia para encontrar clientes desprevenidos. Me parecen despreciables. Hacen pensar a los hombres que todas las flores son carteristas de corazones. En esta casa no encontrarás ninguna cortesana de esa clase, así que no te conviertas tú en una.

Haré que empieces con buen pie, recurriendo a los tabloides para difundir rumores favorables. El jefe de redacción del diario sensacionalista más vendido de Shanghái es uno de mis antiguos amantes, y como en su momento no le cobré muchos de nuestros encuentros, puedo pedirle como favor que ponga un par de comentarios positivos. Al principio nos los tendremos que inventar, por ejemplo: «Un conocido magnate naviero ha dicho que merece la pena ver a la cortesana virgen de la Casa de Bermellón antes de que hagan su presentación oficial.» Eso despertará el interés de los clientes y dejará claro que estás en una casa de primera categoría y no en el tipo de establecimiento que cobra un dólar por esto y dos dólares por aquello. Eso hacía la vieja avutarda y así nos convirtió en una casa de segunda fila, donde los clientes regateaban el precio del sexo. Aquí no subimos ni bajamos los precios. Son tres dólares por fiesta, sin cabalgata incluida. Y sin discusiones.

Los extras en la Casa de Bermellón costarán un poco más que en la mayoría de las casas. Tu madre hacía lo mismo, y es una buena estrategia. Si los precios son más altos y las bellas son de primera clase, los hombres se sentirán todavía más privilegiados. Bermellón tiene una buena reserva de vino francés y setas para la virilidad. Un buen anfitrión jamás privará a sus huéspedes del buen vino recomendado por su cortesana. Pero el coste de quedar bien con sus amigos nunca debe ser tan elevado como para que el cliente tenga que irse a otro sitio para demostrar su generosidad. Una vez, un hombre criticó la codicia de una casa en la prensa, y como resultado, la casa perdió gran parte de su clientela y tuvo que cerrar y empezar una nueva andadura con un nombre diferente. Más adelante, la fábrica de la que era propietario el hombre quedó arrasada por un incendio, pero por fortuna para la nueva casa, nadie pudo demostrar que el desastre guardara relación con el incidente anterior.

En la fiesta del mes próximo, habrá dos chicas detrás de cada huésped. El anfitrión o la madama decidirán el lugar que ocupará cada una. Sea cual sea el hombre al que te asignen, recuerda que no tiene ningún derecho sobre ti. Si intenta deslizarte una mano por la pierna, retrocede y discúlpate por estar demasiado cerca. Aun así, debes seguir prestando atención a sus necesidades: más vino, más té... Los invitados esperan un trato exquisito, y si eres perezosa, los otros hombres lo notarán. Si tu huésped juega a pares o nones con los otros hombres y pierde, es posible que no se beba la copa de castigo, sino que se la haga beber a una de sus flores.

En casa de tu madre pasaba a menudo, pero ¿te has preguntado por qué? ¿Por qué no se bebe el hombre el vino? ¿Para conservar la mente despejada mientras juega? No. Lo hace porque le gusta que una mujer reciba su castigo. Después de todo, una copita de vino no es lo mismo que una paliza. Pero la debilita un poco, la marea y le hace perder su capacidad de cálculo, sobre todo en el *boudoir.* O al menos eso creen ellos. No saben que nosotras somos más listas. Cuando la bella acepta la copa, la compañera que tiene a su lado se la cambia por otra vacía y vierte el vino en un jarrón. ¿Alguna vez te has preguntado por qué hay tantos jarrones y escupideras distribuidos por los salones? ¿Ahora comprendes por qué es una temeridad enemistarse con las otras chicas de la casa? Tendrás que practicar muchas veces esa maniobra de prestidigitación. No quiero que te emborraches y acabes vomitando, porque las malas impresiones son perdurables.

Para cautivar a tu huésped con los ojos, espera a que te mire. Fija la vista en algún punto detrás de él y después intercambia brevemente la mirada con la suya, sólo por un instante. A medida que avanza la noche, prolonga un poco más esos momentos en que sus miradas se encuentran y sonríele de manera cada vez más franca para que aumente su confianza. Olvida la vieja técnica de bajar los ojos y fingir azoramiento. Puede que funcionara hace diez años, pero en estos tiempos la falsa timidez no hace más que confundir a los hombres. No debes ser descarada, pero tu propósito debe quedar claro. Algunos de mis clientes alcanzaron el paroxismo del placer solamente con la vista. ¿Te parece una victoria? ¡Te equivocas! En cuanto el tallo recupera su tamaño normal, el hombre ya no tiene urgencia y se conforma con volverse a casa.

Ten cuidado con los roñosos. Tal vez vengan como invitados del anfitrión. Pueden ser un primo del pueblo, un antiguo camarada del colegio y, en general, el tipo de hombre acostumbrado a las casas de segunda categoría o peor aún. Los distinguirás en seguida porque no conocen las reglas. Intentan seducir a cortesanas que ya tienen cliente permanente y creen que la primera noche ya pueden llevarse a una flor a la cama. No se molestan en dar propinas a las doncellas ni a las criadas. Eso es lo peor. Si en una fiesta nos encontramos con uno de ésos, buscaré una excusa para sacarte de allí cuanto antes, anunciaré que estás invitada a casa del socorrido señor Wu, de la calle Prosperidad Este. Sin embargo, algunos roñosos pueden ser simplemente nuevos ricos que desconocen nuestras costumbres. Para ellos tengo un panfleto que utilizan muchas bellas: «Consejos para hombres que visitan las casas de flores», de Li Shangyin, una obra con cientos de años de comprobada utilidad. «Un hombre no debe presumir del tamaño de su tallo. No debe hacer falsas promesas. No debe orinar delante de la cortesana.» Y muchos consejos más. Yo he añadido uno de mi cosecha: «Un hombre debe dar propinas generosas a las doncellas y a las criadas.» ¿Por qué no? De ese modo, nos evitamos perder el tiempo y nos ahorramos episodios bochornosos.

Deberás cuidarte especialmente de los vividores de mala reputación que van invitados a todas las fiestas. Algunos tienen modales aristocráticos, pero han perdido toda la fortuna familiar en las mesas de juego o la han quemado en los fumaderos de opio. Se presentan con joyas que han robado a sus madres, hermanas o esposas, pero después de ese primer regalo no traen ninguno más. Incluso hay algunos capaces de robar las joyas a las flores que han engatusado con sus mentiras, para después regalar sus pulseras y anillos en la casa siguiente. Una amiga mía perdió de ese modo todo lo que había ahorrado para la vejez. Las otras chicas de la casa dijimos que el bellaco merecía que le cortaran el tallo y se lo echaran a los perros, y la madama estuvo de acuerdo. Contrató a unos gánsteres para que fueran a buscarlo. Te diré solamente que los perros pudieron comer bastante más que el tallo del sinvergüenza. Yo siempre estaré alerta por si se te acercan rufianes o ladrones. Si te aparto de un hombre, piensa que probablemente lo estaré haciendo por esa causa. No pongas nunca mi ayuda en tela de juicio, o acabarás en manos de matones y sinvergüenzas como pago por la ayuda que despreciaste.

Hay hombres jóvenes muy tentadores: ricos y bien parecidos, pero malcriados y sin corazón. Alardean delante de sus amigos y reparten regalos: un broche para el pelo para una flor, una pulsera para otra... Parecen tan apasionados y románticos que las bellas compiten entre sí para llevárselos esa misma noche a su habitación y sueñan con hacerlos sus clientes permanentes. Pero esos hombres te dan todo una noche y al día siguiente se van a cortejar a otra. Lo único que quieren es pisotear tantas flores como les sea posible. Compiten entre sí y se vanaglorian del poco tiempo que les ha costado engatusar a una cortesana. También describen las partes pudendas de la joven como prueba de que han franqueado el portal. Por eso yo exijo como mínimo un cortejo de un mes. Durante ese tiempo podrás tener tres o cuatro pretendientes, y sólo ellos tendrán oportunidad de llegar a ser clientes. Con esos tres o cuatro tendrás suficiente ocupación para no pensar en nada más.

Hay otro tipo de pretendiente que te ayudaré a evitar. Son sementales que no se cansan nunca. En cuanto acaban, están listos para montarte de nuevo. No te dejan fuerzas para levantarte a tiempo de tomar el té con los huéspedes primerizos, que son las nuevas oportunidades. Tampoco tendrás tu mejor aspecto cuando salgas a pasear en coche. ¿Y sabes qué dirán los tabloides? «¿Se está poniendo mustia la flor Violeta? ¿Estará a punto de marchitarse?»

Hay hombres con modales impecables, que cambian cuando se meten en tu cama. Algunos creen que pueden pedir cualquier tipo de sexo, como si fueran los platos de un menú. Te traen su libro de amor galante para pedirte que repitas la postura más extravagante ilustrada en la contraportada. Y una cosa es atarle los brazos a la bella a la cabecera de la cama, y otra muy distinta colgarla cabeza abajo de una lámpara, como si fuera un mono. No les preocupa que la lámpara se descuelgue, ni que a la bella se le disloque un hombro. Sé de una chica que se cayó, se dio un golpe en la cabeza y, a partir de entonces, empezó a ponerse la ropa al revés y a balbucir palabras sin sentido. La casa no pudo permitir que se quedara y no sé dónde habrá acabado.

Los más peligrosos son los aficionados a los alaridos escalofriantes. Les daría lo mismo hacérselo a un cerdo o a su madre. La mayoría van con prostitutas callejeras, pero los más ricos pueden permitirse torturar incluso a una bella famosa. Esos hombres gozan haciendo sufrir a las mujeres y no les basta con un par de cachetadas en las nalgas. Sus favoritas son las chicas presuntuosas, que al principio los rechazan y después acuden atraídas por su dinero, aunque las más inocentes quedan cautivadas desde el principio. Sólo se sienten satisfechos cuando a la bella se le saltan los ojos de las órbitas y ya no tiene aliento ni para pedir auxilio. Hace unos años, le pasó a una cortesana de la Casa de la Vitalidad. Era joven e ingenua, como tú. Tenía apenas diecisiete años, pero se creía que lo sabía todo. Nadie podía decirle lo que tenía que hacer. El canalla alentó su arrogancia. Le suplicó que le permitiera ser su humilde servidor. Venía a verla cargado de regalos y ofreció un banquete en su honor. Entonces la ayudante de la joven lo invitó a su *boudoir*. Por la mañana, la misma ayudante la encontró muerta y se volvió loca. No voy a describirte lo que le hizo el monstruo porque veo que ya estás suficientemente asustada.

Los pretendientes que yo encontraré para ti te tratarán como a un lirio hecho de jade blanco. Algunos serán incluso tan exageradamente corteses que llorarás de aburrimiento cada vez que te pidan permiso para rozarte con los dedos. Los viejos ricos suelen ser los mejores pretendientes y clientes. Son experimentados, generosos y saben dar propinas. Aprecian un halago, pero no necesitan que estés toda la noche cantando sus virtudes. Los distinguirás por la calidez con que los recibo.

—Venga, siéntese aquí —les diré—, en su lugar favorito junto a la ventana. Aquí tiene este bocadito que tanto le gusta. Encontrará muy reconfortante este vino. Violeta le cantará su canción preferida.

En el *boudoir* te tratarán como a la diosa de la misericordia en su templo sagrado. Depositarán ofrendas sobre tu vientre para que concedas larga vida a su tallo viril. Quizá les tengas que aplicar unas hierbas para que se les levante, pero yo tengo unas pociones que casi siempre funcionan. Muchas veces se quedarán simplemente dormidos y soñarán con lo que no han podido hacer. Tú a tu vez les contarás tu sueño de lo que han hecho. Otra buena cualidad de los ancianos es su fidelidad. No persiguen a las flores, una tras otra, porque no quieren revelar sus incapacidades a otra chica más. El único problema con los viejos es que se mueren, a veces repentinamente. Si tienes uno como cliente permanente y te paga un buen estipendio, es muy triste enterarte de repente de que sus hijos están quemando incienso en su honor en el templo familiar. Te aseguro que su mujer no vendrá corriendo a pagarte tu estipendio.

Teniendo en cuenta todas estas cosas, elegiré para ti a los mejores pretendientes y clientes, que se volverán locos por tenerte. Mi plan es saldar nuestra deuda con la madama en menos de tres años. Piensa que ella ha pagado mucho dinero por ti. Además, la casa aporta parte de tu mobiliario y de tu ropa, por un total de ciento cincuenta dólares, y estoy hablando de dólares mexicanos de plata, no de la nueva moneda de la República. También tendrás que pagar el alquiler mensual, por no mencionar tu parte en los gastos de alimentación y en el mantenimiento de la berlina. Ya ves por qué tenemos que ser cuidadosas con el dinero. Algunas chicas gastan a manos llenas y sus deudas no hacen más que aumentar. Cuando les llega la edad del retiro, lo único que tienen son lágrimas. Pero tú pagarás tu deuda y después podrás hacer lo que quieras, siempre que pagues la renta y le des a la madama una parte de tus ganancias. Cuando tengas ahorros, podremos alquilar una casa y abrir un negocio propio. Yo ya tengo uno pensado, y no es un fumadero de opio ni un prostíbulo.

Para tu desfloración, quiero que consigas un juego completo de joyas. La mayoría de las bellas se conforman con las dos pulseras de oro habituales y una pieza de seda. Si logro mi propósito, tú recibirás mucho más que eso. Un anillo o un collar caros podrían ser suficientes, pero cuando tu pretendiente entre en tu habitación, le sugeriré que lo celebre regalándote el resto del juego. Después de tu desfloración, tendremos que esforzarnos para acumular más joyas. Quizá tengamos que alquilar las joyas de otras cortesanas mayores que se mantengan en el negocio y necesiten dinero en efectivo. Si luces diferentes collares y brazaletes, tus futuros clientes pensarán que ya eres una flor muy cotizada. Cuando tengas un cliente, ponte siempre las joyas más caras que te haya regalado y no dejes de elogiarlas, pero añade siempre una pequeña crítica. Dile, por ejemplo, que el rojo oscuro de los rubíes no favorece el tono de tu piel. Comenta al pasar que el estilo está un poco anticuado para una chica tan joven como tú. Dile que has visto a una bella con un juego de joyas más moderno, que demostraba el buen gusto de su benefactor. Entonces tendrá la oportunidad de regalarte joyas más a tu gusto. Si no dice nada, entonces será la última noche que entre en tu *boudoir* y no volverá hasta que te ofrezca una prueba más adecuada de su admiración.

Si te propone acompañarte a una joyería, hazle saber que la joyería de las Ocho Virtudes, en el pasaje de la Felicidad, ofrece la mejor calidad y tiene un propietario muy honesto que nunca intenta engañar a los clientes tratando de colarles plata bañada en oro como si fuera oro macizo, a diferencia de lo que suelen hacer los del Octavo Jardín Preciado, en la Cuarta Avenida. Yo conozco al dueño de las Ocho Virtudes, el señor Gao, y le avisaré con tiempo para que nos aparte dos juegos de joyas, uno muy caro y otro un poco menos costoso, pero también muy bonito. Cuando lleguemos, el señor Gao le preguntará a tu pretendiente qué idea tiene, y si no le pide nada en particular, le enseñará el juego más caro, compuesto por pulsera, collar, anillo y broche para el pelo. Entonces tú dirás en voz baja que si tuvieras un juego como ése nunca más volverías a ponerte el que tienes. Si tu pretendiente te pide que te lo pruebes, entonces te quitarás todas las joyas que llevas puestas, las dejarás sobre el mostrador y le dirás al señor Gao que puede donarlas al fondo de ayuda para viudas castas. No te preocupes, porque más adelante el señor Gao vendrá a casa y te las devolverá. Pero una vez que hayas desechado todas tus joyas, ¿qué alternativa le dejarás a tu pretendiente? No tendrá más remedio que comprarte el juego que tanto te gusta para demostrarte que te aprecia más que a nadie, y como tú aprecias ese juego de joyas más que cualquier otro, el sentimiento será mutuo. Como mínimo, tendrá que comprarte un juego un poco más caro que el que acabas de donar a las viudas castas. Cualquier otra cosa sería ofenderte.

Sin embargo, tampoco puedes parecer codiciosa porque de ese modo no conseguirás nada de tu futuro cliente. Yo, por mi parte, puedo regatear con el señor Gao en nombre de tu pretendiente. Te diré que te quites el collar para examinarlo y me fijaré en un pequeño defecto: un diminuto punto borroso que empaña el brillo de una de las piedras. El señor Gao lo estudiará a su vez, admitirá desolado la tara y ofrecerá un precio más bajo. Tú reconocerás que aún te gusta el juego de joyas, pero dirás que no estás segura de que merezca la pena comprarlo y le pedirás su opinión a tu pretendiente. Tendrás que cuidar las palabras: no le pedirás que te lo compre; sólo le preguntarás si cree que merece la pena comprarlo. Si no responde de inmediato, el señor Gao le ofrecerá una nueva rebaja, aduciendo que no quiere ganarse la fama de vender mercancía defectuosa, y añadirá que está dispuesto a ofrecernos las joyas por un importe tan insignificante solamente porque tú le has dicho que te gustaban más que cualquiera de las que habías tenido. Insinuará, además, que todos pensarán, cuando las vean, que tu pretendiente ha pagado el precio inicial, y que por lo tanto la inversión también será provechosa para él. A esas alturas, es casi seguro que tu pretendiente comprará el juego de joyas. Después de todo, le están ofreciendo una ganga sin siquiera haberla pedido.

Aun así, existe la posibilidad de que rechace la oferta, ya que tiene la excusa de que el juego es defectuoso y de que tú misma lo has dicho. En ese caso, le preguntarás al señor Gao si tiene otro juego de estilo similar al que te ha enseñado, pero sin taras. Entonces el señor Gao sacará el segundo juego de joyas, seleccionado previamente por mí. Costará menos que el precio original del anterior, pero más que su precio rebajado. Tú lanzarás una exclamación de sorpresa al oír el precio. Si tu pretendiente no dice de inmediato que te lo compra, ¿qué deberemos pensar? Independientemente de lo que signifique su actitud, tú no querrás salir humillada, de modo que volverás a estudiar el juego y le encontrarás un defecto en el que no habías reparado anteriormente. Yo le preguntaré al señor Gao si piensa recibir nuevos juegos de joyas la semana siguiente; él responderá que sí, y yo propondré que regresemos unos días más tarde. Entonces veremos cómo acaba todo, porque puede que te lleves una sorpresa.

Conocí a una bella que vivió una experiencia similar a la que te estoy contando. Cuando iba saliendo de la joyería, hizo un último intento de conseguir un regalo y se detuvo para admirar una diadema adornada con perlas pequeñas. Era cara para ser una diadema, pero no demasiado. Su pretendiente le dijo que no la favorecía. Desanimada, la bella ya se disponía a retirarse con las manos vacías cuando el hombre llamó al señor Gao y le pidió que sacara la diadema que había visto el día anterior. Cuando la bella la vio, se echó a llorar. Estaba cuajada de perlas y diamantes y costaba más que todo el juego de joyas que habían estado viendo en primer lugar. El señor Gao estaba confabulado con el pretendiente, que conocía las artimañas de las cortesanas, pero amaba sinceramente a la joven y quería demostrarle de esa forma que no necesitaba de trucos para ganarse su corazón. Cuando se convirtió en su cliente y benefactor, le dio dinero suficiente para pagar todas sus deudas y abrir una casa propia. Era tanta la devoción que sentía la bella por él que cuando el hombre falleció de muerte repentina, ella se quitó la vida para estar a su lado. Ninguna de sus esposas la imitó.

Como ves, las estrategias para arrancarle una promesa o un regalo a un cliente se deben preparar con mucho cuidado. No querrás volver muchas veces a casa con las manos vacías. Por eso te acompañaré yo cada vez que vayas a la joyería. Y mientras no te hayan regalado aún una diadema de primera calidad, estudia la que tiene Bermellón. Es casi tan bonita como la que te he descrito antes, cuajada de perlas y brillantes, y con una forma que resalta la redondez de su frente y el ángulo de sus ojos de fénix. Puedes decirle abiertamente lo mucho que te gusta. Elogia delante de todos su calidad y el buen gusto del cliente que se la regaló. Ella apreciará tus cumplidos porque le servirán para demostrar su valor a los otros hombres y hacerles ver que los regalos de sus futuros pretendientes deberán ser por lo menos tan valiosos como esa diadema. También serán un estímulo para que su benefactor actual le haga otro regalo igual de bonito. Sé amable con ella y algún día Bermellón hará lo mismo por ti y les indicará a tus pretendientes, con sus halagos, el tipo de regalo que puede ayudarlos a ganar tu corazón. Cuando aumente tu fama, podrán regalarte una diadema diez veces más cara que la que te he dado yo.

Mi único error fue conformarme con menos. Tienes suerte de poder beneficiarte de mi experiencia.

Fantasías

Para que exista la fantasía del romance, el hombre debe tener voluntad de creer, y esa voluntad es producto de un deseo contrariado. Todas las fantasías que tú alientes deben tener un único propósito: conseguir que ese hombre se enamore de ti. Si se enamora, el tiempo se detendrá para él cada vez que esté a tu lado. Se creerá inmortal y estará dispuesto a renunciar por ti a sus bienes terrenales.

Algunos hombres buscan solamente determinadas fantasías: por ejemplo, la ilusión del amor trágico. ¿Recuerdas las canciones que te he dicho que deberás aprender? Ya sabes que una de ellas habla de doncellas que mueren en la flor de la juventud. Quizá tengas que interpretar el papel de una chica añorada por tu pretendiente, alguien a quien tal vez prometió amor en secreto. Te convertirás en esa joven y permitirás que ese hombre cumpla su promesa o quede libre de su compromiso. Tal vez incluso te pida que asumas el papel de la prima que muere en la novela *Sueño de mansiones rojas*, o que seas la amante del viejo sabio en la ópera *La leyenda de la serpiente blanca*, una obra verdaderamente lacrimógena. Necesitarás túnicas amplias para disfrazarte y más polvos blancos en la cara para lograr un efecto espectral. Tendrás que memorizar escenas de la novela y dominar las expresiones faciales de la traición y el perdón. Es más difícil de lo que piensas. No querrás parecer una asesina, ni tampoco una tonta. Pero si llegas a dominar la expresión de la tragedia, podrás reunir una fortuna. Si realmente has perdido a alguien en la vida, como me ha pasado a mí, ni siquiera tendrás que fingir. Te bastará con recordar. Algún día te hablaré de él. Ni siquiera puedo mencionarlo sin que me broten lágrimas desde el corazón y me rueden por las mejillas.

La fantasía que suele tener más demanda es la de la joven noble. Los pretendientes quieren verte actuar con la altivez de la hija de un aristócrata y soñar que pueden vivir una aventura escabrosa con una mujer así, sin una suegra que interfiera. Para interpretar el papel de la hija de un noble, tendrás que lucir trajes caros y espectaculares, con un estilo refinado y a la vez un poco atrevido. La ropa interior puede ser audaz y de un alegre tono rojo.

A algunas cortesanas les piden la fantasía del estudioso nocturno, y entonces se ponen un poco de kohl para oscurecerse las cejas, una larga túnica y el gorro Ming de los filósofos. Si el hombre quiere un guerrero, entonces tienen que aceitarse el pelo, dividirlo en dos mitades, peinárselo hacia adelante y atárselo sobre la nuca en un nudo apretado. La ilusión del estudioso nocturno tiene bastante demanda en los últimos tiempos, incluso en las casas de primera categoría. Antes sólo se ofrecía en los establecimientos de segunda fila y por eso la vieja avutarda la permitía en el Pabellón de la Tranquilidad. Cuando un cliente le pedía el estudioso nocturno, la madama recurría a una cortesana dispuesta a desempeñar el papel con cierto entusiasmo, por lo general por ser la mayor de la casa y encontrar en esa actuación una última oportunidad de ganar algo de dinero. El cliente la colmaba de regalos durante unos días y ella veía abrirse las puertas del cielo. Cuando cumplí los treinta, me convertí en el estudioso nocturno más demandado, aunque no tengo ni tenía entonces aspecto de hombre. Nada es vergonzoso si lo haces en tu *boudoir*, pero te aseguro que no iba alardeando por los salones de lo que hacía.

La vieja avutarda se inventó otra especialidad para impulsar el negocio: dos estudiosos. Yo interpretaba a uno y cualquiera de las cortesanas que no estuviera ocupada, al otro. Los clientes hacían el cortejo acostumbrado, pero con dos bellas en lugar de una. Entonces una de nosotras se quejaba:

—¡Eh, yo hago todo el trabajo! ¿Por qué tengo que cobrar lo mismo que ella?

En seguida la otra decía lo mismo y de ese modo colaborábamos para ganar más dinero. Pero el hombre no se arrepentía. Cuando entraba en el *boudoir*, se echaba a temblar al ver a dos severos filósofos confucianos. Yo sostenía las cuerdas y mi compañera lucía un ceñido corsé del que sobresalía un miembro de marfil. Entonces yo le arrojaba al hombre un juego de ropa interior de seda, para que se lo pusiera, y lo llamaba «concubina-prostituta». Mientras él se cambiaba, nosotras nos sentábamos a la mesa con las piernas cruzadas, fumando cigarros occidentales. Lo obligábamos a ponerse una diadema y le ordenábamos que se empolvara la cara y se aplicara pintalabios. ¡Uf! Habría sido una cortesana horrorosa. Aun así, alabábamos su belleza y su juventud, y lo llamábamos «Pequeño Loto Rosa». Él, por su parte, tenía que llamarnos «señores filósofos» cuando se dirigía a nosotras. Entonces yo lo sentaba en una silla y lo ataba con las piernas colgando por encima de los brazos. La posición habitual, nada especial. Él gritaba y suplicaba, pero todo era en vano porque en seguida la otra bella le atravesaba el portal con su tallo de marfil. ¿Qué portal, me preguntas? ¿Cómo puedes ser tan estúpida? ¿Por qué otro sitio le atravesarías el portal a un hombre? ¡Por el pequeño loto rosa!

Si habían sido muy generosos, los dejábamos descansar un momento y después íbamos a buscar otro tallo. Para la segunda fantasía tenía que llamarnos «señores maestros», y esta vez era yo la que lucía el corsé con el miembro de marfil. Si eran extremadamente generosos, teníamos un tercer tallo, que por lo general era del «tío» o el «hermano». Era lo que ellos querían. La familia siempre se dejaba para el final porque era lo más excitante.

A algunos de esos hombres les gustaba la variedad. Otros eran homosexuales que fingían no serlo para ocultar su verdadera naturaleza a los demás hombres de negocios. No se daban cuenta de que algunos de sus colegas escondían el mismo secreto. Nosotras éramos muy discretas. Sabíamos cuáles de esos hombres se revolcaban con los guapos cantantes de ópera porque algunos de esos chicos eran amantes nuestros. A los cantantes no les gustaba el trabajo, pero les permitía ganar un buen dinero. Cuando yo aún era cortesana en el Pabellón de la Tranquilidad, tenía de cliente a un viejo que disfrutaba usando el tallo de marfil en los dos sentidos. Era el tipo de cliente que sólo la madama de una casa de segunda categoría habría aceptado. Tenía que ponerme la ropa del estudioso nocturno y aplicarle ungüento de lluvia celestial para que se le levantara el viejo guerrero. Y como estallaba en seguida, se empeñaba en prolongar el encuentro usando conmigo el tallo de marfil. Me daba más dinero, pero aun así no me gustaba. Esos tallos artificiales no pierden nunca la fuerza. Dan demasiado trabajo.

La única razón por la que te cuento estas cosas es para que estés preparada en caso de que un hombre te pida alguno de esos servicios. Si sabes lo que te están pidiendo, no te tentará la posibilidad de aceptar más dinero una vez que estén dentro de tu *boudoir.* No quiero que hagas el papel de hombre. Tú eres una cortesana de primera categoría y tienes que cuidar la reputación de joven bella. Es probable que Nube Turgente lo hiciera. ¡Ja! Seguramente le encantaba. Pero si un hombre insinúa que quiere ponerse tu ropa o saca un tallo de marfil o uno de esos corsés, tú te irás detrás del biombo y harás sonar la campanilla para llamarme. Los clientes saben que es preciso hacer ese tipo de pedidos por adelantado a las ayudantes de las bellas. Yo acudiré a la habitación y le diré amablemente que el estudioso nocturno ha salido, pero que su tutor puede impartirle todas las lecciones que necesite. Si le urge hacerlo, aceptará mi oferta. A mí no me importa interpretar ese papel de vez en cuando. Muchas doncellas que antes fueron cortesanas se ocupan de las especialidades que las bellas no quieren practicar. Todavía tengo un corsé y varios tallos de diferente tamaño en mi baúl. Cuanto más grande sea la propina, mayor será el tamaño del tallo. Es lo habitual. A veces lamento no haber tenido un gran talento para hacer de filósofo. Nunca lo he hecho con verdadero entusiasmo.

De vez en cuando recibimos clientes que vienen en busca de instrucción, casi siempre por falta de experiencia. Pueden ser antiguos monjes, chicos jóvenes cuyos padres son clientes nuestros u hombres adultos que quieren aprender las técnicas de un amante experto para seducir a la mujer de otro. Si te encuentras con uno de ésos, házmelo saber. De hecho, la iniciación de chicos jóvenes era una de mis especialidades, más que nada porque los padres que los traían recordaban lo mucho que los había animado cuando ellos eran jóvenes. Me emociono hasta las lágrimas cuando uno de aquellos jóvenes regresa convertido en un hombre y me dice:

—Gracias a ti, mi esposa y mis concubinas están satisfechas.

A veces me piden una lección para recordar los viejos tiempos. Cuando tengas ese tipo de clientes, lo mejor es que me los pases a mí. A ellos no les importa que la cortesana sea mayor. Lo que quieren es adquirir unos conocimientos que les duren toda la vida.

Te pida lo que te pida un hombre, no deberás denigrarlo nunca por sus deseos, pero tampoco aceptar que él te denigre. Si está borracho y te orina encima, toca la campanilla y yo vendré corriendo y me lo llevaré de tu habitación. No aceptes dinero extra por dejarlo hacer ese tipo de cosas. ¿Sabes lo que les pasa a las mujeres que aceptan ser humilladas? Acaban trabajando para un proxeneta que las obliga a tumbarse en la trastienda de una taberna para que una fila de conductores de *rickshaws* y de obreros, hasta un centenar en un solo día, hagan con ellas lo que quieran, uno tras otro. No pueden cerrar las piernas ni la boca hasta que quedan hechas picadillo y entonces se mueren. Siempre me he preguntado por qué no se matan. Quizá crean que su padecimiento es cosa del destino y que, si lo aguantan, tendrán una vida mejor en la próxima reencarnación. Yo en su lugar preferiría suicidarme y reencarnarme en mosca.

Modas

Nunca te quedes demasiado flaca. A ningún hombre le gustará picarse con tus huesos. Además, es malo para el negocio que un cliente le rompa accidentalmente las costillas a una chica. Eso mismo le pasó a una flor poco antes de que tú llegaras al Pabellón de la Tranquilidad. La pobre daba tales alaridos que su doncella, la madama y dos sirvientes corrieron a su habitación, convencidos de que el hombre la estaba matando. Los sirvientes agarraron al hombre y lo arrojaron desnudo a la calle. Después, la vieja avutarda se enteró de que era un funcionario que se ocupaba de determinar las tarifas para las licencias comerciales. El incidente no acabó bien para nadie.

Una cortesana gorda tampoco es atractiva. El exceso de peso limita las posturas que puede practicar sin partirle el tallo al cliente. Tú estás bien tal como estás ahora. Quizá los pechos te crezcan un poco más de lo ideal. Los pechos grandes no se consideraban atractivos cuando yo empecé mi carrera, y las cortesanas pechugonas se los fajaban. Pero ahora los clientes más jóvenes encuentran seductores y excitantes los pechos generosos. Es la influencia de las postales pornográficas que nos llegan de Occidente. Yo todavía creo que unos pechos enormes y bamboleantes son más propios de una nodriza que de una cortesana. No hagas nada a propósito para que te crezcan.

En cuanto a la ropa, todo lo que luzcas deberá transmitir que eres una cortesana de la más alta categoría. Debes estar impecable cada vez que te dejes ver en público, cuando salgas a pasear en coche, en los restaurantes y en el teatro. La chaqueta será ceñida para que todos puedan admirar tus formas. La falda te sentará como un guante; no ha de ser preciso recurrir a la imaginación para apreciar las curvas de tu trasero. Lucirás audaces detalles occidentales: botones en lugar de alamares, plisados y volantes, o quizá pantalones de hombre, o una falda occidental. Ahí es donde debes desplegar tu imaginación. Cuando pasees en carruaje con tu pretendiente, considera que estás en un escenario, como una actriz. Todas las miradas se fijarán en ti. Tus clientes y pretendientes se enorgullecerán de enseñarte. Les dará prestigio. Disfrutarán cuando vean envidia en la cara de los otros hombres.

A veces tendrás que compartir la berlina con otra cortesana y entonces yo haré todo lo posible para que no te emparejen con una acompañante más atractiva que tú. Todavía no eres la más adorable de las flores y no sé si llegarás a serlo algún día. Y en los paseos en coche, la gente no ve tus íntimas habilidades de seducción, sino únicamente tu atractivo físico y la ropa bonita que llevas. Por eso es preciso recurrir a otras armas para ser el centro de atención cuando estás en público.

Tengo varias ideas que usaremos en los próximos meses, pero tendremos que mantenerlas en secreto para que las otras flores no te las roben. En primer lugar, voy a encargarle al sastre que te confeccione un traje con los colores de la familia imperial. Ya hemos tenido prendas doradas en el pasado, pero únicamente de ropa interior, y sólo eso era suficiente para transportar a muchos hombres al paroxismo del placer. Ahora que ya no está el emperador, ¿qué leyes nos prohíben usar cualquier color mientras sea de nuestro agrado? Imagina cómo reaccionará un pretendiente, y en general cualquier partidario del antiguo régimen, al verte aparecer en público con chaqueta de color amarillo imperial y pantalones azul cian. Encargaremos trajes con el matiz exacto del violeta imperial. Espero que seamos las primeras en lucir esos colores. ¡Será una noticia fantástica para los tabloides! ¡La cortesana Violeta, vestida de violeta imperial!

También he estado pensando en comprarte un sombrero europeo. He visto uno bastante estrafalario. Era del tamaño de un cojín y tenía un remate de plumón de avestruz, teñido de violeta. Con ese sombrero, destacarías a varias calles de distancia, y como el color coincide con tu nombre, serías la comidilla de la prensa sensacionalista cada vez que te lo pusieras. Como el sombrero es caro, intentaré encontrar a alguien que pueda copiarlo. Por otro lado, si esperamos, corremos el riesgo de que otra cortesana lo compre y se lo ponga antes que tú, y no podemos permitir ni siquiera la apariencia de que imitas a otra porque eso también aparecería en los periódicos.

La ropa para las fiestas dependerá del anfitrión y de las otras cortesanas que asistan. Como ya te he dicho, tú no puedes brillar más que Bermellón. Pero si la fiesta se celebra en tu honor, debes ponerte lo mejor que tengas. La última moda son las telas de entramado complejo, que sólo los artesanos más hábiles pueden producir. Tendremos que esperar un tiempo hasta que podamos permitirnos la que quiero para ti: una pieza de tela que parece hecha con varias capas de pétalos. Un traje confeccionado con ese material puede costarte las ganancias de un mes, por lo menos.

Nunca comas nada en ninguna fiesta. Una mancha de grasa puede arruinarte un vestido y la glotonería te costaría muy cara. Algunas bellas se tapan las manchas con motivos florales bordados, pero todos saben la razón de que repentinamente les haya brotado en el pecho una rama florida de ciruelo.

En invierno, la seda debe ser gruesa y lustrosa como el nácar. Nada más bonito que un cuello de chinchilla o de zorro blanco ruso, pero el primer año tendremos que conformarnos con piel de conejo. En verano, la seda será delicada, fina como un papel y de trama perfectamente uniforme, ligera y a la vez firme porque no querrás parecer marchita. Todos los detalles deben ser perfectos, desde el broche del cuello hasta los pliegues del dobladillo.

Las mujeres que te vean por la calle envidiarán y admirarán tu ropa por sus ingeniosos detalles. Te encantará cuando lo notes. Para muchas chicas, la emoción de verte una vez por la calle será la mayor de sus vidas, y seguirán hablando de ti hasta el día de su muerte. Las jóvenes ricas tomarán nota de tu atuendo cuando nos vean pasar en el carruaje y correrán a ver a nuestros sastres para encargarles un traje idéntico al de la famosa cortesana Violeta. A veces es irritante que las jóvenes ricas nos imiten, pero también es halagador. Si muchas chicas de familias acaudaladas copian tu estilo, tu prestigio aumentará. Nuestra fama no depende únicamente de los hombres. Observa quiénes figuran cada año en la lista de las Diez Bellas. ¿Son las más guapas? No. Son las que entienden mejor la naturaleza humana, la de los hombres, pero también la de las mujeres. Saben atraer la atención, causar envidia y aprovecharla en su beneficio.

No te sorprendas si alguna señora te ofrece un buen dinero a cambio de visitarte en tu *boudoir* para ver tu guardarropa y tu maquillaje, e incluso para aprender las posturas poco habituales que gustan a sus maridos. Instrúyelas. Ellas creen que todo se reduce a la cópula y no saben nada del cortejo, ni del dilatado placer de la conspiración entre amantes. A ellas nadie las corteja. Sus maridos demandan y ellas obedecen. Por eso no tienes que preocuparte pensando que estás revelando tus secretos y que tus clientes quedarán tan colmados con sus esposas que ya nunca volverán a visitarte. Pero asegúrate de cobrarles muy bien a esas mujeres: por lo menos cinco dólares.

Recuerda que la envidia es uno de los mayores defectos del ser humano. Induce temeridad en el que envidia y posesividad exagerada en el que te tiene a su lado. Puedes utilizar a un pretendiente para agudizar la pasión de otro, pero nunca recurras a ese truco cuando ambos son hermanos o amigos fraternales. Si acaban discutiendo, la gente te acusará de haberlos dividido.

Cuando hayas asistido a unas cuantas fiestas aquí y en otras casas, entenderás mejor la envidia entre cortesanas. Quizá la hayas visto en casa de tu madre, pero ahora sentirás que te muerde a ti. La envidia es una serpiente ponzoñosa que se te enrosca en el tobillo. Puede hacerte odiar a tu rival o a tu pretendiente. Te hace desear destruirlo a él, a ella o a ti misma. Presta siempre atención a esos sentimientos. Si otra cortesana te envidia, estará dispuesta a hacer cualquier cosa para hundirte. Pero si todas te envidian, sucede algo muy extraño. La envidia se convierte con el tiempo en respeto y en reconocimiento de tu superioridad. Sin embargo, nunca alardees de tus victorias. Puede que tus rivales te envidien hoy y celebren mañana tu caída en desgracia.

Eso me recuerda que tenemos que ir al fotógrafo para que te haga un retrato y que aún nos falta buscarte un apodo que te distinga de las demás.

Si no lo elegimos nosotras, te pondrán uno sin pedir tu opinión. Ya he oído a una de las cortesanas decir «la blanca azucena» refiriéndose a ti. Es una forma muy dulce de llamar a las vírgenes, pero si se te queda como apodo, dentro de poco será motivo de burla. «La Blanca Azucena que ya no es tan blanca», dirá la gente. Un apodo debe ser único y original. Conozco a muchas bellas que se comparan con avecillas. «El canto del gorrión», se hacía llamar una joven cortesana, aunque su voz no era nada melodiosa. Además, los gorriones son vulgares y hacen mucho ruido por la mañana. Otra chica se había decantado por una descripción: «Clásica como un sauce llorón.» Creo que la eligió porque en el telón de fondo del estudio fotográfico se veía un sauce a orillas de un lago. Pero ¿qué tiene eso de especial? ¿Cómo es una chica que se hace llamar «Sauce Llorón»? ¿De madera? ¿Alguien que llora hasta que se le ponen los ojos rojos y grandes como huevos? No son rasgos que puedan atraer a un hombre. He pensado que un buen apodo para ti podría ser «Cascada de Ensueño». Suena bien y hace pensar en un torrente de amor, en una corriente que te arrastra y te sumerge en el deseo. Algo así. Podemos establecer el significado exacto más adelante, cuando decidamos quién eres en realidad.

Ahora eres joven e inexperta, Violeta. No tienes nada que las demás te puedan envidiar. Las otras bellas son mucho más atractivas y astutas que tú. No intentes competir con ellas. Sólo obsérvalas. Pocas chicas reciben los consejos que te estoy dando. Tienen que aprender con el tiempo, de sus propias equivocaciones, como hice yo. Creen que la belleza, la poesía y su dulce voz les durarán siempre. Dependen de esas cualidades, pero no se dan cuenta de que lo más importante es una mezcla adecuada de estrategia, astucia, honestidad y paciencia combinada con una buena disposición para aprovechar todas las oportunidades. Por encima de todo, una chica siempre debe estar dispuesta a hacer lo que sea necesario en cada momento.

Accidentes

La ropa es como el telón en el teatro. Algunas cortesanas mantienen bajado el telón hasta que apartan las cortinas de la cama. Se rigen por las viejas normas. Ningún contacto. Todo debe ser limpio, como si fueran verdaderas novias. ¡Qué aburrimiento! Para el hombre, es lo mismo que estar con su mujer. Quizá ese recato fuera la costumbre hace años, pero los tiempos han cambiado. No te abaratas si permites que tu pretendiente eche un breve vistazo a lo que hay detrás del telón. Un vistazo no significa que lo vea todo. De hecho, cuanto más lo dejes mirar, más deseará ver lo que aún le escondes. Sólo recuerda que hay una diferencia entre permitir que un hombre eche una mirada y dejar que inspeccione detalladamente la mercancía.

Algunos de los mejores «vistazos» se producen durante un

paseo por el jardín, con ocasión de un accidente que debe parecer del todo inocente. Imagina que llevas una camisa ceñida y unos pantalones cuya costura coincide con el surco de tus partes íntimas. De pronto, dejas escapar un grito y finges haber pisado una piedra afilada que yo habré colocado discretamente en el camino un momento antes. Te sientas con rapidez en una silla del jardín y cruzas una pierna encima de la otra para inspeccionarte la herida imaginaria en el pie. El dolor te ha hecho olvidar lo indecente de la postura. Cuando sorprendes al hombre mirando fijamente tus partes, reaccionas primero con turbación y después con timidez. Él asumirá el papel de caballero galante e insistirá en examinar la herida para asegurarse de que no has quedado tullida de por vida. En otra época, esta artimaña sólo funcionaba con chicas cuyos pies vendados eran muñones diminutos. Pero actualmente ni siquiera las hijas de las familias de eruditos llevan los pies vendados. Por eso no deberás avergonzarte de enseñar los tuyos. Por supuesto, habrá hombres que se sientan defraudados, sobre todo los mayores. Si adviertes a tiempo que al hombre lo excitan los «piececitos como lirios dorados», es preferible que no te molestes con el engaño del pie herido.

Otro truco consiste en pedirle a tu pretendiente que arranque una flor para adornarte el pelo. Cuando te la ofrezca, dale la espalda mientras intentas ponértela detrás de la oreja y, de pronto, déjala caer. En tu apresuramiento por recoger la flor, te inclinas y la camisa que apenas te cubría las caderas se levanta como la neblina cuando deja ver la luna. Asegúrate de que eche un buen vistazo a tu trasero por lo menos durante tres segundos. Cuando te pongas de pie y le veas la cara, te cubrirás la boca con la flor y te echarás a reír mientras lo miras con los ojos pícaros de la complicidad. Después, cuando esté a tu lado, hunde un dedo en el centro de la flor y dile que allí el color es más oscuro y encendido, y la fragancia, más intensa. Para entonces estará loco de deseo, a menos que la flor haya perdido todos sus pétalos y sea un pobre hierbajo diminuto.

Hay varias posturas sencillas que puedes usar en el jardín. Puedes situarte junto a un árbol y, mientras admiras su edad y su vigor, acaballarte ligeramente sobre el tronco. Las columnas también son buenas para ese propósito.

Después de tu desfloración, te prestaré algunas de mis faldas especiales. Mira, aquí tengo una de tu color: un violeta intenso. La blancura de la piel destaca más si la falda es oscura. El delantero oculta una abertura, semejante a la separación entre dos cortinas. Puedes cerrarla con alamares o abrirla para enseñar las rodillas, los muslos o tus partes íntimas. Sólo te pondrás estas faldas para pretendientes muy especiales o para clientes permanentes que disfruten alardeando de ti en público. Nunca te rebajes enseñando a tu pretendiente lo que esconde la falda sólo porque él te lo pide. Todo en esta falda debe ser una sucesión de accidentes que sólo tú controlas. Cuanto más generoso sea el pretendiente, más accidentes se producirán. Puede que se te enganche la falda en el apoyabrazos de una butaca. El delantero se abre, reluce la blancura de tu piel y, con tu azorada expresión de sorpresa, le regalas a tu cliente dos segundos de excitación. Una variante consiste en hilvanar apenas los alamares para que se desprendan con facilidad.

También en el teatro puede haber accidentes con esta falda. Tu cliente los apreciará particularmente si los dos ocupan un palco con cortinas. Cuando haya descubierto la abertura, podrás dejar que te acaricie durante toda la función, pero sólo si esa noche te ha dado un regalo. El momento en que te subes o te apeas del coche también es una buena oportunidad para animar a un pretendiente que sólo necesita un pequeño empujoncito para convertirse en cliente permanente. Los días de viento son una ventaja en ese sentido. Deja que tus dedos colaboren con la brisa para levantarte la falda. Si el hombre ya es tu cliente benefactor, puedes concederle otros privilegios. Cuando ofrezca un banquete en tu honor, deja que deslice una mano entre tus piernas, por debajo de la mesa, para explorar tus partes prohibidas delante de sus invitados. Tú seguirás conversando animadamente, pero de vez en cuando parecerás titubeante y lo mirarás a través de los párpados entrecerrados con el gesto que has aprendido para las canciones. Los otros hombres sabrán perfectamente lo que está sucediendo. Nadie se atreverá a decir nada, pero todos lo sabrán. Sin embargo, tú mantendrás en todo momento la apariencia de corrección. De ese modo, intensificarás la agonía del deseo en tu cliente y en sus envidiosos invitados. Te garantizo que la fiesta terminará mucho antes de lo habitual.

Preparación del *boudoir*

He acondicionado tu habitación con todas las comodidades que preparan el escenario para el amor. Has visto que ya he mandado poner tu cama más cerca del centro de la habitación para poder mover el biombo que oculta el retrete y la bañera. Antes todo resultaba demasiado apretado e incómodo. ¿Cómo ibas a sentirte limpia con una bañera que parecía un abrevadero para el ganado? El orinal era tan bajo que un hombre mayor con las articulaciones oxidadas lo habría pasado mal para agacharse y también para incorporarse. No sé por qué no había pensado yo en todo eso cuando esta habitación era mi *boudoir*. Ahora tu pretendiente y tú podrán departir y tomar un refrigerio en un ambiente más espacioso. He instalado el nuevo orinal bajo un asiento labrado con apoyabrazos. El artefacto en sí es de porcelana, de un bonito rojo sangre de buey, muy fácil de lavar. He encargado una bañera nueva, un modelo occidental de cobre, con patas de león, de última moda. Ya ha llegado, pero no podremos instalarla en tu habitación hasta la semana próxima. Bermellón ha encargado una igual y debe ser la primera en tenerla. También habrá un perchero occidental para tus vestidos de fiesta, una otomana y una mesa para los ungüentos, los perfumes y los frascos de polvos para el vigor masculino. Si quieres llamar a los sirvientes para que pongan orden en la habitación, sólo tendrás que golpear los cuatro tubos de la nueva campanilla que te he comprado. Es el mismo instrumento que utilizan en los trenes más selectos para anunciar que van a servir la cena.

Tengo planeados todavía más lujos y adornos. Son todas las cosas que a mí me habría gustado usar con mis pretendientes.

Yo decoré mi habitación de una manera y nunca la cambié. A medida que me fui haciendo mayor, se fue quedando cada vez más anticuada. Ahora lo reconozco. Aun así, los muebles siguen siendo de buena calidad y estoy segura de que podré venderlos a buen precio. Pero para adquirir el mobiliario nuevo que necesitamos, nos harán falta regalos en efectivo. Ya ves por qué es tan importante que tengas éxito en las fiestas desde el principio. No podemos seguir indefinidamente pidiendo dinero prestado a la madama, o nos convertiremos en esclavas suyas por el resto de nuestras vidas. Como mínimo, mandaré renovar el tapizado de las sillas y del sofá, y encargaré cortinas nuevas para la cama. Serán de batista de seda, de color oro imperial, con los caracteres de la longevidad bordados en azul cian. He comprado cintas amarillas y azules, y varias docenas de campanitas. Las ataremos a las esquinas y al dosel de la cama para que suenen alegremente cada vez que agites las caderas, será una forma de anunciar a tu cliente que se dirige al éxtasis celestial. Es un detalle ingenioso. Puede que yo también reciba un cliente de vez en cuando, solamente para oír el sonido de las campanitas.

Cuatro maneras de perjudicar tu carrera

Hay cuatro maneras de quedar fuera del negocio, ya sea brevemente, por una larga temporada o para siempre.

La primera es el sangrado mensual. Lo último que deseas es levantarte de una lujosa silla en una fiesta y descubrir que has dejado impreso en el brocado del asiento un mapa rojo de la isla de Chongming y que hay otro similar en la parte trasera de tu falda. Te daré un juego especial de esponjas marinas para que te las pongas dentro. Si el sangrado es intenso, puedes añadir un saquito de musgo en el portal del pabellón. No accedas nunca a tener relaciones íntimas con un pretendiente durante esos días. Coquetea en las fiestas, pero con cierta timidez. Con los nuevos pretendientes, puedes tomar el té por la tarde. Con un cliente permanente, la situación es diferente. Algunos disfrutan escenificando una falsa desfloración con derramamiento de sangre. En esos casos, pediremos un pequeño regalo por la desfloración para que la fantasía resulte más realista. Tendrás que parecer reacia mientras él se quita la ropa y repetir después lo que hiciste durante tu verdadera desfloración, sólo que con menos gritos.

Si al cliente no le interesa una falsa desfloración, quizá te pida que lo complazcas con la boca, o tal vez quiera mirar mientras te tocas, o muchas otras cosas de las que no hace falta que hablemos ahora porque sólo conseguiría asustarte. Si un cliente te pide algo fuera de lo corriente, entonces te aconsejaré qué hacer, qué no hacer y qué cosas requieren más negociación.

La segunda manera de perjudicar tu carrera es quedarte preñada. Puedes evitarlo si sigues con diligencia mis instrucciones cada vez que tengas relaciones íntimas. Te daré a beber una sopa caliente de almizcle y *dong quai* antes de que venga un hombre a tu *boudoir*, y te recordaré que te pongas en las partes un saquito de seda con mis hierbas secretas. Ninguno de mis ingredientes te producirá inflamaciones, ni le marchitará el tallo al hombre, ni se lo quemará. He oído que algunos preparados de otras casas producen esos efectos, ya sea de inmediato o al cabo de un tiempo. Pero el mío no. No hagas caso a las otras cortesanas si te aconsejan que te introduzcas rodajas de caqui. Es una vieja broma que las cortesanas se gastan mutuamente. El caqui te reseca las partes e impide que te abras al hombre. Cuando tu pretendiente se haya desahogado, ve rápidamente detrás del biombo y lávate las intimidades con agua de azafrán. Si alguna vez se te olvida ponerte el saquito con mis ingredientes secretos, te haré tomar un caldo fuerte de *dong quai*, que te provocará calambres y pondrá fin a lo que habría podido empezar. Si pasas dos meses sin sangrado, llamaré a una mujer para que resuelva el problema. Es bastante buena, aunque varias chicas a las que ha tratado enfermaron de fiebres purulentas y no todas tuvieron tanta suerte como yo para evitar la muerte.

La tercera manera de perder el negocio es justo ésa: contraer unas fiebres purulentas y morir, de modo que procura no quedarte preñada. Pero también hay muchas otras enfermedes. No des por sentado que un hombre mortalmente enfermo se queda en su casa y no frecuenta a las cortesanas. Algunos que ya se saben condenados quieren experimentar un último espasmo de placer porque así de poderoso es el instinto. Si un cliente tose, escupe sin cesar y se queda sin aliento, no bebas del mismo cuenco de vino que él por mucho que te insista. Podría tener tuberculosis. Si tiene los ojos enrojecidos y vomita, quizá no sea por la borrachera, sino por la fiebre tifoidea. Debes tener especial cuidado con las enfermedades venéreas, como la sífilis. Cuando recibas a un hombre en la cama, examínalo en seguida con atención para asegurarte de que no tenga úlceras. Elogia su tallo y finge admirarlo mientras lo inspeccionas cuidadosamente. Incluso una úlcera pequeña puede ser peligrosa. Si ves algo sospechoso, finge un mareo repentino o unas náuseas incontenibles y corre a llamarme. La sífilis es una enfermedad espantosa. Al cabo de un tiempo, te salen úlceras grandes y rojas como peonías, y después esas flores envenenadas te carcomen la carne y te pudren el cerebro. Seguramente has visto mendigos por la calle aquejados de ese mal. Si contraes el chancro sifilítico, no hagas caso de los que te aconsejen tomar mercurio o matarratas. Muchas chicas han muerto por tomar una dosis excesiva, y es una muerte horrible: horas gritando en la más terrible agonía. Yo conozco un remedio más eficaz, que a veces funciona, pero no te diré cuál es porque no quiero que te vuelvas descuidada pensando que la vieja Calabaza Mágica te curará las úlceras. Un último consejo: no toques nunca a un extranjero. Los extranjeros trajeron el chancro a China y estoy segura de que muchos lo tienen.

La cuarta manera de quedar fuera del negocio es perder la cabeza. No te aficiones al opio. No podrás atender a los clientes si te pasas el día durmiendo. No te emborraches. Podrías burlarte de los defectos de algún hombre. No llores todo el tiempo delante de la gente. Todas tenemos motivos para estar tristes, pero si tú lloriqueas sin cesar, es como si estuvieras diciendo que tu tristeza es peor que la ajena. ¿Y cómo puedes saberlo? Si lloras delante de tus pretendientes, se darán cuenta de que tendrán problemas en el futuro si consiguen ganarse tu afecto.

Otra cosa muy distinta son unas lagrimitas delante de tu cliente permanente, porque quizá lo conmuevan y lo animen a ser más amable y generoso. Sin embargo, para ser eficaz, el llanto no puede ser frecuente. Pero también es posible llorar por otros sentimientos, y lo que más agradará a tu cliente será cuando llores de felicidad.

Preparación de las partes íntimas

Mañana vendrá la doncella de Bermellón con sus instrumentos y te eliminará todo el vello del pubis, las axilas y el bigote. Una virgen debe ser pura blancura, y tú ahora estás peluda como un hombre. El vello rizado del pubis es muy poco atractivo; es feo como un manojo de algas y, además, es áspero. Simplemente tenemos que llamar a la doncella de Bermellón una vez por semana para que mantenga tu pequeño montículo terso como el lomo de una tigresa blanca. No hagas caso de las otras cortesanas cuando te digan que conocen un emplasto o un ungüento que te quitará el vello para siempre. Sé de algunos de esos preparados que te resecan las partes y te las dejan tristes y marchitas como la grieta de una vieja. Uno de esos pretendidos remedios le carcomió la piel a una chica y se la dejó para siempre del color de la carne cruda. Las cortesanas que se lo recomendaron juraron después que ignoraban que pudiera causar tanto daño, pero todas sabíamos que lo habían hecho por venganza. Así pues, si una de las bellas te aconseja cualquier tipo de poción, ya sea para quitarte el vello o para aumentar tu deseo o el de tu pretendiente, ven de inmediato a contarme lo que te haya dicho o a enseñarme lo que te haya dado. La amenazaré con echarle encima el brebaje, hasta que reconozca que ha sido una sucia artimaña.

En el transcurso del próximo año, aprenderás una docena de posturas cada mes. No te limites nunca a una sola. Tendrás que utilizarlas en combinaciones que sorprendan a tu cliente, una tras otra, siempre en rotación. Debes ofrecer algo inesperado incluso la noche de tu desfloración. La inocencia y el apocamiento cansan en seguida. No puedes quedarte tumbada, perezosa e indefensa, esperando a que tu primer amante te colme, a menos que sepas con certeza que es lo que él desea. Un hombre que ha pagado por desflorarte quiere verte inocente y vacilante, y oír unos cuantos gritos de dolor que demuestren que ha sido el primero. Pero no quiere la torpeza de una niña inexperta, ni pasar la noche oyendo gritos. ¿Qué hombre desearía verse obligado a apartar cada pocos minutos los brazos y las piernas cruzadas de una chica sin lograr ningún avance? Los hombres son románticos. Lo que para ellos es el ideal no siempre es lo que nos sale naturalmente a las mujeres. A lo largo del próximo año, estudiaremos las múltiples posibilidades del arte del amor para convencer a tu primer pretendiente de que vales tu peso en oro. Hay un chiste muy conocido que circula en los burdeles. Dos hombres le preguntan a un tercero que acaba de desflorar a una virgen:

—¿Ha sido dura la batalla para abrir la puerta del pabellón? ¿Ha sido tan embriagadora como diez copas de vino?

Y el otro les responde:

—Abrir la puerta me resultó fácil, pero en el pabellón no había más de media copa de vino.

«Media copa.» Es lo que dicen los hombres cuando pagan mucho por una decepción.

Sé que no ignoras cómo es un hombre con el tallo en su máximo florecimiento. Cuando trabajaba en la Oculta Ruta de Jade, solía verte espiando a través de mis celosías. Eras como una polilla, pero no podía gritarte que te fueras sin enfriar la excitación de mi cliente. Seguramente habrás seguido curioseando a lo largo de los años. Ahora tendrás ocasión de practicar tú misma lo que antes te interesaba tanto. He contratado para ello a un joven de la compañía de ópera. Es un actor de talento, capaz de hacer cualquier cosa que le pida: todas las posturas, las dramatizaciones y las fantasías, y todo sin perforarte la flor. Tampoco hay ninguna posibilidad de que lo intente. Es homosexual y no encuentra ningún placer en el cuerpo femenino, pero disfruta actuando. Llamarás al actor por el nombre que mejor se adapte a cada lección: «el señor Yang», «el ermitaño», «el sabio», «el marqués» y otros que yo me inventaré. Él te llamará «señorita Deleite», «madame Li», «viuda Li», «señora Li», «misteriosa doncella», «esclava» y otros nombres parecidos.

No te preocupes. Los dos vestirán amplios pijamas, aunque a veces haré que él se cubra solamente las partes íntimas con un vendaje, o que se ponga el corsé con el miembro falso para que tú puedas ver dónde encaja cada cosa. No te tocará, por supuesto. Sólo apuntará en la dirección correcta. Como no se excitará viéndote, le pediré que él mismo se acaricie para que puedas observar los cambios en su coloración, su respiración, sus pupilas y la tensión o relajación de sus piernas. Las vendas estarán bien ajustadas, de modo que no habrá ningún peligro de que sobresalga nada.

Para empezar, aprenderás las cuatro destrezas básicas: besar, abrirse, dejarse perforar y balancearse. Pueden parecer evidentes, pero cada una tiene su arte, su ritmo y su gracia. Las mismas habilidades de paciencia y estilo se aplican a todas las posturas. Practicaremos el lado artístico de todos tus movimientos: la rapidez con que moverás brazos y piernas, el momento exacto de arquear la espalda y muchas cosas más. Toda cortesana tiene cientos de métodos a su disposición: hacia arriba, hacia abajo, sentada, de pie, con los pies contra el vientre de él, con las piernas levantadas, «el caballo encabritado», «las ondulantes cañas de bambú», «la tigresa con el dragón», «las ostras en el caparazón de la tortuga»... Son variantes que han ido surgiendo a lo largo de cinco mil años de amor, excitación y aburrimiento. Aprenderlas lleva toda una vida. Pero para mejorar tu reputación, añadiremos unas pocas más de nuestra cosecha.

El actor te dará lecciones de expresión para que puedas transmitir de forma convincente las nueve urgencias: gemidos, gruñidos, súplicas y todo lo demás, pero no todas la primera noche. Sin embargo, la segunda noche tendrás que llegar a la octava, para demostrar a tu cliente que con su ardor ha sido capaz de despertar a la doncella en la gruta. El actor también interpretará para ti las dos respuestas masculinas: gemidos de deseo y, a continuación, gruñidos de satisfacción. La tercera debería ser la gratitud y la cuarta, un buen regalo.

Voy a coser unos saquitos en forma de dedos, unos finos y otros más gruesos, y los voy a rellenar de arroz. El actor podrá utilizarlos para enseñarte a darle placer a un hombre cuando el tallo se resista a levantarse. Has de saber que a veces el tallo se duerme. Para darle confianza a tu cliente, tú siempre te referirás a su miembro como el «Guerrero» o la «Cabeza del Dragón». Es muy fácil complacer a los hombres con esas palabras. Un hombre puede parecer muy viril en una fiesta y después, en la cama, avergonzarse por la escasa vitalidad de su guerrero. En ambos casos, el actor te enseñará a utilizar anillos y pinzas, y te hará ver cómo se hincha y sube el arroz para engrosar el tallo y volverlo erguido y recto. A muchos clientes les gustan también nuestras cintas amarillas y azules. Lucir los colores del emperador los vuelve dominantes. Claro que ahora que el emperador ha abdicado, es posible que sus colores no obren el mismo efecto. También pondré en tu habitación pociones para excitar la lascivia. Usa solamente las que yo te doy, y no pruebes nunca ninguna que te haya dado otra cortesana porque podrían ser cualquier cosa, desde vinagre hasta aceite de pimientos picantes. Las de la marca Felicidad en el Pabellón son de buena calidad y no le harán arder el tallo a tu cliente, ni lo harán saltar entre gritos de agonía. Te aseguro que ha sucedido con otras marcas. Algunos hombres piensan que cuanta más poción tomen, más firme y grande se les pondrá el tallo, pero debes saber que los excesos sólo los harán vomitar o les aflojarán los intestinos durante toda la noche. Por eso, presta atención a las dosis.

Quiero que cada noche te tumbes en tu cama e intentes excitarte. Te daré un juguete para que te frotes con él la perla y una loción llamada Puertas Abiertas de Par en Par. Cuando no puedas contenerte, sabrás el porqué de ese nombre. Si con eso no llegas a la cima del placer, le pediré al actor que te ayude a practicar las expresiones faciales adecuadas. Es muy profesional. Cuando un hombre ve el deseo en el rostro de una mujer, lo toma por amor. Sería bueno que te habituaras a sacarle brillo a la perla. Muchos pretendientes traen su bolsa de juguetes, y los instrumentos para frotar la perla figuran entre los favoritos de los hombres que gozan viendo a su bella jadear y retorcerse como un pez fuera del agua. Más adelante entenderás lo que te estoy diciendo. Yo he recibido unos cuantos de esos juguetes como regalo a lo largo de los años. Y, francamente, habría preferido una pieza de seda.

Quizá descubras al principio que no sientes demasiado placer. A muchas bellas les disgusta el sexo, quizá porque su primer pretendiente fue brusco, o porque su cliente es viejo o no sabe hacer el amor. También puede ser que el hombre tenga pretensiones ridículas y te haga sentir que eres la nodriza de un niño consentido. Ten paciencia. No todos son horribles. Te estoy hablando de los malos para que no te sorprendas si te los encuentras. Si no te haces ilusiones románticas acerca de este trabajo, no te llevarás decepciones.

Pero ¿quién sabe? Después del primer cliente, quizá el segundo te asombre tratándote con tanta ternura que pensarás que lo tuyo no es trabajo, sino placer. Sin embargo, te advierto que eso no pasa casi nunca con el primero. El primero ha comprado tu desfloración y no franqueará la puerta del pabellón precisamente con ternura. Si lloras, no se detendrá para consolarte, ni tampoco se disculpará.

Pero más adelante tendrás pretendientes que se comportarán como auténticos amantes, y quizá algunos deseen sinceramente darte placer. Ese tipo de hombre disfruta viendo a una mujer alcanzar las cumbres inmortales. Se siente poderoso cuando logra seducir a una cortesana con las mismas estratagemas que ella ha utilizado para seducirlo a él. A su lado, caerás en la tentación de creer que ya no eres una cortesana. Te entregarás a él libremente, sin esperar dinero a cambio, y creerás con todo tu corazón que la felicidad durará para siempre. El olor de ese hombre te hará olvidar todo lo que te he enseñado. Te sucederá muchas veces, con muchos hombres.

Y yo estaré allí, en cada ocasión, para devolverte la cordura.

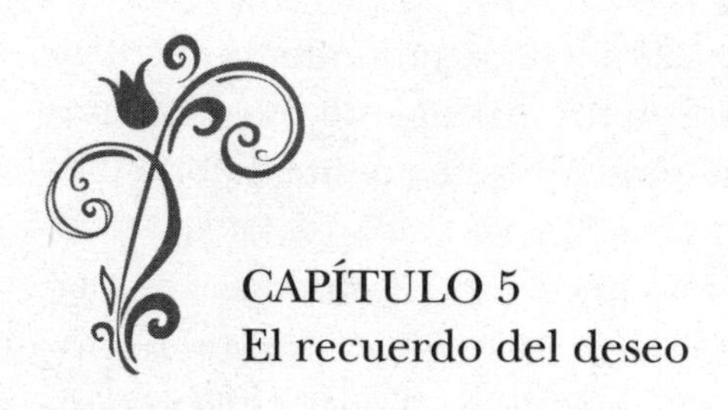

CAPÍTULO 5
El recuerdo del deseo

Shanghái
Agosto de 1912
VIOLETA

En la cena ofrecida por Lealtad Fang, Calabaza Mágica y yo estábamos de pie junto a la pared, cerca de uno de los extremos de una larga mesa llena de comensales. La señora Li me advirtió que en la fiesta yo no sería nadie especial, sino únicamente «un pequeño adorno», y que debía limitarme a sonreír y parecer agradable.

—Nada más —me insistió, con una mirada fulminante que prometía castigos si no obedecía.

La madama estaba nerviosa porque había más invitados de lo previsto, el salón se había quedado pequeño y algunas de las cortesanas llegadas de las otras casas no estaban a la altura de sus rigurosas normas de calidad en cuanto a indumentaria y buena educación. Estaba irritada porque algunas habían acudido acompañadas de sus doncellas. Había tenido que informarlas de que ése no era el lugar para buscar nuevas oportunidades de negocio y les había pedido que se quedaran fuera.

Hacía ya medio año que me habían secuestrado, y a lo largo de esos seis meses, mis esperanzas se habían calcificado en una anodina aceptación de todo, excepto de que mi madre no hubiera regresado a buscarme. La culpaba por su credulidad y su descuido, que me habían empujado a una vida en el infierno. Al principio me propuse permanecer fiel a mi verdadero yo y seguir siendo la pensadora independiente, la estudiante del saber humano, la joven americana que utilizaba el ingenio para resolver cualquier problema. ¡Pero con cuánta rapidez se había disuelto mi vieja identidad! Calabaza Mágica tenía razón. Mi firme voluntad no era más que arrogancia, y cuando me arrebataron la libertad, ni siquiera pude considerarme a la altura de una cortesana. Esa noche me alegraba de ser un pequeño adorno. Nadie esperaría nada de mí, ni tampoco me criticarían. Simplemente pasaría la velada como en el teatro y volvería a ser la niña de siete años que espiaba desde el balcón a los huéspedes de la Oculta Ruta de Jade.

Antes de la fiesta, la señora Li había repasado con las cortesanas los nombres de los huéspedes, los negocios a los que se dedicaban, si tenían o no esposas y concubinas, y qué halagos preferían oír. Lealtad Fang, el anfitrión, era el mejor partido. No fue preciso que la señora Li se lo presentara a las demás. Era un cliente habitual de las mejores casas de cortesanas. Le pregunté a Calabaza Mágica el porqué del clamor con que habían recibido las chicas el anuncio de que iba a dar una fiesta.

—Además de ser muy rico —empezó ella—, es un hombre instruido, procedente de una familia de hombres de letras, que además tiene olfato para los negocios modernos. A sus veinticuatro años, todavía no tiene esposas ni hijos, lo que constituye una grave preocupación para su madre. Naturalmente, no hay cortesana que no desee poner remedio a la inquietud de su madre y traer al mundo a la próxima generación de la familia.

—¿Es guapo?

—No de una manera clásica. Pero cuando entra en la sala, en seguida se nota su aura aristocrática. Se comporta con elegancia, sin ser esnob, y se desenvuelve con soltura en cualquier situación. Se distingue en seguida de los que han triunfado de la noche a la mañana y no tienen más que una pátina de buena educación. Sus ojos y su boca son sensuales, pero no por su forma, sino por el modo en que se mueven y expresan su deleite y su imaginación para el sexo. Al menos eso dicen todas. Yo no he podido verificar que su expresión sensual se traduzca en auténtica imaginación en la cama. Pero muchas dicen que cuando él las mira, de inmediato se imaginan que lo tienen encima. Ya verás esta noche el efecto que obra en las mujeres.

Como el general de un ejército, la señora Li estableció nuestras posiciones. Situó a dos cortesanas detrás de cada uno de los ocho hombres sentados a la mesa. Su hija, Bermellón, se colocaría justo enfrente del asiento de Lealtad Fang, al otro lado de la mesa, para que él pudiera apreciar todos sus encantos, desde el rostro sonriente hasta el dulce balanceo de las caderas. De ese modo, Bermellón tendría la oportunidad de captar su atención y de hablarle con el suave y acariciador acento de Soochow que tanto había perfeccionado. A su lado, la señora Li pondría a una cortesana de otra casa, mucho menos atractiva que su protegida. Las otras tres cortesanas de nuestra casa —Pequeño Fénix, Ciruela Verde y Hierba Primaveral— se situarían frente a los tres hombres más deseables de la mesa, después del anfitrión: Eminente Tang, Unísono Pan y Perspicaz Lu.

Desde mi privilegiado punto de vista, abarcaba fácilmente toda la escena. Había visto muchos hombres apuestos en la Oculta Ruta de Jade: chinos y occidentales, jóvenes y viejos, algunos con aires de grandeza y otros realmente importantes. Pero cuando Lealtad Fang entró en la habitación, fue como si la temperatura y el brillo de la sala se intensificaran. Me puse a estudiar sus rasgos para descubrir por qué era tan endiabladamente guapo. Su indumentaria era occidental y moderna, pero eso era habitual en muchos de nuestros huéspedes. Llevaba el pelo peinado con brillantina, al estilo de los personajes que aparecían en las revistas de moda, pero eso tampoco era inusual. Tenía la cara alargada y sus rasgos al principio me parecieron corrientes. Sin embargo, al cabo de unos minutos, cambié de idea. No podría haber señalado exactamente dónde estaba la diferencia, pero sus facciones se transformaban de modo constante. Arqueaba las cejas con expresión atenta cuando escuchaba a sus amigos; al poco tiempo, cuando reía, se le formaban arrugas alrededor de los párpados, y cuando el tema de la conversación era serio, los ojos se le volvían oscuros y enormes. Al cabo de un momento de estudiarlo, llegué a la conclusión de que se parecía al retrato de un noble que había visto una vez.

Observé cómo acechaba y capturaba a las mujeres con la vista. Cada vez que miraba a una cortesana, levantaba ligeramente las cejas, como si fuera la primera vez que admiraba su belleza, y después le dedicaba una sonrisa al mismo tiempo maliciosa, enigmática y prometedora. Miraba a cada mujer ofreciéndole toda la atención, que nunca duraba más de unos pocos segundos. Pero en ese breve momento las flores ardían de deseo. Incluso la cortesana que no sentía atracción sexual por los hombres parecía halagada cuando él la miraba. Después observé que nuestro anfitrión también se fijaba en las doncellas. Muchas habían sido cortesanas en su juventud y no recibían ese tipo de miradas desde hacía mucho tiempo. Pero él las revitalizaba con su interés.

También era carismático con los hombres, quizá por su estilo relajado y su habilidad para que cada uno se sintiera su más íntimo confidente. Los arrastraba a todos a la conversación y no permitía que ninguno se quedara al margen. Les hacía preguntas, los escuchaba con detenimiento, alababa su modestia y mencionaba sus logros con aparente sinceridad. Yo estaba fascinada y convencida de que la imagen que presentaba de sí mismo era auténtica.

Desde mi sitio, podía ver a cuál de las cortesanas dirigía la atención, en qué rostro detenía más tiempo la mirada y cuál de las mujeres presentes recibía una sonrisa de mayor complicidad que las otras. Hasta ese momento, esa mujer era Bermellón, como estaba previsto.

—He asistido a cientos de fiestas —estaba diciendo ella—, pero nunca había visto un banquete tan espléndido. Debemos agradecer a nuestro anfitrión su generosidad.

Lealtad, a su vez, agradeció a la señora Li la organización del banquete. Me pregunté si sabría que las alabanzas de Bermellón no podían ser sinceras porque la joven no había probado ni un solo bocado. No se nos permitía comer. Con suerte, podríamos probar lo que sobraba cuando acabara la fiesta.

Uno de los invitados, que ya estaba borracho, me gritó:

—¡Eh, pequeña flor! ¡Come y disfruta!

Tomó con los palillos una brillante almeja, me la trajo y me la acercó a los labios. ¿Cómo iba yo a negarle la oportunidad de culminar su arranque de generosidad? En el instante en que la almeja rozó mis labios entreabiertos, se desprendió de los palillos del hombre y se deslizó por el delantero de mi camisa nueva, desde el pecho hasta la falda. El hombre masculló unas disculpas mientras la señora Li lo acompañaba de regreso a su asiento, asegurándole que la culpa no había sido suya, sino de la torpeza de la niña. Calabaza Mágica se había quedado con la boca abierta. La mancha aceitosa me recorría todo el traje de arriba abajo, como el rastro de una babosa.

—Un mes de ganancias —gruñó ella.

Yo me negué a poner expresión contrita porque la culpa no había sido mía.

Poco después, estalló un alboroto. Dos cortesanas, las mismas que habían desagradado a la señora Li cuando llegaron, estaban discutiendo. Una ráfaga de murmullos recorrió la mesa y así me enteré de que rivalizaban por las atenciones del mismo hombre corpulento a cuyas espaldas se habían situado. Al parecer, el hombre llevaba más de dos años yendo y viniendo entre una y otra. La señora Li se apresuró a sacar de la sala a las dos enemigas. El hombre rollizo se volvió mientras ellas salían y fingió confusión, como si hubiera sido el último en enterarse de lo sucedido. Cuando regresó, la madama se dirigió a Calabaza Mágica:

—De prisa, ustedes dos, ocupen los lugares vacíos.

Mi doncella me dio un codazo para que obedeciera. Yo me situé a la derecha del hombre gordo y ella a su izquierda. Me había incorporado al teatro y tenía que extremar las precauciones para no cometer errores. La mejor manera de no equivocarme era no hacer nada, de modo que puse mi mejor sonrisa de tonta.

Estaba bastante satisfecha con mi actuación, hasta que Calabaza Mágica me dio un pellizco y me pasó una botella de vino de arroz.

—¡Rápido! Llénale la copa.

En seguida volvió a pellizcarme.

—Retírale los huesos del plato.

A partir de entonces, no dejó de pellizcarme para que hiciera esto y aquello, siempre a toda prisa. Al final me pellizcó por ponerle mala cara y entonces yo le devolví el pellizco con todas mis fuerzas, y ella soltó un grito. Los hombres estallaron en carcajadas y oí murmullos divertidos entre las cortesanas. Calabaza Mágica se justificó diciendo que yo la había pisado sin querer, mientras Bermellón y la señora Li apretaban los labios para no explotar de ira. Yo tenía la cara ardiendo, pero cuando noté que Calabaza Mágica me miraba fijamente, me negué a parecer avergonzada y desvié la vista. Fue entonces cuando vi que Lealtad Fang me estaba mirando con una gran sonrisa.

—¡Qué espíritu tiene la niña! —dijo, sin dejar de mirarme.

¿Lo habría dicho con ironía?

La señora Li se apresuró a disculparse.

—Como puedes ver, nuestra cortesana virgen aún tiene mucho que aprender. Violeta es muy joven.

—¿Ha aprendido a recitar historias y poemas? —preguntó él.

—Está aprendiendo un poco de todo.

—Entonces deja que nos deleite con un relato, una canción, un poema... Ella misma puede elegir.

La señora Li se opuso. Me había visto ensayar unos días antes y había criticado a Calabaza Mágica por mi escasa desenvoltura.

—Todavía le falta mucho —dijo la señora Li—. Aún no está lista para tus oídos. Tendrás que esperar unos meses. Pero otra de nuestras bellas puede tocar la cítara para ti esta noche.

Se volvió hacia Bermellón con los ojos brillantes y le hizo un leve gesto de asentimiento, como para indicarle que había llegado su gran oportunidad.

Pero Lealtad Fang siguió actuando como si no la hubiera oído y me hizo un ademán para que me dirigiera hacia el lugar donde yacía la cítara de Bermellón.

—Tómate todo el tiempo que quieras para prepararte —me dijo y en seguida se puso a cantar con sus amigos una balada que hablaba de la juventud y de los tigres.

Calabaza Mágica se reunió conmigo y se sentó ante la cítara. Por su expresión, se habría dicho que iban a ejecutarla.

—Interpretaremos «La primavera de los melocotoneros en flor» —dijo.

Yo protesté diciendo que no me sentía capaz y que no recordaba ni la mitad del poema.

—Presta atención a lo que yo toque en la cítara —repuso—. Tiembla con cada trémolo, balancéate con el *glissando* y levanta los ojos al cielo cuando aumente la intensidad de la música. No olvides parecer natural. No hagas que me avergüence de ti —añadió—, porque de lo contrario, serás la razón de que esta noche durmamos en la calle. Tienes una oportunidad para empezar a forjar tu reputación. Que sea buena o mala depende solamente de ti.

Se hizo el silencio en la sala. Todas las miradas convergieron en mí. Lealtad Fang me dedicó una amplia sonrisa, como si ya estuviera orgulloso de haber descubierto entre nosotras a una cantante de gran talento. Cerré los ojos y abrí la boca para recitar la primera frase. No me salió nada. Las palabras se me habían atascado en la garganta. Lo intenté en vano durante unos segundos, mientras Calabaza Mágica seguía moviendo dulcemente las manos sobre la cítara y repetía de vez en cuando las notas que anunciaban el comienzo de la historia. Finalmente, logré emitir un sonido estrangulado, seguido de varias palabras temblorosas:

—¿Alguno de ustedes ha oído alguna vez la historia de la primavera de los melocotoneros en flor?

¡Claro que la habían oído! Hasta los niños de tres años la conocían.

—La contaré como nadie la ha contado nunca —dije.

Lealtad Fang sonrió, y cuando los invitados lo vieron, se apresuraron a elogiar la elección de la intérprete.

—Será algo muy especial.

—Excelente elección.

Solté varias rachas de palabras enmarañadas y cuando llegué a la parte en que una perezosa corriente arrastraba al barco del pescador hacia el paraíso, me salió sin querer un torrente de frases atropelladas que habría hecho volcar a cualquier embarcación. Calabaza Mágica me indicó con un gesto que redujera la velocidad y siguiera la música. Yo le hice caso, pero con una rigidez que me impedía coincidir con los sones de la cítara y sin ninguna certeza de que las expresiones de mi cara tuvieran algo que ver con la historia. Cuando conté el arribo del pescador al país de los melocotoneros en flor, me esforcé por recordar cuál de las expresiones ensayadas correspondía que pusiera: la de párpados entrecerrados, la de labios entreabiertos o la de la cabeza lánguidamente inclinada. Incapaz de decidir, puse las tres caras en rápida sucesión y cuando levanté la vista y miré a Calabaza Mágica, vi que tenía los ojos abiertos como platos y que repetía sin cesar el mismo trémolo, sumida en el pánico. A esas alturas, era tal mi confusión que el intrincado contenido de mi memoria se solidificó y me dejó del todo atontada. Entré en el paraíso tropezando con mis propios errores, como una refugiada aterrorizada.

—El pescador encuentra a su esposa viva doscientos años después..., aunque todos los demás han muerto... y la aldea ha sido arrasada por un incendio. Se montan en el barco y vuelven los dos juntos al paraíso, donde el pescador es recibido por unas doncellas vírgenes que le proporcionan placeres inmediatos...

Los hombres estallaron en ruidosas carcajadas.

—¿Placeres inmediatos? ¡Eso sí que está bien!

—¡A ese paraíso queremos ir nosotros!

—¡Allí no es necesario cortejar a nadie!

Con voz vacilante, aclaré que los placeres eran unos melocotones deliciosos y un buen vino, y añadí que el pescador los había compartido con su mujer. Mi comentario suscitó más carcajadas todavía. Calabaza Mágica tenía la boca abierta, como si estuviera gritando en silencio. Bermellón y la madama eran dos estatuas de piedra. Las cortesanas de las otras casas contenían a duras penas su deleite, al comprobar que yo jamás sería rival para ellas.

Finalizada mi actuación, volví al extremo de la mesa con la esperanza de recuperar mi condición de «pequeño adorno». Calabaza Mágica vino a situarse a mi lado, murmurando entre dientes:

—La niña me ha avergonzado. Me ha hecho quedar como una imbécil. ¿Qué será ahora de mí?

Yo estaba indignada. ¿*Ella* estaba avergonzada? ¿Acaso se estaban riendo *de ella*?

Entonces un sirviente me trajo un cuenco de vino. ¿Por qué? A ninguna de las otras chicas le habían invitado un vino de arroz. Lealtad Fang se puso de pie y levantó su copa.

—Una flor solitaria, un enjambre de abejas; un solo aguijón, mil hombres heridos.

Era una divertida imitación de los ingeniosos epigramas que se solían componer mil años atrás.

—Esta noche, pequeña Violeta —prosiguió—, has herido nuestros corazones con una sola canción y ahora tendremos que matarnos entre nosotros en la batalla por ganar tus favores.

Los hombres expresaron atronadoramente su acuerdo y vaciaron sus copas. Calabaza Mágica me dio un codazo para que yo hiciera lo mismo. ¡Qué crueldad, hacerme brindar por mi fracaso! Entre aclamaciones, vacié la copa de la humillación en un largo trago ininterrumpido. Sonreí cuando terminé, sin preocuparme por lo que pudieran pensar.

—Y ahora, pequeña flor —dijo Lealtad—, ven a sentarte a mi lado.

¿Qué significaba eso? Miré en dirección a la señora Li, que frunció el ceño y le hizo señas a un sirviente para que pusiera una silla junto a la del anfitrión. Bermellón estaba muy ocupada hablando con el hombre que tenía delante. Era tan buena actriz que siguió comportándose como si no notara nada de lo que estaba sucediendo. Miré a la punta de la mesa, donde Calabaza Mágica seguía de pie. Me sonrió débilmente. También estaba desconcertada. El sirviente me condujo hasta la silla y vi que dos bellas susurraban entre sí al otro lado de la mesa mientras me miraban con descaro de arriba abajo. Lealtad pidió que una cortesana cantara una balada animada, y la señora Li eligió a una de las chicas nuevas de la casa, conocida por su voz melodiosa. Todos fingieron escucharla, pero yo sabía que gran parte de la atención estaba concentrada en mí. Sabía lo que estarían pensando: «¡Qué raro que haya elegido a una niña tan tonta para que se siente a su lado!» El ambiente se volvió más ruidoso. Al final de cada estrofa de la balada, los hombres levantaban las copas y brindaban. Lealtad Fang me animó a beber unos cuantos sorbos, pero no me exigió que vaciara la copa. Me colocaron delante una bandeja llena de comida y Lealtad Fang me indicó con un gesto que comiera. Yo miré a la señora Li y ella asintió. Probé primero un plato y después otro. El pescado estaba muy sabroso y los camarones eran dulces.

Sentí entonces que Lealtad Fang se inclinaba hacia mí.

—Hace siete años, fui a la Oculta Ruta de Jade. Yo tenía diecisiete y me pareció que entraba en un mundo de ensueño: bellas mujeres, ambiente occidental, madama norteamericana... No había conocido nunca a ningún extranjero. De pronto, oí gritar a una niña traviesa mientras un gato pasaba a mi lado como un rayo e iba a esconderse debajo de un sofá. ¿Lo recuerdas?

Lo miré a la cara y, después de unos segundos, distinguí en sus rasgos de hombre la cara del chico torpe que aquel día se había vuelto para mirarme.

—¡Eres tú! —exclamé—. ¡Pero si decían que habías muerto!

—¡Qué mala noticia! ¿Por qué seré yo el último en enterarme?

El adolescente tímido se había convertido en un hombre sensual y seguro de sí mismo.

Recordé entonces el resto del incidente. *Carlota* le mordió la mano y le dejó cuatro profundos arañazos en el brazo. Él trató de fingir que la espantosa herida no le dolía, pero al cabo de unos segundos, se puso blanco como el papel, apretó los dientes, giró los ojos hacia arriba, cayó de rodillas y se desplomó boca abajo en el suelo. Todos los presentes se congregaron a su alrededor y alguien llamó a su padre para que viniera en seguida. Un instante después, dos hombres se llevaban el cuerpo aparentemente exánime. Al día siguiente, una de las cortesanas anunció que había muerto y yo temí que consideraran a *Carlota* una asesina y a mí su cómplice.

—¿Recuerdas lo que te pregunté aquella noche, poco antes de morir? —dijo él—. ¿No? Te pregunté en mi mal inglés si eras extranjera. ¿Y cuál fue tu respuesta? ¿La recuerdas?

Yo no recordaba la conversación, pero supuse que sólo podía haberle dicho que sí.

—Me dijiste en chino que no entendías lo que te estaba diciendo —prosiguió él—, y después te agachaste para buscar a tu gato. Yo vi la cola agitándose debajo del sofá y tiré de ella para sacar al animal de su escondite. Aquí tengo el recuerdo de aquel error.

Lealtad Fang se remangó la camisa.

—Violeta Minturn —añadió en su dubitativo inglés—, mira lo que me hizo tu gato.

Me estremecí al ver las cicatrices blancas, y entonces él prosiguió en su impecable chino:

—He esperado mucho tiempo tus disculpas, Violeta. Y ahora mi dolor se ha visto más que compensado.

¿De modo que sólo se había propuesto humillarme?

—Te pido disculpas por la maldad de mi gata y por lo mal que he recitado el poema esta noche —le dije con sequedad.

—No me has entendido. He disfrutado oyéndote contar la historia. Sé que ha sido tu primera actuación, y ha sido para mí. Has estado verdaderamente encantadora.

No le creí.

Puso una expresión más seria.

—Cuando tenía diecisiete años, mi padre me llevó a la Oculta Ruta de Jade para que me iniciara en el mundo de las flores. Sentí como si hubiera ingresado en un territorio soñado de hadas y dioses. Mi padre me dijo que podría visitarlo tantas veces como quisiera cuando fuera mayor y triunfara. El solo hecho de estar allí me produjo un insoportable anhelo de amor, y sentí rabia de que mi padre me hubiera enseñado las delicias de ese lugar para luego negármelas. Me prometí que algún día sería más rico que él y podría seducir a todas las jóvenes flores que quisiera en ese mundo de fantasía. Ese propósito se convirtió en mi único objetivo. Al cabo de unos años, había triunfado en los negocios y tenía todas las flores que pudiera ambicionar. Pero había olvidado el territorio de ensueño que me había espoleado para triunfar. No regresé para colmar las aspiraciones de aquel joven de diecisiete años. Me volví complaciente sin estar conforme. Me faltaba algo, pero estaba demasiado ocupado para darme cuenta de ello.

»A lo largo de los últimos dos años, me he sentido un poco aburrido y a la vez vagamente insatisfecho. Me seguía gustando la vida que llevaba, pero tenía la sensación de que no avanzaba. No tenía una meta hacia la que dirigirme. Me dije que necesitaba un poco de movimiento para volver a sentirme vivo. Tenía que estirar los tendones, la mente y el espíritu. Pero ¿cómo? Mientras no lo descubriera, esa vaga incomodidad iba a seguir acompañándome como un molesto dolor de muelas.

»Hace unos meses, estaba yo en una fiesta con un antiguo compañero de colegio, Eminente Tang, que ahora está allí, sentado al extremo de la mesa. Mi amigo me estaba enumerando todos los negocios que últimamente han caído en manos de japoneses o de la Banda Verde. La Oculta Ruta de Jade era uno de ellos. En cuanto mencionó ese nombre, recordé mi sueño y mi promesa de regresar. Me apresuré a volver a ese lugar, con siete años de expectación acumulados en el cuerpo. Pero el territorio soñado había desaparecido. La casa ya no era la misma.

»Le conté mi decepción a Eminente y le pregunté qué había sido de la madama norteamericana. Entonces él me contó la historia. Siento mucho lo sucedido, Violeta. Yo admiraba mucho a tu madre y el mundo que había creado. Pero debo ser honesto contigo y decirte que cuando me enteré de que estabas viviendo en la Casa de Bermellón, sentí como si una traca de fuegos artificiales se hubiera disparado en mi interior, anunciando el regreso de un sueño. Sé que no has venido aquí por tu voluntad y te aseguro que no pensaba en ti con lascivia. Después de todo, en mi mente tú seguías siendo una niñita de siete años. Sin embargo, me di cuenta de que el poder de aquel territorio de ensueño residía en el hecho de que me había estado vedado. Su ausencia creaba en mí un anhelo y también un propósito. Me exigía lo mejor de mí para alcanzar mi meta: diligencia, ingenio y también conocimiento de mí mismo y de los demás. Me obligaba a sopesar las oportunidades y los aspectos morales, las ambiciones y la justicia. Mi temprana determinación de tener éxito y ser independiente surgió de ese apetito que aún no he saciado.

»Tal como esperaba, cuando te vi aquí, el recuerdo del deseo volvió a mí y sentí una vez más la fuerza del anhelo. La excitación me recorrió el cuerpo y supe que volvería a impulsarme hacia adelante. ¿Hasta dónde? Todavía no lo sé. Contigo siento el aguijón de un nuevo deseo, y ese sentimiento es el sueño esquivo que me dará un nuevo propósito. Sin un objetivo, no puedo concebir mi futuro. Sin un propósito, estoy atrapado en el presente, contando los días y mirando a la cara a mi propia mortalidad.

Mi corazón latía desbocado, rebosante de orgullo y emoción, pero también me sentía confusa. No quería cometer ningún error en la realización de su sueño, ni menos aún impedir que lo hiciera realidad.

—¿Quieres verme como a alguien que no es real? ¿Es eso?

—Oh, no, tú eres perfectamente real. Pero formas parte del sueño que me impulsó a echar a andar y que todavía puede inspirarme. Eres mi recuerdo del deseo. ¿No te importa que te vea de ese modo, como a alguien que siempre anhelaré sin alcanzar nunca, como los recuerdos de mi juventud?

—Estoy segura de que puedo ayudarte a mantener vivo ese sueño. ¿Qué debo hacer para impedir que me alcances? ¿Ignorarte?

—¡No, nada de eso! Debes ser tal como eres: amable y encantadora. De hecho, debes hacer todo lo posible para intensificar mi deseo. Yo, por mi parte, usaré mi fuerza de voluntad para mantenerme apartado. Pon lo mejor de ti misma. Cuanto mayor sea mi deseo, más tendré que esforzarme y mayor será mi determinación para alcanzar la meta. Por eso necesito deshacerme de esta irritante complacencia.

Quería un romance sin consumación. Me sentí un poco defraudada. Imaginé lo que él pretendía vetarse: nuestros cuerpos apretados el uno contra el otro, nuestras piernas enredadas, nuestros gritos de pasión, la breve siesta posterior... En ese momento, lo deseé, y ese deseo motivó un segundo pensamiento. Había deseado a un hombre chino y hasta ese mismo instante ni siquiera me había planteado cuál era su raza. ¡Qué extraño! Había practicado las artes de la seducción, convencida de que nunca tendría que utilizarlas allí. Como me negaba a creer que algún día las utilizaría, tampoco había podido imaginar que alguna vez desearía a uno de los clientes de la casa. Anhelaba un encuentro romántico, ansiaba conocerlo y sentir la unión de nuestros cuerpos. Me sentí liberada, aliviada y feliz de haber perdido mis ataduras. Durante todos esos años había luchado para negar mi mitad china. Su existencia me causaba resentimiento. Pero ya no vacilaría entre mis dos identidades. Había franqueado el umbral que dividía mis dos mitades, la china y la americana, y había descubierto que la línea era sólo imaginaria. Seguía siendo yo misma, sin ninguna diferencia, y no era preciso que negara mi identidad. Él anhelaba todo mi ser y no sólo una de mis mitades. Y yo lo anhelaba a él tal como era. ¡Qué tragedia para los dos! Yo era como una monja para él, y él como un monje para mí. Si sufríamos de deseo, tendríamos un propósito que nos ayudaría a fortalecernos, como había dicho él. Yo tendría que encontrar el mío. Pero al menos Lealtad Fang estaba conmigo esa noche, a la vista de todos.

Sentí confianza a su lado mientras él conversaba con sus amigos. Me pareció admirable su tono tranquilo y despreocupado, típico de las familias de hombres de letras, y su manera de hablar perfectamente articulada, sin sombra de acento regional y salpicada de bellas expresiones arcaicas. Ése era el hombre que me deseaba. A veces mencionaba de pasada algún héroe o doncella de la literatura, para subrayar algún punto de vista interesante, mientras hablaba de su trabajo con un consorcio en el que participaban el nuevo gobierno y Estados Unidos. Preguntó a los invitados su opinión acerca del nuevo presidente y fue parafraseando las respuestas de cada uno de ellos para hacerlos parecer mejor informados de lo que estaban en realidad. Ese hombre que exponía con tanta erudición los motivos de la inminente bancarrota de la industria del caucho sentía un hondo anhelo por mí. Hablaba con sus amigos, pero con frecuencia me miraba y sonreía. Yo era su sueño.

—Pequeña Violeta —dijo de pronto—, danos tu opinión.

¿Debo invertir en empresas japonesas equipadas con nueva maquinaria, como me aconsejan los banqueros? ¿O es mejor comprar empresas chinas quebradas y dotarlas de maquinaria nueva y una nueva dirección? ¿De cuál de las dos maneras ganaría el dinero necesario para pagar este costoso banquete?

Calabaza Mágica me había dicho que cuando un hombre me pidiera mi opinión sobre algo, respondiera siempre que él conocía la situación mucho mejor que yo y que estaría de acuerdo en todo lo que dijera. Cualquier otra cosa habría sido darle a entender que era tan mentecata como para creerme que sabía más que él e insinuarle, además, que en la cama sería insoportablemente habladora. Pero yo estaba inflamada de valor, entusiasmada por su reciente confesión y un poco achispada tras las dos copas de vino que me había bebido. Había escuchado animadas e innumerables conversaciones entre mi madre y sus clientes sobre el tema de las inversiones extranjeras, y siempre me habían parecido aburridas. Los invitados hacían siempre las mismas preguntas y mi madre les daba siempre las mismas respuestas, cuajadas de datos, cifras, predicciones y proyecciones. Solía practicarlas delante de Paloma Dorada, que le hacía observaciones y le sugería que moviera las manos de una manera o de otra. Yo escuchaba a través de la puerta de la sala del bulevar y después repetía las frases para *Carlota*, que ronroneaba, encantada de oírme.

Esa noche volví a imitar a mi madre. Me levanté de la silla, enderecé la espalda y repetí las frases memorizadas y los ademanes, con mucha más facilidad y soltura que durante mi penosa interpretación de «La primavera de los melocotoneros en flor». Imaginé que yo era ella, confiada y erguida, hablando con su convincente y teatral tono de optimismo.

—En mi opinión, hay que pensar en el largo plazo. ¿Quién se beneficiará si tu firma contribuye a la expansión de las empresas japonesas y mejora sus negocios, sus instalaciones y su rentabilidad? ¿Harás una inversión que vaya en detrimento de nuestra joven República? Por supuesto, un hombre de negocios no puede basar sus decisiones únicamente en el nacionalismo. Pero a mi juicio, la nueva República constituye una oportunidad sin precedentes. Para empezar, invierte en las hilanderías chinas que están al borde de la quiebra y busca nuevos vínculos con sociedades norteamericanas de inversión, aprovechando las nuevas políticas que adoptará la República. Después podrás reconstruir las fábricas con maquinaria moderna, revitalizarlas con una dirección más eficaz y recibir de ese modo más beneficios de los que habrías recibido si hubieras invertido en una empresa japonesa. Además, la expansión comercial japonesa implica mayor poder para Japón, y es preciso pensar en el futuro y actuar con cautela. Está en tu mano establecer el modelo de la industria bajo la nueva República: un sector progresista, controlado por los chinos y favorable a unas políticas de comercio exterior beneficiosas para el país.

Cuando hube terminado, me senté.

Lealtad Fang asintió con gesto solemne. Los hombres en torno a la mesa guardaban silencio, perplejos. Ninguno se atrevía a expresar su acuerdo, ni a disentir. Las cortesanas estaban estupefactas, y yo sabía lo que estarían pensando. Se estarían preguntando si mi alarde de opiniones propias sería bueno o perjudicial para la casa.

Lealtad sonrió.

—Lo que has dicho es precisamente lo que pienso hacer. Estoy deslumbrado por tus conocimientos y, más aún, por tu espíritu. Estás llena de vida y de sorpresas.

Al final de la noche, Lealtad Fang le dio una suculenta propina a Calabaza Mágica. Después se disculpó por el comportamiento de su hermano menor borracho, el hombre que me había manchado la camisa con la almeja, y añadió una suma suficiente para comprar tres blusas nuevas que sustituyeran la prenda estropeada.

—Verde lago —aconsejó—. A juego con el color de tus ojos.

A continuación le anunció a la señora Li que quería ser el primero en dar una fiesta en honor de la cortesana virgen Violeta.

—Espero que no gastes demasiado —bromeé—, ya que no puedes tenerme.

—¿Por qué no?

—Tú mismo has dicho que sólo quieres anhelarme y soñar conmigo, sin alcanzarme nunca.

—¡Ah! Sí, exacto. Así son las cosas en mi sueño. Pero ahora estamos despiertos y puedo controlar nuestras vidas. Puedo anhelarte, cortejarte y, finalmente, si tú me lo permites, satisfacer mi deseo en tu cama, a menos que sigas teniendo ese gato.

Cuando volvimos a nuestra habitación, Calabaza Mágica estaba burbujeante de dicha por nuestro éxito.

—El poema de «La primavera de los melocotoneros en flor» necesita unos cuantos retoques, desde luego. Pero ahora ya no tendremos que ocultar que eres medio occidental. Todos se referían a tu sangre eurasiática como una ventaja.

Era la primera vez que la oía utilizar la palabra «eurasiática».

—He oído que Lealtad y otro hombre te describían de esa manera. Pero no lo decían de manera ofensiva, sino más bien para destacar tu valor. Por eso los hombres te encontraron cautivadora cuando recitaste el poema. Se maravillaron de que hablaras tan bien el chino, siendo eurasiática. ¡Y ahora Lealtad va a correr con los gastos de tu fiesta de presentación! Eso debe de querer decir que piensa comprar tu desfloración.

No le conté lo que me había dicho Lealtad porque temí que la interpretación de Calabaza Mágica lo arruinara todo.

Levanté del suelo a *Carlota* y, mientras ronroneaba, le recordé al chico que había estado a punto de matar. Se alegró tanto como yo de que hubiera regresado.

Los cotilleos de la primera fiesta aparecieron en todos los periódicos sensacionalistas. «Es eurasiática y domina los dos idiomas a la perfección.» «Recitó un poema con encantadora naturalidad, de manera espontánea y sin artificios.» «Conversa con soltura con hombres importantes y parece cómoda con todos los temas, incluso el del control extranjero.» Todos los tabloides mencionaron nombres de personas conocidas y poderosas, entre ellas Eminente Tang, que había formado una sociedad con varios bancos para financiar la construcción de nuevos edificios en el Bund, y Perspicaz Lu, cuyo padre se había reunido con el cónsul general de Estados Unidos para negociar una línea de crédito. Había un hombre que salía con una actriz famosa, y otro que poseía una colección envidiable de valiosas pinturas antiguas. Pero la mayor parte de las habladurías giraban en torno a Lealtad Fang, el anfitrión. Las columnas de cotilleos de la prensa sensacionalista mencionaban las compañías navieras que poseía y las rutas comerciales favorables que había logrado negociar. Enumeraban sus fábricas de porcelana en Hong Kong y Macao, y afirmaban que su familia era una de las más distinguidas de Shanghái y que varios de sus miembros, prestigiosos hombres de letras, habían contribuido a construir la nueva República. Y no había periódico que no informara de que la cortesana virgen Violeta tenía facciones chinas y ojos verdes occidentales, heredados de su madre, la famosa madama estadounidense Lulú Mimi. «¡Qué afortunada ha sido la Casa de Bermellón al poder hacerse con los servicios de esta flor poco corriente! ¿Qué regalos le llevará él la próxima vez? ¿Será un juego de té o unos cuencos de sopa con escudos heráldicos extranjeros? ¿Cuál será el escudo que figure en el cuenco de la joven? ¿El de su madre norteamericana?»

Mi aspecto eurasiático había dejado de ser un defecto para convertirse en una ventaja. Además de Lealtad, otros once hombres ofrecieron fiestas de presentación en mi honor. La señora Li presumía del número de fiestas, diciendo que era excesivo considerarlas «presentaciones» después de la segunda. Ninguna fue más espléndida que la primera, la que me ofreció Lealtad. Durante el banquete, me senté a su lado, mientras que las cortesanas se situaban detrás de los invitados de Lealtad. Los manjares fueron más raros que en la fiesta anterior: sabores que nadie había probado nunca y alimentos propios de los dioses. El anfitrión contrató a varios músicos, entre ellos a un americano que tocaba el banjo, un instrumento que yo nunca había oído y que me sonó como una cítara cuyo intérprete se hubiera vuelto loco.

Yo esperaba que Lealtad me visitara a diario y me cubriera de regalos para intensificar su anhelo a la espera de mi desfloración. Pero en lugar de eso, sólo venía a verme cada cinco o seis días y a veces se ausentaba una o dos semanas sin mandarme siquiera una tarjeta para aliviar la ausencia. Calabaza Mágica enviaba mensajes a su casa recurriendo a toda clase de pretextos: «Violeta interpretará una nueva canción esta noche.» «Violeta lucirá una nueva camisa gracias a tu generosidad.» La respuesta siempre era la misma: «Ha salido de Shanghái.»

Pero entonces aparecía sin previo aviso al final de la tarde, cuando la casa estaba en silencio. Siempre me traía un regalo original. Una vez fue un pez de colores en una pecera grande con siete peces pintados en el interior.

—Este pececito es el afortunado número ocho. Con tantos peces pintados, nunca se sentirá solo.

—Tendrías que dejarme siete réplicas tuyas para que yo tampoco me sienta sola.

Después de eso, no volví a tener noticias suyas durante diez días. Cuando regresó (inesperadamente, como siempre), tuve que disimular mi creciente irritación. Sabía que no tenía derecho a exigirle nada. Nuestro romance estaba teñido por la relación comercial. Él se gastaba en mí su dinero: le daba propinas a Calabaza Mágica y a mí me compraba regalos. Mientras tanto, la señora Li y Calabaza Mágica sumaban los totales y calculaban cuánto más estaría dispuesto a gastar.

—No podemos esperar que la suma llegue a ser tan grande como la que recibió Bermellón —decía la señora Li.

Pero en mi habitación, Calabaza Mágica opinaba:

—Tú sacarás mucho más que Bermellón. Y entonces la madama aprenderá a no subestimarnos.

Dos meses y medio antes de la fecha prevista para mi desfloración, Lealtad vino a verme y se quedó sólo una hora. Durante la breve visita, nos anunció a Calabaza Mágica y a mí que tenía pensado viajar a Estados Unidos por asuntos de negocios. Lo dijo en tono despreocupado, ¡pero yo sabía que se tardaba un mes solamente en llegar a San Francisco! Si se iba, era posible que no regresara a tiempo para comprar mi virginidad. O quizá no regresara nunca, como mi madre.

Había hecho demasiadas suposiciones. Él quería un romance sin consumación. Y yo, en mi ingenuidad, no lo entendía a él, ni a los hombres chinos, ni a la compra de favores sexuales.

—Estarás fuera tanto tiempo —dije— que tal vez te pierdas mi cumpleaños. El doce de febrero cumpliré quince.

Una arruga le surcó el entrecejo.

—Cuando vuelva, te compensaré con un bonito regalo.

—La señora Li quiere que mi cumpleaños coincida con mi desfloración.

Volvió a fruncir el ceño.

—No había reparado en eso... Comprendo que es un mal momento y sé que es una decepción para ti.

Me tomó de la mano, pero no dijo que fuera a cancelar su viaje. Me quedé muda de desilusión.

Calabaza Mágica intentó disuadir a Lealtad de hacer el viaje. Le mencionó el reciente hundimiento del *Titanic*. Un barco japonés también se había ido a pique unos días antes. Estaba siendo un mal año de hielo y tifones.

Un mes después, la señora Li me dijo que once de los hombres que habían ofrecido fiestas en mi honor estaban ansiosos por comprar mi desfloración. Lealtad no figuraba entre ellos. La madama me dio unas palmaditas en un brazo.

—He ido a ver a su secretaria —me dijo—. Le he pedido que le envíe un telegrama para pedirle que lo reconsidere. La secretaria me dijo que no es fácil comunicarse con él, ni siquiera por telegrama, pero ha prometido que lo intentará.

Entonces la señora Li enumeró a los once hombres que habían expresado su deseo de participar en la subasta. Por primera vez, tuve que aceptar la realidad: uno de esos hombres iba a comprar el privilegio de abrir de par en par la puerta de mi pabellón e iniciarme en el negocio. No recordaba a ninguno que no me repugnara profundamente en ese sentido. ¿Cuál de todos ganaría? ¿El fanfarrón? ¿El viejo que podía ser mi abuelo? ¿El gordo seboso que parecía cubierto de sudor incluso en los días más fríos? ¿O tal vez el imbécil que se empeñaba en expresar opiniones ridículas? Había uno que me daba miedo: un hombre flaco de ojos pequeños y mirada penetrante. No sonreía nunca y tenía el aspecto de un gánster. Otros habrían sido inobjetables para las demás cortesanas. A ellas no les importaba que fueran aburridos, siempre que tuvieran dinero. Pero esos hombres no me preguntaban mi opinión, ni esperaban que yo entendiera sus conversaciones con sus amigos. No estaban interesados en mí, sino únicamente en el premio que tenía entre las piernas. En sus fiestas, sólo me habían pedido que recitara «La primavera de los melocotoneros en flor» porque habían leído en los tabloides que lo hacía bastante bien.

Se anunció una fecha para mi desfloración: el 12 de febrero de 1913, el día de mi decimoquinto cumpleaños y primer aniversario de la abdicación del emperador, una jornada doblemente auspiciosa para las celebraciones. Hice un cálculo rápido. Faltaban cinco semanas. Me pregunté si Lealtad habría iniciado ya el camino de vuelta.

Se celebraron más fiestas en mi honor, pero la señora Li me encontró tan apática que prefirió decirle a cada uno de los hombres que padecía jaqueca.

Permitimos que los aspirantes entraran en mi *boudoir* para tomar el té. Calabaza Mágica siempre estaba presente para asegurarse de que ninguno intentara llevarse por adelantado una muestra de mi inocencia. Ya no podía ignorar lo inevitable. Los imaginaba a todos ellos tocando mi cuerpo inmaculado, y todos me parecían asquerosos intrusos.

Pasaron los días con implacable rapidez. Yo no dejaba de pensar que muy pronto la señora Li tomaría su decisión definitiva sobre la base de las ofertas recibidas. Le supliqué que tuviera en cuenta mis sentimientos y esperara el regreso de Lealtad Fang. Le expliqué que no sería capaz de disimular mi repugnancia por ninguno de los otros aspirantes, que sin duda se sentirían estafados. Si el hombre se comportaba con brutalidad, era probable que nunca superara el horror de la primera vez, lo que me arruinaría para futuros cortejos. Por una vez, la madama pareció apiadarse un poco de mí.

—Yo estaba igual que tú antes de mi desfloración —dijo la señora Li—. Esperaba que la consiguiera un pretendiente y la ganó otro, un hombre con edad suficiente para ser mi abuelo. Incluso pensé en quitarme la vida. Cuando llegó el momento, cerré con fuerza los ojos e imaginé que el hombre era otro. Imaginé que estaba en otro lugar y que yo no era yo. Cuando me atravesó la puerta, sentí tanto dolor que verdaderamente olvidé quién era. Me di cuenta de que el sufrimiento habría sido el mismo con él o con cualquier otro. Después el hombre me contó que mientras me estaba abriendo, le grité que se llevara su dinero y se fuera, y después me desmayé. Quedó muy complacido porque mi desmayo era la prueba de que realmente era virgen. Puedes fingir que te desmayas, aunque es posible que te desmayes sin necesidad de fingirlo.

Sus palabras no fueron ningún consuelo.

Una tarde, menos de dos semanas antes de la fecha prevista para mi desfloración, la señora Li estuvo hablando sin parar acerca de un pretendiente propietario de siete fábricas que producían componentes para otras industrias: faros para automóviles, cadenas para inodoros y otras cosas por el estilo. Todos los años su fortuna se triplicaba. No era hijo de una familia prestigiosa, pero en el moderno Shanghái el prestigio se podía comprar y la gente ya no se fijaba como antes en el abolengo. Su oferta era tan superior a las otras que habría sido una tontería rechazarla. Hasta entonces la madama no me había revelado de quién era la oferta más alta porque yo no debía prestar atención a ese asunto. Pero el mejor ofertante empezaba a impacientarse. Esperaría dos o tres días más y después se retiraría de la subasta. Si finalmente era eso lo que sucedía, la noticia correría como un reguero de pólvora, y el resto de pretendientes también retirarían sus ofertas. Habría que empezar de nuevo, pero entonces las ofertas serían inferiores porque no tendríamos suficiente tiempo para recuperarnos del rechazo y los aspirantes lo sabrían. La señora Li me anunció con expresión contrita que el hombre que probablemente compraría mi desfloración era el tipo flaco que nunca sonreía.

—No es ninguna tragedia —me dijo—. Si lo complaces, cambiarás su expresión seria por sonrisas, y entonces ya verás como te parece menos desagradable.

Durante dos días no pude comer ni dormir. Sentía pena de mí misma. Al segundo día, empecé a aborrecerme. A la mañana del tercero, recordé lo que había dicho la señora Li acerca de cerrar los ojos e imaginar que yo era otra persona. No quería dejar de tener una mente propia. Habría sido como morir en vida. No pensaba conformarme con ser un simple adorno, ni pasar toda la noche con una sonrisa idiota en la cara. No quería que la más feliz de mis emociones fuera el alivio.

Recordé la odiada frase que mi madre usaba con frecuencia: «Por imperiosa necesidad.» En otro tiempo yo creía que lo decía como cortina para disimular sus deseos egoístas, pero esa vez me di cuenta de que también adoptaba ese punto de vista para aceptar una mala situación sin tener que relegar a un segundo plano su concepto de sí misma. Hacía en cada caso lo que era de imperiosa necesidad.

—Cada situación difícil tiene sus circunstancias particulares —me había dicho una vez—, y sólo tú sabes cuáles son esas circunstancias. Nadie más que tú puede decidir lo que es preciso hacer para lograr el mejor resultado posible.

Me puse a reflexionar acerca de mis circunstancias. No sabía cuál era el mejor resultado posible, ni qué era preciso hacer para lograrlo. Pero decidí que no me quitaría la vida, ni me perdería a mí misma pensando que era otra. De ese modo, dejé de tenerme compasión y de aborrecerme, y ya no me sentí indefensa por dentro. Pero nada de eso eliminó la repugnancia que me inspiraba el hombre flaco.

Esa tarde, poco antes del momento elegido por la señora Li para darle una respuesta a mi pretendiente, llegó un telegrama de Lealtad en el que notificaba a la madama que ese mismo día recibiría una carta. «Es a propósito de la desfloración de Violeta. Disculpe el retraso de mi oferta. Le explicaré el motivo en persona.»

Durante dos horas, estuve yendo y viniendo por la habitación, preguntándome si la oferta sería suficientemente contundente. Cuando por fin llegó la carta, la señora Li se la llevó a otra sala para leerla. Un minuto después, apareció por la puerta, con una gran sonrisa y sin dejar de asentir con la cabeza.

—Todo lo que deseabas —dijo.

Yo debería haber estallado de júbilo, pero el miedo me atenazaba. Habíamos empezado con la idea de que nuestro mutuo anhelo nunca se vería colmado. Lo que yo deseaba no tenía por qué ser lo que finalmente recibiera. Me daba miedo confiar en la felicidad. ¿Por qué había pasado tanto tiempo sin tener noticias suyas? Me tumbé en la cama, lejos de todos, para reflexionar acerca de mis deseos. De pronto, tuve una idea inquietante. Estaba iniciando una vida de cortesana... por mi propia voluntad. Hasta ese momento había actuado por obligación, pero ahora había elegido entregarme a Lealtad. En esa vida estaba todo lo que yo deseaba. Pero también sabía lo que me reservaba el futuro: todas las cambiantes circunstancias propias de una vida de cortesana. Aunque algún día pudiera abandonar ese mundo, nunca podría deshacerme completamente del sello de haber sido cortesana, y ese sello permanecería por siempre en mi mente y en la mente de los demás.

Dos días antes de la desfloración, Lealtad regresó. Me suplicó que lo perdonara por el tormento que había padecido. Según me dijo, había preparado su oferta mucho tiempo atrás y se había ido convencido de que su secretaria la enviaría. Pero nunca la envió. A su regreso, había encontrado la oferta en su escritorio, debajo de otra carta que le había escrito su secretaria. Me la enseñó:

> *Soy una mujer virtuosa y una empleada fiel. Durante tres años le he obedecido en todo, sin quejas ni errores. Para mi desgracia, he cometido el error de sentir amor por usted, y el hecho de que usted no lo note se me ha ido haciendo cada día más insoportable. Podría haber seguido amándolo en secreto, pero no soporto verlo entregado a una criatura sin moral, que no aprecia ninguna de sus buenas cualidades y sólo quiere su dinero. Discúlpeme por no haber hecho lo que me había pedido. Es la única vez que le he desobedecido.*

—Se ahorcó en mi oficina cuando ya habían salido todos —dijo—. Fue así como me enteré de que mi carta con la oferta no había sido enviada.

Me horroricé. Podía imaginar el dolor de la secretaria. También yo amaba a Lealtad, pero no habría sido capaz de ocultarlo durante tres años, ni tampoco me habría suicidado.

Para la ceremonia de mi desfloración, la señora Li, con el apoyo de Calabaza Mágica, decidió celebrar un simulacro de boda occidental. La oferta de Lealtad incluía un contrato para ser mi cliente permanente durante un año, y yo me permití creer que no sería tan sólo la novia en una boda, sino una esposa. Empezaba a sentir el anhelo de serlo de verdad.

La víspera de la ceremonia, llegó a la casa un vestido, regalo de Lealtad. Era un vestido de novia americano, confeccionado en Nueva York, de seda de color marfil cuajada de perlas diminutas, que fluía en una sola pieza desde el busto hasta los tobillos, envolviendo las formas de mi cuerpo. Lealtad incluyó en el regalo unos zapatos de tacón de satén y dejó instrucciones escritas para que luciera el pelo suelto, con la cara cubierta por el velo de organza adornado con perlas. Cuando me miré al espejo, no me reconocí. Ya no era una niña ingenua, sino una joven moderna y sofisticada, elegante y esbelta. Giré las caderas a un lado y a otro. Cuando levanté el velo, sofoqué una exclamación de sorpresa al ver una cara diferente de la mía, que sin embargo desapareció en seguida. Me volví hacia un lado y, al mirar otra vez el espejo, volví a ver la otra cara. Esta vez reconocí las facciones de mi madre en las mías. Nunca lo había notado con tanta claridad. Era el tipo de vestido que ella se habría puesto. Así habría movido ella las caderas. Ésa debió de ser la expresión que animó su cara poco antes de que un hombre chino (mi padre) se la llevara a la cama.

A Lealtad le encantó verme vestida de novia. Él lucía un traje cortado por un sastre inglés. Me apoyé en su brazo y le susurré que esa noche sería su doncella y su hada, la que había deseado cortejar en la Oculta Ruta de Jade. Tras los doce platos del banquete, se anunciaron los regalos de boda de Lealtad, que me permitirían renovar por completo mi *boudoir*: una mesa de comedor con sus sillas a la última moda occidental, un sillón, un sofá, un diván, tres pedestales para jarrones con flores, una mesa de escritorio, una librería, una colección de novelas en inglés, una cómoda, dos armarios roperos, una cama occidental con dosel, una alfombra persa, tres lámparas Tiffany y un gramófono Victrola. Al final de la ceremonia, me puso en el dedo un anillo de jade y brillantes. Dejó discretamente encima de uno de los pedestales un sobre rojo de seda con dinero, y vi que la señora Li se lo llevaba.

Mostramos nuestro agradecimiento a los invitados y nos dirigimos al *boudoir*. Al cruzarse conmigo, Calabaza Mágica hizo un leve gesto afirmativo, pero noté preocupación en su cara. ¿O tal vez sería compasión porque sabía lo que me esperaba?

En el pasillo habían colgado docenas de estandartes rojos, y a los lados de la puerta había multitud de tiestos con flores. En la habitación lucían dos lámparas, y una fragancia de rosas y jazmines saturaba el aire. La cama de matrimonio estaba enmarcada por unas cortinas doradas de batista de seda.

Calabaza Mágica vino con toallas calientes y té en una bandeja. También traía las cerillas que usaríamos para la ceremonia de encendido de las grandes velas.

—No necesitamos practicar esos rituales anticuados —dijo Lealtad.

Fue una decepción para mí. A mí me gustaban los viejos rituales que había presenciado de niña. Lealtad le dio una propina a Calabaza Mágica, como indicación de que debía retirarse. La puerta se cerró y por primera vez nos quedamos solos.

—Mi pequeña cautiva —dijo y me abarcó con la mirada, de la cabeza a los pies.

Después me besó, algo que Calabaza Mágica nunca le había permitido hacer al actor. Me recorrió con las manos la espalda y el talle mientras me besaba el cuello, causándome una sensación que me nubló la vista. Me besó una vez más en la boca. Entonces ¿así era el amor? Me desabrochó el vestido. Todo sucedía con tanta rapidez que se me olvidaron todas las cosas que supuestamente tenía que hacer. Me alegré de que no me hubiera pedido que interpretara una canción. El vestido se me cayó a los tobillos. Después él me levantó la combinación y, mientras me quitaba el resto de la ropa, depositó un beso en cada nueva parte de mi cuerpo que quedaba al descubierto. Me inspeccionó con total libertad y me tocó los pechos. Así era el amor.

Con un gesto me indicó que me metiera en la cama. Yo me deslicé entre las cortinas y me acosté de lado con tanta gracia como pude. A través de la batista dorada, observaba su sombra mientras él se quitaba despaciosamente la ropa. Cuando apartó la cortina, vi que ya estaba excitado. Yo no esperaba que sucediera tan pronto y, de repente, tuve miedo. Sabía lo que vendría después: la apertura de la sandía, las piedras ardientes, la sangre a borbotones manando de la primavera de los melocotoneros en flor. Se acostó a mi lado, me examinó la cara y acarició las curvas de mis mejillas, mi barbilla, mi nariz y mi frente. Cuando me tocó la boca temblorosa, mis labios se abrieron espontáneamente.

—Mantén los labios sellados. Haga lo que haga, no los abras. No dejes escapar ningún ruido.

Trazó una vez más las líneas de mi cara y yo cerré los ojos. De pronto, sentí su mano en mis partes íntimas. Solté un grito sofocado de alarma y en seguida murmuré una disculpa.

Él se echó a reír.

—Ah, muy bien. Eso no estaba ensayado. Eres realmente tú.

Me recordó que cerrara la boca y me apretó suavemente mis partes íntimas, como si estuviera evaluando la madurez de un melocotón. Yo apreté los párpados con fuerza mientras él me separaba los labios.

—Ahí está. Ésa es la perla, el centro de ti —dijo—. De un rosa pálido adorable. Veo que he elegido correctamente el color de tu collar.

Me lo enseñó y me pasó las perlas por la abertura.

—Así está bien —dijo—. Las perlas se reúnen con la perla.

Retiró de pronto el collar y yo me quedé sin aliento, en un espasmo de sorpresa.

—Mantén la boca cerrada —me ordenó con firmeza.

Lo estaba decepcionando. Yo apretaba los labios con fuerza, pero volvían a abrirse solos, una y otra vez, pese a mi empeño. Me colocó unos cojines bajo las caderas para levantarme la pelvis. Mi pánico iba en aumento. ¿Pretendería «escalar la montaña»? Me hizo flexionar las piernas y me las abrió de par en par. ¿Querría practicar «el ave de dobles alas»? ¿«Las alas de la gaviota al borde del precipicio»? Se arrodilló entre mis piernas y sentí que su tallo empujaba contra mi abertura. Lentamente introdujo la punta y yo me preparé para el dolor. Pero lo único que hicimos fue mecernos a un lado y a otro. Era «la pareja de águilas cazadoras». Le sonreí, pensando que ya me había penetrado. Levantó las caderas y se alejó de mí. Supuse que sería uno de esos hombres que acaban rápido. No tenía importancia. La desfloración había sido un éxito. Le diría a Calabaza Mágica que se había equivocado. No había sentido ningún dolor.

Después, de repente, sentí que su tallo me penetraba con más fuerza y más profundamente que antes. De un solo impulso, atravesó el centro de mi ser, me destripó y me volvió del revés. Contra todas las advertencias de Calabaza Mágica, me puse a gritar a voz en cuello y a intentar quitármelo de encima. Él me inmovilizó los brazos contra la cama mientras me miraba la boca.

—Ahora sí puedes abrirla porque ya tienes abierta la otra boca.

Nada de lo que había vivido me había preparado para eso. Las instrucciones de Calabaza Mágica, sus advertencias, la nostalgia de Lealtad, mis ansias, las lecciones del actor, nuestros mutuos anhelos colmados y sin colmar... Todo se esfumó mientras le suplicaba que parara.

Pero ¿por qué iba a parar? Lo nuestro no era romance ni deseo. Él había pagado por mi dolor. Lo nuestro era un negocio.

Anhelos que vuelven, sin ser colmados

Todo lo que yo deseaba se convirtió en algo ilusorio en el instante en que me desfloró y vi la victoria pintada en su rostro. Él había satisfecho el sueño del joven de diecisiete años: tener a todas las cortesanas que quisiera en la Oculta Ruta de Jade. Yo había creído que lo nuestro era amor, pero nos había unido el comercio y no habría otra cosa entre nosotros mientras durara su contrato conmigo.

Mientras yacía encogida de dolor, lo oí murmurar:

—Me has costado cara, Violeta, casi el doble de lo que pagué por otra famosa cortesana.

Debió de pensar que me halagaría su comentario, pero en lugar de eso, al instante me sentí convertida en una prostituta. Me había cortejado como habría hecho cualquier pretendiente con su cortesana favorita. Él quería la persecución y la captura, así como la renuncia y la falsa agonía que había sentido antes de conseguirme. Pero mi agonía era real.

Calabaza Mágica me trajo una sopa de hierbas especiales, que según dijo aliviaría mi sufrimiento y me ayudaría a dormir. Sólo entonces preguntó Lealtad con expresión sorprendida si me dolía. Ni siquiera se había planteado que su éxtasis podía no ser el mío. Me ayudó a levantarme y me llevó en brazos al diván. Cada uno de sus pasos sacudía dolorosamente mi cuerpo herido. Calabaza Mágica retiró de la cama las sábanas y la colcha ensangrentadas. Lealtad las estudió con solemne interés.

—No había pensado que fuera a haber tanta sangre.

A la mañana siguiente, cuando me desperté, sentí como si estuviera a bordo de un barco porque parecía que todo se movía. Calabaza Mágica estaba a mi lado.

—Te he dado demasiada sopa.

El dolor lacerante había sido reemplazado por un dolor sordo. Lealtad se había ido para asistir a una reunión de negocios, y Calabaza Mágica había pedido que nos trajeran la cena a mi habitación cuando regresara por la noche. Sobre la cama había un pijama persa y una bata.

—Descansa —me dijo—. Lamento que te haya dolido tanto. Algunas chicas sienten un dolor breve y en seguida se les pasa. Otras son como tú y como yo. Tenías la puerta cerrada con doble candado, y cuanto más cuesta forzar la entrada, peor es el dolor. Te sentirás mejor mañana.

No la creí.

—¿Tendré que soportarlo otra vez esta noche?

—Hablaré con él. Tienen por delante todo un año juntos. Le sugeriré que te explore la boca, en lugar de lo otro. Quizá sea amable y te deje simplemente descansar.

Esa noche fue amable. Me hizo muchas preguntas sobre el dolor: si era desgarrador, abrasador, palpitante... Casi parecía orgulloso de haberme hecho daño. Estaba tumbado en la cama, mirándome. Ya no había necesidad de coqueteos ni de misterios. Así había sido nuestra intimidad hasta ese momento y yo no sabía con qué la reemplazaríamos. Ya no era la doncella virgen y no sabía a quién debía imitar. Su cara me parecía más grande y sus facciones habían cambiado ligeramente, como si de pronto se hubiera convertido en el hermano del hombre que antes suspiraba por mí.

—¿Fue mi espíritu libre lo que te hizo pensar que era más valiosa que la otra cortesana? —le pregunté.

Se echó a reír.

—Tu espíritu siempre me revitaliza... inopinadamente.

Tenía el pene levantado como un soldado.

—¿Qué parte de mi espíritu te gustaba más? —inquirí con sequedad—. ¿Mis consejos comerciales? Si hubieras ganado dinero gracias a mis consejos, ¿habrías pagado más?

Guardó silencio un momento y después me hizo girar la cara para que lo mirara a los ojos.

—Violeta, te he juzgado mal. No estabas preparada para esta vida y ahora te parece degradante estar aquí. Pero no me humilles a mí tratándome como si fuera un cliente desconsiderado.

—Pagaste por mi flor, no por mi espíritu.

—Mis palabras siempre han sido sinceras. Eres mi sueño viviente. Te conocí cuando era el torpe adolescente que ahora se ha convertido en un hombre de éxito y está a tu lado. Me transportaste al pasado y me trajiste de vuelta. Cuando estoy contigo, siento que me conoces, o al menos lo sentí hasta que me convertí en tu cliente y te hice lamentar el cambio.

—Por favor, sácame de aquí.

—¿Cómo quieres que te saque? ¿Adónde irías?

—A tu casa.

—Me estás pidiendo lo imposible.

Me estaba diciendo que yo no pertenecía a su mundo. Nunca me tomaría por esposa y ni siquiera podía tomarme como concubina porque no estaba casado. En cualquier caso, yo me habría negado a ser su concubina.

—Tenemos un año juntos, Violeta. Nos hemos jurado fidelidad. Somos amantes y compartimos un mundo como el de «La primavera de los melocotoneros en flor». Podemos disfrutar libremente del amor y los placeres. Estarás libre de preocupaciones durante todo un año. Seamos felices.

—¿La ausencia de preocupaciones es la felicidad? ¿Qué sucederá cuando acabe este año?

—Cuando termine el contrato —dijo con cautela—, mi afecto por ti se mantendrá. Las expectativas serán diferentes, pero seguiré visitándote si me lo permites.

—¿También sentirás afecto por otra y la visitarás como a mí?

—¡Esta conversación se está volviendo absurda! Has vivido prácticamente toda tu vida en una casa de cortesanas. Conoces la naturaleza de este mundo. Y ahora no puedes entender que aquí es donde te corresponde estar. ¿Quieres tus privilegios de yanqui? ¡Yo no pienso devolvértelos! Y no se hable más del tema.

—¿Yo tampoco puedo hablar? ¿También has comprado mi mente y mis palabras?

Se vistió y, desde la puerta, me dijo con sorprendente gentileza:

—Estás alterada y mi presencia te altera todavía más, así que voy a dejarte para que reflexiones con tranquilidad sobre lo que he dicho durante todos estos meses, desde que nos encontramos. Pregúntate a ti misma si alguna vez he sido deshonesto. ¿Acaso te he engañado? ¿Por qué estoy aquí? Gané tu corazón porque tú ganaste el mío.

Temí que se fuera para siempre y le pidiera a la madama que cancelara el contrato.

Pero en seguida dijo:

—Mañana estarás más descansada y tendrás las ideas más claras. Tengo un pequeño regalo para ti, pero prefiero esperar a mañana para dártelo.

La noche siguiente fingí estar más tranquila. Le pedí disculpas. Le dije que era cierto que me resultaba difícil aceptar mi nuevo lugar en la vida. Me regaló una pulsera de cintas de oro trenzadas. Esa vez me dolió mucho menos cuando me penetró, y lo hizo murmurando palabras cariñosas que apaciguaron mi corazón y mi mente.

—Eres mi sueño intemporal... Nuestros espíritus están unidos...

Me agradeció tiernamente que hubiera soportado el dolor

y pidió disculpas por ignorar que yo había sufrido. Me dijo que yo siempre sería su sueño intemporal.

A lo largo del año siguiente, tuvimos muchas discusiones. Cada vez que él pagaba su generoso estipendio, todos los meses, yo no me sentía agradecida, sino que volvía a recordar que había sido comprada. No me visitaba todos los días. A veces pasaba una semana entera sin venir a verme.

—Negocios en Soochow —me decía entonces.

Soochow era la ciudad de las cortesanas más deseadas, de voces suaves y envolventes. Las chicas de Shanghái mentían diciendo que eran de Soochow. ¡Y allí viajaba él por negocios! Yo habría querido que me llevara. La señora Li me permitía salir a pasear con él por el campo en coche de caballos, convencida de que no deseaba fugarme de la casa. Pero yo sí deseaba fugarme y habría escapado a su casa si él hubiera querido recibirme. Aún conservaba la esperanza de que cambiara de idea. Yo le era fiel, por supuesto, pero no estaba segura de que él me fuera fiel a mí. En las fiestas lo veía lanzar miradas seductoras a muchas mujeres, incluso a las doncellas de las cortesanas. Cuando yo lo acusaba de tener «ojos hipnóticos», él protestaba diciendo que no era cierto.

—Tengo ojos normales, como todo el mundo.

El pensamiento de su futuro goce con otras mujeres me atormentaba. Otra mujer sentiría el mismo placer que yo cuando estuviera con él, y tendría para ella su mirada seductora, sus palabras íntimas, su boca, su lengua, su pene, su comprensión, su amor... Conseguiría convencerlo de que no podía vivir sin ella, sin una mujer china de pura raza, libre del estigma de una mezcla fortuita. Cada nueva alegría venía acompañada de un nuevo temor. Temía que su amor fuera pasajero y durara solamente una temporada.

—Te advertí que te cuidaras de los celos —me decía Calabaza Mágica—. Son una enfermedad que lo destruye todo. Ya lo verás.

Todos los días me repetía sus advertencias, que se me quedaban en la cabeza como el zumbido de los mosquitos en los oídos.

En verano se acalló ese ruido que me atormentaba. Como una señal de nuestro futuro juntos, *Carlota* se frotó contra sus piernas y le permitió que la levantara en brazos. Tuvimos una temporada de calma, una pausa en medio de las preocupaciones. Venía a visitarme casi todas las noches. En las fiestas, me miraba solamente a mí. Reíamos a menudo y no discutíamos nunca. Hice un esfuerzo para mostrarle la dicha interminable de que gozaríamos en una eterna primavera de los melocotoneros en flor. Él estaba más atento conmigo y yo no prestaba atención a sus defectos.

En las tardes calurosas, yacíamos desnudos sobre las sábanas y nos turnábamos para abanicarnos mutuamente. Nos metíamos juntos en la bañera y nos echábamos agua fría por el cuello. Algunas noches yo tomaba la iniciativa de seducirlo, y otras era él quien me cautivaba y me hacía sucumbir. Hablábamos de nuestro pasado y nos contábamos nuestras infancias. Recordábamos a menudo nuestro encuentro en la Oculta Ruta de Jade y al día siguiente adornábamos la historia con más detalles. Él imaginaba las delicias que podría haber conocido si *Carlota* no lo hubiera herido. Y todo lo que imaginaba, fuera lo que fuese, yo lo hacía realidad. Yo, por mi parte, le hablaba de mi soledad y le contaba que mi padre y mi madre me habían abandonado. Pero por el solo hecho de decírselo, mi soledad se desvanecía. Se reía a carcajadas cuando le contaba las travesuras que solía hacerles a las cortesanas cuando era pequeña y me pedía que le hablara de los detalles norteamericanos de mi vida anterior. Quería saber cómo era la famosa Lulú Mimi.

—Su motor era el éxito. Lo mismo que el tuyo —le contestaba yo.

Encendía espirales de incienso para ahuyentar a los mosquitos y yo tomaba esos pequeños gestos por amor. Con frecuencia decía las palabras que yo quería oír:

—Me consume la pasión por ti... Te deseo... Te adoro... Te quiero... Eres el mayor tesoro de mi vida.

Nunca hasta ese momento había experimentado la vastedad del amor.

Pero entonces volvieron los temores, cuando lo vi hablar

con su anterior cortesana favorita en una fiesta. Ella coqueteaba y él parecía encantado. Esa noche discutimos, y yo lo presioné una vez más para que se pronunciara y dijera lo que sentía por mí en comparación con lo que podía sentir por las demás, pero él se negó a responder, aduciendo que hablar conmigo era como echar piedras en un pozo profundo. Dijo que conocía mis estallidos de cólera y que se llevaría ese conocimiento cuando se fuera, junto con los secretos que le había confiado yo acerca de la soledad y las travesuras de mi infancia. Él conocía mis necesidades y aun así estaba dispuesto a revolcarse en la cama con otra mujer cuando yo hubiera pasado a engrosar la lista de sus antiguas favoritas.

—Violeta —me dijo—, me da mucha pena ser el causante de tu infelicidad después de haber sido todo lo contrario.

Dos meses antes de que expirara el contrato, mientras tomábamos nuestro habitual té nocturno y discutíamos como de costumbre, dijo que no quería que lo siguiera arrastrando en mi aflicción interminable.

—Tu espíritu libre me cautivó, pero tus celos lo han matado. Vives en una cárcel de miedo y sospechas. La realidad es que te he tratado mejor de lo que te habría tratado cualquier cliente. Dices que mis palabras nunca han sido sinceras. A un cliente no se le pide sinceridad, y sin embargo yo lo he sido. Sé que no dejarás de atormentarme, a menos que te proponga matrimonio, y eso es algo que no haré nunca. Aunque la sociedad no se opusiera, tampoco yo me entregaría a una esposa capaz de regañarme porque imagina que le he negado una parte de mí que ni siquiera existe. Como los dos somos desdichados, creo que lo mejor será que deje de visitarte. Puedes aprovechar estos dos meses para convertirte en una verdadera cortesana. Aprenderás la diferencia y, cuando pase el tiempo, mirarás atrás y apreciarás en su justo valor mis sentimientos por ti. —Recogió su abrigo y su sombrero—. Acepta el amor cuando se te ofrece, Violeta. Devuelve amor a cambio, en lugar de sospechas. Sólo así recibirás más amor.

No dejó de pagarme el estipendio. Yo tenía la esperanza de que se le pasara el enfado y volviera conmigo, como siempre.

Esperé dos meses. Tuvo la delicadeza de aguardar hasta el fin oficial del contrato para empezar a cortejar a una famosa cortesana. Cuando me enteré, me dije que no me hundiría. Me lo repetía todos los días.

Tres meses después del final del contrato, me invitaron a una fiesta ofrecida por Eminente Tang, el amigo de Lealtad. El anfitrión me dijo que estaba interesado por mí desde aquella primera fiesta, pero que nunca había podido decir nada porque desde el primer momento había notado que su amigo me pretendía.

Calabaza Mágica se apresuró a informarme de que Eminente Tang era un buen partido y me recordó que había reunido una fortuna con la construcción de nuevos edificios en la zona del Bund. Seguramente se volvería más rico todavía a medida que Shanghái siguiera creciendo. Tal como Calabaza Mágica esperaba, Eminente se convirtió en mi más ardoroso pretendiente. También fue mi primer cliente auténtico, sin el menor rastro de amor o anhelo por mi parte. Cuando lo imaginaba tocándome, no sentía repugnancia, pero tampoco me excitaba.

—¿Estás ciega? —me decía Calabaza Mágica—. Es un hombre muy guapo. Yo me pasaría el día entero mirándolo, sin parpadear. Si hubieras pasado tanto tiempo como yo de rodillas, te postrarías de agradecimiento ante los dioses por enviarte un cliente que no te obliga a imaginar que estás con otro.

Tenía treinta y dos años, y cada vez que lo veía, llevaba zapatos confeccionados con una piel diferente: de cabritillo, de ternera, de serpiente joven, de caimán recién nacido, de pollo de avestruz... ¿Cuántas veces tendría que verlo antes de que se le agotara la variedad de pieles infantiles? Por su calzado, supuse que sería un excéntrico. Esperaba que no fuera miembro de la Banda Verde, porque si lo era, no iba a poder soportar que me tocara. Había aceptado mi vida en el mundo de las flores, pero jamás podría aceptar lo que habían hecho los gánsteres para llevarme a donde estaba.

—Si rechazas a todos los hombres que tengan alguna rela

ción con la Banda Verde —me dijo Calabaza Mágica—, te quedarás sin la mitad de los clientes. Los miembros de la banda están en el gobierno y en la industria, e incluso algunos son jefes de policía. No todos son mala gente. Los hay buenos y malos, como en todas partes.

Me insistió en las virtudes de Eminente Tang. Era el cliente favorito de muchas casas de cortesanas de Shanghái y había disfrutado de numerosas grandes bellezas. Si conseguía un contrato con él, mi prestigio aumentaría. No me pareció que eso dijera nada en su favor.

—Es aburrido —repliqué.

—¿Ah sí? ¿Acaso tiene que entretenerte? Procura no aburrirlo tú. Eres tú la que debe proporcionar la diversión que ellos quieren, pero aún no saben que quieren. Esto no es como estar con Lealtad Fang. Con él era diferente. Eran amantes. Eso no pasa a menudo.

Calabaza Mágica le dio permiso a Eminente para que viniera a mi habitación a tomar el té. El *boudoir* estaba detrás de un biombo de doce paneles, y Calabaza Mágica lo había colocado de tal manera que parte de la cama quedaba a la vista, iluminada por la luz de una lámpara. Buscó una excusa para irse, no sin antes advertirnos que estaría de vuelta en menos de diez minutos. De ese modo, mi visitante no intentaría dar comienzo a su comercio conmigo sin un contrato previo. Eminente se apresuró a decirme lo mucho que ocupaba sus pensamientos. No había olvidado los consejos que yo le había dado a Lealtad en la fiesta del año anterior. De hecho, cada vez que los recordaba, crecía su admiración por mí. Eran las mismas palabras que habría usado Lealtad en broma para anunciarme que tenía una erección. Pero Eminente Tang las dijo con tal seriedad que en seguida me di cuenta de que hablaba solamente de su admiración y comprendí que no debía reírme.

A partir de entonces, cuando sus amigos ofrecían una fiesta en otra casa, siempre pedía que me invitaran. Con todos tenía una actitud seria y madura de hombre de negocios, excepto conmigo. Cuando su mirada se encontraba con la mía, sonreía y se convertía en un adolescente. Calabaza Mágica me había dicho que cuando un pretendiente se encaprichaba con una cortesana, retrocedía a otra época de su vida y volvía a ser el joven que había sentido por primera vez el impulso sexual. Cuando un pretendiente regresaba a la más tierna juventud, se volvía temerario y proclive a la generosidad.

Eminente Tang llevaba todo un mes haciéndome costosos regalos, incluido un anillo de diamantes y jade imperial. Le permití visitar dos veces más mi *boudoir*, pero sólo para tomar el té y un refrigerio. Me aseguró que estaba loco por mí y que su mayor aspiración era complacerme. En seguida comprendí lo que quería decir: quería complacerme en la cama. Su tediosa cortesía se me hacía insoportable. Calabaza Mágica me aconsejó que lo invitara a pasar la noche conmigo después de la siguiente fiesta.

—Hazlo con la misma sutileza con que él te trata a ti. Mientras admiras los platos del banquete, dile que te gustaría saber qué tipo de cocina shanghaiana prepara su madre y cuáles son sus platos favoritos. Ese tema es muy especial para cualquier hombre. A todos los vuelve más cariñosos. Cuando te pregunte cuándo puede verte, responde simplemente: «Esta noche, si todavía no te has cansado de hablar.»

Tal como Calabaza Mágica había pronosticado, la conversación sobre la cocina de su madre le despertó el impulso erótico. Esa noche, la fiesta acabó temprano.

Calabaza Mágica ya había preparado mi habitación, con los regalos de otros hombres distribuidos en lugares bien visibles, y había encendido las espirales mosquiteras, para que él pudiera desnudarse sin tener que rascarse continuamente.

—Le concederemos tus favores íntimos la primera noche, pero después tendrá que esperar otras tres. Podrá venir por segunda vez y, si es necesario, le concederemos una tercera. Pero no le des todo lo que quiera. Ponle límites sin negarte abiertamente. Prométele que la próxima vez serás más permisiva, pero hazle saber que otro pretendiente te visitará la noche siguiente. Con toda probabilidad, te propondrá firmar un contrato para que nadie más que él pueda recibir tus atenciones.

—Quizá deje de admirarme después de la primera noche.

Tal vez no le importe lo que pueda reservarme para la vez siguiente —dije.

Estaba segura de que no iba a poder fingir la sensación de intimidad o excitación que tenía con Lealtad. Para mí sería sólo un cliente.

Por la tarde, una hora antes de la fiesta, Calabaza Mágica anunció que Lealtad estaba entre los invitados.

—Después de todo, es amigo de Eminente Tang.

—Debe de saber que yo estaré allí. Todo el mundo sabe que Eminente Tang me está cortejando.

Entonces Calabaza Mágica me dijo en voz baja que iría acompañado de su cortesana favorita.

—¿Y a mí qué más me da qué boba risueña lo acompañe?

Me irritó que Calabaza Mágica me diera esa noticia y después intentara consolarme. Se trataba sólo de un antiguo cliente. Y nada más. Yo era inexperta en ese momento y me había permitido esperar demasiado.

—La señora Li no debió dejarte que tuvieras un contrato por un año con Lealtad. Tenías la mirada brillante de la niña que cree que se está casando, y Lealtad te animó a pensarlo por portarse demasiado bien contigo. Por supuesto, creíste que era amor. Si finalmente firmas un contrato con Eminente Tang, compórtate con él como una auténtica cortesana y haz que se sienta feliz y despreocupado para que sólo pueda responder con elogios a las habladurías.

Eminente Tang me dio la bienvenida con su cara de jovencito enamorado y me invitó a que me sentara a su lado, en lugar de quedarme de pie. En seguida me animó a que probara los platos especiales que había encargado. Yo estaba a punto de invitarlo a pasar la noche conmigo cuando vi que entraba Lealtad con su cortesana favorita y se dirigía hacia mí. Pero sólo quería presentar sus respetos a Eminente Tang, el anfitrión. Después me saludó amablemente, con distante cortesía, y elogió mi camisa, una de las tres que me había hecho con su dinero, el que me había dado para reemplazar la prenda arruinada por su hermano. Lamenté habérmela puesto, pero le agradecí el cumplido.

—El color te sienta bien —dijo.

No tuve que pensar una respuesta porque en ese instante se le acercó una cortesana de mejillas regordetas y ojos grandes, y le dijo alegremente que después de la fiesta de Eminente se irían todos a su casa a jugar a las bebidas. Podría jugar tanto como quisiera y quedarse a dormir si caía agotado. La chica se ocupó de dejar claro que era muy probable que Lealtad se convirtiera en su cliente permanente. Lealtad se iría a beber a casa de una cortesana mientras yo me quedaba con Eminente hablando de la cocina de su madre. Después de decir las amabilidades acostumbradas, las mismas que le habría dicho a cualquiera, se fue con su favorita. ¿Cómo podían aceptar las demás cortesanas la humillación de ver a su amante con otra? Unos minutos después, invité a Eminente a venir a mi habitación para jugar una partida de un juego americano de cartas. Accedió de inmediato.

Fiel a su palabra, sólo quiso complacerme. Fue amable y cortés, y cada vez que me tocaba algo, me pedía permiso: la cara, los brazos, las piernas, los pechos, las partes íntimas... Fue tedioso, pero me alegré de saber por adelantado todo lo que iba a hacer. Cuando me quité la ropa, su mirada fue de agradecimiento. Nada que ver con la mutua lascivia que sentíamos Lealtad y yo. Mantuve la mirada fija en su cara para quitarme a Lealtad de la cabeza. Fue amable, gentil y cortés. Alguien como él no podía ser un mafioso. Cerré los ojos, y cada vez que los abría estudiaba un poco más su cara. Era atractivo, pero no despertaba en mí ningún deseo. Fingí ser una virgen cuyos sentidos despertaban lentamente. Cuando se apretó contra mí, abrí mucho los ojos con aparente sorpresa y vacilación. Después apreté los párpados y lo dejé que se moviera dentro de mí, y en su ritmo predecible encontré consuelo y me eché a llorar.

Por la mañana, antes de que se despertara, yo ya me había bañado y me había puesto una bata. Parecía un niño dormido. Incluso su cuerpo era esbelto y juvenil. Cuando estaba a punto de pedir el desayuno, me atrajo hacia sí y empezamos de nuevo. Procuré ofrecerle el equilibrio justo: ya no era la virgen cuyos sentidos aún no habían despertado, sino la joven doncella que ya había abierto los ojos al placer. Recordé a las cortesanas de la Oculta Ruta de Jade, que sabían perfectamente lo que querían sus clientes. Yo las había imitado repitiendo lo que decían y ahora ya no me parecía humillante reproducir sus palabras. Me sentí orgullosa de mi habilidad. Sabía que Eminente Tang quería creer que me había conquistado a pesar de mi reticencia y usé todas mis armas para lograr que lo creyera.

Esa tarde, Eminente Tang fue a hablar con la señora Li y le propuso un contrato por dos temporadas. Me sorprendió que mi valor se hubiera reducido y no fuera más allá del verano y el otoño, pero Calabaza Mágica me aseguró que era una buena oferta, más conveniente incluso que un contrato más largo. Si el cliente me resultaba insufrible, sólo tendría que soportarlo seis meses.

—Ahora ese hombre puede parecerte fácil de complacer. Pero cuando tenga un contrato, te pedirá mucho más. Haz todo lo que esté en tus manos por mantenerlo enamorado el mayor tiempo posible durante estas dos estaciones, porque de ese modo no tendrás que esforzarte tanto. Cuando hayan pasado el verano y el otoño ya no estará loco por ti y se buscará a otra para volver a encapricharse.

—¿Has conocido a algún hombre cuyo amor fuera auténtico y durara más allá de unos meses?

—Toda flor sueña con encontrar a un hombre así —respondió ella—. Con el tiempo, aprendemos a dejar de desearlo. Pero a mí esas esperanzas se me hicieron realidad dos veces. Una de ellas fue con el poeta fantasma; ya conoces la historia. La otra, con un hombre vivo. No era tan rico como la mayoría de nuestros clientes. Era propietario de una pequeña fábrica de papel, estaba casado y tenía dos concubinas. Pero me declaró su amor. Me lo dijo varias veces y me expuso las razones. No me quería por mi talento, ni por mi habilidad para halagarlo, ni por mi conocimiento de los diferentes placeres, sino por mi carácter, mi corazón sincero y mi naturaleza sencilla y directa. Gasté gran parte de mis ahorros en comprarle un reloj de oro. Me dijo que se lo sacaba del bolsillo cada media hora para comprobar si sus obreros trabajaban al ritmo adecuado. Un día, dos trabajadores de su fábrica lo mataron. Antes de subir al cadalso, declararon que lo habían matado para robarle el reloj y porque los maltrataba. La viuda de mi amante se quedó con el reloj. De todos modos, yo no lo quería. Había sido la causa de su muerte. Pero lo que él sentía por mí era amor verdadero. A veces pasa.

1915

A lo largo de los años siguientes, descubrí que todos los hombres se parecen en muchos aspectos. Les gusta que les alaben el carácter y su manera de expresarlo en la cama. Quieren oír hablar de su don de mando, de lo mucho que trabajan, de su generosidad, de su perseverancia y de su diligencia. Les agrada que les mencionen su superioridad. La mayoría necesita que varias mujeres los inunden con una corriente incesante de adulación. Yo lo comprendí en seguida. También aprendí a calcular desde el principio cuánto duraría el interés de cada hombre, basándome en la duración del contrato. Cuando dejó de sorprenderme que su interés se esfumara, también dejó de molestarme su inconstancia, aunque en algunos casos me alegré de que el contrato se prolongara una temporada más. En otros, habría preferido que no se alargara.

Cada hombre tenía sus particulares fantasías eróticas, superficialmente similares. Si uno quería una caricia en la espalda, podía quererla con un dedo de la mano o con un dedo del pie, con un pezón, con la lengua, con un plumero, con un matamoscas o con un látigo. Cuanto más hábil me volvía en el reconocimiento de las sutiles diferencias de sus necesidades, más fácil me resultaba imaginar qué otra cosa podía gustarles y utilizar ese conocimiento en mi provecho. Podía darles una vez lo que querían y después negárselo, para volvérselo a ofrecer más adelante sin previo aviso, o después de que me hubieran hecho otro regalo. Había un hombre que disfrutaba lavándome las partes íntimas. A otro le gustaba asomarse a mi boca y mirarme la garganta. Otro quería que le cantara la canción de la doncella de la montaña mientras me desnudaba dándole la espalda.

Otro gozaba mirando, escondido detrás del biombo, mientras yo me lustraba la perla con el juguete que él mismo me había regalado. Yo le contaba a Calabaza Mágica los gustos de todos ellos convencida de que tenía que haber alguno que ella no hubiera visto nunca.

—Yo también he tenido uno así —me contestaba ella siempre.

Sentí un gran orgullo cuando pude contarle una fantasía que ella nunca había conocido, ni tendría ocasión de escenificar nunca. El cliente me había pedido que me pusiera ropa elegante occidental y le dijera en inglés que no entendía sus repetidas proposiciones sexuales, que él me dirigía en chino. Entonces me había derribado (yo le había dicho que prefería la cama en lugar del suelo) y me había montado con entusiasmo, hasta que yo le grité en chino que ya podía entenderlo porque su audaz guerrero, al atravesarme la puerta, había conseguido unir nuestras mentes.

Casi tres años después de mi desfloración, Lealtad Fang me envió una nota en la que me preguntaba si podía verme. Estuve pensando si debía aceptar.

Ya no era altanera e ingenua; había dejado de ser una niña animosa y estúpida. No permitía que se me desbocaran los sentimientos hasta el extremo de confundir con amor el romanticismo de pago. Era una cortesana apreciada y conocida, y me enorgullecía de poder crear el romance más convincente para cada hombre y de ser capaz de proporcionárselo dentro de unos límites de tiempo, ya fuera una estación o dos. Nunca aceptaba un contrato más largo. No me convenía permanecer mucho tiempo fuera de circulación. Me había construido una reputación de cortesana honesta con sus clientes. Y si un pretendiente me hacía promesas, no me las creía, pero nunca me refería con cinismo a su enamoramiento. Recordé todo eso mientras consideraba la solicitud de Lealtad. Pero aun así se me aceleró el corazón.

Había seguido viendo a Lealtad de vez en cuando en las

fiestas, solo o acompañado de cortesanas. Siempre me trataba con cortesía y yo con el tiempo fui ganando desenvoltura, hasta que descubrí que era capaz de saludarlo con el afecto superficial de una antigua amistad. Finalmente pude encontrarme con él sin sentir amargura ni humillación. Como él mismo había pronosticado, llegué a verlo como un cliente que me había tratado mucho mejor que la mayoría.

Le hablé de su proposición a Calabaza Mágica. Ella abrió mucho la boca y frunció el ceño con gesto sarcástico.

—¿Será que quiere cortejarte?

Lo recibí en mi habitación, resuelta a no concederle ningún favor en nombre de los viejos tiempos.

—Te he estado observando durante casi tres años —me dijo—, no sin cierto deseo de que alguna vez pudiéramos volver a disfrutar juntos. Sin embargo, temía que volvieran los viejos resquemores.

—Era joven e ingenua —repliqué.

—Has aprendido con rapidez y sospecho que ahora sabes más que la mayoría. Veo que has recuperado tu espíritu, tu independencia. Me pregunto si realmente me has perdonado. Me habría gustado que nos encontrásemos ahora por primera vez. Podrías haberme visto como a un cliente más y habríamos podido disfrutar de nuestro tiempo juntos sin la carga de unas expectativas mayores.

—No es necesario que te perdone porque tú no me has hecho nada malo. Soy yo la que debe pedirte perdón. Era insufrible, ¿verdad? Cuando recuerdo aquellos tiempos, me pregunto por qué no te fuiste antes.

—Tenías quince años. —Entonces me miró de esa manera que yo conocía tan bien—. Violeta, me gustaría ser tu cliente permanente durante una estación. ¿Serías capaz de resistirlo, teniendo en cuenta tu pasado rencor hacia mí?

No dije nada. Habitualmente tenía una respuesta preparada para cualquier proposición que pudiera hacerme un hombre. Pero esta propuesta tenía que ver con mi corazón herido. Yo había hecho un esfuerzo para curarme las heridas y convertirme en una persona diferente. Mi deseo por él era tan intenso que podría haberme dejado ir fácilmente. Al cabo de un momento, pensé: ¿Por qué no disfrutar de toda una estación sin tener que fingir la conquista del éxtasis, como tenía que hacer con otros hombres? Sería como tomarse unas vacaciones. Pasara lo que pasase y sin importar el sufrimiento que pudiera venir después, yo anhelaba sentir la vieja adicción del amor.

—Antes de que respondas con un sí o con un no, necesito decirte algo más —anunció él—. Tengo esposa.

Al instante volví a sentir el antiguo dolor.

—No nos casamos por amor —me aclaró—. Nuestras familias se conocen desde hace tres generaciones y los dos crecimos juntos, como hermanos. Desde los cinco años estábamos destinados a casarnos, pero ella aplazó la boda tanto como pudo por un motivo que te alegrará conocer. No siente ninguna atracción sexual por los hombres. Las dos familias siempre han creído que es la reencarnación de una monja budista y confían en que yo sea capaz de cambiar sus tendencias religiosas. Pero la verdad es que está enamorada de una mujer, una prima mía a quien conoce desde la infancia. Cuando mi esposa dio a luz a nuestro hijo, todos se dieron por satisfechos, y las dos monjas reencarnadas pudieron trasladarse a vivir juntas a otra parte de la casa. Aun así, sigue siendo mi esposa. Te lo digo, Violeta, para que no pienses que otra cortesana me está engatusando para que la haga mi mujer. Ya tengo una y no quiero entrar en el caos de las concubinas.

Tal como había prometido, firmó un contrato como cliente permanente durante una estación. En ese tiempo no tuve que interpretar ningún papel. Simplemente, cedí a los impulsos del amor y del placer, tratando de no pensar en el dolor que vendría después.

Cuando terminó la estación, Lealtad me hizo una promesa diferente.

—Siempre seré tu amigo fiel. Si alguna vez tienes un problema, ven a verme.

—¿Aunque sea una vieja arrugada?

—Aunque seas centenaria.

Acababa de ofrecerme una amistad para toda la vida. Me

entregaba su lealtad, el significado de su nombre. Siempre estaría dispuesto a ayudarme. ¿No era eso lo mismo que el amor? ¿No valía tanto como las estaciones de toda una vida? Me siguió visitando una o dos noches cada pocas semanas, y en cada ocasión se abría para mí la esperanza de un nuevo contrato. Evitaba presionar a mis pretendientes para que se decidieran a ser clientes permanentes porque no quería dejar de estar libre para él. Al cabo de un tiempo, le dije en tono de suave reproche:

—En lugar de pasar noches sueltas conmigo cuando no estoy ocupada, ¿por qué no firmas un contrato y me tienes a tu disposición siempre que quieras?

—Violeta, amor mío, te he dicho muchas veces que tú me conoces mejor que nadie. No tengo espejo, pero tú me ves tal como soy. Cuando estoy contigo, siento el viejo anhelo, la fuerza vital, y si no me resistiera, sentiría el vacío y no me empeñaría todavía más en la lucha. Sentiría el paso del tiempo, junto con el terror de que algo importante se me hubiera escapado, mi mejor propósito en la vida, una meta que no lograría alcanzar antes de la muerte. Sentiría el transcurso de los días y vería acercarse el fin. No hace falta que diga nada más. Tú sabes todo esto mejor que yo.

—Lo único que sé es que todo eso vale menos que un pedo de perro. Si te conociera tanto como dices, podría manejarte para que hicieras lo que quiero.

Se echó a reír.

Cada vez que le hacía una pregunta, su respuesta era mejor de lo que esperaba, pero contenida dentro de otra peor, como un enigma abierto a la esperanza. Me había prometido su lealtad para toda la vida, pero no quería que yo lo colmara, y en consecuencia debíamos permanecer separados. ¿Cómo podía colmarlo yo? ¿Por qué no podíamos fingir que intentaba hacer realidad sus sueños y fracasaba? ¿Y qué pasaba con mis propios deseos? Me sentía como si estuviera corriendo en el interior de un laberinto, persiguiendo algo que no podía ver y que sin embargo sabía que era importante. Lo percibía un poco más adelante, pero en cuanto doblaba una esquina, desaparecía. Tenía que decidir qué hacer a continuación, adónde ir y cómo salir de ese lugar de confusión. Si dejaba de correr y me quedaba quieta, entonces estaría aceptando que eso era todo y que nunca tendría nada más. Pero ya no estaría perdida porque no habría ningún lugar al que ir.

Con el paso del tiempo, descubrí por fin cuál era la sombra desconocida que estaba persiguiendo: era mi antiguo yo más feliz, ese pasado que mis preocupaciones y mi descontento habían expulsado. Dejé atrás los anhelos y seguí adelante con la mente más despejada y la mirada más clara, lista para atrapar al vuelo lo que se me ofreciera.

CAPÍTULO 6
Un gorrión enjaulado

Shanghái
Marzo de 1918
VIOLETA

El festival de la primavera llegó y pasó, y Calabaza Mágica lamentó una vez más que tampoco en esa ocasión hubiera conseguido figurar en la lista de las Diez Bellas de Shanghái. Me acusó de no haber alimentado ningún rumor interesante en la prensa sensacionalista, de haber lucido colores poco adecuados y de no cultivar amistades más influyentes entre mis clientes.

—¿Acaso crees que las chicas que han ganado son más guapas o tienen más talento que tú? ¡Nada de eso! Pero no se pasan el día entero partiendo pipas de melón, convencidas de que la popularidad siempre aumenta y nunca disminuye.

El concurso estaba amañado, pero ella se negaba a creerlo. Las cortesanas ganadoras trabajaban en casas controladas por la Banda Verde, y los votos de los miembros de la banda valían por diez.

—Aunque el concurso no estuviera amañado —dije—, ¿te has parado a pensar que tengo veinte años? Soy un melocotón abierto y catado. Ya no soy nueva ni enigmática. Y ya no es una ventaja ser una flor eurasiática.

Calabaza Mágica resopló desdeñosamente.

—Si piensas así, será mejor que empieces a buscar la manera de atraer la atención de los clientes, o acabarás siendo la ayudante de otra chica tan desagradecida como tú.

El mundo de las flores estaba lleno de malas hierbas eurasiáticas: chicas medio americanas, medio inglesas, medio alemanas, medio francesas y un centenar de variedades más de nacionalidades al cincuenta por ciento. Había más mestizas aún en las casas de segunda categoría, y en los fumaderos de opio, muchas más todavía. A las cortesanas de las casas más selectas no nos gustaban los extranjeros ni los recién llegados, ya sea que estuvieran de paso o que hubieran echado raíces en busca de una oportunidad. Los extranjeros estaban cambiando Shanghái para satisfacer una codicia sin límites. Los japoneses se estaban quedando con los negocios, las fincas y las viviendas de los chinos. Eran propietarios de pequeñas tiendas y de grandes comercios. Sus geishas disfrutaban de más prestigio que nuestras mejores cortesanas, aunque no ofrecían sexo, sino únicamente una música que sonaba como la lluvia sobre el tejado. Me preguntaba por qué tendrían tanta aceptación. Si nuestras flores hubieran ofrecido sólo esa música, habrían tenido que tocarla por las calles, aporreando el cuenco de latón de las limosnas.

La semana anterior nos había sorprendido la noticia de que tres de las mejores casas de cortesanas habían decidido admitir clientes extranjeros. En la Oculta Ruta de Jade teníamos visitantes extranjeros todas las noches, pero no entraban en la casa de cortesanas, excepto como invitados de uno de nuestros clientes chinos. Y aun entonces, podían mirar, pero no tocar. Nos llegaron rumores de que los occidentales que frecuentaban las casas de primera categoría no respetaban el protocolo ni las costumbres. No tenían paciencia para cortejar a una bella durante un mes. Flirteaban, jugaban, bebían, comían y escuchaban a las chicas cantar. Y los más enérgicos y generosos conseguían que los invitaran al *boudoir* esa misma noche. En nuestra opinión, esas casas antes prestigiosas habían caído más bajo que las de segunda categoría. Por otro lado, los occidentales dejaban propinas suculentas, normalmente en dólares de plata, y nuestro negocio se había vuelto menos rentable en los últimos años. No era de extrañar que las casas empezaran a permitir excepciones. Las joyas que regalaban los clientes chinos podían ser más valiosas que los dólares, pero cuando las cortesanas iban a la joyería o a la casa de empeños a venderlas, recibían mucho menos que su valor real y, además, en yuanes chinos. Muchos temían que la moneda perdiera valor si se producía cualquier mínimo enfrentamiento entre los cabecillas militares locales y el gobierno republicano, pero habría sido poco patriótico decirlo en voz alta.

¿Qué pasaría con nuestra casa? Si no recibíamos a los extranjeros, ¿qué otra cosa podríamos ofrecer? Había más de mil quinientas casas de primera categoría, y muchas tenían mobiliario más nuevo y decoración más moderna, más juegos de naipes, aparatos de radio, gramófonos en todas las habitaciones y retretes modernos que se llevaban el agua sucia con sólo tirar de una cadena. La señora Li decía que no podía permitirse cambiar los muebles y la decoración cada vez que variaba la brisa.

En las casas de segunda categoría y en las calles, la oferta de procacidades e impudicias superaba todo lo imaginable. No había nada suficientemente sagrado o valioso que quedara a salvo de la degradación. Algunas prostitutas eran viudas de nobles (o al menos eso decían) y ofrecían a los hombres la oportunidad de rozarse con alguien de alcurnia. Había señoras en matrimonios «semiabiertos», lo que significaba que aceptaban visitantes desde la mañana hasta última hora de la tarde, mientras sus maridos estaban fuera. Había una mujer mayor que aseguraba haber sido una cantante famosa y tenía la habitación decorada con carteles del apogeo de su gloria. Nosotras no creímos al principio que fuera la cantante que habíamos admirado en otro tiempo, pero fuimos a visitarla y descubrimos que era cierto lo que decía. Para los extranjeros, había chicas eurasiáticas que afirmaban ser hijas de diplomáticos, chicas pálidas de rasgos europeos que decían ser hijas de misioneros, numerosas parejas de gemelas vírgenes y un montón de bellas cortesanas que en realidad eran hombres apuestos. Pero las mentiras seguían atrayendo a los extranjeros, que eran demasiado ignorantes para darse cuenta de que los estaban engañando o se sentían demasiado avergonzados para admitirlo después. Imaginábamos que esos mismos extranjeros serían los que entrarían por nuestras puertas.

Bermellón tenía casi veinticinco años y había dejado atrás sus mejores tiempos, aunque se negaba a reconocerlo. Su reputación la había llevado lejos y aún atraía pretendientes a la antigua usanza, que ofrecían fiestas y le pedían que tocara la cítara y cantara. Pero ahora ya no se veían obligados a esperar varias semanas hasta que estuviera libre. Y no todos gozaban de una cuantiosa fortuna ni de grandes influencias, aunque teníamos la suerte de que algunos de nuestros antiguos clientes nos siguieran siendo fieles.

Vi la expresión de horror en la cara de Bermellón cuando la señora Li le propuso admitir extranjeros, siempre que fueran respetables y adinerados, y no funcionarios ni marineros.

—No sólo se ha vuelto aceptable, sino que está de moda —insistió la madama—. Aun así, seguiremos seleccionando a nuestra clientela. Sólo recibiremos extranjeros que sean presentados por un cliente antiguo de la casa que responda por la respetabilidad de su amigo.

Bermellón echaba fuego por los ojos.

—Son groseros y no conocen los buenos modales —afirmó—. Tienen gonorrea, sífilis y toda clase de parásitos que te dejan llena de ronchas rojas de la cabeza a los pies. ¿Quieres que yo, tu hija querida, me convierta de la noche a la mañana en una prostituta enfermiza?

La señora Li entrecerró los ojos.

—Si quieres heredar esta casa —dijo—, será mejor que de ahora en adelante aceptes gánsteres como clientes permanentes.

La semana siguiente, Lealtad Fang le dijo a la señora Li que le complacería mucho presentarle a un amigo. Se trataba de un norteamericano, hijo de una distinguida familia cuya compañía naviera llevaba haciendo negocios con China desde hacía más de cincuenta años. Lealtad dijo que estaba más que satisfecho con sus servicios de transporte, que él utilizaba para exportar su porcelana a Europa y América. Entre alabanzas, dio testimonio del buen carácter del padre y, aparentemente, también del hijo.

—Hace casi un año que está en China —me dijo mientras

tomábamos el té—. Es un joven muy serio, pero muy occidental en su manera de pensar. Me ha dicho que está tratando de aprender chino por su cuenta, aunque debo reconocer que el chino que intenta hablar, sea el que sea, es tan atroz que resulta imposible de entender. He tenido que recurrir a mi defectuoso inglés para hablar con él y como lo tengo bastante oxidado, nuestras conversaciones se han limitado al tiempo, el país donde vive su familia, su estado de salud, el año en que falleció su abuelo, la comida que ha probado en Shanghái y si ha encontrado apetecible algún plato, aunque le haya parecido extraño. Me cuesta mucho hablar con él de intrascendencias. Cada pocos minutos tengo que sacar ese maldito diccionario chino-inglés que tú me regalaste. Sé decir en inglés «verdura», «carne» y «fruta», pero nunca recuerdo cómo se dice «col», «cerdo» o «mandarina». En cualquier caso, por lo que he podido observar en nuestras conversaciones, puedo asegurarte que es cortés, humilde y bastante tímido, lo que resulta verdaderamente inusual para un americano, ¿no crees? La última vez que hablé con él, me dijo que le gustaría conocer a una mujer china que hable suficiente inglés para mantener una conversación interesante. Naturalmente, pensé en ti.

—Entonces ¿ya no soy tu pequeña belleza eurasiática? —pregunté—. ¿De repente, me he vuelto china para complacer a tu amigo?

—¡Eh! ¿Te avergüenza ser china? ¿No? Entonces ¿por qué me criticas? Cuando nos conocimos, eras la princesita eurasiática de Lulú Mimi y así te veían todos. Desde entonces, nunca he pensado que fueras de una raza o de otra. Eres simplemente quien eres: una arpía irascible que se niega a perdonarme, aunque todavía no sé por qué.

—No sé para qué me molesto en hablar contigo —repliqué.

—Violeta, por favor, no discutamos. Tengo una reunión dentro de media hora. En cualquier caso, mi amigo me ha dicho que le gustaría mantener una conversación interesante, y espero que no le ofrezcas una como la que estamos teniendo en este momento.

Ahora que ya no estaba enamorada de Lealtad, podía ver

con claridad sus defectos y reconocer sus afrentas y su arrogancia. Lo peor de todo era la escasa consideración que mostraba por mis anteriores sentimientos hacia él. Me recibía en las fiestas con afecto, pero nunca solicitaba mi asistencia a la fiesta siguiente. En uno de esos encuentros, estuvimos largo rato flirteando mientras él recordaba los pormenores de mi desfloración. Lo tomé como un signo de que quería pasar la noche conmigo y cuando lo invité a revivir el pasado, se disculpó diciendo que estaba exhausto porque acababa de regresar de Soochow. Me sentí humillada.

—¡Ah, Soochow, tierra de bellas cortesanas! —repliqué—. No me extraña que estés agotado.

Contestó que yo no apreciaba el esfuerzo que había hecho para visitarme, y yo le dije que todo su esfuerzo se reducía a asistir a una fiesta a la que casualmente yo estaba invitada. Cuando en otra ocasión mostró interés en pasar la noche conmigo, le dije que estaba demasiado cansada para recibir visitantes, y se enfadó. Sabía perfectamente por qué le había respondido así. Hacía casi dos años que discutíamos, pero no podíamos prescindir el uno del otro, hasta ese momento. Empecé a sospechar que sentía tan poco aprecio por mí que estaba dispuesto a entregarme a un americano, aun sabiendo que el hombre querría fornicar conmigo en cuanto consiguiera aprender cuatro frases útiles en chino.

A última hora de la tarde, un sirviente anunció la llegada del extranjero. Esperábamos su visita, pero se presentó con una hora de retraso, lo que nos hizo pensar que no iba a tratarnos con respeto. Entré en el salón de muy mal humor. El hombre se puso de pie. Miré el reloj que teníamos sobre el aparador y dije en inglés, con fingida sorpresa:

—¡Santo cielo! ¿Ya son las cuatro? Espero no haberlo hecho esperar. Pensábamos que vendría a las tres.

Lo miré con una leve sonrisa, pensando que se disculparía por la tardanza.

—No he tenido que esperar nada. Lealtad Fang me dijo que viniera a las cuatro.

¡Maldito Lealtad y su inglés cochambroso! El americano se

me quedó mirando, decepcionado sin duda de que yo no fuera la flor exótica que esperaba.

—Soy mitad china —le dije secamente.

La señora Li y Calabaza Mágica ya estaban sentadas. Bermellón se había ausentado, como había anunciado antes, y Brillante y Serena vinieron a reunirse con nosotros poco después. Eran dos hermanas nuevas, que habían trabajado en otro establecimiento de primera categoría, hasta que la madama murió y la casa entró en rápida decadencia. La señora Li había pensado que sería útil para ellas observar el comportamiento de los occidentales. Yo había estado a punto de presentarme con traje occidental, pero en el último momento decidí que mi irritación hacia Lealtad no debía guiar mi conducta. Llevaba el pelo recogido en un moño y vestía un traje chino, pero moderno: largo y estilizado, con el cuello alto. Me senté frente al norteamericano, que ocupaba un sillón. Por la expresión rígida de las otras cortesanas, noté que les resultaba chocante ver a un extranjero en la casa. Su presencia cambiaba la categoría del establecimiento. Además, no tenía el aire de los americanos sofisticados, ni se comportaba como los acaudalados empresarios que solía recibir mi madre.

Se llamaba Bosson Edward Ivory III. Lealtad me había dicho que debía de tener unos veinticinco años, pero parecía mayor. Era de constitución delgada y tenía las típicas facciones huesudas de los anglosajones, con cabeza en forma de nabo: bóveda y frente grandes, y mentón fino y alargado. Tenía los ojos castaños y el pelo ondulado, rubio arenoso y mal peinado. También el bigote parecía descuidado, como una escoba usada para barrer residuos medio carcomidos. Vestía ropa bien cortada, limpia y almidonada, pero arrugada. Una apariencia descuidada era siempre una falta de respeto, excepto en un mendigo muerto de hambre.

—Llámenme Edward, por favor —dijo y procedió a besarnos las manos a todas las cortesanas de una manera ridículamente galante.

—Edward es un nombre difícil de pronunciar para los chinos —repliqué—. Bosson es mucho más fácil.

—Bosson es el nombre de mis antepasados fallecidos y conlleva una pesada carga de éxito y trabajo duro, dos cosas que, sinceramente, me son ajenas.

Me di cuenta de que estaba bromeando, pero lo traduje como si hablara en serio.

—Es demasiado sincero —opinó Calabaza Mágica.

—Por supuesto, si es más fácil para ellas —prosiguió el extranjero—, no me importará que me llamen «Bosson».

Les dije a mis compañeras el nombre en chino: Bo-sen, donde *bo* significaba «rábano» y *sen*, «enorme». ¡Rábano gigante! Las chicas apreciaron la ocurrencia.

Nos trajeron entonces una jarrita de leche y una bandeja de galletas de mantequilla con mermelada. La señora Li dijo que había tenido que ir hasta el mercado de los extranjeros para encontrar leche con que estropear el té.

Nos pusimos a hablar de la estancia de nuestro invitado en China, y yo de vez en cuando traducía brevemente sus palabras. Dijo que había llegado un año antes, pero que aún no había visto tanto como habría deseado. Tenía pensado quedarse bastante tiempo, quizá varios años más. Se recostó en el respaldo del sillón con las piernas muy abiertas, como si estuviera en una taberna del Lejano Oeste. No parecía tímido, como lo había descrito Lealtad, sino al contrario, demasiado desenvuelto.

—Me gusta conocer lugares que la gente normalmente no ve —dijo—. La mayoría de los americanos carecen de espíritu aventurero para conocer a fondo los países extranjeros.

—En China, el extranjero es usted.

—¡Ja, ja! Después de un año aquí, debería recordarlo. Quizá me acostumbre en los próximos cinco años.

—Cinco años es mucho tiempo para una visita. ¿O tiene pensado quedarse a vivir en China?

—Estoy abierto a todos los planes. Sólo sé que no me iré en los próximos meses.

—¿Se siente a gusto donde se aloja? El alojamiento siempre es importante en una visita larga. Si no está cómodo, sólo sabrá hablar mal de Shanghái, y eso sería una pena porque en esta ciudad es muy fácil sentirse en el cielo.

—Me tratan maravillosamente bien. Me alojo cerca de la avenida de la Fuente Efervescente, en la casa de invitados de un viejo amigo chino de mi padre, el señor Shing. Hace años, cuando fue a estudiar a Estados Unidos, el señor Shing se alojó en casa de mis padres, en el estado de Nueva York. Yo era demasiado pequeño para recordarlo, pero aunque él era muy joven en aquella época, dejó en mi familia la impresión de ser refinado y misterioso, además de muy amable. Creo que el señor Shing ha sido el motivo de que siempre sintiera curiosidad por China.

Mientras él hablaba, yo traducía para las otras flores, abreviando cada vez más a medida que avanzaba la conversación. Su familia era propietaria de una compañía naviera, fundada por su bisabuelo ochenta años atrás.

—Desgraciadamente, debo reconocer que la familia Ivory hizo fortuna con el opio. Ahora nos dedicamos al transporte de artículos manufacturados, como las teteras y los platillos que fabrica Lealtad Fang.

Su familia lo había enviado a Shanghái para que se familiarizara con el negocio, ya que algún día lo heredaría. Cuando les traduje eso a las bellas, parecieron más interesadas.

—Eso dice él —añadí—, pero los americanos son famosos por inventarse todo tipo de cosas cuando no hay nadie cerca para contradecirlos.

—La verdad es que no he aprendido nada del negocio —prosiguió él—. He huido de toda responsabilidad y puede decirse que soy un vagabundo sin planes. Me gustaría descubrir China de manera espontánea, sin un programa fijo que me obligue a visitar templos y pagodas. No quiero ninguna guía de viajes que me prometa sentirme «transportado a las épocas remotas de los primeros emperadores». —Sacó una libreta del bolsillo de la chaqueta—. Estoy escribiendo un diario de mi estancia en China, simplemente una serie de escenas que ilustro con bocetos a lápiz.

—¿Piensa publicarlo? —le pregunté por cortesía.

—Sí, cuando mi padre compre una editorial.

El hombre no tenía una sola idea sensata en la cabeza.

—Escribo solamente para mí —aclaró—. No le endilgaría a nadie mis torpes historietas. Sería una crueldad.

—¿Les pone título a los libros que escribe sólo para usted?

—Sí, éste se llama *Más allá del Lejano Oriente.* Se me ocurrió la semana pasada. Usted es la primera en saberlo. Por supuesto, ya había pensado una docena de títulos antes que éste y puede que se me ocurra alguno más. Ése es el problema cuando uno no tiene propósito, ni destino, ni lectores.

—Entonces ¿ha llegado más allá?

—No, no mucho. No he pasado del suroeste de Shanghái. Sin embargo, cuando digo «más allá», no me refiero a la distancia, sino más bien a un estado de ánimo. ¿Ha leído *Hojas de hierba,* de Walt Whitman?

—En Shanghái tenemos muchas cosas de todo el mundo, pero por desgracia no disponemos de todos los libros que se han publicado en inglés a lo largo de la historia.

—Whitman es un poeta muy admirado. Sus poemas son mi guía de viaje, por así decirlo. Por ejemplo, éste:

> *Nadie, ni yo ni nadie, puede andar este camino por ti.*
> *Habrás de recorrerlo tú solo.*
> *No está lejos; lo tienes a tu alcance.*
> *Tal vez estás en él desde que naciste, sin saberlo.*
> *Tal vez está en todas partes: en el mar y en la tierra.*

Yo no conocía el poema, pero había vivido la angustia de esas palabras, la soledad de sentirme en un camino hacia un lugar desconocido, sin ninguna razón comprensible para estar allí. Era como la pintura del valle entre las montañas, con nubes que eran a la vez oscuras y rosadas, y un lugar luminoso en el horizonte que tanto podía ser un paraíso deslumbrante como un lago de fuego.

—Por su expresión, debo suponer que el poema no ha sido de su agrado —dijo Edward Ivory.

—Al contrario. Me gustaría leer un poco más algún día.

Calabaza Mágica intervino.

—Pregúntale si piensa vender la historia de su visita a una casa de cortesanas.

Nuestro invitado le respondió a ella directamente, como si entendiera inglés.

—Si escribo sobre ustedes, estoy seguro de que sólo por eso venderé más ejemplares.

Se lo traduje y Calabaza Mágica respondió secamente:

—Dile al mentiroso que me describa joven y guapa.

Edward Ivory rió. Brillante y Serena sonrieron, aunque no entendían nada de lo que estábamos diciendo.

—Dos chicas adorables —comentó él—. La de la izquierda parece casi una niña. Demasiado joven para haber caído en una vida como ésta.

Sentí como si me hubiera tragado una piedra. ¿Quién era él para compadecernos?

—No me considero una mujer «caída» —dije.

Casi se atraganta con la galleta.

—Perdón, he elegido mal las palabras. Además, no me estaba refiriendo a usted. Usted no es una de ellas.

—Desde luego que soy «una de ellas», como usted dice. Pero no hace falta que nos compadezca. Vivimos bastante bien, como puede ver. Tenemos libertad, a diferencia de las mujeres americanas, que no pueden ir a ninguna parte sin sus maridos o sus tías solteronas.

Por una vez, se puso serio.

—Le pido disculpas. Tengo la mala costumbre de ofender a la gente sin querer.

Decidí poner fin a un encuentro que no estaba teniendo ningún éxito.

—Creo que ya hemos tenido bastante conversación por hoy, ¿no cree?

Me levanté para obligarlo a ponerse de pie. Esperaba que mostrara su agradecimiento y se fuera.

Pero me miró sorprendido y tras rebuscar en el bolsillo del chaleco, sacó un sobre y me lo entregó. Contenía veinte dólares americanos de plata.

«¡Maldito Lealtad!», pensé.

—Señor Ivory, me parece que el señor Fang omitió explicarle que esto es una casa de cortesanas, y no un burdel donde pueda fornicar con una prostituta con sólo entrar por la puerta con unas cuantas monedas tintineando en el bolsillo.

Arrojé los dólares de plata a la mesa y algunos cayeron y se desparramaron por la alfombra.

La señora Li y Calabaza Mágica maldijeron entre dientes, mientras las bellas exclamaban que Bermellón estaba en lo cierto cuando había dicho que los extranjeros tenían la mente y el cuerpo enfermos. Se levantaron y se fueron.

Edward estaba perplejo.

—¿No es suficiente?

—Veinte dólares es lo que cobran las putas yanquis que trabajan en los barcos del puerto. Le agradezco que piense que valemos lo mismo, pero debo informarlo de que el establecimiento está cerrado.

Esa noche, Lealtad vino a verme, y Calabaza Mágica lo llevó a mi habitación para evitar que las otras oyeran mis invectivas. No esperé a que la puerta se cerrara para ponerme a gritar:

—¡El demonio extranjero que tienes por amigo me ha tratado como a una puta del puerto! ¿Ahora te dedicas a hacer correr el rumor de que esto es un prostíbulo?

Se le notaba la angustia en la cara.

—Es mi culpa, Violeta. No me extraña que lo pienses, pero no es lo que crees. Ese hombre y yo estábamos hablando en inglés de sus deseos de conocer a una chica que le hiciera compañía y supiera hablar inglés. Entonces yo le dije que conocía a una mujer muy poco corriente y te describí en términos completamente honestos: le conté que hablabas un inglés perfecto y le dije que eras preciosa, culta, inteligente, instruida...

—Basta de adularme —lo interrumpí.

—Después le dije que eras cortesana y le pregunté si sabía lo que era una casa de cortesanas de primera categoría. O al menos eso creí haberle dicho. Él me respondió que sí y yo le pregunté si conocía las costumbres. Pero resulta que en lugar de decirle en inglés «casa de cortesanas de primera categoría», le dije las palabras que encontré en el diccionario que tú me regalaste: «prostíbulo número uno». Después él se fue al American Bar y le preguntó a un hombre que llevaba muchos años en la ciudad cómo eran los prostíbulos en Shanghái. El hombre del bar le aseguró que en cualquiera de ellos podría hacer realidad todos sus sueños con sólo pagar un dólar por una visita normal y hasta diez por una sesión con especialidades diversas. Cuando más tarde Edward le contó lo sucedido al mismo parroquiano, el tipo se echó a reír, le explicó lo que era una casa de cortesanas y le dijo que nunca más le permitirían entrar en ninguna. Edward me llamó de inmediato y me lo contó todo. Por lo visto, cuando tú le dijiste que ya habían tenido suficiente conversación, él pensó que estabas preparada para hacer realidad todos sus sueños. No puedes culparlo a él, ni tampoco a mí, al menos no del todo. Parte de la culpa la tiene ese maldito diccionario chino-inglés que tú me regalaste. Y no es la primera vez que me hace cometer errores embarazosos. Puedo contártelos, si no me crees, aunque por lo visto últimamente me crees muy poco. ¿Te parece que hagamos las paces?

Colocó sobre la mesita del té dos cajas envueltas con mucha elegancia.

—Edward me ha pedido que te traiga estos regalos para que lo perdones. También le preocupaba que te hubieras enojado conmigo. «Por eso no te preocupes», le dije yo. «¡Hace años que está enojada conmigo!» ¡Eh, Violeta! ¿No podrías reírte al menos una vez?

La caja más grande contenía un libro de tapas verdes, con el título grabado en letras doradas: *Hojas de hierba.* Del título surgían tallos y zarcillos que se enredaban con las letras y se propagaban libremente hacia los bordes. Encontré además una hoja de papel de carta, donde él había escrito el fragmento que me había resultado tan familiar.

En la caja pequeña había una pulsera de oro, rubíes y brillantes, un regalo excesivamente generoso de alguien que quizá no volviera a ver nunca. Leí la nota.

Estimada señorita Minturn:

Me siento profundamente avergonzado por mi grosera conducta, que sin embargo no fue intencionada. No merezco su perdón, pero espero que crea en la sinceridad de mis disculpas.

Atentamente,

B. EDWARD IVORY III

Calabaza Mágica fue con la señora Li a la joyería del señor Gao y allí averiguaron que Edward había pagado dos mil yuanes por la pulsera. El señor Gao dijo que la habría vendido por la mitad del precio si el extranjero hubiera sabido regatear. Aun así, debíamos considerar el importe que Edward Ivory realmente había pagado como señal de su respeto hacia nosotras.

—La pulsera vale el perdón —dijo Calabaza Mágica—, sobre todo porque el verdadero culpable ha sido Lealtad. La señora Li y yo estamos de acuerdo. —En seguida añadió—: El extranjero no debería esperar nada más que tu perdón, a menos que tú quieras otra cosa, y en ese caso, la pulsera sería un buen comienzo.

Lealtad llamó dos días después y preguntó si podía celebrar una pequeña cena en nuestra casa y traer a Edward entre sus invitados.

—Debo ser honesto, Violeta. Me lo pidió él. Recibió tu nota de perdón, pero todavía se siente muy mal. No come ni duerme. Repite no sé qué desvaríos de que siempre hace daño a todo el que se le acerca. Yo le he dicho que la culpa ha sido mía y no suya, pero no ha sido suficiente para tranquilizarlo. Quizá todos los americanos aquejados de melancolía se comporten como si se hubieran vuelto locos. Pero temo que acabe tirándose al río y no quiero que su fantasma vuelva en el futuro para atormentarme y decirme una y otra vez que lo siente.

Sus razonamientos siempre me resultaban exasperantes.

—Entonces ¿prefieres que sea yo la responsable de que un loco se suicide? ¿Es eso lo que quieres? ¿Para qué me cuentas todo eso? Celebra tu fiesta. Yo asistiré y aceptaré personalmente sus disculpas. Si después se ahoga en el río, no podrás echarme la culpa a mí. En cuanto a ti, deberías haber aprendido inglés conmigo cuando aún podías.

Lealtad trajo a Edward y a otros cuatro invitados, suficiente compañía para una fiesta ruidosa con bebidas y juegos. Edward estuvo callado y casi no me dirigió la palabra, excepto para decirme «por favor», «gracias» o «muy amable». Fue atento con Bermellón, Calabaza Mágica y la madama, y excesivamente cortés con las otras flores, que le sonreían como si entendieran lo que decía en inglés. Al final de la velada, repartió generosas propinas entre Calabaza Mágica y las otras doncellas, y me puso delante otro regalo, envuelto en seda verde. Hizo una reverencia con gesto grave y se fue. Abrí el regalo en privado, lejos de la mirada fisgona de Calabaza Mágica. Esta vez era una pulsera de esmeraldas y brillantes, con una tarjeta:

Apreciada señorita Minturn:

Le agradezco que me haya permitido disfrutar una vez más de su compañía.

Atentamente,

B. Edward Ivory III

Hacía por lo menos dos años que no recibía un regalo tan espléndido. A la noche siguiente, me puse las pulseras para ir a tres fiestas. Cuando salí a dar mi paseo vespertino en la berlina con Brillante y Serena, estuve todo el tiempo señalando los pajarillos y las nubes para que los transeúntes en las aceras pudieran apreciar los relucientes trofeos que llevaba en la muñeca.

A la mañana siguiente, la madama vino a decirme que tenía una llamada telefónica del americano. Edward se disculpó por la intromisión y por la audacia de pretender que lo atendiera. Su anfitrión, el señor Shing, ya le había advertido que cualquier invitación debía enviarse con una semana de antelación, pero él esperaba que comprendiera su precipitación. El gerente de la compañía naviera había reservado dos localidades en un palco del Club Hípico de Shanghái, pero había contraído la gripe y no podía asistir a las carreras, por lo que le había ofrecido las entradas a Edward. Casualmente, sir Francis May, el gobernador de Hong Kong, también estaría presente, a tan sólo dos palcos de distancia.

—Pensé que quizá podía probar suerte e intentar convencerla...

¡Era la oportunidad de conocer al gobernador! De inmediato lamenté no haber sido más amable con Edward el día anterior.

—Será un placer volver a verlo —contesté— para poder agradecerle personalmente sus preciosos regalos.

Como los chinos tenían prohibida la entrada al hipódromo, Calabaza Mágica dijo que teníamos que asegurarnos de disipar cualquier duda acerca de mi derecho de estar allí. Abrió el armario y sacó el vestido lila que se había puesto mi madre para ir al Club Shanghái. Todavía parecía nuevo y moderno. Recordé a mi madre la última vez que se lo había puesto. Aún conservaba en el pecho la vieja aflicción, que rápidamente podía transformarse en cólera.

Le dije a Calabaza Mágica que hacía demasiado frío y en seguida encontré otro vestido que ya me había puesto para comer en un restaurante occidental: un traje de excursión de terciopelo azul cerúleo, compuesto por capa corta y falda estrecha con una provocativa cascada de pliegues en la parte trasera. Me probé una pamela con un modesto adorno de plumas, pero cuando recordé que iba a estar sentada entre extranjeros, compitiendo por la atención del gobernador, sustituí la modestia por un espectacular plumaje que me hiciera sentir confianza. Me recogí el pelo, pero sin restarle movimiento, y me puse el collar de perlas que me había regalado Lealtad la noche de mi desfloración. Una hora después llegó Edward, al volante de un elegante automóvil de frente alargado, que contrastaba vivamente con los coches negros y cuadrados que iban tosiendo y echando humo por la calle. Casi disculpándose, dijo que su padre le había enviado el flamante Pierce-Arrow a bordo de uno de sus barcos, como regalo por sus veinticuatro años. De modo que ésa era su edad. Tenía cuatro años más que yo. Mientras nos dirigíamos al club hípico, me di cuenta de que no era necesario hacer nada para atraer la envidia y la atención de todos. El automóvil por sí solo hacía que toda la gente se parara por la calle para vernos pasar.

Cuando llegó el gobernador de Hong Kong, hubo un gran alboroto. La multitud se arremolinaba a su paso como un enjambre de abejas. Nosotros lo veíamos desde nuestras localidades, y cuando el gobernador miró en mi dirección, hizo un gesto de asentimiento y sonrió.

—¡Cuánto me alegro de verla, señorita Minturn!

Su saludo suscitó una oleada de murmullos.

—¿Quién es esa mujer? ¿Será su amante secreta?

Yo no me explicaba por qué sabía mi nombre, pero de inmediato sentí la embriagadora felicidad de esa fama pasajera entre los extranjeros. Edward también estaba impresionado y no dejaba de servirme una copa tras otra de delicioso vino frío, que se me subió un poco a la cabeza. Pronto empecé a notar una belleza especial en todo lo que nos rodeaba: la musculatura de los caballos, el deslumbrante cielo azul y también el mar de sombreros, entre los cuales destacaba el mío como el más bonito de todos. En mi estado de achispada euforia, podría haber olido estiércol y pensar que era perfume. Después de la tercera carrera, el gobernador se puso de pie, volvió a mirar en mi dirección, sonrió y se tocó brevemente el sombrero.

—Buenas tardes, señorita Minturn.

Esta vez lo reconocí. Había sido uno de los clientes favoritos de mi madre, un hombre amable que me saludaba con una sonrisa cada vez que me veía vagando por los salones de las fiestas. Mi madre me había contado que su hija pequeña había muerto cuando tenía mi edad. No me había gustado enterarme de algo tan triste, pero el mal trago de entonces había quedado compensado por la alegría de ser reconocida por el gobernador en las carreras. Su atención me había elevado a la categoría de persona importante. Con astucia, Edward hizo circular entre nuestros vecinos de palco el rumor de que el gobernador era un viejo amigo de la familia.

—Ella se niega a confirmarlo, pero creo que es hija del gobernador anterior, el que ocupaba el cargo antes de sir Francis.

Ese mismo día, Edward me preguntó si podíamos ser amigos. Me dijo que sería un placer para él ser mi acompañante y llevarme a todos los lugares que una chica americana deseaba conocer, pero que sólo podía visitar acompañada de una tía solterona. Supuse que me estaba proponiendo ser mi pretendiente, y en ese caso, iba a ser mi primer extranjero.

Pronto descubrí que la propuesta de Edward de ser mi acompañante significaba exactamente eso y nada más. Durante la primera semana, paseamos por el parque, cenamos en un restaurante y visitamos librerías americanas. Yo sabía que se sentía atraído por mí, pero ni siquiera insinuó que quisiera convertirse en algo más que un amigo. Supuse que tendría miedo de llegar más lejos, teniendo en cuenta nuestros desastrosos comienzos. O quizá sabía que yo contaba con otros pretendientes y le parecía indecoroso competir. Tal vez creyera que Lealtad era uno de ellos.

Durante la segunda semana, me llevó a visitar un templo, pero en cuanto llegamos se le declaró un dolor de cabeza lacerante y tuvo que regresar precipitadamente a su casa. Me dijo que padecía migrañas desde la infancia, pero me preocupó que hubiera contraído la gripe española. La Naviera Ivory había rodeado de secretismo el arribo de tres pasajeros enfermos procedentes de Estados Unidos. Casi de inmediato, el gerente de la oficina de Shanghái también había caído enfermo. Todos se recuperaron y nadie supo con certeza si en realidad habían padecido la mortífera gripe; pero durante la emergencia, la naviera había mantenido a todos sus empleados en cuarentena. A todos, menos a Edward, que en sentido estricto no era empleado de la compañía. Si Edward se había contagiado, entonces podía haberme contagiado a mí, y toda la Casa de Bermellón estaría en peligro y se vería obligada a cerrar. Todos los días leíamos en la prensa historias aterradoras acerca de la enorme mortalidad en otros países. Incluso el rey de España había estado a punto de morir de la gripe. Esperábamos que la oleada de muertes llegara a Shanghái en cualquier momento. Hasta ese momento, sin embargo, exceptuando algunas familias en las zonas más pobres de la ciudad, conocíamos a muy poca gente que hubiera enfermado. En nuestra casa bebíamos infusiones de hierbas amargas como profilaxis y observábamos a los huéspedes que parecían mareados o acatarrados, síntomas bastante fáciles de confundir con los de la borrachera. Si un hombre tosía, la señora Li se ponía de pie rápidamente, se cubría la nariz con un pañuelo y le pedía que regresara en otra ocasión. Por lo general, el hombre no se ofendía. La madama había oído que por las noches lavaban los tranvías con agua de cal y había decidido observar la misma precaución en casa. Había ordenado a los sirvientes que lavaran todas las mañanas el patio y el sendero de entrada con fuertes dosis de cal hidratada.

Edward se recuperó de la migraña, pero a los pocos días volvió a caer víctima del mismo mal. Lo describía como un veneno que se le metía en el cerebro. La sensación empezaba como un pinchazo en un ojo, después se extendía al cráneo y entonces el veneno se propagaba como un incendio. Su estado de ánimo siempre se volvía sombrío antes de uno de esos episodios, lo que me permitía predecir cuándo se declararía el siguiente. Transcurrían varios días sin que tuviera noticias suyas y después regresaba, con un humor excelente. Me contó que durante los ataques tenía que permanecer encerrado en una habitación a oscuras, sin poder hacer nada, ni siquiera pensar. Notaba que estaba mejorando cuando podía sentarse. Entonces se ponía a escribir en su diario de viaje y de ese modo terminaba de aliviar su malestar, como si las palabras escritas le purgaran el cerebro de los últimos restos de veneno.

Cuando me propuso que hiciéramos una larga excursión en automóvil, le pregunté si le parecía prudente. ¿Cómo íbamos a volver si sufría un ataque? Entonces decidió enseñarme a conducir.

Durante mi primera lección, conduje lentamente y él me dijo que se alegraba de tener la oportunidad de admirar el paisaje, que para mí era monótono. No había un solo palmo de terreno llano que no hubiera sido labrado y cultivado. Edward me hizo practicar girando en cada intersección. Arrojaba una moneda al aire y si salía cara, girábamos a la derecha; si cruz, a la izquierda. Cuando teníamos que dar marcha atrás porque la carretera estaba bloqueada por una búfala o por un montón de piedras de las que colocan los campesinos en el camino quién sabe por qué razones, él se ponía al volante. En todas partes atraíamos la atención de los campesinos que trabajaban doblando el espinazo sobre sus cultivos. Entonces Edward tocaba el claxon y los saludaba con la mano, y ellos dejaban de trabajar, se incorporaban y nos miraban con expresión solemne, pero nunca nos devolvían el saludo. Vimos un sinfín de casas de paredes encaladas. Pasamos por aldeas donde los hombres aserraban troncos para fabricar ataúdes. Vimos una fila de gente vestida de blanco, que avanzaba por los estrechos senderos entre los arrozales, en dirección al cementerio que coronaba una colina. Cuando noté que mejoraba mi competencia como chófer, empecé a conducir a más velocidad. De repente, el libro de Edward se abrió y de entre sus páginas salió volando una carta, que se perdió antes de que él pudiera atraparla. Le ofrecí dar la vuelta para ir a buscarla, pero él repuso que no hacía falta porque ya se sabía de memoria el contenido. Era de su mujer, que le informaba del mal estado de salud de su padre.

Saber que estaba casado fue una decepción, pero no una gran sorpresa. La mayoría de mis pretendientes tenían por lo menos una esposa, y cada vez que uno de ellos mencionaba ese hecho, era como si me estuviera recordando mi condición de diversión momentánea, de pasatiempo para una breve temporada y no necesariamente para el futuro. Para muchos hombres, yo era una mujer que sólo existía en un lugar determinado, como un gorrión encerrado en una jaula.

—¿Es grave lo de tu padre? —pregunté.

—Minerva dice que sí. Mi mujer utiliza la enfermedad de mi padre como arma para hacerme regresar, y a mí no me gustan sus trampas. Ya sé que puedo parecer insensible, pero conozco a Minerva y sé hasta dónde es capaz de llegar. El nuestro nunca ha sido un matrimonio feliz. Fue un error y te contaré por qué.

Habló con franqueza. Los hombres siempre se sinceraban

con nosotras porque pensaban que nada podía resultarle chocante a una cortesana, teniendo en cuenta su oficio. Pero me pareció que Edward también confiaba en mí como amiga, como si esperara que yo pudiera comprenderlo.

Me contó que a los dieciocho años iba andando a lo largo de una valla, junto a un prado donde pacían unos caballos, cuando una chica rubia lo saludó desde el otro lado de la alambrada y corrió hacia él. Era una joven de aspecto corriente, que lo miraba con evidente arrobo. Sabía su nombre y, curiosamente, también conocía a su familia.

—Era Minerva —dijo— y su padre era el veterinario que se ocupaba de nuestros caballos. Ella lo había acompañado un par de veces a nuestra casa.

Edward le dijo que saltara la valla y la llevó a un bosque cercano, sin saber muy bien qué haría cuando llegaran. Una vez allí, ella se levantó la falda y dijo que ya sabía cómo se hacía. Sin que mediara una palabra más, mantuvieron relaciones íntimas. Él interrumpió sus ardores antes de terminar para que ella no se quedara embarazada; pero la joven lo animó a seguir, diciendo que después se lavaría, tal como le había enseñado a hacer su tío. Lo dijo con total desparpajo, como si fuera lo más normal del mundo. Durante dos años se siguieron encontrando en el bosque. Ella siempre llevaba un tubo y un frasco con una solución de quinina, la misma que empleaba su padre para tratar a los caballos aquejados de modorra del ganado. En cuanto terminaban, se tumbaba de espaldas en el suelo y se introducía la solución en la vagina. Después se ponía de pie y saltaba durante un minuto seguido para expulsar todo el semen. No le producía ningún pudor que Edward la mirara, pero él normalmente se alejaba un poco y desviaba la vista. Casi nunca hablaban, excepto para acordar la siguiente cita.

Todo terminó cuando el veterinario, su mujer y Minerva se sentaron un día en el salón de la familia Ivory para exigir a Edward que se casara con la joven embarazada. Edward no salía de su asombro porque ella nunca había dejado de usar la solución de quinina. El señor Ivory declaró que su hijo no podía ser el padre e intentó que Minerva confesara su promiscuidad con otros. Pero animado por el deseo de desafiar a su padre (y no por el impulso de defender a Minerva), Edward reconoció que el niño era suyo. Entonces el señor Ivory ofreció a la familia de la chica una importante suma de dinero a cambio de desentenderse del problema, y de inmediato Edward reaccionó diciendo que estaba dispuesto a casarse con ella. La joven se echó a llorar de pura incredulidad, lo mismo que la madre de Edward. Él, por su parte, estaba orgulloso de haberle plantado cara a su padre, pero el orgullo le duró hasta la noche de bodas, una semana más tarde, cuando al ver a la joven tumbada en su cama y no en el bosque, sin necesidad de ningún frasco de quinina, sintió una profunda consternación. Poco después de la boda, Minerva le confesó a su madre que no estaba embarazada ni lo había estado nunca y que temía la reacción de Edward cuando se enterara de que no había ningún bebé en camino. Su madre le dijo que esperara un mes más y simulara un aborto espontáneo. Así lo hizo, con gran profusión de lágrimas y sollozos, y él sintió tanta pena al verla desconsolada que mencionó la palabra «amor». Entonces ella confundió la compasión con amor verdadero y le confesó que nunca había estado embarazada, convencida de que para entonces él agradecería el subterfugio. Cuando Edward le preguntó si alguien más sabía la verdad, ella le dijo que sólo su madre.

—Creía hacer lo correcto cuando me casé con ella —dijo Edward—, pero la bondad se volvió contra mí. Le dije a Minerva que nunca podría quererla. Ella me respondió que si intentaba divorciarme, se mataría, y para demostrar que la amenaza era real, salió corriendo al frío de la noche vestida sólo con un camisón. Más tarde, cuando volvió y dejó de tiritar, le anuncié que me iba y que podía pedir el divorcio por abandono del hogar, y que si no lo hacía, viviría el resto de sus días como una viuda solitaria y sin hijos. Me fui de casa y volví sólo ocasionalmente, cuando me enviaba una de sus cartas diciendo que mi padre o mi madre estaban gravemente enfermos. No volvimos a compartir la cama de matrimonio. Eso fue hace seis años. En este tiempo mi madre se ha hecho amiga suya y ahora me pide que vuelva del lugar al que me hayan llevado mis últimas aventuras para que reanude la tarea de hacerla abuela. Es un mal arreglo, y todos hemos contribuido un poco a que así sea.

—Incluido el tío de Minerva —dije yo.

Cuando se hizo la hora de regresar, me sentí incapaz de seguir la misma ruta improvisada para volver a Shanghái, pero descubrí que Edward tenía una memoria geográfica indeleble. Era como una brújula viviente combinada con un mapa. Recordaba todos los giros, los desvíos, los baches y hasta las referencias más nimias del paisaje: un árbol marcado para la tala, una roca de forma extraña y hasta el número de paredes encaladas de cada aldea. Se quejó, sin embargo, de que su memoria fotográfica no le servía para recordar lo que leía. Según dijo, había tenido que esforzarse mucho para aprender de memoria los poemas de *Hojas de hierba.* Pero una vez que los había memorizado, era capaz de encontrar siempre la estrofa que mejor se adaptaba a sus puntos de vista o a nuestro estado de ánimo.

Yo estaba cada vez más a gusto con Edward. Él apreciaba mi compañía y yo estaba encantada de proporcionársela porque me trataba como a una amiga. Sin embargo, me preocupaba que algún día quisiera ser mi pretendiente y dejáramos de ser amigos para convertirnos en una cortesana y su cliente, unidos por otras expectativas. Ese tipo de intimidad no podía fortalecer nuestra amistad.

Con frecuencia hablábamos de la guerra. Dos o tres veces al día subíamos por la avenida de la Fuente Efervescente para entrar en un café o un bar donde pudiéramos oír las últimas noticias. Edward admiraba a los dirigentes de la República China: Sun Yat-sen y Wellington Koo. Y todavía admiraba más a Woodrow Wilson. En su opinión, los tres tenían la determinación necesaria para que China pudiera recuperar por fin la Concesión Alemana y la provincia de Shandong. Había decidido enrolarse en la Marina. Si no encontraba una oficina de reclutamiento en Shanghái, pensaba irse a bordo de uno de los barcos que transportaban trabajadores chinos a Francia.

—¿Por qué no te enrolaste cuando estabas en Nueva York? —le pregunté.

—Lo intenté, pero mis padres no querían que me llamaran a filas por miedo a que su único hijo cayera en combate. Entonces mi padre le escribió a un general importante, diciendo que padecía un grave soplo cardíaco, con la firma de un prestigioso médico. No me permitieron enrolarme.

—¿Es verdad que tienes un soplo en el corazón?

—Lo dudo mucho.

—¿Por qué no lo sabes con seguridad?

—Mi padre es capaz de convertir una mentira en la verdad oficial. Aunque tuviera el corazón perfectamente sano, el médico no me lo diría si quisiera saberlo.

Una tarde, mientras me llevaba de vuelta a casa, me preguntó si tenía alguna noche libre. Yo ya lo había notado en sus ojos. Había llegado el momento y a mí me entristecía que nuestra amistad se fuera a transformar en negocio. Él sabía que yo tenía todas las noches ocupadas con fiestas y que varios de mis pretendientes visitaban mi *boudoir*; sin embargo, me había hecho suficientes regalos para merecer un trato de favor.

—Puedo reservarte la noche que quieras —respondí.

—¡Fantástico! —dijo él—. Me gustaría llevarte a ver una obra de teatro que han montado en el Club Americano.

Curiosamente, me sentí decepcionada.

El primer día caluroso de primavera, dos meses después de conocernos, fuimos a la montaña del Caballo Celestial, en la esquina suroccidental de Shanghái. No es una montaña muy alta, pero se extiende a lo ancho, con las laderas cubiertas de árboles, arbustos y flores silvestres. Edward propuso que fuéramos andando hasta un lugar donde una gruta nos conduciría a un mundo diferente, al otro lado de la montaña. Él ya la había visto una vez. Mientras emprendíamos la marcha, recordé el poema que él había recitado cuando nos conocimos:

Nadie, ni yo ni nadie, puede andar este camino por ti.
Habrás de recorrerlo tú solo.
No está lejos; lo tienes a tu alcance.

Tal vez estás en él desde que naciste, sin saberlo.
Tal vez está en todas partes: en el mar y en la tierra.

En esa ocasión no sentí la amenaza de la soledad. La presencia de mi amigo me calmaba. Anduvimos juntos, codo con codo, por un bosque de bambúes, robles blancos y parasoles chinos. La vegetación era densa y la fragancia del jazmín silvestre saturaba el aire. Cuando el camino se estrechó, seguí andando tras él. Llevaba a la espalda una mochila, de la que asomaba su diario encuadernado en piel marrón. Yo contemplaba sus largas zancadas mientras avanzábamos por la montaña y la senda se volvía rocosa y más empinada. Nuestra pequeña excursión resultó más extenuante de lo que yo había previsto. Me quité la chaquetilla. Tenía la blusa empapada en sudor y la falda me pesaba y me incomodaba. Cuando finalmente llegamos a la cueva, propuse adelantar el almuerzo y nos sentamos sobre una roca para comer nuestros sándwiches. Mientras comíamos, descubrí su diario junto a su mochila e hice ademán de agarrarlo.

—¿Puedo?

Al principio pareció dudar, pero después asintió. Lo abrí por la página donde había estado inserto su lápiz. Tenía una caligrafía elegante y fluida, que hacía pensar en un ritmo continuado, como si nunca titubeara al escribir.

Cuando los arrozales se inundaron y los caminos se convirtieron en perezosos ríos de barro, nuestros animales de tiro (hombres y mulas) se hundieron y quedaron atascados. Los carreteros se pusieron a lanzar maldiciones. Yo, que aún estaba en el carro, observé que uno de los lados del vehículo se había desprendido cuando nos hundimos en el fango. Era un tablón de unos ocho palmos. En seguida se me ocurrió un plan. Puse la tabla sobre el barro, con la intención de caminar por encima hasta la otra punta, hacerla girar como la manecilla de un reloj, recorrerla otra vez y hacerla girar de nuevo. Cuando llegara a donde estaba la mula, pensaba ponerle la tabla delante y animar al animal a dar el primer paso. Después, con una pata fuera del fango, la bestia podría adquirir suficiente impulso para sacar el resto del cuerpo

Mientras me disponía a echar a andar sobre la tabla, uno de los carreteros levantó una mano y me indicó con gestos que me detuviera. No le hice caso. Me miraron con el escepticismo pintado en la cara, mascullaron algo entre ellos y se echaron a reír. No me hizo falta entender chino para saber que me estaban criticando solamente por intentarlo.

Di un segundo paso y después un tercero. Era evidente que mi plan era bueno. Me sentía hábil y competente. ¡Qué derroche de ingenio yanqui! Estimado lector, seguramente serás más listo que yo y habrás adivinado ya lo que sucedió. Cuando me agaché para hacer girar la tabla, un sonoro chapoteo me indicó que uno de sus extremos se estaba levantando del barro. El balancín me arrojó de bruces en el fango, con el añadido de un buen golpe en la nuca, para enseñarme a no ignorar nunca más los consejos de los chinos.

Me reí durante toda la lectura y noté que se alegraba mucho de que me hubiera gustado.

—Para describir la estupidez se necesita sutileza —comentó.

Pasé la página para leer un poco más, pero me arrebató la libreta de las manos.

—Me gustaría leértelo en voz alta más adelante, cuando visitemos los lugares que me inspiraron.

Me alegré de que hablara de futuras aventuras. Aún quedaban muchas páginas por leer. Terminamos de comer rápidamente y me tomó de la mano para entrar en la cueva oscura. La frescura de la gruta me atravesó la ropa húmeda. A mitad de camino, la oscuridad me impedía ver incluso la figura de Edward, que debió de sentir mi agitación y me apretó la mano para tranquilizarme. Mi amigo se movía con aplomo y yo me alegraba de estar en sus manos. Era la seguridad y la confianza que mi corazón siempre había anhelado. Habría querido detenerme en ese lugar oscuro y quedarme allí simplemente, sintiendo la mano de Edward en mi mano. Pero seguimos avanzando y al cabo de poco tiempo distinguí la suave luz de una abertura a la vuelta de un recodo. Salimos a un maravilloso bosque de bambúes, donde la luz era verde y amarilla. Era otro mundo, un lugar apacible y mucho más hermoso que el de «La primavera de los melocotoneros en flor», donde el sexo hacía estragos. Echamos a andar por un camino resbaladizo y él entrelazó con más firmeza los dedos con los míos. Tenía la mano tibia. La blusa húmeda, que antes me resultaba insoportablemente calurosa, me daba frío.

—Cuidado —me decía él de vez en cuando y me apretaba la mano.

Una densa vegetación cubría todo el suelo del bosque. No había ninguna senda que yo pudiera distinguir, pero confiaba en que Edward conociera el camino de vuelta. En ese momento, sentía por él un anhelo desbordante que no era sexual. Deseaba la reconfortante sensación física de un abrazo. Quería sentirme protegida y segura. La única manera que conocía de expresar lo que sentía era entregar mi cuerpo. Pero todas las veces que lo había hecho en el pasado, la breve sensación de tibieza y seguridad que cada hombre me había proporcionado no había tardado en transformarse en algo ordinario, en mero impulso sexual satisfecho, y yo me había sentido como una tonta y más sola que nunca. Paloma Dorada me había advertido que no dejara que la amargura me cerrara el corazón, y Lealtad me había aconsejado que aceptara el amor cuando se me ofrecía. ¿Me lo habían ofrecido alguna vez? Él decía que sí. ¿Un amor por contrato? ¿Un amor inconstante? Quizá no existía el tipo de amor que podía consolarme. Quizá esperaba demasiado del amor y no había nadie que pudiera satisfacer mi necesidad continua e insaciable. Podía estar segura de que no iba a encontrarlo en un vagabundo que no aceptaba su responsabilidad sobre nada ni nadie. Aun así, quería que me rodeara con los brazos.

—Está fresco el aire aquí en la sombra —dije con un estremecimiento.

No mentía.

—¿Tienes frío? —preguntó él.

—¿Podrías abrazarme para darme calor?

Sin un segundo de vacilación, sus brazos me rodearon y yo apoyé la cara contra su pecho. Permanecimos callados e inmóviles, de pie en la luz verde del bosque. Oía el ritmo acelerado de su corazón y sentía su respiración caliente en mi cuello. Su pene rígido presionaba contra mí.

—Violeta —dijo—, creo que sabes que me haces muy feliz.

—Lo sé. Yo también soy feliz.

—Quiero ser tu amigo siempre. —Se interrumpió y guardó silencio. Sentí que su corazón se aceleraba todavía más—. Violeta, me he contenido y no he dicho nada porque no quería que pensaras que mis sentimientos de amistad hacia ti no son sinceros. Pero ahora que me has permitido abrazarte, debo decirte que yo también te deseo.

Yo sentía cierto vértigo, anticipo de lo que pronto sucedería. Me quedé inmóvil. Él me hizo levantar la cara y quizá no vio en mi expresión lo que esperaba.

—Lo siento. No debí suponer que tú también lo deseabas.

Negué con la cabeza y retrocedí un paso. Mientras me desabrochaba la blusa y la camisola para dejar al descubierto los senos, vi cambiar su cara, que pasó de la confusión a la gratitud. Me besó los pechos y después los labios y los párpados. Volvió a abrazarme.

—¡Me haces muy feliz! —exclamó.

Nos adentramos un poco más en el bosque y, cuando divisamos un árbol viejo con el tronco grueso e inclinado, nos dirigimos rápidamente hacia allí. Con suavidad, me apoyó contra el árbol y me levantó la falda.

Hicimos el amor de manera simple y necesariamente breve, por culpa de la incomodidad de un lecho arbóreo casi vertical, compartido con un reguero de hormigas. No me invadió un salvaje deseo sexual, como solía pasarme con Lealtad, pero me sentí dichosa de que nuestra amistad, que era tan importante para ambos, hubiera atravesado con éxito el umbral de la intimidad. Habíamos sentido las mismas necesidades y nos alegrábamos de dejar atrás la soledad y de hacernos felices mutuamente.

Durante todo el camino de vuelta, hablamos con exuberante entusiasmo de los lugares que deseábamos visitar y de las emociones que experimentábamos al alba y al crepúsculo (las expectativas del nuevo día y las ensoñaciones del anochecer), interrumpiéndonos a menudo y adelantándonos a las palabras del otro. Pero cuando llegamos a casa, el entusiasmo se convirtió en incomodidad. Estaba cayendo la noche y yo tenía que prepararme para las fiestas. Debía transformarme una vez más en una cortesana con pretendientes ansiosos de atraer mi atención y de ganar mis favores en la cama. De inmediato decidí que esa noche no habría pretendientes.

—¿Puedes venir a mi habitación? —dije—. No tengo más remedio que asistir a las fiestas, pero volveré sola.

Esa noche, memorizó toda mi geografía: la cambiante circunferencia de mis piernas, la distancia entre dos puntos adorables, las oquedades, los hoyuelos, las curvas y la profundidad de nuestros corazones entrelazados. Nos uníamos y nos separábamos, nos volvíamos a unir y nos separábamos una vez más, para tener la dicha de mirarnos a los ojos antes de volver a caer en el otro. Dormí apretada contra él, rodeada por sus brazos, y por primera vez en mi vida me sentí verdaderamente amada.

En medio de la noche, percibí un fuerte estremecimiento seguido de otros tres menos intensos. Me volví para mirarlo. Estaba llorando.

—Me aterra perderte —dijo.

—¿Por qué piensas eso ahora?

Le acaricié la frente y se la besé.

—Quiero que nuestro amor sea tan grande que nos duela por dentro.

Había descrito el tipo de amor que yo había tratado de creer que no existía, excepto en el gemelo espiritual de mi propio yo.

Guardó silencio un momento y, después de una profunda inspiración, se deslizó fuera de la cama y empezó a vestirse.

—¿Te vas?

—Me estoy preparando para que me pidas que me vaya. —Se sentó en una silla y hundió la cara entre las manos. Después me miró y dijo con voz hueca—: Estoy herido, Violeta. Mi alma está herida y si se uniera con la tuya, le haría daño también. Hay algo acerca de mí que debes saber. Nunca se lo he contado a nadie, pero si te lo ocultara a ti, me sentiría ruin por haber aceptado tu amor. Y si descubrieras lo que te he ocultado, te envenenaría el alma. ¿Cómo voy a permitir que te pase algo así? Te quiero demasiado.

De inmediato me dispuse a levantar las viejas murallas en torno a mi corazón y esperé. Aún quería creer que nada de lo que dijera sería tan terrible como él pensaba.

Me miró a la cara.

—Ya te he dicho que mi familia es rica. Fui un niño privilegiado y consentido. Mis padres y abuelos me daban todo lo que quería. Nunca me hacían responsable de nada y actuaban como si nunca pudiera hacer nada malo. No los culpo por lo que hice. A los doce años, tenía mi propia conciencia. Podía elegir entre el bien y el mal.

»Sucedió un precioso día de verano. Había salido con mis padres de excursión por las montañas, hasta un lugar llamado Inspiration Point, desde donde se aprecia un hermoso panorama de las cataratas Haines. Mi padre tenía en casa una pintura de la cascada. De hecho, tenía muchos cuadros de cataratas y el de las Haines ni siquiera destacaba entre los demás. Cuando llegamos, vimos que una familia se nos había adelantado y ya se había instalado para tomar su merienda. Oí que mi padre maldecía entre dientes. Estaban exactamente en el sitio donde él quería situarse para admirar las cataratas: una plataforma rocosa natural, situada a una distancia segura del acantilado, quizá a unos seis metros del precipicio. El hombre y la mujer nos saludaron. Tenían un hijo de mi edad y una niña que debía de tener unos seis o siete años. Junto a la niña había una muñeca grande de porcelana, exactamente igual a ella: el mismo vestido azul y los mismos rizos rubios.

»Yo siempre había sido un bromista y me gustaba asustar a la gente. Disfrutaba haciendo sufrir a los demás. Ese día, agarré la muñeca y la lancé por el aire. La niña se puso a gritar, tal como yo esperaba, pero yo atrapé la muñeca al vuelo, antes de que sufriera ningún daño. Aliviada, la pequeña vino hacia mí para recuperarla, pero yo volví a arrojarla lo más alto que pude. Una vez más, la niña se puso a chillar y a suplicarme: "¡No dejes que se caiga! ¡Se romperá!" Cuando vi que se ponía a llorar, me dispuse a devolvérsela, pero entonces su hermano se puso de pie y gritó: "¡Suéltala ahora mismo!", y yo no aceptaba órdenes de nadie. "¿Qué harás si no la suelto?", repliqué. Y él me contestó: "Te pondré un ojo morado y te haré sangrar la nariz." La niña seguía gritando: "¡Dámela! ¡Dámela!" Su padre intervino para decir algo en tono de advertencia. La emoción del alboroto que se había formado me animó a persistir en lo que estaba haciendo. Los padres de los niños se levantaron y vinieron hacia mí. Entonces les grité: "¡Si uno de ustedes da un solo paso más, dejaré que la muñeca se estrelle contra esa roca!" No se movieron. Recuerdo la sensación de poder que sentí cuando los vi afligidos e indefensos. Yo seguía lanzando la preciosa muñeca hacia lo alto. Mientras tanto, mi padre se había instalado en la plataforma que la familia había dejado libre y estaba contemplando la cascada con los prismáticos. El niño dio un paso hacia mí y yo agarré la muñeca por un brazo y me puse a balancearla para que tomara más impulso y subiera más alto. Pero entonces sucedió algo que me tomó absolutamente por sorpresa: el brazo se desprendió del cuerpo. Me quedé mirando el extraño bracito que tenía en la mano y no presté atención a la muñeca, que volaba por el aire, hasta que vi que el niño corría hacia mí con la mirada vuelta hacia arriba y los brazos tendidos para atrapar a la muñeca cuando cayera.

»Aún puedo ver cada detalle de lo que sucedió a continuación. La muñeca venía cayendo de cabeza y la niña la miraba boquiabierta y horrorizada. El niño tenía una expresión ferozmente heroica. "¡Yo la atraparé!", gritó, con la mirada aún vuelta hacia arriba. De repente, advertí que la muñeca no iba a caer en el mismo sitio en el que yo la había tomado antes. Supongo que al romperse el brazo, se desvió en dirección al acantilado. La vi pasar delante de mí y continuar su caída por el precipicio. El niño logró detener su carrera al borde del abismo y se puso a agitar los brazos como las alas de un pollo. Deseé con todas mis fuerzas que pudiera inclinarse hacia atrás y que cayera en lugar seguro. Pero en lugar de eso, se inclinó hacia adelante y soltó un terrible gemido, un ruido espantoso que le salió de las entrañas. Después desapareció y en su lugar sólo quedó el cielo azul y despejado. Se me vaciaron de aire los pulmones. Me dije que no podía ser cierto.

»Oí que el padre del niño lo llamaba con voz firme: "¡Tom!", como si le estuviera ordenando que regresara. También su madre lo llamó: "¿Tom?", como preguntándole si se había hecho daño. La niñita gritaba: "¡Tommy! ¡Tommy! ¡Tommy!" Oí su nombre miles de veces. Su madre y su padre fueron hasta el borde del acantilado. No sé si aún estaba cayendo, ni si ellos pudieron verlo. No dejaban de repetir su nombre, cada vez con más fuerza y en tono más agudo. Yo estaba temblando. Mi única esperanza era que hubiera caído en una cornisa, más abajo, y aún estuviera con vida. Me acerqué lentamente al borde del precipicio. Pero mi padre me agarró por un brazo y me sacó de allí. Mi madre se reunió de inmediato con nosotros. El hombre nos vio y se puso a gritar: "¡Alto! ¡Deténganse! ¡No pueden irse así como así!" Mi padre no volvió la vista atrás. "¡El niño no ha hecho nada malo!", gritó mientras me empujaba para que caminara más aprisa. "Ha sido un accidente", dijo mi madre. "¿Qué clase de niño va corriendo hacia un acantilado sin mirar?", añadió mi padre. Entonces oí gritar a la mujer: "¡Mi niño! ¡Mi niño! ¡Mi niño está muerto!" Así fue como lo supe. Ya no hizo falta que mi padre me empujara porque eché a correr tan aprisa como pude.

»En casa, nadie mencionó lo sucedido. Todo siguió como de costumbre, pero yo podía notar que mis padres estaban pensando en el niño. Fui a mi habitación y vomité. Estaba aterrado porque no podía dejar de verlo inclinándose hacia adelante. La voz de la niña llamándolo ("¡Tommy, Tommy!, ¡Tommy!") me resonaba en la cabeza, como si el chico estuviera muerto y vivo a la vez. Él había muerto, pero yo estaba vivo y era profundamente malo. Dos días después, vi que mi padre arrancaba una hoja del periódico, la arrugaba en una bola y la arrojaba a la chimenea. Encendió el fuego y ni siquiera se quedó a ver si se consumía. Se fue, del mismo modo que había huido de aquella familia y de lo que yo había hecho. De pronto, recordé que mi padre había estado en el mirador, desde donde mejor se debió de ver la caída del niño. ¿Cómo era posible que le hubiera afectado tan poco lo que había visto? Pero él no dijo nada, y yo tampoco. Me odié por no ser capaz de hablar. Él me había salvado de que me culparan, y yo había sido un cobarde por permitírselo. Nunca le he confesado a nadie lo que hice.

»He vivido con esto durante trece años y por mucho que huya, el recuerdo de lo sucedido está siempre conmigo. Ese chico se ha convertido en mi constante compañero. Tal como lo imagino, me está mirando en silencio, aguardando a que reconozca que lo maté. Mentalmente, le digo que fue mi culpa, que me comporté con crueldad. Él no me perdona. Quiere que se lo cuente a todo el mundo, y yo necesito hacerlo, pero no puedo. Todos los días veo recordatorios a mi alrededor: el cielo azul y despejado, una niñita, el periódico encima de la mesa, un cuadro que representa una cascada... Y me digo que no fue un accidente. Fui cruel deliberadamente. Yo fui la causa de que sucediera, pero nunca lo he reconocido ante nadie.

Los ojos se le vaciaron de vida. Cuando terminó su relato, yo estaba de pie al otro lado de la habitación.

No podía dejar de imaginar al niño. Me sentía como la niñita que había visto desaparecer a su muñeca y a su hermano. Su confesión me produjo náuseas. Me había permitido confiar en él y la confianza se había convertido en un veneno que me quemaba el cerebro.

—Condéname —dijo él.

—No me cargues con esa responsabilidad —dije. De repente, me puse a temblar de frío—. Esa niña es tu juez. Búscala.

—Lo he intentado. He buscado la noticia en el periódico y he preguntado a la gente de los alrededores.

Se puso el abrigo y recogió sus cosas. No volvería a verlo. Iba a abandonarme después de hacerme su confesión. Me había confiado su secreto, y yo habría dado cualquier cosa por que no lo hubiera hecho. Había dirigido su crueldad únicamente contra la niña, pero la muerte del niño también era culpa suya. Se había concentrado en sus necesidades egoístas sin pensar en los demás, y eso ya era suficiente para hacerlo culpable. La intención de mi madre había sido viajar a San Francisco para ver a su hijo. Quizá no se había propuesto abandonarme, o quizá sí. Pero el resultado había sido el mismo y ella tenía que cargar con la culpa. Por muchas excusas que tuviera, por muy difícil que hubiera sido no dejarme atrás, la culpa era suya. Bastaba ver cómo había quedado mi vida. Lo mismo que la niña de la muñeca, yo ya no podía volver atrás para ser la niña de antes. Siempre me sentiría traicionada. Edward cargaría siempre con su culpa y así debía ser. Los dos lo entendíamos, yo como víctima y él como culpable. Los dos sufríamos a causa de un vacío en el alma, y sólo dos personas heridas podían comprender lo que eso significaba y sufrir juntas ese vacío.

Me preguntó si debía irse. Negué con la cabeza.

—Edward —dije—, ¿qué haremos ahora?

Dejé que me abrazara y sentí su pecho sacudido por el llanto. Había dicho que quería un amor tan grande que nos doliera por dentro. Me dolió porque sabía que no podía ser tan grande.

A lo largo de los días siguientes, Edward y yo hablamos de nuestras heridas.

—He padecido auténticas tormentas de rabia —le conté—, y cuando quedaba atrapada en ellas, no podía pensar en nada más y el veneno me llenaba todo el cuerpo. ¿Por qué termina tan pronto el amor y en cambio el odio no acaba nunca?

—¿Podrías odiar sin sufrir tanto? —dijo él—. ¿No hay ningún alivio? ¿Crees que mi amor constante podría llenarte la mente con otros pensamientos y no dejaría espacio para la ira?

Edward me preguntó si le tenía suficiente confianza para abandonar el mundo de las cortesanas e irme a vivir con él. Me había pedido justo lo que yo llevaba muchísimo tiempo deseando. Sin embargo, no estaba preparada para cambiar una vida de incertidumbres por otra. Él ya había despreciado los corazones y las vidas de otras personas. En lugar de confiar en su protección, sentía que mi dependencia de él me volvía frágil. Necesitaba sinceridad y tenía miedo de oír otra confesión suya. Necesitaba confiar por completo en él, pero no podía deshacerme de mis dudas. En lugar de amarlo libremente, sentía que debía contenerme y era incapaz de dejarme ir.

Con el paso de las semanas, cedí despacio al anhelo de entregarme al amor. Edward me contó hasta la más nimia de sus transgresiones para demostrarme que nunca me ocultaría nada. Después de su despreciable acción, se había encerrado en sí mismo y había sufrido tormentas mentales similares a las mías, aunque las suyas eran de una culpabilidad tan feroz que había temido volverse loco. No se las había descrito a nadie. Cuando sus padres contrataron profesores para que le redactaran sus trabajos de estudiante, como me confesó, él no se opuso. Cuando conoció a Minerva, había disfrutado de sus encuentros sexuales en el campo, pero sin sentir nada por ella. Después de separarse de su mujer, había frecuentado prostitutas. Había tenido épocas de borrachera casi constante. Se había masturbado. Cuando me contó eso último, me eché a reír. Yo le hablé a mi vez de mi infancia solitaria y del miedo terrible que me producía la posibilidad de ser medio china. Le conté que mi padre había inspirado en mi madre emociones que yo nunca había visto en ella. Le describí mi sorpresa al descubrir que tenía otro hijo, mucho más importante para ella de lo que yo había sido nunca. Le hablé de la insensibilidad de mi madre, que me había dejado en manos de su amante, un hombre en quien ni siquiera ella misma confiaba y que había resultado ser una fiera capaz de devorar a su propia madre. Le hablé brevemente de los primeros días, cuando aún creía que mi madre volvería a buscarme y mi ánimo alternaba entre la esperanza y la ira, hasta que renuncié a esperar y sólo me quedó el odio.

Él me consolaba. Quería comprender mi tristeza y mi rabia. Pero ¿cómo puede comprender alguien el sufrimiento de otro a menos que haya sentido la llaga lacerante en el momento de abrirse la herida? Él no podía retrotraerse en el tiempo y conocer mi mente infantil, mi corazón inocente y los accesos de incertidumbre que me atenazaban todos los días y durante todas las largas noches. ¿Cómo podía entender lo que de verdad significaba que el amor se fuera como las aves migratorias, dejando atrás nada más que el horror de saber que nunca me había amado nadie y nadie me amaría jamás? Él sólo conocía mi tristeza, que era solamente la secuela de la herida. Y habría sido suficiente si yo no hubiera oído su confesión. Pero después de oírla albergaba dudas y no podía confiar del todo en él. Nuestro amor nunca crecería con una mayor entrega de nosotros mismos. Nuestro amor siempre sería consuelo, compañía y cuidadosa atención para restañar heridas.

Seguí asistiendo a fiestas y seduciendo a posibles pretendientes. Yo era buena actriz y me veía atrapada entre el amor y la necesidad. Lealtad me visitaba de vez en cuando para revivir los buenos tiempos, como él los llamaba.

—¿Tendré que arrepentirme de haberte presentado al americano? —me decía.

El tiempo caluroso y húmedo de junio se abatió sobre nosotros y me hizo sentir pesada y apática. Busqué en el armario los vestidos más ligeros y elegí uno que se había quedado viejo para las fiestas, pero aún servía para las tardes ociosas. ¡Qué curioso! Los broches del canesú no me cerraban. ¿Habría engordado tanto? Debía de haber comido demasiados encurtidos salados. Me miré los pechos. Tenía los pezones enormes. Una idea terrible desplazó la anterior. Me puse a calcular cuándo había tenido el último sangrado mensual: hacía siete semanas, justo antes de una gran fiesta. ¿O serían quizá ocho? No hacía mucho que me había quejado al cocinero por servir comida en mal estado que me había hecho vomitar.

Estaba embarazada. Calabaza Mágica siempre hablaba de los embarazos como si fueran una enfermedad venérea que contagiaban los hombres. Era el hijo de Edward, era mi bebé, y yo le daría amor, confianza y toda mi devoción. En cuanto tuve conciencia de ese pensamiento, supe que sería una niña. La imaginé abriendo los ojos por primera vez. Los tenía verdes, en un tono intermedio entre el verde de los míos y el color avellana de los ojos de Edward. La vi con cuatro años, caminando a mi lado en el parque, señalando los pájaros y las flores y preguntando sus nombres. Y después con seis años, leyendo un libro en voz alta mientras yo la escuchaba. La vi con doce años, aprendiendo historia y retórica, y no los trucos para seducir a un hombre. La imaginé a mi edad, con veinte años, rodeada de hombres que aspiraban a ganar su favor, pero no para desflorarla ni para llevarla a la cama en su *boudoir*, sino para proponerle matrimonio. O quizá no se casara a los veinte años, ni a ninguna edad. Se pondría al frente de los negocios de la familia Ivory. Sería la única heredera de Edward. Mi hija podría elegir. Sería la persona que yo debería haber sido.

Cuando le conté a Calabaza Mágica que estaba embarazada, lanzó un grito y vino corriendo a mirarme el vientre.

—¡Oh, no! ¿No te pusiste los saquitos de hierbas? ¿No te tomaste la sopa? ¿O lo has hecho adrede? ¿Te das cuenta del lío en que nos has metido? ¿De cuántas semanas estás? Dime la verdad. Si son menos de seis, todavía puedo ponerte las hierbas...

—Quiero tenerlo.

—¿Qué? ¿Quieres que parezca que te han crecido una sandía en la barriga y un par de melones en los pechos? Dentro de poco la panza te llegará hasta aquí y ni siquiera un hombre con la verga de un caballo podrá llegar a tu precioso portal. *¡Un bebé!* ¿Qué hombre quiere cabalgar a una nodriza con los pechos rezumando leche? Perderás a tus pretendientes, tu dinero y tu posición en esta casa. Te echarán a la calle y pronto serás una prostituta...

—... y tendré que tumbarme en una choza asquerosa y abrirme de piernas para los vagabundos y los conductores de *rickshaws*. No hace falta que me lo cuentes otra vez.

—Muy bien. Ahora que has recuperado la cordura, llamaré a una mujer que les ha solucionado este problema a un montón de chicas descuidadas. Y no escuches a las provincianas que te aconsejen tomar sopa de renacuajo. Es la mejor receta para tener gemelos.

—Es de Edward. Quiero tenerlo.

—¡Ah, claro! ¡De Edward! Pero ¿qué diferencia hay? ¡Hace sólo cuatro meses que lo conoces y ahora quieres arruinarte la figura y tirar por la borda tu vida por un americano consentido que abandonó a su esposa!

»¿Cuántas veces has comprobado que la fidelidad de un hombre nunca dura más de unas pocas estaciones? ¡Mira lo que ha pasado con Lealtad! Te dijo que no podía vivir sin ti. Te aseguró que lo conocías mejor que él a sí mismo. Fue tu cliente permanente durante cuatro estaciones, después se dedicó a venir de vez en cuando, después firmó un contrato por una estación entera y ahora vuelve a visitarte alguna noche suelta. Y lo único que te dice es "¿Qué tal estás?" y "Ya nos veremos". Tú lo amabas, Violeta. Te ha llevado mucho tiempo curar las heridas. Y ahora amas a Edward, un hombre que ha abandonado a su mujer.

Lamenté haberle contado esa parte de la confesión de Edward. Se lo había dicho solamente para hacerle saber que no había perspectivas de matrimonio.

—¿Te seguirá siendo fiel dentro de un año, o dentro de cinco, cuando ya no seas guapa y no tengas pretendientes? ¿Y cómo sabes que el hijo es suyo? ¿Qué vas a decirle si el bebé nace con pelo negro y llorando en chino? ¿Es tan estúpido tu Edward para pensar que ha sido el único que se ha revolcado contigo?

—Ningún otro hombre podría ser el padre —dije yo.

—Tonterías. El mes pasado todavía seguías viendo a Auspicioso Liang. Probablemente tampoco te ponías los saquitos de hierbas cuando estabas con él por pura pereza. ¿O vas a decirme que sólo recitaban poesía y contemplaban la luna?

—Hacíamos otras cosas. No hay ninguna posibilidad de que sea el padre.

—¿Y quién va a cuidar a tu bastardo yanqui cuando llore y chille? No pretenderás que me convierta en niñera por puro capricho.

—Contrataré una niñera y viviré con Edward. Me lo pidió mucho antes de que pasara esto.

—¿Ya se lo has dicho?

—Se lo diré esta noche.

Calabaza Mágica se puso a caminar lentamente por la habitación, hablando sola:

—¡Ay, ay, ay, pequeña Violeta! ¿Por qué debo ser yo la única que piensa y se preocupa? ¡Claro que Edward quiere que vivas con él! ¿Para qué pagar si puede tenerte gratis? No puedes esperar constancia de un hombre. Si dependes de uno solo, tienes el desastre asegurado. La vida de Edward va a la deriva, como un banco de algas arrastrado por la corriente. No tiene planes, y nadie te garantiza que mañana no decida volver a Estados Unidos. Si te vas de esta casa, Violeta, quizá no puedas regresar cuando comprendas tu error. Tienes veinte años. A tu edad, cada año pasa más rápidamente que el anterior. Y, cuando eres mayor, los hombres que te desean suelen ser los más crueles y los más tacaños.

La criada anunció que mi baño estaba listo. Me fui detrás del biombo y me sumergí en seguida. Sólo yo podía decidir en mi vida, y no Calabaza Mágica. Y ya había decidido que iba a tener al bebé. Pero en cuanto formulé esa idea en mi mente, me sentí invadida por el pánico. Las preocupaciones de mi ayudante parecieron cobrar cuerpo. Edward decía que me quería, pero Calabaza Mágica tenía razón: hacía sólo cuatro meses que nos conocíamos. Había sido un niño cruel y desconsiderado. Quizá fuera su verdadera naturaleza y la manifestaría más adelante. Quizá tuviera otros secretos que aún no me había contado. También había muchas cosas mías que él desconocía, como el número de hombres que habían visitado mi cama y las cosas que había hecho con ellos. «¡Eh! ¿Dónde aprendiste a hacer eso? —me diría—. ¿Quién disfrutó antes de estos talentos tuyos? ¿Qué más sabes hacer?» Si le contara la verdad, la encontraría chocante y desagradable. Y era posible que el disgusto le hiciera recuperar su naturaleza cruel, o que buscara refugio en la religión. Muchos norteamericanos lo hacían cuando sufrían decepciones o se enfrentaban a la adversidad. O también era posible que volviera con su familia como el hijo pródigo cuando se quedara sin dinero. Regresaría atraído por el dinero de sus padres y esta vez haría las paces con su esposa y tendría con ella un hijo legítimo. Estaría con su gente y sería un hombre maduro rodeado de sus iguales. Sería mucho más feliz que conmigo.

Aparté de mi mente esos pensamientos horribles, y un futuro diferente se presentó ante mí. Un barco. Edward me llevaría a través del océano hasta el lugar que debí haber conocido seis años antes. Él podría conseguirme un visado. Fairweather había mentido, y probablemente mi acta de nacimiento seguía aún en el consulado. Si actuábamos con suficiente rapidez, incluso era posible que el niño naciera en América, y allí nadie conocería mi pasado, excepto mi madre. Pero ella no sabría nada de mi llegada, y era mejor que siguiera creyéndome muerta. ¿Dónde viviría yo en América? La familia de Edward no querría recibirme.

De pronto, imaginé la expresión petulante de Calabaza Mágica.

—¿Lo ves? —me diría cuando estuviéramos allí—. Tú no encajas en este mundo. Nunca encajarás.

Ella tampoco encajaría. ¿Y si hablaba sin pensar y se ponía a alardear de lo bien que me había enseñado los trucos de las cortesanas? Mi ruina social sería permanente. Edward me defendería al principio, pero ¿hasta dónde podría resistir su amor? Pensé que no podría llevar a Calabaza Mágica conmigo. Sería demasiado peligroso. En cualquier caso, ningún soborno podría haber comprado los papeles que necesitaba mi doncella para viajar a Estados Unidos. Y aunque le consiguiéramos un visado, ella jamás querría dejar Shanghái para vivir entre extranjeros. Se quejaba incluso cuando Edward me hablaba en inglés. Estaba decidido. Ella se quedaría en Shanghái y yo le daría dinero para que abriera un negocio propio. Quizá pudiera alquilar unas habitaciones en una casa pequeña y preparar a una cortesana virgen que supiera apreciarla. Antes de irme, me aseguraría de que pudiera vivir con desahogo. Estaba segura de que Edward me ayudaría en ese sentido. Eliminada la culpa, pude imaginar libremente la vida sin las incesantes intromisiones de Calabaza Mágica, sin sus críticas, sin sus consejos no solicitados y sin sus reconvenciones por no seguirlos. Nunca más volvería a ver su expresión victoriosa cada vez que sus advertencias se hacían realidad. Aunque me dolía reconocerlo, iba a ser un alivio librarme de ella.

Como si me hubiera oído, apareció Calabaza Mágica y me dijo:

—Ya sé que nunca te gusta oír mi opinión. —Parecía triste y cansada—. Te crees que ese bebé que te está creciendo dentro va a llenar el vacío que dejó tu madre. Pero escúchame, Violeta. Le darás al bebé tu mismo destino aciago y acabarán compartiendo los dos el mismo vacío. Ya sé que no quieres oírlo, pero no hago más que ser sincera. Si no te digo yo la verdad, ¿quién va a decírtela?

No respondí.

—Si decides tener ese bebé y vivir con Edward, no diré nada más. No me alegraré por ti, pero estaré aquí para ayudarte cuando comprendas que has cometido un error, a menos que para entonces ya me haya muerto de hambre en la calle.

A la mañana siguiente, le dije a Edward de la manera más simple y directa posible que estaba embarazada.

—El problema no es tuyo —me apresuré a aclararle—. No tienes que tomar ninguna decisión porque ya la he tomado yo.

—¿Y qué has decidido?

—Tener al bebé y criarlo.

Vi cambiar su expresión, que pasó de la conmoción al júbilo.

—Violeta, no tienes idea de lo feliz que me haces. Si pudiera saltar hasta la luna para demostrártelo, lo haría. —Me rodeó con los brazos como queriendo acunarme—. Un precioso bebé inocente ha surgido de nuestro amor. Esa niña es parte de nosotros, la mejor parte, por lo que seguramente tendrá más de ti que de mí. Pero quizá también tenga algo mío: el dedo pulgar de una mano, un dedo del pie, la sonrisa...

¿Había dicho «esa niña»?

—¿Cómo sabes que es una niña?

Hizo una pausa, claramente sorprendido por haberlo dicho.

—Al instante la he imaginado como tú, quizá porque llevo todo el día pensando que sería muy hermoso poder empezar nuestras vidas desde el principio. Ojalá te hubiera conocido desde que naciste y tú me hubieras conocido a mí desde que era pequeño.

¿En qué clase de hombre se habría convertido Edward si no hubiera sido cruel de niño? Seguramente, no me habría conocido en China. Se habría quedado en la mansión familiar; se habría casado con la mujer amada, habría tenido un hijo con ella y nunca los habría abandonado. No habría necesitado compañía adicional. No habría venido a la Casa de Bermellón para dejar caer en la mesa veinte dólares de plata. Y yo nunca lo habría conocido. Sin embargo, nos habíamos encontrado. El destino, nuestros defectos y nuestras heridas nos habían unido.

Me tomó las manos y me las besó.

—Violeta, sé que no era tu intención quedarte embarazada. Por eso te agradezco profundamente que hayas decidido tener al bebé. Empezaremos una nueva vida, sin la vieja tristeza. Esa niña será nuestro futuro. La querremos con todo nuestro corazón y quizá seamos capaces de amarnos el uno al otro con la misma intensidad. ¿Podremos vivir juntos los tres? ¿Serás capaz de soportarlo? Ya sé que no puedo hacer nada para demostrarte que puedes confiar en mí más allá de toda duda. Pero si me das una oportunidad, te lo demostraré todos los días de mi vida.

A la tarde siguiente, Edward regresó con buenas noticias. Le había anunciado a su anfitrión, el señor Shing, que pronto dejaría libre su casa de invitados.

—Le he dicho que voy a casarme, y no es mentira. Siento que hay más verdad en nuestra unión de la que podría haber jamás con quien legalmente es mi esposa. En Shanghái nadie sabe que estoy casado, y ahora voy a presionar más que nunca para obtener el divorcio. Mientras tanto, tú serás la señora Ivory y tendremos un lugar maravilloso donde criar a nuestra hija. El señor Shing ha tenido la amabilidad de ofrecernos su casa, pero no la de huéspedes, sino la mansión. Yo sólo le había pedido consejo para buscar una buena casa de alquiler, pero él prácticamente me obligó a aceptar la suya. Ha dicho que se va a Hong Kong y que no volverá por lo menos hasta dentro de dos años. Si queremos seguir viviendo en su casa cuando regrese, él se instalará en la casa de invitados, que de todos modos le gusta más. Dice que la casa principal es demasiado grande para un hombre solo que pasa unas pocas semanas al año en Shanghái.

Me sentí incómoda. Tanta generosidad incitaba a la desconfianza. El señor Shing debía de ser un gánster que después querría cobrarse la deuda con Edward.

—¿Sabe el señor Shing con quién te vas a casar? ¿Le has dicho que soy una cortesana?

—Le hablé de ti desde el principio, desde el fracaso de nuestro primer encuentro. En esa ocasión, le dije que eras eurasiática y que sin embargo podrías haber pasado por una condesa italiana. Al señor Shing le pareció muy interesante que me hubiera enamorado de una cortesana. Dijo que no le costaba creerlo, ya que las cortesanas suelen ser mucho más interesantes que la mayoría de las mujeres, que llevan una vida protegida y sólo hacen lo que la buena sociedad les indica que hagan. Me hizo todo tipo de preguntas acerca de ti, todas ellas serias y correctas. Me preguntó tu nombre, tu edad y toda la información habitual. Casualmente, había oído hablar de tu madre. Dijo que era una mujer muy conocida y comentó que no se había enterado hasta ahora de lo que le había sucedido a su hija.

Entonces Edward se arrodilló ante mí.

—Ahora que dispongo de una casa cuyo umbral puedo cruzar llevándote en brazos, me gustaría que hicieras de mí un hombre honorable. —Sacó una sortija del bolsillo. Tenía un gran diamante ovalado, rodeado de brillantes más pequeños—. Violeta... —empezó, pero se le quebró la voz y se echó a llorar.

Sentí vergüenza de haber dudado de él. No estaba habituada a la magnitud de su amor. Me había dejado influir por el escepticismo de Calabaza Mágica, que me había enseñado a desconfiar de cualquier palabra conmovedora que saliera de labios de un hombre.

Justo en ese momento, Calabaza Mágica entró en la habitación.

—¿Qué está pasando aquí?

—Edward me ha pedido que me vaya a vivir con él —respondí—. Y me ha regalado un anillo.

Se lo enseñé. El tamaño del diamante era una clara muestra de la importancia de la ocasión.

Se le congeló el gesto.

—Me alegro mucho de que me hayas demostrado que estaba equivocada —dijo y, dando media vuelta, salió de la habitación.

Volvió media hora después, con los ojos rojos y los labios apretados. Nunca la había visto expresar tanta emoción, y sabía que si hubiera sido capaz de disimularla, lo habría hecho. Dejó sobre la mesa todas mis joyas, que ella tenía bajo su custodia. A continuación, arrojó sobre el diván los regalos que le había dado a lo largo de los años: la chaqueta, el sombrero, los zapatos, el collar, la pulsera, el espejo y la maleta con el vestido de mi madre y los dos cuadros.

—Revísalo todo y dime si falta algo. No quiero que más adelante me acuses de ladrona.

—No digas tonterías —repliqué.

—Dentro de poco no tendrás que oír ninguna de mis tonterías.

—¿Qué sucede? —preguntó Edward—. ¿Por qué está enfadada? Creía que se alegraría.

Le respondí en inglés:

—Me acusa de abandonarla.

—Eso tiene fácil arreglo. La casa es suficientemente grande. Si quiere, puede quedarse toda un ala para ella sola.

Me quedé atónita. No había tenido tiempo de contarle a Edward mis planes para Calabaza Mágica, y ahora la tenía delante de mí. Se daría cuenta de lo que me estaba proponiendo Edward y notaría su asombro cuando yo declinara su oferta. Decidí traducirle nuestra conversación. Después de todo, ella ya había dicho una vez que jamás viviría con un extranjero.

—¿Dices que tiene habitaciones vacías? —repuso Calabaza Mágica—. Y tú tienes vacío el corazón. Te ha propuesto que me vaya a vivir con ustedes, pero se te nota en la cara que estás buscando la manera de librarte de mí. No te preocupes. Yo no me iría a vivir con dos extranjeros ni aunque me lo pidieran de rodillas.

Ahí podría haber acabado todo. La decisión habría sido suya y yo no me habría sentido culpable. Edward había hecho una proposición y yo se la había traducido. Pero me invadió una sensación horrorosa. Si no le pedía que viniera conmigo, habría sido como matarla. Tenía con ella una deuda de gratitud. Más todavía que una deuda de gratitud, mucho más.

Por fin pude ver lo que siempre había tenido delante y no había querido ver. Calabaza Mágica era más que una doncella, más que una amiga, más que una hermana para mí. Era una madre. Se había preocupado por mí, me había protegido del peligro y me había guiado lo mejor que había podido. Había mirado por mi futuro y había evaluado cuidadosamente a todos los que entraban en mi vida. De ese modo, había hecho de mí el propósito de su vida, el sentido de su existencia. Y me había proporcionado el amor constante que yo buscaba. Al reconocerlo, sentí que me emocionaba hasta las lágrimas.

—¿Cómo vas a irte de mi vida? —le dije—. Si no vienes conmigo, me sentiré perdida. Nadie se preocupa tanto por mí como tú. Nadie me conoce mejor, ni conoce mi pasado y sabe lo que esta nueva vida significa para mí. Debería habértelo dicho hace tiempo. —Se me humedecieron los ojos. Ella seguía apretando los labios, pero le había empezado a temblar la mandíbula—. Eres la única persona fiel que hay en mi vida, la única en quien puedo confiar.

Le rodaron lágrimas por las mejillas.

—Ahora lo sabes. Siempre he sido la única.

—Las dos nos queremos —le dije con una sonrisa—. Pese a todos los problemas que te he causado, te has quedado conmigo. Debes de quererme como una madre.

—¿Como una madre? ¿Qué dices? ¡No tengo edad para ser tu madre! —Estaba llorando y riendo a la vez. Por sus airadas protestas, me di cuenta de que le había dicho exactamente lo que quería oír—. Tengo sólo doce años más que tú. ¿Cómo voy a ser tu madre? Si me dices que soy como una hermana mayor, entonces no te diré que no.

Se había quitado más años todavía que la última vez que había mentido acerca de su edad.

—Has sido una madre para mí —repetí.

—No, no. Imposible. Soy demasiado joven.

Tuve que repetírselo una tercera y última vez para que finalmente lo aceptara sin dudar de mi sinceridad.

—Nadie podría haberme querido tanto como tú, excepto una madre.

—¿Ni siquiera Edward?

—Nadie. Sólo una madre, sólo tú.

Calabaza Mágica y yo tuvimos que decidir en poco tiempo cuáles de nuestras pertenencias nos llevaríamos y cuáles dejaríamos. Vendimos los muebles, incluidos los que Lealtad me había regalado para mi desfloración. Calabaza Mágica se quedó solamente unos pocos adornos. Los vestidos que nos gustaban más no se podían lucir fuera de una casa de cortesanas. Tuve que clasificarlos según su valor. Al principio fue fácil decidir. Aparté los trajes que tenían manchas o desgarrones, y se los di a las sirvientas para que los cosieran y los limpiaran lo mejor que pudieran. Después Calabaza Mágica los llevó a la casa de empeños, pero nos ofrecieron una suma ridícula. Como no teníamos tiempo para visitar varias veces la tienda a lo largo de la semana y regatear, decidimos regalárselos a las mismas criadas que los habían reparado. Había supuesto que llorarían de gratitud, pero aceptaron la ropa con cara de decepción. Tuve que asegurarles que también recibirían la propina acostumbrada, y sólo entonces se permitieron admirar los vestidos y me elogiaron por ser más generosa que otras cortesanas que también se habían ido para ser concubinas de maridos ricos.

A Brillante le regalé un bonito traje de invierno. Era de seda buena, estaba muy bien cortado y la exagerada forma de las mangas recordaba una flor de loto. A Serena le di un traje de excursión para salir a pasear en carruaje. Era muy llamativo; tenía cuello alto de pieles y era precioso en todo, salvo en el color, un extraño matiz de malva que no combinaba bien con mi tono de piel. Se suponía que era color sangre de buey, pero yo lo veía más próximo a la hemorragia de un cerdo. Todas las veces que me lo había puesto, había tenido mala suerte: pretendientes que no pagaban o discusiones con Lealtad. Pero el color combinaba a la perfección con la tez pálida de Serena, por lo que supuse que a ella le traería mejor suerte. Cuando se lo di, la embargó la emoción. Me dijo que yo era una buena persona, y lo dijo con verdadero sentimiento. Le creí.

A la madama le di una estola de pieles, y a Bermellón, un abrigo largo para ir a la ópera. Antes había cancelado mi deuda con la madama, que incluía la suma pagada originalmente por mí, los intereses devengados y otros gastos que yo ni siquiera sabía que me cobraría, como un porcentaje sobre los «servicios de protección» de la Banda Verde y otro sobre los impuestos especiales de la Concesión Internacional. Mis ahorros para la vejez se redujeron a la cuarta parte de lo que había calculado. Vendí varios de mis trajes al sastre, que los juzgó en suficiente buen estado para ponerlos a la venta como si fueran nuevos. Acordamos dividirnos las ganancias a partes iguales. Yo ya sabía que iba a estafarme por lo menos la cuarta parte de mi mitad, de modo que le hice prometer que me ofrecería un descuento sustancial cuando volviera más adelante para encargarle ropa de estilo occidental. Cuando llegara el momento, le recordaría lo poco que me había dado por los vestidos vendidos y entonces tendría que rebajarme el precio un poco más.

Había un vestido del que no pude desprenderme, por ser mi vestido de la suerte. Me había traído muchos pretendientes y dos clientes permanentes, incluido mi segundo contrato con Lealtad. Era de seda verde agua, con el cuerpo chino y la falda occidental. La mitad superior, de estilo chino, tenía broches de perlas y costuras de seda bañada en oro a lo largo del escote y los bordes de las mangas. El cuello alto chino se abría ligeramente para dejar a la vista una insinuación de encaje occidental. Por encima de la cintura era muy ceñido, pero por debajo del talle se abría en una amplia falda occidental, con grandes pliegues, que acababa en una falsa bastilla a la altura de las rodillas, pero seguía más abajo en tres capas de seda festoneada de un verde esmeralda más oscuro. El efecto recordaba los pliegues que forma el telón de un teatro cuando se está levantando.

Era mi mayor triunfo en el terreno de la moda. Había podido crearlo sin la intervención de Calabaza Mágica y mi éxito se había extendido como una mancha de aceite por las otras casas de cortesanas, de tal manera que a la semana siguiente de estrenar el vestido, varias de las otras chicas ya habían copiado algunos de sus elementos: el encaje, la falsa bastilla, la seda festoneada y la original forma del cuello. Pero como yo había previsto, no pudieron copiar los costosos broches de perlas, ni el delicado hilo de oro que había requerido semanas enteras de cuidadosa costura. Como resultado, los vestidos de las otras cortesanas parecían lo que eran: imitaciones baratas.

Ese vestido no sólo me había dado suerte, sino que me infundía una sensación de calma y confianza que me gustaba considerar parte de mi verdadero yo. Me daba miedo dejarlo. Pero si lo conservaba, me arriesgaba a que me arrastrara otra vez a mi vida anterior, lo quisiera o no. En lo profundo de mí albergaba el temor de tener que volver atrás por una serie de razones que había imaginado cientos de veces. Al final decidí quedarme el vestido. Quizá pudiera hacerle algunos arreglos para adaptarlo a una nueva vida sin pretendientes.

Me preocupaba la elección del traje que me pondría para entrar en mi nueva casa. Tenía que ser occidental. Los otros chinos trataban a los occidentales con respeto, o al menos con temor. Pero no debía ser demasiado elegante porque de lo contrario parecería un esfuerzo excesivo por compensar mi baja condición social. Finalmente me decidí por un traje de calle azul marino.

Cuando Calabaza Mágica se presentó en mi puerta, tuve que contenerme para no soltar una carcajada. Se había puesto un traje occidental de aburrido color pardo, que le disimulaba las curvas del busto y la cintura. Declaró que era feo, pero adecuado para su nueva vida. Aunque hacía seis años que se había retirado de la carrera de cortesana, nunca se había descuidado y aún conservaba la piel perfecta y unos andares ondulantes que le hacían balancear las caderas de un lado a otro como accionadas por un interruptor. Cuando me estaba preparando para ser la cortesana virgen de la casa, me había enseñado esa manera de andar, haciendo especial hincapié en su sutileza y lubricidad, pero yo nunca había conseguido imitarla. Había visto a hombres quedarse con la boca abierta mirándola, seducidos por el provocativo movimiento de esa cortesana retirada, en la que de otro modo ni siquiera habrían reparado.

—Soy demasiado mayor para ponerme ropa bonita. Ya he cumplido los treinta y cinco.

Al menos esta vez había reconocido unos pocos años más que la vez anterior, pero todavía se quedaba corta: debía de tener unos cuarenta y cinco, según mis cálculos. A medida que pasaban los años, envejecía con más rapidez, y yo empezaba a apreciar su acierto al prolongar su carrera.

La vi apoyar una maleta sobre el sofá y abrirla. En su interior había saquitos de terciopelo con mis joyas y las suyas. Apartó las piezas que en su opinión debíamos vender, las más baratas y llamativas. Entre ellas había un anillo que me había regalado Lealtad Fang. Calabaza Mágica me miró. Las dos sabíamos que mi decisión revelaría si aún sentía algo por él. Quedármelo habría sido una infidelidad hacia Edward.

—Véndelo —le dije.

En la maleta había también otros objetos que a Calabaza Mágica le habían parecido demasiado valiosos para guardarlos en los baúles: una estatuilla de jade, dos perros de porcelana y un reloj pequeño de sobremesa. Vi también dos rollos de pergamino envueltos en tela, pero en seguida me di cuenta de que no eran rollos, sino los condenados óleos firmados por Lu Shing que habían pertenecido a mi madre.

—Creía haberme deshecho de esos cuadros —dije.

—Ya te dije aquel día que me los quedaba para mí. Me gusta su estilo y no me importa quién haya sido el pintor.

—Está bien, pero cuélgalos en un sitio donde yo no los vea.

Calabaza Mágica frunció el ceño.

—Tienes demasiado endurecido el corazón. Ahora que tienes a Edward y vas a empezar una nueva vida, podrías ablandarte un poco. No es necesario que seas como yo.

Llegó el automóvil para llevarnos a nuestro nuevo hogar. Edward había ido a la casa antes que nosotras para comprobar que todo estuviera en orden. El corazón me palpitaba a toda velocidad y me infundía unos deseos enormes de correr para mantener su ritmo alocado. Por fin iba a dejar atrás mi vida de cortesana y sin embargo notaba una sucesión de señales de mal augurio: la risa de un pájaro, un pequeño desgarrón en el dobladillo de la falda, una repentina ráfaga de viento... Cada vez que me había esforzado por eludirla, la mala suerte había caído sobre mí de todos modos. Y cuando había ignorado los presagios, el resultado había sido el mismo.

El coche atravesó los portones y entró en el patio. La casa era alta, lo mismo que la Oculta Ruta de Jade, pero los muros de piedra la hacían parecer una fortaleza.

Edward corrió a abrirnos la puerta del automóvil y ayudó primero a Calabaza Mágica a apearse.

—¿Crees que podrás ser feliz aquí?

Tenía la sonrisa de un niño.

Contemplé la enorme mansión y la casa de invitados, un poco más pequeña, justo enfrente. A la izquierda, los terrenos se extendían hacia unos jardines y otros varios edificios de menores dimensiones y estilo similar. Parecía como si las alas de piedra originales de la casa se hubieran desprendido y separado. A los lados del sendero que conducía hasta la mansión había pequeños rosales, y a la sombra de los rosales, violetas con pétalos morados y amarillos. No veía con frecuencia esas flores, por lo que decidí considerarlas un buen augurio y dejar de pensar que todos los detalles inusuales eran un anuncio de mala suerte inminente.

—¿Está en casa el señor Shing? Deberíamos ir a darle las gracias.

—Ya se fue —dijo Edward—. Podemos escribirle una carta. Cuando entres verás lo mucho que debemos agradecerle.

Por una doble puerta que era dos veces más alta que nosotros, pasamos a un frío vestíbulo. Un silencioso sirviente se llevó nuestros abrigos, pero Calabaza Mágica no le permitió que se llevara también la maleta con sus objetos de valor. El aire gélido me caló hasta los huesos y ya estaba a punto de pedirle al sirviente que me devolviera el abrigo cuando Edward me condujo a través de otra puerta, hasta una amplia sala cuadrada cómodamente caldeada. Al fondo de la habitación había una chimenea donde ardía el fuego y, encima, un espejo enorme, como los que se ven en los vestíbulos de los hoteles. Fui hacia él y me vi la cara. ¿De verdad que era ése mi aspecto en ese momento? Parecía tímida y perdida. Intenté desenvolverme con la seguridad de una cortesana admirada y conocida, pero no pude librarme de la sensación de no encajar en ese ambiente, ni de la convicción de que nunca encajaría. Había pocos muebles en la casa, pero cada sofá y cada silla parecían caros y de refinado buen gusto. Por ninguna parte se veían escupideras de porcelana ni cortinas de terciopelo que cayeran en cascada hasta el suelo. Había un olor muy particular en el aire, más tenue que el de la casa de cortesanas. Calabaza Mágica andaba con cuidado por la sala, como si sus pasos fueran a estropear el suelo de baldosas.

Pasé la mano sobre la repisa de la chimenea. Las redondeadas esquinas de mármol tenían el aspecto de la cera cuando se funde en suaves ondulaciones. El fuego era vivo y brillante, con llamas altas, y a medida que fui entrando en calor, me sentí más cómoda.

—Fíjate cómo me mira ese criado —me susurró Calabaza Mágica—, con aires de superioridad. —Se miró al espejo—. Este vestido es todavía más feo de lo que pensaba. Parece barato.

Edward le indicó a un sirviente que abriera una hilera de paneles corredizos pintados, que revelaron un comedor de madera dorada. Las patas labradas de los muebles formaban los mismos motivos ondulantes y recurvados de la repisa de la chimenea. En un extremo de la habitación había un estanque chino con peñascos en miniatura. Cuando Calabaza Mágica y yo nos acercamos, una masa de peces de colores vino hacia nosotras con la boca abierta, con la ansiedad de perros hambrientos.

—¡Se nos quieren comer vivas! —exclamó Calabaza Mágica, que en seguida fue a dejarse caer pesadamente en una silla—. Toda esta emoción me ha agotado. Necesito quitarme esta ropa. ¿Dónde está mi habitación?

Edward le hizo un gesto a una sirvienta, que gritó:

—¡Ratoncita!

Una niña de unos diez años llegó corriendo y se ofreció para llevar la maleta. Calabaza Mágica se negó y la sirvienta reprendió a la pequeña por no querer ayudar «a la tiíta».

—Esa mujer me ha llamado «tiíta», como si fuera más joven que yo —se quejó Calabaza Mágica—. Le diré que soy la señora Wang, viuda respetable de un hombre rico, instruido... y también muy bien parecido. No es necesario que mi marido imaginario sea viejo y feo.

Edward me llevó por una ancha escalera hasta una biblioteca con las paredes tapizadas de libros. En un extremo de la sala había una mesa de billar de panza redondeada y flecos verdes y rojos, y en el otro, un par de sofás de terciopelo marrón, colocados uno frente a otro, algunos sillones y varias mesas cuadradas, con lámparas de lectura y pilas de libros.

Al final del pasillo había una puerta cerrada. Edward dijo que allí estaba nuestra habitación. Cuando la abrió, lo único que vi fue una salita con una mesa pequeña. Me sorprendí, hasta que me hizo pasar y me enseñó otra puerta, que abrió lentamente. La habitación que apareció ante mí era amplia y estaba oscurecida por unas cortinas verdes. Era elegante, pero sin ostentación, y transmitía la sensación de poder del propietario de la mansión. La cama enorme, con cabecera y pie de madera labrada, estaba orientada hacia la puerta. Era mal feng shui. Podía alterar la armonía y acabar con nuestra buena suerte, pero me contuve y no hice ningún comentario. Tenía que dejar de pensar de ese modo. Me fijé rápidamente en el resto: las paredes tapizadas de seda verde, la gruesa alfombra persa, la chimenea con repisa de mármol rosa, las mesillas de noche, las lámparas en forma de tulipán... De pronto, noté que Edward me estaba observando.

—¿Te gusta?

—Sí, claro. Pero me siento una intrusa. Me llevará tiempo sentir que estoy en mi casa.

Me condujo por otra puerta a un amplio vestidor, con un diván tapizado de rosa y dos de las paredes cubiertas de armarios. Un poco más allá había un cuarto de baño con suelo y paredes de mármol, y relucientes grifos plateados que parecían una colección de pistolas. El lavabo de pedestal era como una fuente para pajarillos; de hecho, tenía una tórtola de mármol esculpida en cada esquina. A un lado del baño había otra puerta más. La abrí y entré en otro dormitorio, decorado en diferentes tonos de rosa.

—¿Es para la niña?

—El cuarto del bebé está más adelante, por el pasillo. Éste es tu dormitorio privado.

—¿Para qué quiero un dormitorio privado, separado del tuyo?

—Es una ridícula costumbre americana de la gente muy rica. Cuanto más dinero tienen, más privacidad necesitan. Tú no dormirás aquí, desde luego que no. Pero podrás usar esta habitación para guardar tus pertenencias, tus vestidos y ese tipo de cosas. Yo también tengo habitaciones similares al otro lado del dormitorio.

—¡Mira qué lámpara tan enorme y qué buró! Todo está tan pulcro que parece como si nadie real hubiera dormido nunca aquí.

Entonces mi mirada fue a posarse en un cuadro que había colgado junto a la cama y que me resultó familiar: la tierra ensombrecida, las montañas escarpadas y un falso fulgor vital que parecía a punto de extinguirse. Me acerqué para ver la firma del artista: «Lu Shing.» Se me aceleró el corazón. En la otra esquina leí el título: *El valle del asombro.* Alguien lo había sacado de la maleta de Calabaza Mágica. Pero ¿qué había hecho para enmarcarlo en tan poco tiempo? No tenía sentido. ¿Quién se estaba burlando de mí? ¿Quién quería rodearme de malos presagios?

Edward vino a situarse detrás de mí.

—La obra artística del señor Shing no es tan atroz como él se empeña en hacer creer.

Se me puso la piel de gallina.

—¿El señor Shing? ¿Lu Shing es el propietario de esta casa?

—Así es. A mí también me llamó la atención este cuadro. Teníamos uno similar en casa, sólo que mucho más grande. Lo pintó mientras era nuestro huésped. Es la vista suroccidental del valle, tal como lo veíamos desde la ventana. Debió de pintar éste, más pequeño, como estudio para el otro más grande.

Empecé a respirar agitada, sintiendo que me faltaba el aire. Como muchos occidentales, Edward había creído erróneamente que el segundo nombre de Lu Shing era su apellido, cuando en realidad era su nombre de pila. Su anfitrión no era «el señor Shing», sino «el señor Lu».

¿Por qué vivía Edward en su casa? ¿Sería parte de un plan secreto?

Justo en ese momento, Calabaza Mágica entró en la habitación.

—La cama es blanda como un montón de hojas otoñales. La chimenea ni siquiera está encendida, pero la habitación está caliente como un horno. —Se me quedó mirando—. ¿Qué te pasa? ¿Te sientes mal? ¿Son las náuseas matinales o tienes fiebre?

Me tomó por un brazo y me guió hasta la cama.

—¡Eh! —exclamó de pronto—. ¿Cómo ha llegado aquí este cuadro? ¿Me lo ha robado alguien de la maleta?

—Esta casa pertenece a Lu Shing —dije—. Es el anfitrión de Edward, el hombre al que él siempre llama «señor Shing».

Abrió los ojos como platos.

—¿Cómo es posible? ¿Estás segura de que es la misma persona?

Recorrió el cuadro con la vista, de una esquina a otra, y apoyó el dedo sobre la firma.

Edward no entendía lo que estábamos diciendo.

—Veo que a ella también le gusta la pintura —comentó.

Le pedí a Calabaza Mágica que se fuera para poder hablar en privado. Antes de salir de la habitación, le lanzó a Edward una mirada feroz.

—No sé qué plan tendrá Lu Shing, ni cuáles serán sus motivos para querer que vivamos aquí, pero no puedo quedarme en esta casa.

—¿Por qué no? ¿Qué pasa? ¡Violeta, estás temblando! ¿Te sientes mal?

Me llevó hasta la cama e hizo que me sentara.

—Tu generoso anfitrión, el señor Shing, como tú lo llamas,

no es otro que el señor Lu, el hombre que nos abandonó a mi madre y a mí cuando yo era un bebé, y que animó a mi madre a irse de Shanghái y a viajar a América en busca de su hijo perdido. Él es el causante de que yo haya acabado en una casa de cortesanas.

Edward se quedó en silencio, contemplando el cuadro con ojos vacíos. Varias veces empezó a hablar, pero se interrumpió.

—¿Ha tenido él algo que ver con nuestro encuentro? —le pregunté—. ¿Ha sido un plan urdido entre ustedes dos?

—No, claro que no. ¿Cómo puedes decir semejante cosa? Si esto ha sido un plan de Lu Shing, yo no estaba al corriente. Me repugna pensar que él sabía quién eras tú y que me manipuló para que vinieras a esta casa. ¿Pensaría que no íbamos a descubrirlo? —Se puso de pie—. ¡Claro que vamos a irnos! Llamaré a los sirvientes para que saquen nuestras cosas ahora mismo.

Y nos habríamos ido, de no haber sido porque Calabaza Mágica cayó enferma de la gripe española.

CAPÍTULO 7
Una enfermedad azul

Shanghái
Junio de 1918
VIOLETA

Nunca había visto a Calabaza Mágica tan indefensa. Decía gimiendo que quería volver a casa y que no la dejáramos morir en casa de un extranjero. Cuando le costaba demasiado respirar, se me quedaba mirando con los párpados hinchados y los ojos brillantes de lágrimas.

Edward mandó llamar a un médico del Hospital Americano, y nos enviaron a un inglés rollizo con aires de superioridad, que se cubría la boca con una mascarilla blanca. Tenía el poco afortunado nombre de «doctor Albee», que en chino suena muy parecido a «sufrimiento eterno».

Al oírlo, Calabaza Mágica le dijo:

—¡Rey del Infierno, no me lleves al pozo de fuego donde los extranjeros arden para toda la eternidad! ¡Yo soy china!

Después le mintió, diciendo que era cristiana y que merecía ir al cielo. Le enumeró todas sus buenas obras, que consistían sobre todo en haber lidiado con mi actitud altanera, haberme instruido bien y haber sido paciente cuando yo no seguía sus consejos. La idea de que fuera a dejar este mundo considerándome una ingrata me llenaba de remordimiento. Pero aún me llegó más al corazón cuando dijo que yo era su querida hermanita pequeña y que le preocupaba lo que sería de mí cuando ella no estuviera. De ahí pasó a suplicarle al médico que le permitiera vivir para hacer de mí una de las Diez Bellas de Shanghái.

El doctor Albee dijo que no había nada que hacer, excepto animarla para que bebiera agua y procurar que se sintiera tan cómoda como fuera posible. Aconsejó que todos los de la casa nos pusiéramos mascarilla y, al salir, nos informó de que quedaríamos bajo cuarentena durante dos semanas. Nadie podía salir a la calle. Sólo entonces recordé mi intención de irme de la casa desde que había sabido que pertenecía a Lu Shing. Pero ya nada de eso importaba. Cuando a Calabaza Mágica le subió un poco más la fiebre, empezó a confundirme con su madre. Con la cara brillante, quiso explicarme por qué no había vuelto antes a la aldea para verme. Le respondí que me alegraba de que hubiera vuelto y lloré mientras me contaba los malos tratos que le había infligido el marido de su ama, con todos sus terribles pormenores.

Cuando llegó el médico chino, me apresuré a pedirle que se presentara a Calabaza Mágica con un nombre que sonara como «buena salud» o algo parecido. Le recetó una sopa amarga y unas cataplasmas de alcanfor para ponerse en el pecho, que en seguida le aliviaron la dificultad para respirar. Me puse al lado de mi amiga y le dije:

—Mamá está aquí. Ahora tienes que ponerte bien y quedarte mucho tiempo en este mundo para cuidarme cuando sea mayor.

Sus ojos giraron hacia mí y frunció el ceño.

—¿Te has vuelto loca? Tú no eres mi madre. Mírate al espejo. Eres Violeta. ¿Y por qué iba a cuidarte yo a ti? Deberías cuidarme tú a mí por todas las preocupaciones que me has causado.

En ese momento supe que se iba a recuperar.

El doctor chino les indicó a los sirvientes que lavaran a diario el suelo con agua de cal para que no nos contagiáramos los demás. Sin embargo, esa misma noche sentí un calor febril y a la vez escalofríos, unidos a la sensación de que se me iban a quebrar los huesos. La habitación flotaba y Edward había encogido al tamaño de un muñeco. Cuando desperté, vi a una niña adormilada sentada junto a la cama. Al principio no reconocí la habitación y pensé que Fairweather me había secuestrado otra vez y me había dejado en otra casa de cortesanas.

Por lo menos esta vez parecía una casa de primera categoría. Entonces vi el cuadro de Lu Shing y recordé dónde estaba. Al instante sentí pavor.

—¿Dónde está Edward?

La chiquilla se despertó sobresaltada y salió corriendo. Al cabo de un momento, entró Edward y me acarició la frente murmurando palabras tiernas mientras sus lágrimas rodaban por mi cara. Le pedí que no me tocara, para no infectarse, y él me aseguró que mi mal ya no era contagioso. Nadie más había enfermado. Todos habían estado tomando la sopa amarga día y noche.

—Sé lo repugnante que es esa poción porque Calabaza Mágica me la hacía tomar a diario. Si no te mata su sabor asqueroso, tampoco te matará la gripe.

Cuando estuve suficientemente recuperada para sentarme, Edward me llevó en brazos al jardín, donde había instalado una tumbona a la sombra de un árbol.

—Le escribí a Lu Shing, para pedirle explicaciones por haberte abandonado y por la insidia de no revelarme quién era realmente. Le anuncié que en cuanto te recuperaras por completo de tu enfermedad, nos iríamos. Aquí está su respuesta.

Le pedí a Edward que la leyera en voz alta. Me recliné en la tumbona y reuní fuerzas.

—*Querida Violeta* —empezó a leer Edward—*: No hay excusas para la inmoralidad, ni espero tu perdón. Nunca podré compensarte de manera adecuada por lo que he hecho, pero he intentado solamente ofrecerte mayor comodidad...*

Decía que podía quedarme tanto como quisiera y que él correría con los gastos de la casa y de los sirvientes. Quería que yo heredara la mansión, pero para eso era necesario que me reconociera como hija suya. Si yo estaba dispuesta a que lo hiciera, podía encargar los documentos necesarios. Terminaba diciendo que si alguna vez quería verlo, se lo hiciera saber, aunque sólo fuera para expresarle mi ira. Pero añadía que a menos que yo se lo pidiera, no volvería nunca a la casa para no causarme más dolor. Por el sobre pude ver que la carta había sido franqueada en Hong Kong. La firmaba: *«Atentamente, Lu Shing.»*

—Por mi parte, haré lo que tú desees —dijo Edward.

—¡Canalla! Ni siquiera menciona a mi madre. No ha dicho si alguno de los dos ha sabido durante todos estos años que yo estoy viva.

Rápidamente me ganó el agotamiento y Edward tuvo que llevarme a la habitación para que durmiera. A la mañana siguiente, me dijo que le había escrito otra carta a Lu Shing en la que le exigía una respuesta a las preguntas que yo había formulado. Siempre encontraba maneras de demostrarme que me quería y que me protegería toda la vida, tal como me había prometido. Lo abracé con fuerza y me agarré a él como una niña.

—En realidad no quiero conocer las respuestas —dije—. Ya he analizado todas las razones y circunstancias posibles para que mi madre no haya vuelto a salvarme, y ninguna sería suficiente para explicar su conducta a menos que haya muerto antes incluso de pisar suelo americano. Y aunque él me dijera eso, no podría estar segura de que me estuviera contando la verdad. Este dolor me ha consumido durante demasiado tiempo y no quiero que me siga atenazando. Si cambio de idea más adelante, te pediré que me leas la respuesta del cobarde.

Respetando mis deseos, cuando llegó la segunda carta de Lu Shing, Edward simplemente la guardó sin abrirla.

Mientras tanto, yo libraba una pequeña batalla conmigo misma sobre lo que debía hacer con la casa. Mi impulso inmediato fue irnos y rechazar la herencia, tratando de no pensar en la comodidad que dejaríamos atrás. Pero tuvimos que quedarnos por necesidad, hasta que me hube recuperado por completo. Después, la estancia se prolongó porque padecía náuseas y mareos, y el trastorno de la mudanza podría haber perjudicado al bebé, lo que se sumaba a la preocupación de que la gripe lo hubiera afectado. Al final, me reconcilié con la idea de quedarnos en la casa por temor a que los padres de Edward decidieran cortarle el suministro de dinero, como ya habían hecho una vez, y nos dejaran en la pobreza y sin un techo para protegernos de la intemperie. Le dije entonces a Edward que podíamos quedarnos.

Más adelante, admitió que mi decisión había sido un alivio

para él por las preocupaciones que le inspiraba el nacimiento de nuestra hija. ¿Qué haríamos si pasaba algo, si él enfermaba o no podía estar con nosotras? ¿Dónde viviríamos? Fuimos a ver al abogado de la Naviera Ivory para pedirle consejo. Era un hombre de aspecto extraño, de cabellera frondosa y barba igualmente poblada, con cejas gruesas como la cola de una ardilla. Edward me presentó como su esposa, «la señora Ivory», y le explicó que yo tenía en Soochow un tío americano excéntrico que me había enviado una carta, en la cual me anunciaba que quería dejarme su casa en herencia.

—No queremos parecer avariciosos y pedirle que deje constancia de esa voluntad en su testamento —dijo Edward—. ¿Sería suficiente la carta que ha escrito si sucediera lo inevitable?

El abogado creía que el testamento era la mejor solución, pero afirmó que la carta podía ser suficiente si estaba fechada y escrita de su puño y letra, y si el hombre no tenía otros descendientes, como por ejemplo un hijo que no se hubiera comportado bien. Cuando volvimos a casa, comprobamos que las dos cartas de Lu Shing estaban fechadas, y Edward las guardó en un lugar seguro donde sólo él podría encontrarlas.

A partir de entonces, vivimos en nuestro pequeño mundo, en la acogedora intimidad de un matrimonio. Cuando hacía frío, nos quedábamos largo rato abrazados, en silencio, delante de la chimenea, sabiendo lo que estaba pensando el otro acerca de la felicidad presente y futura, y la suerte de habernos encontrado. En la biblioteca, leíamos en voz alta el periódico, una novela o el libro favorito de poemas de Edward. Los días de lluvia, poníamos discos en el gramófono y bailábamos ante la mirada de Calabaza Mágica. Edward siempre la invitaba con un gesto a dar unas cuantas vueltas con él por la sala, y ella invariablemente rechazaba la primera invitación. Pero después, cuando él insistía y le hacía entender por señas que mi vientre enorme ya no me permitía bailar las canciones más rápidas, ella aceptaba con una sonrisa. Era divertido verlos comunicarse con un juego de gestos y expresiones faciales que a menudo producía hilarantes malentendidos. Una vez Edward le hizo la mímica de lamer y comer un helado y después le propuso por señas que bajáramos por nuestra calle hasta la tienda que los vendía, pero ella entendió que un perro callejero había estado comiendo del plato de Edward y se apresuró a llevárselo de la mesa. Al final, yo siempre tenía que traducir. Encontramos cajas con varios juegos y pasatiempos, incluido todo el material necesario para jugar al ping-pong. Calabaza Mágica resultó ser rápida y ágil, y Edward, asombrosamente torpe y lento, aunque no parecía importarle que nos riéramos de él. Más adelante me enteré de que en realidad era bastante buen jugador, pero fingía torpeza para vernos felices. Dos veces al día, dábamos un paseo para ir a los cafés donde se analizaban y debatían las últimas noticias de la guerra. La victoria parecía cada vez más inminente, y todos estábamos impacientes por ver el final del conflicto. En la cama hablábamos de nuestras infancias, intentando recordar todo lo que podíamos, para tener la sensación de que nos habíamos conocido desde siempre y más profundamente que nadie. Discutíamos si había sido el destino chino o los hados americanos lo que nos había unido. Nuestro encuentro no podía haber sido fruto del azar, como cuando se encuentran dos hojas de distintos árboles arrastradas por el viento.

La única mancha que empañaba nuestra vida perfecta era Lu Shing. En otra época me había consumido el odio hacia mi madre y hacia él. Ninguno de los dos podría haberme compensado lo mucho que me habían hecho sufrir. ¿Cómo iban a devolverme la vida que me habían arrebatado? Sin embargo, ahora yo tenía todo lo que siempre había deseado. Sabía que nunca perdonaría a Lu Shing, pero era tan feliz en su casa que dejé de atormentarme pensando en los actos deplorables que habían cambiado el rumbo de mi vida.

La epidemia terminó en el verano de 1918. Y cuando en noviembre finalizó la guerra, tuvimos un motivo más de celebración. Aunque la Concesión Internacional se había mantenido neutral, las diferentes nacionalidades hicieron ondear sus banderas para señalar que el mundo volvía a estar en paz. Los occidentales descorcharon el champán francés que habían reservado para la ocasión, mientras la gente en las calles intercambiaba besos con desconocidos. También intercambiaba gérmenes, por lo que más adelante se dijo que aquellos besos habían sido la causa de que se declarara un nuevo brote de gripe, más virulento que el anterior. Shanghái no resultó tan afectada como otras partes del mundo. Eso fue lo que leímos en los periódicos, que también señalaban que la enfermedad se cobraba sus víctimas sobre todo entre los hombres y las mujeres jóvenes, lo mismo que en la anterior oleada de la epidemia. Curiosamente, los que estaban en mejor forma física parecían los más vulnerables.

Calabaza Mágica y yo ya habíamos padecido la gripe y no corríamos riesgo de infección, pero Edward se había salvado del primer brote de la epidemia y yo estaba embarazada de siete meses y temía por mi bebé. Por esa causa, impusimos en la casa estrictas normas de higiene. Cuando Edward y yo salíamos, él se cubría siempre la boca con una mascarilla y nunca entrábamos en los cafés y restaurantes más concurridos. Pese a todas las precauciones, Edward cayó enfermo. Yo entré en acción en seguida, porque había leído mucho sobre la manera de tratar a un paciente. Pusimos a hervir agua con un poco de alcanfor y eucalipto. Le hicimos beber té caliente y caldo de hierbas chinas amargas, y preparamos toallas húmedas por si era necesario bajarle la fiebre con paños fríos. Edward rechazaba casi todos nuestros cuidados, afirmando que unos síntomas tan leves como los suyos significaban probablemente que no estaba lo bastante en forma para pertenecer a la categoría de las personas más amenazadas. No se quedó más de un día en la cama y se levantó convencido de que su gripe no había sido mucho peor que un resfriado común. Su rápida recuperación disipó nuestras inquietudes. Ahora él también quedaba protegido contra la gripe y ya no tendríamos que preocuparnos por el posible contagio al bebé.

Un gélido y despejado día de enero, nació nuestra hija. Ese mismo día había empezado en París la conferencia de paz, y lo tomamos como una señal de que sería un bebé apacible, como realmente lo fue. Era de tez clara y se parecía a Edward más que a mí. Tenía los ojos de color avellana y unos pocos mechones de pelo castaño claro. El remolino que se le formaba en la nuca era herencia mía, lo mismo que la pálida marca azulada de nacimiento que muchos niños chinos tienen en la base de la columna. Las curvas y los lóbulos de las delicadas orejitas, semejantes a hojas, eran idénticos a los de Edward, pero la barbilla redondeada era mía. Edward dijo que cuando fruncía el ceño mientras dormía, ponía la misma cara que yo cuando estaba preocupada. Por mi parte, observé que cuando ensanchaba la naricita, su expresión se parecía a la de Edward cuando llegaba la comida a la mesa. Edward la declaró «la réplica más perfecta de la mujer más perfecta de toda la eternidad», y yo, tras recibir ese homenaje henchido de amor, le pedí que eligiera el nombre de nuestra hija. Estuvo pensando dos días. Decía que el nombre debía formar parte de nuestro nuevo legado familiar y se negaba a que ella también se llamara Bosson.

—Se llamará Flora —dijo por fin—. Violeta y la pequeña Flora. —La acunó en los brazos y se acercó a la cara su carita dormida—. Mi pequeña Flora.

Sentí una secreta aflicción. A las chicas de las casas de cortesanas nos llamaban «flores» y mi propio nombre me inspiraba sentimientos contradictorios. Las violetas eran las flores preferidas de mi madre, unas florecillas modestas y fáciles de pisotear, que requerían pocos cuidados para crecer. Yo había cambiado de nombre varias veces a lo largo de los años: de Violeta había pasado a ser Vivi y después Zizi, con varios apodos intermedios. Ahora volvía a llamarme como al principio, como si fuera cosa del destino y me fuera imposible cambiar el nombre de forma permanente. Unos días antes, en la biblioteca, había estado escuchando un aria de ópera, la más hermosa de todas. Leí el folleto que encontré en la solapa del disco y me enteré de que el personaje que la cantaba era Violeta, una cortesana que a esas alturas de su vida era «una flor caída», como indicaba el texto.

Pero ahora Edward estaba cantando con su dulce voz de tenor:

—*Flora, mi dulce Florita, rocío de la mañana, capullo de rosa por la tarde*... ¡Mira sus ojitos! —exclamó—. ¡Mira cómo me atiende cuando la llamo por su nombre! ¡Ya lo reconoce! Mi pequeña Flora, mi dulce Florita...

¿Cómo iba a pedirle que le eligiera otro nombre?

No podíamos soportar la idea de tener a Florita fuera de nuestra vista, así que decidimos que durmiera con nosotros y no en su cuarto con la nana. En medio de la noche, me despertaron sus llantos y gemidos. La levanté de la cuna que habíamos puesto junto a nuestra cama y me la puse sobre el pecho mientras le cantaba suavemente:

—*Flora, mi dulce Florita, rocío de la mañana, capullo de rosa por la tarde*...

Se calmó en seguida y al cabo de un momento su mirada errante se encontró con la mía y se detuvo. En ese breve instante de reconocimiento, encontré mi mayor alegría.

Marzo de 1919

En marzo, se declaró un nuevo brote de gripe española.

—La guerra ha terminado. ¿Por qué no termina esto también? —dijo Calabaza Mágica.

Todo el mundo comentaba que esa última oleada era más mortífera que la anterior. No caía tanta gente enferma, pero los que se contagiaban sufrían más y morían más rápidamente.

Edward, Calabaza Mágica y yo ya habíamos pasado la gripe, por lo que agradecíamos no estar en peligro; pero Florita, que tenía apenas dos meses, nunca había contraído ninguna enfermedad y tuvimos que extremar las precauciones. Ordenamos que todos los de la casa se cubrieran la boca y la nariz con mascarillas de gasa cada vez que salieran a la calle. Al regresar, tenían que dejar las mascarillas en un cubo junto a la puerta, para después hervirlas y remojarlas en agua alcanforada de manera que pudieran utilizarse de nuevo. Cuando sacábamos a pasear a Florita para que tomara el aire fresco, cubríamos el cochecito con una malla de gasa alcanforada y evitábamos los lugares muy frecuentados. Por todas partes había grandes carteles que anunciaban severas multas para todo aquel que fuera sorprendido escupiendo, tosiendo o estornudando en locales públicos o en los coches del tranvía. Dos colegios internados de chicos y uno de chicas tuvieron que cerrar a causa de brotes de la epidemia. Los comercios y puestos callejeros de la avenida de la Fuente Efervescente ofrecían remedios para prevenir o curar la gripe. Allí nos enteramos de que la mejor manera de evitar la enfermedad era beber ocho veces al día el elixir del doctor Chu, o bien hacer gárgaras con la poción de la señora Parker, o también bañarse en agua caliente con cebollas. Los que contraían el mal debían descansar y beber algún licor, en particular whisky de buena calidad, que se consideraba el remedio más eficaz.

Dos semanas después, nos enteramos de que en la Concesión Internacional sólo habían muerto un centenar de extranjeros y que por lo menos la mitad eran japoneses. Los colegios volvieron a abrir sus puertas. En las calles no había montones de cadáveres, como algunos habían pronosticado, sino únicamente montones de mascarillas sin vender. Dejamos de preocuparnos y olvidamos las precauciones.

Cuando varios días después Edward contrajo un resfriado, lo primero que dijo fue que debía mantenerse apartado de Florita, que de todos modos no tenía apetito y prefería no bajar a cenar con nosotros.

Esa noche dormimos en habitaciones separadas para que no me contagiara el catarro. Su sirviente, Carnerito, le dejó un vaso de whisky en la mesilla de noche. A la mañana siguiente, cuando fui a verlo, me alarmé al notar que tenía círculos enrojecidos en torno a los ojos y la cara pálida y sudorosa. Se quejó del calor agobiante, aunque en realidad hacía frío. Explicó sus violentos accesos de tos diciendo que la calle estaba saturada de polvo por los muchos edificios que estaban demoliendo, y después atribuyó el dolor de cabeza al esfuerzo de toser.

—Es la enfermedad china —comentó en broma.

Los británicos y los estadounidenses llamaban «enfermedad china» a todos los males que contraían en Shanghái, desde un dolor de estómago hasta la más rara de las enfermedades, sobre todo si era mortal.

Por la tarde, fui a ver a Edward y me asusté al comprobar que le había subido la fiebre. La violencia de la tos lo dejaba sin aliento y le hacía perder el equilibrio.

—Ya te lo he dicho. Es la fiebre de los pantanos de Shanghái —consiguió decirme en broma entre accesos de tos—. Por favor, no te preocupes. Voy a meterme en un baño templado.

Una hora después, me pidió que llamara a un médico del Hospital Americano, pero sólo para que le recetara algo que le aliviara la tos. Necesitó la ayuda de dos sirvientes para salir de la bañera y volver a la cama.

Cuando llegó el doctor Albee, Calabaza Mágica lo reconoció. Dijo que era el «Rey del Infierno» y añadió que en ese mismo instante se iba a llamar al médico chino que nos había tratado cuando habíamos estado enfermas. Probablemente tendría mejores remedios que ese doctor extranjero, que la vez anterior había dicho que no había nada que hacer, excepto sentarnos a esperar.

Le aseguré al doctor Albee que Edward ya había pasado la gripe en la segunda oleada de la epidemia, por lo que su mal debía de ser otro. ¿Quizá la fiebre tifoidea? El médico le exploró la garganta, le miró la nariz y los oídos, le palpó el cuello, le dio golpecitos en la espalda mientras lo auscultaba y finalmente anunció con autoridad:

—El paciente sufre una infección de las amígdalas.

Echó una medida de láudano en un frasco pequeño y le dio a Edward un tapón de la sustancia para aliviar la tos. Le recetó aspirina para la fiebre y prescribió cambios frecuentes de las sábanas para contribuir a la sensación de bienestar y acelerar así la recuperación. Finalmente, para que Edward respirara con más facilidad, se dispuso a extraerle parte de la mucosidad con una perilla. Mientras preparaba los instrumentos, le aconsejó la extirpación quirúrgica de las problemáticas amígdalas en cuanto se recuperara de la infección.

—Es una operación que fomenta la salud y la claridad mental —dijo con una sonrisa—. La amigdalectomía también puede curar diversos trastornos, como la enuresis nocturna, la inapetencia y el retraso mental. Todo el mundo debería extirpárselas. Si su esposa y usted deciden someterse a la operación, recuerden que soy el más indicado para realizarla. He extirpado cientos de amígdalas a cientos de pacientes.

Le insertó entonces la perilla en una de las fosas nasales, pero al retirarla y ver lo que había sacado, su expresión se volvió de sombrío desconcierto. La mucosidad era densa y estaba teñida de sangre. De inmediato intentó tranquilizarme, diciendo que no era grave. En ese momento, Edward escupió, y también había estrías rojas en las flemas.

El doctor siguió parloteando mientras Edward tosía con violencia e intentaba recuperar el aliento.

—Ese tipo de esputo sanguinolento es típico —dijo el doctor Albee, en apresurado tono profesional—. Los tejidos se irritan y sangran.

Para terminar, me aconsejó que le diera mucho té, sin nada de leche. Me alegré de que se fuera.

Me senté junto a la cama de Edward y le leí en voz alta las noticias del periódico. Una hora después, observé que una espuma ensangrentada le salía burbujeando por la nariz.

—¡A la mierda las amígdalas! —exclamé—. ¡Y a la mierda ese maldito médico!

Calabaza Mágica entró corriendo y vio a Edward.

—¿Qué le pasa?

Yo estaba temblando y respiraba con tanta fuerza que prácticamente no podía hablar entre una bocanada de aire y la siguiente.

—Edward nos dijo el año pasado que la gripe que contrajo no era mucho peor que un catarro común. Creo que en realidad era eso: un vulgar catarro, y no la gripe española. En realidad no estaba protegido contra la gripe.

Habría querido que Calabaza Mágica me dijera que ya estaba mejor y que pronto se recuperaría; pero en lugar de eso, vi miedo en sus ojos.

El médico chino sólo tuvo que echarle un vistazo a Edward para declarar:

—Tiene la gripe española y es la más grave. Hemos visto muchos más casos que sus médicos americanos: unos mil quinientos hasta ahora. Yo mismo he visto varios cientos y no tengo ninguna duda: es la gripe.

Le pidió a un sirviente que le quitara a Edward el pijama, que estaba húmedo por la fiebre, y ordenó a una criada que fuera a buscar paños limpios, unos veinte y de buen tamaño. Entonces se volvió hacia mí y me dijo:

—Podemos intentarlo.

¿Intentarlo? ¿Por qué usaba ese verbo tan débil?

—Si mañana por la mañana se siente mejor, quizá haya esperanza.

Dividió una medicina en pequeños paquetes y nos indicó que la hirviéramos durante varias horas.

Después, insertó y retorció unas agujas de acupuntura del grosor de un cabello en diferentes puntos del cuerpo de Edward, que al cabo de unos segundos relajó el gesto crispado y pareció dispuesto a aceptar lo que pudiera suceder. Su respiración se volvió más regular, lenta y profunda. Abrió los ojos, sonrió y susurró con voz ronca:

—Mucho mejor. Gracias, amor mío.

Aliviada, me puse a llorar. El día se había transfigurado y el mundo era diferente. Le tomé la mano y le besé la frente húmeda. Habíamos superado lo peor de la crisis.

—Me habías asustado —me quejé en voz baja.

Entonces él se llevó una mano al cuello.

—Se me ha quedado atascado aquí dentro —murmuró.

Le acaricié la mano.

—¿Qué tienes?

—Un trozo de carne.

—Pero si no has cenado, cariño. No puedes tener nada.

El médico dijo en chino:

—Es la sensación de tener algo alojado en la garganta. Muchos se quejan de eso.

—¿Qué se puede hacer para quitárselo?

—Nada. Es un síntoma —dijo con gesto grave, meneando la cabeza.

—Lo tengo aquí —dijo Edward mientras abría la boca y se señalaba la garganta. Miró al médico y le dijo en inglés—: Por favor, doctor, deme alguna medicina para que pueda tragar.

El médico respondió en chino.

—No sufrirá mucho tiempo más. Tenga paciencia.

Antes de salir, el doctor nos indicó que si aparecían manchas azuladas que se extendían por todo el cuerpo, entonces sería muy mal signo.

Edward tenía el pelo tan humedecido a causa de la fiebre que parecía como si se le hubiera derramado un cubo de agua en la cabeza. Ya no estaba ardiendo, sino frío. Tenía los párpados flojos, uno más caído que el otro.

—Edward —susurré—, no me dejes.

Giró levemente la cabeza, pero no encontró mi cara. Apoyé la mano en la suya y sus dedos se movieron. Masculló algo sin mover los labios.

—Mi querida, mi amor —me pareció oír que decía.

Le cubrimos el cuerpo con cataplasmas y le extrajimos el aire envenenado de los pulmones con ventosas calientes. Le administramos un centenar de píldoras diminutas que se le deslizaban por la lengua y que él de inmediato expulsaba con la tos, envueltas en esputo sanguinolento. Su respiración era breve, rápida y superficial, y cada vez que exhalaba, sonaba como si tuviera una hoja de papel temblando en el pecho. Lo hicimos sentarse y le golpeamos la espalda, primero suavemente y después con más fuerza, con la mano abierta y con los puños, para que expulsara con el esputo el demonio de la gripe. Yo lo cuidaba sin sentir mi propio cuerpo, sin ver ni oír nada más que a él, intentando hacerlo vivir con mi fuerza de voluntad. Lo obligaba a mantenerse a flote inhalando una bocanada más de aire y otra más al cabo de un instante. No podía dejar de atenderlo ni siquiera un momento. Dependía de mí. Permanecí sentada a su lado, firme y segura, alabando su perseverancia cada vez que se le henchía el pecho de aire. De vez en cuando recuperaba la conciencia, abría los ojos y me miraba, sorprendido de encontrarme. Entonces lo oía murmurar:

—¡Qué chica tan valiente eres! —Y después—: Te quiero, te quiero...

Pero en seguida volvía a perderlo.

A última hora de la tarde, le aparecieron en la cara las tenues manchas amoratadas que tanto temíamos. Tenía los labios fríos y los ojos secos. Calabaza Mágica le retiró la sábana para cambiársela por otra limpia y vimos que las piernas se le habían vuelto medio grises. La marea oscura le estaba subiendo por las piernas. Lo llamé por su nombre y le dije que por la mañana estaría curado.

—Me crees, ¿verdad?

Contuve la respiración mientras él se esforzaba para inhalar ruidosamente el aire. Yo tampoco podía respirar. Me estaba ahogando, pero me negaba a llorar porque habría sido aceptar la derrota. Seguí hablando sin pausa para que no se rompiera el hilo que nos unía.

—¿Recuerdas el día que salimos de aquella cueva y nos adentramos por aquel bosque verde y frondoso? Entonces yo ya te quería. ¿Lo sabías? ¿Lo recuerdas, Edward?

Me di cuenta de que estaba gritando. La habitación estaba en silencio y se oían con aterradora claridad los silbidos y gorgoteos de la espuma sanguinolenta que le salía por las fosas nasales, la boca y los oídos. Al anochecer, justo después del crepúsculo, cuando las sombras se habían adueñado de su cara, se ahogó en un último gorgoteo.

Me quedé con él toda la noche. Al principio no podía soltarle la mano. Quizá la fuerza vital residiera aún en sus venas y yo pudiera recuperarla con la presión de mis dedos. Pero privado de aire, se desmoronó y se le ahuecaron las mejillas. Primero se le hundieron los ojos y después el resto del cuerpo. Las manos se le volvieron frías y, por mucho que lo intenté, no pude transmitirles mi tibieza.

—¿Cómo puedes haberte ido? ¿Cómo puedes haberte ido? —murmuraba yo y por fin le grité—: ¡¿Cómo puedes haberte ido?!

Su cara seguía expresando agonía, y yo estaba furiosa. ¿Dónde estaba la paz que supuestamente acompañaba a la muerte?

Lloré primero de rabia y después de desesperación y de dolor. Le cubrí la cara y seguí llorando mientras lo imaginaba tal como había sido en vida, y no así, quieto y silencioso.

Se abrió la puerta y la luz del día inundó la habitación. Calabaza Mágica tenía la cara demudada. Me levanté sobresaltada. ¿Cómo podía haber olvidado a Florita?

—¡¿Está enferma?! —grité—. ¿También me ha dejado?

—Está con la niñera en la otra ala de la casa y se encuentra perfectamente bien. Pero no puedes ir a verla sin desinfectarte. Tenemos que quemar tu ropa y también la de Edward. Las sábanas, las toallas, todo, incluidos tus zapatos.

Asentí con la cabeza.

—Vigila que los sirvientes no se queden la ropa para ellos.

—La mayoría de los criados se han ido. —Lo dijo tan llanamente que al principio no la entendí—. Huyeron cuando Edward murió. Sólo se quedaron la niñera, los sirvientes Radiante y Carnerito, y Bien Dispuesto, el chófer. Todos ellos pasaron la gripe en la primera oleada. Por eso no tienen miedo. Pediré a los hombres que laven el cuerpo.

«El cuerpo.» ¡Qué palabra tan falta de sentimientos!

—Diles que usen agua tibia —dije y me fui para preparar mi baño solitario.

Derramé lágrimas en el agua y cuando me levanté de la bañera, me sentí mareada y tuve que sentarme en la cama. Me contuve para no seguir llorando porque quería aparentar calma cuando fuera a ver a Florita. Cerré los ojos para ordenar mis pensamientos. Era muy importante que Flora se sintiera siempre segura y protegida.

Me desperté seis horas después, por la tarde. Edward ya no estaba en el dormitorio. En lugar de su voz, sólo había silencio. Salí de la habitación y bajé la escalera.

Calabaza Mágica salió del comedor, donde yacía el cuerpo de Edward, y me llevó al salón.

—Tienes que despedirte rápidamente. Radiante dice que en la Ciudad Vieja china están amontonando cadáveres para sepultarlos en una gran fosa común. Las familias no podrán enviar a sus muertos a la aldea de sus ancestros. No te imaginas los gemidos que se oyeron cuando se supo la noticia. No sabemos qué están haciendo con los cuerpos de los extranjeros, pero no podemos arriesgarnos a que decidan por nosotros.

Era demasiado pronto para dejar ir a Edward. Yo habría retrasado el momento tanto como hubiera podido si Calabaza Mágica no se hubiera hecho cargo de todo. Ella apreciaba mucho a Edward, y yo sabía que actuaría con sensatez y movida por el afecto. Agradecí no tener que ser yo quien decidiera. Radiante y Carnerito habían improvisado un ataúd con un armario y pensaban sellar la tapa y los costados con cera de vela. También habían cavado junto al estanque del jardín para preparar su tumba. Era el lugar donde Edward y yo nos sentábamos los días calurosos a leernos en voz alta bajo el olmo y a chapotear con los pies en el estanque, salpicándonos mutuamente.

—El Rey del Infierno vino a ver cómo seguía Edward —dijo Calabaza Mágica—. Aquí está el certificado de defunción. No sé leer lo que escribió ese pedo de perro.

«Neumonía por complicación de una gripe.» Había admitido su error. Habría informado ya de la muerte de Edward al consulado de Estados Unidos y a las autoridades de la Concesión Internacional. La niñera me trajo a Florita. Observé con atención su semblante y le apoyé la mano en la frente para tomarle la temperatura. Tenía los ojos límpidos y su mirada clara buscó la mía. Volví a repasar las facciones de su rostro, sus orejitas, su frente, su pelo y sus ojos, idénticos a los de Edward.

Calabaza Mágica me condujo al comedor, lista para quitarme de los brazos a la niña —según me dijo— si yo me desmayaba. Habían retirado la mesa grande y en su lugar habían colocado el ataúd. La piel de Edward conservaba aún una palidez grisácea. Le habían puesto el traje que solía usar cuando salíamos de paseo. Le acaricié la cara.

—Estás frío —dije—. Lo siento.

Le pedí perdón por todas las dudas que había albergado alguna vez acerca de su bondad, su sinceridad y su amor. Le dije que en el pasado me había creído incapaz de amarlo porque no conocía el amor y sólo sabía que lo necesitaba. Pero él me había enseñado lo sencillo que resulta recibirlo y con cuánta naturalidad podemos darlo. El insoportable dolor que me atenazaba el corazón era la prueba de que nos habíamos amado y entregado por completo el uno al otro. Le puse delante a Flora, mirando hacia él.

—Nuestra hija, nuestra mayor alegría, me ha demostrado que es posible amar aún más profundamente. Le contaré que todos los días la acunabas en tus brazos y le cantabas.

El hombre de rostro azulado no dijo nada. Ese hombre no era Edward. Yo no quería que el tormento de los dos últimos días fuera el recuerdo más vívido que me quedara de él. Dejé a la niña en brazos de Calabaza Mágica y subí a la biblioteca.

Me senté en uno de los sofás gemelos y recordé nuestras conversaciones: su ingenio, su seriedad, su sentido del humor e incluso el ánimo sombrío que lo invadía a veces cuando hablábamos de lo que él llamaba su alma y su ser moral. ¿Qué significaba la redención? ¿Adónde iría él después de dejarnos? Encontré su nuevo diario, que había empezado solamente una semana antes, y lo estreché contra mi pecho. Ahí estaba él. Pero tampoco estaba allí. Era triste y hermoso saber que una persona sólo puede estar en su espíritu y que nadie puede poseerla.

Antes de llegar a la escalera, oí voces graves y los chillidos de una niña pequeña. Bajé corriendo. En el vestíbulo había dos policías chinos y los dos tenían agarrada por un brazo a Ratoncita, la hija de mi doncella. Era una niña asustadiza de unos diez años, que se sobresaltaba al menor ruido o movimiento brusco. Calabaza Mágica y yo sospechábamos desde hacía tiempo que su madre le pegaba con frecuencia. Los policías la sacudieron y la pequeña puso los ojos en blanco.

—Mi madre me obligó a llevarlo a la tienda —dijo, esforzándose por hablar aunque el miedo le hacía castañetear los dientes—. Dijo que me mataría a golpes si no lo llevaba.

Uno de los agentes dijo que la niña había llevado un valioso collar a una joyería regentada por un tal señor Gao. El joyero había sospechado desde el primer momento, porque conocía a la dueña de la joya, y de inmediato se había presentado en la comisaría con el collar para que después no lo acusaran de haberlo robado. Aunque parecía estar diciendo la verdad, los agentes lo habían retenido en la comisaría, hasta que fuera posible comprobar la veracidad de su versión.

—¡Por favor! —gritó Ratoncita—. ¡No dejes que me maten!

—¿Ha desaparecido algún collar en esta casa? Y en ese caso, ¿puede alguien describirlo? —dijo el más severo de los policías.

Calabaza Mágica subió a mi habitación y sacó las joyas para ver qué pieza faltaba.

Regresó en seguida.

—Es un collar de esmeraldas pequeñas con un adorno de dos arabescos que se unen a un tercero en el centro.

Convencido, el agente se lo entregó. Calabaza Mágica lo examinó para ver si había sufrido algún daño y se puso a regañar a la pequeña, que no dejaba de llorar.

—Esta niña nació con el cerebro pequeño —les dijo a los policías a modo de justificación—. Tiene la mentalidad de un bebé. Pero hemos recuperado el collar y no hay ningún daño que lamentar. De ahora en adelante, la vigilaremos con más atención y cuidaremos mejor las joyas. En cuanto al señor Gao, lo conocemos desde hace años y podemos asegurar que es una persona honesta y merecedora de toda nuestra confianza.

—La niña nos ha dicho que en esta casa murió un extranjero de una enfermedad azul —dijo uno de los hombres con gesto grave—. Los asuntos de los extranjeros no son de nuestra competencia; pero si era gripe, es preciso que venga a verlo un médico americano para certificar la causa del deceso y dar parte al consulado de Estados Unidos.

—Ya tenemos un certificado de defunción firmado por el doctor Albee, del Hospital Americano. Fue él quien trató al señor Ivory durante su enfermedad.

Los policías pidieron ver a Edward para comprobar que en efecto era un extranjero quien había muerto y no un ciudadano chino. Les bastó verlo de lejos.

—¡Ay! La cara azul —murmuró uno.

Una hora después, se presentó en casa un inspector de policía británico, seguido de un funcionario del consulado estadounidense. Me presentaron brevemente sus condolencias y se disculparon por la intromisión.

—¿Quién es la persona fallecida? —preguntó el funcionario.

—Bosson Edward Ivory III.

Las palabras resonaron como un fúnebre redoble de campanas. Les entregué el certificado de defunción. Inspeccionaron el cuerpo de Edward y pidieron su pasaporte. Lo fui a buscar al escritorio de Edward y antes de dárselo al funcionario, miré su foto. Estaba jovencísimo y con expresión sombría. Entonces, debajo de su nombre, vi la palabra «casado». Y en el apartado «Nombre de la esposa», leí «Minerva Lamp Ivory».

Los hombres estudiaron el pasaporte.

—Soy su esposa, Minerva Lamp Ivory.

Lo anotaron.

—¿Puedo ver su pasaporte? —dijo el funcionario.

Dudé un momento.

—Es sólo una formalidad.

Me disculpé y subí a mi dormitorio, supuestamente para buscar el pasaporte inexistente. Una vez arriba, me comporté como si de verdad lo estuviera buscando y me puse a abrir y a cerrar cajones vacíos mientras trataba de imaginar una excusa verosímil.

Finalmente, volví y dije en tono preocupado:

—Mi pasaporte ha desaparecido. He mirado en todos los sitios donde podría estar, pero no lo he encontrado. Probablemente me lo ha robado uno de los sirvientes.

—Tranquilícese. Ya le he dicho que es sólo una formalidad. Si ha desaparecido, podemos tramitarle uno nuevo. Mientras tanto, ¿quiere que notifiquemos el deceso a la familia?

Traté de pensar con rapidez.

—Creo que será mejor que lo haga yo misma. Será un golpe muy duro para sus padres. Tengo que buscar las palabras exactas para suavizarles el mal trago y asegurarles que no sufrió, aunque no sea cierto. Sé que también querrán que repatriemos su cuerpo para darle sepultura cerca de su casa en el estado de Nueva York.

—Siento comunicarle que eso no será posible —dijo el funcionario consular—. Los cuerpos de los fallecidos de gripe no se pueden trasladar fuera de la ciudad.

—Ya lo sabíamos y por eso hemos intentado resolverlo en privado. Necesito anunciar a sus padres con mucha delicadeza que vamos a sepultarlo aquí, en su casa. Su cuerpo permanecerá dentro de los muros de este jardín.

—Tiene suerte de disponer de un terreno para darle sepultura. Hasta el momento han fallecido mil quinientos chinos y van a enterrarlos en una fosa común. Algunos están arrojando los cadáveres al río y nos preocupa que el agua potable se contamine con la gripe. Recuerde hervir bien toda el agua. También recomiendan no comer pescado.

En ese momento Florita empezó a moverse y a gemir. Le apoyé la mano en la frente. Me obsesionaba el temor de que cayera enferma.

El inspector británico le hizo una mueca de payaso y puso los ojos en blanco para hacerla reír. Pero en lugar de eso, sólo consiguió que se pusiera a llorar.

—¡Qué pena! Tan pequeña y ya ha perdido a su padre.

Se fueron, y al cabo de una hora enterramos a Edward en el jardín, bajo el olmo añoso. Carnerito y Radiante dijeron unas palabras de gratitud ante su tumba mientras Calabaza Mágica depositaba un cuenco con fruta y encendía un puñado de varitas de incienso. Los dos hombres rellenaron la sepultura con oscura tierra húmeda. Cuando se fueron, arranqué las violetas que bordeaban el sendero de la casa y volví a plantarlas sobre su tumba.

Abrí *Hojas de hierba* por la página habitual y leí en voz alta y firme:

Nadie, ni yo ni nadie, puede andar este camino por ti.
Habrás de recorrerlo tú solo.
No está lejos; lo tienes a tu alcance.
Tal vez estás en él desde que naciste, sin saberlo.
Tal vez está en todas partes: en el mar y en la tierra.

CAPÍTULO 8
Las dos señoras Ivory

Shanghái
Marzo de 1919
VIOLETA

Después de la muerte de Edward, me sentaba todos los días en el banco de piedra para leerle en voz alta a Florita y hablarle de lo mucho que su padre la había querido. Ella me miraba con expresión concentrada, como si de verdad entendiera lo que le estaba diciendo. Al cuarto día, oí que golpeaban la puerta de la reja. Dejé el libro para ir a abrir y me encontré con un hombre de expresión solemne, con aspecto de sepulturero.

Se quitó el sombrero y se presentó como el señor Douglas, del bufete de abogados Massey & Massey, que llevaba los asuntos de la Naviera Ivory.

—Permítame que le exprese mi más sentido pésame —declaró—. Es muy triste reencontrarnos en estas trágicas circunstancias.

Rebuscando en la memoria, recordé que Edward y yo habíamos ido a ver a un abogado para consultarle si la carta de Lu Shing en la que me ofrecía su casa era base legal suficiente para reclamar más adelante la herencia. Pero el hombre que había venido a visitarme no se parecía en nada al que habíamos visto entonces.

—Debería haber venido antes —dijo—, pero la preparación de los documentos ha llevado cierto tiempo. Como seguramente sabrá, antes de morir, el señor Ivory tomó algunas disposiciones financieras a favor de su hija y de usted.

Me enteré entonces de que Edward había escrito una carta a sus abogados y que Carnerito había ido a entregarla. La fecha correspondía al día del comienzo de su enfermedad, seis días antes, cuando había dicho que no tenía apetito. Ya entonces sabía que iba a morir.

El abogado me puso delante los documentos. Edward había estipulado que, en caso de muerte, todos sus depósitos bancarios en Shanghái fueran transferidos de inmediato a una nueva cuenta, abierta a nombre de su hija, Flora Ivory. Su esposa y madre de su hija tendría plena capacidad de disposición sobre la cuenta, en calidad de persona autorizada, sin perjuicio de lo que pudiera recibir a título de herencia.

El señor Douglas se inclinó para mirar a Flora.

—¡Qué niña tan bonita! Se nota el parecido con usted y también con el difunto señor Ivory.

Me entregó entonces un folio cubierto de densa tipografía, donde destacaban los nombres escritos a mano y un importe: cincuenta y tres mil setecientos sesenta y cinco dólares.

—Solamente tiene que firmar aquí para expresar su acuerdo.

Era una suma excepcional de dinero, suficiente para toda una vida. Edward había sido muy listo al indicar que la cuenta bancaria se abriera a nombre de Flora. Ella era su heredera y nadie podría quitarle nunca el dinero. Pero me quedé mirando el nombre escrito al pie del folio: Minerva Lamp Ivory.

—Espero haber escrito correctamente su nombre —dijo el abogado—. Lo encontré en los archivos del bufete. Sólo falta verificar que coincida con el nombre que figura en su pasaporte.

Edward jamás habría estado de acuerdo en decir que Minerva era la madre de su hija. La sola idea lo habría puesto furioso, lo mismo que a mí. Yo habría querido declarar la verdad, pero me dije que podía ser peligroso.

—El nombre está bien escrito, señor Douglas, pero en este momento no puedo enseñarle el pasaporte porque me lo han robado. Ya se lo he comunicado a un funcionario del consulado y le he dicho que pronto iré a renovarlo..., pero estos días han sido muy difíciles.

Lágrimas auténticas rodaron por mis mejillas. No podía hablar.

—Si nos lo permite, podríamos tramitarlo por usted —dijo el señor Douglas—. Nadie puede pedir a una viuda reciente que abandone su casa. Seguramente el consulado tendrá en sus archivos el registro de su pasaporte y su visado. Sólo necesitaremos una fotografía.

—Es usted muy amable. Pero lamento decirle que nunca registré mi pasaporte en el consulado. Cuando bajé del barco, estaba ansiosa por reencontrarme con mi marido y me descorazonó ver la larguísima cola que se había formado delante del control de pasaportes. Hablé con un guardia, fingí sentir náuseas y le rogué que me ayudara a encontrar un baño. Desde allí, me escabullí y salí. Ya sé que hice mal. Pero me pareció que no había mucha diferencia entre hacer los trámites en ese momento o dejarlos para más adelante. Edward y yo teníamos pensado remediar mi omisión cuando inscribiéramos a Florita como ciudadana americana. Fue entonces cuando descubrí que mi pasaporte había desaparecido del cajón. Tengo la sospecha de que me lo sustrajo una sirvienta que dejó la casa hace un mes.

—No es la primera vez que nos encontramos con este problema. Los pasaportes estadounidenses se pagan muy bien en el mercado negro. Pero podré conseguirle uno nuevo con la ayuda de un funcionario que conozco en el consulado. Él confía en mi palabra y yo puedo asegurarle que usted es, en efecto, Minerva Lamp Ivory. Puedo testificar que el propio señor Ivory me la presentó como su esposa, la señora Ivory. Por cierto, ¿ha hecho algo más respecto a su tío y la casa que quería dejarle en herencia?

Sólo entonces caí en la cuenta de que ya conocía al señor Douglas. Desde nuestro último encuentro, el abogado se había recortado la rebelde cabellera y se había afeitado la barba.

—Tramitaremos a la vez el acta de nacimiento —dijo el barbilampiño señor Douglas—. ¿Cuál es el nombre completo de la niña?

—Flora Violeta Ivory —dije yo sin dudarlo—. Lo eligió mi marido.

—Un nombre muy bonito. Dulce y delicado. Sólo necesitaré una fotografía suya. ¿Tendrá una por casualidad?

Subí a mi dormitorio y encontré una tarjeta de las que solía regalar a mis pretendientes y clientes permanentes. Aparecía yo, engalanada con un vestido ceñido y reclinada de forma provocativa sobre un pedestal, en un estudio fotográfico. Recorté con cuidado la cara. El resultado, mucho menos lascivo, era una imagen muy mejorada de Minerva Lamp Ivory.

Cuando el abogado se fue, me senté en el banco de piedra, mareada por el esfuerzo de maquinar mentiras. Yo podía ser una actriz excelente para interpretar los engaños y las fantasías de una casa de cortesanas, pero no me creía capaz de seguir fingiendo en asuntos profundamente dolorosos, que además ponían en juego el futuro de mi hija. Carnerito me trajo el té. Le pregunté si había estado presente mientras Edward escribía la carta.

Asintió.

—Me pidió que guardara el secreto para que usted no se preocupara. Yo no sabía qué decía la carta.

—¿Estaba muy enfermo cuando la escribió?

—Tenía fiebre y le dolía la cabeza. Me pidió una aspirina. Pero tenía la mente clara.

Esa noche tuve una visión beatífica de Edward mientras escribía la carta. Al principio su imagen era resplandeciente, pero después, al acercarse al final de la página, se fue desvaneciendo hasta confundirse con las sombras. De repente, volvió a aparecer, totalmente deslumbrante. Esta vez, la aparición me dejó al desvanecerse una sensación de paz que tuve la seguridad de poder invocar en ocasiones futuras. Pensé que quizá me había quedado dormida y lo había soñado todo. Pero aun así no me importó. Lo que sentía era verdadero.

Tenía que escribir una carta a la familia Ivory para comunicar la triste noticia. ¡Ojalá Edward hubiese podido ayudarme! Era el único hijo de sus padres y lo idolatraban. ¿Por quién debía hacerme pasar? ¿Por un médico, quizá el inútil doctor Albee? ¿O por el funcionario que establece las normas y aplica los reglamentos para el transporte de los difuntos?

Calabaza Mágica me trajo una carta.

—Es de Lu Shing. ¿Quieres que la tire?

—No, no necesito protegerme de nada que pueda decirme Lu Shing. Lo peor ya ha pasado. Cualquier otra cosa me parecerá una tormenta pasajera en comparación.

Querida señora Ivory:

Permítame expresarle mi profundo pesar por el deceso de su marido, hijo de unos amigos que conozco desde hace más de veinte años. Espero que siga residiendo en la casa. He tomado todas las medidas necesarias para que disfrute de cierta comodidad ahora y en el futuro. Si necesita cualquier tipo de ayuda en asuntos importantes o menores, no dude en hacérmelo saber.

Atentamente,

LU SHING

Me llamaba «señora Ivory», reconociendo de ese modo la distancia entre nosotros y mi nueva condición de esposa y viuda de Edward. Le envié una respuesta para solicitarle que escribiera una carta a la familia Ivory (sus buenos amigos desde hacía más de veinte años) en la que les anunciara que Edward, su hijo adorado, había sucumbido a la gripe española en un final rápido y sin sufrimiento. Le pedí a Lu Shing que no nos mencionara a Florita ni a mí.

En otro tiempo lo había vilipendiado por no reconocer mi existencia, y ahora yo misma le pedía que me siguiera ignorando.

Mi pasaporte llegó al día siguiente, junto con el acta de nacimiento de la pequeña Flora. Sentí náuseas al leer la mitad inferior del documento.

Flora Violeta Ivory, nacida el 18 de enero de 1919, en Shanghái, China

Padre: Bosson Edward Ivory III, empresario

Edad: 26. Raza: Blanca. Lugar de nacimiento: Croton-on-Hudson, Nueva York

Madre: Minerva Lamp Ivory, sus labores

Edad: 23. Raza: Blanca. Lugar de nacimiento: Albany, Nueva York

Me consagré al futuro de Florita. Ella no debía conocer mi pasado, ni las circunstancias de su nacimiento. Me rehíce para convertirme en Minerva Lamp Ivory, esposa legal y viuda de Edward. Para interpretar mi personaje sin despertar sospechas, la nueva señora Ivory dejó de hablar chino en público. Su peinado era diferente del mío: una melena corta y ondulada, con la raya marcada en el costado opuesto al que era natural para mí. Lucía ropa bien cortada, pero conservadora y más bien anticuada para mi gusto. Se hizo socia del Club Americano, donde asistía a tediosas meriendas para señoras, escuchaba conferencias sobre la compra de porcelana, participaba como voluntaria en la recaudación de fondos para los refugiados rusos y explicaba repetidamente, con genuino dolor, que su marido había muerto de gripe y que vivía sola, con su única hija, en una casa de la avenida de la Fuente Efervescente. El nombre de la avenida era suficiente para dar a entender que la señora Ivory era una persona acaudalada.

Durante el día, Florita y yo caminábamos por el parque, íbamos al cine para extranjeros y paseábamos en coche por el Bund, donde se levantaba el edificio de la Naviera Ivory. Al principio, mi papel de Miranda Ivory me ponía terriblemente nerviosa. Con frecuencia veía rostros de mujer que emergían entre la multitud y se me quedaban mirando fijamente. Cada rostro desaprobador era diferente del anterior, pero todos eran extranjeros y todos parecían decirme que conocían mi verdadera identidad. Recordé que mi madre me había dicho que nunca hiciera caso de los que me criticaran y que era libre de pensar por mí misma. Pero eso ya no era cierto. No era libre porque tenía que pensar en la pequeña Flora.

No tenía ningún amigo de verdad, aparte de Calabaza Mágica. Desde la muerte de Edward, mi amiga había suavizado sus modales y era mucho más solícita y menos crítica conmigo. En otra época se había negado a ser la nana de Florita, pero ahora se preocupaba porque la niñera se estaba quedando sorda. Varias veces la había llamado cuando estaba mirando hacia otro lado y no se había vuelto para responderle. ¿Qué pasaría si Florita la llamaba y no la oía? Por eso insistía en acompañarnos en nuestras salidas.

—Si tú eres capaz de fingir que eres una mujer que no quieres ser, entonces yo puedo fingir que soy la niñera de la pequeña —me decía.

En las tiendas, Calabaza Mágica compraba té de buena calidad para nosotras y lana de vivos colores para la niñera, que pasaba el día tejiendo vestiditos, mamelucos, gorritos, abrigos, mantas y guantes para Florita. Un día llevamos toda la ropa vieja al Club Americano, que enviaba los donativos a una lista rotatoria de obras de caridad para los pobres. Me enteré con alegría de que una de esas obras era el orfanato para niñas mestizas.

—¿Podría pasar por blanca alguna de esas niñas? —pregunté a la mujer encargada de las donaciones.

—He visto algunas que a primera vista podrían parecer tan blancas como cualquiera de nosotras —dijo—. Pero cuando las miras un poco mejor, te das cuenta de que tienen los ojos rasgados, o los labios demasiado gruesos, o un tono de piel que tiende al amarillo.

Por su respuesta, me di cuenta de que consideraba inferiores a esas niñas por tener sangre china. Precisamente por eso, yo vivía en la incesante preocupación de que se descubriera mi origen chino. De niña había sufrido, me había avergonzado y había sospechado ofensas e insultos cada vez que alguien se dirigía a mí. Yo no pertenecía a la buena sociedad de ninguno de los dos mundos. Pero Florita siempre sabría cuál era su lugar y no tendría que dudar nunca.

Una tarde, al volver a casa, oí la aguda risa de Flora en la biblioteca. Encontré a Calabaza Mágica arrodillada con ella delante de una mesa baja, donde había colocado una fotografía de Edward, cuencos con incienso y platos con dulces y fruta fresca. Sostenía en la mano varitas de incienso que desprendían espirales de humo.

—Ojalá tu Edward viviera para escuchar mis palabras de agradecimiento —me dijo—. Pero al menos puedo enviarle mi admiración, allí donde esté.

Edward habría considerado su ofrenda un hermoso homenaje. Me pregunté si la pequeña Flora creería algún día que los encantamientos chinos para conjurar espíritus eran supersticiones de un pueblo atrasado.

SEPTIEMBRE DE 1922

Habían transcurrido tres años y medio desde la muerte de Edward.

La sensación de tenerlo vivo a mi lado se iba desvaneciendo. Un mes después de su muerte, parecía como si hiciera mucho tiempo que nos había dejado y a la vez como si no hubiera pasado nada más que un instante. Yo notaba el paso de los meses por la ropa nueva que la niñera le tejía a Florita: verde y amarilla en abril, amarilla y azul en julio, morada y rosa en septiembre... Observaba la sucesiva floración de las diferentes plantas del jardín, veía a los árboles perder las hojas y cómo se cubrían sus ramas de brotes nuevos. También contaba las veces que Flora me tendía los bracitos para que la levantara, o que se volvía y me sonreía, o que venía corriendo hacia mí con sus piernitas, y esas veces se fueron volviendo tan incontables como el número de días transcurridos desde que Edward se había ido.

Encontré el diario que había empezado él justo antes de morir. ¡Qué pena que no hubiese tenido tiempo de rellenar un centenar de libretas más! Utilicé esa última para anotar las palabras nuevas que aprendía Florita, sus frases graciosas y sus ideas precoces. Al cabo de poco tiempo, me vi desbordada. Habría tenido que pasar el día entero escribiendo todo lo que la diferenciaba del resto de los niños. Yo compartía su maravillado asombro por todos los juguetes que le encantaban: la muñeca de trapo, las bolas que encajaban en los huecos de un tablero de madera y, más adelante, cuando cumplió tres años, el cuaderno de dibujo, donde trazaba lluvias de colores y líneas enmarañadas.

Conservé el hábito de Edward de leer los periódicos. Todos los días, Corderito me traía dos: uno chino y uno occidental. No tenía a nadie con quien comentar los acontecimientos del día, excepto Calabaza Mágica, que al principio no mostraba ningún interés en analizar la actualidad. Sin embargo, cuando apareció la noticia del asesinato de una niña occidental y le leí las reacciones de indignación que el crimen había suscitado en la Concesión Internacional, protestó airadamente, diciendo que si hubieran matado a un millar de niñas chinas, a nadie le habría importado. Le di la razón, aunque me preocupaba que el asesino, que aún no había sido hallado, viniera a llevarse a Florita. A partir de entonces, Calabaza Mágica empezó a opinar sobre todas las noticias que le leía.

Fuera de nuestro refugio, Shanghái estaba cambiando. Había más de todo, y todo era más moderno, más elegante, más lujoso, más extraño y más emocionante. Las mansiones eran más grandes y había muchos más automóviles, símbolo de la riqueza de sus propietarios. También había estrellas de cine y todo lo que hacían se volvía instantáneamente popular. Las tres películas que habíamos visto Calabaza Mágica y yo trataban de jóvenes inocentes que llegaban engañadas a la gran ciudad, donde las obligaban a prostituirse.

Calabaza Mágica lloró durante toda la primera cinta, sin dejar de susurrar:

—Es lo mismo que me pasó a mí...

Pero al final se quejó:

—Esos finales felices no suceden nunca en la vida real.

Y después de la segunda película, comentó:

—Muchas chicas se han quitado la vida por esa misma razón.

Yo contemplaba la transformación de Shanghái con los ojos de una madre. Para proteger a Florita, necesitaba saber dónde estaban los peligros. La ciudad soportaba la tensión de la convivencia entre chinos y extranjeros, que hacían lo posible por ignorarse mutuamente. Algunos días parecía como si el aire fuera a encenderse y a estallar entre ambos grupos. Los estudiantes universitarios encontraban cada vez más razones para protestar por los privilegios de los extranjeros y por el mal trato que recibían los trabajadores chinos. La última novedad era la campaña anticristiana, cuyos signos observábamos con atención por si se extendía y se agravaba, como había sucedido durante la rebelión de los bóxers. Yo temía que estallara la violencia y pusiera en peligro a la pequeña Flora. Mi vida había cambiado tras la abdicación del emperador. Durante una revolución, había héroes y enemigos, pero también había rufianes que se apropiaban de todo lo que podían mientras los demás estaban distraídos luchando. Hasta ese momento, las protestas se habían traducido en huelgas, pero no en violencia. La huelga más larga empezó poco después de la firma del tratado de paz de París.

—Si yo fuera una persona instruida —dijo Calabaza Mágica—, probablemente me haría revolucionaria ahora mismo.

Me preguntaba qué habría pensado Edward de Woodrow Wilson si hubiera vivido más tiempo. En lugar de devolver a China la provincia de Shandong, los Aliados habían permitido que Japón la siguiera ocupando y controlando. Mientras Estados Unidos y Europa celebraban el tratado de paz, los estudiantes de Shanghái llamaban a la huelga, y los obreros y comerciantes les respondían paralizando la ciudad. Después de varios meses de protestas, Calabaza Mágica decía bromeando que ella también debería declararse en huelga. No podíamos comprar nada ni ir al cine. No encontrábamos gasolina para el coche. Me preocupaba lo que oía en las meriendas con las señoras del Club Americano. A ellas no les parecía mal que los japoneses conservaran la provincia de Shandong. Después de todo, Japón había entrado en la guerra contra Alemania antes que China, y los japoneses también eran buenos gestores. A los extranjeros les parecía asombroso que el gobierno chino hubiese dado prácticamente por asegurada la recuperación de la provincia.

A mí me asombraba sobre todo mi propia reacción. Por muy estadounidense que yo fuera (o quisiera ser), China era, en mi corazón, mi patria. En mi opinión, los Aliados le habían jugado una mala pasada a China. Eso no quería decir que mis sentimientos hacia Estados Unidos no fueran patrióticos, pero no me gustaba la política de Woodrow Wilson.

¿Qué habría pensado Edward al respecto? No podía adivinarlo. En otra época, habíamos sido capaces de intuir lo que pensaba el otro. Pero había pasado más tiempo desde su muerte que todo el tiempo que habíamos estado juntos, y a veces tenía la sensación de que casi no lo había conocido. Sabía cada vez menos de él porque cada día aumentaba lo que habría deseado saber. Sin embargo, estaba segura de que lo seguiría amando siempre. Él había sido el caballero romántico que había salvado mi vida, el hombre que me conocía mejor que nadie y había sabido disipar todas mis dudas y convencerme de que su amor era verdadero.

A través de Florita, volvía a estar conmigo. Pensaba en él cada vez que un pequeño episodio cotidiano captaba mi atención y entonces sentía que esos momentos eran suyos. Esa misma mañana, una mosca se había posado en el pan tostado de Florita y ella, después de observarla, me había preguntado por qué decía yo que las moscas eran sucias, cuando siempre se estaban lavando las manos. La pequeña Flora transformaba con su humor y su mirada maravillada unos momentos que de otro modo habrían sido vulgares y aburridos. Edward se habría reído mucho con ella. Podía verlo claramente con los ojos de la imaginación.

Tanto físicamente como por su modo de ser, la pequeña Flora se parecía a Edward. Su pelo liso era del color del trigo maduro, con sus mismos matices de sol y de sombra, y la cabellera se le balanceaba sobre la espalda cuando corría con sus robustas piernecitas. Sus ojos de color avellana tenían la mirada profunda de su padre. Sus finas orejitas eran de un rosa casi traslúcido. Edward me había dicho que las expresiones de la niña le recordaban las mías: el ceño fruncido por la preocupación o el disgusto, la sonrisa irreprimible, el mentón firme del empecinamiento y la boca abierta por el asombro.

Un día vi que Florita arrancaba una hortensia en el jardín y se quedaba mirando sus cientos de pétalos. Después la apretó entre las manos, observó maravillada su interior y la levantó triunfante, como si acabara de descubrir el secreto de la vida. Así me miraba Edward cuando se quedaba fascinado contemplando mi cara.

Yo quería transmitirle a Florita mis mejores cualidades: honestidad, perseverancia y curiosidad. Pero también quería evitarle mi lado malo, las contradicciones que albergaba en mi interior y que se traducían en deshonestidad, desesperanza y escepticismo. No quería que dudara como yo entre su idea de sí misma y la idea que de ella se hacían los demás. No quería que fuera una imagen cautiva en un cuadro, como había sido mi madre.

Antes de su nacimiento, yo creía que mi pequeña Flora iba a ser la niña que yo debía haber sido. Pero no era así. Ella era distinta e independiente de mí. ¡Qué afortunada me sentía!

Un día cualquiera, el más corriente de los días, se presentaron en casa tres visitantes inesperados.

Era 16 de septiembre por la tarde y hacía mucho calor. Estábamos en el jardín, a la sombra del olmo. Carnerito había sembrado césped alrededor del árbol, y las violetas que yo había plantado sobre la tumba de Edward tres años y medio antes se habían extendido como la mala hierba y ahora crecían bajo el banco de piedra, por toda la extensión de césped y a los lados del sendero. Habíamos sacado al jardín un sofá, dos sillas de mimbre, un par de mesas bajas y un mantel. Nuestra merienda había terminado y yo estaba sentada en el sofá, leyendo un artículo de una revista, mientras Florita dormía la siesta con la cabeza apoyada sobre mi regazo. Tenía el pelo recogido con dos cintas de color violeta. Calabaza Mágica se abanicaba furiosamente. La niñera también se había quedado dormida, sosteniendo aún las agujas de punto, tras comenzar la labor de un vestido nuevo para Florita. Por encima de la estridencia de las cigarras, oímos el crujido de unos neumáticos sobre la grava, una puerta que se cerraba de golpe y un vocerío. Carnerito soltó un grito y, un instante después, vino corriendo a donde estábamos. Sólo tuvo tiempo de decirme que tres personas habían entrado a la fuerza y exigían verme de inmediato.

Ahí estaban. Eran tres occidentales, vestidos de manera muy poco adecuada para un día caluroso: un hombre alto con gafas y bigote, una señora de mentón masculino y frente abombada y una joven de pelo rubio y cara inexpresiva, que nos miraba alternativamente a Flora y a mí. No los invité a que pasaran y se guarecieran del sol a la sombra de los árboles. Levanté a

Florita y la abracé contra mi pecho. Ella se despertó y protestó un poco en voz baja al verse arrastrada fuera de sus sueños.

—¿Es usted Miranda Lamp Ivory? —preguntó el hombre.

Cuando yo respondí que sí, la mujer de mandíbula cuadrada declaró:

—¡Mentira! Miranda Lamp Ivory es ésta —afirmó, señalando a la mujer más joven—, y Bosson Edward Ivory III era su marido.

Edward había descrito muy bien a Minerva. No había nada en ella que hubiera podido cautivarlo. En sus ojos no había chispa vital ni inteligencia, y su rostro no expresaba prácticamente nada, aparte de desconcierto e incomodidad. Tenía los labios apretados, como una niña a la que hubieran ordenado que se estuviera callada. Aparentaba unos treinta y cinco años, aunque yo sabía que era más joven, y vestía como una escolar, con blusa blanca y falda gris de tablas. El húmedo flequillo de pelo rubio se le había pegado a la frente.

El hombre se presentó como el señor Tillman, abogado estadounidense con bufete en Shanghái. Me entregó un documento con densos bloques de letras diminutas y, acto seguido, pronunció con voz monótona los cargos que pesaban sobre mí:

> Suplantación de la identidad de la señora Minerva Lamp Ivory, esposa de Bosson Edward Ivory. Fraude y malversación de fondos. Hurto. Retención ilegal de Flora Violeta Ivory, hija de Bosson Edward Ivory III y de Minerva Lamp Ivory.

Tuve que recurrir a toda mi presencia de ánimo para no parecer alterada. Esperaba ese día y había imaginado muchas versiones de ese momento.

—Han irrumpido en esta casa sin ser invitados, por lo que les ruego que se vayan —dije—. Si quieren discutir cualquier asunto, podemos concertar una cita en el despacho de sus abogados.

Les señalé con un gesto el portón de la reja. Después, le expliqué a Calabaza Mágica en pocas palabras lo que estaba pasando y le indiqué que entrara rápidamente en la casa y pidiera a Carnerito y a Radiante que cerraran todas las puertas con pasador. Cuando me disponía a irme del jardín, Tillman me bloqueó el paso y me dijo que no podía llevarme a la niña. Entonces Calabaza Mágica se le encaró, irguiendo la espalda como si pudiera igualar su altura.

—¡Que te cojan a ti, a tu perro y a tu madre! —le espetó en chino al abogado.

Florita la regañó en chino por decir palabras feas y Calabaza Mágica, señalando a los tres visitantes, le dijo:

—Son malos. Diles que se vayan.

La pequeña se volvió para mirarlos y repitió en chino las palabras de Calabaza Mágica. Las dos mujeres se quedaron boquiabiertas. Flora se volvió hacia mí, me echó los bracitos al cuello y lloriqueó un poco, quejándose del sol. Yo le susurré que en cuanto se fueran esas personas, iríamos a la heladería.

Entonces Florita levantó la vista y les dijo en inglés:

—¡Idos ya!

Una vez más, las dos mujeres parecieron estupefactas. Florita se comportaba como un pequeño duende. La mujer mayor le dio un codazo a la más joven para animarla a actuar.

—Flora... —dijo Minerva con voz débil mientras daba un paso hacia nosotras.

Florita la miró con suspicacia.

—No te atrevas a acercarte a mi hija —dije—. ¿No ves que la asustas?

—Tenemos pruebas de que usted no es la madre de la niña —dijo el abogado en su tono lacónico, al tiempo que sacaba otros dos documentos—. Aquí tenemos el acta de nacimiento de Minerva Lamp Ivory. —Me la tendió y yo la dejé caer al suelo—. Y ésta es Minerva Lamp Ivory —añadió, señalando con un gesto a la inexpresiva Minerva, antes de agacharse para recoger el certificado.

Intervino entonces la mujer de más edad:

—Mi nombre aparece registrado como madre de Minerva. Soy Mildred Racine Lamp y puedo asegurarte que no soy tu madre —me dijo con una sonrisa.

—No sabe cuánto me alegro de que no lo sea, señora Lamp —repuse, y su reacción fue la que yo pretendía.

El señor Tillman me enseñó el otro documento.

—Ésta es el acta de nacimiento de Flora Violeta Ivory. —Me negué a mirarla—. El padre es Bosson Edward Ivory III y el nombre de la madre que figura en el registro es el de Minerva Lamp Ivory. Creo que ya ha visto antes este documento. Nos lo han enviado del consulado de Estados Unidos.

Le hablé directamente a Minerva. Era la más débil.

—¿Quieres decir que has dado a luz a mi hija mientras estabas en Nueva York? ¿Salió esta niña de tu vientre? ¿Acaso fue un milagro religioso?

Minerva empezó a hablar, pero su madre la interrumpió, diciendo que el abogado debía contestar por ella.

—Estamos hablando de registros legales, y no de biología —dijo Tillman—. ¿Alega usted que los nombres inscritos en los certificados no son los registrados originalmente? De ser así, tendrá que defender su afirmación ante el tribunal de Estados Unidos en Shanghái.

—Ustedes pretenden robarme a mi hija. —Observé que la señora Lamp llevaba al cuello una cadenita con un crucifijo—. Y eso sería una maldad condenada por Dios.

—¿Quién eres tú para acusarnos de maldad? —replicó ella—. Te has hecho pasar por Minerva para quedarte con el dinero de Edward. El nombre de Minerva Ivory figura en el pasaporte de Edward, en el acta de nacimiento de la niña y en la cuenta bancaria: Minerva Ivory, esposa de Bosson Edward Ivory III. Tenemos el acta de matrimonio que así lo atestigua. Tú no eres más que la amante mestiza de Edward, la mujer que lo engatusó para ser su concubina. ¿Es ésa la palabra que usan aquí, no?

—Una relación informal —intervino Tillman— no confiere derechos legales sobre el patrimonio. Todos los derechos corresponden a la persona que figura en los registros.

Le respondí con voz temblorosa.

—Edward escribió una carta. La escribió de su puño y letra, en su lecho de muerte, y en ella expresa su voluntad de que todo el dinero sea para su hija, Flora Ivory, y de que la madre de la niña sea la administradora. Yo soy la madre de la niña, y eso no lo puede cambiar usted con todo su palabrerío jurídico.

Sentí que recuperaba la confianza.

—Tuvimos ocasión de analizar la carta en las oficinas de Massey & Massey. El señor Douglas nos la enseñó cuando comprendió que su bufete estaba involucrado involuntariamente en un caso de fraude. La carta no menciona ningún nombre, excepto el de Flora.

—Veo que te has dado la gran vida con el dinero de Edward y Minerva —dijo la señora Lamp—. Una gran mansión... —Señaló a su alrededor con una mano—. Sirvientes... Y un automóvil de lujo que perteneció a Edward Ivory y que ahora es propiedad de su viuda, Minerva Ivory, su verdadera viuda.

—Esta casa pertenece a mi padre, Lu Shing.

—Nunca hemos oído hablar de ningún Lu Shing.

—Ustedes lo conocían como Shing Lu. Habían entendido su nombre al revés.

Tillman hizo un leve gesto de asentimiento, mirando a la señora Lamp y a Minerva.

—Es la costumbre china: anteponen el apellido al nombre de pila —les explicó.

Noté la contrariedad de las dos mujeres al ver que el abogado me daba la razón en algo. Por fin había ganado un poco de terreno.

—Lu Shing me ha concedido el usufructo de esta casa durante todo el tiempo que yo quiera —continué—. Y también la heredaré. Tengo su palabra por escrito.

Recordé la carta. ¿Dónde estaría? Edward había dicho que guardaría las dos cartas en un lugar seguro, donde nadie pudiera encontrarlas. Pero ¿cuál sería ese lugar?

—En China, las hijas de las concubinas no figuran en la línea sucesoria —dijo Tillman—. Además, los hijos varones siempre tienen prioridad.

—Aparte de los derechos que nos asisten, tenemos una obligación moral —dijo la señora Lamp—. Flora merece ser criada con dignidad y respeto en un hogar legítimo, y no en la casa de una prostituta. Si de verdad quieres a esa niña, no puedes pretender egoístamente que se quede contigo.

Tillman la interrumpió.

—Antes tenemos que tratar otros asuntos.

Me había enseñado solamente algunas de sus bazas. Por lo visto, había otros asuntos. Me había tendido una sucesión de trampas legales.

—Si existe una carta escrita por el señor Lu Shing, seguramente podrá presentarla como prueba. ¿La reconoce en esa carta como su hija, legítima o ilegítima? No hemos encontrado ninguna prueba documental de su nacimiento, ni en el consulado de Estados Unidos, ni en los diversos registros chinos. Difícilmente podrá hacer usted reclamaciones si ni siquiera puede probar su existencia.

La señora Lamp se echó a reír.

Me puse furiosa. ¡Claro que había un certificado de mi nacimiento! Mi madre había asegurado que se lo habían robado de su despacho. Yo misma la oí decir que me había inscrito en el registro consular con el apellido del hombre que era su marido en aquel entonces, algo parecido a «Tanner». No podía estar segura porque desde la sala del bulevar no lo había oído con claridad. En cuanto a la carta de Lu Shing, no pude recordar lo que decía exactamente, por mucho que me esforcé. Todas mis pruebas dependían de retazos de recuerdos.

—Otro aspecto que el tribunal querrá considerar es que Edward Ivory tenía una firme relación de amistad con el señor Lu Shing mucho antes de conocerla a usted. Lu Shing era amigo de la familia Ivory desde hacía más de dos décadas. Había vivido en su casa durante varios años como su protegido y mantenía desde entonces una amistosa correspondencia con el señor Ivory. Precisamente en atención a esa amistad, el señor Lu Shing ofreció alojamiento en Shanghái a Edward, el hijo del señor Ivory. Hay cartas que lo demuestran.

—Pueden preguntárselo directamente al señor Lu Shing —dije yo—. Hablen con él. Tengo el número de teléfono de su oficina.

Confiaba en que los remordimientos de Lu Shing fueran mi salvación.

—Ya hemos llamado a su oficina —respondió Tillman—. El señor Lu Shing ya no es el propietario de la que fuera su empresa, que fue absorbida por una firma japonesa hace dos meses, tras declarar la quiebra. Después de la bancarrota, el señor Lu Shing abandonó el país. La última vez que se comunicó con su antiguo director general se encontraba en Estados Unidos.

—Dígale a esta mujer que sabemos cómo se ganaba la vida —intervino la señora Lamp.

—Hemos averiguado que ejercía usted el oficio de cortesana. Como bien sabe, no es una ocupación ilícita en la Concesión Internacional, por lo que no podemos presentar ningún cargo en ese sentido. Sin embargo, si insiste en conservar a la niña, cuestionaremos su solvencia moral para educarla y el ambiente donde la obligaría a crecer.

Mientras tanto, Calabaza Mágica me decía a gritos que llamara a la policía y que echara a los sinvergüenzas extranjeros a patadas en el culo.

—Sea razonable, señorita Minturn —prosiguió Tillman, que por lo visto incluso sabía mi nombre—. La familia Ivory está dispuesta a hacerle una oferta generosa. Retirará todos los cargos y no le exigirá que devuelva el dinero que ha gastado si le entrega hoy mismo a Flora. Dentro de poco estará usted en la calle y sin dinero. No tiene argumentos jurídicos para defenderse de las acusaciones. Perderá el juicio, irá a la cárcel por robo y el juez concederá la custodia de Flora a la familia Ivory. Si intenta huir con la niña, tendrá que responder por el secuestro de una menor que legalmente pertenece a la familia Ivory. Hay agentes de policía apostados junto a la verja. Sin embargo, si entrega hoy a la niña, estará haciendo lo mejor para ella. La pequeña tendrá una vida privilegiada en América. Será hija legítima y disfrutará de una vida desahogada en el seno de una familia de la mejor clase social.

Calabaza Mágica seguía insistiendo en que debíamos echar a patadas a los intrusos. Aún no conocía la devastación que nos aguardaba a la pequeña Flora y a mí.

—Quizá pudiera llegar a aceptar en mi corazón que lo que usted propone es lo mejor para ella. Pero ¿cómo voy a entregarles mi hija a las personas que Edward más despreciaba? Él vino aquí, a China, para huir de unos desalmados como ustedes. Tú, Minerva, lo engañaste diciéndole que estabas embarazada para que se casara contigo y así poder conseguir el dinero y el prestigio de la familia Ivory. Después tu madre te aconsejó que fingieras un aborto espontáneo. Fue una conspiración y una manipulación. Mentiste con el único propósito de que Edward se sintiera obligado a hacer lo mejor para el niño que supuestamente estaba en camino. Él quería ser bueno y comportarse como un hombre honorable, pero cuando tú le contaste que todo había sido un engaño, fue como burlarte de su bondad. Tú le repugnabas en todos los sentidos y, aun así, seguiste maquinando para que volviera a tu lado. Pero él jamás te habría tocado.

El señor Tillman miró a las dos mujeres. Minerva estaba conmocionada. La señora Lamp, en el tono precipitado de quien intenta arrinconar la verdad, declaró:

—Todo eso es mentira y no pienso oír ni una palabra más. No la escuches, Minerva. Agarra a Flora y vámonos ya.

Pero Minerva se había quedado helada. Observé que le temblaba el labio inferior.

—Tú sabes que lo que digo es cierto. Te dejó a ti y abandonó la casa de sus padres porque no soportaba tu egoísmo y tus manipulaciones. Ahora quieres robarme a Flora, y eso prueba que eres tan detestable como él pensaba. Tienes tus documentos y tus certificados con tus nombres y tus datos odiosos, pero no son más que palabras y todo el resto es falso. Edward jamás habría querido que su hija viviera con las personas a las que tuvo que abandonar porque le daban asco. Esta niña es fruto del amor que sentíamos el uno por el otro. Ustedes quieren envolverla en sus telarañas y tejer sus mentiras a su alrededor hasta sofocar su alma. No pienso entregárselas. Pueden detenerme y encerrarme en un calabozo. Pero nunca se las daré por mi voluntad.

No podía soportar mirarlas porque sabía que pronto Florita

estaría con ellas. Estreché a mi hija con más fuerza, sintiendo todo su peso. Mi pequeña apoyó la cara en mi hombro y yo eché a correr, con Calabaza Mágica detrás. Oí que la señora Lamp gritaba y que Tillman le respondía:

—Déjelas. La policía las detendrá.

Florita gemía.

—Tengo miedo —dijo.

—No tengas miedo, no tengas miedo —repliqué yo con voz temblorosa.

Corrí hacia la puerta trasera del jardín y oí que alguien ordenaba a los agentes que se dirigieran a esa parte de la casa. Sabía que no podría escapar. ¿Adónde iba a ir? ¿Dónde podría haberme escondido? Pero estaba dispuesta a luchar por mi hija mientras pudiera.

Llegué a la reja y atravesé la puerta. En cuanto estuve fuera, dos policías con turbantes sijs me tomaron por los hombros. Florita gritó desesperadamente mientras sus dos manitas se deslizaban apartándose de mi cuello y los policías la arrebataban de mis brazos. Sus ojitos no se apartaban de los míos.

El policía que me la había quitado se alejó a toda prisa mientras el otro me sujetaba. Yo ya no veía a mi pequeña, pero oía su llanto:

—¡No, no! Suéltenme! ¡Mamá! ¡Mamá!

—¡Florita! ¡Florita! —grité yo a mi vez y seguí gritando su nombre hasta mucho después de que se la hubieron llevado.

No sé cuánto tiempo me quedé ahí parada, antes de dejarme conducir por Calabaza Mágica. Yo estaba confusa y sólo podía pensar que debía quedarme donde estaba y esperar. Pero finalmente Calabaza Mágica me hizo entrar en la casa y yo corrí al cuarto de Florita. Tenía la absurda esperanza de que Carnerito la rescatara y la devolviera a mis brazos sana y salva. La habitación estaba silenciosa sin ella y era como si faltara el aire en su interior. Al cabo de un momento entró Calabaza Mágica, respirando audiblemente. Con ella venía Carnerito, que dijo haber visto a la señora Lamp y a Minerva tomar el camino de Nankín en un coche negro. Como el automóvil de Edward estaba custodiado por un policía, habían tenido que perseguir el coche a pie y habían corrido hasta perderlo de vista. Calabaza Mágica se mordió los labios y se puso a llorar mientras iba y venía por la habitación. Al cabo de un momento, encontró una pulsera de plata que le había regalado a Florita cuando había nacido. Era una pulsera para atarla a este mundo.

—Debería habérsela puesto.

Sólo unos instantes antes, mi pequeña Flora estaba durmiendo con la cabeza apoyada en mi regazo mientras yo le acariciaba el pelo. La señora Lamp y Minerva nunca la verían con ojos maternales. Para ellas, Florita no era nada más que una argucia legal. Yo había sido tan ingenua que ni siquiera había imaginado el peligro. Flora era la única hija de Edward, y Edward había sido a su vez el único hijo de los Ivory, el hijo adorado que nunca podía cometer ningún error. Ahora mi pequeña Flora figuraba como hija legítima de Edward y Minerva, y era la única heredera de una fortuna que Minerva le ayudaría a gastar. Florita ocuparía el lugar que le correspondía en el árbol genealógico de la familia Ivory y también lo haría Minerva, su falsa madre.

Subí al dormitorio de Edward y cerré la puerta. Maldije las leyes americanas, la sordera de Dios, la ceguera del destino y la crueldad de los hombres. Le rogué a Edward que me asegurara que esos monstruos no harían daño a mi Florita. Mientras iba y venía por la habitación, hablaba con él y le suplicaba, como si fuera un dios que conociera todas las cosas y pudiera hacer su voluntad.

—No dejes que Florita pierda la curiosidad. No dejes que Minerva la convierta en una mujer sin vida como ella. Haz que se muera la señora Lamp. Devuélveme a mi Florita. Permíteme que la encuentre. Dime qué puedo hacer para encontrarla.

Pasé la mano por las suaves cerdas de una brocha de afeitar que en otro tiempo se había paseado a diario por la mandíbula de Edward. Yo solía observarlo. ¿Cómo era posible que él se hubiera ido y en cambio su brocha de afeitar permaneciera? Recogí su reloj de bolsillo, con la pesada cadena de oro. Encontré unos gemelos que se había guardado en el bolsillo de un chaleco. Solía ser meticuloso y descuidado al mismo tiempo.

Me pregunté qué hábitos míos habría adoptado Florita si se hubiera quedado conmigo. ¿A través de qué caleidoscopio de maravillado asombro habría contemplado el mundo? ¿Habría heredado la humildad y el sentido del humor de Edward, y las expresiones de su vasto y profundo amor? Sentí una necesidad acuciante de saber quién sería ella cuando pasaran diez años, y deseé que fuera curiosa y tenaz. Si hubiese podido darle algo que pudiera conservar, habría elegido la seguridad de ser amada para que de ese modo también fuera capaz de amar.

Coloqué su fotografía junto a la de Edward y me puse a contemplar su cara. Entonces observé que en la foto llevaba colgado del cuello el relicario en forma de corazón que Edward y yo le habíamos comprado poco después de nacer. En el interior había dos retratos diminutos de su padre y yo. Yo había mandado sellar la tapa para que cuando Florita lo llevara puesto, nuestros tres corazones estuvieran siempre unidos y no pudieran separarse nunca. A Flora le encantaba el relicario y siempre gritaba y protestaba cuando alguien intentaba quitárselo. Yo esperaba que gritara e insultara tanto como pudiera a su falsa madre.

Besé la cara de Edward en la fotografía y le di las gracias por su amor y por haberme dado a Florita. Después besé la cara de mi pequeña en el retrato y le di las gracias por hacerme ver hasta qué punto y con cuánta libertad yo era capaz de amar. Recité unas palabras de Whitman que Edward solía repetir y que lo habían ayudado a abandonar a su familia y a encontrarse a sí mismo:

—«Resiste mucho, obedece poco.»

Unos días después, recibimos una orden de desahucio, acelerada sin duda por el implacable plan de la familia Ivory para arrancarme de cuajo y deshacerse de mí como de una mala hierba. Un representante de la Naviera Ivory confiscó el automóvil. Un enviado de la empresa japonesa vino a hacer un inventario del contenido de la casa. Cuando quiso incluir en la lista los cuadros de Lu Shing que Calabaza Mágica quería conservar, fue preciso enseñarle la dedicatoria al dorso de los dos lienzos para demostrarle que el pintor se los había regalado a mi madre.

Encontré colocación para la niñera, Carnerito y Radiante gracias a la ayuda de una amable señora del Club Americano, que los recomendó como sirvientes a unos recién llegados de San Francisco. Calabaza Mágica y yo sacamos todos los objetos de valor que poseíamos: mis joyas, los vestidos, las tallas y todo lo que podíamos vender, e hicimos con ellos una lista, por el orden en que estábamos dispuestas a desprendernos de ellos. Yo no quería deshacerme de las pertenencias de Florita ni de Edward. Habría sido incapaz de venderlas, pero tampoco quería dejarlas en la casa para que otra persona las vendiera o las tirara.

—Cuando llegue el momento —me dijo Calabaza Mágica—, yo les encontraré un destino sin decirte nada.

Entre todas las posesiones de Edward, me interesaba sobre todo su diario encuadernado en piel, donde aún alentarían sus palabras y pensamientos, su visión del mundo y de sí mismo. Llevaba buscándolo desde su muerte y me propuse encontrarlo fuera como fuese. Calabaza Mágica y yo buscamos en todos los cajones y miramos debajo de las camas, la que yo compartía con él y la que había sido su lecho de muerte. Miramos detrás de los muebles e incluso movimos el armario más pesado. Sacamos todos los libros de la biblioteca y pasamos las manos por detrás. El diario tenía una cubierta marrón que lo hacía prácticamente indistinguible de un millar de libros similares. La idea de no encontrarlo me hacía sentir enferma. Unos días antes había apartado sus plumas, sus lápices, su secante de escritorio, el precioso volumen verde de *Hojas de hierba* que me había regalado a modo de disculpa poco después de conocernos y el ejemplar usado que se había comprado para él, para reemplazarlo. Lo sostuve entre las manos. Él también lo había tenido entre las suyas. Lo abrí y solté una exclamación al ver lo que se escondía en su interior. Las hojas del libro habían sido ahuecadas para alojar secretamente su diario. En sus páginas estaba él antes de conocerme: sus palabras, sus pensamientos y sus emociones. Lo abrí y me puse a pasar las hojas; pero ya no estaba triste, sino dichosa, recordando los momentos en que él me había leído esos pasajes en voz alta. Encontré la anécdota de su acto heroico, que había acabado con la cara contra el barro. ¡Le había gustado tanto que yo me riera! Hacia el final encontré otra anotación que no reconocí y sentí miedo de que fuera la razón por la que había ocultado el diario. Quizá contuviera la confesión de que sus sentimientos hacia mí eran diferentes de lo que yo creía.

> *Violeta conducía lentamente. Era la primera vez que se ponía al volante, por lo que tenía los ojos fijos en la carretera, mientras yo disfrutaba del paisaje. Nos deslizamos a través de varias aldeas y vi rostros sombríos de campesinos que nunca habían visto nada tan veloz. Desprendíamos vitalidad y alegría. Pero entonces me fijé en los muros encalados, donde los colores de la vida habían sido desplazados por el blanco de la muerte. Vi un blanco cortejo fúnebre que subía trabajosamente por una ladera. La enfermedad se estaba difundiendo por el campo como una oscura pestilencia. Le pedí a Violeta que acelerara para sentir en la velocidad el viento de la vida. No quería pensar en el dolor cuando estaba al lado de la persona amada.*

¡Ya me quería entonces! Me había ocultado cuidadosamente sus sentimientos. Seguí pasando las páginas sin ver nada más que la imagen emborronada de mis lágrimas. Al final, encontré dos cartas intercaladas entre las páginas del diario. Eran de Lu Shing. Edward me había prometido que las guardaría donde nadie pudiera encontrarlas, hasta que yo estuviera preparada para leerlas. Abrí la primera. Iba dirigida simplemente a «Violeta». Era la carta donde me había ofrecido su casa en herencia. También decía que para ello era preciso modificar su testamento y que el trámite requería que yo le permitiera reconocerme como hija suya. Me había pedido mi autorización y yo nunca le había respondido. La otra carta era la que yo me había negado a leer.

Querida Violeta:

Hace muchos años que deseaba escribir estas palabras y me avergüenza que hayan tardado tanto tiempo en llegar hasta ti. Toma mis respuestas como una confesión, y no como una explicación, ni como una excusa por haber descuidado tu felicidad y tu seguridad.

Te he querido desde el día en que naciste, pero de forma inadecuada. He querido a tu madre, pero también de forma inadecuada. Por mi falta de carácter y coraje, no me enfrenté a mi familia y cedí a sus exigencias de cumplir con mi deber de hijo mayor. Cuando tu madre dio a luz a nuestro hijo, mi familia se lo arrebató. Era el primer hijo varón de la nueva generación. Tu madre no sabía dónde encontrarlo y yo no podía decírselo porque mi familia me había amenazado con no dejarme verlo nunca más si se lo decía.

Cuando en 1912 murió mi padre, finalmente pude decirle a tu madre que su hijo estaba en San Francisco. Ella no sabía nada del horror que te esperaba. Con engaños la hicieron embarcarse y con engaños la convencieron de que estabas muerta.

Ahora voy a confesarte el mal enorme que te hice. Hace cinco años, yo estaba presente en la fiesta ofrecida por mi amigo Lealtad Fang, cuando tú recitaste tu primera historia. Fue entonces cuando me enteré de que estabas viva. Sentí horror al ver que mis actos te habían empujado a esa vida. Pero entonces vi lo enamorada que estabas de Lealtad y oí a varios hombres comentar que nunca habían visto a Lealtad tan encaprichado con una chica y que no les sorprendería que quisiera ser tu cliente permanente o incluso tu marido. ¿Cómo iba a arrebatarte esa oportunidad? Estabas en el mundo que conocías, y si te hubiera sacado al mundo exterior y hubiera confesado que eras mi hija, todos te habrían despreciado. Sinceramente creí que encontrarías la felicidad al lado de Lealtad.

Ésa fue mi vergonzosa excusa para eludir una vez más mi responsabilidad hacia ti. Nunca le dije a nadie que era tu padre antes de irme de Shanghái.

Pasaron varios años hasta mi regreso. Como sabes, la familia Ivory me pidió que cuidara de su hijo Edward, que no conocía a nadie en la ciudad y no hablaba chino. Le presenté a Lealtad, que sabía un poco de inglés, y Lealtad te lo presentó a ti. El resto ya lo sabes. Me siento agradecido más allá de lo que puedo expresar de que hayas encontrado la felicidad que siempre has merecido. Sin embargo, sé también que tu felicidad no me absuelve de mis lacras morales.

No he visto a tu madre ni he hablado con ella desde que nos encontramos en Shanghái. No se reunió conmigo en San Francisco tal como habíamos planeado. Después de escribirle numerosas cartas, me respondió con una sola. Decía que no tenía ningún deseo de verme, ni de ver a nuestro hijo. Decía que sólo tenía una hija y que la lloraba todos los días. Se refería a ti. Si quieres que trate de encontrarla, haré lo posible. Mientras tanto, no diré nada por si tú no desearas abrir puertas que quizá hayas cerrado de forma definitiva. Espero que esta carta te haya proporcionado las respuestas que necesitabas. Temo que también te haya causado más desazón.

Por favor, dime cuáles son tus deseos. Estoy dispuesto a comportarme como tu padre y como alguien que tiene una deuda muy grande contigo.

Tuyo,

Lu Shing

Su carta era un pálido resumen de su agonía espiritual. Declaraba que no era merecedor de mi perdón, pero sólo conocía mi historia hasta su anterior final feliz. ¿Cómo iba a satisfacer la deuda que tenía conmigo si yo no sabía cómo localizarlo? La mayor sorpresa había sido la revelación de que mi madre no había ido a buscar a su hijo. ¡Me había abandonado por nada! Lu Shing me había proporcionado las respuestas a las preguntas que tanto me habían atormentado a lo largo de los años. Pero más allá de esos pocos datos inadecuados, ahora conocía la verdadera naturaleza de dos personas que yo despreciaba desde hacía mucho tiempo. Simplemente eran débiles, egoístas y no pensaban en los demás. Me propuse apartarlos de mi mente. Mi dolor no les dejaba espacio y tenía que decidir rápidamente mis próximos pasos. Por primera vez desde los catorce años, podía elegir. Tenía que analizar mis capacidades y convertirlas en oportunidades. Me dije que era más inteligente que la mayoría y también perseverante.

Pero pronto comprendí que todas mis virtudes no eran suficientes para hacer girar el mundo en una dirección diferente. Fui a pedir trabajo de profesora de inglés a una escuela de traductores chinos, pero me dijeron que los estudiantes eran hombres y no podían contratar a una mujer. Me ofrecí como institutriz, pero en el Club Americano ya se había difundido el rumor de mi pasado de cortesana y mi suplantación de identidad. Las señoras del club no podían permitir que una prostituta enseñara a sus hijos. Pregunté si había puestos vacantes en varios colegios dirigidos por canadienses y australianos, con la esperanza de que no les hubieran llegado las habladurías. Pero si les habían llegado, lo disimularon aduciendo que no podían contratar a una profesora sin experiencia.

Mi única posibilidad era volver al mundo de las cortesanas, pero me sentía igual que a los catorce años. Sentía que entregarme a otros hombres habría sido ensuciarme y traicionar a Edward. Pero si aun así regresaba a esa vida, sabía que sólo podría contar con unos años más de trabajo. ¿Y después qué? Sin embargo, con mucho dolor, tuve que reconocer que no tenía otra opción. Tenía que aceptar la derrota.

Calabaza Mágica pensaba que debíamos abrir una casa pequeña. La llamaríamos «casa de té privada» para diferenciarla de los fumaderos de opio donde las jóvenes flores ofrecían sus servicios. De ese modo, daríamos a entender que el establecimiento era más refinado y que exigiríamos buena educación a los clientes y un tiempo mínimo de cortejo, aunque quizá no tanto como en una casa de primera categoría. De todos modos, habíamos oído decir que incluso en las mejores casas los preliminares se habían reducido sustancialmente. Calabaza Mágica proponía alquilar cuatro habitaciones. Una sería para ella como madama, y otra para mí, como anfitriona y cortesana. Las otras dos serían para dos flores que trabajarían con nosotras. Yo escuché el plan y le dije que era demasiado pronto para pensar en otras cortesanas. Entonces ella me aconsejó que descansara y salió a mirar locales para alquilar. Después anotó en un papel el importe que había que pagar a la Banda Verde a cambio de protección, el monto de los impuestos que exigirían las autoridades de la Concesión Internacional y, por último, el costo de amueblar y equipar una casa de té refinada. Le pedimos al señor Gao una tasación de nuestras joyas y llegamos a la conclusión de que no podíamos permitirnos una casa de té, sino sólo quizá un par de tazas.

Entonces Calabaza Mágica tuvo otra idea:

—Lealtad Fang te hizo una promesa. Te dijo que siempre podrías recurrir a él si alguna vez tenía problemas o necesitabas ayuda.

—Eso fue hace siete años —respondí—. Probablemente ni siquiera recordará si me lo prometió a mí o a otra chica.

—Te regaló un anillo precioso como prenda de su sinceridad.

—Habrá regalado un montón de anillos preciosos a lo largo de los años como prenda de un montón de promesas que en su momento fueron sinceras. Tú misma me lo dijiste: con el paso del tiempo, el anillo deja de ser la prenda de una promesa y se convierte en un simple recuerdo.

—¿Recuerdas cuando te pregunté si querías conservar el anillo o deshacerte de él con el resto de las joyas que habías decidido vender? Vi la cara que pusiste. Me di cuenta de que dudaste demasiado antes de decirme que podía venderlo. Por eso no lo vendí.

—Entonces véndelo ahora.

—Te niegas a pedirle ayuda únicamente por orgullo. No es necesario que le pidas dinero. Dile que nos ayude a entrar en una casa de primera categoría. Sólo queremos que nos ponga los pies en la puerta, los tuyos y los míos, y nada más. A él no le costaría nada: sólo una llamada telefónica y dos minutos de dorarle la píldora a la madama.

Nunca le había agradecido a Lealtad que me hubiera presentado a Edward. Al principio no había nada que agradecer, sino más bien al contrario: él se había disculpado conmigo por el comportamiento grosero de Edward. Más adelante, pensé varias veces en demostrar mi amistad a Lealtad y a su esposa, y quizá invitarlos a cenar. Pero nunca me decidí porque no quería que me recordaran mi pasado. Se lo expliqué a Edward y él lo entendió. Si ahora volvía a ver a Lealtad, no sólo recordaría mi pasado, sino lo mucho que había sufrido por su causa. Él conocía mi intimidad sexual y también mis emociones más profundas. Conocía mis puntos débiles en los dos aspectos y sabía cómo hacerme sucumbir. Nunca lo había amado tan profundamente como a Edward. Pero si lo veía, quizá me mirara otra vez con aquella expresión que en otra época yo había tomado por amor, o con la otra que me había arrasado el corazón, o tal vez volviera a despertar en mí el recuerdo de ciertas noches de erotismo. Lealtad me conocía demasiado bien. Calabaza Mágica tenía razón. Yo era demasiado orgullosa. Era una estupidez no ir a verlo sólo por miedo a que me hiciera revivir mi pasado. Lo peor que podía pasar era que no recordara su promesa. Sería una humillación para mí, pero tenía que correr el riesgo. El orgullo era un lujo que no me podía permitir.

Cuando por fin levanté el teléfono y llamé a Lealtad, lo primero que hice fue disculparme rápidamente por haber permitido que pasaran tantos años sin darle las gracias. Fui sincera y le dije que había querido dejar atrás mi vida anterior. Después le hablé brevemente de la muerte de Edward.

—Cuando me enteré, sentí una gran tristeza por ti. De verdad. Imaginé tu dolor.

Después le conté cómo me habían arrebatado a Florita.

—No me había enterado y no tengo palabras para expresarte cuánto lo siento. Sólo puedo decirte que si le hubiera pasado eso mismo a mi hijo, encontraría a los sinvergüenzas y les arrancaría las piernas con mis propias manos. Me alegro de que aún tengas a Calabaza Mágica a tu lado. Ha sido una buena amiga para ti durante todos estos años.

—Ha sido una madre para mí —dije yo.

—Por cierto, ¿todavía tienes a ese gato que estuvo a punto de comerme un brazo?

—Me lo preguntaste hace siete años. No. *Carlota* murió.

Sentí en la garganta un pequeño nudo de antigua tristeza.

—¿De verdad ha pasado tanto tiempo?

—Tanto que quizá hayas olvidado lo que dijiste hace siete años. Si es así, no te lo recordaré...

No me dejó continuar.

—Ya había imaginado la razón de tu llamada —dijo, y yo lo tomé como una crítica—. Sé que has tenido que olvidar el orgullo y las viejas heridas para llamarme.

—No tienes ninguna obligación de ayudarme. Han pasado muchos años.

—¡Ay, Violeta! ¿Todavía te resistes a aceptar la amabilidad ajena? Te ayudaré con mucho gusto si está en mi mano hacerlo. Dime qué necesitas.

—Recuperar mi trabajo anterior. No sé si volverían a aceptarme en la Casa de Bermellón. Tengo casi veinticinco años y por mucho que quieras ayudarme, no vas a devolverme la juventud. Además, el dolor y las preocupaciones han empeorado lo que la edad ha respetado. Pero si tú hablas con ellos, al menos me tendrán en cuenta. Soy realista. Agradeceré todo lo que hagas. Ni siquiera es necesario que mientas, por lo menos no demasiado.

Guardó silencio unos segundos y yo supuse que estaría buscando una excusa amable para negarme su ayuda.

—Déjame pensarlo un poco más. ¿Puedes venir mañana a mi oficina?

Imaginé que querría comprobar con sus propios ojos cuánto había envejecido para saber a qué casa podía recomendarme. Al día siguiente, envió a su chófer a buscarme. Una vez en su despacho, me sorprendió su sencillez, así como el desorden que reinaba en la sala. Había una mesa de escritorio, dos sillas, un sofá pequeño, un sillón y un par de mesas bajas.

Me dio un rápido beso en la mano.

—Siempre es un placer volver a verte, Violeta. —Me miró a los ojos y me mantuvo la mirada, como solía hacer—. Estás tan preciosa como siempre.

—Gracias. Tú sigues tan adulador como siempre.

Le sonreí amistosamente, pero sin flirtear. Me di cuenta de que estaba evaluando mi apariencia con actitud crítica.

Se recostó en el respaldo de la silla, cruzó las piernas y encendió un cigarrillo. Era una pose para hablar de negocios.

—He pensado mucho en lo que podemos hacer y te diré cuál es mi propuesta. Iremos a ver a Bermellón, que ahora es la dueña de la casa. Le contaré que piensas volver y que pronto elegirás una casa. Añadiré que estoy ansioso por ser uno de tus pretendientes y que, siendo la Casa de Bermellón una de mis favoritas, me gustaría verte allí. Entonces le pediré que haga lo posible para convencerte de que vuelvas con ella.

—Es muy generoso de tu parte —repliqué mientras íntimamente trataba de descifrar lo que se propondría en realidad.

—En toda negociación, es importante hacer creer a la otra parte que se está beneficiando más que tú. No te rebajes, Violeta. Eres adorable, entiendes como nadie a los hombres y eres tolerante con sus defectos. Sé que tienes dudas, debido a tus sentimientos hacia Edward. Mi verdadera propuesta es que me des clases de inglés en tu habitación. Lo digo en serio. Debería haber mejorado mi inglés hace años. Los negocios me lo exigen. Tengo que confiar en traductores y no sé si dicen lo que pretendo que digan. Te propongo visitarte dos o tres veces por semana en tu habitación. Necesito que seas una profesora severa y que me obligues a estudiar, sin excusas que valgan. Te pagaré por las lecciones lo mismo que te pagaría un pretendiente. Si no estudio lo suficiente, podrás castigarme con una multa. Naturalmente, como no seré un verdadero pretendiente, seguiré cortejando a otras mujeres, aunque en otras casas, desde luego. De ese modo, tú tendrás libertad para recibir a otros hombres cuando vuelvas a acostumbrarte a la vida en la casa. Quiero que quede claro que el arreglo es así, tal como te lo expongo. No tengo intenciones ocultas. Mi único propósito es ayudar a una vieja amiga y también aprender inglés para no tener que confiar en un diccionario que me diga que una casa de cortesanas es un lugar donde encontrar putas a diez dólares.

Como Lealtad no era un buen estudiante, tuvo que pagarme muchas multas. Al cabo de dos semanas, retomamos nuestros viejos hábitos y volvimos a encontrarnos en mi cama. Había extrañado el consuelo de estar con alguien, y Lealtad tenía la ventaja de la familiaridad. Después de otras cuatro semanas, habíamos vuelto a discutir a diario por los mismos malentendidos de siempre, sobre quién había dicho qué y cuál había sido su verdadera intención. Varias veces se excusó por no poder venir a verme y al final me enteré de que estaba frecuentando a otra cortesana.

—Si lo hubieras averiguado antes —me dijo exasperado—, te habrías enojado antes conmigo. Haciéndolo a mi manera, al menos estuviste contenta conmigo dos semanas más.

—No me importa que veas a otra; lo que me irrita es que me ofendas con tu deshonestidad.

—No tengo ninguna obligación de contártelo todo.

En los viejos tiempos, cuando estaba enamorada de él, Lealtad era capaz de hacer estragos en mis emociones. Pero ahora sus fechorías simplemente me hacían enojar. Ya no lo quería como antes, y su egoísmo me aburría. No hacía más que pensar en Edward y en Flora, y anhelaba tenerlos conmigo. El anhelo que había sentido por Lealtad había sido el de una virgen de quince años, que a pesar de haber crecido seguía creyendo que iba a casarse con el hombre que la había desflorado. Me alegraba de haber superado esa vana ilusión.

—Nunca nos entenderemos —le dije. No estaba enojada ni triste. Hablaba como si estuviera recitando una lección que acabara de aprender—. Deberíamos admitir que tú no cambiarás nunca, ni yo tampoco. Nos hacemos infelices mutuamente. Tenemos que dejarlo.

—Estoy de acuerdo. Quizá dentro de un mes podamos ser un poco más razonables...

—Nunca seremos razonables. Somos como somos. Tenemos que dejar de vernos y no pienso cambiar de opinión.

—Eres demasiado importante para mí, Violeta. Eres la única que me conoce. Ya sé que no siempre te hago feliz. Pero entre una discusión y la siguiente, estás a gusto conmigo. Tú misma me lo has dicho. ¿Por qué no intentamos tener más felicidad y menos discusiones?

—No puedo seguir así. Tengo el corazón deshecho.

—¿No quieres verme más?

—Te veré como a mi alumno y tú me verás como a tu profesora de inglés.

Me invadió una sensación de calma. No sentía ninguna animadversión hacia Lealtad. Durante muchos años había esperado que me diera una prueba de amor. Pero por mucha paciencia que tuve, no la recibí nunca porque en aquella época yo no sabía lo que era el amor, más allá del descontento de no tenerlo. Ahora que lo sabía, me daba cuenta de que jamás encontraría en Lealtad un amor perdurable. Su amor duraba únicamente el tiempo que estaba a mi lado, y yo quería un amor más profundo, uno que nos hiciera sentir a ambos que nunca podríamos conocernos lo suficiente y que siempre querríamos profundizar un poco más en nuestros corazones, nuestro pensamiento y nuestra manera de ver el mundo. Comprenderlo finalmente fue una victoria sobre mí misma.

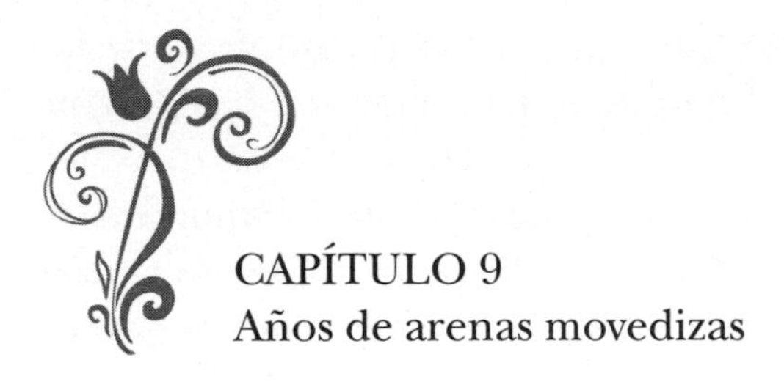

CAPÍTULO 9
Años de arenas movedizas

Shanghái
Marzo de 1925
VIOLETA

Lealtad iba a ofrecer una gran fiesta en la Casa de Lin para homenajear a la cortesana virgen Cielo Rubí, de quince años, y celebrar su inminente desfloración, por la que había pagado un precio mayor que por la mía. Igual que en la fiesta donde nos habíamos conocido, había invitado a siete amigos y necesitaba más cortesanas. Como de costumbre, solicitó mi presencia, y como siempre, yo le agradecí la oportunidad.

En los últimos años, me había esforzado por mejorar mi habilidad como intérprete de cítara y también como cantante de melodías occidentales. Lealtad solía mencionar a sus invitados mi singular talento musical para que ellos también solicitaran mis servicios en sus fiestas. En realidad, mis dotes interpretativas eran sólo pasables, y pese a sus recomendaciones, no me llovían las ofertas. ¿Qué cliente joven iba a querer escuchar la tradicional música de cítara cuando podía poner una canción animada en el fonógrafo? Los jóvenes preferían los estilos más modernos y todo Shanghái enloquecía por la modernidad. Por eso yo había añadido a mi repertorio algunas canciones del estilo melódico occidental, que acompañaba con la cítara solamente como base armónica. Un invitado que había visitado Estados Unidos dijo que mi interpretación le recordaba el sonido del banjo americano, y a partir de entonces empecé a anunciarme como la cantante del banjo, «de gran éxito en las fiestas más animadas».

La madama de la Casa de Lin era Nube Ondulante, vieja conocida mía de la Oculta Ruta de Jade, que me recibió con gran entusiasmo.

—¡Cuánto me alegro de que no tuvieras otros compromisos esta noche! —exclamó antes de que llegaran las demás—. Debería llamarte más a menudo. Nuestras chicas siempre están ocupadas.

En otra época me habría sentido ofendida por su insinuación de que no tenía pretendientes fijos, pero no le presté atención. Calabaza Mágica se apresuró a decirle que pensara siempre en mí cada vez que quisiera dar un toque de animación a sus fiestas. Al entrar en la sala del banquete, vi a Lealtad con su nueva favorita: una chiquilla nerviosa y movediza. La miraba con la misma expresión de ternura que me reservaba a mí cuando yo era su cortesana virgen y él afirmaba que nunca ninguna otra joven había despertado en él sensaciones tan novedosas y sorprendentes.

Al vernos a Calabaza Mágica y a mí, vino hacia nosotras y nos saludó al estilo de la corte británica: con un beso en la mano y una leve reverencia. Le alabé el gusto por la adorable flor a la que rendía homenaje, y ella me miró con suspicacia.

Calabaza Mágica había insistido en acompañarme, pese a encontrarse indispuesta del estómago, porque tenía el presentimiento de que haría una nueva conquista.

A mitad de la fiesta, Lealtad me pidió que cantara para sus invitados. Empecé la actuación con dos canciones sentimentales chinas, seguidas por otras tres occidentales —*Always*, *Tea for Two* y *Swanee*—, con mi habitual acompañamiento de cítara al estilo del banjo. La última de las tres canciones era mi mayor éxito porque mi pronunciación de «*swanee*» sonaba como si dijera en chino: «Estoy pensando en ir a agarrarte.» Además, la primera vez que cantaba el estribillo, lo hacía sonar como si dijera «para enseñarte las hermosas nubes que se levantan en el cielo», pero la segunda lo cambiaba y decía «para enseñarte las ganas que tengo de devorar tu fuego». *Swanee* era el broche perfecto de mi actuación. Levantaba el ánimo de los presentes y me procuraba buenas propinas y, en ocasiones, un nuevo pretendiente.

Cuando terminé, Lealtad se puso de pie:

—¡Gracias, maestra! —me dijo, utilizando el término tradicional reservado a los cantantes más afamados de la ópera de Shanghái—. Nos has hecho vibrar. Has elevado nuestros espíritus. Permíteme que te demuestre nuestro aprecio.

Propuso un brindis por mí y me deslizó en la mano un sobre con dinero para que los otros se sintieran obligados a hacer lo mismo. Después volvió a brindar, lo que desató otra oleada de imperativos aplausos y de exclamaciones de forzada admiración.

Un hombre en la otra punta de la mesa se puso a elogiarme de manera exageradamente efusiva:

—Nunca había oído una combinación semejante de fuerza y delicadeza como la que tus dedos han arrancado esta noche a la cítara. Tratándose de una extranjera, me resulta todavía más admirable.

Otra vez volvían a llamarme «extranjera».

—Sólo soy extranjera a medias —dije en tono de disculpa—. Pero aun así intento hacerlo lo mejor que puedo.

—No me refiero a los inconvenientes de la raza. Al contrario, considero una ventaja que seas capaz de cantar en inglés. Lo digo con sinceridad. Nunca había oído una interpretación tan deslumbrante de música de banjo.

Era el habitual cumplido vacío. Probablemente jamás habría oído a otra cortesana interpretar ese tipo de música, pero yo le respondí con la obligada modestia.

—Mi interpretación aún deja mucho que desear, pero me alegro de que a pesar de todo te haya gustado.

—Mi admiración es auténtica. No estoy tratando de ganarme tu simpatía para que después me invites a tu *boudoir*. Si te he hablado así es porque conozco y respeto las artes.

Aparentaba unos treinta años, pero tenía la expresión grave y admirativa de un jovencito que visitara por primera vez una casa de cortesanas. Yo sabía que las artes que los hombres respetaban y querían conocer eran las de la cama, y conocía bien la palabrería vacía de ese hombre. Se presentó como Perpetuo Sheng, de la provincia de Anhui, primo segundo de Mansión, que a su vez era amigo de Lealtad.

Pese a ser de Anhui, hablaba la lengua han sin el acento típico de la provincia, por lo que era evidente que era una persona instruida. En cuanto a aspecto físico, no carecía de atractivo, pero tampoco era el primero en que se habría fijado cualquier mujer al entrar en la sala. Mientras seguía cubriéndome de elogios, decidí elevar su grado de atractivo y considerarlo agradable, pero corriente, lo que significaba simplemente que no tenía ninguno de los rasgos que me disgustaban. No era estrecho de hombros, ni huesudo, ni tenía la cara ancha de los mongoles. Tampoco tenía la mirada huidiza de los tacaños, ni la nariz ensanchada de los fanfarrones. No tenía los labios gruesos de los descarados, ni tampoco le faltaban dientes, como a los que descuidan la higiene y demuestran así una negligencia que quizá se extienda a otras partes menos visibles del cuerpo. No tenía las facciones bastas de los hombres de moral cuestionable, ni se le notaban calvas en las cejas, como a los sifilíticos. Tenía una abundante cabellera, pero no tan densa y salvaje como la que lucen los miembros de las tribus fronterizas. No llevaba el pelo de cualquier manera, como los campesinos, sino bien cortado y peinado con sedosa brillantina. Por todo lo que no tenía y un poco de lo que tenía, pude considerarlo relativamente atractivo.

Era difícil determinar si sería rico. Había venido a la fiesta como invitado de Mansión. Tenía la ropa limpia, pero un poco arrugada, aunque eso siempre era un problema con los trajes de hilo occidentales cuando hacía calor. Tenía las uñas bien arregladas y no llevaba más larga la del dedo meñique, la que usan los opiómanos para despegar el residuo gomoso que queda en el fondo de la pipa o para hurgarse los recovecos de las orejas. Volvió a hablar con total seriedad:

—Tus delicados dedos brincaban como hadas, convirtiendo la música en una experiencia fascinante.

Eso ya fue demasiado.

—¿Eres miembro de una de las sociedades literarias de Shanghái?

—¿Estás tratando de averiguar si soy merecedor de tu atención? —Esta vez sonrió con la boca, pero no con los ojos. Yo mantuve el aplomo y esperé pacientemente su respuesta—. No busco la compañía de otros intelectuales de opiniones similares a las mías —dijo—. Soy un pintor y poeta que prefiere la soledad. Tengo arranques de malhumor que no me gusta hacer públicos. Esos arranques confieren a mis pinturas un estilo malhumorado que no agrada a la mayoría de los coleccionistas.

—La mayoría de los coleccionistas creen que la popularidad es un estilo —dije yo.

—Cualquiera puede tener un estilo original —replicó—, y aun así, nadie lo tiene realmente. No podemos evitar la influencia de los maestros que pintaron antes que nosotros, empezando por los pintores de hace miles de años, que imitaban la naturaleza.

Me dije que era un patán pretencioso.

—¿Por qué los estudiosos siempre están pidiendo perdón por su ignorancia?

—Insistes en querer saber si pertenezco a una familia de estudiosos... Ah, pero veo que ahora he conseguido irritarte. Lo noto.

—No, en absoluto —dije en tono ligero—. A las cortesanas nos divierte la charla insustancial. Como a ti también te gusta, me alegro de complacerte. —Me volví hacia Calabaza Mágica, que estaba de pie a un costado, ligeramente detrás de mí—. Hace calor. Necesito mi abanico.

Dejar el abanico sobre el regazo era la señal para que Calabaza Mágica me llamara aparte y me dijera que alguien me había enviado un mensaje urgente. Siempre llevaba una nota en el bolsillo con ese propósito. Yo ya estaba segura de que mi interlocutor no era un buen candidato. Si hubiese tenido dinero, ya me lo habría ofrecido a cambio de algo. Llevaba más de dos horas en la fiesta y era poco probable que recibiera más muestras de aprecio monetario por parte de los otros invitados.

Me volví otra vez hacia Perpetuo.

—¿Estás dispuesto a confesar? ¿Tienes un barco cargado de oro? ¿Eres el funcionario al que todos debemos sobornar?

—Confieso que pertenezco, en efecto, a una familia de estudiosos... y que soy un holgazán.

—¿Te has gastado toda la fortuna familiar? ¿No has guardado nada para mí?

—No es dinero lo que he derrochado, sino mi educación. Superé los exámenes del tercer nivel hace cinco años, cuando tenía veintiséis, y desde entonces no he hecho nada.

—¡Veintiséis! No sé de ningún hombre que los haya aprobado antes de los treinta, incluidos los tramposos.

—Empecé a estudiar para los exámenes nacionales en el instante en que salí del vientre materno. Cuando aún estaba prendido al pecho de mi madre, mi padre preparó el plan para mi vida, un plan típico de la época de la antigua dinastía Ching. Mi destino en la vida era ser un burócrata en un distrito pequeño, respetar estrictamente las normas y las costumbres, y ascender a partir de ahí a puestos cada vez más destacados, en distritos y provincias cada vez más importantes. Era lo que había hecho mi padre.

—¿Y qué sucedió después de toda esa leche materna?

—Destaqué en las seis artes. La contabilidad y la recaudación de impuestos fueron mi ruina. No podía aplicar mi mente a un sistema que robaba a los pobres para enriquecer a los ricos.

—Tienes razón. No son temas muy amenos.

Me apoyé el abanico sobre el regazo. No veía la hora de quitarme de encima a ese pesado.

—El régimen Ching era injusto. Pero ¿cómo es el nuevo? Sólo han cambiado las manos que se llevan el dinero.

Era un imbécil. Probablemente algunos de los hombres de la sala ocuparían los cargos que él estaba criticando.

—¡Eh, primo! —le gritó Mansión—. ¿A ella también la estás atormentando con tu cháchara revolucionaria? Olvídate por una noche de las injusticias. Ya las arreglarás mañana.

Perpetuo no le prestó atención y me siguió mirando a mí.

—Mis críticas del antiguo régimen me dejaron sin trabajo. Y como muchos desempleados, me hago llamar pintor y poeta. De modo que ya tienes tu respuesta. Soy demasiado pobre para ser tu pretendiente. No podría haberme permitido una visita a esta casa si mi primo no me hubiera invitado.

No soy la mercenaria que crees que soy —repliqué. Era

una de mis frases más repetidas—. Recítame un poema para compensarme por mi tiempo.

—Escucha al vendedor ambulante que está pregonando en la calle las virtudes de su sopa de arroz fermentada. Es uno de mis poemas.

—Tu humildad no conoce límites, pero no te dejaré en paz hasta que me recites uno de tus poemas de verdad. Sólo te pido que elijas uno que no tenga nada que ver con burócratas ni con sopa de arroz fermentada.

Hizo una pausa y entonces dijo:

—Aquí tienes uno adecuado para ti.

Lo recitó sin dejar de mirarme a los ojos.

Interminable fue el tiempo hasta que nos conocimos, pero más infinito aún desde que ella se fue.
Un viento se levanta por el este y hace volar un centenar de flores;
los primaverales gusanos de seda tejen y tejen hasta la muerte.
En su espejo matutino, ella ve cambiar el color de su nimbada cabellera,
y aun así se burla de la gélida luz lunar con su canción nocturna.
Al final de la noche, lloran las velas bajo las mechas.
No está lejos, no está lejos su montaña encantada.
¡Aves azules, escuchadla con atención y traedme sus palabras!

Sus versos me sorprendieron casi hasta las lágrimas porque removían la tristeza de mi separación de Florita. Mi pequeña estaba lejos de mí, el tiempo proseguía su marcha y ella vivía en otro lugar. Los versos me habían sacudido la lasitud de una rutina sin sentido.

—¡Es magnífico! —exclamé—. En serio. No lo digo por cortesía. Es vívido sin exageraciones y tan natural que parece escrito sin ningún esfuerzo. No hay falsedad en el estilo, ni parece que busques efectos forzados, sino únicamente la expresión de una emoción auténtica. Puedo sentir el viento y ver la vela. Me recuerda los poemas de Li Shangyin. De hecho, es tan bueno como los suyos.

En ese momento, Calabaza Mágica vino a decirme que había recibido un mensaje urgente para mí, tal como habíamos preparado. Entonces me levanté y me la llevé a un sitio donde mi interlocutor no pudiera oírme.

—Voy a quedarme. Este hombre es interesante y me acaba de recitar un poema increíblemente conmovedor. Quiero recitarlo esta noche en voz alta. Quizá de ese modo los invitados se interesen más por mí.

—¿Es un cliente potencial?

—Tiene el bolsillo vacío de un sabio del siglo pasado, pero creo que lo pasaré bien con él.

—Sigo con el estómago revuelto, así que me voy a casa.

Volví al lado de Perpetuo, que me recibió arqueando una ceja.

—¿Qué es esto? ¿Una excusa amable para abandonarme?

—Nada de eso. Quiero oír más poemas tuyos.

—No me atrevo. Tienes un oído demasiado bueno. Te ha gustado el primero, pero quizá me digas que el próximo suena como la bazofia de los cantantes callejeros. Una mala opinión tuya me haría mucho daño.

—Oír las críticas ajenas es morir de un millar de puñaladas.

—Muy poca gente ha oído mi poesía y casi todos los que la conocen son parientes míos, que opinan de mis poemas lo mismo que de las espinillas o el mal tiempo: «¡Cuánto cuesta aguantarlos! ¿Cuándo acabarán?» Mi mujer era mi mejor crítica. Tenía opiniones firmes y veía los defectos y las virtudes de mis versos. Podíamos hablar libremente de todo porque éramos almas gemelas. Se llamaba Azur, como el color del cielo donde ahora se encuentra. —Guardó silencio un momento y desvió la mirada—. Murió de tifus hace cinco años. —Hizo una pausa que no me pareció correcto interrumpir—. Lo siento —dijo finalmente—. No debería agobiarte con mi tristeza. Ni siquiera me conoces.

—No muchos pueden entender la pérdida de un amor profundo —repliqué—. Mi marido murió hace seis años, y hace tres me robaron a mi hija. Edward y Flora.

—¿Eran extranjeros?

—Edward era americano. Flora nació en Shanghái.

—Ya había notado algo diferente en ti. Parte de tu espíritu

está ausente. Tus ojos ven, pero han dejado de mirar. Es a causa del dolor.

Esa comprensión no era habitual en un hombre.

—En mi caso —prosiguió—, la pena no se ha aliviado con el tiempo. Se renueva cada mañana, cuando despierto y descubro una vez más que mi esposa no está a mi lado. Es como recibir cada día, por primera vez, la noticia de su muerte. Entonces subo la colina hasta el lugar donde está su tumba para convencerme de que se ha ido para siempre. Recito mis poemas ante su lápida y recuerdo los tiempos en que se los leía en la cama, cuando ella respiraba a mi lado.

—Yo también le hablo a mi marido. Es un alivio pensar en él, pero cuando me doy cuenta de que no puede responderme, vuelvo a sentirme destrozada.

—Muchas veces he pensado en quitarme la vida para poder reunirme con ella. Sólo mi hijo pequeño me mantiene en este mundo. Hoy mi primo me obligó a venir aquí. «Ven a ver bellas mujeres, en lugar de tumbas», me dijo. Ahora ya sabes que no tengo corazón para disfrutar de ningún tipo de placer, aunque pudiera permitírmelo. Pero esta noche tú has revivido una parte de mí que estaba medio muerta: mi espíritu. Tú hablas de todo abiertamente. Ella también era así.

—Tu dolor vuelve profundo el poema que me recitaste. Es conmovedor. ¿Me permitirás que lo recite esta noche a los otros invitados?

—Eres muy amable al pedírmelo, pero no creo que los demás agradezcan la intromisión.

—Parece que la fiesta pasa por un momento bajo, y mi función aquí es proporcionar cierto brillo y entretenimiento. ¿Seré la primera cortesana que recita este poema en público?

—Hasta ahora sólo lo había oído mi mujer en su tumba.

Me acerqué a Lealtad y le pregunté si quería que recitara un poema de Perpetuo para deleitar a sus invitados. Mientras lo leía, sentí un profundo anhelo por Edward y Florita, e imaginé a la pequeña Flora esperándome. Perpetuo quedó gratamente sorprendido por lo bien que había captado su intención.

Esa noche recibí más elogios y regalos en efectivo que en todas las noches de los últimos años. En seguida me invitaron a numerosas fiestas que se celebrarían la semana siguiente, y a partir de esa noche se me empezaron a acumular los compromisos y tuve que decir a mis anfitriones que sólo podría asistir brevemente a sus fiestas para poder contentar a todos. Habían vuelto los días en que los hombres me rodeaban y multiplicaban sus regalos para competir por mis favores. Tres pretendientes me perseguían con especial interés, tratando de convertirse en mis preferidos.

Al final de la segunda semana, uno de los tres empezó a cortejar a otra, y transcurrida una semana más, la pasión que momentáneamente había despertado volvió a apagarse. Para entonces, una docena de cortesanas habían recitado el poema de Perpetuo. Una vez más empecé a vivir con el terror de no tener visitantes, ni siquiera ocasionales. Cuando por fin recibía a un hombre, le permitía que el cortejo fuera breve: solamente unos días, en lugar de varias semanas. En los últimos tiempos, los hombres tenían demasiadas opciones y ya no estaban dispuestos a esperar pacientemente a que una flor los eligiera a ellos por encima de los demás. Incluso podían frecuentar de forma gratuita a estudiantes universitarias que no se preocupaban por el escándalo ni la vergüenza, y que incluso llevaban esponjas prendidas a las bragas para introducírselas en la vagina si se presentaba la oportunidad y prevenir así un posible embarazo. Cuando acepté un hombre la primera noche, Calabaza Mágica me regañó, diciendo que mi comportamiento no era mejor que el de las chicas de los fumaderos. Al día siguiente se presentaron otros dos clientes, supuestamente amigos del que me había visitado la noche anterior.

—¿Lo ves? —dijo Calabaza Mágica—. Estás atrayendo a los más roñosos, como la fruta podrida atrae a las moscas. No hay manera más rápida de arruinar una reputación.

Por lo menos seguía recibiendo invitaciones para cantar y recitar en las fiestas. El último en llamarme había sido Mansión, el primo de Perpetuo, que daba un banquete para homenajear a dos hombres importantes, muy cercanos al presidente de la

República y, según me dijeron, muy aficionados a las canciones norteamericanas.

—¿Volveremos a ver a tu primo Perpetuo? —le pregunté—. Quería darle las gracias una vez más por su poema. Me procuró un gran éxito.

Mi mayor interés era que me diera otro poema para recitar.

—Lo invitaré la próxima vez que lo vea. No siempre está por aquí; va y viene. Creo que tiene algún negocio fuera de Shanghái, o quizá esté frecuentando a una cortesana en otra casa. Es muy reservado.

¿Un negocio? Entonces no era tan pobre como quería aparentar. Y yo sabía que no podía estar en una casa de cortesanas. Pobre hombre.

Unas noches más tarde, Perpetuo volvió a asistir, como invitado de Mansión, a una pequeña fiesta de bebida y juegos con amigos íntimos. Calabaza Mágica se me acercó rápidamente y me instó a sonsacarle otro poema.

—¿Me crees tan estúpida como para no haberlo pensado ya por mí misma?

Recibí a Perpetuo con auténtica alegría, y después de mi actuación, me senté a su lado.

—Me alegro de que Mansión te haya obligado a regresar.

—Te aseguro que no me hizo falta mucha persuasión. Tu música me levantó el ánimo la otra noche, y aprecié mucho nuestra conversación.

Mansión y sus amigos empezaron a jugar a pares y nones, y Perpetuo prefirió quedarse al margen, aduciendo que no le gustaban los juegos de azar. Estuvimos mirando varias rondas del juego entre risas, pero entonces noté que se le ensombrecía la expresión. Se volvió hacia mí y me miró con ojos atormentados.

—He pasado momentos difíciles desde la última vez que te vi. Agradecí mucho la posibilidad de hablar abiertamente de mi esposa, pero nuestra conversación sacó a la luz un dolor profundo y casi insoportable. Estaba tan desesperado que me puse a vagar por las calles durante horas, hasta que al final acabé en un fumadero de opio. El interior estaba oscuro y la sombra de una mujer me condujo hasta un diván. Se oían voces de otros hombres y mujeres. Aspiré unas bocanadas de la pipa y pronto se disipó el dolor e ingresé en el venturoso cielo del humo azul. Toda la dicha que había experimentado en el transcurso de mi vida me invadió de repente y de una sola vez. Pensé que era imposible alcanzar mayor beatitud, hasta que sentí el tacto de una mano sobre mi brazo. Me volví y Azur estaba sentada a mi lado. Te juro que la vi como ahora te veo a ti. La besé y le acaricié la cara para cerciorarme de que era real. Ella me aseguró que sí, que era auténtica. Entonces se tumbó en el diván, desapareció su ropa, y su hermosísimo y pálido cuerpo se me ofreció anhelante. Una vez más pudimos unirnos en mente, corazón, cuerpo y espíritu. Sus gritos de felicidad eran los mismos de antes, acompañados del tintineo de unas campanillas diminutas que llevaba atadas a los tobillos. Nos elevamos ingrávidos entre la seda y el aire. Alcanzamos alturas que nunca habíamos conocido y, después de cada nueva cumbre, empezábamos de nuevo. Cada vez que la penetraba... —Se interrumpió—. Perdóname. No quiero que algo tan querido por mí parezca una obscenidad.

—No hay nada que pueda escandalizarme —repliqué.

Secretamente me dije que yo también debería fumar opio para recuperar a Edward como una vívida ilusión.

—La dicha fue de corta duración —prosiguió él—. El humo azul no tardó en desvanecerse y emergió la realidad, mucho más cruda y dolorosa que antes. De pronto, en lugar de estar tumbado en el diván con mi esposa, suspirando de placer, estaba mirando a los ojos a una pobre prostituta. La chica no debía de tener más de veinte años, más o menos la edad de Azur cuando me dejó. Otros hombres la habrían considerado bonita, pero yo sentí una profunda repulsión al ver que mi mujer había sido sustituida por una pobre chica de cabeza hueca, que hablaba como una mocosa llorona. Me puse a buscar la ropa para irme cuanto antes, pero entonces sentí la firmeza de su mano en mis partes íntimas. Me disgustó lo que hacía y estuve a punto de ordenarle que parara, pero me desagradó aún más sentir que mi pene se había endurecido en su mano. Soy un hombre normal y habían pasado cinco años desde la última vez que había tocado a una mujer, aparte de la alucinación que acababa de tener con mi esposa. La chica se acostó en el diván, se levantó el vestido y separó las piernas. Yo no pude reprimir el impulso. Me abalancé sobre ella, y entonces, lo que hice... —Se le sacudió el pecho, como si estuviera reprimiendo un sollozo, y bajó la vista—. Hice algo repugnante, que aún ahora, cuando lo recuerdo, me da asco.

Meneó la cabeza.

Esperé a que continuara, pero se puso de pie.

—No puedo seguir hablando de esto. —Miró a su alrededor—. Si me oyera alguien más, creería que me he vuelto loco. Creo que ya te he obligado a oír suficientes historias de mi vida miserable. Eres extraordinariamente amable por escucharme.

—No es preciso que te disculpes, de verdad. A veces es necesario purgar lo peor del dolor. Quizá podrías aliviar la pena escribiendo más poemas.

—Lo hago. La mayoría son basura sentimental. La próxima vez que me invite mi primo, te traeré algunos. Ya verás como te ríes. No volveré a molestarte con mis recuerdos sombríos.

—No es preciso que esperes a que te invite tu primo —repuse yo, pensando con rapidez—. Ven mañana a última hora de la tarde. Escucharé tus poemas en la intimidad de mi habitación y tomaremos el té.

En cuanto se fue, Calabaza Mágica se me acercó corriendo.

—¿Te ha dado un poema?

—Mañana por la tarde. Vendrá a tomar el té.

—Si te da un poema, ¿le permitirás que se meta en tu cama?

—¿Por qué? ¿Quieres que me tome por una prostituta?

Se presentó al día siguiente vestido al estilo chino. Me sorprendí un poco. Algunos de nuestros clientes aún vestían así, pero en general eran más viejos, aunque por otro lado él era de Anhui. Como si me hubiera leído el pensamiento, dijo:

—El traje occidental no puede compararse con la túnica

larga china en términos de comodidad. Mírame. ¿No tengo así más aspecto de poeta?

Era cierto, y además me pareció más apuesto, quizá porque lo veía más relajado.

Lo invité a sentarse en el sillón. Yo me senté en el sofá, a la espera del momento adecuado para pedirle un poema. Aguardé mientras me hablaba de los nuevos problemas de la ciudad de Shanghái. Intenté ser una interlocutora interesante, pero estaba impaciente. Le pedí a Calabaza Mágica que trajera vino, en lugar de té, y al cabo de un rato la conversación volvió a encaminarse hacia su sufrimiento y su dolor. Hablaba arrastrando las palabras, como si le costara articularlas.

—Ayer dudé en contarte lo sucedido en el fumadero porque tenía miedo de estar volviéndome loco. Sé que puedo hablarte con franqueza, pero si te cuento lo que pasó, ¿serás sincera conmigo y me dirás si crees que he perdido el juicio o me he vuelto malvado?

Le aseguré honestamente que así lo haría.

—Ya te he hablado de la visión de mi esposa y de la prostituta. Como te estaba diciendo, la chica estaba tumbada de espaldas y yo me eché encima de ella y actué movido únicamente por el instinto. Ella sonreía. De repente, no pude soportar la visión de su cara; entonces le pedí que mirara hacia otro lado y cerrara los ojos. Después no pude tolerar la sensación de su cuerpo entrelazado con el mío y moviéndose como si fuéramos una sola cosa. Le pedí que dejara de moverse, se quedara quieta y no hiciera ningún ruido. Cerré los ojos e imaginé que ese cuerpo inmóvil era el cadáver de mi esposa. Me puse a gritar de alegría y dolor porque había logrado unirme otra vez con mi amada, pero ella estaba muerta. Empecé a moverme y a empujar cada vez con más fuerza, como si fuera capaz de llenarla de vida. Pero ella seguía siendo un cadáver y esa certeza me produjo una renovada angustia, que me obligó a parar. Le pedí a la prostituta que me diera la pipa y al poco tiempo ingresé una vez más en el cielo del humo azul, con la ilusión de mi esposa devuelta a la vida. No puedo describir la felicidad que sentí al deslizarme entre sus blandos y familiares pliegues para llegar a su cámara secreta. Lleno de dicha, hice el amor con ese ilusorio cuerpo vivo. Unas horas después, cuando recuperé el sentido y volví a ver a la prostituta, la obligué a interpretar una vez más el papel de mi esposa muerta. Me quedé tres días en el fumadero. No podía parar porque la beatitud agudizaba el tormento, y el tormento aumentaba la necesidad de buscar alivio... ¿Te doy asco?

—No, nada de eso —mentí.

Sus fantasías eran repugnantes. Aun así, era admirable que un hombre sufriera por la muerte de su mujer hasta el punto de recurrir a medidas tan truculentas para volver a estar con ella. Cualquier esposa muerta se sentiría halagada.

—Sabía que me comprenderías —dijo mientras me tomaba las manos con gratitud—. Ya me has contado que imaginas a tu marido cuando otro hombre te penetra.

No le había contado nada parecido. ¡Y qué manera tan cruda de decirlo: «cuando otro hombre te penetra»! Yo imaginaba a Edward cuando estaba sola, o cuando extrañaba las horas tranquilas que pasábamos juntos y recordaba las cosas que me decía.

Perpetuo observó la habitación a su alrededor y me felicitó por el buen gusto de la decoración.

—Cuando imaginas a tu marido —dijo—, ¿ves su cara?

—Lo que más recuerdo es el sonido de su voz —dije— y ciertas conversaciones que teníamos. También me parece ver sus diferentes sonrisas: una de satisfacción, otra de alivio, otra de sorpresa... O el modo en que miraba a nuestra hija cuando nació.

—Expresiones... Muy interesante. ¿Y qué me dices de su fragancia, del olor de su cuerpo y de su respiración?

—No es lo primero que me viene a la memoria, aunque si hago un esfuerzo, puedo recordarlo hasta cierto punto.

—Yo lo recuerdo todo, especialmente el olor de su sexo y el de nuestros cuerpos unidos. Es mi naturaleza de poeta recordar e imaginar lo prohibido. El dolor es la fuente de mis poemas.

Por fin había llegado mi oportunidad.

—¿Sabes que tu último poema me reportó un aluvión de invitaciones para ir a otras casas?

—Mansión me lo contó. Me alegro. He mirado entre los cientos de poemas que he escrito, buscando otro que pueda gustarte.

¡Cientos! Mi carrera estaba salvada.

—He elegido uno de los más nuevos, perteneciente a una colección que he titulado «Ciudad de dos millones de vidas». Quiero que me des tu opinión con absoluta franqueza. Siempre estoy trabajando para mejorar mis poemas.

Se aclaró la garganta.

Los ricos inundan el poder como un río desbordado
y arrastran corriente abajo el honor de los hombres.
Sobre las olas oceánicas desembarcan extranjeros
y erosionan las costas de la patria.

Sus himnos son ahora nuestros cantos fúnebres,
porque en su pleamar se ahogaron nuestros ancestros.
Por ellos yacen nuestros héroes en el lecho.
«¡Shanghái es nuestra esclava bastarda!», proclaman.

Me quedé sin habla. No se parecía en nada al precioso poema que me había leído la vez anterior. Era como un discurso pronunciado por estudiantes con brazaletes negros en el camino de Nankín: «¡Abajo el imperialismo! ¡Abolición de los tratados portuarios! ¡Fin de las concesiones!»

—Tiene mucha fuerza —conseguí decir—. Muy inspirador... Un excelente comentario sobre los problemas que enfrenta Shanghái.

—Puedes usarlo cuando quieras —me dijo con orgullo—. Esta misma noche si te parece bien. Mi primo me ha invitado y ya le he dicho que tengo un nuevo poema.

Tuve que decirle la verdad:

—No sería el mejor poema para recitar delante de nuestros huéspedes. Después de todo, nuestros clientes son el tipo de gente que tu poema denuncia.

—Es verdad. ¿Dónde tendré la cabeza? Trataré de encontrar otros más adecuados. ¿Qué te gustaría?

—Quizá uno sobre la nostalgia del amor —dije—, uno como el anterior, que hable del dolor de haber perdido lo que deseas. La juventud también es un buen tema. A nuestros invitados les gusta mucho recordar su primer amor.

La semana siguiente, Perpetuo me trajo un poema nuevo, que trataba, según dijo, de la nostalgia del amor.

Por la ventana de mi estudio,
veo las peonías aún sin abrir.
Veo el sendero y el puente que nadie atraviesa.
¡Cómo añoro oír sus pasos
y sostener en mis manos sus pies diminutos!
¡Cómo añoro abrazarla
y ver abrirse su vestido!
Pero, ¡desdichado de mí!, mi aliento empaña la ventana
y ensombrece los recuerdos excepto los de aquel día
en que ella cruzó el puente al mundo de los muertos.

Por lo menos no decía nada de la sociedad depravada. Calabaza Mágica me sugirió que suprimiera la alusión al mundo de los muertos para que pareciera que la dama del poema simplemente se había ido, en lugar de haber fallecido. Contra mi propia intuición, esa noche recité el poema tal como estaba escrito y un silencio incómodo cayó sobre la sala. Sólo un hombre lo recibió con entusiasmo. Su concubina favorita acababa de suicidarse.

Animado por mi falsa información de que su poema había sido bien acogido, Perpetuo me trajo otro, todavía más pesaroso que el anterior.

Otrora temblaban las hojas, como palpitaba mi corazón.
Ahora las ramas se doblan bajo el peso de la nieve.
Ya no tejen los gusanos sus capullos,
pero su túnica de seda aún yace junto al baño vacío.
Ya no es dorada la fría luz de la luna,
sino blanca como su cadáver sobre su nuevo lecho de piedra.

Era horrible. Otra vez insistía en el cadáver de su esposa. Conseguí elogiar su talento poético, señalando el hermoso contraste entre las ramas inmóviles y las hojas temblorosas, y la habilidad de colocar la imagen blanca de los gusanos de seda junto al frío de la nieve para combinar finalmente ambas ideas en la imagen del cadáver.

Debatí con Calabaza Mágica si debía recitar el poema o no, y finalmente llegamos a la conclusión de que era tan malo que sólo provocaría la risa y dañaría mi carrera. Decidí mentirle una vez más a Perpetuo y decirle que había sido un gran éxito.

Calabaza Mágica estaba decepcionada, pero no desalentada.

—Si tiene cientos de poemas, como él dice, quizá puedas conseguir que te los dé todos para que tú elijas los mejores. Los poetas son ciegos a lo bueno y lo malo de sus propios poemas. Hace más de un mes que lo conoces. A estas alturas, deberías ser capaz de sacarle un par de poemas buenos. Amor anhelante, amor nostálgico, amor dichoso... Cualquier tipo de amor, menos el trágico. Me parece que lo más fácil será que te lo lleves a la cama. Proporciónale un poco de inspiración fresca para que olvide a su mujer.

—Temo que mi mente se esté marchitando —le dije a Perpetuo unos días después, cuando volvió a Shanghái de lo que supuse que sería un viaje de negocios—. ¿Querrás darme clases de caligrafía? Tal vez podría practicar copiando tus poemas. De ese modo, tendría a la vez disciplina e inspiración.

Como yo esperaba, se sintió halagado y al instante aceptó ayudarme. Yo ya había sacado los pinceles, la tinta y un grueso fajo de hojas de papel de arroz. Se tomó su papel de maestro bastante en serio. Me dijo que me preparara mentalmente, que tuviera lista la tinta y que me dispusiera a crear cada carácter visualizando el fluir de las pinceladas requeridas. Yo me preparé mentalmente para seducirlo.

—No puedes trazar un carácter como si estuvieras pegando fragmentos rotos —dijo después de mi primer intento—. Tienes que encontrar un ritmo y una quietud. La mano no puede temblar, pero tampoco debe estar rígida.

Me enseñó a sostener el pincel perpendicular a la hoja, y yo deliberadamente lo sostuve en ángulo. Apoyó su mano cálida sobre la mía y me guió en la ejecución de los trazos. Fingí torpeza y rigidez para que tuviera que dirigir todos mis movimientos situándose detrás de mí. Entonces empecé a balancear las caderas y a rozarle los muslos al ritmo de sus directrices. Cualquier hombre habría reaccionado con una erección y habría aceptado de inmediato mi sutil invitación para acabar la lección en la cama. Pero Perpetuo, el viudo fiel, se apartó de mí.

El poema que copié fue la ampulosa diatriba de la colección que había titulado «Ciudad de dos millones de vidas»: «¡Shanghái es nuestra esclava bastarda!» Perpetuo había dicho que el amor verdadero surgía cuando dos almas compartían ideales elevados, y el poema en cuestión contenía un buen surtido de ideas. Me dije que tenía que demostrar interés por esos ideales si quería competir con una esposa muerta que había inspirado cinco años de castidad.

—La gente debería guiarse en su vida por los ideales más elevados: el altruismo, el sacrificio, el honor, la integridad... Nadie debería renunciar a ellos, diciendo simplemente: «¡Oh, bueno, todo eso es imposible! Me guiaré por la codicia, como todos los demás.»

—Pero el hombre debe ser pragmático. Las ideas por sí solas no alimentan los estómagos vacíos, ni impulsan el progreso.

Entonces se puso a explicar lo que quería decir. Al cabo de diez minutos, yo dejé de escuchar, pero él siguió hablando una hora más. Mis planes para seducirlo se fueron al traste. Estaba excitado, pero no de la manera que yo esperaba. Sugerí poner punto final a nuestra lección y continuar las clases al día siguiente.

—Esto ha sido muy tonificante para mí. Es bueno poder hablar con alguien de mis ideas. Mi mujer y yo solíamos hacerlo todo el tiempo.

Cuando se fue, le anuncié a Calabaza Mágica que la influencia que yo lograra ejercer sobre su inspiración poética jamás podría competir con la fuerza combinada de sus elevados ideales y su esposa muerta. Todo lo que yo intentara era inútil, y además costoso, teniendo en cuenta lo mucho que le gustaban los bocaditos que le servíamos con el té. Cuando Perpetuo volvió a presentarse al día siguiente, le dije que había un nuevo pretendiente que quería visitarme por las tardes y añadí que ya le haría saber cuándo podríamos reanudar nuestras clases de caligrafía. No pudo disimular su decepción.

—Has sido demasiado amable al pasar tanto tiempo conmigo —me dijo con formal cortesía.

Las tardes pasaban sin visitantes. Yo leía una novela tras otra y enviaba a un sirviente a comprarme los periódicos: uno en chino y otro en inglés. Aunque la charla política de Perpetuo me aburría, me sorprendí leyendo las noticias desde su punto de vista, que era la perspectiva del desprecio al progreso, que traía consigo más barcos, más edificios, más inauguraciones solemnes y más apretones de manos entre magnates a punto de hacerse todavía más ricos. Recordé cuando mi madre le decía a cada cliente: «Eres exactamente la persona que quería ver», preludio de una intervención para lograr el fructífero encuentro entre dos poderosos. Mientras leía las noticias, me preguntaba cuál de los puntos de vista sería el mejor: ¿el de mi madre o el de Perpetuo? ¿Cuál era el más interesado y cuál el más destructivo para los que quedaban atrás?

Cuando Perpetuo volvió, dos semanas después, me alegré sinceramente de volver a verlo. Me había sentido sola. Me dijo apresuradamente que sabía que estaba ocupada, pero que aun así quería decirme que había sido su inspiración para escribir nuevos poemas, más parecidos al que me había enseñado la primera noche.

—Los poemas nacen de la fuerza de las emociones —dijo—. Los míos nacieron de nuestra separación. Me di cuenta de que echaba en falta tu compañía; después la añoré, y al cabo de un tiempo, me dolió tu ausencia, y fue entonces cuando surgieron imparables los poemas de la nostalgia. Por esa razón, me alegro de haber estado lejos de ti. Pero también debo confesarte una cosa que tal vez te desagrade. No he sido honesto contigo. Te dije que la pena por mi esposa bloqueaba mis deseos hacia cualquier otra mujer. Pero poco después de conocerte, dejé de imaginar que el cadáver de mi esposa era la ilusión que tenía ante mí y empecé a imaginarte a ti. Así pues, el anhelo que sentía por ti y la vergüenza de no haber sido honesto contigo fueron la fuerza creadora de los poemas más poderosos que he escrito en muchos años. Siguen siendo bastante mediocres, no lo dudo. Pero si los aceptas, te los ofrezco como agradecimiento por la inspiración poética y por haber despertado en mí unos sentimientos de amor que me creía incapaz de volver a experimentar. Ten la seguridad de que no espero nada a cambio. Seguiré siendo tu admirador, ya que soy demasiado pobre para aspirar a ser algo más. El dolor del amor no correspondido me impulsará a escribir poemas aún más poderosos a lo largo de los años.

De todos los hombres tímidos que se me habían acercado, ninguno había encontrado una manera tan extraña de decirme que quería llevarme a la cama. Pretendía seducirme diciéndome que yo le resultaba más deseable que el cadáver de su esposa. Aun así, yo estaba ansiosa por ver los poemas que le había inspirado.

—Si te doy lo que anhelas —le dije—, ¿perderás la inspiración?

La agonía del deseo sexual se reflejó en su cara.

—Los poemas serían diferentes, pero igualmente poderosos. Quizá tendrían incluso más fuerza, dada la intensidad de mi amor.

Guardé silencio mientras sopesaba las perspectivas. Si lo recibía en mi cama, tendría a alguien con quien conversar durante mis tardes solitarias y dispondría de un aluvión de poemas entre los que elegir. Eran razones suficientes, pero había otra más. También vería colmada mi necesidad de amor, aunque no lo anhelara a él en concreto. Quería sentirme amada una vez más por alguien que ansiara intensamente hacerme suya.

—Me gustaría ver los poemas nostálgicos que has escrito —dije— y descubrir los que escribirás a partir de ahora.

Me acosté en la cama y dejé que empezaran los nuevos poemas.

Sus poemas sobre el anhelo que yo le inspiraba no eran malos, pero tampoco lo bastante buenos para recitarlos en público. Por lo menos no hablaban de política. Me visitaba por las tardes, tres o cuatro veces por semana. Cuando pasó un mes sin que me trajera ningún poema que valiera la pena, Calabaza Mágica dijo que era un poeta de un solo poema, como esos cohetes de pirotecnia que estallan y se apagan sin dejar rastro. Se arrepentía de haberme convencido para que lo sedujera.

—¡Mira cuánto tiempo has perdido! Y ni siquiera ha pagado el té, ni los bocaditos, por no mencionar todas las tardes que se ha revolcado alegremente en tu cama sin pagar un céntimo.

Como era lógico, yo estaba decepcionada por mi incapacidad de inspirarle mejores poemas. Era una cuestión de orgullo. Pero no sentía que nuestras tardes de intimidad fueran una pérdida de tiempo. Para empezar, mi caligrafía había mejorado notablemente. Yo tenía lo que él llamaba «un estilo rápido y desenfocado, de clara inspiración literaria». También me gustaba que me tratara como a una igual cuando debatíamos sobre temas que yo conocía muy poco, como el antifeudalismo, el realismo socialista, las clases trabajadoras rurales y otros asuntos semejantes. Los temas aburridos se me hacían más interesantes desde que yo opinaba activamente. También sentía cierto orgullo por haber puesto fin a sus cinco años de castidad y haber puesto a descansar al cadáver de su esposa. Incluso empezaba a barajar la posibilidad del matrimonio en calidad de Primera Esposa, que como sabía cualquier cortesana era la mejor culminación posible de toda carrera. Sin embargo, el matrimonio con Perpetuo habría significado vivir en algún lugar de la provincia de Anhui, y ni siquiera había podido sonsacarle si su casa familiar estaba a cien o a trescientos kilómetros de Shanghái. En cuanto a sus finanzas, su discreción seguía siendo absoluta. Decía ser pobre, pero Mansión afirmaba que tenía negocios en otro sitio. Evidentemente, no hacía nada relacionado con el comercio exterior, pero al menos tenía alguna forma de ganar dinero. Además, era indudable que cualquier familia con diez generaciones de estudiosos de éxito tenía que haber acumulado cierto volumen de riqueza a lo largo de los años.

Si yo lo hubiera amado intensamente y con desesperación, ninguna distancia de Shanghái me habría parecido excesiva. Pero no lo amaba, sino que le profesaba un sentimiento parecido al amor. Ese impulso semejante al amor estaba muy lejos de ser la emoción desbordante, embriagadora y tormentosa que me había inspirado Lealtad, y no se parecía en nada a lo que habíamos compartido Edward y yo. Era más bien como la creciente satisfacción de sentirme adorada por el resto de mi vida. No me importaba que el sexo con Perpetuo no fuera excitante. Achacaba sus deficiencias a la falta de experiencia por haber estado siempre con una sola mujer. De habérmelo propuesto, yo podría haberle enseñado sin que él se diera cuenta, pero no me importaba que nuestros encuentros sexuales fueran menos exigentes. Después de muchos años de trabajo, el retiro también tenía sus placeres, como lo tenían en mi mente las afrodisíacas palabras «diez generaciones de estudiosos de éxito», que conjuraban en mi imaginación la potencia animal de diez generaciones de hombres importantes y respetados.

Perpetuo y yo estábamos enzarzados en otro de nuestros debates sobre ideales elevados cuando oímos gritar a nuestro portero:

—¡Los canallas lo han matado a tiros!

Corrimos al jardín delantero, donde se habían reunido casi todos.

—¿Está muerto? —preguntó Bermellón.

—Nadie lo sabe —replicó un sirviente.

El vocerío que se oía a lo lejos se volvió más ruidoso y furibundo. Calabaza Mágica nos explicó que la multitud estaba loca de ira porque los policías británicos habían abierto fuego contra los estudiantes que rodeaban la comisaría de Louza para exigir la liberación de uno de sus líderes, que había organizado una protesta contra los extranjeros. Ninguno de nosotros sabía si había muertos o heridos, ni cuántos serían. Sólo sabíamos que nuestro criado Bueyecito había salido a hacer un recado y no había vuelto, aunque hacía horas que tendría que haber regresado. Cinco minutos antes, un sirviente de la casa de enfrente le había anunciado a Pino Viejo que había visto a Bueyecito tendido en el suelo. No sabía si estaba vivo o muerto. Pino Viejo era tío de Bueyecito y lo había criado desde niño. El anciano hablaba y gemía a la vez:

—Debe de haber hecho un rodeo por el camino de Nankín para ver cuánta gente había en la manifestación. ¿Por qué otra razón iba a pasar por ahí? ¡Los muy canallas lo han matado!

Abrimos la puerta y nos asomamos. Por la calle pasaba un río de gente que entonaba consignas. El ruido se volvía cada vez más ensordecedor.

—¡Tenemos que ir a buscarlo! —dijo Pino Viejo mientras salía en dirección a la masa enfervorizada.

—Yo lo acompañaré —dijo Perpetuo.

Me miró y supe que me estaba pidiendo que fuera con él. Ese momento resumía todo lo que habíamos estado hablando: justicia, equidad, unión para hacer posible el cambio... Dudé quizá unos tres segundos y después le tomé la mano.

—¡No vayas! —me gritó Calabaza Mágica—. ¡Muchacha estúpida! ¿Quieres acabar tendida en el suelo, al lado de Bueyecito?

Perpetuo y yo llegamos a una zona donde había tanta gente concentrada que era imposible moverse. Quedamos atrapados entre dos frentes de odio mutuo.

—¡Dejadnos pasar! —gritó Perpetuo—. ¡Han disparado a mi hermano!

Empujamos para abrirnos paso.

Yo fui la primera en distinguir a Bueyecito, boca abajo en medio de la calzada. Lo reconocí por la cicatriz en forma de media luna que tenía en la nuca. Vimos que Pino Viejo corría hacia él, caía de rodillas junto a su sobrino, le giraba la cabeza para verle la cara y lanzaba un aullido de dolor. Sonaron lamentos e insultos en un grito unánime de repulsa. Justo en ese momento, el suelo se sacudió con una explosión, y al instante me vi arrastrada por una estampida de manifestantes. En seguida sentí una mano en la espalda.

—¡No te caigas! ¡No te caigas! —me estaba gritando Calabaza Mágica.

No me volví por miedo a hacer lo contrario de lo que me estaba advirtiendo y acabar pisoteada por la gente. Me dejé llevar por la bestia de mil pies que se movía a mi alrededor y me arrastraba. Junto a mí había estudiantes con brazaletes, trabajadores con el pecho descubierto, sirvientes de libreas blancas, conductores de *rickshaws* y prostitutas callejeras. Pensé que podía morir entre esos desconocidos y sentí, por un lado, una embotada aceptación y, por otro, la extraña desazón de ser hallada muerta con un vestido que nunca me había gustado. Sólo entonces me di cuenta de que había perdido de vista a Perpetuo.

Por las aceras, los manifestantes arrojaban piedras a los escaparates con caracteres japoneses e irrumpían en los comercios para saquearlos.

—¡Fuera japoneses! ¡Abajo los británicos! ¡Expulsad a los yanquis!

Cuando estuve cerca de la Casa de Bermellón, sentí alivio al ver que Pino Viejo ya había llegado a nuestra verja. Estaba parado, viendo cómo quemaban un muñeco de trapo con un cartel que indicaba que era el jefe de policía.

—¡Ahora sí que habrá aprendido ese canalla la última lección de su vida!

La vista le había empeorado con el paso de los años. A una distancia de tres metros, habría sido incapaz de diferenciar entre el turbante de un sij y el pelo blanco de un misionero. Fue una gran decepción para él cuando le dije que en realidad estaban quemando una efigie del jefe de policía y no al verdadero, que aún viviría para aprender algunas lecciones más. Llamamos con fuerza a la puerta y la voz atemorizada de Bermellón nos preguntó quiénes éramos antes de descorrer el pasador. Entramos corriendo en el amplio vestíbulo. Mis hermanas flores estaban juntas y acurrucadas en un rincón. Cuando iba a comunicarles la triste noticia de Bueyecito, una piedra atravesó una de las ventanas y todo el mundo corrió a refugiarse al fondo de la casa. Oímos gritos de ira. Pino Viejo dijo que se había corrido la voz de que nuestra casa era la residencia del diplomático británico. Por eso querían echar la puerta abajo. Dos días antes, el diplomático había apaleado con su bastón a un vendedor callejero de tortas por obstaculizarle el paso, y una multitud encolerizada se había lanzado sobre él y le había roto las piernas en represalia. Cuando más adelante se extendió el rumor de que el vendedor había muerto, el furor había enloquecido aún más a la muchedumbre. ¡Y ahora esa gente creía que el maldito diplomático vivía en nuestra casa!

Las chicas corrieron a sus habitaciones para sacar las joyas de sus escondites por si tenían que huir. ¿Adónde irían? ¿Qué pasaría si las sorprendían con esas alhajas ganadas con tanto esfuerzo? Me alegré de que las mías estuvieran ocultas bajo el falso suelo, debajo de la cama. Sólo Calabaza Mágica sabía dónde estaban los cofres y qué paneles había que deslizar primero para abrir el compartimento. En ese instante caí en la cuenta de que hacía rato que no la veía. Había supuesto sin motivo que debía de haber vuelto a casa.

—¡¿Dónde está Calabaza Mágica?! —grité con todas mis fuerzas mientras corría por la sala—. ¿Ha vuelto? —Me acerqué a Pino Viejo—. ¿La has visto?

El anciano sacudió la cabeza. ¿Cómo iba a verla? ¡Estaba casi ciego!

—¡Abre la puerta! —le ordené—. Tengo que salir a buscarla.

El portero se negó, diciendo que era demasiado peligroso.

—¡Fuera de aquí! —oí entonces que exclamaba la voz de Calabaza Mágica al otro lado de la reja—. ¿Son tan ciegos o estúpidos que no ven el cartel? ¡Léanlo! «Casa de Bermellón.» ¿Son todos campesinos analfabetos? ¡A ver, tú, el de allí, el que parece un estudiante! ¿Sabes qué sitio es éste, o todavía estás mamando de los pechos de tu madre? ¡Ésta es una casa de cortesanas de primera categoría! ¿Ves algún cartel que diga «Casa del Diplomático Británico»? ¿Lo ves? ¡Enséñamelo! —Después oímos que llamaba a la puerta—. ¡Pino Viejo! Ya puedes abrirme.

Cuando se abrió el portón, fuera sólo quedaban unos cuantos jovencitos de aspecto apocado, que estiraban el cuello para ver el interior de la casa.

Entre ellos apareció, de repente, Perpetuo con cara de angustia. Vino hacia mí y me abrazó con tanta fuerza que por un momento pensé que iba a quebrarme las costillas.

—¡Estás a salvo! He estado a punto de quitarme la vida, convencido de que habías muerto. —Me soltó y me miró con expresión de desconcierto—. ¿No estabas preocupada por mí? —preguntó.

—Claro que sí —repuse—. Estaba loca de preocupación.

Secretamente, me pregunté por qué no me habría importado dónde pudiera estar Perpetuo. Mientras le examinaba con los dedos la manga desgarrada, mantuve la mirada baja. Sentía sus ojos sobre mí. Cuando levanté la vista, vi que me estaba mirando con dureza, decepcionado, casi colérico. Los dos sabíamos que yo tendría que haber estallado en lágrimas de felicidad al verlo sano y salvo.

Durante la semana de los disturbios, Perpetuo no regresó. Me dije que sería peligroso andar por las calles, donde de vez en cuando estallaban tumultos sin previo aviso. Se decía que el jefe de policía había dejado a un subordinado al frente de la comisaría de Louza y se había ido a pasar la tarde al Club Shanghái y a las carreras, y que el subordinado se había dejado llevar por el pánico cuando los estudiantes entraron en el edificio y había ordenado a sus hombres abrir fuego. El resultado habían sido doce muertos y numerosos heridos. Todavía tendría que pasar bastante tiempo para que el ambiente se calmara en nuestro barrio.

Las fiestas se cancelaron. Bermellón llamó a nuestros mejores clientes, uno a uno, para asegurarles que todo había vuelto a la normalidad y anunciarles que pensaba organizar un gran banquete para celebrar la restauración de la paz. Mis hermanas flores y yo llamamos a nuestros pretendientes y a nuestros antiguos clientes, pero todos se excusaron. Nada nos salía bien. Esa misma mañana nos habían dejado el cadáver de un anciano tirado en los peldaños de nuestra entrada. Bermellón no quería que su fantasma disfrutara de la otra vida en nuestra casa de cortesanas.

—¡Que se vaya a hacer sus cosas al Pabellón de las Puertas del Placer, calle abajo! —exclamó.

Todos se rieron, menos Pino Viejo, que se negó cuando Bermellón le ordenó retirar el cuerpo de la puerta.

—No quiero arriesgarme a que el fantasma de ese hombre se apodere de mi cuerpo para poder coger a las chicas con mi verga —explicó.

Entonces vi un mendigo en la acera de enfrente y le grité:

—¡Eh, abuelo! ¡Diez centavos si se lleva este cadáver!

—¡Que las cojan a ti y a tu madre! —replicó él con voz ronca de borracho—. Yo fui alcalde de esta ciudad. No hago nada por menos de un dólar.

Después de discutir un poco, le pagamos el dólar que pedía.

A medida que pasaban los días, nos iban llegando rumores de que muchos de nuestros clientes se estaban arruinando. Los bancos no concedían créditos. Las fábricas ardían. Los cabecillas militares se apoderaban de los comercios abandonados en las provincias. Mucha gente decía que los japoneses estaban sacando provecho del caos y que pronto cada vivienda tendría un casero japonés, como si no hubiera ya demasiados en Shanghái. ¿Qué estaba pasando? El mundo se había vuelto loco.

Bermellón se puso a hacer cuentas sobre las finanzas de la casa. Hizo una lista de las fiestas que habían sido reservadas y canceladas, y de las cortesanas cuyos clientes aportaban ingresos regulares, y calculó lo que todo eso representaba en términos de dinero para cada chica y de ganancias para ella. Me dolió ver que mis pretendientes figuraban entre los menos rentables y los más irregulares. Como ya nadie organizaba fiestas, tampoco me invitaban para que interpretara mis canciones con la cítara a modo de banjo. Perpetuo se había mantenido apartado, probablemente porque estaba enfadado conmigo. Pero no podía preocuparme por él porque Perpetuo no iba a ayudarme a mejorar mi economía y sólo me había dado un poema bueno desde que lo conocía.

Cuando por fin cesaron los disturbios, volvimos a tener visitantes, pero ya no eran los hombres poderosos que nos frecuentaban en la etapa anterior. Los nuevos clientes tenían dinero, pero no se lo gastaban en hacernos regalos. Querían menos tiempo de cortejo y más pruebas en el *boudoir* de que éramos mejores cortesanas que las chicas de las otras casas. Y aunque ya no ganábamos tanto, Bermellón quería que le siguiéramos pagando la misma renta y que compartiéramos los gastos. Sin embargo, pronto se dio cuenta de que si hubiera echado a todas las que pasábamos apuros de dinero, se habría quedado sin cortesanas. Por mi parte, tuve que echar mano de mis ahorros para conservar la habitación.

Sentí un gran alivio cuando Bermellón me presentó a un nuevo cliente. Mansión iba a celebrar una fiesta privada en su casa, en honor de uno de sus huéspedes: un empresario de mediana edad llamado Empeño Yan, y el homenajeado había expresado específicamente su interés por una cortesana que supiera contar historias. Bermellón dijo que nadie me superaba en las artes literarias, y yo me sentí muy halagada y le agradecí que me hubiera elegido.

Naturalmente, me preguntaba si Perpetuo estaría alojado en casa de Mansión. Si asistía a la fiesta, tendría una buena oportunidad para demostrarle con discreción mi afecto y lograr que me perdonara por no haberme preocupado lo suficiente por él durante los peores momentos de los disturbios. Esa noche me vestí con ropa china occidentalizada, una mezcla de tradición y modernidad, y llevé conmigo la cítara. Me alegré al ver que Perpetuo estaba presente en la cena y procuré lanzarle frecuentes miradas de aprecio sin dejar de prestar atención al invitado de honor. Cuando llegó el momento de recitar una historia, todas mis sugerencias fueron rechazadas, y Empeño Yan me pidió que leyera una de las escenas de *La ciruela en el jarrón de oro*. Me quedé de una pieza porque se trataba de una novela pornográfica. Era un libro muy popular en las casas de cortesanas, pero no solíamos leerlo antes de invitar a un pretendiente al *boudoir*. Perpetuo miró hacia otro lado mientras nos servían más vino a todos. Mansión se me acercó y me dijo en voz baja que había convencido a Empeño Yan para que me llevara a su habitación y escuchara allí, en la intimidad, la lectura de los pasajes escogidos.

—Solamente estará tres noches en la ciudad —añadió Mansión— y, a cambio del favor, le he sugerido que te ofrezca el equivalente a los regalos de todo un mes: cincuenta dólares. Es posible que te pida otra actuación la próxima noche. Sé que es mucho pedir, Violeta, y te ruego que me perdones si lo encuentras ofensivo.

Antes de que yo pudiera responder, Perpetuo se acercó a Mansión para darle las buenas noches. Dijo que se alegraba de haberme visto y se fue. Interpreté su precipitada marcha como la prueba de que censuraba lo que yo estaba haciendo. Ese pedante me había dejado complacerlo durante todos esos meses sin pagar ni un centavo por el privilegio. Le dije a Mansión que estaría más que encantada de satisfacer a su socio. Por fortuna, Calabaza Mágica no estaba ahí para ver lo que había aceptado hacer sin una sola noche de cortejo. Ya había interpretado escenas del libro en ocasiones anteriores, pero sólo para clientes permanentes. La decisión de esa noche suponía admitir el rápido declive de mi carrera.

Empeño fue solícito y se preocupó por mi comodidad. Me preguntó si tenía frío, si me apetecía una taza de té... Hablamos durante unos minutos sobre intrascendencias y después me trajo el libro. Quería que leyera el episodio donde el personaje de Loto Dorado le pone los cuernos al señor de la casa en lascivos encuentros con el joven jardinero. Dijo que él interpretaría los papeles del joven jardinero y del dueño de la casa. Me dio un cepillo para el pelo de mango alargado, que yo usé para castigar al obediente jardinero por haberse portado mal. Tras unos cuantos golpes en el trasero, el hombre me dio las gracias y se fue a buscar un látigo. A continuación, él fue el señor de la casa y yo, Loto Dorado. Me acusó airadamente de infidelidad y yo fingí llorar mientras le aseguraba que no había pasado nada entre el jardinero y yo, excepto unas pocas lecciones de horticultura. Pero, tal como sucedía en la novela, mis ruegos fueron inútiles. El hombre blandió el látigo y yo le respondí con los alaridos de rigor, suplicándole que me perdonara y que no me matara a golpes. El látigo estaba hecho de tal forma que los golpes no resultaban demasiado dolorosos, pero lo que me dolió fue el amor propio cuando Empeño me pidió que me retorciera un poco más y gritara con más realismo y entusiasmo. Al final de mi actuación, volvió a ser amable y solícito, y me preguntó si tenía frío. Después me pidió que volviera la noche siguiente.

Cuando volví, interpreté con más realismo todavía los gritos que me pagaba por proferir. Mansión me dio más dinero del acordado y expresó efusivamente su gratitud por mi buena disposición. Bermellón estaba encantada de que todo hubiera salido bien, y su actitud me hizo sospechar que sabía desde el principio lo que iban a pedirme. Esperé a que pasaran las dos noches con mi cliente antes de contarle a Calabaza Mágica lo sucedido. Sólo me reprochó que no se lo hubiera contado antes. Me dijo que su misión era cuidarme y protegerme, y que si no le contaba las cosas, la privaba de su propósito en la vida. Así supe que ella también aceptaba la necesidad de hacer cualquier cosa para salir adelante.

Dos días después, Perpetuo vino a verme por la tarde. No mencionó la cena en casa de Mansión y estuvimos hablando animadamente de los temas acostumbrados. Volvió a tratarme como a una igual, y yo le agradecí que me ayudara a recuperar el respeto por mí misma. Con él no tenía que gritar, ni era preciso que me humillara. Lo recibí con gusto en la cama y, mientras yacía en sus brazos, me dio un nuevo poema y me pidió que lo leyera en voz alta para ver cómo se formaban las palabras en mis hermosos labios.

Papel intacto es el cielo incoloro.
Si lo rozan pinceles, emergen caparazones
y se levantan vastas montañas aguadas sobre las nubes resecas.
Con un solo pelo y escasa tinta,
soy un borrón de ermitaño sobre un risco arcaico,
que pregunta a los dioses por la oculta inmortalidad.
Pero la sombra de la montaña y los trazos del abismo
me impiden ahora la visión de la dulce bóveda celeste.

Me eché a llorar. Era el poema de un maestro. Había recuperado su talento y yo olvidé todas las dudas que hubiera podido albergar. Le di la noticia a Calabaza Mágica. Le pedí que se sentara y le recité el poema.

—Es pretencioso —me dijo cuando terminé—. ¿Qué le has visto? ¿El sexo te ha nublado el entendimiento? Habla de lo importante que se cree: grande como las montañas y el cielo, que él mismo ha creado con su pincel. Ese hombre no es un verdadero erudito. Estoy empezando a creer que aquel primer poema que te dio no era suyo.

Me irritaba que lo menospreciara. ¿Qué sabía ella si un poema era bueno o malo? No tenía ninguna instrucción. Y sus sospechas acerca de la sinceridad de Perpetuo eran ridículas. Nunca había conocido a un hombre más honesto que él. Sus confesiones acerca de su esposa eran la prueba.

—Si te pide que te cases con él, no le contestes en seguida —me aconsejó—. No sabes prácticamente nada de él, excepto que habla sin parar de ideas inútiles y que ha escrito un solo poema bueno. ¿Por qué se aloja en casa de Mansión? ¿Dónde está la casa de su familia? Ha dicho que es de Anhui, pero ¿de dónde exactamente? ¿Y de dónde saca el dinero?

—Tiene negocios —respondí.

—Mansión *supone* que tiene negocios —me corrigió ella—. Pero tú lo das por cierto. ¿Dónde está la prueba?

—No puede ser pobre. Pertenece a una familia con diez generaciones de...

—¡Diez generaciones, diez generaciones! Lo único que te importa es el número de generaciones. Pero yo desconfío cada vez más de ese hombre. Siento en el estómago lo que tú sientes en el corazón. Dice ser una persona de ideas elevadas. Pero las ideas son como el aire. ¿Qué hace él con todas sus ideas? Opina y se siente importante, y tú lo escuchas, lo aplaudes y te lo llevas a la cama. Él mismo critica sus poemas, pero te trae poemas malos para que los recites en público. ¿Y qué me dices del dolor que sentía por su esposa muerta hasta que te conoció a ti? ¿Dices que no se acostó con nadie en cinco años? Eso ya es prueba suficiente de que algo le funciona mal en la cabeza, aunque lo más probable es que sea otra de sus mentiras. Y piensa bien: nunca te ha dado nada, ni siquiera unas monedas para pagar el té y los bocaditos que se ha tomado. Bermellón esperaba que le compensara los gastos con un par de buenos poemas, pero ahora me ha anunciado que nos cobrará todo a nosotras porque no ha sacado ningún beneficio de su momentánea generosidad. Tienes que usar la cabeza, Violeta. No caigas en la tentación de casarte con ese hombre. No es la mejor solución para tu futuro.

Antes de que Calabaza Mágica me expusiera sus reparos, yo había dudado de mis sentimientos hacia Perpetuo. Pero encontré un argumento para contradecir cada una de sus sospechas, y el amor en mi pecho se fortaleció por pura obstinación. Razoné que mis conversaciones con Perpetuo sobre sus ideas elevadas eran mucho mejores que la cháchara de los clientes sobre tratados portuarios e impuestos. Él admiraba mi mente, que yo siempre conservaría, mientras que la mayoría de los hombres sólo querían palabras amables que halagaran su virilidad. Cuando mi belleza se marchitara, esos hombres perderían su interés por mí, pero Perpetuo me seguiría queriendo, tanto si dormía a su lado en una cama como si yacía en una tumba. Calabaza Mágica quería hacerme esperar hasta que un repulsivo hombre rico hiciera de mí una de sus muchas concubinas. Prefería que interpretara escenas degradantes de novelas pornográficas antes que verme recitar un poema.

Al día siguiente, recibí una carta de Perpetuo con una de sus poesías. Era otra obra maestra.

Nubes vaporosas ocultan la montaña,
el límpido estanque refleja su majestuosidad.

Me explicaba que él era la montaña, que nadie comprendía, y yo el estanque, cuya profundidad era capaz de reflejar las mejores cualidades de la montaña. Esas dos líneas eran la declaración de amor de Perpetuo y su propuesta de matrimonio. Esperé tres días antes de contarle a Calabaza Mágica que había decidido casarme con él. No quería que arruinara mi nueva dicha con sus advertencias agoreras. Pero no pude eludir sus críticas.

—¿Me estás diciendo que sus mentiras te han nublado completamente el juicio? —dijo Calabaza Mágica—. ¡Vaporosa majestuosidad! ¿Qué clase de poema es ése? A ti te ha situado en el fondo del estanque y él se cree majestuoso por mirarte desde las alturas. Si te parece que ese poema es una obra maestra, entonces tienes una maraña poética en la cabeza que te impide pensar.

Al día siguiente, recibí una carta:

Adorado reflejo de mi alma:

En la aldea del Estanque de la Luna, no tendrás que padecer la decadencia de Shanghái, ni soportar a los arrogantes extranjeros, con sus costumbres groseras, sus platos de carne cruda, sus exigencias y sus insultos. No tendrás que recibir en tu habitación a hombres sin moral, ni tolerar a madamas intrigantes y a rivales insidiosas.

Todo es paz en mi aldea natal. Convivirás con personas como tú y todas las tardes verás ponerse el sol en un instante de gloria radiante, sobre un cielo rojizo que no queda oculto tras altos edificios construidos por los extranjeros.

¡Imagínalo, amor mío! Juntos tendremos todas las riquezas que necesitamos: la belleza de las montañas, el agua del estanque y el cielo que inspiró los poemas que te he escrito. Tendrás el respeto que merece la esposa en el hogar de un sabio, con cinco generaciones de la familia reunidas bajo un mismo techo de armonía.

La nuestra será sin duda una vida sencilla, y tú estás habituada a otras emociones. Pero me creo capaz de añadir algo más a lo que te he dicho hasta ahora, y es lo que yo te daré. Te daré mucho más de lo que me diste tú cuando me llevaste del dolor a la alegría. Te cubriré de poemas de alabanza, que te leeré poco antes de dormir y en el momento de despertar, cuando compartamos cada nuevo día como el principio de nuestro amor.

Calabaza Mágica arqueó una ceja.

—No hay duda de que el tipo sabe engatusar. Le sale sin esfuerzo. ¿Y esa tranquila vida en la aldea de la que tanto presume? ¡Qué horror! ¿Quién habría imaginado que el aburrimiento en medio de la nada podía tener tantas ventajas? Pero no te preocupes, porque esas cinco generaciones de la familia no dejarán que te aburras. Tendrás un sinfín de discusiones y un montón de gente a la que complacer, lo mismo que en una casa de cortesanas. Y tendrás que quemar incienso y hacer reverencias de la mañana a la noche para honrar a las diez generaciones de ancestros. La mesa del altar debe de medir por lo menos diez metros de largo. ¡No le contestes todavía!

—Ya lo he hecho. Le he dicho que sí.

—Entonces tendrás que escribirle de nuevo y decirle que te lo has pensado mejor.

—¿Por qué crees que puedes decidir sobre mi vida?

—Porque hoy hablé con Mansión y le pregunté por los negocios de Perpetuo. Me ha dicho que no sabe si tiene negocios porque nunca han hablado al respecto. Le pregunté por su familia, y me ha dicho que no la conoce y que sólo sabe que Perpetuo era primo segundo suyo por parte de su tío materno, que estaba casado con una hermana de una de las tías de Perpetuo. Me dijo que quizá su madre podría habernos dicho más acerca de la familia, pero que había muerto antes de conocer a ese pariente lejano. Le pregunté si sabía algo de la esposa fallecida de Perpetuo, y se sorprendió mucho porque era la primera noticia que tenía de que Perpetuo hubiera estado casado. Dijo que no le había mencionado nunca a ninguna esposa, pero en seguida añadió que los hombres no suelen hacer ese tipo de preguntas a sus parientes porque habría sido como acusarlos de ocultar algo. Y eso es precisamente lo que creo que está haciendo Perpetuo.

No logró hacerme cambiar de idea. ¿Qué iba a ser de mí si no aprovechaba esa oportunidad? ¿Dónde quedaría mi autoestima? Sólo las chicas jóvenes podían permitirse el lujo de esperar algo mejor. Tenía la oportunidad de conservar el respeto por mí misma y de ser respetada por los demás. Podría pasar el tiempo sin tener que preocuparme por el lugar donde viviría al mes siguiente, o al año siguiente o cuando fuera vieja. Tendría horas de ocio para sentarme en un jardín y reflexionar sobre mi vida, mi carácter y mis recuerdos de Edward y de Flora. Podría formarme opiniones y debatirlas de igual a igual con mi marido. Ningún hombre es perfecto. Yo tampoco era perfecta. Los dos nos encontraríamos con nuestros defectos y juntos aprenderíamos a perdonarnos y a aceptar nuestros fallos. Los dos llegaríamos cargados con nuestro dolor y nos consolaríamos mutuamente. Traeríamos con nosotros nuestras esperanzas, algunas imposibles y otras excesivamente sentimentales, y seríamos capaces de satisfacer algunas, tal vez incluso con un hijo. Si Perpetuo no era muy rico, al menos podríamos disfrutar de nuestra comunión espiritual, que es algo que no se puede comprar con dinero. Y tendríamos amor, no un amor apasionado, no el amor que había tenido yo con Edward, sino otro amor que sería nuestro. Ese amor perduraría y nos permitiría apoyarnos mutuamente para superar las dificultades que pudieran sobrevenirnos.

Yo apreciaba todo lo que Calabaza Mágica había hecho por mí a lo largo de los años. Había sido como una madre. Pero no necesitaba su aprobación. Ya me había amenazado con no acompañarme a la casa de mi marido. En el pasado no había cumplido casi nunca sus amenazas. Pero esta vez temí que las cumpliera, sobre todo después de enterarse, como me había enterado yo unos días antes, de que la casa familiar de Perpetuo estaba en una aldea llamada Estanque de la Luna, situada a casi quinientos kilómetros de Shanghái.

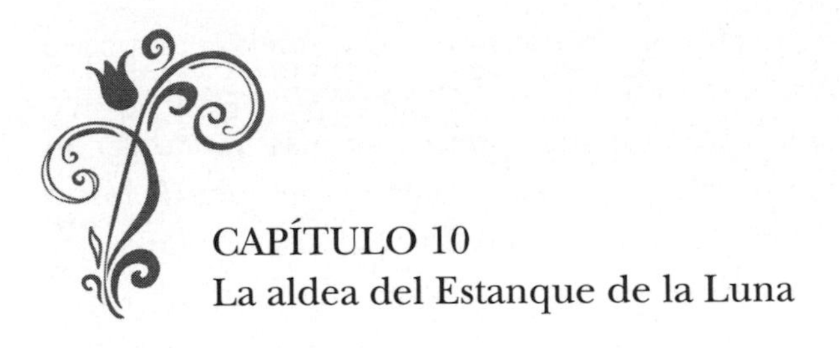

CAPÍTULO 10
La aldea del Estanque de la Luna

De Shanghái al Estanque de la Luna
1925
VIOLETA

El verano me inundaba el cuerpo y me salía por la cara como una fiebre húmeda, convirtiendo en lágrimas de barro el polvo que me cubría el rostro. Después volvió la lluvia una vez más y diluyó las lágrimas, ablandó los caminos y profundizó las rodadas, hasta que volvimos a atascarnos.

Habíamos iniciado el viaje hacia el Estanque de la Luna tres semanas antes. Perpetuo había dicho que nos acompañaría para asegurarse de que viajáramos cómodas y seguras. Pero pocos días antes de nuestra partida, había tenido que irse de Shanghái por un asunto de negocios en el sur. Algo importante, según dijo. Tomaría una ruta diferente para llegar al Estanque de la Luna y, con suerte, incluso era posible que llegara antes que nosotras. Nos aseguró que estaríamos perfectamente a salvo durante todo el viaje. El camino era fácil y nunca había oído que nadie hubiera tenido problemas con bandoleros ni nada por el estilo.

—Lo peor que puede pasar —había dicho— es que se aburran.

Tenía razón. Yo ya estaba harta del viaje y empezaba a preguntarme si sería capaz de soportarlo mucho más. Llevábamos todo ese tiempo avanzando hacia el oeste, cada vez más lejos de la costa, por una ruta zigzagueante que ningún demonio habría querido seguir. Primero habíamos dejado atrás ciudades; después, pueblos importantes, y a continuación, pueblecitos cada vez más pequeños, hasta que ya no vimos más coches ni camiones, ni más locomotoras con sus vagones, ni más barcazas con mástil que pudieran transportarnos hasta la siguiente bifurcación. En el último poblado ribereño, Calabaza Mágica encontró un carretero apostado en el muelle, al acecho de algún tonto. Tenía cara de hombre honesto y se hacía llamar «Viejo Salto», lo que parecía sugerir una larga experiencia de trabajo intenso. Dijo que poseía el mejor carro en cinco condados, un carruaje que había pertenecido a un cabecilla militar local. Calabaza Mágica empezó a negociar por el valioso vehículo sin verlo siquiera. La oferta incluía, además del carro, dos asnos, un carromato, los servicios del carretero y las espaldas de dos hombres robustos que resultaron ser los hijos medio imbéciles de Viejo Salto. Y ahora íbamos saltando y dando tumbos sobre baches y surcos, sentadas en la banqueta de muelles de un carruaje de ricos, que había sido degradada de su elevada posición social y ahora estaba amarrada a un carro de mulas, bajo una ajada capota de hule y seda carcomida por las polillas. El carretero seguía insistiendo en que no había mejor carruaje que el suyo y desafiaba a Calabaza Mágica a recorrer los cinco condados más próximos para comprobarlo.

Cada mañana, Calabaza Mágica maldecía a Viejo Salto y a sus dos hijos, achacándoles nuevas faltas añadidas a su deshonestidad, como la de sonreírle sin otra razón que burlarse de ella.

—Son la clase de idiota que puedes encontrar en un lugar con nombre de charca —me dijo una mañana—. No te imaginas cómo es la vida en una aldea, pequeña Violeta. Puede que cambies de idea cuando llegues allí, pero será lo único que puedas cambiar. Las mujeres de esos sitios se quitan la vida porque no tienen otra forma de huir.

Como se había levantado viento, Calabaza Mágica llevaba la cara y el cuello cubiertos con un pañuelo para protegerse del polvo. Con sólo los ojos rasgados a la vista, parecía una momia devuelta a la vida. De pronto, el viento arreció y le arrebató el pañuelo. Apenas unos momentos antes, el cielo se había llenado de nubes semejantes a coliflores, que no tardaron en convertirse en un mar de negros champiñones. Aunque yo creía haber dejado atrás los problemas, cada vez tenía más la sensación de ir encaminada directamente hacia ellos. Ya eran muchos los signos de que lo más sensato habría sido volver por donde habíamos venido. Dos días antes, se había desprendido una rueda del carro y habíamos tardado dos horas en repararla, lo que había supuesto una demora más. La víspera, pareció como si uno de los asnos se hubiera quedado cojo, y el animal se había negado a moverse durante horas. El viento me soltó el pelo y me lo arremolinó delante de la cara mientras nos caían en la cabeza gotas de lluvia del tamaño de hojas. Antes de que pudiéramos refugiarnos debajo del carro, un rayo iluminó los arrozales verdes y amarillos. Los densos tallos se doblegaban primero hacia un lado y después hacia el otro, como si el campo fuera una criatura viva y estuviera respirando profundamente mientras cambiaba su color del verde al amarillo. Tras otro deslumbrante estallido, la lluvia se descargó de una vez, lavándome la cara y empapándome la ropa. Al cabo de unos minutos, el aguacero había ablandado y profundizado los surcos, de tal manera que cuando intentamos movernos, el carro se hundió y quedamos atascados. Edward había descrito una situación similar en su diario de viaje. Se le había ocurrido utilizar unos tablones, que había hecho girar como las manecillas de un reloj, pero al final se había caído de bruces en el barro. El recuerdo me arrancó una risotada, lo que hizo pensar a Viejo Salto que me burlaba de sus esfuerzos por sacarnos de allí.

Calabaza Mágica sacó un pie del zapato y, a continuación, extrajo el zapato del barro.

—Puede que éste sea tu destino —dijo—, pero ¿por qué tiene que estar el mío ligado al tuyo? ¿Qué mal te hice en una vida pasada? Dímelo para que pueda compensarte y seguir mi camino. No quisiera ser tu asno en la próxima vida y tener que aguantar que me mires el culo mientras me ordenas que apriete el paso.

Cuando finalmente volvimos a ponernos en marcha, dijo:

—¿Por qué tanta prisa en llegar? ¿Para conocer a un montón de campesinos provincianos con pretensiones literarias?

Antes de salir de Shanghái, Calabaza Mágica me había expresado sus aprensiones para ver si conseguía hacerme cambiar de idea.

—Los parientes de Perpetuo deben de ser confucianos hasta los tuétanos —me dijo—. Te arrancarán el pelo a tirones cuando tardes un poco en obedecer. Te harán reverenciar a cada miembro de la familia en el orden adecuado y con el grado justo de obediencia, desde el más viejo hasta el más joven. Y tú estarás por debajo de todos, al lado de las gallinas. ¿Te parecía cruel madre Ma? ¡Ya verás cuando trabajes como una esclava para tu suegra! No puedes ni imaginarlo. Yo lo viví y casi no lo cuento. Mi bribón de ojos dulces me había prometido una vida libre de preocupaciones hasta la vejez y desde allí hasta el cielo. Pero no me dijo que antes tendría que dar un rodeo por el infierno de la aldea de sus ancestros. Entonces yo me dije: «¿Por qué tengo yo que morir por la madre de este idiota? ¡Prefiero ser una puta callejera antes que una concubina!»

—Yo no seré la concubina, sino la esposa de Perpetuo.

—¡Ah! ¿Y crees que por eso te tratarán mejor? ¿A ti? ¿A una mujer elegante de Shanghái con cara de americana? ¡Mira qué pies tan enormes tienes! Los campesinos se quedarán de una pieza cuando los vean. ¿Y qué me dices de tus ojos de color verde lagarto? Pensarán que eres un zorro convertido en mujer. Harán un mundo por cada pequeño error que cometas. Tendrás que aguantar sus acusaciones injustas, hablar poco sin quejarte nunca, soportar las habladurías sin demostrar tu enfado y darles la razón cada vez que digan que todo lo de antes era mejor. —Entonces añadió con voz afectada—: «Sí, querida suegra. Gracias por apalearme para hacerme ver que estaba equivocada.» —Con las manos imitó los pasos de unos pies diminutos, batiéndose en retirada—. Será mejor que empieces a practicar desde ahora.

Yo estaba convencida de que tenía que haber suegras buenas y otras simplemente tontas. E incluso si la madre de Perpetuo resultaba ser cruel, estaba segura de poder cambiar lo que no me gustara. Yo era lista e ingeniosa. Me llevaría tiempo, pero lo conseguiría. Además, una suegra no podía vivir para siempre. Mi principal preocupación era el aburrimiento.

Para desempeñar bien mi papel de mujer de Perpetuo, le había pedido al sastre que me confeccionara un vestuario adecuado para la esposa de un estudioso que además quería ser una nuera ejemplar.

—¿Esposa? ¡Ah, qué bien! —había exclamado—. Debes de ser la envidia de todas las cortesanas. No he preparado muchos ajuares para chicas con tanta suerte como tú.

—Viviré en la casa de campo de mi marido en Anhui, la casa solariega de una familia de estudiosos. Diez generaciones dedicadas al estudio. ¿Sabías que muchos sabios famosos nacieron en Anhui? Puede que allí no haya tanta animación como en Shanghái, pero será un lugar civilizado, una especie de retiro espiritual para eruditos. La ropa no debe ser demasiado glamurosa, ni moderna. No quiero ningún toque occidental, como los de los trajes de la temporada pasada. La gente de allí debe de ser bastante tradicionalista, pero no por eso quiero que mi ropa parezca terriblemente anticuada.

—Te la haré de estilo histórico, como los trajes de las heroínas de las novelas románticas.

—No te inspires en personajes trágicos —respondí—. No quiero ir vestida con un recordatorio de sus destinos fatídicos.

El sastre me hizo cuatro chaquetas, una para cada estación. La confección era excelente, como siempre, y la seda, de la mejor calidad: suave sin ser resbaladiza y reluciente sin ser brillante. Pero, en mi opinión, el toque histórico no se apreciaba por ningún sitio. Las chaquetas carecían de gracia, como la ropa que llevan las viudas fieles para no incitar a la lujuria, y eran tan voluminosas que podrían haberme albergado a mí y a otras dos como yo. El sastre me aseguró que mis nuevas prendas me harían parecer el arquetipo de una dama de noble cuna. También me hizo tres trajes sencillos de diario, sin bordados. Las chaquetas de invierno tenían forro de seda, y no de algodón grueso. Las de verano llevaban un forro de algodón delicado como el pelo de un bebé y se combinaban con una camisa sin mangas, de la misma tela ligera, para usar por debajo. Las solapas eran sencillas y la forma de las prendas me recordaba las que había encargado años antes, en un estilo que Calabaza Mágica había calificado de «informal». Las chaquetas eran más ceñidas por arriba y se ensanchaban hacia la base, y las aberturas a los lados continuaban por debajo de la cintura y se cerraban con pequeños broches. Eran prendas de aspecto sereno, adecuadas para toda una vida de reposo y ensoñaciones en un jardín. A último minuto, guardé en la maleta algunos de mis *chi-paos*, los que no tenían el cuello demasiado alto, ni la abertura lateral demasiado alargada. Después de todo, era posible que la aldea del Estanque de la Luna fuera menos provinciana de lo que pensaba.

Perpetuo me eligió un nuevo nombre la noche de su partida, cuando se fue de viaje de negocios. Era Xi Yo, «Fina Lluvia», extraído de unos versos famosos del poeta Li Shangyin, de la dinastía Tang, que ambos admirábamos. El apelativo sugería que yo procedía de una familia de eruditos, lo que en cierto sentido era verdad. Mi madre occidental había recibido una educación cuidada en Estados Unidos, y gracias a sus enseñanzas y a la dirección de varios tutores, yo había aprendido a leer y a escribir tanto en chino como en inglés. Sin embargo, no pensábamos contarle nada de eso a su familia. Más adelante, cuando recordé que Li Shangyin era famoso por haber idealizado el amor ilícito, solté una maldición. Si los miembros de su familia eran versados en literatura, probablemente reconocerían el origen del nombre. Pero ya era tarde para pedirle a Perpetuo que eligiera otro.

Aparte del nombre inadecuado, me preocupaba la reacción de su familia cuando viera mi aspecto ligeramente occidental. Perpetuo me había prometido que pensaría en la manera de volverlo aceptable. Sin embargo, si formulaban objeciones, yo había pensado en la manera de ganármelos. Ya le había proporcionado a Perpetuo el árbol genealógico inventado de una familia manchú lejanamente emparentada con la realeza, procedente de una región del norte de China que a lo largo de los milenios había visto pasar una sucesión de invasores de todas las razas. Para dar más credibilidad a la historia, Calabaza Mágica me había teñido el pelo de negro.

Cuando ya había resuelto ese problema, Calabaza Mágica me señaló otro:

—Su madre querrá saber por qué eres tan mayor y no te has casado nunca. En mi caso, es fácil. Diré que soy la viuda de un honorable funcionario que nunca aceptó sobornos y que, por lo tanto, como mujer de medios modestos, he llevado una vida tranquila y tradicional, entregada al luto. Guiada por la virtud, no he cedido nunca a los avances de los hombres que pretendían casarse conmigo.

—Te costará que te crean si no puedes controlar tu mal carácter y tu boca sucia.

—Pero tú no digas que eres viuda. Y piensa cómo explicarás tu relación conmigo.

—¿Madre e hija? —sugerí y esperé a que ella volviera a mencionar una de sus edades fluctuantes.

—¡Puf! ¿No ves que no tengo edad para ser tu madre? Soy apenas doce años mayor que tú. Diremos que soy tu hermana mayor. —Rápidamente se corrigió—: Lo diremos si decido acompañarte, porque no recuerdo que me lo hayas pedido.

Llevaba mucho tiempo recriminándomelo porque yo, tontamente, le había dicho que no sabía a qué otro sitio podía ir si no venía conmigo.

Me acusó de tenerle pena y de tratarla como si fuera una mendiga. Yo le contesté que ya le había dicho a Perpetuo que no podía ir sola a su aldea, sin Calabaza Mágica de compañera (¡de compañera y no de mendiga!). Y ella repuso que cualquiera podía ser un acompañante, incluso un gato, y que ya encontraría yo compañía en mi nuevo hogar.

—Tú serás la esposa de Perpetuo. Vas allí con un propósito. Si yo no tengo un propósito, no debería ir. No quiero hacer todo el camino y descubrirlo cuando llegue allí. Puedo seguir yo sola mi propio camino. No es necesario que me tengas pena.

Unos minutos después, añadió:

—Pero si hay alguna razón para que vaya, y si finalmente decido acompañarte, entonces yo también necesitaré un nombre.

Recitó en voz alta las posibilidades. Algunos de los nombres propuestos eran demasiado coquetos, y otros, excesivamente literarios para su nivel de educación. Finalmente, eligió Wan Xia, «Fulgor Crepuscular», que en mi opinión era una opción ridícula. No había nada en ella que se apagara gradualmente. «Relámpago» o «Tormenta Eléctrica» habrían sido mucho más adecuados.

Pero esperó a la víspera del día de la partida para encontrar una buena excusa para acompañarme.

—Pequeña Violeta —me dijo—, una de las criadas acaba de contarme una cosa espantosa. Hace veinticinco años trabajó en la casa de una familia de estudiosos, donde el hijo mayor tomó como concubina a una chica norteamericana. La llevó a la casa y la madre empezó a tratarla como a una esclava. Hiciera lo que hiciese la pobre chica, a nadie le parecía bien, ni siquiera a su marido. Poco después de llegar a la casa, su suegra la mató a palos, y nadie hizo nada por evitarlo. Los americanos dijeron que no podían interferir en los asuntos familiares de los chinos y que por esa causa aconsejaban a las ciudadanas estadounidenses no casarse con chinos, y los chinos aseguraron que la chica lo merecía por ser insolente. ¡Es verdad! Murió a causa de la insolencia americana que llevaba en las venas y por no tener a nadie a su lado que pudiera protegerla.

Esperó mi reacción. Yo misma le había contado esa historia muchos años antes. Se la había oído contar a mi madre en una de sus conversaciones con Paloma Dorada. Pero sabía muy bien lo que tenía que decir.

—¡Oh! ¡Me alegro tanto de que vengas conmigo! ¡Tienes que protegerme para que no me pase algo así! ¿Estás dispuesta a hacerlo por mí? ¿De verdad?

A lo largo de nuestro viaje, Calabaza Mágica me daba con frecuencia sus consejos de hermana, que podían resultarme útiles para adaptarme a mi nueva vida.

—Pronto no necesitarás ese libro que estás leyendo. Estarás demasiado ocupada bordando pañuelos hasta que los ojos se te resequen y te quedes ciega. Y olvídate de comer lo que desees cada vez que se te antoje. En esos parajes no hay restaurantes, ni sirvientes que vayan a buscar tus caprichos. No podrás devolver la sopa a la cocina sólo porque esté un poco aceitosa. Te servirán las sobras del día anterior, que no se habrá comido nadie porque ya estarán medio podridas. Y lo peor es que tendrás que levantarte todos los días al alba. ¡Tú, que sólo habías visto el amanecer cuando no te habías acostado en toda la noche! Pero así es la vida en el campo. Lo recuerdo perfectamente.

La interrumpieron las risotadas de los dos hijos del carretero, que estaban contando chistes.

—... y el idiota de la aldea de la Cola de Perro le dio al estafador dos centavos a cambio de las plumas voladoras y se tiró por el acantilado. Dijo que no se creía lo de las plumas, pero que tampoco quería desperdiciar los dos centavos.

El viejo carretero fue corriendo hacia ellos y los azotó con una fusta.

—Les voy a partir el cráneo para sacarles la mierda y los orines que tienen en la cabeza y que les impiden entender lo que significa trabajar!

—¿Lo ves? —comentó Calabaza Mágica—. Ésas son las vulgaridades que oirás a partir de ahora.

Calabaza Mágica estaba frenética. Parecía como si le picara algún punto del cuerpo que no pudiera alcanzar y no dejaba de desenterrar advertencias e historias sobre fugas suicidas. Yo estaba harta de oírla.

—¡Teníamos tanta libertad en Shanghái! —suspiró con nostalgia.

Después empezó a recitar los mismos argumentos que me había repetido incansablemente en Shanghái, con idénticas palabras:

—Tendrías que haber usado tus ahorros para abrir una casa propia, como yo te aconsejé. Podríamos haber empezado de nuevo en otra ciudad donde los alquileres fueran más baratos y hubiera menos competencia. Pero no. Tenías que convertirte en una esposa respetable. ¿Vas a darle a él todo tu dinero? ¿Y tus joyas? ¿Y todo para qué? ¡Para sentirte respetable en un lugar donde se mueren de aburrimiento los ermitaños! Con tu cabeza y con la mía, podríamos haber buscado otra solución...

—¿Con tu cabeza y con la mía? No parece que haya nada dentro de la tuya. Tus ideas son tan tontas como mis sueños de matrimonio. ¿Qué habría pasado si hubiéramos seguido tu plan? ¿Qué habría sido de ti y de mí si hubiéramos fracasado? Somos demasiado mayores para instalarnos por nuestra cuenta. ¡Tú tienes casi cincuenta años!

—¿Qué? ¿Cincuenta? ¿Me agregas años para insultarme?

—Si me hubiera quedado en Shanghái, habría acabado en un burdel barato de la Concesión Japonesa, donde habría tenido que abrirme de piernas cada vez que un cliente mencionara mi nombre. Era el mismo camino que llevabas tú cuando te permití ser mi ayudante.

Calabaza Mágica se echó hacia atrás.

—¡Ah! ¿Conque tú me permitiste ser tu ayudante? —Resoplando, se bajó del carro—. ¡Qué ingrata! Si no quieres escucharme, muy bien. Nunca más volveré a hablar de este tema. No volveré a dirigirte la palabra por el resto de mi vida. En lo que a mí respecta, eres igual que un fantasma. En cuanto lleguemos al próximo pueblo, emprenderé el camino de vuelta y saldré para siempre de tu vida. Te lo prometo. Para siempre. ¿Me has oído? ¡Entonces las dos seremos más felices!

Varias veces, a lo largo de los años, me había recompensado con unos cuantos días de silencio. Por desgracia, esta vez sólo tardó dos horas en quebrantar su promesa y reanudar su diatriba.

—Algún día llorarás sobre mi tumba y dirás: «¡Cuánta razón tenías, Calabaza Mágica! Fui una estúpida. Si te hubiera escuchado, ahora no tendría que tumbarme en esta choza infecta del Estanque de la Luna y abrirme de piernas para los campesinos, a dos centavos el palo, y seguiría siendo una persona con un nombre y una cabeza capaz de recordar lo que podría haber sido...»

Dejé de escucharla. Ya me atormentaba bastante yo misma pensando en todo lo que ella decía e incluso en cosas peores. Había cambiado tantas veces de vida y estaba tan habituada a actuar para crear la ilusión del amor que ya no recordaba cómo era el amor de verdad. Miré el anillo que me había regalado

Perpetuo: una sencilla alianza, tan fina que me habría sido muy fácil retorcerla. Estaba recorriendo quinientos kilómetros para hacerme pasar por una persona que no era y vivir con un hombre al que yo misma me había tenido que convencer de que amaba. Estaba persiguiendo la felicidad, esa falsa salvación, con la esperanza de encontrarla en un lugar desolado. Pero quizá no estuviera allí. Y aunque diera con ella, tal vez fuera simplemente una ilusión creada por mí. Si me aferraba a esa falsa felicidad, entonces sólo existiría como parte de esa ilusión.

En otro tiempo había temido que le pasara eso a Florita. Todas las noches solía contemplar sus fotografías y las de Edward, hasta que Perpetuo me había dicho que le incomodaba la idea de que yo pensara en Edward mientras hacíamos el amor, o que en cualquier momento lo comparara con Edward o deseara estar con Flora. Entonces guardé las fotos. Pero en mi interior seguía recitando para Florita las palabras que le darían fuerzas hasta que yo la encontrara: «Resiste mucho, obedece poco.»

A medida que pasaban trabajosamente los días, lamenté cada vez más no disponer de ropa adecuada para resistir el sol abrasador y las lluvias torrenciales. Entre mis sencillas chaquetas de verano, había elegido la que más me gustaba: una verde de gasa de seda. Sentí una gran aflicción cuando vi aparecer las primeras manchas de polvo en las mangas. Los delanteros parecían estandartes fúnebres cuando el viento los agitaba y los levantaba hacia los lados.

Con ánimo nostálgico, Calabaza Mágica se había dedicado a enumerar todas las comodidades y los placeres que dejábamos atrás: los salones donde contábamos historias, la música, las canciones, nuestra libertad para reír a carcajadas y también nuestra ropa escandalosa, que dejaba una estela de envidia a nuestro paso entre las señoras respetables. ¡Y las apuestas que hacíamos en nombre de nuestros clientes en las mesas de juego y que nos reportaban suculentas propinas cuando teníamos suerte!

—¿Recuerdas los paseos en carruaje con nuestros clientes? —dijo—. ¡Cómo nos divertíamos recorriendo las calles de la ciudad y saludando a las mujeres decentes que iban a los templos a llevar ofrendas! ¿Recuerdas cómo nos reíamos cuando las extranjeras nos miraban con desprecio y sus maridos nos sonreían? ¡Piensa en todos los hombres que te han admirado, que han suspirado por ti y te han cubierto de regalos! ¡Qué tiempos! Ahora todo eso ha terminado.

Cerré los ojos y fingí dormir.

El carro se detuvo y, cuando los volví a abrir, me di cuenta de que había estado durmiendo de verdad. El camino discurría entre una abrupta pared montañosa, a la derecha, y un acantilado, a la izquierda. Unos trescientos metros más adelante, desaparecía bajo un alud de barro que diez minutos antes había devorado a otro carro, según nos contó un chico que encontramos por allí. Los seis miembros de una familia habían caído al abismo cuando su carro se convirtió en una embarcación arrastrada por la cascada de fango.

—Ya no se ven —dijo el muchacho—, excepto un brazo y una coronilla. El brazo dejó de agitarse hace un rato.

Nos invitó con un gesto a que fuéramos a verlo. Todos se acercaron, incluida Calabaza Mágica, pero yo me quedé en el carro. ¿De qué podía servirme ser testigo de la mala suerte ajena? ¿Para alegrarme de que no fuera mía? ¿Para preocuparme pensando que aún podía serlo?

Viejo Salto anunció que la carretera estaba impracticable. Teníamos que dar la vuelta, pero él conocía un atajo que nos ahorraría tiempo. Pronto descubrimos que el atajo ni siquiera era un camino, sino una simple senda que atravesaba un plantío de colza y que apenas tenía el ancho suficiente para las ruedas del carro. Mientras avanzábamos dando tumbos, Viejo Salto alardeaba de sus conocimientos del terreno:

—¿Lo ven? ¿En qué libro podrían haber encontrado esta ruta?

Unas horas después, el carretero se puso a maldecir y los asnos se detuvieron. El sendero estaba cortado por una serie de zanjas entrecruzadas, que impedían el paso sin que una rueda o la pata de una bestia quedara atascada. Dimos la vuelta, atravesamos otro campo cultivado y, varias horas después, encontramos el camino bloqueado por un desprendimiento de rocas que ni siquiera diez hombres habrían podido mover. Cambiamos de ruta una vez más, pero el propietario del nuevo campo había cavado un laberinto de pozos y los había sembrado de afilados trozos de vasijas de barro rotas, a la espera del desgraciado que cayera en ellos.

—El odio vuelve ingeniosos a los hombres —masculló Viejo Salto.

Para entonces llevábamos tres días de retraso respecto al plan original y teníamos que desplazarnos dando marcha atrás porque no podíamos darle la vuelta al carro. A ese paso, era muy probable que Perpetuo llegara a la aldea antes que nosotros. Yo lo prefería.

—¡Buenas noticias! —anunció Viejo Salto unos días después—. Pronto llegaremos a Canal Magnífico. Desde allí cruzaremos el río en transbordador y sólo nos faltarán dos días de camino para llegar a la aldea del Estanque de la Luna.

Nos dijo que Canal Magnífico era un animado puerto fluvial, capital administrativa del condado, a orillas de un río repleto de barcos y sampanes que transportaban todo tipo de mercancías. Podríamos elegir entre una docena de posadas diferentes.

—Y todas están tan limpias que ni siquiera tú te quejarás —le dijo a Calabaza Mágica—. No he visitado el pueblo desde que era joven, pero todavía lo recuerdo como si fuera ayer, sobre todo los teatros al aire libre, donde los niños acróbatas formaban torres humanas, manos con manos y pies con pies. Las chicas eran las más guapas de toda la región: bonitas y tímidas. ¡Y los aperitivos, picantes! Nunca he dejado de paladearlos en el recuerdo...

Fueran como fuesen aquellos aperitivos, tendría que seguir paladeándolos en el recuerdo. En Canal Magnífico no había canal, ni río, ni tan siquiera un reguero de agua. No había más que una gran extensión de lodo. Viejo Salto iba y venía, soltando maldiciones.

—Debo de haberme equivocado de camino.

Pero un hombre de pie delante de un portal oscuro le dijo:

—No, no te has equivocado. Es aquí.

Nos enteramos de que veinte años antes, el río que alimentaba el canal se había desbordado, había cambiado de curso y había inundado varios pueblos a lo largo del antiguo y del nuevo cauce. Al retirarse, había dejado una ciudad fantasma y descolorida, habitada únicamente por viejos que sólo querían ser sepultados en la tierra de sus antepasados, al lado de los parientes que se habían ahogado.

—¿Por qué el destino me ha traído hasta aquí para ver esto? —exclamó Calabaza Mágica—. ¿Por qué?

—A mí no me culpes —le espetó Viejo Salto—. ¿Crees que estoy al tanto de todas las catástrofes acaecidas en los últimos veinte años?

Una de las calles del pueblo todavía se mantenía en pie, y sus edificios estaban cubiertos por el hollín del fuego de las cocinas, lo que confería al lugar el aspecto de haber sobrevivido a un incendio. Una casa de té notoriamente inclinada, resistía apuntalada por una viga rota. ¿Para qué molestarse en repararla? El salón podía convertirse rápidamente en ataúd para cualquiera que entrara. El escenario del teatro de acróbatas se había desfondado, dejando a la vista una cavidad que contenía toda clase de objetos arrastrados por la corriente: cubos rotos, hoces, butacas... Me estremecí al pensar que los propietarios de esos enseres de uso cotidiano podían yacer enterrados bajo el montón de desperdicios.

El dueño de la posada no cabía en sí de gozo. Éramos sus primeros clientes en más de veinte años. Mientras nos conducía a nuestro alojamiento, se puso a alardear de la fallida visita de un duque a Canal Magnífico.

—Construimos un arco triunfal pintado de rojo y dorado, con dragones tallados en las esquinas. Ensanchamos la carretera, plantamos árboles, remozamos el templo, lavamos y remendamos a los dioses... Pero entonces vino la inundación.

Cuando abrió la puerta de nuestra habitación, se levantaron remolinos de polvo, como si un huésped fantasma se hubiera despertado. En una esquelética cama de madera había un nido de ratones muertos, y la colcha se reducía a unos cuantos jirones deshilachados. No era lo peor que habíamos visto a lo largo del viaje. En algunos sitios, los ratones todavía estaban vivos. Calabaza Mágica y yo retiramos la basura, fregamos el suelo y tendimos nuestras esteras sobre la base desnuda de la cama. Dormí a ratos. Calabaza Mágica gritaba a menudo y me despertaba. En una ocasión me juró que al abrir los ojos había visto una rata que se retorcía los bigotes, como si estuviera decidiendo cuál de sus orejas iba a comerse primero. Después me tocó a mí gritar, porque yo también la vi por encima de nuestras cabezas, andando por una viga. A la mañana siguiente, encontramos a Viejo Salto hablando con uno de los campesinos del lugar, un hombre de facciones agradables, con la piel tan curtida por el sol que podría haber tenido cualquier edad entre los treinta y los cincuenta años. El hombre me miró y oí que Viejo Salto le explicaba que aunque parecía extranjera, en realidad era china.

—Buenas noticias —dijo el carretero, desbordante de sonrisas—. Ese hombre sabe exactamente cómo ir desde aquí hasta el Estanque de la Luna. Hay un camino bueno un poco más adelante, con suelo de tierra dura. La inundación se llevó las rocas que lo bloqueaban y rellenó los baches, y la sequía endureció el firme. Casi nadie lo utiliza, de modo que no hay surcos.

—Si es tan bueno, ¿por qué no lo usa nadie? —pregunté yo.

—Lo llaman «el camino fantasma» —explicó el hombre— porque un poblado entero situado más arriba en la montaña fue arrastrado por la riada y el agua se lo llevó todo: las casas, la gente, las vacas... Lo arrastró todo y lo dejó amontonado en el siguiente nivel de la carretera, donde la marea de fango se convirtió en un camino totalmente blanco, por los huesos de los muertos. Al menos eso dice la gente.

Viejo Salto ya no sonreía.

—¿Has ido por ese camino?

El hombre guardó silencio un momento.

—No tengo ninguna razón para ir por ahí —dijo por fin—. Ustedes pueden seguir la carretera del este, pero tardarían un día más en llegar. Además, el camino no es tan bueno y en los últimos años ha habido varios ataques de bandoleros. He oído decir que este año sólo han matado a un par de personas. Durante la hambruna fue mucho peor. No culpo a los bandidos; tenían que comer. Pero si deciden seguir por ese camino, no se preocupen demasiado. Los bandoleros tienen mosquetes antiguos, heredados de unos cazadores extranjeros que murieron, y la mitad de las veces ni siquiera disparan. Hagan lo que mejor les parezca.

Viejo Salto asintió con expresión de incomodidad.

—Iremos por la ruta más corta.

—Por el camino fantasma, entonces. En ese caso, présten-me atención. Tienen que ir por esta carretera hacia el oeste, y en el siguiente poblado, donde el camino se bifurca, giren otra vez hacia el oeste. Hasta ahí, tardarán unos dos días. Después llegarán al tramo blanco que les he mencionado, el de los huesos. Les llevará otros dos días más. Cuando lleguen a una bifurcación donde el camino fantasma sigue hacia el oeste y una senda más rústica tuerce hacia el norte, tomen la senda y sigan andando unos dos días más. Al llegar a otro cruce, tuerzan a la izquierda, hacia las colinas Ondulantes. Es imposible confundirlas porque parecen tetas y nalgas. Podrán disfrutar un par de días, manoseándolas. Perdón —se excusó, mirándonos a Calabaza Mágica y a mí, pero sin dejar de sonreír a Viejo Salto—. Al final encontrarán una angosta abertura entre dos colinas. Pasen por ahí y al otro lado verán un valle estrecho entre montes bajos con un río que baja serpenteando por el centro. Al final del valle hay cinco montañas. La aldea del Estanque de la Luna se encuentra al pie de una de esas montañas. Sabrán que han llegado porque se acaba el camino. Las montañas son bastante altas, de modo que cuando las vean a lo lejos, no se engañen pensando que ya llegaron. Necesitarán una jornada completa para bajar de las colinas Ondulantes. Y les aconsejo que lleven bastante cuerda para asegurar los lados del carro. La cuesta es más empinada de lo que parece. Tendrán que tener cuidado para que el peso de la carga no empuje a los asnos al borde de la cornisa. Al final del descenso hay una aldea. Pueden hacer un alto allí o continuar unas siete u ocho horas más hasta llegar al Estanque de la Luna.

Dos días después, cuando llegamos al tramo blanquecino del camino, Calabaza Mágica, Viejo Salto y sus hijos enmudecieron con la mirada fija en el suelo, que a mí me pareció de arcilla común y corriente.

—Es más blanca —dijo Calabaza Mágica—, como los huesos desenterrados por los saqueadores de tumbas. He visto huesos de ese color en la aldea donde vivía con la malvada de mi suegra.

Seguimos adelante. Una de las ruedas chirriaba y gemía como un animal herido. Cada vez que oíamos un ruido en el bosque, Calabaza Mágica sofocaba una exclamación y me agarraba del brazo. Yo sentía un escalofrío en cada ocasión, hasta que por fin le dije que dejara de actuar como una tonta. Viejo Salto dejó descansar a los asnos solamente un momento, y las bestias protestaron porque les retiró el agua demasiado pronto.

—¿Cómo puedes creer en esas tonterías de fantasmas? —le dije a Calabaza Mágica.

—Lo que quizá sea una tontería en Shanghái no es ninguna tontería en el campo. La gente que no hace caso de las advertencias no vive para reconocer su error.

Cuando anocheció, Viejo Salto y su hijo se pusieron a discutir si era mejor seguir avanzando o pernoctar donde estábamos y poner un centinela. Pero los asnos se pararon en seco y tomaron la decisión por nosotros. Si morían de agotamiento, habríamos quedado varados para siempre en ese lugar. Cada vez que oíamos susurros entre los arbustos, los hijos del carretero gritaban amenazas y asestaban cuchilladas en el aire con sus dagas, como si fuera posible matar a un fantasma que ya estaba muerto.

Al alba nos pusimos en marcha otra vez, y a media mañana, las ruedas volvieron a crujir ruidosamente sobre baches y piedras. Habíamos dejado atrás el camino fantasma y rodábamos por la senda más rústica, en dirección al norte. Tras rodear varias de las colinas Ondulantes, poco antes del anochecer del día siguiente, llegamos a la estrecha abertura entre dos montes. En las laderas a los costados del camino se sucedían los arrozales en terrazas, donde el verdor ya estaba adquiriendo los matices dorados de la cosecha. Al final del valle se distinguía la sombra oscura de cuatro montañas, erguidas una por encima de la otra. Entre la segunda y la tercera flotaba una nube negra de tormenta con un desgarrón rosa en el centro, por donde se colaba la luz del sol y hacía resplandecer la tierra. Bajo esa luz yacía la aldea del Estanque de la Luna.

La escena era muy hermosa, pero me pareció de mal augurio. De repente, comprendí por qué. Había visto muchas veces un valle como el que tenía delante: era el que aparecía en los cuadros que Lu Shing les había regalado a mi madre y a Edward. *El valle del asombro.* ¿Estaría yo predestinada desde siempre a ir a ese lugar? Secretamente había examinado docenas de veces la escena del cuadro. Edward creía que la luz del valle era la del alba, la hora de levantarse, y yo sentía que la iluminación era propia del crepúsculo, cuando la vida se apaga. Él pensaba que los nubarrones se estaban alejando y que la tormenta había terminado, pero yo creía que estaba a punto de estallar. Los dos nos habíamos equivocado y los dos habíamos acertado. Estaba anocheciendo y la tormenta se alejaba.

—Son sólo cuatro montañas, y no cinco —dijo Calabaza Mágica—. Ese campesino no sabía contar.

Eran cuatro montañas. En el cuadro había cinco: dos a un lado del paso dorado y tres al otro. Pero, de pronto, el cielo cambió, la nube de tormenta se desplazó ligeramente, y vimos aparecer una quinta montaña, enorme y oscura, situada un poco más allá de las otras cuatro. La pintura había sido un presagio. Busqué diferencias y las encontré. El valle que tenía ante mí era más largo y en las laderas había arrozales cultivados en terrazas. Las montañas del cuadro eran más escarpadas. De hecho, aparte de las cinco montañas, el valle fluvial y las nubes de tormenta, el paisaje que tenía ante mí no era idéntico al del lienzo. En la pintura había algo que resplandecía al fondo, y allí sólo se veían montañas.

El valle fue cobrando gradualmente su forma y sus colores propios. Me dije que no era sombrío. El anochecer pondría punto final a mi pasado y lo dejaría atrás como un secreto, y la mañana marcaría un brillante comienzo. Por fin iba a ser la esposa de alguien. Perpetuo estaría allí para darme la bienvenida y juntos iniciaríamos una vida tranquila de estudio y reposo. Saldríamos a caminar por las montañas y los dos sentiríamos la inspiración de escribir poemas. ¿Quién sabía? Quizá incluso tuviéramos un hijo. El recuerdo de Florita hizo que me invadiera la tristeza. Si me quedaba a vivir en un lugar tan alejado de la costa, jamás podría encontrarla. Tendría que insistirle a Perpetuo para volver a Shanghái y hacer pesquisas.

Bajamos del carro y Viejo Salto se puso delante de los asnos para seguir conduciéndolos por el camino. El sol siguió descendiendo y distinguimos el resplandor y el humo de los fogones en las cocinas. Tras recorrer una hilera de casas alineadas junto al río, llegamos a una plaza pequeña, con un templo en un extremo. Desde la puerta oscura de una taberna, un hombre nos llamó para que entráramos a calmar la sed, y Viejo Salto aceptó con gusto la invitación. Nos quedamos de pie, a la sombra de una fría pared de piedra, sintiéndonos el centro de las miradas de los hombres, las mujeres, los niños e incluso los perros. Vi que el tabernero le daba indicaciones a Viejo Salto. Primero señaló con el dedo adelante, hacia un lugar desconocido, mientras ladeaba la cabeza hacia un lado y torcía la mano en la misma dirección. Después giró bruscamente el cuerpo y se puso de puntillas, como contemplando desde arriba algún peligro imaginario al que podíamos precipitarnos. Sin dejar de mirar hacia abajo, volvió a ponerse de puntillas, rechinó los dientes y después, rápidamente, se arrodilló y se levantó de un salto mientras agitaba las manos, como la cola de un pez que estuviera boqueando en la orilla. De pronto, se quedó inmóvil. Tendió los brazos adelante y cerró un solo ojo, como para mirar por un catalejo. Finalmente, dejó caer los brazos a los lados del cuerpo y miró a Viejo Salto satisfecho, como para indicarle que así llegaríamos al Estanque de la Luna. Viejo Salto repitió los gestos, y el hombre asintió y lo corrigió solamente dos veces. Conforme con las indicaciones, Viejo Salto le compró una botella pequeña de vino de arroz, y el hombre volvió a apuntar con el dedo en la dirección que debíamos seguir y desplazó la mano hacia adelante, como si a partir de entonces fuéramos a viajar mucho más rápido. Dos hombres jóvenes salieron a la puerta de la taberna, me sonrieron lascivamente y, sin molestarse en bajar la voz, se pusieron a comentar mi aspecto de extranjera y a preguntarse qué tal sería yo en la cama.

—Que los cojan a ustedes y a su madre —les espetó Calabaza Mágica.

Ellos se echaron a reír.

Viejo Salto pagó y volvió con nosotras.

—Buenas noticias... —empezó a decir, pero Calabaza Mágica lo interrumpió.

—Deja de decir «buenas noticias» por aquí y «buenas noticias» por allá. Es una maldición escucharte.

—Muy bien. Entonces se lo contaré a la novia —repuso, mirándome a mí—. Aquí en el pueblo hay una viuda que se volvió loca cuando murió su marido. No puede parar de fregar los suelos y las paredes, excepto cuando recibe huéspedes de pago.

Esa noche me di un baño frío. Al ver que me retorcía el pelo para quitarle el barro, la viuda loca me trajo otra tinaja pequeña de madera con agua limpia y me ayudó a meterme dentro antes de llevarse la otra. Repitió la operación dos veces más, hasta que le aseguré que ya no me quedaba nada más que quitarme, salvo mi propia piel.

A la mañana siguiente nos despertamos temprano. Cuando me vestí, descubrí que la viuda loca le había sacudido el polvo a mi ropa: los pantalones y la chaqueta verde hoja. Calabaza Mágica se había puesto una chaqueta azul oscuro. Nunca habíamos usado ropa tan desprovista de gracia, pero cuando la viuda nos vio, se quedó boquiabierta, y por primera vez la oí hablar:

—Ya puedo morirme en paz —dijo con su acento rústico—, sabiendo que las esposas de los dioses han tomado un baño en mi casa.

Me alegré de haberle causado tan buena impresión. Era la ropa que luciría cuando conociera a mi suegra y al resto del clan, y también cuando viera a Perpetuo. A raíz de todos nuestros retrasos, llevábamos más de una semana de demora.

Cuando nos montamos en el carro, el calor se abatió sobre

mí. Las ruedas volvieron a girar y a echarnos el polvo en la cara y en la ropa. De vez en cuando nos sacudíamos mutuamente las chaquetas, que desprendían pequeñas nubes sofocantes. Un viento racheado levantaba la grava fina del camino y nos la arrojaba encima. A medida que nos acercábamos, el cielo iba quedando oculto por el muro que formaban la montaña Celeste y sus cuatro hijos. Empezamos a rodar a su sombra.

—Cuanto más nos acercamos, menos vemos —murmuré.

—Para cuando lleguemos, nos habremos quedado ciegas —repuso Calabaza Mágica.

Guardamos silencio el resto del camino. Yo estaba cada vez más nerviosa, imaginando a la familia de Perpetuo, que sería culta pero anticuada y bulliciosamente amable, y lamentaría las muchas dificultades que habíamos tenido para llegar hasta allí. Imaginé la majestuosa mansión, con un hermoso estanque que serviría de espejo a la montaña. El camino discurría junto al río, y en ambas riberas los campesinos cosechaban arroz y separaban allí mismo el grano de la paja. Cuando pasábamos, interrumpían el trabajo para mirarnos con caras inexpresivas.

Llegamos a un puente estrecho y ruinoso, que claramente debía de ser la parte peligrosa del recorrido sobre la cual nos había advertido el vendedor de vino. La corriente bajaba con rapidez, saltaba sobre las rocas y formaba remolinos al pie de los peñascos cuyo estruendo nos obligaba a gritar para hacernos oír. Tras cruzar el río, llegamos al camino principal que conducía a la aldea, un camino que pronto se estrechó hasta convertirse en una angosta callejuela que pasaba como un túnel entre dos hileras de casas. Unos minutos después, desembocamos en una plaza, donde se levantaba un templo con la laca roja de las columnas descascarada en varios sitios. Apenas faltaba una hora para el anochecer y la mayoría de los vendedores de comestibles ya se habían retirado, pero aún quedaban algunos puestos de venta de cestas, artículos fúnebres, vino, sal, té y piezas de tela. Mi vida estaba cambiando a peor de segundo en segundo. Al otro lado de la plaza, nos adentramos por otra callejuela que también formaba un túnel, y al salir, justo delante de nosotros, vimos un estanque grande y redondo, que no era azul y cristalino, sino verde y lleno de algas. Tampoco estaba rodeado de árboles y hierba, como en mi imaginación, sino flanqueado por un amasijo de casuchas desordenadas y mal alineadas, que parecían las dos mitades de una dentadura defectuosa, a los lados de una boca verde paralizada en medio de un bostezo. Al otro lado del estanque, en el extremo más alejado, se levantaba una casa de dos plantas, con un tejado oscuro tendido sobre unos muros que recordaban los de una fortaleza. Era impresionante en comparación con las casuchas, pero mucho más pequeña de lo que yo la había imaginado, mucho más pequeña que la casa de Lu Shing, el modelo que sin advertirlo yo había utilizado para imaginar mi futuro hogar. Miré a Calabaza Mágica. Tenía los ojos muy abiertos de asombro.

—¿Qué estoy viendo? ¿Un sueño de mi pasado? —dijo—. Espero que el camino siga adelante, deje atrás este sitio y llegue a otro estanque y otra casa.

Yo tenía la boca seca.

—Tengo sed —le dije a Calabaza Mágica—. En cuanto lleguemos, pide a los sirvientes que nos traigan té y toallas calientes.

—¡Eh! Recuerda que soy tu hermana mayor, y no tu subordinada. Pronto me estarás sirviendo tú a mí, como desagravio por haberme traído a este sitio.

Su pelo desarreglado por el viento parecía un nido abandonado de golondrinas. El mío debía de tener un aspecto igual de espantoso. Le pedimos a Viejo Salto que parara y saqué de la maleta mi neceser de viaje. Levanté la tapa y se abrió el espejo. Cuando le limpié la suciedad, tuve que sofocar una exclamación al verme la cara surcada por las arrugas llenas de polvo. Dos meses y medio de sol y viento me habían transformado en una señora mayor. Con movimientos frenéticos, me puse a buscar en los compartimentos del neceser el pote de crema de perla y finalmente conseguí borrar parte de los años ganados. Después nos ayudamos mutuamente a recogernos el pelo en apretados rodetes sobre la nuca. Cuando estuvimos listas, le pedí a Viejo Salto que enviara a uno de sus hijos por delante para anunciar que estábamos a punto de llegar. De ese modo, la familia podría prepararse para darnos la bienvenida.

Llegamos a los muros que rodeaban la casa de la familia Sheng. El yeso estaba agrietado y en algunos puntos había desgajes que dejaban a la vista los ladrillos. ¿Por qué estaría tan deteriorada la casa? No hacía falta mucho dinero para pintar las puertas y reparar las bisagras. Quizá los sirvientes se habían vuelto perezosos sin la dirección de una mujer en la casa.

El carro se detuvo y por fin las ruedas dejaron de chirriar. Estábamos ante las puertas, altas como dos hombres. Nadie salió a recibirnos. Por un rato, lo único que oímos fue la respiración trabajosa de los asnos, sus ronquidos y las palpitaciones de mi corazón.

—¡Eh! ¡Ya llegamos! —llamó Viejo Salto.

Las puertas permanecieron cerradas. Probablemente el vago del portero se habría quedado dormido. Viejo Salto pasó los dedos por el pestillo de bronce. Los portones de madera sólo conservaban unas pocas tiras rizadas del lacado rojo original. El carretero levantó la vista para estudiar la placa de piedra labrada en lo alto de la entrada. Tenía algo escrito, pero estaba demasiado deteriorada para distinguir la inscripción.

—No está mal —comentó Viejo Salto—. Se ve que en otra época fue una familia adinerada y de categoría.

Tras llamar a voz en cuello por tercera vez, un hombre nos contestó con otro grito y oímos el ruido del pestillo, que se deslizaba para liberar la pesada doble puerta. No estallaron petardos, ni vimos ondear estandartes rojos. No debía de ser la costumbre en esos parajes. ¿Dónde estaría Perpetuo?

Encontramos a seis mujeres y seis niños, inmóviles y silenciosos, de pie en el patio desnudo. Supuse que se comportaban con respetuosa reserva, en observancia de alguna antigua tradición. Vestían ropa bien cortada, pero de tela poco llamativa, en matices apagados de azul, marrón y gris, y con un estilo apropiado para viudas y ancianas, tal como había temido. Incluso las mujeres más jóvenes iban vestidas de ese modo. La ropa que lucíamos nosotras no estaba de moda en Shanghái, pero en la aldea resultaba fuera de lugar. Parecíamos pavos reales entre cuervos y, más concretamente, pavos reales sucios y desaliñados. Quizá estuvieran esperando a que yo fuera la primera en hablar, como en una visita imperial. Ya me había advertido Calabaza Mágica de que sus tradiciones se remontarían a miles de años atrás. Perpetuo me había dicho que cinco generaciones convivían bajo un mismo techo. Rápidamente estudié las caras de quienes iban a escuchar mis obsequiosas palabras. La más anciana debía de ser la bisabuela. Tenía la cara más seca que hubiese visto nunca, y la mirada opaca de quien está a punto de abandonar este mundo. A su lado había otra vieja con menos arrugas. Deduje que sería la abuela, y pensé que la otra mujer de expresión pétrea y postura erguida debía de ser la madre de Perpetuo, la suegra a la que yo tenía que ganarme y conquistar. Era necesario llegarle al corazón con palabras dulces. Había otras dos mujeres, una más joven que yo y la otra un poco mayor. La mayor llevaba un peinado que había estado de moda en Shanghái unos años antes: partido por la mitad, con dos amplias curvas que le enmarcaban el rostro. Prácticamente no las miré porque no me parecieron importantes. Busqué entre los niños al hijo de Perpetuo. Había cinco chicos y una niña un poco mayor. No me costó reconocer a su hijo de cuatro años, por los ojos, las orejas y la forma de las cejas. El pequeño no apartaba la vista de mis pies sin vendar.

Mi nueva suegra habló por fin en tono severo.

—De modo que has llegado. ¿Qué te parece tu nueva casa? ¿Sorprendida? ¿Complacida?

Recité las rebuscadas frases que había ensayado, alabé la reputación de la familia y sus diez generaciones de virtud, proclamé que era un honor para mí entrar en la casa en calidad de Primera Esposa del hijo mayor y estuve a punto de afirmar que no lo merecía.

Mi suegra se volvió hacia la mujer con el peinado de la raya al medio y le comentó algo que hizo que levantara la barbilla con gesto desafiante y me mirara con una mueca de desprecio, como si la hubiera ofendido. Me di cuenta entonces de que era bastante atractiva.

Para entonces Calabaza Mágica estaba parloteando irrefrenablemente.

—Hemos venido todo el viaje preocupadas, pensando que estarían impacientes. Pero los caminos, el tiempo... Incluso hubo un desprendimiento de tierra peligrosísimo, que casi nos arrastra y...

Mi suegra la interrumpió.

—Sabíamos perfectamente cuándo llegarían. Incluso conocíamos el color de sus trajes teatrales.

¿Teatrales? ¿Lo habría dicho para ofendernos? Desde el otro extremo del patio, dos hombres jóvenes nos saludaron con la mano. Eran los sonrientes hijos del tabernero que nos había vendido vino.

Viejo Salto gritó a sus hijos que descargaran nuestras pertenencias. Los jóvenes arrojaron al suelo nuestros bultos, que al caer levantaron una nube de polvo. Un sirviente dirigió una mirada cautelosa a mi suegra.

—Llévala al ala norte —dijo ella.

¡El ala norte! ¡El peor flanco de todas las casas, la dirección por donde se cuelan el viento y el aire frío! Era poco probable que Perpetuo tuviera allí sus habitaciones. ¿O quizá fuera costumbre alojar a la novia lejos de los aposentos principales hasta la celebración de la ceremonia oficial del matrimonio?

—Y pon a su sirvienta en la habitación contigua.

Calabaza Mágica ladeó la cabeza y compuso una sonrisita falsa.

—Siento tener que mencionarlo, pero no soy su sirvienta, sino su hermana mayor...

Mi suegra no la dejó continuar:

—Sabemos quiénes son las dos y a qué se dedicaban en Shanghái. —Resopló con desdén—. No es la primera vez que Perpetuo trae a una prostituta de concubina. —Entonces me miró—. Pero sí que es la primera que trae a una mestiza extranjera.

El estupor me impidió pensar o hablar, pero Calabaza Mágica siguió parloteando impulsada por el nerviosismo.

—Para que lo sepan, ella no era ninguna prostituta, sino una... —Se detuvo justo a tiempo. Enderezó la espalda, se rehízo y, en tono autoritario, continuó—: No ha venido como concubina, sino para ser la Primera Esposa. Ésa fue la promesa. De lo contrario no habría hecho todo el camino desde Shanghái. Tienes que hablar con Perpetuo para corregir este malentendido.

—Ninguna sirvienta me dice a mí lo que tengo que hacer. Vuelve a intentarlo y te mataré a palos.

Logré salir de mi estupor y agarré a Calabaza Mágica por un brazo.

—Déjalo, no te preocupes. Cuando vuelva Perpetuo, arreglaremos esto.

Por fin comprendí las razones que podía tener mi futura suegra para insultarme de esa forma. La perra campesina pensaba que de ese modo iba a intimidarme. Pero yo me había enfrentado con mi ingenio y mi habilidad a varias confabulaciones de cortesanas y madamas, y ella no era rival para mí. Simplemente, debía tener paciencia y averiguar lo que era importante para ella porque allí estaba su debilidad y allí intentaría herirla.

—Estamos cansadas —dije—. Por favor, enséñanos nuestras habitaciones.

La mujer de hermoso rostro se ofreció para acompañarnos y mi suegra la miró con una sonrisa extraña.

Cuando atravesamos la casa, observé una rara mezcla de muebles nuevos y viejos en avanzado estado de deterioro. La mesa del altar era grande y de buena calidad, pero la tapa estaba quemada. Los retratos de los antepasados se habían desgarrado por el centro y habían sido torpemente reparados. Recorrimos varios pasillos y finalmente llegamos al patio más alejado, un espacio pequeño y descuidado, más parecido a un callejón que a un jardín, con un par de arbustos, una roca escuálida junto a un estanque seco y dos bancos con manchas de líquenes. Una telaraña se extendía sobre la puerta, como para impedirme que entrara. La aparté de un manotazo y abrí la puerta. Fue peor de lo que esperaba. La habitación estaba amueblada con una cama raquítica sin cortinas a los lados, un armario ropero de madera basta, una butaca baja, un banco y, debajo de la cama, un orinal de madera. El suelo estaba barrido, pero había montones de polvo en las esquinas. Si me situaba de pie en el centro de la habitación, no podía dar más de un paso en ninguna dirección sin toparme con algún mueble.

Calabaza Mágica se asomó a su cuarto desde el pasillo.

—¡Mira! Voy a vivir en un gallinero. ¿Dónde pondré los huevos?

Había únicamente una cama angosta, un banco y un orinal. Se puso a maldecir en voz alta.

—¿Qué modales tiene la gente en este pueblo? ¡No nos ofrecen té, ni nada de comer! ¡Nos insultan! ¡Me llaman «sirvienta»! —Se volvió y se dirigió a la mujer de rasgos agradables—. ¿Por qué sigues ahí parada? ¿Para reírte de nuestra desgracia?

La mujer llamó a una criada que iba andando por el pasillo.

—Trae té, cacahuates y fruta.

Llegaron nuestras maletas. Me dije que ni siquiera me molestaría en abrirlas porque Perpetuo llegaría en cualquier momento y ordenaría que llevaran mis pertenencias a su habitación. Después vería qué hacer con Calabaza Mágica y su alojamiento. No podía solucionarlo todo a la vez. Nos sentamos en el patio y, cuando llegó el té, lo bebimos ávidamente, sin preocuparnos por dar elegantes sorbitos entre comentarios intrascendentes. ¿Para qué molestarme en impresionar a esa mujer con mi elegancia?

—¿Quién eres? —le pregunté.

—Soy la Segunda Esposa —dijo simplemente.

Me sorprendió que hablara el dialecto de Shanghái. Debía de ser la concubina de un hermano, un tío o un primo de Perpetuo.

—Y tú eres la Tercera —prosiguió la mujer—. No hace falta que me hagas reverencias ahora. Ya lo harás más adelante.

¿Quién era esa shanghaiana?

—Puede que tú seas la segunda o la decimosexta esposa de otro hombre de la casa —repliqué yo—, pero yo soy la Primera Esposa de Perpetuo.

—¿Quieres que te haga el favor de contarte a qué clase de casa has llegado para que puedas ahorrarte muchos de los golpes y de los disgustos que me llevé yo? Te advierto que con tu incredulidad y tu sorpresa no harás más que divertir al resto de la familia y a los criados.

—¡Qué ridiculez! —masculló Calabaza Mágica. Su postura era rígida, señal de que estaba nerviosa—. Te inventas toda clase de mentiras para ahuyentarnos. Pero has de saber que sólo nos iremos cuando nosotras lo decidamos.

—Yo no me invento nada, tiíta —le dijo a Calabaza Mágica.

—¡Yo no soy tu tiíta, ni la sirvienta de nadie! ¿Lo entiendes, hermana *mayor*?

Fue una ofensa muy poco efectiva porque la mujer debía de ser por lo menos diez años menor que ella.

—Aunque quisiera echarlas, ¿qué iba a hacer para que se fueran? ¿Adónde irían? El hombre del carro ya se ha ido, y en esta aldea no hay ningún otro al que puedan contratar. ¿Y por qué iba a mentirles? No tengo nada que ocultar. Pregunten a cualquiera de la casa y les dirá lo mismo. Tú eres la Tercera Esposa de Perpetuo, una cortesana más de Shanghái que llega a la aldea en busca de un futuro confortable.

Empecé a sentir las palpitaciones del corazón dentro de la cabeza.

—¿Te ha mencionado Perpetuo a su Primera Esposa? —preguntó—. Azur. Su único y verdadero amor antes de conocerte a ti. Inteligente y sabia como un viejo erudito. Muerta a los diecisiete años. ¿O fue a los veinte? Una historia muy triste, ¿verdad?

—Me lo ha contado —dije—. No hay secretos entre marido y mujer.

—Entonces ¿por qué no te ha hablado de mí?

¿Qué clase de trampa me estaba tendiendo esa mujer?

—¿Todavía no me crees? —dijo con fingida decepción—. Déjame adivinarlo. ¿Te recitó ese poema que dice *«Interminable fue el tiempo hasta que nos conocimos, pero más infinito aún desde que ella se fue»*? Se le olvidó decirte que en realidad lo escribió Li Shangyin, ¿verdad?

Habría querido darle una bofetada para hacerla callar.

—¿Lo ves? ¡Ya decía yo que el tipo era un estafador!

—Es un poema que hace perder la cabeza a muchas mujeres —dijo ella—. ¡Ah, ya veo que ahora dudas un poco menos de mí y un poco más de él! El cuchillo del conocimiento se ha hincado en tu cerebro. Necesitarás tiempo para adaptarte, pero cuando hayas asimilado cuál es tu lugar, nos llevaremos bien. Sin embargo, si te enfrentas conmigo, te haré la vida imposible. No olvides que todas hemos sido cortesanas y dominamos el arte de la destrucción mutua. Cuando nuestra época dorada en la casa de flores llega a su fin, no nos cambia el carácter. Todavía necesitamos impedir que nos pisoteen.

Calabaza Mágica le hizo una mueca de desprecio.

—¿Qué sabrá una puta callejera de épocas doradas?

—¿No recuerdas a Melocotón Sabroso?

Era el nombre de una cortesana muy admirada, que en otro tiempo había visitado varias veces la casa de mi madre para colaborar en sus fiestas. Cada vez que venía era una gran ocasión. Pero resultaba imposible que se tratara de la misma mujer. La Melocotón Sabroso que yo había conocido tenía las mejillas firmes y redondeadas, y era desenfadada y alegre, como si todo lo que viera la divirtiera de alguna manera. En cambio, la mujer que teníamos delante lucía la piel opaca y parecía más bien una madama, por sus modales secos y severos. Sin embargo, cuando se puso de pie y echó a andar, se transformó en una belleza sin edad, capaz de moverse como una corriente de agua, en un estilo que me trajo a la memoria épocas pasadas. Los brazos acompañaban el suave balanceo de las caderas, los hombros se movían al compás y la cabeza oscilaba levísimamente adelante y atrás, con un ritmo perfecto y sin esfuerzo aparente. Tenía el aire de la perfecta seductora, una mujer experta y dócil a la vez. Melocotón Sabroso había sido famosa justo por eso. Nadie podía copiar del todo su manera de andar y su forma de ser, aunque todas lo habíamos intentado.

Sonrió victoriosa.

—Ahora me llaman «Pomelo», una fruta un poco más ácida que el melocotón. Vine por la misma razón que tú: unos cuantos poemas, la promesa de ser una esposa respetable en una familia de eruditos y el miedo al futuro. Cuando llegué, me enteré de que la Primera Esposa estaba viva. Lo has oído bien. No ha muerto, por mucho que a él le habría gustado lo contrario. Ya la conoces. Es la mujer que habló contigo cuando llegaste.

—Yo sólo hablé con la madre de Perpetuo.

—No era su madre, sino su esposa. Como has visto, goza de buena salud.

Sentí lo mismo que cuando mi madre me había abandonado: ni tristeza, ni angustia, sino una ira ciega que fue creciendo en mi interior, a medida que comprendía todo el alcance del engaño. ¿Qué más me faltaba por saber?

—Creo que de momento es suficiente —dijo Pomelo—. Es demasiado para entenderlo todo de una vez. Recuerda solamente que no somos las únicas.

—¿Hay más? —pregunté.

—Por lo menos otras dos, pero ya no están. Yo sólo conocí a una; a la otra no. Ven a mi patio mañana a mediodía. Estoy en el flanco oeste. Almorzaremos y te contaré un poco más acerca de esta casa y de las razones por las que estamos aquí.

Me quedé sin habla. Esperaba que Calabaza Mágica me recordara todas las advertencias que me había hecho y todos los motivos por los que no debimos confiar en Perpetuo. Podría haberme culpado por haber tomado la estúpida decisión de meternos a las dos en esa casa de locos. Pero en lugar de eso, me miró con ojos tristes y el dolor pintado en la cara.

—Que se lo cojan a él y a su madre —dijo—, que se cojan a su tío y a su mujer, que tiene el coño podrido. ¡Cuánta mierda te ha contado! Debería limpiarse con su propia lengua el culo por donde ha salido toda la mierda que te ha contado, y por ese mismo culo deberían cogérselo un perro y un mono.

Me fui a mi habitación. Me quité la chaqueta de seda y la usé para limpiar la suciedad que se amontonaba en las esquinas mientras lo maldecía a él entre dientes.

—Que se lo cojan a él y a su madre, que se cojan a su tío...

Abrí la maleta donde guardaba mis objetos más valiosos. Extraje sus poemas de una carpeta de tapas duras, les escupí encima y los rompí en mil pedazos. Arrojé los trozos al orinal y les meé encima. Saqué las fotografías de Edward y de Florita, las puse sobre la cama y les dije:

—Nunca he amado a nadie más.

Y me sentí victoriosa porque era cierto.

Al día siguiente, Calabaza Mágica me dijo que el tabique entre nuestras habitaciones era delgado y que se me había olvidado desearle a Perpetuo que un perro y un mono se lo cogieran por el culo.

—Tampoco has llorado —dijo.

—¿No me oíste vomitar?

Había pasado toda la noche reuniendo mentalmente fragmentos de lo que había sucedido, lo que él me había dicho, lo que yo le había ofrecido, lo que él había aceptado y lo que había rechazado hasta que yo había vuelto a ofrecérselo. Comparé esos fragmentos con lo que sabíamos hasta ese momento y fue suficiente para que me vinieran náuseas. Ni siquiera sabía quién era él.

—Tenemos que irnos de este sitio —dije.

—¿Cómo? No tenemos dinero, no conservamos ninguna de nuestras joyas. ¿No lo recuerdas? Te dijo que las guardaras en una caja fuerte y que él se encargaría de traerlas. Y después nos separamos para venir por caminos diferentes.

Una sirvienta vino a anunciarnos que la familia se estaba reuniendo para desayunar. Le dije que estábamos indispuestas y le señalé el orinal. Calabaza Mágica confirmó que así era. No queríamos ver a los demás hasta saber un poco mejor dónde nos habíamos metido. A mediodía, fuimos al patio de Pomelo, en el ala oeste, y nos sentamos bajo un ciruelo. No nos invitó a pasar a su habitación, pero por el número de ventanas se veía que era mucho más grande que las nuestras.

La sirvienta nos trajo el almuerzo, pero yo no tenía apetito. Aunque Pomelo tenía cara de sinceridad y parecía hablar con franqueza, yo no sabía hasta qué punto confiar en nadie de la casa. Mientras hablaba, la escuchaba con el oído atento a las mentiras.

Tal como me había pasado a mí, el día que Pomelo había llegado de Shanghái, Perpetuo no estaba en la casa para recibirla. El cobarde no quería estar presente cuando ella se enterara de la verdad. Cuando al fin se presentó, le dijo que realmente había creído que su mujer estaría muerta para entonces, y le aseguró que no duraría mucho tiempo más con vida y que muy pronto ella podría ser su legítima esposa.

—¿Por qué le creí? —dijo Pomelo—. Las cortesanas somos expertas en detectar las mentiras y las verdades a medias que nos cuentan los hombres. Sabemos que suelen omitir parte de la verdad, normalmente la más importante, y para nosotras son transparentes. Sin embargo, me dejé engañar por Perpetuo. ¿Por qué? Cuando llegué a esta casa, Azur estaba enferma de verdad. Perpetuo me llevó a su habitación y me enseñó a una mujer que parecía un esqueleto. Yacía inmóvil en la cama, con los ojos abiertos y fijos en el techo, como un pescado muerto. La piel le cubría los huesos como una mortaja. Me sentí horrorizada, pero a la vez feliz de que Perpetuo me hubiera dicho la verdad. Azur estaba a punto de morir. Aun así, me pareció extraño que no se le acercara para decirle unas palabras tiernas. ¿No me había dicho que el amor que lo unía a esa mujer era fruto del encuentro en varias vidas pasadas? ¿No me había asegurado que sus espíritus eran cual constelaciones gemelas, fijos en el cielo y eternos? ¡Eso me había contado! Perpetuo me explicó que se estaba preparando para la devastadora ausencia de Azur, fingiendo que ya se había ido. ¿Se lo imaginan? Yo estaba tan dispuesta a creerle, que me habría tragado cualquier cosa, aunque hubiera afirmado que él era el dios de la literatura y yo la pobre lecherita del cuento.

Con el tiempo, Pomelo se enteró de que Perpetuo había tergiversado prácticamente todo lo relacionado con su esposa. Poco a poco, la verdad fue saliendo a la luz. A los diez años, lo habían encadenado a un contrato de matrimonio, imposible de romper por la importancia de la dote pagada. Su familia necesitaba el dinero. ¿Qué sabe un niño de diez años de matrimonios, dotes y novias que no se ven porque están detrás de un velo? Perpetuo tenía dieciséis años cuando la vio por primera vez y quedó espantado al descubrir que era una mujer esquelética diez años mayor que él, con un ojo estrábico y una boca enorme de la que sobresalían los dientes superiores. En cuanto a los inferiores, eran tan desiguales en tamaño y color como los granos de una mazorca de maíz que ha salido mala. Al verla, sintió una ira tremenda, pero no se enfadó con su familia por aceptar la dote, sino con Azur por ser fea. Sólo frecuentaba la habitación de su mujer para cumplir con sus obligaciones reproductoras.

—Cuando dio a luz a nuestro hijo —le había dicho a Pomelo—, ya no tuve que verle nunca más la raja.

A partir de entonces, empezó a viajar con regularidad a otros poblados para desahogarse con prostitutas.

—¡La raja! —exclamó Calabaza Mágica—. ¿Qué tipo de hombre usa esa expresión para hablar de la madre de su hijo? ¡Un burro debería cogerse por el culo a ese imbécil!

—Me contó que había vivido en la más absoluta castidad durante tres años —dijo Pomelo.

—A Violeta le contó que habían sido cinco —repuso Calabaza Mágica con un resoplido de desprecio.

No me gustó que le contara a Pomelo que yo había sido aún más crédula que ella.

—Cuando llegué aquí, no sabía nada de eso. No sabía cuántos años tenía Azur, ni conocía su aspecto antes de enfermar. Parecía una aparición, agarrada por un delgado hilo a la vida. Pero era extraño e incómodo que Perpetuo fuera tan insensible con ella. Nunca la visitaba en su habitación y no parecía recordar sus años de castidad. Lo mismo que él, yo estaba esperando que Azur muriera y estaba segura de que sucedería esa misma semana, o la siguiente, o quizá la otra.

Cada pocos días, Pomelo iba a la habitación de Azur para ver si aún le quedaba carne pegada a los huesos, y observar si sus ojos seguían húmedos o estaban hundidos y opacos, señal de la inminencia de la muerte.

—Era como mirar una tortuga vieja que no se movía nunca —dijo—. Habría sentido compasión por ella si la hubiera visto debilitarse día a día, hasta que la cara se le hubiera vuelto gris y hubiera muerto. Pero cada vez que iba a verla estaba igual. Me ponía frenética.

Pomelo contó que un día tomó la decisión de asumir lo antes posible el papel de Primera Esposa. Fue a la habitación de

Azur e hizo un inventario de todos sus muebles y enseres. Anotó lo que quería conservar y lo que no mientras criticaba en voz alta su ropa y sus joyas.

—Baratijas —sentenció—. Incluso una mujer bellísima parecería espantosa si se pusiera estas cosas.

Se sentó delante del espejo del tocador y se pellizcó las mejillas para que parecieran sonrosadas y saludables. Practicó diversas expresiones faciales para componerlas fácilmente cuando lo exigiera la ocasión: una cara amable, otra confiada, otra dispuesta, otra solícita, otra satisfecha y otra agradecida, pero prestó especial atención a la cara de enamorada. Abrió un cajón y sacó un collar que había pertenecido a la familia durante cientos de años, un mosaico de perlas, rubíes y jade sobre barras curvas entrelazadas, con un voluminoso colgante de topacio rosa. Se lo puso al cuello y se miró al espejo. El diseño era tosco y las piedras no eran de la mejor calidad, pero era una joya de familia que habían lucido todas las generaciones de esposas.

Cuando se llevó las manos al cuello para desenganchar el broche, oyó un susurro áspero:

—Segunda Esposa, Segunda Esposa.

Parecía la voz ronca de un espectro. Pomelo estuvo a punto de desmayarse del susto, convencida de que Azur estaba usando su último aliento para maldecirla por ponerse el collar de la familia cuando ella aún no había muerto. Pero entonces Azur volvió a hablar, y esa vez sus labios se movieron de verdad:

—Perpetuo puede ser muy cruel —le dijo a Pomelo—. No lo puede evitar. Tiene el cerebro enfermo. Huye de aquí antes de que te haga sufrir.

Pomelo sintió un escalofrío porque en parte creyó en la sinceridad de Azur. ¿Qué razón habría tenido una moribunda para mentirle? Pero Azur no estaba moribunda y de hecho no murió. Pomelo acababa de darle una razón para vivir. Ella no era una ramita frágil que alguien pudiera arrancar con la mano. Su fuerza manaba del amor que sentía por su hijo, y no quería que su hijo tuviera por madre a una antigua cortesana. Tampoco quería que fuera como Perpetuo. El niño había heredado el físico de su padre, pero ella se aseguraría de que no desarrollara su carácter. Quería un hijo que devolviera la gloria a la familia Sheng. Entonces empezó a comer de nuevo y al cabo de una semana, ya podía salir al patio e imitar el canto de los pájaros. Durante la enfermedad, la mayoría de los dientes se le habían podrido todavía más que antes y se le habían caído. Entonces se arrancó los que le quedaban y mandó hacer una dentadura grande y de dientes regulares, que le confería un aspecto feroz, sobre todo cuando sonreía. Era una mujer fuerte, no sólo por sus dientes y su cuerpo, sino por su voluntad. Ya no cedía a los deseos de los demás, ni siquiera a los de Perpetuo. Su suegra ya había fallecido, y Azur se puso al frente de la casa sin nadie que pudiera contradecirla. Había una sola afirmación cierta en todo lo que Perpetuo decía de ella. Era inteligente. Era capaz de debatir sobre cualquier asunto con los mismos razonamientos que un hombre. Y tenía otras tres grandes ventajas sobre el resto de los habitantes de la casa. La primera era su familia, que vivía en otro pueblo, a ochenta kilómetros de distancia. Sus padres eran ricos y Perpetuo dependía de sus envíos regulares de dinero para cubrir los gastos de la casa y los suyos propios. La segunda era su hijo, primogénito de la nueva generación y heredero de la fortuna familiar. Azur podía esgrimir la promesa de la herencia para que Perpetuo se plegara a todos sus deseos. La tercera ventaja era su capacidad para pensar con la mente despejada, sin volverse loca de celos, ni dejarse engatusar con mentiras bonitas. Ella no se dejaba envolver por los encantos de Perpetuo.

Pomelo nos había dado el don del conocimiento. Y todo era malo. Compartíamos una alianza basada en la misma traición. Habíamos llevado vidas sofisticadas en Shanghái; hablábamos el mismo lenguaje y habíamos tenido nuestra ración de hombres atractivos. Nos habíamos enamorado de algunos, y las dos habíamos conocido un amor enorme y devastador antes de encontrar a Perpetuo. Ambas habíamos caído en la misma trampa, empujadas por nuestro propio miedo, y las dos habíamos buscado la supuesta seguridad de una situación ideal: una existencia elevada en el retiro campestre de un erudito. Habíamos sido igual de tontas, por lo que de vez en cuando podíamos hablarnos con franqueza. Pero no podíamos confiar del todo la una en la otra. Las dos habíamos sido engañadas demasiado a menudo por demasiada gente.

Sin dinero, vivíamos en una cárcel. Calabaza Mágica y yo repasábamos sin cesar las mentiras de Perpetuo, comparándolas con lo que nos había dicho en Shanghái. Mansión, su presunto primo, debía de haber sido una víctima más de sus engaños. Me pregunté quién sería realmente Perpetuo. ¿Cómo sería el hombre que vendría a reunirse conmigo?

Mientras tanto, tenía que cuidarme sobre todo de Azur y de su fortaleza. Era la mujer que me había hablado la primera vez, cuando me presenté en el patio con mi bonito traje de seda ajado y reseco después de casi tres meses de viaje. Ella me había llamado «prostituta». Después nos había dicho a Calabaza y a mí que nos quedáramos a comer en nuestra parte de la casa. Nosotras lo preferíamos tanto como ella. Teníamos poco en común con el resto de la familia, compuesta por la bisabuela aquejada de locura senil, la abuela melancólica, las dos esposas de los hermanos muertos de Perpetuo y los diversos chiquillos que habían traído al mundo esas mujeres. Azur nunca me levantaba la mano, pero encontraba otras maneras de humillarme, y la peor de todas era habernos instalado allí, en los trasteros de la ruinosa ala norte, el lugar más frío de la casa en invierno y el más caluroso en verano.

Antes de la llegada de Perpetuo, me preparé para oír más mentiras. Imaginé todas las excusas que podía poner y me dispuse a cortar todos los hilos que las mantuvieran en pie. Decidí actuar como una mujer práctica y exigirle que me instalara en una casa separada para poder ser la Primera Esposa del otro hogar.

Tardó un mes en llegar, y para entonces yo estaba tan hundida que prácticamente no podía levantarme de la cama. Me había convertido en la Tercera Esposa de un don nadie en un lugar desolado y remoto del mundo. ¿Dónde estaban los estudiosos, el respeto, los jardines apacibles donde yo luciría mis trajes bien cortados y dejaría que la brisa agitara la seda sobre mi piel? Todos los días me maldecía a mí misma. ¿Cómo había podido permitir que me pasara algo así? En otra época me había creído capaz de hacer frente a cualquier adversidad, pero nada de lo que yo pudiera saber, creer o pensar tenía la menor importancia en ese lugar. No tenía nada de donde agarrarme. Ninguna oportunidad iba a salir a mi encuentro en esa desolación. Calabaza Mágica intentaba animarme, pero ella también estaba decaída espiritual y mentalmente.

Cuando Perpetuo entró en mi habitación, lo insulté y me negué a escucharlo. Pero él conocía mi lado más débil, y pronto estuve dispuesta a aceptar cualquier frágil excusa de sus labios, con tal de conservar la esperanza de que su amor por mí era auténtico, porque ésa era la única prueba de que yo era una persona importante. Toda mi inteligencia, mi cordura y mi determinación se escurrieron como arena entre sus dedos. Se disculpó, me suplicó que lo perdonara y proclamó que no me merecía. Yo quería creerle, de modo que le creí. Confesó que había mentido, pero sólo por el miedo agónico a perderme. Me explicó que la historia acerca de su esposa había sido su manera de demostrarme que era capaz de amar con devoción infinita. Adujo que los sentimientos expresados eran verdaderos y me aseguró que, de lo contrario, una mujer experimentada como yo, que había conocido a tantos hombres (¡a cientos!), lo habría notado. Me animó a detestarlo por el resto de mi vida y dijo que admiraría mi fortaleza de carácter si lo odiaba. Me juró que habría hecho de mí su Primera Esposa si pudiera cambiar el orden universal decretado por el emperador. Me prometió llevarme de vuelta a Shanghái y comprarme una casa donde yo sería su Primera Esposa... el día que tuviera suficiente dinero para permitírselo.

Añadió que hasta que llegara ese día, yo sería la Primera Esposa del ala norte, donde se sentiría libre de amarme como la más deseada de todas. Cada vez que me visitaba, me administraba su elixir de palabras, y por un tiempo llegué a olvidar que en esa parte de la casa el viento se colaba entre las grietas y hasta el sol era frío. Me dijo todo lo que yo necesitaba oír para dejar de odiarme a mí misma y recuperar el sentido de mi importancia. Pero cuando volví a sentirme importante, recobré la cordura perdida. Él no me quería, ni yo lo quería a él, ni lo había querido nunca. Me di cuenta de que yo era como un pájaro cuyas alas se habían sustentado sobre un viento de mentiras. Pero seguiría batiendo esas alas para permanecer en vuelo, y cuando el viento dejara de soplar o me vapuleara con fuerza, continuaría batiendo mis fuertes alas y volaría con mi propia ráfaga.

CAPÍTULO 11
La montaña Celeste

Estanque de la Luna
Septiembre de 1925
VIOLETA

En Shanghái, Perpetuo me había declarado su amor con poemas, y uno de ellos aseguraba que la belleza del Estanque de la Luna borraría en mí todo recuerdo de la gran ciudad. Al cabo de siete semanas, no había sufrido todavía ningún ataque de amnesia. De hecho, no podía dejar de pensar en Shanghái y en todas las maneras posibles de escapar del Estanque de la Luna y regresar a la ciudad. Tendría que haber interpretado los poemas más sombríos de Perpetuo como el anuncio de lo que me esperaba.

Antes no había comprendido por qué glorificaba en sus poemas la soledad, la vida vacía y el sentimiento de la muerte. Cuando llegué al Estanque de la Luna, descubrí que no vivía solo, sino que tenía otras dos esposas. Su pobreza no era una elección, sino un motivo de resentimiento. ¿Y sus elevados ideales? Lo único que deseaba era tener fama y fortuna hasta que el dinero le saliera por las orejas. Las impactantes sorpresas sobre su verdadero carácter no parecían tener límite, por no hablar de lo que había descubierto acerca de las «diez generaciones de estudiosos». Desde el instante en que llegué a la casa, tuve la sensación de haber sido engañada también en ese aspecto. Cada vez que surgía el tema de los antepasados o de los estudiosos, se hacía un silencio a mi alrededor.

La semana anterior, había averiguado accidentalmente la

verdad mientras buscaba mis joyas y mi dinero, que Perpetuo me había confiscado con la excusa de guardarlos en un lugar seguro. En una caja de documentos que encontré en el fondo de un armario, descubrí el relato personal que había hecho Perpetuo acerca de la historia de su familia.

Cuando tenía nueve años, mi abuelo murió de ictericia y colocaron el cuerpo en el vestíbulo. La correosa piel amarilla del cadáver me dio miedo y temí morir de la misma enfermedad, pero mi padre aprovechó la oportunidad para darme una lección. Yo lo escuché atentamente. Era un gran erudito y ocupaba un importante cargo judicial en la provincia. Me dijo que si memorizaba los Cinco Clásicos, pronto conocería a un ermitaño que me pediría un sorbo de vino, y cuando yo se lo diera, me concedería la inmortalidad. A partir de ese día, estudié frenéticamente. Diez años después, había memorizado todos los clásicos de la poesía: 60 baladas populares, 105 canciones ceremoniales y 40 himnos y panegíricos. También me había aprendido de memoria muchos de los discursos imperiales del Libro de los Documentos, *una tarea tan tediosa que estuvo a punto de llevarme a la locura.*

Un día, la Sexta Esposa quiso sorprender a mi padre demostrándose más atenta y solícita que cualquiera de las otras. Había encontrado en un baúl la auspiciosa túnica que todas las generaciones de estudiosos de la familia habían utilizado para presentarse al examen imperial, y decidió llevarla al sastre para que le reparara los deshilachados dobladillos de las mangas. Cuando le dijo a mi padre lo que había hecho, ya era tarde. El sastre ya había descubierto debajo del forro una serie de finísimas láminas de seda con copias de los pasajes más difíciles de los Cinco Clásicos. Por desgracia para mi padre, el reciente aumento de las trampas en el examen había motivado un edicto imperial que imponía la decapitación de todos los tramposos. Unos días después, vi cómo dos hombres conducían a mi padre al centro de la plaza, donde ya se había reunido una bulliciosa muchedumbre procedente de muchos condados cercanos. Mi padre era famoso por aplicar sanciones de inusitada severidad por faltas menores, y su impopularidad se extendía por toda la región. Un soldado le dio una patada en las corvas para que cayera de rodillas delante de una pila donde se amontonaban las posesiones más sagradas de nuestra familia: rollos con panegíricos dedicados a los eruditos de nuestra familia, miles de poemas de nuestros antepasados, cientos de tablillas conmemorativas, retratos de nuestros ancestros y el altar familiar con todo el material para los rituales. Lo obligaron a mirar mientras los soldados destrozaban y prendían fuego a todos esos tesoros, que estallaron en llamas altas como árboles.

—¡Yo no hice trampas! —gritó—. ¡Lo juro! Era un estudiante pobre y compré la túnica en una casa de empeños.

Me sorprendió que mi padre fuera deshonesto hasta el final. Uno de los hombres lo agarró por la trenza, se la levantó y el otro enarboló la espada. Un instante después, vi girar por el suelo la cabeza, mientras el cuerpo caía hacia adelante en el polvo. La reputación de mi familia quedó destrozada, tanto en la tierra como en el cielo. Cuando volví a casa, vi que la gente de la aldea le había prendido fuego a nuestra finca y que esos canallas ladrones estaban robando los muebles y despedazando lo que no se llevaban.

Por mucho que estudiara, siempre sería el hijo de una familia de tramposos y charlatanes. Ningún ermitaño vendría a pedirme un sorbo de vino. Pero me niego a heredar la vergüenza. No permitiré que nadie escupa el suelo a mi paso. Reconstruiré la casa y nuestra reputación. Me levantaré yo solo y sembraré la semilla de las próximas diez generaciones. Recibiré lo que merezco.

Ésa era la elevada reputación que me había llevado hasta allí. Igual que su padre, Perpetuo seguía inventando nuevas mentiras para apuntalar las anteriores. También las justificaba.

—¿Habrías venido si te hubiera dicho la verdad? —me había preguntado.

¡Claro que no! Pero ahora que estaba ahí, no pensaba ayudarlo a sembrar la semilla de las diez generaciones siguientes de mentirosos. Tenía que irme. Sin embargo, no era fácil salir. La casa era una cárcel y la aldea, una prisión todavía mayor. ¡Maldito Perpetuo! Él sabía que quedaría atrapada.

Desde nuestra primera semana en el Estanque de la Luna, Calabaza Mágica y yo habíamos salido a explorar en busca de rutas de escape. La aldea se recorría a lo largo y a lo ancho en cuestión de media hora. La plaza del mercado resultó ser una simple explanada de tierra batida. Cuando llegábamos a media mañana, los granjeros ya habían levantado los puestos. Había una sola calle comercial, donde se alineaban una serie de talleres que ofrecían todos el mismo servicio: reparación de ollas, cubos, cinceles, sierras, azadas y todo lo que un campesino necesitaba para matarse trabajando. Los otros artículos en venta eran accesorios para funerales, el mejor de los cuales era una casa de papel del tamaño de diez hombres, que por sus colores desvaídos y bordes ajados, era evidente que llevaba muchos años en exposición. La carretera que habíamos seguido para llegar al Estanque de la Luna estaba a medio día de marcha de la aldea, en el otro extremo del valle. Si intentábamos huir por ese camino, nos descubrirían antes de recorrer cien metros. Había senderos que conducían a las montañas, hacia las terrazas de arrozales y los bosques donde las ancianas cortaban leña para después bajarla a la aldea cargada a la espalda. Veíamos a los campesinos que subían trabajosamente la pendiente a primera hora de la mañana, antes del alba, y bajaban con paso cansino al atardecer, a la luz del crepúsculo. Algunas de las sendas se convertían en cascadas con los repentinos aguaceros. Las estudiamos y tachamos de la lista las que no nos servían como vía de escape. Hacia la segunda semana nos dimos cuenta de que necesitábamos ropa que no llamara la atención. Cambié uno de mis bonitos trajes de chaqueta y falda por cuatro conjuntos azules de camisa, pantalones y sombrero como los que usaban las mujeres del pueblo. Me preguntaba para qué querría el traje nuevo la mujer con la que había hecho el trato.

—Puede ponérselo y soñar que está en un lugar donde la gente viste a diario ese tipo de ropa —dijo Calabaza Mágica—. Nosotras también podemos soñar.

La tercera semana, empezamos a convencernos de que la única forma de salir de la aldea era contratar a un carretero. Y no teníamos dinero para hacerlo.

Cuando Perpetuo regresó de uno de sus viajes de negocios, me propuso salir a dar un paseo otoñal, hasta un lugar panorámico que había inspirado muchos de sus poemas. Acepté entusiasmada, pensando que de esa forma podría descubrir otras sendas y caminos. Antes de salir, Perpetuo me recitó uno de los poemas que le había inspirado el lugar al que íbamos para que yo apreciara plenamente su importancia.

Allí donde el ermitaño viste la mortaja de la noche,
un odre de vino medio lleno es su único amigo.
Él mismo no es más grande que el peñasco donde reclina su espalda.
Los dos se vendrán abajo con la erosión del tiempo,
el peñasco y él.
La misma distancia los separa de la muerte.
Y las estrellas seguirán brillando
con la misma indiferencia que esta noche.

El poema me hizo desconfiar.

Para llegar al sendero de la montaña, Perpetuo me llevó por la calle principal de la aldea, lo que me pareció una decisión extraña. Desde mi posición veía una senda elevada que se adentraba por las estribaciones de las colinas y discurría en la misma dirección. Seguramente la senda habría sido mejor elección para inducir en mí la amnesia deseada. Pero pronto comprendí por qué me había llevado por ese camino. Era el mejor para alardear de mí y enseñarme a todos como la última cortesana que se había traído de Shanghái. Parecía orgulloso, andando del brazo conmigo. Me fijé en lo mucho que disfrutaba al ser el centro de atención. Las mujeres nos miraban boquiabiertas y hacían comentarios graciosos entre ellas. Los hombres se sorbían los dientes y sonreían. Nadie reaccionaba de esa forma cuando salía sola con Calabaza Mágica.

Tras cruzar el puente, llegamos finalmente al sendero que subía a la montaña Celeste. Tras un ascenso de apenas diez minutos, Perpetuo anunció que habíamos llegado al destino de nuestro paseo. Contemplé el paisaje a nuestros pies: los tejados de las casas y los campos de arroz entre pequeños cobertizos. Le dije a Perpetuo que no estaba cansada y que prefería seguir subiendo.

—El sendero está bloqueado por ríos de fango y desprendimientos de rocas —replicó—. Es peligroso.

—Entonces ¿por qué me prometiste enseñarme «la fascinante belleza de caminar en las alturas entre las nubes»?

—No hace falta que lleguemos más arriba para alcanzar la fascinante belleza de las alturas —dijo—. Podemos hacer el amor aquí mismo y tú puedes gritar tanto como quieras porque nadie te oirá. —Se llevó la mano a la entrepierna—. ¿Ves lo que me has hecho? Tengo el sable afilado. Ya se ha salido de la vaina y quiere hundir toda su poderosa hoja en tu interior, con tus nalgas como empuñadura.

Tuve que contener la risa ante su poético intento de excitarme.

—Sólo tú despiertas en mí esta urgencia —dijo—. Nunca le he pedido a Pomelo que venga hasta aquí conmigo.

—Pomelo tiene los pies vendados —dije—. No podría caminar tanto.

—No lo había pensado. El hecho de que ni siquiera se me haya ocurrido es la prueba de que nunca he deseado traerla hasta aquí. Date prisa y quítate la ropa. La espera es una agonía.

Le señalé las piedras de aristas afiladas que cubrían el sendero y le dije que serían una pésima cama.

—Las chicas de Shanghái están muy mal acostumbradas. Date la vuelta y apóyate en esa roca, con el culo para arriba. Te penetraré por detrás. ¿Estás húmeda ya?

En Shanghái, parecía vacilante y circunspecto en todo lo relacionado con el sexo; pero desde que estábamos en la aldea, su manera de hablar se había vuelto vulgar y ruin.

—Tengo el sangrado mensual —le mentí—. Me daba vergüenza decírtelo.

—Debes contármelo todo siempre —me dijo con suavidad—, sea lo que sea. Hemos acordado compartir todo lo nuestro: la mente, el cuerpo y el corazón. —De pronto, su tono se volvió severo—. No quiero que tengas secretos para mí, Violeta. Nunca. Prométeme ahora mismo que me lo contarás todo.

Asentí con la cabeza, para que no se enfadara más, y en seguida recuperó el tono suave de antes. Me pidió que me pusiera de rodillas para complacerlo con la boca y en unos instantes habíamos terminado.

En el camino de vuelta, me señaló algunos elementos interesantes del paisaje que yo no había apreciado durante el ascenso: un manzano silvestre, el tocón de lo que había sido un árbol gigantesco, los montículos de las tumbas que marcaban la ladera... Fingí interés mientras buscaba desde lo alto cierto camino de cuya existencia acababa de enterarse Calabaza Mágica hablando con la doncella de Azur. Todas las sirvientas intercambiaban habladurías sobre sus respectivas patronas y como todas creían que Calabaza Mágica era mi criada, compartían con ella algunos de los chismorreos que circulaban por la casa. Según la doncella, cada tres o cuatro semanas, Perpetuo le anunciaba a Azur que tenía que alquilar un carro y un caballo para ir a inspeccionar un aserradero que supuestamente se encontraba a unos treinta kilómetros de distancia. Azur le respondía en cada ocasión que si iba a inspeccionar un burdel, procurara no traerse otra cortesana. La doncella no conocía el pueblo vecino porque nunca había salido del Estanque de la Luna. Pero un sirviente, del que todas sabíamos que era su amante secreto, «o no tan secreto», se había ofrecido para llevarla algún día. En su opinión, esa oferta equivalía a una propuesta de matrimonio. Su amante conocía la manera de llegar. Era muy fácil:

—Hay que salir por la calle principal del Estanque de la Luna, atravesar el puente y seguir todo recto hasta un camino bastante ancho. Después hay que avanzar hacia el oeste, al encuentro del sol enceguecedor, y caminar durante treinta kilómetros o hasta que se acabe el camino, y al cabo de poco tiempo, ahí está: el pueblo de Wang.

Según el sirviente, Wang no era un pueblo, sino una ciudad, porque le habían dicho que tenía tiendas, burdeles e incluso un puerto donde atracaban embarcaciones pequeñas que iban y venían por el río. No podía asegurar que fuera cierto porque nunca había estado allí, pero una o dos veces al año, pasaba alguien por el Estanque de la Luna que se dirigía hacia Wang o volvía de allí. Los viajeros sólo se detenían en la aldea el tiempo suficiente para que el sirviente les sonsacara toda la información posible sobre el mundo tal como era más allá del reducido espacio que conocía.

Yo imaginaba los barcos. No me importaba adónde pudieran ir. Me embarcaría en uno cualquiera y me iría tan lejos como fuera posible. Quizá el barco me llevara a otro pueblo, pero en ese pueblo habría otros caminos, y los caminos me conducirían a otras vías fluviales y a otros barcos. Seguiría avanzando, cada vez más lejos del Estanque de la Luna y más cerca del mar, hasta llegar a Shanghái. Sin embargo, para eso necesitaba dinero y no lo tendría mientras no encontrara el lugar donde Perpetuo había escondido mis joyas y mis ahorros. Una vez le dije que quería ponerme mi pulsera, y él me respondió que en el Estanque de la Luna no era necesario ir presumiendo. Sólo conseguiría parecer arrogante y no había nadie en la aldea que apreciara la arrogancia.

No me quedaba otra opción que tratar de robar lo que era mío. Cuando le conté a Calabaza Mágica mi plan, ella me señaló sus defectos:

—¿Hasta dónde crees que puedes llegar por el camino, más allá del puente, antes de que alguien te descubra? Cualquier imbécil te reconocería. Y aunque llegaras al camino del este, Perpetuo saldría a buscarte en un carro, te agarraría del pelo y te traería de vuelta a casa. Tenemos que buscar otra solución.

Imaginé una docena de complicados planes y estudié detenidamente todos sus aspectos prácticos. ¿Qué era peor, trabajar de prostituta en un fumadero de opio o ser una de las concubinas de Perpetuo en el fin del mundo? Cada vez que me lo preguntaba, la respuesta era la misma: prefería morir en Shanghái antes que quedarme donde estaba.

Mientras tanto, Azur parecía feliz de vivir y morir en el Estanque de la Luna. Había estado haciendo los preparativos para el lugar privilegiado que ocuparía en el cielo, aunque su muerte no fuera a ser tan inminente como Perpetuo habría deseado. Por ser la madre del hijo de Perpetuo, su espíritu recibiría ofrendas diarias de incienso, fruta y té, así como la obediencia obligada del resto de los habitantes de la casa. Había mandado hacer tablillas conmemorativas para Perpetuo y para ella, talladas en la mejor madera de alcanforero. No había ninguna tablilla para los ancestros de Perpetuo porque habían caído en desgracia y no eran dignos de ser venerados, pero Azur había traído a la casa rollos, tablillas, escritos y retratos de sus propios antepasados para que su hijo pudiera dirigir los rituales.

Le pregunté maliciosamente a Azur dónde estaban las tablillas de los antepasados de Perpetuo y me respondió que se habían quemado en un incendio. Pero no me explicó la causa del fuego. Le pregunté entonces cuándo encargaría otras nuevas para reemplazar las quemadas.

—Cuando tengamos dinero para comprar la madera de alcanforero —contestó—. Si no tuviéramos que gastar tanto en alimentarte, podríamos encargarlas mucho antes.

Aunque yo no hubiera leído el relato de Perpetuo acerca de «la Gran Desgracia», me habría enterado. Era un secreto a voces, del que constantemente me llegaban retazos a través de los sirvientes y de Pomelo, así como de las medias verdades que me había estado contando Perpetuo hasta que le dije que lo sabía todo. Estuve enferma del estómago durante una semana, indignada conmigo misma por haberme metido en ese estanque putrefacto, atraída por una familia de estudiosos con la reputación destrozada.

Dos veces al día, una por la mañana y otra por la tarde, teníamos que ir al templo que estaba reparando Azur, arrodillarnos en el suelo de piedra y murmurar frases respetuosas dedicadas a sus antepasados. Yo nunca había tenido que cumplir esos rituales. Mi madre los consideraba supersticiones inútiles y Edward no sabía nada del culto a los ancestros. Algunas cortesanas que había conocido solían hacer reverencias y orar en la intimidad de sus habitaciones, pero la mayoría de las chicas ni siquiera sabían de qué familia las habían robado. Además, ningún antepasado habría querido que una cortesana condenada al infierno les comprara un lugar mejor en el cielo utilizando los billetes ganados con su oficio infernal.

Desde que había empezado la estación lluviosa, el techo del templo tenía goteras y el agua nos caía en la cabeza y apagaba el incienso. Me pareció absurda la idea de Azur de gastar dinero en reparar el interior del templo antes de dejar en buenas condiciones el tejado. Un día, mientras las gotas de lluvia me rodaban por la cara, decidí hablar con Perpetuo para que se diera cuenta de que mis ideas también eran valiosas.

Esa noche, después de que hubo venido a satisfacerse en mi cama, alabé la devoción de Azur por los antepasados de la familia. Le mencioné cuánto apreciaba cada uno de los detalles: las columnas, la mesa, el pedestal para el Buda... ¡Qué lista había sido al encargar una tablilla conmemorativa de la más costosa madera de alcanforero!

—Otras maderas más baratas atraen a los insectos —dije— y no hay nada peor que ver a los bichos comerse tu nombre. El aceite de alcanforero los ahuyenta.

Después le conté lo que había escuchado accidentalmente esa mañana.

—Unos campesinos estaban chismorreando junto a mi ventana acerca de las goteras de un vecino. Todos sabían que la mujer del granjero llevaba varios años atormentando a su marido para que reparara el tejado, y últimamente el hombre había llegado a decirle en broma que no se quejara porque el agua que entraba a chorros por el techo era perfecta para cocinar y lavarse. Según contaban los campesinos, el tejado se vino abajo y aplastó la despensa del altillo, con todas sus reservas de comida. Las ratas devoraron la carne; las gallinas se comieron las mazorcas secas, y los cerdos se emborracharon con el vino de arroz derramado. Después salieron corriendo por el pueblo, se cayeron al río y se ahogaron. Lo peor de todo fue que el granjero se partió un brazo y una pierna, y ahora ya no puede trabajar en el campo. Sus padres, su mujer y sus hijos han salido a pedir caridad a los vecinos, pero como el hombre estaba peleado con todos, ahora la familia va a morirse de hambre.

»Cuando oí la historia, me eché a temblar —añadí—. En nuestra casa, basta levantar la cabeza para ver más agujeros en el techo que estrellas en la constelación del Pavo Real. A nadie le importa que le caigan unas cuantas gotas en la cabeza. Pero ¿qué pasará si se desploma el tejado y destruye todo lo que Azur se ha esforzado tanto en reparar? La madera de alcanforero es muy aceitosa y una sola chispa sería suficiente para que todo el templo estallara en llamas. Podría quemarse la casa entera, con todos tus poemas.

Esto último atrajo su atención. Estuve a punto de añadir que Azur podía morir, pero después recordé que quizá fuera lo que él deseaba.

—En mi opinión —proseguí—, hay que reparar ese tejado cuanto antes.

Me miró con una ancha sonrisa.

—¡Qué rápido has aprendido para ser una chica de ciudad!

Me sentí tan triunfante como una cortesana que acabara de ganar un pretendiente codiciado por las demás.

—Quiero ser útil —dije—, aunque sólo sea la Tercera Esposa.

Cuando mencionaba mi baja condición, Perpetuo ya no se disculpaba como antes por haberme llevado engañada a la aldea con la promesa de hacerme su Primera Esposa, ni tampoco me quejaba yo, al menos en voz alta. Con mis quejas sólo me habría ganado su animadversión, que él se habría apresurado en expresar delante de las otras esposas para avergonzarme. Eso a mí no me importaba porque me daba igual lo que pensaran él o cualquiera de los demás. Pero si se enfadaba conmigo, probablemente le habría dicho a Azur que me castigara y me hiciera la vida todavía más insoportable, por ejemplo, dándonos de comer las sobras frías del día anterior o diciéndole a la lavandera que nos devolviera la ropa llena de manchas.

—El tejado es un problema desde hace muchos años —dijo Perpetuo—. Pomelo ya sugirió el año pasado que lo reparásemos, y a mí me pareció una buena idea, hasta que Azur me indicó que sus antepasados están tan contentos con la remodelación del templo que me protegerán de todos los desastres y de todo lo que pueda abreviarme la vida. Así que ya ves. El tejado no se caerá mientras Azur siga reparando el templo.

Se había creído los razonamientos de una loca que vivía con un pie en el otro mundo. Me pregunté si habría mencionado la sugerencia de Pomelo para enfrentarnos entre nosotras. Después de todo, ella también había sido cortesana y sabía utilizar la humildad y los subterfugios en provecho propio. Y Pomelo ya me había dicho que me lo haría lamentar si no sabía mantenerme en mi sitio, que era el más bajo de la casa.

Hasta ese momento, no había notado ningún indicio de que estuviera tramando nada contra mí. De vez en cuando, venía a nuestro patio, siempre con la excusa de traerme un poco de té caliente para que entrara en calor en una tarde fría. No me gustaban sus visitas, pero tampoco podía rechazarlas. Me resultaba incómodo evitar las conversaciones que tal vez pudiera usar en mi contra. Intentaba ser amable, pero no le ofrecía nada, excepto comentarios intrascendentes.

—Cuando llueve —le decía, por ejemplo—, las hormigas forman una enorme procesión por el suelo.

—¿Les has echado polvo de pimiento picante?

—Sí —respondía yo—. El que más les gusta es el de Sichuán.

Había otra razón por la que no me agradaban sus visitas. Mi patio y mis habitaciones eran el reflejo de mi baja categoría, que seguramente sería un motivo de risa para todos. Calabaza Mágica y yo acabábamos de ampliar nuestros dominios, derribando los tabiques de dos trasteros, pero ya no nos quedaba mucho margen de mejora. Nuestro patio era el más alejado de la casa principal, y para ir desde nuestras habitaciones hasta el templo, teníamos que recorrer un pasaje oscuro con el suelo cubierto de musgo verde y resbaladizo, donde ya me había caído sentada un par de veces. Después teníamos que seguir por varios largos pasillos cuyos tejados habían ardido en el gran incendio. Al final del otoño, el ala norte de la casa siempre estaba fría y húmeda, y yo tenía un único brasero, que ni siquiera podía usar para hervir agua y calentarme las manos a la vez. Calabaza Mágica tenía un brasero todavía más pequeño que el mío. Con frecuencia los colocábamos juntos para que desprendieran un poco más de calor. Un día, mientras alimentábamos los braseros con pequeñas cantidades de carbón, Calabaza Mágica me recordó los viejos tiempos, cuando yo era la hija mimada de una madama americana. En ese momento, decidí que ya había tenido suficiente de frío y malos tratos. Me levanté y salí en dirección a la habitación de Azur, que a diferencia de la mía estaba seca y caldeada.

—Estamos a punto de morir de frío —le dije— y el suelo está demasiado helado para cavar nuestras tumbas, así que he venido a buscar un brasero más grande.

—No tenemos ninguno para darte —replicó y después señaló su brasero en el suelo—. El mío no es más grande que el tuyo.

—Es posible, pero tú tienes conductos de calefacción bajo el doble suelo, y el horno que los calienta está encendido día y noche quemando carbón.

Azur podría haberse sentado desnuda en medio de su habitación sin pasar frío.

Me miró con expresión de fingida preocupación.

—¿Y tú no tienes conductos de calefacción bajo el suelo? ¿No tienes horno de carbón? ¡No lo sabía! No me extraña que pases frío. Ahora mismo ordenaré que lleven a tu patio tuberías y ladrillos para construir un horno.

Yo estaba segura de que mentía, pero a la mañana siguiente comprobé que me equivocaba. Una pila de ladrillos rotos bloqueaba por completo mi puerta. Tuve que empujar los de más arriba hacia fuera, uno por uno, para abrir un hueco suficiente por donde salir reptando de esa tumba. Calabaza Mágica me hizo ver que aunque hubiésemos tenido un horno en nuestra parte de la casa, no habríamos tenido carbón para alimentarlo y Azur jamás nos habría dado parte del suyo.

—Y no esperes que yo vaya a cortar leña para ti —dijo—. No pienso convertirme en una de esas mujeres encorvadas, con un machete en la mano y cuarenta kilos de madera a la espalda.

Las ventanas de mi habitación no tenían cristales. Se habían roto durante la Gran Desgracia. Sobre las celosías teníamos solamente postigos, que había que mantener cerrados día y noche porque la ventana estaba a tiro de piedra del muro exterior de la casa, al lado de un camino que era el principal acceso a la aldea y el lugar donde se reunían los campesinos para conversar y chismorrear. Al alba oía cordiales saludos y, a todas horas, discusiones y ladridos de perros nerviosos. Calabaza Mágica decía que los vecinos se agolpaban junto al muro cada vez que Perpetuo venía a visitarme.

—Saben exactamente cuándo se viene. —Imitó el roznido de un burro y unos cuantos ronquidos de cerdo—. Tengo que echar a los chiquillos que se trepan a la pared para mirar por las grietas de los postigos. ¡Pervertidos! Hoy les enseñé un cuchillo y les dije que iba a rebanarles la colita si no se largaban.

Las ventanas tapiadas me hacían sentir como si viviera en un establo. El sereno pasaba varias veces a lo largo de la noche, gritando sus advertencias:

—¡Cuidado con el fuego! ¡Vigilen sus chimeneas!

Pasaba con tanta frecuencia junto a mi ventana que más de una vez me pregunté si Pomelo o Azur no le estarían pagando para fastidiarme el sueño. Me ponía nerviosa que se acercara tanto a nuestro lado de la casa porque para iluminarse el camino llevaba dos cazos llenos de brasas de carbón ardientes, suspendidos del hombro con una pértiga. Si resbalaba, los cazos podían volcarse y lanzar por el aire una nube de partículas encendidas. Ya había sucedido alguna vez. Un mes antes, una casa justo frente a mi ventana se había prendido fuego y parte de un granero había ardido. Perpetuo decía que ojalá se quemaran todas las casas de nuestros alrededores.

A mí me ponía nerviosa el fuego porque la doncella de Azur le había contado a Calabaza Mágica la historia de una concubina que había muerto sofocada después de volcar el brasero. El infortunio se había producido justo en mi habitación y no era un gran consuelo que hubieran pasado más de cien años desde entonces. Después de todo, los fantasmas no envejecen.

—Cuando venía el fantasma del poeta, tú lo sentías —le dije a Calabaza Mágica—. ¿Sientes ahora algún espíritu?

—No sería capaz de distinguir entre el aliento frío de un espectro y el viento norte que se cuela por la ventana.

Todas las noches, cuando me iba a la cama, imaginaba que me acostaba encima del fantasma de la mujer que había muerto sofocada. Intenté utilizar el raciocinio occidental para convencerme de que no existían los fantasmas. Fuera quien fuese esa mujer, era posible que hubiera muerto accidentalmente. O quizá alguien se había inventado la historia para asustarme. Pero empezaba a quedarme dormida, mi mente occidental me abandonaba y sentía la proximidad del espectro con su cara cenicienta. Soñé que la veía sentada junto a mi cama y que me decía:

—Tú y yo somos iguales, ¿sabes? Yo me sentía tan desgraciada como tú y estuve a punto de volverme loca. El humo fue la única manera que encontré de escapar. Las otras concubinas no tuvieron tanta suerte.

Cuando desperté, me di cuenta de que había sido una pesadilla, pero no pude dejar de pensar en lo que me había dicho el espíritu: «Las otras concubinas no tuvieron tanta suerte.» ¿Qué había querido decir? Calabaza Mágica se puso a buscar pistas y la doncella de Azur le hizo una revelación entre susurros: las otras dos mujeres que habían muerto en la casa habían sido concubinas de Perpetuo. Añadió que no podía contarle nada más. Hacía sólo tres meses que vivía en esa casa y todo me ponía nerviosa. Tenía que conservar la fortaleza y no dejarme vencer por el miedo. ¿Qué sería de mi mente cuando pasaran tres meses más? ¿Y tres años? Si mi vida seguía empeorando, ¿sentiría el impulso de respirar bocanadas de humo?

No, no lo haría nunca. No debía flaquear. Mi pequeña Flora era mi razón para vivir. Ella me ayudaría a mantenerme fuerte. Haría todo lo necesario para encontrarla y estaba dispuesta a resistir con tal de volver a verla. Calabaza Mágica y yo utilizaríamos nuestro ingenio para escapar. Teníamos habilidad para crear oportunidades, sabíamos qué buscar y conocíamos la naturaleza del peligro y de la necesidad. Teníamos que estar preparadas para aprovechar cualquier ocasión que se nos presentara de improviso. ¿Cuáles eran las pistas de que disponíamos? El camino hacia el pueblo de Wang. Mi dinero y mis joyas, que estaban escondidos en algún sitio. Una concubina que había muerto sofocada por el humo. Otras dos concubinas, pertenecientes a Perpetuo, que habían desaparecido. ¿Qué más? Me sentí como si estuviera recogiendo todos los botones que se habían desprendido de mis blusas a lo largo de los años, botones que nunca me había molestado en recoger porque podía darles las blusas a las criadas para que las arreglaran. Me puse a buscar hasta el último detalle que pudiera darme una pista y lo encontré: el botón que se le había caído a mi madre de un guante, poco antes de separarnos. Ella simplemente había arrojado el guante sobre la mesa, pero yo lo había visto caer: un pequeño botón en forma de perla, que por alguna causa conservaba todavía en la memoria, después de tantos años. En ese instante tomé una decisión. No renunciaría a ninguna de mis posibilidades sólo porque estaba enfadada con mi madre. Todavía no sabía cómo llegar hasta ella. Pero lo haría y cuando pudiera hablarle, le pediría que me ayudara a encontrar a Florita.

Una tarde, Pomelo vino a verme y me insistió para que fuéramos a su habitación a jugar al mahjong y a escuchar música en su fonógrafo.

—Has agotado todas las excusas —me dijo con fingida severidad—. Perpetuo no volverá hasta dentro de dos semanas y no nos han invitado a ninguna cena en Shanghái. Me muero por alguien que me haga compañía. Calabaza Mágica y tú se tienen la una a la otra, pero yo estoy sola y se me han acabado las cosas interesantes que contarme. Después de muchos años de prisión solitaria, un recluso agradece incluso la compañía de una rata o de un delincuente. Tú no eres ninguna de las dos cosas, pero me agradará pasar la tarde contigo.

—¿No has pensado en invitar a Azur o a la cuñada de Perpetuo? —le preguntó Calabaza Mágica de manera bastante desconsiderada.

Pomelo no se mostró ofendida.

—La cuñada de Perpetuo sólo sabe hablar de las maravillas que hace su hijo y las cuenta una tras otra, sin respirar. Muchas veces me he visto tentada de decirle que el chiquillo es perezoso, malcriado y estúpido más allá de toda comparación. Habría sido mi perdición. En cuanto a Azur, sabes tan bien como yo que sólo aprecia la compañía de las imágenes de los dioses y las tablillas conmemorativas de sus antepasados. No tengo ganas de ir a hacer reverencias a ese templo que está reparando. Se pasa el día rezando para tener otro hijo.

Calabaza Mágica resopló.

—¡Qué ridiculez! ¿Cómo va a tener otro hijo si Perpetuo no la visita?

—Por supuesto que la visita, al menos una vez por semana. Me sorprende que no lo sepan. Debería ser obvio para ustedes. La familia de ella le suministra el dinero para cubrir los gastos de la casa. Sin ese dinero, nos habríamos muerto de hambre hace tiempo. Los padres de Azur viven en un pueblo importante y son gente acaudalada.

Miré rápidamente a Calabaza Mágica con el rabillo del ojo. Las dos habíamos pensado lo mismo: Wang.

—Su madre la adora —prosiguió Pomelo—. Y como es la única hija, el niño de Perpetuo heredará toda su fortuna. Con otro hijo varón, Perpetuo se aseguraría doblemente la herencia cuando muera Azur. Y está convencido de que Azur morirá en cualquier momento. Siempre ha sido una mujer de salud endeble. Ven esta tarde y te contaré más cosas.

Con una sonrisa ladina, se fue.

No podía imaginar a Azur revolcándose en la cama con Perpetuo. Nunca demostraba ningún afecto ni la menor atracción por él, ni tampoco Perpetuo por ella. ¿Le pediría él que hiciera locuras en la cama? ¿O se acoplarían con sobria diligencia, como al hundir el sello de la firma en la pasta de cinabrio antes de estamparlo en el papel?

A última hora de la tarde, Calabaza Mágica y yo fuimos al patio de Pomelo.

—¡Hermanas flores! —exclamó—. Me alegro de que hayan decidido venir.

Parecía sincera. Con un gesto nos indicó que nos sentáramos en torno a una mesa donde ya estaban preparadas las fichas de mahjong.

—Seamos francas —dijo—. Ya sé que todavía se estarán preguntando si pueden confiar en mí. Probablemente yo soy igual de precavida con respecto a ustedes que ustedes con respecto a mí. Pero les prometo una cosa: no les haré ningún daño si ustedes no me perjudican. ¿Han oído alguna vez que alguien hablara mal de mí en Shanghái? En todas las casas donde trabajé, siempre fui honesta con todo el mundo. Nunca le robé clientes a nadie, ni difundí rumores falsos. Por eso nadie intentaba robarme clientes. Cuando haces daño a una hermana, todas se sienten justificadas para hacerte daño a ti. Esta tarde, les propongo olvidar nuestras suspicacias y divertirnos un poco.

Como yo, Pomelo sólo había podido traerse de Shanghái unas pocas de sus pertenencias. Sus lujos eran las fichas de mahjong y un pequeño fonógrafo Victrola. Tontamente, yo había elegido traerme un tocador portátil, que había sobrevivido al viaje con un espejo agrietado y una bisagra rota. Cada día, cuando lo veía, me daba la impresión de que se burlaba de mí. Pomelo le dio cuerda al fonógrafo y sonó un aria de ópera. Me recordó los tiempos con Edward, una época tan reciente y a la vez tan lejana. El viejo dolor volvió a atenazarme y tuve que fingir que el humo del brasero me irritaba los ojos. Contemplando la habitación de Pomelo, me puse enferma de envidia. Todos los muebles —las sillas, las butacas, la mesa y el armario— estaban lustrosos y libres de taras y quemaduras. Los suelos estaban cubiertos con gruesas alfombras. Grandes cortinas de seda roja y amarilla flotaban delante de su cama. Del techo colgaban cuatro lámparas que ahuyentaban la oscuridad de todos los rincones.

—He trabajado mucho para conseguir estas cosas —dijo.

—Me lo imagino —repuso Calabaza Mágica con sorna.

—No son regalos de Perpetuo.

Nos contó que había encontrado los muebles en el cobertizo: mesas y sillas destrozadas y quemadas durante el saqueo de la casa. Ella misma había cambiado la pata rota de una silla por la pata sana de otra, que había pegado con resina espesa de pino. Después había rellenado los agujeros de la mesa con serrín, astillas y goma laca, y había lustrado la madera con hojas cerosas arrancadas de unos árboles que crecían junto a la senda de la montaña Celeste. Para limpiar las alfombras de manchas y restos de excrementos, las había impregnado con una pasta de agua y polvo fino de madera que ella misma había preparado. Después había dejado secar la pasta y había pasado cinco días sacudiendo las alfombras. Para reparar los trozos chamuscados, había quitado hebras de lana sueltas de diferentes sitios y después las había unido y pegado en el lugar de la quemadura. Las cortinas de seda de la cama, según dijo, estaban hechas con dos vestidos de fiesta que se había traído inútilmente de Shanghái. Las lámparas colgantes estaban hechas con ramas verdes, dobladas y unidas entre sí para formar un cuadrado, y cubiertas con la gasa de algodón de algunas de sus propias prendas de ropa interior. Se enorgullecía de haber reparado o reconvertido todo lo que había en la habitación —incluidos los jarrones y las fichas de mahjong— a partir de objetos inútiles que ella misma había traído en su equipaje o había encontrado entre los recuerdos de la pasada gloria familiar. Entonces empecé a ver la habitación con otros ojos. Las cortinas estaban torpemente cosidas; las irregularidades de las alfombras delataban los trozos reparados y los huecos rellenos de las mesas resultaban evidentes. Dejé de envidiar a Pomelo y la admiré por su ingenio.

Compuso una expresión irónica.

—Si vivo cien años más, conseguiré transformar esta habitación en la que tenía cuando vivía en la casa de flores. Allí tenía un *boudoir* muy bonito del que me sentía orgullosa. Pero la soberbia me impidió actuar con sensatez. En lugar de casarme cuando pude hacerlo, decidí esperar. Varios clientes me habían propuesto matrimonio, pero yo estaba convencida de poder encontrar otro hombre mejor, uno más rico y poderoso. Uno de mis clientes resultó ser un gánster, que amenazó de muerte a cualquiera que se me acercara. Se corrió la voz. Al cabo de unos meses, el gánster se encaprichó con otra cortesana, pero los antiguos pretendientes siguieron evitándome porque aún les duraba el miedo. Todos me evitaban, excepto Perpetuo. Y ya ven adónde me ha llevado la ambición: aquí. Es peligroso combinar la ambición con el orgullo.

—Hacen mala mezcla —masculló Calabaza Mágica—, a menos que tu ambición se reduzca a tener una tumba en una montaña un poco más alta que la de los demás.

—Hay más sillas y alfombras en el cobertizo —me dijo Pomelo—. Puedo ayudarte a repararlas. No creas que te lo ofrezco solamente como un favor. Prefiero dedicarme a la carpintería antes que dejar que se me seque la mente por aburrimiento y falta de uso.

Mientras se lo agradecía, sentí que un temor sofocante crecía en mi interior. Esa habitación, con sus comodidades de pacotilla, tenía cierto aire de triste resignación, como si la vida no fuera a ser nunca mejor que eso. Pomelo había asumido que iba a quedarse en esa casa para siempre. Pasaría los días fabricando falsos artículos de lujo con material de desecho; viviría el resto de su vida en ese naufragio y exhalaría el último suspiro viendo la cara de gente que le era antipática. ¿Sentiría aún algo por Perpetuo que la ayudara a soportar todo lo demás? Yo no, desde luego.

—Veo la duda en tu cara —dijo—. ¿Te preocupa que te haga pagar el favor más adelante? No lo haré. Pero mantendré mi oferta por si al final cambias de idea.

Cuando anocheció, encendió las lámparas y sacó el juego de mahjong. El entrechocar de las piezas mientras las lavábamos me trajo a la mente el recuerdo de Shanghái y de sus tardes calurosas, cuando esperábamos a que comenzaran nuestras fiestas y empezaran a llegar los pretendientes. Los ruidos familiares me permitían huir de ese lugar con el recuerdo.

Pomelo interrumpió mis pensamientos.

—¿Alguna vez te ha llevado Perpetuo a ver la panorámica desde la montaña Celeste? ¡Ah! Ya veo por tu cara que sí. ¿Te ha prometido llevarte a las grutas de sus poemas? ¿Todavía no? Ya lo hará. Para mí fue una tortura subir ese sendero. Perpetuo no se ofreció para llevarme en brazos. Cuando volví a esta habitación, tenía los vendajes de los pies ensangrentados.

—¿Llegaste a las grutas? —le pregunté.

—No estoy segura de que existan. Perpetuo me dijo que unos desprendimientos de tierra habían bloqueado el sendero el año anterior.

—Ah, sí. A Violeta le contó lo mismo —intervino Calabaza Mágica.

—Aunque la senda fuera ancha y despejada —dijo Pomelo—, nadie del Estanque de la Luna la subiría. La gente cree que la montaña Celeste está maldita. Si yo viviera en Shanghái, diría que es una historia inventada para asustar a la gente. Pero hace casi cinco años que vivo aquí y debo reconocer que con sólo pensar en contárselas un escalofrío me recorre la espalda.

La historia de la Mano del Buda, contada por Pomelo

En lo alto de la montaña, hay una blanca bóveda rocosa con la forma de una mano ahuecada. Desde la cumbre bajan cinco pendientes que parecen cinco dedos y terminan en el lugar donde la bóveda se achata y extiende, formando la palma. Hace trescientos años, un monje que hacía un peregrinaje se perdió y llegó a la montaña equivocada. Cuando alcanzó la cima, vio un pequeño valle y la bóveda en forma de mano, pero ningún templo. Si entonces hubiera bajado de la montaña, habría tenido que sufrir la humillación de reconocer su error. Pero en cuanto pensó en volver, la bóveda se iluminó y el monje supo que la Mano del Buda le estaba indicando que construyera un templo para que de su error naciera un santuario. Imbuido de poderes sagrados, se adentró en el bosque y encontró grandes árboles de madera dorada. Taló cinco de esos árboles armado únicamente con una piedra afilada y llevó rodando los troncos hasta el centro del valle. Edificó el templo en siete días y sólo necesitó uno más para esculpir una imagen del Buda el doble de grande que un hombre. Su mano levantada era exactamente igual que la de la bóveda. El monje escogió entonces una losa e inscribió en ella la consagración del templo, dedicado a la Mano del Buda. Después añadió una descripción de sus hazañas de carpintería y escribió que todo el que subiera en peregrinaje hasta ese lugar vería cumplidos sus deseos con sólo tocar la Mano del Buda. Entonces ascendió al cielo sin haber muerto y regresó brevemente para terminar de escribir la estela.

Poco después, un pastor que iba en busca de una búfala perdida llegó por casualidad a la montaña de la blanca bóveda rocosa. Encontró a la búfala junto al templo dorado y cuando fue a buscarla, vio la estatua del Buda a través de la puerta entreabierta. Habría querido dejarle una ofrenda, pero jamás en toda su vida había poseído dos monedas juntas. Lo único que podía ofrecer era una torta de maíz, que era toda su comida para los tres días siguientes. Colocó entonces la torta de maíz entre el pulgar y el índice del Buda, y un instante después, le fue concedido su más intenso deseo: poder leer, escribir y hablar como un sabio. Las lágrimas le rodaron por las mejillas cuando notó que podía leer con la mayor facilidad la inscripción de la estela de piedra. Incluso corrigió un error menor en uno de los caracteres. Cuando bajó de la montaña, habló con elocuencia del templo y de la Mano del Buda.

Al poco tiempo, el templo se había convertido en el lugar más sagrado en tres condados y en el centro de un importante peregrinaje. Su reputación se vio reforzada por la enorme dificultad para llegar. Era muy fácil perderse. El camino empezaba en el Estanque de la Luna y, quinientos metros después, se bifurcaba en dos senderos que proseguían en direcciones opuestas. Un kilómetro más adelante, esos dos senderos se dividían a su vez en tres ramales cada uno, algunos de los cuales subían y otros bajaban. Al cabo de dos kilómetros más, los seis caminos se dividían en cuatro sendas, que serpenteaban en distintas direcciones, arriba y abajo. En total, había más de un millar de caminos diferentes, que recorrían todos los rincones de la montaña, aunque nunca se supo muy bien quién los había contado. A esa maraña de caminos la gente la llamaba «las venas de la mano de la vieja que conduce a la Mano del Buda». Un hombre robusto tardaba un día de azaroso recorrido en llegar desde el Estanque de la Luna, al pie de la montaña, hasta la Mano del Buda, en la cima, y una mujer sana y fuerte tardaba por lo menos dos días. Muchos de los que subían en época de monzón eran barridos por el viento y el agua. Las rachas huracanadas se cobraban muchas víctimas. Al comienzo del verano, aparecían alimañas venenosas, y al final del otoño había osos y tigres que buscaban comida para resistir el invierno. Los peregrinos que no se perdían y sobrevivían a todos los peligros, veían cumplido su más preciado deseo, pero sólo si se liberaban de todo pensamiento de codicia y se acercaban al Buda con la actitud adecuada. Si el peregrino deseaba un hijo, tenía que quitarse de la cabeza la idea de un heredero. Si deseaba una gran fortuna, tenía que dejar de imaginar montones de monedas. Por desgracia, al esforzarse para no pensar en su deseo, los peregrinos pensaban precisamente en aquello que deseaban, de ahí que muy pocos consiguieran ver realizada su aspiración.

Había dos rutas para llegar a la Mano del Buda. Una empezaba por la cara sur de la montaña Celeste. Era la parte delantera de la montaña, tal como quedaba demostrado por la forma de las estribaciones, que parecían los dedos de unos pies. La otra ruta partía de la cara norte, que era la espalda de la montaña Celeste, como podía deducirse de las formaciones semejantes a un par de talones que sobresalían al pie de la ladera. La ruta que se iniciaba por detrás de la montaña era la que partía del Estanque de la Luna. Nadie sabía si era muy difícil ascender por un lado y descender por el otro porque los pocos que podrían haberlo aclarado nunca habían regresado.

La fama del templo duró más de doscientos años, pero entonces, unos cien años atrás, un hombre codicioso que no había conseguido hacer realidad su deseo robó el pulgar del Buda. De inmediato, el templo quedó maldito, el hombre se convirtió en piedra y todos los peregrinos que a partir de aquel momento llegaron al santuario fueron castigados con una desgracia. No había familia que no tuviera una historia que contar. Una anciana que deseaba tener otro nieto descubrió, al volver a casa, que su primer nieto había muerto sin causa aparente. Una joven que deseaba la curación de las piernas paralíticas de su marido volvió a casa con los pies vueltos del revés y mirando hacia atrás. La gente contaba historias de desprendimientos de rocas, inundaciones repentinas, acantilados que se desmoronaban y ataques de osos y tigres. Todas las historias se transmitían como parte de la tradición familiar entre aquellos cuyos antepasados habían sufrido uno de esos infortunios.

Pero hubo un joven que no sufrió la maldición de la Mano del Buda. Contaba que al llegar al templo había visto espíritus que se movían en círculos. Les habló y ellos le respondieron y le contaron un secreto. A partir de aquel instante, sólo él pudo visitar el templo sin que un desastre afectara a su familia. Aquel joven era el bisabuelo de Perpetuo, que le transmitió el secreto a su hijo, el abuelo de Perpetuo, y éste se lo reveló al suyo. Por desgracia, el padre de Perpetuo había muerto antes de poder transmitirle el secreto a su hijo y, sin esas palabras, Perpetuo no se atrevía a escalar la montaña y llegar hasta la Mano del Buda.

—Esa historia es una soberana tontería —dijo Calabaza Mágica.

Lo soltó con tanta firmeza que en seguida me di cuenta de que se la había creído.

—No puedes convencer a nadie de que una historia es una tontería cuando forma parte de su tradición familiar —dijo Pomelo—. Perpetuo suele recordarle a la gente las desgracias que le esperan a todo aquel que se arriesgue a ir a ver la Mano del Buda y describe las rocas que aplastaron a los que desoyeron las advertencias. Sin embargo, sigue escribiendo poemas sobre ermitaños borrachos que viven en la montaña. Yo misma le he preguntado por qué. ¿Te ha recitado alguno a ti? Su padre escribió muchos sobre el mismo tema. Y también su abuelo y su bisabuelo. Hay algo allá arriba y no es una maldición. Perpetuo guarda esos poemas en una caja, en lugar de dejarlos en el altar. ¿Has encontrado la caja? ¿No? ¿Y la otra, donde tiene guardada la historia de su infancia, en la que describe cómo cayó su familia en desgracia?

Pomelo también debía de haber estado curioseando entre las pertenencias de Perpetuo por alguna razón. ¿Ella también estaría buscando sus joyas?

—Cuando llevaba un año aquí, más o menos, me di cuenta de que Perpetuo siempre se enfrascaba en la escritura de un nuevo poema antes de salir a inspeccionar los aserraderos. Una mañana me levanté temprano para espiarlo. Estaba copiando las anotaciones que había en un fajo de papeles. Cuando terminó, enrolló las copias y las introdujo en la funda de una daga. Poco después, oí que uno de los sirvientes hablaba con mi doncella. Era su amante, el mismo que le había hablado del pueblo de Wang. Le dijo que Perpetuo no sigue por el camino al otro lado del puente cuando se va, sino que camina un poco más y toma una pequeña senda oculta entre unos arbustos. Y siempre lleva consigo un odre de vino. Creo que ya sé cuál es la verdadera maldición de la Mano del Buda.

—¿Cuál? ¡Dilo ya! —la exhortó Calabaza Mágica.

—Yo ya tengo mi idea —dijo Pomelo—. Ahora intenten adivinarlo ustedes.

—Preferirá ir al aserradero por la senda panorámica y emborracharse por el camino —sugerí yo.

—¿Y los poemas?

Calabaza Mágica frunció el ceño.

—Querrá seducir a otra cortesana ingenua y sin gusto por la buena poesía. ¿Estará en Shanghái? Si es así, ¿qué hace para ir y venir de la ciudad en dos semanas? ¿Habrá un tren?

—No existe ningún tren, ni hay ninguna otra cortesana —replicó Pomelo—. Mañana me dirán sus suposiciones y yo les diré las mías. Es mi manera de convencerlas para que vengan otra vez a jugar al mahjong.

Esa noche, casi no pude dormir pensando en el enigma de Pomelo y en sus distintos elementos: el aserradero, el templo y la maldición, el odre de vino, los poemas sobre un ermitaño y las mentiras acerca de los desprendimientos de tierra y los desmoronamientos. Teniendo en cuenta la propensión familiar a contar mentiras, me dije que probablemente el bisabuelo de Perpetuo se habría inventado toda la historia. La maldición era una manera de evitar que subieran peregrinos a la montaña en busca de milagros. No había deslizamientos de fango ni maldiciones. Tenía que haber algo allá arriba, pero estaba segura de que no era una tribu de fantasmas bailarines.

Me desconcertaba que Pomelo me hubiera contado a mí todo eso. ¿No le preocupaba que yo fuera a decírselo a Perpetuo? Por otra parte, sabía que yo no se lo diría. Pomelo quería que yo lo supiera, pero no la movía el amor fraternal hacia mí. Me había revelado el secreto porque quería conseguir algo de mí y pensaba que de otro modo yo no se lo daría.

Me di cuenta entonces de que quizá Pomelo había mentido respecto a los sentimientos que la unían a Perpetuo. Quizá lo hubiera amado en otra época, o se hubiera convencido de que estaba enamorada de él, como me había pasado a mí. Fuera como fuese, no podía creer que apreciara su actuación en la cama. En Shanghái, Perpetuo ya hacía el amor de manera previsible y poco excitante. Pero desde que estábamos en la aldea, incluso había dejado de ser amable y considerado, y se había vuelto exigente, grosero y demasiado directo. Por otra parte, yo tampoco ponía tanta dedicación como antes.

Perpetuo y yo ya no manteníamos las discusiones animadas del principio. En esos andurriales no había nada de que hablar. En el Estanque de la Luna, las únicas noticias eran las pequeñas rencillas que surgían entre los campesinos o la enfermedad de algún vecino. Si el fuego hubiera arrasado Shanghái, no nos habríamos enterado. Perpetuo me había dicho en una ocasión que admiraba mi mente y las opiniones que era capaz de formarme por haberme codeado con los hombres de negocios que frecuentaban a mi madre. Pero había sido otra de sus mentiras. Se me ocurrió, sin embargo, que tenía que hacerlo hablar más a menudo. Pensé en confesarle preocupaciones inventadas para inducirlo a creer que no le ocultaba nada. Tal vez entonces él me hablaría y me daría consejos, y entonces yo fingiría agradecimiento y se lo demostraría complaciéndolo más allá de lo que cualquier otra podría complacerlo. Y durante esos momentos de repulsiva intimidad, me pondría a lamentar sus frecuentes ausencias y le preguntaría cuándo regresaría de su próxima salida y si me traería dulces o una pieza de tela. Era posible que entonces dejara escapar, sin proponérselo, algún retazo de información útil. No había nada que yo no estuviera dispuesta a hacer para escapar de ese lugar.

Cuando volvió de su siguiente viaje, yo ya tenía preparados té y panecillos para su visita a mi habitación. Mientras él comía vorazmente, le hice mi primera falsa confesión. Le dije que lo extrañaba terriblemente cada vez que se ausentaba y que temía que ya no me quisiera tanto como antes. Añadí que en su ausencia había releído todos los poemas que me había escrito, para sentirlo dentro de mí, aunque sólo fuera espiritualmente. Le dije que había encontrado muy eróticos sus versos, aunque sa bía que no había sido ésa su intención al escribirlos. Le confesé que mientras los leía, había recordado los tiempos en que él los recitaba antes de llevarme a la cama y proporcionarme otro tipo de delicias poéticas. Lo halagué diciendo que las palabras de un maestro y la maestría en la cama iban inextricablemente ligadas. Él era la cumbre de la montaña y yo el estanque, con su imagen en mi interior, ondulando de excitación. Le dije que mientras leía los poemas en la soledad de mi habitación, no podía evitar imaginarme su pico montañoso. Me di cuenta de que se alegró mucho al oírme. Era tanta su egolatría que se creyó todas mis mentiras. Se limpió las migas de pan de la boca con el dorso de la mano y se dispuso a hacer realidad mis falsas fantasías, recitando un poema sobre un ermitaño borracho, mientras me penetraba.

Después, cuando yacíamos juntos, frente a frente, le hice otra confesión. Le dije que lo deseaba tanto que me moría de preocupación y de celos, convencida de que en sus viajes iba a visitar a otra mujer. Sabía que no debía exigirle fidelidad, pero sólo podía pensar como una mujer abrasada por el amor, que ya tenía que compartirlo con otras dos esposas. Tal como esperaba, me aseguró tiernamente que no veía a ninguna otra mujer y que yo era su favorita, su emperatriz del patio norte.

—¿Por qué tenemos que estar tantos días separados? —le dije con voz anhelante—. ¡Por favor, llévame contigo! Si me llevas, podremos hacer el amor en cualquier lugar del camino. ¿Recuerdas el día que subimos al mirador?

Me dijo con suavidad que no podía llevarme. Tenía que ocuparse de unos asuntos que requerían toda su atención, y la tentación de mi cuerpo habría sido una distracción demasiado poderosa.

Fingí actuar con tímida coquetería.

—¿Qué puede exigirte más atención que lo que tanto desearía que me des?

Abruptamente, endureció el gesto.

—No me preguntes por mis asuntos. No son de tu incumbencia.

Sabía que podía ser arriesgado tratar de sonsacarle información con demasiada prisa. Reaccioné con pretendido horror por haberlo hecho enfadar y le supliqué que me perdonara. Me volví y me tapé la cara con las manos, como si quisiera ocultar las lágrimas. Al cabo de un momento, le dije con voz temblorosa:

—¿Sería demasiado pedirte que me dieras más poemas para ayudarme a resistir tu ausencia? Mis favoritos son los que hablan del ermitaño. Quizá te asombre saber que imagino que tú eres el ermitaño y yo, tu gruta.

Accedió con gusto a darme más poemas suyos y me recitó uno, que era una simple variación de los muchos que había escrito.

—¿Imaginas la gruta de tus poemas mientras escribes? ¿Te apetece visitarla más a menudo que la mía? —le pregunté, separando lentamente las piernas.

—La tuya es mejor.

Giró sobre la cama y se me puso encima.

—¿Alguna vez has estado en una gruta como la que mencionas en tus poemas?

Me miró con dureza.

—¿Por qué haces tantas preguntas?

Volvió a rodar sobre sí mismo, esta vez para apartarse de mí, y me pidió que le sirviera más té. Me disculpé y le dije que simplemente quería serlo todo para él y que él lo fuera todo para mí, como él mismo me había prometido. No pretendía resultar indiscreta. Me puse la bata y él me dijo que me la quitara. Por mi trabajo en la casa de flores, había superado la timidez que podía producirme la desnudez. Pero en ese momento me sentí vulnerable, como si él hubiera podido ver si le mentía o le decía la verdad. En mi época de cortesana, había aprendido a descubrir lo que pensaban los hombres y a adelantarme a sus deseos observando sus movimientos y la tensión de sus músculos. Dejé caer los brazos e intenté relajarme. Él se sentó en la cama y se puso a observarme mientras le servía el té. Se llevó un panecillo a la boca e hizo una mueca de disgusto.

Entonces me lo acercó a los labios.

—¿Te parece que sabe a rancio? —dijo.

Antes de que yo pudiera responder, me lo introdujo por la fuerza en la boca.

Desvié la cara y me tapé la boca mientras masticaba. Asentí. Tenía consistencia gomosa. Cuando conseguí tragar el último trozo, intenté hacerle otra confesión, una relacionada con mi deseo de tener un hijo suyo.

—¿De modo que te sabe a rancio? —me interrumpió él mientras me metía otro en la boca, esta vez con más violencia—. ¿Y éste? ¿Éste también?

Asentí. Se proponía algo. Me dije que tenía que adularlo para que recuperara el buen humor.

—Si está rancio, escúpelo —me dijo.

Agradecí no tener que comérmelo.

Me empujó por los hombros hacia abajo, hasta que me obligó a ponerme de rodillas, y entonces me metió el pene en la boca.

Mientras crecía su excitación, me gritó:

—¡Abre más la boca, puta!

Yo intenté zafarme.

—¿Cómo puedes hablarme así? —exclamé, fingiéndome herida.

Él frunció el ceño.

—No puedo controlar lo que sale de mis labios cuando pierdo la razón. —Volvió a llenarme la boca y empezó a insultarme otra vez—. ¡Más rápido, puta arrastrada! ¡Perra con el coño baboso!

Cuando terminó, se tumbó en la cama, borracho de satisfacción, y se quedó dormido. Yo me senté en la otra punta de la habitación. ¿Qué estaba pasando? Era evidente que había encontrado pistas importantes. Había una gruta y no quería que yo supiera nada al respecto. Me llevaría un tiempo sonsacarle más información. Mientras tanto, le pediría que cumpliera lo prometido cuando acababa de llegar a la aldea. Me había dicho que mandaría construir unas habitaciones más cómodas en otra área de la finca, lejos del camino ruidoso y en un lugar que recibiera algo de sol. Mi propósito no era tener una vida más confortable porque no pensaba vivir mucho tiempo más en la casa. Pero el trato con mis clientes me había enseñado que cuanto más pagaban por mí, más me valoraban. En ese momento yo me encontraba en lo más bajo de la escala, y él me seguiría tratando sin ninguna consideración mientras no mejorara mi categoría dentro de la casa. Tenía que llegar a ser por lo menos igual que Pomelo.

Cuando volvió a visitarme, esperé a estar acurrucada entre sus brazos tras llevarlo al éxtasis y entonces le hablé del frío, de la falta de sol y de la humillación de tener unas habitaciones mucho menos confortables que las del resto de la familia.

—El pasillo de piedra amplifica nuestras voces como un megáfono. Todo el mundo oye lo que estamos haciendo.

—No exageres —dijo él entre risas.

—¡Es verdad! Calabaza Mágica dice que los vecinos se agolpan junto a la pared para escucharnos, como si fuéramos una compañía de ópera.

Perpetuo rió todavía con más ganas.

—Deja que nos escuchen. Es la mayor emoción que tendrán en sus vidas. ¿Quieres negársela?

Le dije que no necesitaba un ala entera de la casa y que tendría suficiente si ampliaba las construcciones en torno a nuestro patio para que mis habitaciones fueran interiores y quedaran lejos del pasillo y de sus ecos.

—Me da vergüenza que Pomelo y Azur nos oigan cuando estamos juntos.

Guardó silencio un momento.

—Nadie se ha quejado del ruido.

—Los sonidos también vienen en esta dirección —le dije con voz llorosa—. Oigo cómo haces delirar de felicidad a Pomelo. Por tus gritos, sé exactamente lo que están haciendo y si ella está de espaldas, boca abajo o volando por el aire.

Soltó una carcajada.

—¡Qué imaginación tienes!

—¿Cómo voy a dormir si te oigo decirle que eres solamente suyo y que ella es tu favorita?

—¡Nunca le he dicho que sea mi favorita!

—¡No te das cuenta de lo que sale de tus labios cuando pierdes el control! —Intensifiqué el tono de angustia—. ¿Cómo voy a dormir si tengo el corazón herido?

Él se limitó a reír.

—¡Mi esposa insomne! Haré que todos sepan que eres mi favorita. Date la vuelta y grita todo lo que quieras.

Fue despiadado desde el principio. Sus dedos eran como raíces endurecidas de árboles muertos. Me agarró los pechos y me los retorció, haciéndome gritar de dolor. Me mordió el cuello, una oreja y el labio inferior, y cada vez que yo lanzaba un alarido, él me gritaba:

—¡Dime que soy tuyo! ¡Dime que me deseas! ¡Más fuerte!

Cuando terminó la tortura, me quedé tumbada de lado. Había escogido una estrategia errónea. Mientras tanto, Perpetuo me acariciaba el pelo, diciéndome que ahora Pomelo sabría lo mucho que él me apreciaba. Se puso a analizar lo que le había gustado más y yo me aislé mentalmente para no tener que oír sus repulsivas palabras. Guardé silencio. Después me volvió hacia él y noté que sus pupilas eran grandes y oscuras, como las de un animal. Bajé la vista para no tener que verlas, pero él me levantó la barbilla.

—Mírame —dijo—. Tienes unos ojos preciosos. Son como ventanas abiertas a tu mente. —Me besó los párpados—. Incluso cuando callas, puedo asomarme a tus ojos y ver en tu interior el lugar donde ocultas tus verdaderos sentimientos. ¿Te parece que entre a ver? ¿Quieres que averigüe lo que sientes realmente por mí?

Sus pupilas eran dos lunas negras. Verdaderamente sentía como si se hubiera introducido en mí a través de mis ojos. Sentía un peso opresivo en la cabeza. Casi no podía reaccionar. Me estaba sofocando y no me dejaba pensar ni actuar. Tenía que fortalecer mi voluntad. Me seguía sosteniendo la barbilla, pero yo estaba decidida a no delatar mi nerviosismo. Cerré a medias los párpados, tratando de parecer soñadora.

—Abre bien los ojos —me ordenó—. Quiero saber todo de ti. Ahora lo veo. Ahí están tus preciosos pensamientos. ¿Sabes cuáles son los míos? Que no dejaré que te vayas nunca de mi lado.

Me sobresalté y él debió de notar que se me tensaban los músculos.

—¿Qué tienes, amor? —dijo mientras me dirigía la cara hacia él—. Mírame. Dime de qué tienes miedo.

No me fue fácil hablar.

—Nunca creí que te oiría decirlo. Por eso me he sorprendido. Pero ahora que lo has dicho, espero que sea verdad.

Siguió mirándome a los ojos y obligándome a devolverle la mirada.

—Me perteneces y siempre serás mía. ¿Y yo? ¿Soy tuyo?

Volví a sentir su opresiva presencia en mis pensamientos. Reuní la escasa fortaleza mental que me quedaba para combatir el miedo.

—Eres mío —respondí.

Noté lo que estaba pensando. Estaba enojado porque sentía que le había mentido. Entonces repetí lo mismo en un tono más suave y tierno, haciendo un esfuerzo para parecer dichosa y maravillada de que fuera cierto.

Calabaza Mágica decía que su vida era como la de una monja budista y que su obediencia a imbéciles y a majaderos aumentaría su mérito para la vida siguiente. Pero añadía que la convivencia con sirvientes tenía sus ventajas porque le permitía descubrir lo que tramaban los demás, a medida que le llegaban los sucesivos rumores: Azur estaba enferma. Azur había vuelto a fingir que estaba enferma. Azur decía que el hijo de Perpetuo estaba enfermo, pero era mentira. Pomelo estaba enferma. Pomelo estaba fingiendo otra vez una enfermedad. Pomelo se quejaba de la comida. Azur la reprendía por quejarse de todo. Pomelo le había concedido a Perpetuo algún tipo de favor sexual que él pretendía y él se lo había pagado con una pulsera. Azur se lamentaba de haber extraviado la pulsera que guardaba para la futura esposa de su hijo. Pomelo había montado en cólera cuando había tenido que devolver la pulsera. Pronto Perpetuo se iría a inspeccionar los aserraderos y todos tendríamos una semana de paz.

Calabaza Mágica y yo hablábamos en voz baja, lo que para ella era toda una hazaña de autocontrol. Sospechaba de la doncella de Azur y ya la había sorprendido espiando. Para mantenerla alejada de mi ventana, había difundido el rumor de que rondaba por nuestras habitaciones el fantasma de una mujer con la mirada desencajada. Pero incluso con esas precauciones, seguíamos susurrando. No podíamos saber si estarían escuchando las otras criadas, las que servían a la familia del otro lado de la casa. A mí me había preocupado tiempo atrás la doncella de Pomelo, hasta que un viejo de la aldea la dejó embarazada y le pagó a Perpetuo para llevársela. Después Azur se negó a utilizar el dinero para comprarle a Pomelo una sustituta.

Cada vez que Perpetuo se ausentaba, era más llevadero el peso de nuestra vida cotidiana. Calabaza Mágica, Pomelo y yo nos reuníamos para hablar de los viejos tiempos, a veces con nostalgia y otras entre risas. Contábamos anécdotas de nuestros clientes favoritos sin recordar las humillaciones. Teníamos en nuestro inventario de historias prácticamente a todos nuestros pretendientes y amantes, así como a las cortesanas y madamas, y hablábamos en cada ocasión de quienes nosotras escogíamos: de los patanes, de los generosos, de los amables y de los jóvenes cuyas demandas sexuales eran ilimitadas. Las tres habíamos tenido un cliente especial que nos había hecho el trabajo fácil, un hombre al que habíamos amado y con el que habíamos deseado casarnos, pero que con el tiempo nos había hecho desconfiar del amor. Le conté a Pomelo mi relación con Lealtad.

Yo misma me había prometido no volver a pensar nunca más en él, pero era imposible evitar que afloraran los recuerdos. Lealtad me conocía desde los siete años y había sido testigo de todos mis cambios, desde la época en que era una niñita norteamericana malcriada. Sabía lo que yo había esperado de él, que era lo mismo que habría esperado de cualquier otro hombre. Había padecido mis sospechas y mi constante insistencia para que se abriera a mí y fuera honesto conmigo. Recordé su consejo de que aceptara el afecto cuando se me ofrecía y de que supiera reconocer el amor. En retrospectiva, me daba cuenta de que a su manera me había querido mucho, pero no había sido suficiente para mí. Los buenos recuerdos que conservaba de él eran un hermoso regalo.

Sin embargo, los mejores recuerdos eran, por supuesto, los de Edward y Flora. Y también los más tristes. Para las tres, nuestras historias de mayor dolor eran las más preciadas. Eran la prueba de que habíamos amado, y yo tenía muchas historias dolorosas que contar.

Había llorado mucho una tarde, recordando a Florita: el 18 de enero, día de su séptimo cumpleaños. Calabaza Mágica y yo recordamos juntas el día que nació, la expresión de Edward cuando la tomó en brazos y la vez que Florita se fijó en aquella mosca que se lavaba las manos. Yo tenía miedo de que no se acordara de mí. De repente, oí un estornudo al otro lado de la ventana y abrí rápidamente los postigos. Vimos a la doncella de Azur, que se alejaba corriendo. Me había visto llorar.

En Shanghái, antes de enterarme de que Perpetuo me pretendía, yo le hablaba de Edward con total libertad. Después de todo, él no hacía más que expresar su dolor por la muerte de Azur. Le había dicho que los pequeños momentos con Edward ocupaban un lugar enorme en mi memoria: por ejemplo, una conversación que habíamos tenido sobre la naturaleza observadora de las aves, o los matices cambiantes de nuestros ojos, y otros pequeños detalles de ese estilo. Perpetuo había elogiado mi devoción por Edward («tu adorado marido») y me había animado a seguir hablando de él, diciéndome que éramos compatriotas en el dolor. Yo le di la razón, sin darme cuenta del peligro que entrañaba decirle a un futuro amante que nunca amaría a ningún hombre tanto como había amado a mi marido muerto.

Cuando nos hicimos amantes, Perpetuo me preguntaba de vez en cuando, con suave amabilidad, si aún pensaba en Edward. Yo reconocía que sí, pero me apresuraba a añadir que pensaba más a menudo en él. Perpetuo se entristecía cuando lo oía y poco a poco me hizo notar que no quería que recordara nada de mi pasado. Entonces dejé de mencionar a Edward. Con el tiempo, tuve que fingir que había perdido toda memoria de los momentos felices compartidos con cualquier otro hombre para crear la falsa apariencia de que mi vida había empezado con él y de que nadie antes que él había despertado mis emociones. Pero la doncella de Azur había visto la verdad en mis lágrimas. Probablemente habría corrido a contárselo a Azur, que le habría dado una recompensa.

—Me ha dicho Azur que has estado llorando —me espetó Perpetuo esa noche mientras se metía en mi cama—. ¿Estás triste, amor?

Parecía preocupado.

—¿Por qué iba a estar triste? Supongo que Azur me habrá oído cantar esta tarde. Era una canción triste.

—¿Ah, sí? Cántamela.

No supe qué decir.

—Me daría vergüenza cantar para ti. Ya no lo hago tan bien como cuando estaba en la casa de cortesanas. Tendría que practicar mucho para no castigarte los oídos con mis chillidos.

—Todo lo que haces es encantador y es más encantador todavía cuando es imperfecto. —Me rodeó con los brazos—. Canta. No te soltaré hasta que hayas cantado.

Busqué desesperadamente en la memoria y, por fortuna, encontré una tonta cancioncilla americana que nunca me había gustado. Las hermanas flores solían ponerla en el fonógrafo y bailarla como un foxtrot, y la melodía se me quedaba pegada al cerebro durante días. Se la canté a Perpetuo en inglés, procurando que la letra pareciera tristísima.

Un chinito solitario, enamorado,
hace la maleta sin dejar recado
y muy pronto ya estará embarcado.
Lejos de su tierra,
lejos ya se va,
y su canción entona:
«¡Adiós, adiós, Shanghái!»

Perpetuo aplaudió.

—Sigues teniendo una hermosa voz. Pero ¿qué quiere decir la letra? Lo único que entiendo es *Adiós, adiós, Shanghái.*

—La canción habla de una joven que está muy triste porque debe separarse de su familia, que se queda en Shanghái.

—¿La estabas cantando porque extrañas Shanghái?

Empecé a preocuparme. ¿Adónde me llevaría esa inoportuna canción?

—¿Extrañarla? No, casi nada —respondí.

—¿Casi nada? Entonces la echas de menos un poco. ¿Qué es lo que más extrañas? ¿Las fiestas, la ropa elegante, los manjares...?

Busqué mentalmente algo inofensivo.

—Extraño el pescado de mar y los mariscos. Eso es todo.

Me acarició la cara, y cuando lo miré, me preguntó:

—¿Extrañas a los hombres?

Me incorporé en la cama.

—¿Cómo puedes preguntarme algo así?

—¿Te da vergüenza reconocerlo, amor?

—No siento ninguna nostalgia por mi pasado —respondí en tono forzadamente alegre—. Es sólo que me ha sorprendido que me hicieras esa pregunta.

—¿Por qué desvías la mirada? —Me hizo volver la cara hacia él—. Creo que te gusta recordar a esos hombres, por lo menos a algunos.

—A ninguno. Era un negocio y nada más.

—Debes de haber disfrutado con la compañía de algunos: los más apuestos, los más poderosos... Lealtad Fang, por ejemplo. Fue el primero, ¿no?

Contuve la respiración. ¿Cómo era posible que lo supiera? ¿Se lo habría dicho Lealtad? ¿Me habría oído la doncella de Azur?

—No albergo ningún sentimiento especial hacia él —dije.

—Las mujeres siempre recuerdan al primero —replicó—. Debes de haberlo recibido más de una vez, a lo largo de los años, sin pensar en el negocio. Es un hombre con mucho más éxito que yo y debe de haberte hecho regalos muy hermosos. Mírame. ¿Es más atractivo que yo? —Me inmovilizó los brazos y me clavó la mirada en los ojos. Yo aparté ligeramente la cara—. ¿Estás pensando en él en este instante? ¿Por eso has mirado hacia otro lado? ¿Te gustaría imaginar que mi verga es la suya? Entonces date la vuelta para no tener que verme la cara.

Hizo que me volviera antes de que yo pudiera responderle y me montó como un mono frenético, entre gritos y gruñidos. Se había vuelto loco.

La noche siguiente, me pareció más tranquilo, pero yo ya estaba en guardia. Hablamos de su hijo y de lo mucho que había crecido. El tono de Perpetuo era amable y animado. Ponderó la diligencia del pequeño para los estudios y mencionó varias cosas que había dicho y que denotaban su inteligencia. Estaba de buen humor cuando se desvistió y me llevó a la cama. Pero en cuestión de segundos, su ánimo cambió. Me abrazó con fuerza y me miró a los ojos. No dijo nada, pero sentí como si estuviera rodeando mis pensamientos para extirparlos y reemplazarlos con los suyos.

—¿En qué piensas, amor mío? —dijo—. ¿Te estás acordando de Edward?

Yo estaba preparada.

—No voy a responder a ninguna pregunta más sobre Edward. —Intenté soltarme, pero él me estrechó con más fuerza todavía—. No entiendo por qué insistes. Edward se ha ido y en cambio tú estás aquí.

—¿Por qué mientes? La mentira es lo que nos separa. Si mientes, quiere decir que lo estás ocultando y que todavía sigue aquí. Sé que lo extrañas. No deberías avergonzarte.

Era cierto, más que nunca. Lo reconocí para mis adentros, pero tuve la precaución de no decir nada.

—Sin embargo, para que yo pueda amarte totalmente —prosiguió él en tono de súplica—, debes renunciar a su recuerdo y verlo como lo que era: un extranjero que les dijo a todos que se había casado contigo para poder tener una puta gratis en casa. ¿Por qué tiemblas? ¿Es por él? ¿Te estás acordando de lo que te hacía cuando te cogía como a una zorra? Todavía sigue presente, ¿verdad? Hay un cadáver entre nosotros en la cama.

Hice un esfuerzo para no gritarle y le hablé con calma.

—No quiero que volvamos a hablar sobre esto.

—Vamos, mi amor, dime la verdad. ¿Qué sentiste la primera vez que te tocó? ¿Te estremeciste? ¿Quisiste sentirlo en seguida dentro de ti? Eras una mujer experimentada. Las mujeres como tú no reprimen los impulsos. Lo noté cuando te conocí. Tú me deseabas, pero yo me contuve y te obligué a esperar antes de poseerte. —Me besó con brusquedad. Su inexpresividad resultaba espectral—. ¿Cuánto tuviste que esperarlo a él? ¿Te tomaba por detrás como a una perra? ¿Es lo que hacen mejor los extranjeros? —Me volvió de espaldas y me penetró brutalmente—. ¿Te hacía esto? ¿Más fuerte? ¿Más rápido? ¿Te arrodillabas para chupársela? ¿Por qué te resistes? Enséñame lo que le hacías a él y que nunca me has hecho a mí. Quiero tener todo lo que tenía él. Quiero que me des lo que les dabas a esos hombres que no eran más que un negocio. Quiero que me des lo que no les has dado nunca a ninguno de esos bastardos.

Mientras me tomaba por detrás, yo no tenía aliento para hablar. Me estaba empujando con todo su peso. Me estaba aplastando. Intenté apartarlo, pero él me animó a seguir resistiéndome, como si yo también estuviera excitada. Me di cuenta de que tenía que darle lo que quería oír y me puse a gritar que él me pertenecía y que yo era suya. Grité que me tomara más profundamente y que me hiciera del todo suya, y entonces se tranquilizó.

Cuando terminó, se tumbó de espaldas, satisfecho y exhausto, y volvió a hablarme con amabilidad.

—Te quiero tanto, amor mío. ¿Qué tienes? ¿Por qué pareces desdichada?

—No podía respirar. Creía que ibas a sofocarme.

—¿Te he hecho daño? Pierdo el control cuando hago el amor, ya lo sabes. Me suelto, me siento libre. Pensaba que tú sentías lo mismo, pero veo que no. ¿Estabas recordando a ese mentiroso canalla americano?

La vieja herida volvió a abrirse y sentí un odio puro e incontrolable hacia Perpetuo.

—Claro que estaba pensando en él. Tú nunca conseguirás que sus recuerdos se vuelvan obscenos.

Se levantó, fue hacia la mesa y fijó la vista en mí. La lámpara le iluminaba la cara desde abajo y sus ojos parecían dos pozos profundos. Tenía la expresión crispada.

—No puedo creer que me estés diciendo esto después de lo que acabamos de sentir.

Se puso a sacudirme con tanta fuerza que mis palabras sonaban temblorosas y apenas comprensibles mientras le gritaba.

—¡Siempre lo amaré! Él me respetaba y me quería. Él me dio una hija, y no hay nadie en este mundo que sea más importante para mí.

Perpetuo me soltó. Se rodeó a sí mismo con los brazos y me miró con la cara devastada por el dolor.

—¿Los quieres a ellos dos más que a mí?

Yo estaba eufórica por haber conseguido herirlo. Me dije que debía herirlo todavía más para que me odiara y me obligara a irme.

—No te he querido nunca —le dije—. Tienes que dejarme ir.

Se levantó de la cama y vino hacia mí. Su expresión parecía de piedra gris.

—Ya no te reconozco —declaró.

Entonces me dio un puñetazo.

Por un instante se me entumeció un lado de la cara, antes de que me empezara a palpitar como si estuviera recibiendo una y otra vez el mismo puñetazo. A través de los ojos entrecerrados, lo vi con la mirada borrosa: un hombre desnudo que se tambaleaba adelante y atrás, con la boca abierta por el horror de haberme hecho daño. Tendió una mano hacia mí y yo le dije que se fuera. Me jaló de la bata y, mientras se disculpaba, yo le seguí gritando que se fuera. Me agarró por un brazo y yo me solté de una sacudida y me alejé. Pero entonces sentí en la espalda un puntapié que me derribó al suelo y, antes de que pudiera recuperar el aliento, otro más. Después me agarró por el pelo y me golpeó en las sienes con los nudillos mientras gritaba con voz aguda: «¡Para, para, tienes que parar!», como si hubiese sido él quien estuviera recibiendo la paliza. Había enloquecido e iba a matarme. Yo sentía los golpes secos, los puñetazos y las patadas, que pasaban de los hombros al estómago y después a los muslos. Oí que Calabaza Mágica le gritaba, y entonces él me dejó por un momento, pero en seguida la oí aullar a ella de dolor. Cuando volvió, me siguió pegando con los puños cerrados. Después de cada puñetazo, veía pequeños círculos blancos que crecían, se desvanecían y revelaban al desaparecer la cara horrenda de Perpetuo. De pronto, sentí una explosión en la nuca y no vi más que negrura delante de mí. Me había dejado ciega. Me empujó y tuve la sensación de caer hacia adelante. Esperaba que mi cuerpo golpeara el suelo, pero seguí cayendo y esperando, mirando la oscuridad con los ojos ciegos.

Cuando me desperté, vi la cara espeluznante de una desconocida flotando sobre la mía. Era Calabaza Mágica. Tenía un ojo morado y tan hinchado que no podía abrirlo, y la mitad de la cara roja y violácea.

—Le voy a rebanar esa babosa asquerosa que le cuelga entre las piernas —dijo—. ¡Sabandija repugnante! ¿Crees que bromeo? Cuando todos duerman, iré a buscar el cuchillo más afilado de la cocina. Si intenta matarte, lo mataremos a él primero.

Su voz sonaba rara, como si las palabras sobrenadaran en una sopa espesa. Después me dijo que me había dado un poco de opio medicinal. Me sentía flotar sobre cojines de aire.

—Conozco a los de su calaña. Cuando dejan salir la crueldad que llevan dentro, la tienen que seguir alimentando. Notó que tenías miedo y eso lo excitó. Cuando gritas de dolor, se vuelve tierno y lleno de amor. Pero, de pronto, ¡pam!, vuelve a cambiar y quiere que te acobardes otra vez para volver a sentirse tierno. Los hombres crueles son adictos al miedo de la otra persona. Cuando lo prueban, ya no pueden dejarlo.

Se puso a maldecir a Perpetuo, pero yo ya no la oía. Me pregunté si me habría quedado sorda.

Cuando abrí los ojos, vi la cara borrosa de Pomelo, que formaba ondulaciones. Por un momento pensé que me había ahogado y la estaba viendo desde debajo del agua. Me dije que quizá estaba muerta, pero al menos no estaba ciega. Al principio la expresión de Pomelo me pareció severa, pero después se volvió indulgente, como si me hubiera perdonado. Pero ¿por qué tenía que perdonarme? Intenté preguntárselo, pero ni yo misma podía oír mis palabras.

Cuando se me pasó el efecto del opio, me desperté dolorida y con sensación de náuseas. Miré en todas direcciones, buscando a Perpetuo. Si intentaba acercarse, no podría huir. Tenía las piernas y los brazos rígidos, y cada vez que trataba de moverme, sentía un dolor punzante y abrasador en cada parte de mi cuerpo. Pomelo me estaba aplicando cataplasmas de hierbas en las contusiones, pero el peso de los emplastos no hacía más que intensificar el dolor.

No sé cuántos días pasaron antes de que regresara Perpetuo. Venía con los ojos enrojecidos, expresión contrita y un regalo. Pese a mi dolor, me aparté de él tanto como pude. Si iba a matarme, que lo hiciera pronto.

—¿Cómo he podido hacer algo así? —exclamó—. Ahora me tienes miedo.

Adujo que estaba borracho, y que el amor, la desesperación y el vino habían sido la causa de lo sucedido. También temía que el espíritu de su padre lo hubiera poseído.

—Mientras lo hacía, no me sentía yo mismo —explicó—. Estaba aterrorizado por lo que estaba sucediendo, pero no podía parar.

Recordé sus gritos: «¡Para, para! ¡Tienes que parar!»

Examinó el hematoma que yo tenía en la mandíbula y las contusiones de los brazos, los hombros y las piernas, depositando un beso en cada una y despertando en mí, en cada ocasión, una oleada de náuseas. Después comparó el color de las heridas con el de diferentes frutas: ciruelas, mandarinas y mangos.

—¿Cómo pude haberle hecho algo así a tu preciosa piel, amor mío?

Puso en la cama, junto a mí, una bolsita de seda. Yo me negué a tocarla. Entonces la abrió y sacó un broche para el pelo, un fénix de filigrana de oro, con incrustaciones de turquesa y perlas en la cola. Me dijo que había pertenecido a su bisabuela. Me lo dejó sobre la cama.

Venía todos los días y se sentaba unos minutos junto a mi

cama. Mi miedo inicial se había convertido en repugnancia. Me traía dulces y fruta. Yo no los comía y él no me pedía nada más. Dos semanas después de la paliza, me preguntó si podía hacerme el amor. Me aseguró que lo haría con suavidad y que nunca más haría nada que pudiera lastimarme. ¿Qué podía hacer yo? ¿Adónde podría haber ido? ¿Qué me habría hecho él después si me negaba?

—Soy tu esposa —le dije—. Es tu privilegio.

Mi cuerpo se echó a temblar cuando me tocó. Sentí el impulso de levantarme y huir. Cuando finalmente logré controlarme y quedarme quieta, sentí sus manos como pesadas piedras sobre mi carne muerta. No le gustó mi falta de pasión, pero aseguró comprender que necesitaríamos tiempo para volvernos a amar con verdadera entrega. Cuando salió de la habitación, vomité. Poco después, lo oí gritar de lujuria en la habitación de Pomelo. Él aullaba su deseo y ella le gritaba que le pertenecía toda entera. Si era cierto que lo quería tanto, podía quedárselo para ella todas las noches. Yo la ayudaría. Haría lo posible e insistiría.

Más o menos una vez por semana, Perpetuo se transfiguraba y me pegaba. Nunca volvió a ser como la primera vez, cuando estuvo a punto de matarme. Él rugía y entonces yo gritaba, sabiendo lo que venía después. Según Calabaza Mágica, los vecinos se sentaban cerca de las ventanas, partían cáscaras de cacahuate y disfrutaban de nuestra ópera. Él tenía cuidado para no golpearme la cara. Me pegaba con la palma abierta en la nuca y después me propinaba patadas en las nalgas y en las piernas. Me empujaba contra la pared y me obligaba a mirarlo a la cara, y entonces me agarraba por el pelo y me tiraba al suelo. Cuando las náuseas me impedían continuar, me encogía en un ovillo. Calabaza Mágica tenía razón cuando había dicho que Perpetuo tenía necesidad de ser cruel primero y arrepentirse después. Yo lo aborrecía, pero no quería demostrarle mi miedo.

Cuando él estaba en mi cama, me valía de la memoria para hacerlo desaparecer. Como él no podía ver ni oír mis pensamientos, yo me concentraba en mis recuerdos y los recuperaba uno tras otro, hasta conseguir que desapareciera. Volvía a frecuentar los lugares que había amado, como el gran salón por donde perseguía a *Carlota* mientras ella jugaba con una bola hecha con un pañuelo anudado de mi madre. Salía a la avenida a pasear en coche de caballos y saludaba a los hombres con la mano. Recorría una calle donde había librerías y tiendas que vendían relojes y candados. Compraba caramelos. Iba al encuentro de Edward. Estábamos los dos en el coche y yo conducía. De repente, lanzaba un grito porque había estado a punto de arrollar a una pata seguida de sus patitos. Después me retrotraía a una tarde demasiado calurosa para hacer cualquier otra cosa que no fuera estar tumbados en los divanes de la biblioteca, uno frente a otro. Él estaba leyendo... *La copa dorada*. «Escucha», había dicho él. ¿Qué estaba leyendo yo? Un pasaje de su nuevo diario. Su diario. Lo estaba leyendo en voz alta. A continuación volvía a verme a mí misma al volante del coche. Después me imaginaba otra vez en nuestro dormitorio y veía a Edward de pie, con Florita en brazos. Estaba a punto de amanecer y un cálido fulgor sepia bañaba la habitación, que poco a poco se llenaba de luz y de colores. Los veía a los dos con absoluta claridad y distinguía la expresión de Edward mientras le susurraba a Florita que ella era un milagro. Volvía a vivir un instante en que me había mirado y me había dicho:

—Esta niña es la perfección del amor, pura y sin daño.

¿Por qué había dicho «sin daño»? Pensé en preguntárselo más tarde, cuando Flora estuviera dormida. ¡Había tantas cosas que habría querido preguntarle! Pero las únicas respuestas que podría tener serían las que me confirmaban lo que necesitaba creer. Sabía lo que Edward había intentado decir. Yo protegería a Flora, y todo el daño que me hubieran hecho a mí sanaría, hasta que volviera a sentirme pura, sin odio en el corazón y con nada más que amor.

Calabaza Mágica y yo íbamos dos o tres veces por semana al patio de Pomelo a jugar al mahjong. Nos tratábamos como viejas hermanas flores, tras renunciar a nuestras suspicacias y prometer que nunca nos perjudicaríamos mutuamente. Un día, Pomelo mencionó un plato que había comido en Shanghái. Yo le susurré que la doncella de Azur podía oírla y que entonces iría a contarle a Perpetuo que estaba pensando en su vida pasada.

—¿La doncella de Azur? —dijo ella—. Esa pequeña entrometida no se atreve a contar nada de mí. La tengo agarrada por el cuello. El criado más joven es su amante, y he descubierto que le ha estado pasando comida robada de la despensa. Pero ella aún recibe regalos de Azur por espiarte. Te sugiero que la dejes ganarse su recompensa. Cuando notes que te está espiando, habla del amor eterno que sientes por Perpetuo y de la admiración que te inspira Azur. Úsala para que vaya a contar tus mentiras.

Se levantó y puso un disco en el fonógrafo.

—Nadie podrá oír lo que decimos mientras suene la música —dijo y abrió nuestra conversación en torno a la mesa de mahjong con una amonestación—: Hace tiempo que quería decirte que tus demostraciones de afecto y dedicación a Perpetuo no pueden compararse con las mías.

La miré extrañada, preguntándome qué se propondría.

—Te oigo a través del patio cuando estás con él, y tú me oyes a mí. Estarás de acuerdo conmigo en que yo soy mucho más convincente. Tu apreciación de su miembro viril se ha vuelto apagada y deslucida. Te sugiero que mejores tus habilidades histriónicas. Creo que deberíamos competir entre nosotras para ver quién de las dos lo engaña mejor con nuestros fingimientos. Podemos ser como las hermanas flores de nuestro pasado en Shanghái y competir por un hombre que no deseamos. Grita de placer. Declara que eres suya para siempre. Dile que lo amas a él y solamente a él. Hazlo por el orgullo de nuestro oficio.

—Antes de eso, prefiero que me pegue.

—Eso decía otra de las concubinas. Era fuerte y obstinada como tú.

Contuve la respiración. Hacía tiempo que esperaba que me lo dijera. Hasta ese momento, se había negado a revelarme nada más.

—¿Vivía en mi habitación?

—Ella vivía en mi cuarto y yo en el tuyo, hasta que fui promovida. Se llamaba Verdeante —dijo Pomelo—. Llegó a estar realmente enamorada de Perpetuo, incluso después de venir aquí y descubrir que le había mentido. Pero cuando llegué yo, se volvió loca. Le echó en cara su deshonestidad y empezó a burlarse de él por vivir en un lugar tan pobre. Dejó de demostrarle aprecio y mucho menos pasión. Y nunca se acobardaba. Él le pegaba hasta dejarla inconsciente. Una vez le hizo saltar dos dientes y le dejó un párpado cerrado para siempre. Una noche la oí gritar más fuerte que de costumbre. A la mañana siguiente, ya no estaba. Naturalmente, temí que Perpetuo la hubiera matado y hubiera sacado el cuerpo de la casa para que nadie viera lo que había hecho.

—¡Ay! —suspiró Calabaza Mágica.

Sofoqué una exclamación y sentí un nudo en el estómago. «Perpetuo, un asesino.» Existía la posibilidad de que yo corriera el mismo fin.

—En realidad, se había escapado —aclaró Pomelo.

Volví a respirar. Estaba ansiosa por saber cómo lo había logrado.

—Siguió el sendero del río. En el primer recodo, dos mujeres que trabajaban en el campo vieron a Perpetuo forcejeando con Verdeante. Ella se soltó, se adentró en el río y echó a andar por las rocas lisas del fondo. Junto a la ribera, el agua le llegaba solamente a las rodillas, y ella debió de pensar que podía vadear fácilmente la corriente. Pero el musgo de las piedras era resbaladizo y la corriente era rápida y la hizo caer varias veces. Más adelante, el cauce se volvía más profundo y, hacia el centro del río, el agua le llegaba a los muslos. Con la ropa recogida, Verdeante intentaba mantenerse erguida. Cada vez que se caía, se desplazaba un poco más río abajo antes de levantarse de nuevo. Pero, de repente, el agua le llegó a la cintura y la arrastró como a una hoja, aunque con mucho esfuerzo ella consiguió acercarse a la orilla y agarrarse a las raíces de un árbol. Perpetuo fue en busca de una rama robusta, se la tendió y Verdeante logró aferrarla. Las mujeres que estaban presenciando la escena suspiraron aliviadas. Mientras Perpetuo tiraba de la rama, le gritaba a Verdeante y ella le respondía, también a gritos. Las mujeres no entendieron lo que decían porque la corriente era rápida y atronadora. Pero una de ellas dijo después que Perpetuo tenía cara de furia y que soltó la rama. Verdeante fue arrastrada por la corriente con la rama aún en la mano. Asomó un par de veces la cabeza por encima de la superficie del agua antes de caer por una pequeña cascada y desaparecer en un remolino. La mujer dijo que Perpetuo parecía tan satisfecho como un hombre que acaba de pescar un pez de buen tamaño.

Me quedé muda, imaginando la escena.

—La otra mujer dio una versión diferente. Dijo que mientras se gritaban mutuamente, Verdeante empezó a mirarlo con ojos de loca. De repente, profirió un último grito, apartó de sí la rama y se dejó llevar por la corriente. La mujer dijo que Perpetuo tenía la expresión de un hombre que acababa de pescar un pez de buen tamaño, pero lo había dejado escapar.

»El cuerpo de Verdeante fue hallado al día siguiente, estrellado contra una roca, un kilómetro y medio más abajo. La corriente era tan fuerte que fue imposible recuperar el cadáver hasta el verano siguiente, cuando bajó el nivel del río. Ya fuera cierta una versión o la otra, la gente estuvo de acuerdo en que Perpetuo no había sido culpable de su muerte. Después de todo, ella había huido y se había metido en el río por su propia voluntad. Si quieres saber mi opinión, creo que fue ella la que se soltó. Era ese tipo de mujer. Era como tú.

Sentí que se me cerraba la garganta.

—Has dicho que hubo otra concubina. ¿También murió?

—Sobre ella quería hablarte. Encanto llegó después que yo y se fue un año antes de tu llegada. Tenía tu habitación.

Esperaba que Pomelo no me contara que Encanto había hallado una muerte espantosa.

—Nos hicimos muy amigas, éramos casi como hermanas. Nos hacíamos confidencias sobre nuestro odio común a Perpetuo y urdíamos planes para irnos. Ella tenía dos buenos pies y yo en cambio tenía dos muñones. Encanto sospechaba que cada vez que Perpetuo decía que iba a inspeccionar los aserraderos, en realidad subía a la montaña Celeste. Una mañana, muy temprano, esperó escondida al comienzo del sendero oculto. Tal como imaginaba, al cabo de un momento vio a Perpetuo, que subía por el sendero a paso rápido. Esperó a que volviera a casa y entonces lo atiborró de vino con unas gotas de opio y lo agotó con una larga sesión de sexo apasionado. Cuando él se durmió y empezó a roncar, ella se levantó y revisó los bolsillos de los pantalones que él había llevado al viaje. Encontró una pequeña funda de piel y, en su interior, una hoja de papel plegada cinco veces. Parecía ser un poema sobre el paisaje de la montaña Celeste. Describía un árbol con una rama doblada como el brazo de un hombre, una roca con forma de tortuga y muchas señales diferentes en el camino, entre ellas varias rocas que jalonaban una senda practicable para una persona, pero imposible para los caballos. También había muchas indicaciones: «a la derecha», «a la izquierda», «todo recto», «más arriba», «más abajo», «el segundo», «el tercero»... Encanto se dio cuenta de que tenía en las manos las instrucciones para llegar a la cima de la montaña, a la Mano del Buda.

Se me desbocó el corazón. ¡Una manera de escapar!

—¿Tú también anotaste las indicaciones?

—Déjame terminar. Cuando se fue, Encanto no quiso que Perpetuo supiera hacia dónde había ido. Desgarró una chaqueta y unos pantalones, y me los enseñó. «Quiero que crea que me he unido a Verdeante en su tumba acuática», me dijo. Prometió mandarme noticias suyas cuando llegara a un lugar seguro. Partió esa misma noche, después de dejar otra vez a Perpetuo fuera de combate con su combinación de bebida y sexo. Se llevó las indicaciones, la ropa destrozada y una pequeña mochila con comida y agua. Al día siguiente, Perpetuo encontró en el río las prendas hechas jirones. Parecía destrozado. Supuse que Encanto había conseguido escapar por la montaña Celeste y me alegré. Pero cuando pasaron dos meses sin noticias suyas, empecé a pensar que había muerto. Guardé luto por ella y deseé que su muerte no hubiera sido dolorosa.

Entonces era cierto que había un fantasma en mi cama: el de Encanto.

Sin embargo, Pomelo abrió un cajón y sacó una hojita de papel doblada.

—Hace dos días, recibí la prueba de que sigue viva. Un zapatero ambulante se presentó en la casa y dijo que me traía unos zapatos que me enviaba mi hermana. Como los zapatos me resultaron vagamente familiares, los acepté. Habían sido de Encanto. Los había cortado y remodelado para adaptarlos a mis pies vendados. Las costuras eran perfectas y en seguida me puse a buscar una abertura en el forro, como las que usábamos las cortesanas para ocultar dinero o notas de nuestros amantes. Con mucho cuidado, abrí la costura trasera del zapato izquierdo.

Me entregó la nota:

Usa las indicaciones para subir a la montaña Celeste. En la cima, verás el valle y una bóveda rocosa con la forma de la Mano del Buda. Si miras hacia abajo desde la cumbre, verás Vista de la Montaña. Una vez allí, busca la Casa de Encanto y te recibiré con los brazos abiertos.

Imaginé un pueblo situado en una hondonada, en lo alto de la montaña. Calabaza Mágica y yo nos abrazamos, rebosantes de dicha.

—¿Cuándo nos vamos? —le pregunté a Pomelo.

—Lo antes posible. Yo me quedaré y les diré a los demás que las oí decir que pensaban huir hacia el río. Cuando lleguen a Vista de la Montaña, envíenme una carta en otro par de zapatos para indicarme si el camino es muy difícil.

Se señaló los pies vendados. No eran particularmente pequeños, pero era evidente que no sería capaz de recorrer sola esa gran distancia. Estuvimos varios minutos discutiendo porque Calabaza Mágica y yo le insistíamos en que debíamos irnos todas juntas, como tres hermanas.

Calabaza Mágica levantó los pies y se los enseñó:

—¿Ves? Yo también los he tenido vendados y aun así estoy dispuesta a intentarlo.

Pomelo se los apartó.

—A ti te los vendaron solamente de pequeña. Ahora son tan grandes como los de Violeta o puede que incluso más.

Seguimos discutiendo. Queríamos encontrar la manera de ayudarla, pero ella insistía en que sería una carga para nosotras. Le hicimos ver que ella nos había dado las instrucciones y la carta de Encanto. Al final, dijo:

—Las dos son demasiado buenas conmigo. Ni siquiera he reparado ningún mueble para sus habitaciones.

A partir de aquella noche, vi la vida de otra manera. Por la mañana oía los broncos saludos de los campesinos y me parecían más dulces. Veía a los viejos en la calle fumando sus pipas. Una jauría de perros aullaba cerca de mi ventana y después se alejaba ladrando, y yo, mentalmente, corría con ellos.

Era primavera y estaban brotando las hojas. Por fin se habían acabado las lluvias y los días se estaban volviendo más cálidos. Pomelo ya se había fabricado unas muletas con las patas de una silla rota. Había pegado varias capas de cuero rígido en la suela de unos zapatos y tenía una bolsa con hierbas para reducir la inflamación. Practicaba todas las noches caminando por su habitación, cuando no la visitaba Perpetuo y las sirvientas ya se habían ido a la cama.

Recogimos más restos de madera en el cobertizo de los muebles rotos y los usamos para fabricar efigies nuestras para dejarlas en nuestro lugar y hacer creer a los demás que no nos habíamos ido. Hicimos las cabezas con la base de unas butacas; los cuerpos, con las tapas de unas mesas de té, y las piernas y los brazos, con las patas de las mesas. Calabaza Mágica se empeñó en que les hiciéramos caras. Con ese fin preparó una mezcla de arcilla, modeló montículos en la base de las butacas y les pegó encima tachuelas y piedras de diferentes tamaños para formar los ojos, la nariz y los labios. Nuestras caras resultaban bastante espeluznantes.

Calabaza Mágica y yo acumulamos una cantidad de provisiones suficiente para comer las tres durante tres días de viaje. No había nada que no pudiera dejar atrás. Lo que llevara conmigo sería una carga para mi espalda, pero lo que dejara sería un peso para mi corazón. Decidí llevar solamente ropa adecuada para soportar los días calurosos y las noches frías, pero entonces recordé algunas cosas que no podía abandonar: el diario de Edward y las fotos suyas y de la pequeña Flora. Recordé el terrible día en que me arrancaron a Florita de los brazos. Mirando su fotografía, le había dicho: «Resiste mucho, obedece poco.» Yo también había seguido ese consejo. Saqué las fotografías de sus marcos y las inserté entre las páginas del diario de Edward.

Calabaza Mágica había puesto sobre mi cama una blusa y una falda larga de estilo occidental.

—¿Por qué has dejado aquí esta ropa? —le pregunté.

Me sonrió con expresión astuta.

—Para que te transformes en tu mitad occidental. Una mujer occidental puede viajar sola y sin marido sin que nadie se extrañe. Todo el mundo sabe que las extranjeras están locas y van a donde les da la gana. Merece la pena probar.

—Y si alguien me pregunta qué hago escalando una montaña, ¿qué diré?

—Dirás en inglés que eres una artista y que viajas para pintar el paisaje. Yo traduciré tus palabras.

Fruncí el ceño.

—¿Dónde están mis pinturas? ¿Qué voy a enseñarles para demostrar que soy una artista?

Calabaza Mágica sacó de su maleta dos lienzos enrollados.

—No hace falta que me los enseñes —le dije.

Los reconocí en seguida. Eran los dos cuadros de Lu Shing: el retrato de mi madre y el paisaje del valle. Cada vez que había intentado deshacerme de ellos, Calabaza Mágica los había recuperado.

—Al menos podemos probar —dijo—. Yo los llevaré. Valen tanto como cualquier documento para certificar que eres occidental. Y además están muy bien pintados.

Esperamos a que le llegara a Azur el turno de recibir la visita nocturna de Perpetuo. La luna estaba en cuarto creciente. Por la tarde, mientras la doncella de Azur rondaba a nuestro alrededor, Pomelo nos invitó muy ostensiblemente a jugar al mahjong. Al principio nos excusamos y esperamos a que insistiera un par de veces para aceptar. A lo largo de la semana anterior, habíamos ido trasladando a su habitación, pieza a pieza, nuestras pertenencias. A las siete, fuimos al patio de Pomelo para nuestra partida de mahjong. A las diez, mientras reinaba el silencio y la doncella de Azur estaba con su amante, nos vestimos con ropa sencilla de campesinas y dejamos en el suelo nuestras efigies, junto a la pared más alejada de la puerta, engalanadas con vestidos bonitos. Sin hacer ruido, tumbamos la mesa y las sillas, como si se hubieran caído. Sembramos por el suelo las fichas de mahjong y las tazas de té para que pareciera que la partida se había interrumpido abruptamente. Encima pusimos la lámpara de aceite y, con mucho cuidado, derramamos parte del combustible sobre las mantas de la cama, las cortinas de seda, las lámparas cubiertas de velos de gasa y la alfombra. Cuando se declarara el incendio, nadie podría entrar para salvarnos o, mejor dicho, para salvar a nuestras efigies, que yacían en el suelo con guijarros en lugar de ojos. Yo salí con Pomelo por la puerta del fondo. Mientras tanto, Calabaza Mágica le dio cuerda al fonógrafo, puso un aria triste, derribó la lámpara de aceite sobre el brasero, se aseguró de que ardieran las cortinas de la cama y salió corriendo hacia la puerta donde nosotras la estábamos esperando.

Salimos por el camino de arriba, en dirección al pie de la montaña. A los cinco minutos, oímos gritos por el camino grande, que discurría más abajo. Imaginé las expresiones de horror de los que vieran a nuestras pobres efigies tendidas en medio de la conflagración, fuera de su alcance y calcinadas hasta volverse irreconocibles. Seguramente Azur los enviaría a todos a salvar el templo. Pero ¿qué haría Perpetuo? ¿Qué sentiría? ¿Cuánto tiempo pasaría antes de que alguien entrara en la habitación y examinara los falsos cadáveres con piel de corteza quemada?

El sendero seguía ascendiendo y nosotras volvíamos con frecuencia la vista atrás para ver hasta dónde llegaban las llamas anaranjadas. Me pregunté si se habría prendido fuego toda la casa. ¿Se quemaría la aldea entera? Intentábamos fingir entereza, pero nuestras voces nos delataban. Estábamos asustadas. Yo tenía la sensación de que Perpetuo aparecería en cualquier momento detrás de un arbusto. A medida que nos alejábamos de la aldea, dejamos de distinguir el humo por encima de las colinas más bajas y nos sentimos aliviadas.

Anduvimos durante tres horas. Pomelo tenía que parar a menudo porque se le cansaban los brazos con el uso de las muletas. Nos detuvimos al llegar a un tramo del sendero cubierto por un montón de rocas. Podríamos haber pasado, pero estaba oscuro y no queríamos arriesgarnos a que ninguna de nosotras cayera, por lo que buscamos un lugar para dormir, ocultas entre los arbustos. Hicimos turnos para dormir y montar guardia.

Con el amanecer, nos impresionó la belleza del cielo abierto y de las laderas y los barrancos de la montaña. Me inundó una sensación de paz que nunca había experimentado. Cuando regresamos al camino, pude comprobar que Perpetuo había dicho la verdad. Era cierto que un desprendimiento de piedras y fango cubría el sendero. Calabaza Mágica y yo podríamos haber pasado con relativa facilidad, saltando de piedra en piedra, pero tuvimos que ayudar a Pomelo a pasar poco a poco, apoyándose en las muletas. Mientras trepaba tambaleándose por las rocas, nosotras permanecimos a su lado, listas para sostenerla si perdía el equilibrio. Cuando superó el obstáculo, estaba tan agotada que decidimos concedernos una hora para comer y descansar. Avanzábamos con lentitud y ella nos agradecía profusamente y con frecuencia nuestra ayuda, además de disculparse por retrasarnos.

—La gente no se preocupa por los problemas de los demás cuando tiene problemas propios —decía.

Una vez me habían dicho que cuando salvas a alguien, incluso sin proponértelo, te sientes unido a esa persona por el resto de tu vida. Así nos sentíamos respecto a Pomelo. Calabaza Mágica le preguntaba a menudo si necesitaba hacer otra pausa para descansar, y yo, si le dolían los pies. Y ella nos preguntaba a su vez si no estábamos cansadas de cargar la pequeña bolsa con sus pertenencias. Nosotras le asegurábamos que no nos pesaba nada, y era cierto.

Por la tarde, ascendimos lo suficiente para adentrarnos en el bosque, donde por fortuna el ambiente era mucho más fresco. Sin embargo, nos preocupaba que un tigre o un oso apareciera detrás de los árboles. A mí me preocupaba algo mucho peor: la aparición de Perpetuo.

—¡Imposible! —exclamó Calabaza Mágica—. Tardará bastante en darse cuenta de que los cadáveres son falsos y al principio nos buscará en el río. ¿Por qué iba a pensar que hemos huido por la montaña?

El bosque de pinos se fue haciendo menos denso y los retazos de cielo abierto que veíamos entre las copas de los árboles poco a poco se fueron abriendo hasta abarcar toda la bóveda celeste. Por un instante se disipó el temor que me oprimía el pecho, pero volvió en seguida, cuando el camino se estrechó hasta convertirse en una senda tallada en la pared rocosa de un acantilado. Cuando veía la distancia que nos separaba del fondo del valle, sentía un vértigo irreprimible y no podía evitar pensar en la historia que me había contado Edward acerca del niño que se había despeñado tratando de salvar una muñeca.

—No mires hacia abajo. Mira hacia adelante —me aconsejó Calabaza Mágica—. A donde mires es adonde irás.

—Según el mapa, nos estamos acercando a la gruta —dijo Pomelo—. Debe de estar más o menos por ahí —añadió, señalando el otro lado del barranco—. Llegaremos en un par de horas.

Pomelo tenía el presentimiento de que nuestras joyas estaban escondidas en el interior de la cueva. Pensé en el ermitaño del que hablaban los poemas. Yo siempre lo había imaginado con los rasgos de Perpetuo, y la idea de encontrarlo en la gruta me hizo estremecer.

—¡Miren ahí! —dijo Pomelo mientras indicaba un punto más abajo, en la falda de la montaña.

Era una pequeña figura que se movía a lo lejos. Estudiándola con atención, llegamos a la conclusión de que no era un tigre ni un ciervo. Caminaba sobre dos piernas y no podía ser otro que Perpetuo. Sólo él sabía que la montaña Celeste no estaba maldita. Apretamos el paso por la estrecha y peligrosa senda con la esperanza de encontrar un bosque donde pudiéramos escondernos. Al cabo de media hora, me di cuenta por la expresión crispada de Pomelo de que estaba padeciendo una intensa agonía. Las muletas le habían abierto llagas en los brazos y en las manos, y el dolor de los pies era un tormento insoportable. Avanzaba tambaleándose por un camino angosto, apenas más ancho que sus caderas, arriesgándose a caer por el barranco si tropezaba una sola vez. Calabaza Mágica iba detrás de ella, agarrándola por los faldones de la chaqueta para equilibrarla en su balanceo. Yo me decía que no debía mirar hacia abajo. A nuestro lado se abría el peligro del abismo y otro peligro se nos acercaba por detrás. Por fin llegamos a un camino más amplio, que se apartaba del acantilado. Calabaza Mágica y yo subimos rápidamente por la senda para ver mejor el terreno y determinar a qué distancia se encontraba Perpetuo. Las dos sofocamos una exclamación de horror al ver que estaba mucho más cerca de lo que habíamos imaginado. Había hecho en un instante el camino que nosotras habíamos tardado dos horas en recorrer. Era evidente que tenía prisa. ¿Nos estaría persiguiendo? ¿O se dirigiría a la gruta por otras razones?

Subíamos por un camino zigzagueante, que nos daba la sensación de estar avanzando y retrocediendo sin hacer ningún progreso. El miedo apenas me dejaba respirar.

Al llegar a un enésimo recodo, vi lo que nos esperaba en el camino y todas mis esperanzas se esfumaron. Un desprendimiento de rocas había borrado una buena porción de la senda. Habíamos tardado casi una hora en superar un obstáculo similar y no había a nuestro alrededor ningún lugar donde escondernos. Sentí que me palpitaban las sienes. Intercambiamos miradas de preocupación. Una de nosotras tenía que tomar una decisión. Al ritmo que llevábamos, Perpetuo nos alcanzaría en menos de una hora. Supuse que traería una pistola o un arma blanca, que le serviría para capturarnos (o para matarnos) a las tres.

—Sigan ustedes —dijo Pomelo.

Tenía los ojos huecos y la mirada vacía.

—No digas tonterías —replicó Calabaza Mágica—. ¿Qué clase de gente crees que somos?

Yo la apoyé, aunque sabía que quedarnos equivalía a renunciar a toda posibilidad de huida. Imaginé la paliza que recibiríamos todas y me dije que cuando regresáramos tendríamos que vivir en una jaula quemada, sufriendo diez veces más que antes por el resto de nuestras vidas. Pero lo haríamos juntas, y nuestra unión haría que todo fuera soportable.

—¡Sigan adelante! —exclamó Pomelo con voz airada—. Después de todo lo que hemos planificado y nos hemos esforzado, me harían un mal servicio si se quedaran aquí. Yo intentaré seguir por mi cuenta. Tal vez encuentre un arbusto donde esconderme más adelante.

Era poco probable y las tres lo sabíamos. Unos meses antes, yo la habría abandonado sin más. Pero desde entonces nos habíamos convertido en viejas hermanas flores y habíamos luchado juntas por salvarnos. ¿Cómo íbamos a dejarla sola? Pomelo volvió a insistir con firmeza:

—Sentiré que he ganado si una de las tres consigue liberarse de ese hombre. No traicionen la esperanza de derrotar a ese canalla que he cultivado durante todos estos años.

Se echó a llorar y nos suplicó durante varios minutos más.

—Muy bien. Seguiremos adelante —dijo finalmente Calabaza Mágica—, pero sólo para buscar un lugar donde esconderte. Si lo encontramos, volveremos para llevarte. Para entonces habrás descansado un poco y podrás venir con nosotras.

Me pregunté si Calabaza Mágica creía de verdad que su plan tenía alguna esperanza de éxito. No nos despedimos. Dijimos solamente que volveríamos más tarde a buscarla.

—Váyanse ya —replicó ella y nos ahuyentó con la mano como si fuéramos una molestia.

Mientras saltábamos de piedra en piedra, me volví y la vi de rodillas, agarrada trabajosamente a la siguiente roca. Se me encogió el corazón, y aunque ella misma nos había insistido para que siguiéramos, sentí que la había traicionado. Al cabo de una hora, ya no pude soportarlo.

—Tenemos que volver —dije.

—Yo estaba pensando lo mismo —replicó Calabaza Mágica—. Hagamos lo que hagamos, Perpetuo nos atrapará. No podemos escondernos para siempre en el bosque.

—Podemos ayudarla entre las dos para que pase por encima de las rocas —dije—. Juntas, quizá podamos.

—No importa si podemos o no. Lo importante es que estaremos juntas.

Bajamos a toda prisa, levantando a nuestro paso grandes nubes de polvo. Tenía tanto miedo que creí que me iba a estallar el corazón. Finalmente divisamos a Pomelo, sentada en una roca. Miramos un poco más abajo, por el sendero, y vimos a Perpetuo tan cerca que era posible distinguirle los rasgos de la cara y las pobladas cejas. Avanzaba balanceando con fuerza los brazos para impulsarse hacia adelante. Ya debía de haber visto a Pomelo. Lo oímos gritar su nombre. Ella no se inmutó. Se había rendido. Estaba agotada y no podía avanzar ni siquiera un centímetro más. Vi que una marca ensangrentada le atravesaba la frente. Debía de haberse caído. Meneaba lentamente la cabeza, como si estuviera mareada.

Perpetuo estaba apenas a dos breves vueltas del sendero. Se detuvo y levantó un brazo.

—¡Las mataré a golpes, perras!

Pomelo se arrastró hacia atrás, empujándose con los pies apoyados contra una roca, que se soltó, se deslizó por la tierra blanda y fue a estrellarse en el sendero. Cuando se dispuso a empujar una roca más, nos dimos cuenta de que lo hacía adrede. Desalojó con los pies un grupo de rocas más pequeñas, que se precipitaron al vacío. Algunas chocaron contra los peñascos y salieron rebotadas en otra dirección mientras continuaban su caída. Ni siquiera le cayeron cerca a Perpetuo, pero él comprendió lo que estaba haciendo Pomelo, maldijo entre dientes y aceleró todavía más el ritmo. Ella seguía empujando las piedras con las muletas, los pies y las manos, pero todas caían y rebotaban en ángulos que las alejaban de Perpetuo. Para entonces, él había llegado al tramo de la senda que discurría justo por debajo del lugar donde se encontraba Pomelo, que seguía tirando piedras tan rápidamente como sus piernas se lo permitían. Una docena de guijarros del tamaño de una nuez golpearon las rocas de más abajo y salieron despedidos en otra dirección. Uno de ellos cayó unos seis metros delante de Perpetuo, que se detuvo, y miró primero hacia atrás y después hacia arriba, en dirección a Pomelo. Su expresión se volvió más decidida y echó a correr para alcanzarla.

A Pomelo se le había enrojecido la cara por el esfuerzo. Se echó hacia atrás, apoyó los codos en el suelo y empujó con todas sus fuerzas con las piernas. Yo contuve la respiración mientras una avalancha de piedras grandes como puños rodaba cuesta abajo entre nubes de polvo, saltando y provocando que otras rocas se desprendieran y surcaran el aire silbando entre Pomelo y Perpetuo. Huyendo de la lluvia de rocas, Perpetuo corrió a guarecerse bajo una cornisa, pero antes de alcanzarla, levantó la vista y entonces un estallido rojo le cubrió la cara y le torció la cabeza hacia un lado y hacia atrás. Se desplomó como si no tuviera huesos en las piernas. Al principio Calabaza Mágica y yo nos quedamos inmóviles, pero cuando vimos que Pomelo comenzaba a bajar con mucho esfuerzo hacia el lugar donde yacía Perpetuo, corrimos a reunirnos con ella. Las tres llegamos a la vez y vimos lo mismo: una masa roja de carne, sin ojos, nariz, ni boca. Las piernas estaban giradas en un ángulo casi imposible con respecto al tronco, y a su alrededor aún no había terminado de depositarse el polvo. La sangre se estaba desplegando como un estandarte debajo del cuerpo.

Calabaza Mágica me dio un codazo y me señaló a Pomelo, que estaba sentada en el suelo y parecía rebosante de dicha por lo que había hecho. Cada vez que bajaba la vista y contemplaba el cuerpo de Perpetuo, echaba hacia atrás la cabeza y se reía a carcajadas. Resultaba impresionante. Cuando nos acercamos un poco más, me di cuenta de que estaba aullando como una lunática. Se volvió para mirarnos y vimos en su cara una expresión congelada de indefensión y horror. Nos tendió las manos y nosotras nos sentamos a su lado y lloramos en silencio. Ella siguió gimiendo y lamentándose:

—¡Canalla! ¿Por qué me has obligado a hacer esto?

Nos dijo entre sollozos que todavía lo odiaba y que había tenido que matarlo para salvarnos. Empujar las piedras había sido la única manera de defendernos; pero en el instante en que la roca le aplastó la cara, se había dado cuenta de que no quería que sucediera algo tan terrible. Lo había matado y su acción no era moralmente reprobable. Sin embargo, cuando alguien mata a un semejante (con una piedra o provocando su caída por un acantilado), su acción mancha para siempre su espíritu y lo aparta del resto de las personas que nunca han matado a nadie. Cualquiera de las tres podríamos haberlo hecho. Sentí agradecimiento hacia Pomelo por habernos salvado de Perpetuo y por habernos ahorrado el horror de ser sus verdugos. Abrí el corazón a la profundidad de su tristeza mientras imaginaba su agonía al recordar una y otra vez, por el resto de su vida, lo que había hecho. Entonces recordé lo que me había dicho Edward: «Matar a otra persona también es violencia contra uno mismo, y el que lo ha hecho sufre el daño por el resto de su vida.»

Pomelo quería que lo enterráramos porque no le parecía decente dejar el cuerpo abandonado a los buitres y a los lobos. Sin embargo, la convencimos para no hacerlo. Si alguien lo descubría, pensaría que había sido víctima de un desprendimiento de rocas y que las piedras se habían precipitado empujadas por el destino y no por las piernas de Pomelo.

Más allá del pinar, el camino seguía avanzando en torno a la montaña. Cuando salimos al otro lado, vimos un bosquecillo sombreado alrededor de una pequeña laguna alimentada por un manantial. De inmediato dejamos en el suelo nuestros fardos y bebimos el agua de la laguna, que nos supo muy dulce, antes de lavarnos la cara. Un poco más allá había otra fuente, que brotaba en una oquedad oscura de la roca. Debía de ser el escondite de Perpetuo. Cuando estuvimos a unos veinte metros de distancia, me paré en seco porque me pareció ver a un hombre sentado de espaldas. ¡El ermitaño! Por un momento pensé que iba a volverse y que sería Perpetuo. Me agaché para recoger una piedra y Calabaza Mágica me imitó.

—¡Eh, el de allí! —lo llamó Calabaza Mágica.

La figura no respondió.

Dimos unos pasos más y Calabaza Mágica lo llamó de nuevo. El ermitaño siguió sin moverse. Entonces mi amiga se volvió hacia nosotras.

—Es lo que pensaba: el monje lleva tanto tiempo meditando que se ha convertido en piedra.

Nos acercamos rápidamente, rodeamos la pétrea figura y nos adentramos en la gruta. A un lado, manaba el agua por una grieta y caía sobre una base de piedra desgastada en forma de cuenco. No había nada más, ningún cofre del tesoro. Ni siquiera encontramos un lugar donde sentarnos.

Pero a Calabaza Mágica le resultaron sospechosas las piedras apiladas junto a la entrada de la gruta y rápidamente empezó a separarlas. Cuando terminó de retirarlas, vimos una pequeña cueva oscura de menos de un metro de altura. En la entrada había una soga. Tiramos de la soga hacia arriba y notamos que estábamos izando algo pesado. Me dije que ojalá no fuera un cadáver. Lo primero que vimos fueron unas arañas blanquecinas que se escabullían por encima de la tapa de una caja. Retrocedimos de un salto y Calabaza Mágica se fue en busca de un palo para apartar a los bichos.

La caja contenía libros y una docena de rollos pequeños. Fue una decepción para nosotras. ¿Dónde estaban nuestras joyas? ¿Dónde estaban los anillos, las pulseras y los collares que Perpetuo nos había arrebatado? Pomelo abrió uno de los rollos y encontró un poema. Después sacó un libro, que contenía los edictos del emperador Qianlong. Yo noté algo en el fondo de la caja y rápidamente sacamos a la luz el resto de los libros y dos cofres poco profundos.

Uno de ellos estaba hecho de cuero endurecido y era más alargado que un libro. Tenía en la tapa un relieve dorado, que representaba una casa con sus patios y sus habitantes. No tenía candado. Cuando Pomelo levantó la tapa, contuve la respiración. Allí estaban todas nuestras joyas. Recorrí con los dedos mi pulsera de oro, mi collar de perlas y el anillo de jade y brillantes que me había regalado Lealtad y que Calabaza Mágica se había negado a vender, en contra de mi voluntad. Había dicho que el anillo era como una cuenta corriente: solamente tenía que enseñárselo a Lealtad para que él recordara la promesa y soltara su dinero.

Calabaza Mágica encontró su pulsera de plata y dos horquillas de oro. Pomelo tenía más que nosotras: un broche de diamantes, dos pulseras de oro, varios anillos y unos pendientes de jade y brillantes.

—Encanto podría haberse llevado todas mis joyas —dijo—. Podría haber pensado que yo nunca llegaría hasta aquí y, sin embargo, sólo tomó lo que le pertenecía. Es una buena persona.

El otro cofre era de madera corriente y tenía un cerrojo de latón. Pesaba mucho. Levantamos la tapa y las tres lanzamos al mismo tiempo una exclamación de sorpresa. En su interior había doce pequeños lingotes de oro y treinta y tres dólares mexicanos de plata. Cuando llegáramos al pueblo, tendríamos dinero para pagar la comida y el alojamiento, y todos nos respetarían.

Decidimos pasar la noche en la gruta. Me desperté varias veces, sobresaltada por la sensación de que Perpetuo estaba de pie a mi lado, mirándome. Pomelo gemía:

—Ha venido a buscarme.

Yo le aseguré que había sido una pesadilla, pero ella respondió que no estaba dormida.

—Lo siento a mi lado —dijo.

Nos pusimos en marcha antes del amanecer. Según el mapa, nos faltaban solamente unas horas para llegar a la cumbre, a menos que la pendiente fuera muy abrupta o que encontráramos más desprendimientos de rocas en el camino. Ya no nos perseguía nadie, pero nos empujaba la esperanza de encontrar una vida mejor en el pueblo al que nos dirigíamos.

—Es muy raro que nadie de Vista de la Montaña haya bajado nunca al Estanque de la Luna —dijo Calabaza Mágica.

—No hay nadie en estos tres condados que no haya oído hablar de la maldición y de los fantasmas que bailan en la cima de la montaña —replicó Pomelo—. ¿Por qué correr el riesgo de encontrárselos para visitar un lugar horrible como el Estanque de la Luna? Su mala fama es bien conocida.

—Hay gente estúpida que sería capaz de ir a cualquier lugar —dijo Calabaza Mágica—. O valiente, como nosotras.

Yo nunca había oído hablar de un pueblo en la cumbre de una montaña, excepto en los cuentos de hadas. Pero en su nota, Encanto había dicho que estaba ahí. Cuando llegáramos a la cresta de la montaña, lo veríamos. En mi imaginación, Vista de la Montaña era exactamente igual que la bulliciosa ciudad de Shanghái, con confiterías y restaurantes, quioscos de periódicos y librerías, farolas en las calles, grandes almacenes, cines, coches de caballos, tranvías y automóviles. Sus habitantes serían educados e instruidos, y vestirían ropa moderna. Incluso habría un río y un puerto con gran animación comercial, todo concentrado en la cima de una montaña.

Ese Shanghái no era un lugar, sino una sensación de satisfacción en mi interior. Estaba regresando a mi antiguo ser, entera y con el cuerpo, la mente y el espíritu intactos. Me había desembarazado del orgullo, esa carga inútil de altanería que había llevado conmigo lo mismo que el tocador portátil con su espejo roto. Perpetuo y yo habíamos contrapuesto nuestros respectivos orgullos y yo habría estado dispuesta a morir con tal de demostrarle mi superioridad. Pero ¿de qué me habría servido que él la reconociera? Prefería vivir y hacer lo que de verdad importaba: encontrar a Florita y decirle lo mucho que la quería. Haría todo lo que hiciera falta para reunirme con ella.

Cuando sólo nos faltaban dos vueltas del camino para llegar a la cima de la montaña, nos quitamos la ropa de campesinas y nos pusimos nuestras mejores galas. Yo me transformé en una moderna mujer occidental. No hablamos mientras caminábamos por el bosque. Intentábamos avanzar a buen ritmo porque pronto se haría de noche. Yo estaba segura de que a Pomelo debían de dolerle mucho los brazos y los pies, pero ella no se quejaba.

Salimos del bosque y atravesamos un claro, bajo el cielo abierto. Delante de nosotras estaba el montículo rocoso que figuraba en las indicaciones de Encanto, y después llegaríamos a la cresta de la montaña. Calabaza Mágica y Pomelo tenían la expresión ansiosa e inocente de dos niñas pequeñas. Trepamos al montículo y vimos, frente a nosotras, una bóveda blanca en forma de mano. A nuestros pies se extendía un pequeño valle cubierto de hierba. ¿Dónde estaba el pueblo? El valle era demasiado pequeño para albergar una ciudad. Ni siquiera el Estanque de la Luna habría cabido en un espacio tan reducido.

—Si Encanto nos aseguró que hay un pueblo —dijo Pomelo—, tiene que haber un pueblo.

El sol siguió su descenso y la Mano del Buda se volvió dorada. Me sentía en un lugar desconocido y a la vez familiar. Pensé en el cuadro que había pertenecido a mi madre, *El valle del asombro*. El sitio donde me encontraba no se asemejaba al paisaje del cuadro, pero la sensación era la misma. Parecía contener un enigma referido a mí. ¿Era mejor ese lugar que el que había dejado atrás? Estaba segura de que sí, pero de inmediato empecé a oscilar entre la duda y la certeza.

Nos desplazamos en silencio por el borde del valle pequeño y verde. Pomelo estaba jadeando, exhausta y dolorida. Yo admiraba su fortaleza. Divisamos un templo un poco más abajo. Entonces ¿no era sólo una leyenda? Desde la distancia a la que nos encontrábamos, el templo parecía destruido, poco más que un esqueleto que servía de percha a las aves carroñeras. No había fantasmas danzando a su alrededor. Yo sabía que Calabaza Mágica y Pomelo también habían esperado encontrarlos.

El tiempo estaba refrescando y pronto se pondría el sol. Los dedos blancos del Buda se habían vuelto rosados. Seguimos andando sin pausa a lo largo de la cresta de la montaña. La hierba del valle se tornó de un verde más oscuro y el templo se ensombreció hasta adquirir el color del marfil quemado.

—¡Ja! —exclamó Calabaza Mágica—. El templo no es más que un cobertizo para guardar las vacas. ¿Ven alguna vaca fantasma por los alrededores? La mente engaña a la vista y la vista nos vuelve tontas.

Volvió a guardar silencio.

Vivíamos momentos de inseguridad, en los que un instante apacible podía transformarse fácilmente en el preludio de un desastre. El sol seguía bajando y los dedos de la Mano del Buda adquirieron un gris cadavérico. Todo a nuestro alrededor se sumía en la niebla y perdía el color, hasta que, de pronto, en un instante, el sol desapareció y nos dejó sumidas en nuestros propios pensamientos. El pueblo tenía que estar cerca. ¡Habíamos llegado tan lejos!

Pomelo dijo que necesitaba descansar y cedió por fin al agotamiento. Una luna creciente reemplazó al sol en el cielo y aparecieron tenues estrellas. Cuando Pomelo pudo levantarse de nuevo, el cielo era un cuenco oscuro y las estrellas que lo señalaban eran aguzadas puntas brillantes. La ayudamos a incorporarse y ella gimió de dolor al apoyar los pies en el suelo. Echamos a andar con pasos breves y cautelosos por la desigual cresta rocosa, que describía una curva hacia la izquierda y nos acercaba a la Mano del Buda. «¡Qué extraño —pensé— que las estrellas brillen allá abajo!» Parecían acercarse cada vez más y desprendían un curioso fulgor. Casi podíamos sentir su calidez.

—¡Es Vista de la Montaña! —gritamos las tres a la vez.

Encanto tenía razón. Una vez alcanzada la Mano del Buda, sólo teníamos que mirar hacia abajo desde la cresta de la montaña.

Estaba demasiado oscuro para ver nada, excepto las luces lejanas de Vista de la Montaña. Mentalmente, ya casi estábamos allí. Podíamos tardar horas en llegar, o quizá un día, o incluso más si el camino estaba cubierto de rocas y la senda era peligrosa. Pero nada de eso nos importaba. No podíamos esperar hasta la mañana. Teníamos que emprender el camino de inmediato.

Colocamos a Pomelo entre las dos, y ella nos pasó los brazos por los hombros. Me sorprendió lo poco que pesaba y lo ligera que me sentía yo. Juntas, dimos nuestro primer paso y comenzamos nuestra nueva vida.

CAPÍTULO 12
El valle del asombro

San Francisco
1897
LUCÍA MINTURN

Yo tenía dieciséis años cuando se presentó en nuestra puerta alguien que me pareció un emperador chino acabado de salir de las páginas de un cuento de hadas. Vestía una túnica larga de seda azul oscura y un chaleco con símbolos bordados. Sus facciones presentaban una suave inclinación que arrancaba en la barbilla y subía por las mejillas hasta lo más alto de la cabeza. Tenía la trenza típica de los chinos, que le caía desde la coronilla hasta la mitad de la espalda.

—Buenas tardes, señora Minturn —saludó—. Profesor Minturn. Señorita Minturn.

Me dedicó solamente una mirada fugaz. Su inglés era perfecto, adornado con un precioso acento británico, y sus modales eran formales pero no carecían de naturalidad. Si cerraba los ojos, su voz me parecía la de un *gentleman* inglés; pero si los abría, reaparecía ante mí el personaje de un libro de fábulas.

Por supuesto, yo ya sabía desde el principio que no era ningún emperador, pero esperaba que fuera alguien ilustre: un mandarín manchú, por ejemplo. Mi padre nos lo presentó como «el señor Lu Shing, estudiante chino de la pintura paisajística norteamericana, que llega desde el valle del Hudson, en Nueva York, procedente originariamente de la China».

—De Shanghái —lo corrigió él—. A los que somos de Shanghái nos gusta insistir en la diferencia.

Parecía satisfecho e irradiaba confianza, y se le notaba orgulloso de ser diferente de los demás. Yo también era diferente, por lo que de entrada tuvimos algo en común. Yo llevaba cierto tiempo esperando la llegada de mi gemelo espiritual y aunque no imaginaba que fuera a ser chino, estaba ansiosa por averiguarlo todo acerca de él. Antes de poder decirle una sola palabra más, entró con mis padres en el salón, para conocer a los otros invitados, y yo me quedé sola en el vestíbulo. Mis padres siempre se quedaban lo mejor para ellos.

En ese mismo instante quise poseerlo; quise que fueran míos su corazón, su mente y su alma china, todo lo que había en él de diferente, incluido lo que tenía bajo la túnica de seda azul. Ya sé que la idea puede parecer chocante, pero yo llevaba casi un año de promiscuidad, por lo que fue breve el salto entre el anhelo y el goce.

A los ocho años, decidí ser fiel a Mí Misma. Naturalmente, lo primero fue averiguar en qué consistía esa Mí Misma a la que debía fidelidad. Mi afirmación personal comenzó cuando descubrí que había nacido con un dedo supernumerario en cada mano, gemelo del dedo meñique. Mi abuela había recomendado que me los amputaran antes de abandonar el hospital para que la gente no fuera a pensar que en la familia teníamos tendencia a producir pulpos. Mis padres eran librepensadores y basaban sus opiniones en la razón, la lógica, la deducción y su propia manera de ver las cosas, por lo que mi madre, que nunca aceptaba un consejo de mi abuela, había replicado:

—¿Tenemos que cortarle los dedos supernumerarios solamente para que pueda usar los guantes que venden en las tiendas?

Me llevaron a casa con todos mis dedos en su sitio. Pero entonces un viejo amigo de mi padre, el señor Maubert, que más adelante sería mi profesor de piano, los convenció para que convirtieran mis manos inusuales en apéndices normales. El hombre había sido concertista de piano, pero al comienzo de su prometedora carrera, había perdido el brazo derecho durante el asedio de París por parte de los prusianos.

—Hay muy pocas composiciones de piano para una sola mano —les dijo a mis padres—, y ninguna para seis dedos. Seguramente querrán dar una educación musical a su hija, y sería una pena que tuviera que tocar la pandereta por falta de otro instrumento más adecuado.

El propio señor Maubert me informó, orgulloso, a mis ocho años, de su influencia en la decisión.

Pocos comprenderán la conmoción que supone para una niña pequeña enterarse de que una parte suya ha sido considerada indeseable y le ha tenido que ser violentamente extirpada. Me daba miedo pensar que la gente pudiera cambiar trozos de mi persona sin mi conocimiento ni mi autorización. Fue así como inicié la indagación para averiguar cuáles de mis muchos atributos necesitaba proteger, dando al conjunto de tales atributos el nombre científico de «Mí Misma».

Al principio, la lista completa abarcaba mis preferencias y antipatías, los intensos sentimientos que me inspiraban los animales, mi hostilidad hacia todo el que se riera de mí, mi aversión por la gente aduladora y varias cosas más que he olvidado. También coleccionaba secretos que me afectaban. La mayoría eran cosas que me habían desgarrado el corazón, y el hecho mismo de que no quisiera que se hicieran públicas era la prueba de que formaban parte de Mí Misma. Más adelante añadí a la lista mi inteligencia, las opiniones que me merecían los demás, mis miedos y repugnancias, y ciertas incomodidades persistentes que más tarde reconocí como preocupaciones. Unos años después, cuando manché por primera vez la ropa interior, mi madre me explicó «la biología que ha hecho posible tu existencia», cuyo aspecto principal era mi origen como un huevo que se deslizaba por una trompa de Falopio. Lo expuso de tal modo que cualquiera habría dicho que yo había sido una masa amorfa sin cerebro, que al ver la luz había adquirido una personalidad, modelada bajo la dirección de mis padres.

Por mi aspecto, no podía sustraerme por completo de la biología, ya que había heredado una mezcla de mis padres: ojos verdes, pelo oscuro y ondulado, orejas pequeñas y unas cuantas cosas más. Pero lo peor eran los sonrojos de mi madre cada vez que se enfadaba, que se manifestaban en mí como manchas arreboladas que me estallaban en el cuello y en el pecho, y no se parecían en nada a un adorable rubor, sino más bien a las marcas dolorosas de un hierro candente. Las manchas me traicionaban cuando estaba nerviosa. En mis peores momentos, toda la cara me ardía en llamas y entonces tenía que huir a mi habitación. Mi madre había aprendido a controlar tan bien sus emociones que casi nunca demostraba nada y sus arreboles se reducían a la repentina aparición de un saludable tono rosa en las mejillas. Yo me esforzaba por controlar los míos, pero me resultaba tan difícil como contener la respiración, sobre todo cuando me humillaban delante de la gente, con comentarios como «Lucía se emociona hasta las lágrimas con los gatos callejeros», «Lucía tiene una aversión poco natural por las flores con espinas» o «Lucía se mueve por caprichos pasajeros; dentro de una hora ni siquiera recordará cuál fue el último». Sus palabras eran hirientes y ellos ni siquiera lo notaban, aunque eso no los disculpaba.

Mi padre y mi madre eran excéntricos, y no era sólo mi opinión. Mi padre, John Minturn, tenía un trabajo razonablemente respetable como profesor de historia y experto en arte, famoso por su erudición en todo lo referente a la representación pictórica del cuerpo humano. Las representaciones que más le gustaban eran los desnudos, los cuadros de «diosas —como decía él— cuyas diáfanas túnicas se han deslizado hasta sus marfileños y clásicos tobillos». También coleccionaba objetos fetichistas del Lejano Oriente. En una de las paredes de su estudio destacaba una pintura erótica japonesa en la que una pareja se unía en un retorcido abrazo con expresión demente en las caras. En una vitrina conservaba varios ejemplos de los instrumentos de marfil y crines de caballo que los estudiosos chinos utilizan para ahuyentar a las moscas, y en el mismo aparador, varios pares de zapatos de mujeres manchúes que habían vivido en los palacios imperiales del Jardín de las Ondas Claras. El nombre por sí solo me hacía soñar con visitar esos lugares, hasta que mi padre me dijo que los palacios habían sido incendiados y saqueados. Los zapatos formaban parte del botín. Tenían por debajo una hoja alta de madera que los hacía parecer barcos varados en tierra en precario equilibrio sobre la quilla. Según me explicó mi padre, ese diseño tan poco práctico confería a las mujeres manchúes el mismo paso remilgado de las mujeres chinas, que debían gran parte de su atractivo sexual a sus pies vendados y convertidos prácticamente en pezuñas.

Mi madre era hija de un ilustrador botánico y naturalista aficionado, Asa Grimke, que durante tres años viajó con el gran botánico Joseph Dalton Hooker por Darjeeling, Gujarat, Sikkim y Assam, donde dibujó una serie de exóticas plantas recién descubiertas y participó en su descripción. Esas ilustraciones le valieron cierta reputación y determinaron que finalmente se trasladara a San Francisco con su mujer, Mary, y con su hija, Harriet (mi madre), con el importante encargo de ilustrar la flora de la costa del Pacífico. Por desgracia, nada más llegar, se puso en el camino de un caballo desbocado que pertenecía precisamente al hombre que había ido a buscarlo, Herbert Minturn, caballero acaudalado que había hecho fortuna gracias al negocio del opio en China y a la compra de terrenos en San Francisco. El señor Minturn, que había perdido recientemente a su esposa, le dijo a mi abuela en el funeral que comprendía su dolor e invitó a la familia a alojarse en su mansión hasta que se recuperara. Mi abuela no se recuperó nunca y en repetidas ocasiones acabó en el dormitorio del señor Minturn a causa de numerosos episodios de sonambulismo, que, según afirmaba, eran imposibles de controlar, ya fuera voluntariamente o mediante el uso de medicinas. Como el señor Minturn se aprovechó a conciencia del trastorno nocturno de mi abuela, tuvo que casarse con ella. Así contaba mi madre la historia, con manifiesto desprecio hacia el escaso respeto que mi abuela había demostrado por la memoria de su marido.

El destino quiso que el señor Minturn tuviera un hijo, John, doce años mayor que mi madre. Ella tenía seis años cuando llegó a casa de los Minturn, y en esa época John pasaba casi todo el tiempo en la universidad. Pero cuando mi madre cumplió dieciocho, el joven que la había tratado como a una hermanita pequeña se casó con ella y, al cabo de un año, yo vine al mundo. Ésa fue, por lo tanto, la casa donde nací.

Y ésas fueron las personas que me criaron, todas con opiniones diferentes. Llevábamos vidas separadas bajo un mismo techo. Mi abuelo había sido un hombre importante, cuya inteligencia se fue degradando de año en año. Siguió dispensando en las cenas consejos comerciales desfasados, pero la gente lo oía con amabilidad porque apreciaba sus buenas intenciones. En cambio mi abuela no tenía buenas intenciones y sí una gran habilidad para insultar a la gente sin dejar de parecer amable. Era insidiosa. Solía iniciar las discusiones, y cuando mi madre empezaba a echar humo como una caldera a punto de explotar y se llenaba de manchas rojas en la cara y el cuello, entonces le decía que no había motivo para discutir y se iba tranquilamente. Todos la llamábamos «señora Minturn», incluso su marido. Mi madre se indignaba con mi padre porque nunca se enojaba con ella. Él decía que no se enojaba con su suegra porque lo hacía reír y añadía que mi madre debía adoptar la misma actitud. A mi madre la enfurecía todavía más que los amigos de ambos alabaran el buen carácter de mi padre, que en opinión de ella tenía la mala costumbre de ignorar los problemas con la esperanza de que se solucionaran solos. Durante mis primeros años, me gustó bastante mi padre. Era sociable, conversador e ingenioso. La gente apreciaba su compañía, y él me prestaba mucha atención e incluso me mimaba. A veces me daba cosas raras que yo ambicionaba tener, o una versión más inocua del objeto codiciado, como cuando me dio una culebra en lugar de una serpiente venenosa. En años posteriores, me hacía tan poco caso como al gato callejero que un día se coló en la casa y nunca se fue.

Mi madre tenía dos estados de ánimo: uno temperamental, que la dejaba irritable y disgustada, y otro melancólico, que la volvía lánguida e igualmente disgustada. Pasaba la mayor parte del tiempo recluida en casa. Cuando hacía calor, estaba todo el día en el jardín, plantando flores o cortándolas. Me permitía elegir una sola flor, que yo podía plantar en un lugar soleado y desnudo del jardín, junto a los rosales de Provenza. Yo escogía las violetas en todas sus variedades: con blanco sobre violeta, o con algo de amarillo, o con un poco de rosa. Eran plantas indómitas que invadían todos los espacios libres bajo los árboles o los arbustos. Mi madre decía que eran malas hierbas y las habría arrancado si yo no le hubiera recordado que me había dejado plantarlas y que por lo tanto eran mías.

Si no hubiese sido por ese jardín, creo que mi madre le habría insistido más a mi padre para abandonar la comodidad del hogar familiar y comprar una de las casas adosadas que surgían como hongos prácticamente en cada colina, a razón de seis o siete por manzana. Cuando estaba melancólica, pasaba la mayor parte del día en el estudio, donde examinaba los insectos muertos atrapados en gotas de ámbar que le había legado su padre. Eran veintidós piezas que mi abuelo había encontrado en una mina abandonada de Gujarat y que se había metido en los bolsillos como un ladrón. Ese mundo dorado de mi madre contenía moscas, hormigas, mosquitos, termitas y otros bichos. Todos los días lo contemplaba durante horas con una lente de aumento. Si la hubiera dejado guiar mis intereses, yo habría acabado en un manicomio.

Su propósito, desde el día de mi nacimiento, había sido convertirme en una pequeña y colérica sufragista. Me puso de nombre «Lucrecia» en homenaje a Lucrecia Mott, la oradora. A medida que me fui haciendo mayor, mi desagrado por mi nombre no hizo más que aumentar porque su combinación de letras me recordaba palabras desagradables, como «lucro», «secreciones» o «cretina». Como alternativa, estuve oscilando durante mucho tiempo entre los nombres «Lucía» y «Lulú». Mi madre decía que «Lulú» era vulgar, por eso yo lo usaba siempre que ella andaba cerca a menos que quisiera parecer un poco más refinada. Todo dependía de la persona con la que estuviera hablando.

Como ya he mencionado, mis padres eran librepensadores, y eso significaba, entre otras cosas, que hablaban con libertad de cualquier tema en mi presencia. La falta de censura puede parecer admirable, pero yo la sentía como una forma de negligencia. No tenían en cuenta mi salud mental. Ni siquiera se paraban a considerar la conveniencia de revelarme que el señor Beekins había sido sorprendido en el dormitorio común de los hombres con los pantalones por los tobillos. Lo comentaron delante de mí justo antes de que dicho señor Beekins viniera a cenar a casa. En numerosas ocasiones, mi padre sacaba sus piezas fetichistas para enseñárselas a otros coleccionistas, y yo me daba cuenta, por las miradas que éstos me lanzaban y por su tono de voz, que les parecía impropio que yo estuviera presente. Cuando era pequeña, solía jugar en el estudio de mi padre con algunas de aquellas piezas sin saber muy bien qué eran ni para qué servían. Entre ellas había un juego de muñecos de marfil de unos ocho centímetros de altura, con los pechos y los penes perfectamente tallados, de los que más adelante descubrí que eran figuritas utilizadas para la masturbación femenina. Pese a la franqueza con que se referían a los asuntos sexuales, mis padres no parecían unidos por ninguna clase de atracción mutua. Dormían en habitaciones separadas y en todos los años que viví en la casa no oí nunca que una de las puertas se abriera y se cerrara, antes de que se abriera y se cerrara la otra, para sellar así su pacto sexual.

Sólo a los quince años me enteré de que los impulsos de mi padre eran abundantes y poderosos, y que los satisfacía en otra parte. Para entonces, había adquirido la costumbre de entrar subrepticiamente en su estudio para examinar sus libros pornográficos, en especial un tomo de cubiertas azules, con cincuenta y dos fotografías que mostraban hombres musculosos y mujeres regordetas enzarzados en una variedad de contorsiones coitales. *Anatomía clásica de la calistenia,* se titulaba. También encontré una caja grande de madera de raíz, con tapa corredera. Contenía numerosas cartas de amor dirigidas a mi padre, escritas con muy diferentes caligrafías. Habían sido enviadas por hombres y mujeres que describían escenas lujuriosas, recuerdos de encuentros lejanos o recientes, y anticipaciones de actos futuros.

Cuanto más leía, más molesta me sentía. Mi padre regalaba su amor a manos llenas a toda clase de gente, pero hacía mucho tiempo que no tenía ninguna atención especial conmigo. Sus amantes lo llamaban «Dios del Torbellino del Amor», «Zeus Tonante», «Polla Colosal» o «Goliat Triturador», y se hacían llamar «Voluptuosidad Renacida», «Vulva Voraz» o «Vagina Vibratoria». Hablaban en términos muy concretos sobre longitud, ancho, turgencia, sincronización y durabilidad. Hablaban de sexo como si fueran glotones refiriéndose a determinadas comidas que yo no podría haber probado nunca más, como el pudin, la salsa del estofado, la nata o los embutidos. Elogiaban a mi padre por su eficacia para causar catástrofes geológicas e invocar las tormentas. Le atribuían fallas tectónicas y terremotos, inundaciones y tornados, así como la emergencia de nuevas islas de las profundidades marinas. Pero lo único que yo quería era un poco de afecto. Y él se lo daba a otros, con increíble generosidad y en infinidad de formas diversas.

Me puse furiosa. Ya no necesitaba su cariño. Yo también tenía impulsos y necesidades.

Para mi primera aventura sexual, elegí el lugar antes que al chico. El bosquecito estaba en uno de los extremos del campus de la universidad donde enseñaba mi padre. El tiempo otoñal era cálido y los arbustos de hortensias estaban cubiertos de suaves hojas y flores bamboleantes. El lugar me recordaba el ambiente de los cuadros de deidades desnudas, escenario para la fornicación divina.

Sólo asistían hombres a la universidad, por lo que atraje mucha atención por el simple hecho de sentarme en un banco bajo un árbol. El profesorado me conocía como la hija del doctor Minturn, así que a nadie le extrañó verme allí, apoltronada en el parque, estudiando calistenia. Tenía el libro ilustrado abierto sobre el regazo, de tal manera que para los jóvenes que pasaban, parecía estar leyendo y a la vez esperando a alguien. Varios de los chicos que pasaron por el sendero se detuvieron un momento para preguntarme qué estaba leyendo. A los seis primeros les respondí que era un libro sobre los aspectos básicos de la costura. Al séptimo, le dije con expresión pícara:

—¿Te gustaría averiguarlo?

Ese joven merecía una oportunidad. Tenía los hombros anchos y todos los atributos del dios griego: espesa cabellera oscura, ojos azul cielo, manos hermosas y fuertes, labios sensuales y un filtro profundo y marcado. Este último rasgo, según había averiguado en una de las misivas de mi padre, era el erótico surco que se extiende entre el labio superior y la nariz, y que al igual que otros surcos del cuerpo debe ser minuciosamente lamido. Recuerdo también que tenía una actitud segura y que parecía cómodo flirteando conmigo. Además, dejó con rapidez que su lenguaje se deslizara hacia el terreno de lo escabroso («Me encantaría ver lo que tienes en el regazo»), signo de un hombre con experiencia sexual. Me ofreció la mano y me ayudó a incorporarme con tanta gracia que me hizo sentir como una bailarina.

Entre las hortensias, me besó con seriedad, embistiéndome los dientes con sus labios y cubriéndome de saliva de la nariz a la barbilla. Levanté la cara para que me besara el cuello, y sus besos me produjeron estremecidas cosquillas de placer que me bajaron por la espalda. Después apoyó sobre mis pechos adolescentes sus hermosas manos, que para entonces estaban bastante temblorosas, y los besó a través de la blusa de algodón. Mi blusa se fue humedeciendo con sus besos y no parecía que fuera a suceder nada más, por lo que por un momento consideré poner fin a la oportunidad que le había concedido. Pero entonces me desabrochó la blusa y se puso a lamerme los pezones. Una vez más sentí un estremecimiento de excitación, que sin embargo se esfumó cuando él empezó a forcejear con otros de mis botones. Le permití echar un vistazo rápido a una de las páginas del libro de calistenia y le dije que se diera prisa. Tuve que esperar mientras él luchaba como una liebre entrampada para desabotonarse los pantalones con unas manos hermosas pero torpes. En el preciso instante en que logró liberar su pene, oímos voces. Se subió volando los pantalones y volvió a guardarse el miembro con aparente dolor. La imagen de su verga se me quedó grabada en la memoria. Era muy diferente de las que había visto en las fotografías. No era lisa e inmóvil como un trozo de mármol, sino carnal, venosa y curiosamente indefensa, como un roedor ciego y lampiño en busca de una teta llena de leche. Me abroché la blusa, me arreglé el pelo y volví a atarme el lazo. Las voces pasaron de largo. Me puse de pie, le di al joven mi dirección y le dije que me esperara junto al roble esa misma noche, a las diez en punto.

Llegó a la hora exacta. Lo hice pasar a la cocina por la puerta trasera y subimos juntos la angosta escalera que usaban los sirvientes. A mitad de camino, me preguntó si estaba segura de que era sensato lo que hacíamos.

—¿Sensato? —repliqué yo—. Esto nunca puede ser sensato.

Pasamos por el rellano de mi dormitorio y seguimos subiendo la escalera de caracol hasta el mirador. Yo había tapizado el interior con saris indios y había cubierto el suelo con un mosaico de pequeñas alfombras persas que yo misma había cortado, a partir de otras más grandes desechadas por tener quemaduras de cigarro o de cera. Una escalera de mano de siete peldaños conducía a un nivel superior con una ventana en saledizo y un grueso colchón de plumas en el suelo. Era mi retiro, el sitio donde leía y dormía la siesta, y donde a veces me escondía cuando sentía el impulso de gritar y patear sin saber muy bien por qué. Previamente había encendido unas velas, había salpicado el colchón con agua de rosas y había colocado la *Anatomía clásica de la calistenia* en un estante, con el lomo sobresaliendo de la fila de libros. Subimos, me tumbé de espaldas con una sonrisa amable y empezamos. Me besó en la boca y en el cuello, donde tuve que pedirle que actuara con suavidad. Me desabrochó la blusa con un poco más de habilidad que hacía un rato, probablemente porque había estado practicando durante las horas transcurridas desde el primer encuentro. Yo ya me había quitado la ropa interior para no tener que perder el tiempo. Mi futuro Torbellino de Amor parecía vacilante respecto a lo que estábamos a punto de hacer porque yo acababa de decirle que era la hija del profesor Minturn. (Admito que lo hice solamente para ver su reacción.) Aun así, se quedó mudo de admiración mientras yo me quitaba la ropa. Tras contemplarme arrobado el pubis, se puso a inspeccionar el resto de mis partes prohibidas, desde los pechos hasta las nalgas, con religiosa solemnidad. Cuando hubo mirado lo suficiente, lo ayudé a quitarse la ropa. Su pene salió como movido por un resorte y yo lo recorrí con un dedo por un lado, siguiendo una vena, y después por el otro lado, repasando otra vena. ¡Qué objeto tan extraño! Él soltó un gemido y estuvo a punto de abalanzarse sobre mí, pero yo le dije que esperara. Entonces extraje de la estantería el libro de ilustraciones y le enseñé el ejercicio de calistenia que me había propuesto probar. La postura elegida parecía bastante sencilla y no requería estar de pie, lo que habría sido difícil dada la escasa altura del techo. Mi joven titán asintió con la cabeza, aceptando el desafío. Levanté las piernas y las eché hacia atrás, dejando al descubierto mis partes íntimas, y él se colocó en la posición correcta, con una rodilla en mi cintura, la otra por detrás, junto a mis nalgas, y la cabeza metida como en cuña bajo la corva de una de mis piernas. Pero resultó que su pene había quedado mal alineado con mis partes. Entonces volvió a comprobar la postura en la fotografía, ajustó la posición de la rodilla izquierda y ese leve movimiento fue suficiente para que se viniera sobre uno de mis muslos. Fue una decepción enorme para mí.

—¡Lo has arruinado todo! —exclamé y en seguida me arrepentí de no haber reprimido esa exclamación porque quedó muy afectado.

Al cabo de media hora, se recuperó de la humillación y nos reímos de buena gana de nuestra sobreexcitación. Pero cuando intentamos la misma postura, el resultado fue el mismo. Me suplicó que no se lo contara a nadie y me prometió que practicaría. La noche siguiente, vino fortalecido por el whisky. Eligió un ejercicio calisténico más sencillo y finalmente, tras hacer todos los ajustes pertinentes y comprobar que estaba en el lugar adecuado, me penetró. Creo que soporté bien el dolor y me alegré de haber superado de una vez por todas la apertura de la puerta. Pero, de repente, él se incorporó bruscamente, palpó las sábanas y se dio cuenta de que había causado el derramamiento de sangre virginal. Pareció muy preocupado, pero yo le dije:

—Si lo hubieras sabido, ¿qué habrías hecho? ¿Te habrías guardado el pene palpitante y te habrías ido a casa?

Tuvimos otros cuatro encuentros, que mejoraron en cierto modo su resistencia. Pero yo no creía estar aprovechando plenamente la situación, ya que todavía no había experimentado nada comparable a una catástrofe geológica.

A lo largo del año siguiente, recluté desde mi puesto en los terrenos de la universidad a media docena de jóvenes ardientes y voluntariosos. Casi todos se comportaban como si me hubieran seducido a mí. Se volvían atentos cuando estábamos en la cama: «¿Estás segura? ¿No te importa?» Tenían varios años más que yo, pero eran inmaduros. Tan pronto transmitían seguridad y confianza, como se volvían torpes, aniñados e inseguros. No me gustaba tener que animar a los más apocados, cuidándome de no parecer profesoral o crítica. Si mi joven amigo se ponía nervioso, yo lo tomaba como un signo de que nuestro encuentro le parecía moralmente reprobable y yo no quería nada de eso. Uno de los adonis resultó ser bastante eficaz. Aparecieron las tormentas (un pequeño remolino, una marejada...), pero al cabo de dos meses de calistenia, me cansé de su mediocre personalidad. Seguí con él, pero me aseguré de que me frecuentara otro joven menos hábil en la cama y más capaz de mantener una conversación cuando terminábamos.

Mis padres, mientras tanto, hacían caso omiso de mis aventuras sexuales, como de casi todo lo que yo hacía. En realidad, no sé por qué seguía esperando más de ellos. ¿Cómo sabía que me faltaba el amor si nunca lo había conocido? Quizá porque formaba parte de Mí Misma la aspiración de tener un padre y una madre que me prestaran atención y me consideraran más importante que un bicho metido en resina de ámbar o un fetiche masturbatorio. Si me hubieran dado más importancia, me habría sentido amada.

Yo quería que mi padre y mi madre se enteraran de mi promiscuidad para castigarlos y obligarlos a mirarme con manifiesto disgusto. Entonces podría echarles en cara su egoísmo entre gritos de furia, decirles que mi disgusto era aún mayor al suyo y recitarles la lista de agravios que había escrito. Además, quería contarle a mi padre que yo ya había disfrutado de muchas erupciones volcánicas como las que describían las cartas que recibía.

La noche que mi emperador chino vino a cenar, mis padres habían invitado a otras ocho personas que solían visitar con frecuencia nuestra casa: el doctor y la señora Beekins (un astrónomo y su esposa); la señorita Huffard, cantante de ópera, y su amante, Charles Hatchett; mi profesor de piano, el señor Maubert, y su hermana soltera, la señorita Maubert; la señora Coswell, destacada sufragista, y una prestigiosa pintora de paisajes, la señorita Pond, cuya reputación incluía la producción de un bebé ilegítimo que había tenido que dar en adopción. Mi padre la visitaba a menudo, en encuentros sexuales ampliamente descritos en su correspondencia.

Primero nos reunimos en el salón para tomar una copa de jerez. Mi padre presentó a nuestro invitado como «el señor Lu Shing».

—En realidad, el primer nombre, Lu, es el apellido, y Shing es el nombre de pila.

—Para los occidentales, nuestros nombres están al revés —dijo Lu Shing con una sonrisa divertida—, pero en China, es el orden natural: la familia es lo primero, tanto en los nombres como en la vida. Yo uso los dos, siempre juntos: Lu Shing. El hijo es indivisible de la familia.

«Lu», pensé yo, como «Lucía» y «Lulú». Cuando me llegó el turno en las presentaciones, mi padre me llamó Lulú, y yo en seguida lo corregí:

—Lucía.

—¡Ah, esta noche se llama Lucía! —replicó mi padre con un guiño, y yo me puse colorada.

—Señor Lu Shing —dijo el astrónomo—, su inglés es mejor que el mío. ¿Cómo es posible?

—Tutores británicos desde los cinco años. Mi padre trabaja en el Ministerio de Asuntos Exteriores y siempre ha pensado que hablar inglés es una ventaja.

«Pertenece a una familia privilegiada —me dije—. Tiene categoría social y una voz preciosa.»

—Lu Shing está estudiando el arte occidental —explicó mi

padre—. Ha estudiado con los pintores paisajistas de la Escuela del Río Hudson durante los últimos tres años y ahora tiene la poco frecuente oportunidad de trabajar como aprendiz en el taller de Albert Bierstadt, que ha vuelto a California para pintar una vez más los Farallones y el Yosemite.

Se oyeron murmullos de felicitación.

—Soy más bien un mayordomo o un secretario —repuso Lu Shing—. Me ocupo de organizar los detalles del alojamiento y los viajes. Pero es un gran privilegio para mí porque podré ver al señor Bierstadt en acción en las primeras fases de su trabajo.

Mi padre inició entonces una animada conversación sobre las diferencias entre el arte estadounidense y el arte chino, y entre el óleo y la tinta. Lu Shing hablaba con soltura y confianza, como si el resto de los comensales, muchos años mayores que él, hubieran sido amigos suyos de toda la vida. En los momentos oportunos, se dirigía a ellos con deferente cortesía, pero era evidente que siempre brillaba más que los demás con cualquier cosa que dijera. Les expresaba su aprecio cada vez que mencionaban una idea nueva para él, pero la mayor parte del tiempo parecía secretamente divertido.

Mi padre seguía proponiendo temas de conversación como si estuviera impartiendo una clase: las tradiciones chinas y la influencia occidental; la transformación de la sociedad de Shanghái; las cambiantes formas artísticas; la influencia del arte en la sociedad y viceversa. Cada vez que iniciaba otro tema aburrido, yo habría querido gritarle que se callara.

—¿Cómo se hace para captar un momento de emoción en el arte? —preguntó la señorita Pond y miró a mi padre.

Siguió una ronda de opiniones, y cuando le llegó el turno a Lu Shing, dijo:

—El momento se altera en cuanto uno intenta captarlo, de modo que para mí es imposible.

«¡Qué gran verdad! —me dije—. Los momentos se esfuman en cuanto piensas en ellos.»

Mi padre hablaba sin parar, mi madre guardaba silencio y la señorita Pond elogiaba con excesiva frecuencia todo lo que mi padre decía. Al cabo de un momento, la señorita Maubert empezó a alabar también a mi padre, con los ojos brillantes, y en seguida se le sumó la señora Croswell, con una coqueta inclinación de la cabeza. Incluso el doctor Beekins, el astrónomo, tenía un destello en los ojos cada vez que miraba a mi padre. Todos estaban enamorados de él. ¿Serían su aquelarre de acólitos sexuales? ¿Lo notaría Lu Shing? ¿Sería yo la única que lo veía? A nuestro alrededor, la conversación se volvió más animada y todo el mundo se puso a hablar a coro de la redención, el simbolismo de los dioses, la salvación cristiana, el vicio y la virtud, el purgatorio, los pecados, el karma y el destino.

—Lu Shing —dijo mi padre—, ¿qué opina del destino?

—Soy chino, doctor Minturn —dijo él—. Mi opinión no puede ser más elevada.

Fui a colocarme a su lado e intenté parecer tranquila y sofisticada.

—Señor Lu Shing —dije—, no he podido entender si estaba bromeando o no. ¿Realmente cree en el destino oriental?

—Por supuesto. Si estamos aquí es porque así lo ha querido el destino, sea o no oriental.

Iba a preguntarle algo más, pero mi padre hizo tintinear su copa y anunció que íbamos a ver lo que había hecho Lu Shing desde que estudiaba en nuestro país. Enseñó entonces una pequeña pintura enmarcada. No me hizo falta acercarme para comprobar que era una obra maestra. Los colores eran adorables, y por la expresión de los demás, vi que todos opinaban lo mismo. El cuadrito fue pasando de mano en mano mientras se acumulaban los elogios para la obra y el artista:

—No esperaba ver tanta habilidad en un aprendiz.

—Tiene una sutil riqueza cromática.

—Parece captar un momento perfecto.

Finalmente, la pintura llegó a mis manos. La primera sensación fue de inquietante escalofrío. Reconocí el lugar del cuadro. Yo había vivido allí. Sin embargo, sabía que era imposible. Desapareció la luz de la sala a mis espaldas, las voces se desvanecieron y me sentí transportada al interior de la pintura, a ese valle verde y alargado. Sentí su atmósfera como real y presente, el tacto del aire frío y una soledad que no era falta de compañía, sino la claridad de ser yo misma. Yo era ese valle, idéntico a sí mismo desde el principio de los tiempos. Las cinco montañas también formaban parte de mí; eran mi fuerza y mi coraje para enfrentarme a todo lo que pudiera adentrarse en ese valle. En el cielo había oscuras nubes grises que ensombrecían parte del paisaje, y yo comprendí que en otro tiempo me habían azotado las tempestades y había tenido que aferrarme a los árboles de la montaña. Había sentido miedo de que se evaporaran las nubes oscuras, y yo con ellas. Pero el vientre de las nubes era rosado, bamboleante y erótico. Y lo más maravilloso de todo era que más allá del paso entre las montañas se distinguía otro valle dorado. En ese lugar dorado estaba el pintor de esa utopía. Vi que Lu Shing me miraba con expresión complacida. Era como si me estuviera leyendo el pensamiento.

—¿Y tú qué opinas, Lucía? —me preguntó mi padre—. Te has quedado absorta mirando el cuadro.

Intenté que mi crítica fuera un poco más intelectual:

—Capta muchos momentos, muchas emociones —empecé, mirando a Lu Shing—: esperanza, amor, pureza... Veo una eternidad que no comienza ni acaba nunca. El cuadro parece decirnos que todos los momentos son eternos y no desaparecerán nunca, como tampoco la paz en el valle, o la fuerza de las montañas, o la inmensidad del cielo...

Podría haber seguido, pero mi padre me interrumpió.

—Lucía es muy dada a los paroxismos de emoción, y esta noche, Lu Shing, su cuadro es el afortunado receptor de su entusiasmo.

Todos rieron y yo sentí que se me arrebolaba el cuello.

Mis padres siempre me ridiculizaban cuando en su opinión me ponía demasiado emocional. Era cierto que tenía paroxismos de emoción, toda una cordillera de cumbres emotivas, y ellos creían que debía controlarlas. Mi madre había conseguido adormecer completamente sus emociones. Pero ¿acaso mi padre controlaba sus paroxismos orgiásticos?

—Muy afortunado, en efecto —dijo Lu Shing—. De hecho, mi ambiciosa intención había sido captar un momento de inmortalidad y pensaba que había fracasado. Pero la señorita

Minturn me ha hecho muy feliz con su elogio de que he captado todos los momentos eternos. Les aseguro que ningún artista podría agradecer más que yo su cumplido.

La sala se volvió más luminosa. Las lágrimas de cristal de la lámpara relucieron con renovados destellos y los halos de las velas parecieron aumentar de tamaño. Todas las caras se transformaron en rostros de desconocidos y sólo la de Lu Shing siguió siendo familiar para mí. Aunque era la primera vez que experimentaba un sentimiento tan poderoso, me di cuenta en seguida de que me había enamorado. Me esforcé por conservar la calma delante de los demás mientras me aferraba a mi secreto. Advertí entonces una pequeña placa de latón en la parte inferior del marco. La leí en voz alta:

—*El valle del asombro.*

Hubo murmullos acerca de lo acertado del nombre.

—Yo también pensé que era adecuado —dijo Lu Shing—, cuando lo encontré en una traducción al chino de un poema sufí, «El coloquio de los pájaros». Elegí el título sin saber a qué se refería en realidad el poema y después descubrí que el valle del asombro no era una agradable etapa en el camino, sino un lugar de dudas. Y las dudas son peligrosas para un pintor. Por eso estoy buscando un título diferente.

Todos protestaron contra el significado del texto sufí y alguien dijo que «El valle del asombro» describía a la perfección la esencia del cuadro y que no era necesario que guardara ninguna relación con el otro contexto más sombrío.

—Nosotros no somos sufíes —dijo la señorita Maubert.

Hacían mal en descartar con tanta ligereza las dudas de Lu Shing. Si tenía dudas, su deber era enfrentarlas, derribarlas y lidiar con ellas para descubrir que no eran reales. De lo contrario, permanecerían en su mente. Yo podía ayudarlo a vencerlas, simplemente estando a su lado y enseñándole que su confianza en sí mismo era suficiente para conquistar cualquier duda. Le diría que yo misma lo había comprobado en muchas ocasiones.

La conversación pasó a otros temas y entonces entró la sirvienta y anunció que la cena estaba servida. A Lu Shing lo sentaron del mismo lado de la mesa que a mí, pero en la otra punta, cerca de la cabecera donde se sentaba mi padre. Se interponían entre nosotros la oronda cantante de ópera y el señor Beekins. Los generosos pechos de la *mezzosoprano* y su abultada cabellera me impedían verlo. Era frustrante encontrarme tan lejos de él. El señor Maubert estaba a mi izquierda, con la señorita Huffard a su lado. Miré en torno a la mesa y observé que la sufragista, la señorita Maubert y el astrónomo ya no parecían mirar a mi padre con arrobada admiración. Estaba siendo una noche muy extraña. Las velas parpadearon con su denso olor a cera mientras la cocinera depositaba en la mesa una voluminosa pata de algún animal, que nadaba en salsa grasienta. Cuando la cantante de ópera se echó un poco hacia atrás, pude lanzar miradas furtivas hacia el liso rostro de Lu Shing y la afeitada desnudez de su cráneo en todo su despojado esplendor. Él no me miró.

Surgió la duda. Quizá él no sintiera nada parecido a la emoción que se había apoderado de mi mente y de mi cuerpo. Yo había bebido un elixir y él ni siquiera había probado una gota. Tal vez no se sintiera atraído por las mujeres. Quizá tuviera intimidad con un centenar de hermosas mujeres de su raza. Me había engañado a mí misma en mi búsqueda de afecto.

A través de esa nube gris, oí la voz de Lu Shing, que se elevaba por encima del murmullo de la charla. La luz del comedor tenía un fulgor aceitoso. La conversación había derivado hacia la estancia del señor Bierstadt en el hotel de la Casa del Acantilado, que en días despejados le ofrecería una vista inigualable de los Farallones. Lu Shing ya había llevado el equipaje del señor Bierstadt al hotel y ahora se disponía a preparar su estudio portátil de pintura.

—Yo me alojé una vez en la Casa del Acantilado —dijo la señorita Pond— y cada mañana, cuando miraba por la ventana, volvía a sorprenderme de que las islas estuvieran a cuarenta kilómetros de distancia. Cada mañana, excepto los días en que sólo se veía la niebla, claro. ¿También usted se alojará en el hotel, señor Lu Shing?

—Un aprendiz no puede aspirar a tanto —dijo él—. He encontrado una pequeña pensión a escasa distancia de la Casa del Acantilado.

—Debería quedarse con nosotros —me apresuré a decir—. Tenemos mucho sitio.

Mi madre me miró sorprendida, pero mi padre estuvo de acuerdo al instante.

—¡Sí! Tiene que quedarse aquí.

—Tenemos huéspedes a menudo —añadí—. ¿Verdad, mamá?

Ella asintió y los demás estuvieron de acuerdo en que estaría más cómodo que en la pensión. Lu Shing declinó amablemente la invitación, hasta que mi padre le dijo que disfrutaría enseñándole su colección de pinturas mientras fuera nuestro huésped.

Entonces mi madre llamó a la sirvienta y le ordenó que preparara la habitación azul, que era el cuarto de invitados y estaba situado en el lado sur del segundo piso. Mi cuarto estaba en el lado norte, y el mirador se encontraba justo encima.

—Mamá —me apresuré a decir—, creo que a Lu Shing le gustaría ocupar el mirador. Es pequeño, pero tiene la mejor vista sobre la bahía.

Mi padre declaró que era una idea excelente y la señorita Pond se ofreció para llevar a Lu Shing a la pensión en su coche de caballos para que recogiera su equipaje. Me puse a observar si daba señales de intentar seducir al pintor, pero entonces mi padre se ofreció para acompañarlos.

Temprano a la mañana siguiente, cuando bajé a desayunar, Lu Shing y mis padres ya estaban sentados a la mesa. Me pregunté por qué se habrían levantado tan pronto sin decirme nada. Me emocionó ver la cara china de Lu Shing, pero eché en falta algo. Llevaba ropa corriente: pantalones oscuros, camisa blanca y chaleco gris. Habría querido verlo otra vez con su traje chino. Por otro lado, me gustó poder apreciar su cuerpo perfecto. Superaba en altura a mi padre, que era de mediana estatura.

—Todos los que van a los Farallones quieren ver por el camino los leones marinos, las ballenas y los delfines —oí decir a mi madre—. Es la experiencia del espectador. —Tenía abierto sobre la mesa su precioso libro ilustrado de pájaros—. Pero yo creo que la variedad de aves en las islas es mucho más interesante, y es evidente que el señor Bierstadt opina como yo porque las pintó ampliamente durante su última visita. Una de mis aves favoritas es el mérgulo sombrío, que a cierta distancia parece bastante corriente: oscuro y más bien rechoncho. Sin embargo, si te acercas y sabes dónde mirar, te fijas en las patas azuladas, la mancha blanca sobre el ojo, la cabeza redondeada y el pico fino. Ahí está el gran desafío con las aves: distinguir los detalles y sus diferencias. ¡Esas alcas, esos frailecillos, esos cormoranes...!

Hacía tiempo que no la veía tan entusiasmada.

Mi padre la interrumpió.

—Harriet, deberías acompañar al señor Bierstadt y a nuestro joven amigo en su viaje a los Farallones. Seguramente tu vista aguda les sería de gran ayuda.

Mi madre pareció sorprendida y halagada a la vez. Era obvio que le gustaba la idea.

—Al señor Bierstadt le encantará que nos acompañe —dijo Lu Shing—, pero sólo si dispone de tiempo para dedicarnos.

—A mí también me gustaría pasar un día observando las aves —intervine yo.

Mi madre me miró con escepticismo.

—Tú te mareas cuando viajas en barco.

—Lo soportaré si es para ver las aves —respondí—. Sabes que siempre me han interesado.

Volvió a mirarme con incredulidad.

—Además, tendré tiempo para estudiarlas antes de ir a verlas.

Esa noche estuve dando vueltas en la cama, sin decidirme a ascender sigilosamente por la escalera de caracol que daba al mirador. Lu Shing estaba durmiendo justo encima de mi cabeza. Lo imaginé tendido en la cama, con la luz de la luna iluminando su cuerpo desnudo. ¿Qué excusa podría poner para entrar en la habitación? ¿El deseo de contemplar un barco que entraba en la bahía? ¿La luna, las estrellas? ¿Un libro que estaba leyendo y que me había dejado olvidado? Entonces recordé que, en efecto, existía tal libro: *La anatomía clásica de la calistenia*. Un estremecimiento me recorrió el cuerpo y se quedó palpitando en el centro de mi ser. Al día siguiente, mientras Lu Shing estaba en la Casa del Acantilado preparando el estudio pictórico del señor Bierstadt, subí como una flecha al mirador para buscar el libro ilustrado. Lo había escondido bajo el colchón de plumas y ahí lo encontré. Lo saqué de su escondite y lo acomodé en la estantería, con el lomo sobresaliendo entre los otros libros. Después de cincuenta y dos páginas, Lu Shing estaría encantado de recibirme.

A la mañana siguiente, lo estaba esperando en la mesa del desayuno. Fue amable y cordial, pero no me dedicó nada parecido a las sonrisas secretas ni a las miradas cargadas de intención que la señorita Pond le lanzaba a mi padre. No debía de haber visto la guía calisténica del amor.

—Tengo una colección de mis libros favoritos en el mirador —le dije—. Puede elegir el que quiera.

Lo miré, por si notaba algún signo de que ya lo había hecho.

—Gracias, pero de momento estoy leyendo todo lo que puedo acerca de los Farallones y el Yosemite.

—Creo recordar que tenemos un libro excelente sobre el Yosemite. Mire a ver si lo encuentra en la pequeña biblioteca del mirador.

Después del desayuno, fuimos directamente al estudio de mi madre. La encontramos sentada en un rincón, escudriñando sus bichos, y fuimos a instalarnos al rincón opuesto, junto a una mesita donde ella solía escribir sus cartas. Entre nosotros yacía abierto el gran libro ilustrado de las aves. Nos pusimos a comentar al detalle los colores, la forma de los picos, las envergaduras, la longitud de las colas y un centenar de pormenores que nos ofrecían la oportunidad de conversar, diciendo cosas como: «La cola de éste es más larga que la de este otro.»

Lu Shing pasaba las páginas a la derecha y yo a la izquierda mientras me empleaba en lanzarle mi más intensa mirada de coqueteo: un vistazo sobre el hombro con los ojos caídos para luego levantarlos lentamente y fijarlos en él. Pero su única reacción fue una vaga sonrisa. Dos veces conseguí rozarle un brazo «accidentalmente», y él no hizo más que disculparse y apartarlo. Cuando hablábamos de envergaduras o rutas migratorias, yo me acercaba a su cara y le hablaba susurrando, con la excusa de no molestar a mi madre en su importante trabajo. Al no ver ninguna señal de interés por su parte, mi desaliento fue en aumento de minuto en minuto.

—Lucía —dijo mi madre—, no apoyes los codos en las páginas del libro.

Rápidamente, me aparté de la mesa y sentí que el sonrojo de la humillación se me extendía por el cuello.

Entonces Lu Shing se volvió hacia mí y me dijo:

—«Lucía», «Lu Shing». ¡Tan parecidos! Ustedes los americanos lo llaman «coincidencia», pero los chinos lo llamamos «destino».

CAPÍTULO 13
Fata morgana

San Francisco
1897
LUCÍA MINTURN

Tres días antes del viaje previsto a los Farallones, el señor Bierstadt nos envió una apresurada nota de disculpa en la que anunciaba su regreso a Nueva York porque la enfermedad de su esposa se había agravado.

—Consunción —dijo Lu Shing—. Es lo que se rumorea y nuestra mayor preocupación.

Mis padres murmuraron palabras amables para el señor Bierstadt y yo lo maldije en silencio. Ya no estudiaríamos las aves, ni haríamos una excursión romántica.

—¿Cuáles son sus planes? —le preguntó mi padre a Lu Shing.

—Mi familia lleva un año preguntándome cuándo regresaré, y ahora finalmente podré darle la respuesta que ansía oír.

China. Iba a meterse otra vez en el libro de cuentos. Las cubiertas se cerrarían y sería el fin de la historia de Lucía y Lu Shing. Hasta ese momento, ni siquiera se me había ocurrido que algún día fuera a emprender la ruta de vuelta en su migración. Ojalá hubiese sabido él lo que significaba para mí y por qué necesitaba yo huir a ese valle verde, fuera lo que fuese y estuviera donde estuviese. Yo vivía en un manicomio lleno de gente sin alma: una madre enamorada del cuerpo de los insectos; una abuela que alimentaba las llamas de la discordia; un abuelo rico y medio ido, y un padre que volcaba todo su afecto en las vulvas voraces de mujeres ajenas a la casa. Ésos eran los lunáticos que ventilaban su superioridad sentados a la mesa mientras mi padre presidía la cena como Sófocles, masticando chuletas de cerdo y dirigiendo debates sobre la absurda fragmentación del arte. Tenía que resistir para que no me cambiaran, ni me humillaran, ni pisotearan mis emociones.

Nuestros nombres: Lucía y Lu Shing. Él había dicho que eran cosa del destino, pero yo lo interpreté mal. No había querido decir que fuéramos a permanecer juntos por obra de esas palabras. El destino nos había unido, como el viento une dos granos de polen en una nube, para después separarlos. Yo me había hecho demasiadas ilusiones a causa de mis paroxismos de emoción. Era una tonta y estaba alterada.

Oí hablar a Lu Shing de su decepción por no poder estudiar con el señor Bierstadt. Mencionó asuntos prácticos. Tenía que pagar la cuenta del hotel y recoger el equipaje del señor Bierstadt, y comprar un billete de barco para Shanghái, preferiblemente por una ruta rápida. Estaba seguro de haber oído que la semana siguiente zarparía un barco. Mi madre me miró y me preguntó si estaba enferma. Yo le dije que sí, agradecida por tener una excusa para levantarme de la mesa antes de que se me arrebolara la cara de pena y vergüenza. Subí rápidamente a mi habitación y me senté a escribir cuanto antes lo que ya estaba perdiendo.

Toda yo estaba contenida en ese cuadro. No encuentro palabras adecuadas para explicarlo. Sólo sé que mi conocimiento de mí misma se está alejando y pronto no quedará nada, excepto estas palabras. Había sentido mi alma y ahora apenas la recuerdo. Había sentido todo lo que de verdadero, puro y fuerte hay en mí, todo lo que de inmutable y original hay en mi ser, por mucho que los demás lo pisoteen y lo ridiculicen. Quise tener al creador de ese cuadro, al hacedor de espejismos. Quise enseñarle mis dudas para que él me enseñara las suyas y así poder encontrar juntos el valle real, no sólo el de la pintura, sino un valle auténtico entre montañas, lejos de este mundo delirante.

Ahora sé que no fue una visión fruto del éxtasis. No hay ningún valle, no existe. Lo que sentí ni siquiera era mi alma. Vi una pintura y quise ver y sentir más que cualquiera de los presentes en la sala. Quise la novedad de un hombre chino, y me convencí de que ese hombre estaba en posesión del saber oriental y de que era capaz de llevarme lejos de mi infelicidad. Era un personaje de un cuento de hadas de mi infancia, alguien que me salvaría y me amaría. Me enamoré del pintor que podía pintarme un lugar donde vivir. Todo ese sentimiento casi ha desaparecido por completo y me ha abandonado, como nos abandona la vida cuando pasa por el valle de la muerte. Pero ¿por qué sigo deseando al pintor? Si ahora estuviera aquí conmigo, me dejaría engañar por el espejismo y levantaría vuelo hacia dondequiera que la lujuria quisiera llevarme.

La sirvienta llamó a la puerta y me sobresaltó, despertándome de mi ensueño. Venía para dejarme un tónico sobre la mesilla de noche. Unos minutos después, entró mi madre en la habitación. Fue toda una sorpresa porque no solía visitarme en mi cuarto. Me preguntó si había contraído una enfermedad. ¿Me dolía el estómago? ¿Tenía fiebre y escalofríos? Era muy extraño que se interesara por mis síntomas. Le dije que sí, que creía tener fiebre, y ella replicó que le preocupaba que contagiara a Lu Shing. El año anterior habían impuesto una cuarentena a todos los asiáticos llegados a San Francisco porque en Shanghái se había declarado una epidemia de peste bubónica.

—Si Lu Shing cae enfermo, podría darse el caso de que alguien sacara conclusiones equivocadas y pusiera nuestra casa en cuarentena.

¡Qué maravillosa perspectiva! ¡Todos encerrados en la casa! ¡Lu Shing y yo encarcelados juntos, y él durmiendo justo encima de mi cabeza! Sentí que la fiebre me aumentaba por momentos.

Mi madre prosiguió:

—Probablemente mandarían a Lu Shing de vuelta a China y lo harían pasar la cuarentena en las bodegas del barco. Sería un viaje de regreso muy incómodo.

Mi fiebre empezó a ceder.

—Me parece que lo mío no es contagioso. Creo que me ha sentado mal el puré de nabos.

—Sea lo que sea —dijo ella—, espero que te mejores para que puedas venir con nosotros el jueves a los Farallones. Tu abuelo ha dicho que no tiene sentido perder el viaje programado. Ya lo ha pagado todo, incluso una merienda con rosbif, como hace veinte años...

Mi recuperación fue milagrosa gracias al tónico de las buenas noticias, que obró sus efectos a tan vertiginosa velocidad que esa misma noche pude bajar a cenar con el resto de la familia y participar animadamente en los planes para la excursión. En determinado momento sorprendí a Lu Shing mirándome, con una sonrisa que interpreté como significativa, aunque todavía poco clara. Yo sólo sabía que el destino estaba entre nosotros y que había hecho virar el barco.

Los momentos de éxtasis se me podían escapar si no me daba prisa. Yo ya sabía que el sexo no nos uniría espiritualmente. Nuestra unión debía ser carnal, pero más prometedora que todo lo que había experimentado hasta entonces con mis otros jóvenes. No necesitaba excusas de barcos con altos mástiles, ni del ascenso de la luna sobre una isla. Iba a superar mi miedo a la humillación, me tendería delante de él y le pediría que gozara de mi cuerpo. Tenía la confianza de una prostituta porque me sabía capaz de triunfar precisamente en esa labor.

A las diez en punto, oí sus pasos y el crujido de los peldaños. Me levanté de la cama en camisón, subí por la escalera en espiral y llamé dos veces a la puerta. Oí su respuesta:

—¿Sí?

Y la acepté como una invitación para entrar en la habitación. Él estaba arriba, en la alcoba. La lámpara de aceite iluminaba el contorno de su cuerpo, pero no me dejaba ver la expresión de su cara. No dije nada y él no me preguntó para qué había venido. Subí a la alcoba y vi que no llevaba puesto nada por encima de la cintura. El resto de su cuerpo quedaba oculto bajo las sábanas. Se apartó un poco y me dejó espacio para que me metiera en la cama. Me tumbé de espaldas y volví la cabeza hacia la estantería de los libros. Aún no estaba preparada para ver su expresión y descubrir lo que pensaba de que me hubiera presentado en su cuarto con tanto descaro y sin que él me llamara.

Vi el libro de calistenia, tal como lo había dejado, intacto. No lo saqué de la librería. No quería que aquellos hombres musculosos y aquellas mujeres de expresiones risueñas se metieran en la cama con nosotros. Oí la sirena de niebla de un barco, seguida de los ladridos de los leones marinos, que eran fútiles reclamos sexuales. Deseé que se comportara como el resto de los hombres y pegara por fin la boca a alguna parte de mi cuerpo.

—No soy virgen —le anuncié— y a mis padres no les importa lo que haga. Lo digo por si te preocupan esas cosas.

Me volví hacia él y lo miré. Su expresión era tranquila, o quizá compasiva o tal vez divertida. Me desabroché el botón superior del camisón para que mi propósito quedara claro. Pero entonces él apoyó firmemente la mano sobre la mía para detenerme. Yo no había previsto algo así. Sentí el calor del sonrojo que se me extendía por el pecho y el cuello.

—Déjame a mí —lo oí decir entonces mientras deslizaba un dedo por la abotonadura del camisón y todos los botones saltaban a un tiempo de sus ojales.

Acercó la cara a la mía y me sorprendí de lo muy chino que me pareció. Por fin podía tocarlo sin preguntarme qué sucedería, ni si era aceptable o permisible. Repasé con las manos la suave pendiente de sus mejillas, la frente, la coronilla, la mandíbula y el mentón, y me asomé a la profundidad de sus ojos oscuros.

—Me voy dentro de una semana —dijo.

Yo negué con la cabeza, pero él asintió, y con el mismo gesto, sentí que me despojaba de mi camisón. Las ventanas estaban abiertas, el aire era frío y yo estaba temblando. Una mano tibia se deslizó sin prisa por mi cuerpo, siguiendo la redondez de mis hombros y resbalando por un costado mientras sus ojos iban detrás de la mano con la misma calma, pero también con curiosidad, como si estuviera estudiando cómo me habían esculpido, cómo estaban hechas mis curvas y cómo había quedado establecida la longitud de mis brazos o la curvatura de mis orejas. Cerré los ojos. Su mano se movía en círculos leves, lentamente y después con más firmeza, ejerciendo presión sobre el interior de mis muslos. Abrí los ojos y una vez más me asombré de ver sus rasgos chinos. La pasión me embotaba las ideas y difuminaba la luz a su alrededor, por lo que sólo podía distinguir con claridad los detalles de su cara. Cerré los ojos y sentí que me desplazaba las caderas hacia un lugar nuevo para mí. Los abrí, y volvió a aparecer ante mí su maravillosa extrañeza, pero ahora ya lo conocía, tal como conocía el valle del cuadro. Era un conocimiento sin palabras, una familiaridad dichosa. Sentí su miembro, que me bajaba por el vientre: la visión, el tacto y la sensación prohibida de un hombre chino que me pasaba el miembro por mi abertura y después me lo introducía y empezaba a moverse con un ritmo ilícito, mientras yo contemplaba su cara extraña y flotaban por mi mente fugaces pensamientos sobre la diferencia de nuestras razas y la indecencia de unirlas para caer en seguida en el placer de quebrantar un tabú. Cerré los ojos y le pedí que me hablara. Entonces se puso a recitarme en voz baja, con su acento británico:

Barquita, mi linda barquita,
sin mástil, ni palos,
vamos a la orilla,
barca marinera,
déjate llevar.

Abrí los ojos y vi su rostro chino contorsionado en una dolorosa expresión de placer. Entonces me di cuenta de que para él yo también era tabú: una chica blanca y salvaje, excitante por ser prohibida, poco familiar para él, diferente, rara e inusual. Suspiré, satisfecha por encontrarme en ese valle donde podía ser yo misma. Nos miramos a los ojos mientras él murmuraba las palabras que marcaban nuestro ritmo.

Ven conmigo al puerto,
ven sobre las olas,

yo te llevaré
montada en mi polla.

Mi emperador chino cerró los ojos y entonces dijo algo en chino, pero no una cancioncita infantil, sino palabras crudas, mientras se despellejaba contra mí, hasta que nuestros cuerpos se azotaron mutuamente y entonces llegó para mí el tifón y la catástrofe geológica.

Me desperté cuando encendió la lámpara.

—El sol saldrá dentro de una hora —dijo simplemente.

Pronto se reanudaría la vida fuera de la alcoba.

—Deja que me quede un rato más aquí acostada —dije, y me puse a canturrear por lo bajo mientras me acomodaba contra su cuerpo—. Desde que era pequeña, siempre me ha gustado leer —continué, somnolienta y feliz—. Buscaba la soledad, aunque a veces me sentía demasiado sola. Esta habitación me reconfortaba, quizá por tener las paredes curvas. No tenía aristas afiladas. Era igual en todas direcciones. ¿Te has parado a pensar en la redondez de este espacio?

—Me ha supuesto algunos problemas. Me ha preocupado, por ejemplo, la imposibilidad de colgar un cuadro sobre una pared curva. No tengo la propensión al misticismo oriental que quizá tú me atribuyas. Soy un hombre eminentemente práctico.

—¿Qué decías en chino mientras hacíamos el amor?

Rió suavemente.

—Las obscenidades que dice un hombre en la cumbre de la excitación. *Chu ni bi.*

—¿Qué significan exactamente esas palabras?

—Son bastante vulgares. ¿Cómo explicártelo? Expresan el placer de la conexión entre la parte masculina y la femenina.

—¡Tú no decías eso! ¿El placer de la conexión? ¿La parte masculina y la parte femenina? ¡Eso no es lo que estabas jadeando!

Se echó a reír.

—De acuerdo, tienes razón. Pero no lo tomes como un insulto. Las palabras eran: «Quiero cogerte el coño.» Muy vulgares, lo reconozco, pero son la señal de que la pasión me había hecho perder la cabeza y olvidar la elocuencia.

—Me gusta que te vuelvas incontrolablemente vulgar —dije. Pensé en mis otros hombres. La mayoría simplemente gruñía; había uno que se quedaba callado, aunque jadeaba un poco, y otro que invocaba a Dios.

—¿Has dicho esas palabras incontrolables a muchas mujeres? Lo miré directamente a los ojos para que pensara que se lo preguntaba sólo por curiosidad y no porque sintiera un cuchillo clavado en el corazón.

—No me he parado a contarlas. Es costumbre frecuentar las casas de cortesanas a partir de los quince años, pero yo no iba a menudo, o por lo menos no tanto como me habría gustado. A las cortesanas hay que cortejarlas, llevarles regalos, competir por ellas con otros hombres y padecer sus desaires. Yo no tenía dinero y mi padre no era indulgente conmigo.

No me preguntó por los hombres con los que yo había estado. Fue un alivio para mí, aunque al mismo tiempo deseé que hubiera sentido la necesidad de preguntármelo, como yo sentía la de atormentarme, queriendo creer que no había habido otras mujeres, o al menos ninguna que lo hubiera cautivado por completo.

La noche siguiente volví a subir al mirador, y en esa segunda ocasión caímos más fácilmente en el hechizo de la intimidad. Mientras nos besábamos, cerré los ojos y volví a verlo como un emperador. Pero no imaginaba a otro, sino a él, a la misma cara que tenía junto a la mía. No me sorprendió abrir los ojos y sentir la abrumadora felicidad de verlo. La excitación del tabú se mantenía: un hombre chino que tenía relaciones sexuales con una chica norteamericana. Cuando me penetró, susurró la misma obscenidad que antes y la repitió con cada golpe de las caderas. Estábamos íntimamente unidos en la mutua inconsciencia de nadar en el cuerpo del otro. Me levantó la pelvis y entonces sentí vértigo y perdí todos los sentidos, excepto el que me unía a él sin posibilidad de despegarnos. Pero al final nos separamos y nos quedamos tumbados de lado, frente a frente, con un silencio que se volvía más profundo a medida que crecía la distancia racial.

Aunque me había prometido no esperar nada más que esos

pocos días de placer, no podía evitar el miedo a su pérdida inminente. ¿Había pensado él en esa inevitabilidad mientras tocaba mi cuerpo? «¿Me extrañarás?», habría querido preguntarle. La tercera noche, antes de la excursión a los Farallones, no pude reprimir la pregunta. Se la formulé en la oscuridad, cuando no podía verme la cara. Contuve la respiración, y cuando él me dijo que me extrañaría mucho, me eché a llorar y lo besé. Después le toqué la cara y sentí la humedad de sus propias lágrimas en las mejillas, o al menos eso creí yo, aunque era posible que lo hubiera mojado con las mías. Las dudas se disiparon cuando atrajo hacia sí mis caderas, se pasó una de mis piernas por la espalda y se hundió en mi interior con una necesidad todavía más acuciante que antes.

En ese preciso instante decidí ir a China, convencida de que ésa era la respuesta a mi malestar espiritual y a mi vida sin amor. Me sentía flotar sobre cumbres de emoción, más eufórica de lo que habría creído posible. El coraje creció en mi interior y venció todos los temores. Por fin podía entregarme a las emociones profundamente y sin restricciones. ¿Cómo iba a encadenar mi alma y encerrarla otra vez en la vida que tenía antes de que él llegara? Sabía que era una locura y una temeridad viajar a China, pero había llegado el momento de asumir riesgos y de enfrentar el peligro, en lugar de aceptar la muerte en vida de la seguridad y el estancamiento. ¿Cómo iba a contenerme? Nuestros cuerpos se movían juntos, remaban al unísono hacia China y se acercaban cada vez más al verde valle del asombro, donde nuestras emociones eran libres y podíamos pasear de la mano de nuestras almas.

Mi madre contrató coches de caballos para llevar hasta el muelle a los pasajeros, que éramos la cantante de ópera, su amante, el señor Maubert y su hermana, mis padres, Lu Shing y yo misma. Nos embarcamos con fardos de abrigos, cestas de comida, cuadernos de apuntes, lápices, acuarelas y una guía de las islas.

Durante la travesía, mi madre se dedicó a impartir clases

sobre los animales marinos que podíamos divisar desde el barco.

—¡Las ballenas no son peces, sino mamíferos pensantes como nosotros...! —gritaba al viento, cuyas ráfagas volvían imposible o desagradable escucharla.

Los abrigos de que disponíamos eran más elegantes que útiles, todos, menos el de la corpulenta señorita Huffard, enfundada en un grueso abrigo de pieles que le confería un inconfundible aspecto de oso. El barco avanzaba contra el viento, que me cortaba la piel y se me colaba hasta la médula de los huesos. El señor Maubert, su hermana y el señor Hatchett tenían la cara verde y cada poco tiempo corrían a la baranda. Yo me salvé milagrosamente del mareo, debido sin duda a la embriaguez del amor. Mi madre bajó a la bodega y volvió con mantas gruesas para todos. De pie con nuestras mantas echadas sobre los hombros, parecíamos indios fumando la pipa de la paz, por las nubecillas que formaba nuestro aliento en el aire frío.

Junto a la baranda, Lu Shing y yo fingíamos estar atentos a la eventual aparición de ballenas, pero en realidad no hacíamos más que mirarnos el uno al otro. De vez en cuando anunciábamos el avistamiento de un león marino para demostrar nuestra eficacia como vigías. Cada poco tiempo, yo fingía que el balanceo del barco me hacía perder el equilibrio y me apoyaba en Lu Shing, que me brindaba solícito su ayuda.

Pero entonces la nave empezó a sacudirse con más fuerza. Cada vez que la proa se levantaba por el aire y se estrellaba contra las olas, todos se echaban a reír, como si el cabeceo del barco formara parte de la diversión. Sin embargo, tras las olas pequeñas vinieron otras más violentas y yo contuve la respiración. Ya no se oían carcajadas. Nubarrones oscuros florecieron sobre nuestras cabezas, mientras espinas de luz iluminaban el horizonte. El viento arreció y nos azotó la cara hasta entumecernos las mejillas. Las gaviotas desaparecieron y el mar agitado se tragó las aletas de los leones marinos. Lu Shing se había enrollado la trenza a la cabeza y tenía el bombín calado hasta las orejas. Vestía ropa occidental: pantalones y chaqueta gruesa de lana. Yo me había recogido el pelo en una trenza a juego con la suya, pero el viento me la había soltado y los mechones de pelo me fustigaban los ojos.

El capitán gritaba órdenes que se tragaba el viento mientras los ágiles marineros luchaban con la botavara. Un joven de tez oscura repartió salvavidas y nos aseguró que era sólo una precaución. El barco saltaba por los aires y aterrizaba en los valles profundos que formaban las olas, y entonces el joven marinero nos aconsejó que bajáramos a la bodega para no mojarnos. La señorita Huffard y su amante fueron los primeros en seguir el consejo. Hizo falta mucha delicadeza para hacer pasar a la rotunda cantante por la pequeña abertura de la escotilla y para devolverle el equilibrio cuando tropezó con un peldaño. El señor Maubert y su hermana fueron los siguientes, y a continuación bajaron la señorita Pond y mi padre. Mi madre los siguió con renuencia. Poco antes de cerrar la trampilla, mi padre me miró y me dijo:

—¿Vienes o no?

—Soportaremos aquí fuera la tormenta. Creo haber avistado una ballena un poco más allá.

Pronto Lu Shing y yo fuimos los únicos pasajeros en cubierta, y pudimos sonreírnos con total libertad. Era la primera vez que estábamos solos a la luz del día. Me temblaba la barbilla y las lágrimas me quemaban los ojos, pero no por amor, sino por el viento, que no dejaba de castigarme. Oyendo el castañeteo de mis propios dientes, nos imaginé a los dos de pie en la cubierta de otro barco, el que zarparía para Shanghái la semana siguiente.

—Es maravilloso estar aquí fuera —dije—. Ojalá este barco siguiera hasta China.

Él no dijo nada. Quizá adivinaba por qué lo había dicho. Su actitud era solemne e impenetrable, como lo habría sido la de un extraño.

—Me gustaría visitar China algún día. Tal vez pueda convencer a mi madre de que considere el viaje como una expedición para ver aves raras.

Lu Shing se echó a reír y dijo que había muchas aves raras en China, lo que me animó para seguir insistiendo.

—No será fácil para los americanos vivir en Shanghái, teniendo en cuenta las diferencias de idioma y costumbres.

—En Shanghái cada vez hay más gente de Estados Unidos, y también de Inglaterra, Australia, Francia y otros muchos países. Creo que viven con bastante comodidad, e incluso con lujos, en una parte de la ciudad que es como un pequeño país dentro de otro más grande.

Lo miré para juzgar el significado de lo que acababa de decir. Quizá me hubiera interpretado al pie de la letra y creyera que estaba pensando en ir a China con mi madre.

—Claro que si mi madre no quiere ir, podría ir yo sola.

Él sabía lo que yo estaba pensando porque compuso la misma expresión pensativa de la primera vez que subí al mirador sin que me invitara y me metí en su cama.

—Estoy prometido —dijo—. Tengo un contrato con una joven y cuando regrese, me casaré con ella y viviremos con mi familia.

Me conmocionó la noticia y me sorprendió que me la diera de manera tan brusca.

—¿Por qué me lo cuentas? —repliqué, sintiendo que se me arrebolaba la cara. Miré hacia otro lado para que no notara mi sonrojo—. No te estaba pidiendo que te casaras conmigo. Solamente esperaba que me ofrecieras tus consejos para organizar de la mejor manera posible un viaje a China, como harías con el señor Bierstadt.

Me aparté de él antes de que se diera cuenta de lo mucho que me había herido y me fui al otro extremo del barco, humillada por mi propio proceder. Me aborrecí a mí misma por haberle abierto mi corazón a un extraño. ¡Qué estúpida había sido al creer que unos pocos revolcones en la cama eran suficientes para hacerle pensar que la vida sin mí sería insoportable! Sin embargo, si tras la noticia que acababa de darme le hubiera dicho que ya no quería ir a China, habría pensado que no me interesaban las aves raras, sino su amor. Entonces se apoderó de mí una idea temeraria: «Le demostraré que se equivoca. ¡Iré a China y ya veremos qué dice entonces!» Mi rabia y mi determinación fueron en aumento, hasta que me convencí de que realmente quería conocer China, aunque él fuera a casarse con otra chica y no conmigo. Me dije que podía ser independiente, tener una vida propia y ser tan diferente como toda la gente que vivía allí.

Las aguas se aquietaron. El viento se calmó. Oí un grito. Me volví, pero no vi a Lu Shing, sino al capitán. Parecía dibujado sobre una nube, como si flotara en el aire salado. Con el catalejo me indicó que mirara hacia adelante. A lo largo del horizonte se perfilaban las cumbres de los Farallones, justo frente a nosotros. Era imposible que hubiéramos recorrido tanto en tan poco tiempo. Llevábamos apenas una hora en el mar. Pero entonces noté que no eran picos montañosos, sino el contorno sombrío de tres dragones enormes. Mientras los contemplaba maravillada, se convirtieron en un elefante. Forcé la vista. Al cabo de medio minuto, vi una ballena, que en seguida encogió y se convirtió en un barco como el nuestro. ¿Qué estaba pasando? ¿Me había vuelto loca? Miré al capitán. Tenía cara de lunático y se estaba riendo. También los marineros reían a carcajadas, repitiendo unas palabras italianas:

—*Fata morgana! Fata morgana!*

Un espejismo.

Mi madre me había contado que una vez había visto una *fata morgana*, mirando en dirección a los Farallones. Dijo que primero le había parecido un barco y después una ballena. Cuando me lo contó, supuse que lo habría imaginado. ¡Qué extraño que sucediera justo cuando estaba pensando en viajar a China! Era una advertencia de que el amor que había creído sentir era ilusorio. Era falso y podía asumir un sinfín de apariencias. Pero también podía ser un signo de que debía ir a China y de que la vida que ambicionaba estaba más cerca de lo que creía. Justo cuando lo estaba pensando, una brusca ráfaga de viento me empujó y una gaviota que pasaba justo por encima de mi cabeza lanzó tres chillidos agudos. La proa ascendió por una empinada cuesta de espuma y el barco se inclinó marcadamente hacia un lado. Nos acercábamos al espejismo, o el propio espejismo nos atraía, como las sirenas a Ulises. Era una señal. Ulises había tenido que decidir entre el vicio y la virtud, y yo tenía que escoger entre ser una marioneta o ser yo misma. Tenía las manos entumecidas por la fuerza con que me agarraba a la baranda, y cuando la proa volvió a apuntar hacia abajo, hacia un oscuro valle entre las olas, me resbalaron los pies y descubrí con horror que me estaba deslizando por la cubierta. La manta me voló de los hombros y la falda se me embolsó como una vela. Me golpeé con fuerza contra lo que me pareció un rollo de cuerda y traté de asirme a la soga, pero a causa del frío o del miedo no tuve fuerzas para agarrarme. Me deslicé hacia la baranda del otro lado del barco y vi con cuánta facilidad podría haberme colado por debajo y caído al agua oscura. Grité y me respondió alguien, en un idioma extranjero. Sentí que unas manos me aferraban por los tobillos. Un chico de no más de catorce años, con rasgos de gitano y pelo grasiento, me tenía agarrada y me arrastraba por la cubierta hacia la escotilla. Intenté ponerme de pie, pero tenía las piernas temblorosas y mi salvador tuvo quc ofrecerme su apoyo para que no me desplomara. Cuando logré recuperar el equilibrio, me volví para mirar otra vez hacia el horizonte.

Sólo entonces me puse a buscar a Lu Shing. No estaba por ninguna parte. ¿Se habría caído por la borda? Presa del pánico, intenté comunicarme por señas con el chico de tez morena. Mediante gestos, el muchacho me dijo que el hombre de la trenza estaba bien, pero había perdido el sombrero. Con mímica me indicó que el bombín había salido volando por el aire y después me señaló que Lu Shing estaba en la otra borda del barco, sano y salvo. Me puse furiosa. Seguramente lo estaría pasando muy bien, sin preocuparse de que yo hubiera estado a punto de matarme. Habría querido ir a buscarlo para insultarlo y maldecirlo, pero estaba aterida de frío.

Mientras bajaba la escalera con piernas temblorosas, sentí que el calor volvía a inundarme el cuerpo y me encendía las mejillas. La cabina estaba decorada como un saloncito. Había divanes y butacas, macetas con helechos y alfombras orientales en tonos rojos y castaños. Curiosamente, no había nada fuera de su sitio. El señor Hatchett explicó que los muebles estaban clavados al suelo y que lo único móvil era la vajilla para el té. Me señaló los restos de una tetera y varias tazas de té reducidas a añicos, y unas cuantas galletas dispersas por el suelo. Había un chico limpiando el desorden y guardándose subrepticiamente las galletas en los bolsillos. Mi madre estaba sentada en una mullida otomana roja, conversando con gesto grave con la señorita Maubert, que yacía en un diván con la cara verdosa, como si estuviera a punto de desmayarse. La señorita Huffard me puso una taza de té caliente en las manos y me animó a beberlo para entrar en calor de dentro hacia fuera. La señorita Pond le estaba diciendo a mi padre que su cuaderno de apuntes se había caído por la borda. Todo me parecía fútil y sin sentido. La señorita Huffard me frotó los brazos con sus manos tibias y comentó que tenía muy poca carne sobre los huesos. Después me hizo volver y se puso a masajearme la espalda. Olía a rosas.

—Has estado a punto de congelarte el culito —dijo—. ¡Qué tonterías hacemos por amor!

Me sobresalté por lo que acababa de decirme, pero ella me dio unas palmaditas amables en la espalda.

—Yo lo he hecho muchas veces, para mi mal, pero nunca lo he lamentado.

Se puso a cantar a pleno pulmón:

—*El corazón no tiene memoria, cuando se trata de amor...*

Todos la aplaudieron y ella me hizo volver otra vez para mirarme de frente.

—Lo he cantado muchas veces en el escenario, delante de miles de admiradores, y también en mi habitación, terriblemente sola.

Su gentileza me conmovió. Me llevó por el pasillo hasta un oscuro camarote, me ayudó a acostarme y me arropó con su enorme abrigo de pieles, que también olía a rosas.

Cuando me estaba quedando dormida, oí un griterío en la cubierta. Me levanté de un salto y tuve que luchar con el voluminoso abrigo de pieles de la señorita Huffard para llegar a la cabina principal. Dos marineros estaban bajando a Lu Shing por la escotilla, con mucho cuidado, y otros dos lo esperaban abajo para recibirlo. Tenía la cara crispada en una mueca de dolor y la pierna inmovilizada en un precario entablillado.

—Se ha roto la pierna por el tobillo —dijo mi padre—. Dice el capitán que la tenía doblada en un ángulo de noventa grados, como si no tuviera huesos. Ha sucedido cuando aquella ola enorme ha levantado el barco. Han tenido que entablillarlo antes de atreverse a traerlo aquí abajo.

La mareada señorita Maubert se vio obligada a cederle el diván a Lu Shing. De repente, se evaporó toda la ira que había acumulado en mi corazón. Sólo pensaba en aliviar su dolor y en transmitirle coraje con mi amor. Todos se habían congregado en torno al nuevo inválido para opinar acerca del mejor tratamiento, pero finalmente logré abrirme paso y llegar hasta él. Estaba pálido y se mordía un labio por el dolor. Le miré el tobillo cuando mi madre le desenrolló el tosco vendaje. El hueso astillado asomaba a través de la carne. Vi alfilerazos de luz, todo se volvió negro y me desmayé.

Me despertó el olor a rosas. Seguía envuelta en el cálido abrigo de pieles de la señorita Huffard, que estaba de pie a mi lado. Los demás habían desembarcado.

—Has dormido como un bebé en su cunita —dijo.

—¿Cómo está Lu Shing?

—El whisky le ha aliviado un poco el dolor. Los hombres acaban de subirlo a un coche y han dicho que el médico ya va en camino. Hay otro carruaje esperándonos a ti y a mí.

Mientras me ponía los zapatos, oí que la señorita Huffard decía en tono jocoso:

—¡Qué pena tan grande que se haya roto la pierna! ¡Ahora pasarán por lo menos tres meses antes de que pueda viajar a China!

Le eché los brazos al cuello y me puse a llorar.

—Te aconsejaría que aprovecharas este tiempo para despedirte bien de él, en lugar de aumentar tu sufrimiento. Pero a mí nunca se me ha dado bien seguir ese tipo de consejos inútiles.

Durante los tres meses de convalecencia de Lu Shing, seguí adelante con mi plan sin decirle nada. Llevé a la casa de empeños mis objetos de valor (un reloj de oro, un anillo con un rubí y una pulsera con dijes de oro) y abrí la alcancía con los dólares de plata que el señor Minturn me había ido regalando a lo largo de los años. Conseguí sin problemas el pasaporte y el visado tras una amable charla con el funcionario, que me preguntó si disponía de medios para vivir en China. Yo le hablé de un tío imaginario, que me había propuesto ir a Shanghái a enseñar inglés en su colegio americano.

—¿Una maestra de dieciséis años? —me preguntó él.

Le dije que me faltaban solamente dos semanas para cumplir los diecisiete y que siempre había sido una alumna precoz, con conocimientos académicos muy superiores a los de las otras estudiantes de mi edad. El siguiente paso fue la emocionante tarea de decidir lo que iba a llevar y lo que iba a dejar en San Francisco. Una vez solucionados todos los aspectos de mi viaje, empecé a considerar qué haría para anunciar a mis padres (y a Lu Shing) que me iba a China.

A Lu Shing le habían asignado mi dormitorio para que estuviera más cómodo durante su recuperación. Yo tenía que haberme trasladado a la habitación azul, pero me instalé en el mirador, desde donde bajaba regularmente para cuidarlo. Le llevaba libros, su cuaderno de apuntes, sus comidas y mucho consuelo, y además le arreglaba la ropa de cama, le acariciaba un brazo y le preguntaba si sufría mucho. Delante de los demás, lo compadecía en voz alta por haber tenido que retrasar su regreso a China y nadie sospechaba que pudiera tener otras razones para ser su Florence Nightingale. Sin embargo, nos entregábamos a nuestras actividades libidinosas cada vez que nos apetecía sin abandonar nunca la actitud vigilante. Como precaución por su tobillo fracturado, nuestros encuentros sexuales requerían ajustes geométricos y cuidadosos posicionamientos, fácilmente complementados por la felación. No volví a mencionar mis planes de ir a China e incluso inventé un subterfugio. Empecé a hablar de mi proyecto de asistir a una universidad femenina en la costa Este, hasta le nombré tres que supuestamente estaba considerando. De ese modo, conseguí que bajara la guardia. Le hablaba de nuestra amistad, que duraría para siempre, y hacía comentarios divertidos sobre ciertas actividades coitales cuyos imprevistos y sorpresivos resultados recordaríamos en el futuro con la nostalgia del deseo. Me inventé un pretendiente ficticio para que Lu Shing no tuviera que preocuparse de que yo fuera a sufrir cuando él se hubiera ido a China. Le contaba lo que el joven imaginario decía de mis electrizantes cualidades: mi carácter aventurero, mi inteligencia, la ventaja de que no fuera una virgen gazmoña y mi manera singular y misteriosa de diferenciarme de todas las chicas que había conocido. Lu Shing estaba de acuerdo en todo con mi admirador ilusorio y parecía aliviado de que yo tuviera un amante aguardando entre bambalinas. Me confesó su disgusto con algunas costumbres chinas, como la que lo obligaba a casarse con una chica de la que no estaba enamorado. También me confió que a veces dudaba de su talento artístico. Temía no ser original y a veces se veía incapaz de expresar ideas profundas, sencillamente por no tener ninguna. Era como si sólo pudiera imitar la técnica. Yo le dije que estaba equivocado y él apreció mi confianza en su talento.

Una tarde, después de hacer el amor tiernamente y de intercambiar muchas palabras afectuosas, le dije, mientras yacía entre sus brazos, que siempre lo recordaría como mi emperador chino. Sentí que hacía una inspiración profunda, como para reprimir un suspiro. ¡Cuánto conocía ya su cuerpo y su mente! Le pregunté si me guardaría en la memoria como su alocada chica americana, y él me contestó que me recordaría como mucho más que eso. Entonces le dije que no quería que mi recuerdo le hiciera quebrantar los votos de su matrimonio.

—El matrimonio en China y en nuestra familia es concertado y no se basa en el amor. Es más bien un arreglo comercial entre viejos amigos y madres entrometidas. No conozco a mi futura esposa y ni siquiera sé si me gustará. Es posible que no sea atractiva, o que no tenga nada interesante que decir.

Le dije que podría visitar a cortesanas, y él respondió vagamente que quizá lo hiciera.

Proseguí:

—Mis padres tienen un matrimonio como el que tú describes, pero eso no impide que mi padre vaya a satisfacer sus necesidades a otra parte. Tienen una extraña lealtad basada en el apego a esta casa. Han llegado a un arreglo práctico, pero su vida en común está cada vez más vacía y ya ni siquiera se dan cuenta de que es una tragedia. Quizá otro hombre podría haber querido más a mi madre y sacarla de su tristeza.

Yo estaba segura de que él estaría pensando en su propio matrimonio sin amor y en la perspectiva de una casa desprovista de una auténtica unión.

—Si hubieras nacido en este país —le dije—, me habría gustado que alguien como tú fuera mi marido.

Él aceptó de inmediato la lógica de las almas gemelas.

—Y si tú hubieras nacido en China, me habría gustado que tú fueras mi esposa.

Pensé que debía hacer todo lo posible, antes de que se fuera a su tierra, para que esas palabras se convirtieran en otras diferentes: «Si vienes a China, me hará muy feliz que seas mi esposa.»

No me propuse quedarme embarazada para que tuviera que casarse conmigo. Habría preferido un matrimonio contraído libremente y no por necesidad. Si se casaba conmigo porque había un bebé en camino, siempre persistiría la duda acerca del motivo que nos había unido. Dos semanas antes de la fecha prevista para su partida, le dije con disimulado miedo que tenía la certeza de estar embarazada, probablemente de dos meses. Temía lo que pudiera sentir o decir.

Fue una conmoción para él, por supuesto. En sus ojos vi que estaba calculando todo lo que eso significaba, antes de acercarse a mí y rodearme con los brazos. Me abrazó, y aunque no me dio ninguna respuesta acerca del futuro, sentí en su abrazo protección y la seguridad de que encontraríamos una solución.

—No puedo casarme contigo y quedarme en Estados Unidos —dijo finalmente.

Sentí rabia de que fuera eso lo primero que decía. No confiaba en que se alegrara, pero tenía la esperanza de que expresara un poco de preocupación por mí.

—No pienso jugarme la vida en un aborto —repliqué—. Y

si no me voy, no podré quedarme con el bebé. Tendré que entregarlo a un orfanato. Es lo que tuvo que hacer la señorita Pond, incluso siendo librepensadora. Intentó quedarse con su hijo, pero la gente le nego el trato y rechazó su obra. Es probable que el bebé fuera de mi padre, y él no hizo nada para ayudarlos. Dejó que se llevaran al niño al asilo. Es lo que le pasará a nuestro hijo, y no lo adoptará nadie porque tendrá la mancha de ser medio chino. Languidecerá en el orfanato sin recibir nunca un poco de amor.

—En China tampoco lo querría nadie —dijo Lu Shing.

—¿No se te ocurre nada más aparte de decirme lo que no podemos hacer? —exclamé—. ¿Soy la única que intenta encontrar una solución?

—No sé qué puedo ofrecerte que sea aceptable para ti. Mi familia no romperá el contrato de matrimonio, y como tú eres extranjera, jamás permitirá que entres en casa, ni siquiera para visitarme. En el mejor de los casos, podría tenerte como amante a escondidas de mi familia. Y no podría verte exclusivamente a ti, ni vivir contigo, porque tendría la obligación de mantener relaciones sexuales frecuentes con mi esposa para engendrar un heredero. De hecho, mi familia espera que tenga tantos hijos varones como sea posible y, de ser necesario, con varias concubinas por si mi mujer tarda mucho en traer un niño al mundo. Las expectativas de las familias son mayores en China que en Estados Unidos, y hay otras complicaciones que tú estás muy lejos de poder comprender. Ya sé que no es la respuesta que esperabas oír. Lo siento.

Simplemente me había recitado las normas de su sociedad sin considerar la posibilidad de romperlas. Yo había desafiado a mis padres. ¿Por qué no podía hacer él lo mismo? Se negaba a considerar otras opciones porque no estaba sufriendo como yo. Él no estaba desesperado por superar el miedo y la confusión, ni se sentía al borde de la locura.

—¿Por qué no puedes actuar por tu cuenta? ¿Por qué no puedes irte simplemente de casa de tus padres?

—No puedo explicarte las razones. Sólo puedo decirte que todo lo que pienso y hago tiene sus raíces en mi corazón, en mi carácter y en mi espíritu. No quiero decir que tú no seas importante para mí; pero por muy grande que sea mi amor por ti, no puedo arrancarme la otra parte de mí y convertirme en alguien capaz de traicionar a su familia. No puedo esperar que quien no ha nacido en China, en el seno de una familia como la mía, comprenda la verdadera magnitud de mi responsabilidad.

—Dime que no me quieres para que pierda la esperanza de que llegues a quererme algún día. Dime que estás dispuesto a dejar que mi alma se marchite y muera con tal de revolcarte en la cama con una mujer que ni siquiera conoces. Nunca más volveré a confiar en el amor y sentiré solamente desprecio por mí misma por haber dejado que un cobarde me rompa el corazón.

Por fin vi angustia en su cara. Parecía a punto de llorar. Me abrazó y me dijo:

—No te abandonaré, Lucía. Nunca he amado a nadie tanto como a ti. Es sólo que todavía no sé qué podemos hacer.

Sus palabras me llenaron de coraje y esperanza, y yo las amplifiqué. Me las llevé conmigo cuando mi familia se reunió en el gabinete tras mi anuncio de que tenía noticias urgentes. Se sentaron todos rígidamente y con caras de preocupación. Lu Shing y yo permanecimos de pie, yo delante, y él a un costado y detrás de mí.

—Estoy embarazada —me limité a decir.

Antes de que pudiera añadir nada más acerca de mis planes, mi madre se puso de pie de un salto y le gritó a Lu Shing que había traicionado «nuestra hospitalidad, nuestra confianza, nuestro honor, nuestra buena voluntad...». Él repitió infinidad de veces que lo lamentaba, que se arrepentía y que estaba profundamente avergonzado. Sin embargo, parecía demasiado tranquilo para que fuera cierto.

—¿De qué nos sirve tu maldito arrepentimiento chino? —dijo mi madre con sarcasmo—. No es sincero. Dentro de poco tú te irás en un barco y dejarás todo este lío atrás.

Entonces mi padre y mi madre se volvieron hacia mí y se pusieron a enumerar a coro todos mis defectos: «ingrata», «estúpida», «arrogante», «promiscua»...

—Decías que querías elegir tú misma tus intereses, aficiones y pasiones. ¿Esto es lo que has elegido? ¿Sexo pasional con un hombre que está a punto de abandonarte?

Sentí la agitación interior de una niña pequeña ridiculizada por ser como es. Pero no fue la humillación lo que me enrojeció la cara. Estaba furiosa.

—¡Pasión y diversión con un chino! —exclamó mi madre con una mueca de desdén—. ¡Un chino con una trenza! ¡La gente se reirá de nosotros por haberle abierto las puertas de nuestra casa! ¡Qué generosidad tan tonta la nuestra!

Sus últimos comentarios infundieron en mí una rabia incontrolable. Mi madre sólo podía pensar en sí misma, como siempre. ¿Por qué no pensaba en el daño que me había hecho de pequeña?

No pude reprimir las lágrimas y me enojé conmigo misma por llorar como una niña.

—Ni siquiera te importa qué pueda pasarme —le dije—. Nunca he sido nada más que una sombra en esta casa. Jamás me has preguntado qué quería hacer con mi vida, ni cuáles eran mis sentimientos. Nunca te has parado a ver si estaba triste o alegre. Nunca me has dicho que me querías. No has hecho nunca el menor esfuerzo. Simplemente, me descuidaste. Si nos alimentáramos de amor, yo habría muerto de hambre hace tiempo. ¿Qué clase de madre eres? No sé por qué te asombra que haya buscado a alguien que se preocupara por mí y me quisiera. Sin amor, me habría vuelto loca. No quería acabar como tú. Pero como era una niña, tenía que quedarme aquí y soportar que me humillaras por mis ideas y me ridiculizaras por ser demasiado emocional. Decías que siempre estaba alterada y estabas empeñada en aplastar todas mis emociones para que fuera igual que tú: egoísta, insensible, malhumorada y solitaria.

Mi madre pareció afectada y decepcionada conmigo. Yo quería hacerla sentir mal y verla llorar. Cuanto más le decía, más destructiva me volvía. No podía parar. Había enloquecido y era capaz de utilizar cualquier arma que tuviera a mi alcance.

—¿Qué sabrás tú del amor? —le dije—. Prestas más atención a unos bichos que llevan millones de años muertos que a mí, que estoy viva. ¿No lo has notado? ¿Y tu matrimonio? ¿Eres feliz en tu matrimonio? Lo único que haces es encerrarte en tu habitación para regodearte en tu propia tristeza y cuando sales, la única emoción que eres capaz de expresar es la rabia.

Después le hablé en un tono más burlón e hiriente:

—Que no te extrañe que todos comenten que papá tiene que ser un santo para aguantarte. Todos tus queridos amigos, ésos a los que tanto criticas, se ríen de tus experimentos científicos y comentan que ellos mismos podrían ahorrarte las molestias y darte la respuesta que buscas: los bichos están muertos. Te crees una gran científica y te engañas diciéndote que algún día descubrirás algo útil, pero en realidad no haces más que desperdiciar la vida.

El señor Minturn estaba demasiado senil para entender lo que yo estaba diciendo.

—¿Por qué está enojada? Deberíamos organizar otra excursión en barco para animarla.

La señora Minturn le lanzó a mi madre una mirada de superioridad.

—Ahí tienes el resultado de una mala crianza. Deberías haberla encerrado en un armario cada vez que se portaba mal. Pero no quisiste seguir mis consejos. Ahora no te quejes si no tiene moral.

—¡Cállate! —le grité yo—. ¡Eres una mujer mala y estúpida, una presencia maligna que envenena esta casa! Durante toda tu vida has ido dejando un rastro de podredumbre por donde has pasado. Todos te odian. ¿No lo has notado? ¡Y no me acuses a mí de no tener moral, tú, que usaste el truco del sonambulismo para seducir al señor Minturn y obligarlo a casarse contigo! Nunca más has vuelto a padecer sonambulismo, ¿verdad?

—Cálmate, Lucía —intervino mi padre—. Estás diciendo cosas que no quieres decir y que tal vez más tarde tengas que lamentar. Cuando estés menos alterada, podremos hablar como personas racionales y tú misma verás que lo que estás diciendo no es cierto.

—No vas a imponer tu parecer sobre este asunto, como cuando presides la mesa de la cena y nos impones tus conversaciones aburridas y tus pomposas preguntas sobre el arte. Pretendes que oculte mis sentimientos del mismo modo que tú ocultas a tus amantes. Mamá, ¿sabes con cuántas mujeres se ha acostado papá a tus espaldas?

—No, por favor... Basta ya —gruñó él.

—He leído las cartas de tus amantes, papá, ésas donde elogian tu magnífico instrumento, tus habilidades amatorias y las posturas que practicas, cartas de gratitud escritas por mujeres y también por hombres. ¡Sí, mamá! ¡Hombres! Tu marido ha tenido tratos íntimos con hombres. ¿Te sorprende? También ha estado complaciendo a la señorita Pond. ¿Sabías que la otra noche ella se presentó una hora antes de la cena y le pidió que le enseñara su colección? ¡Su colección! ¿No te diste cuenta de que después se lo comía con los ojos, con la mirada lánguida del afecto postorgásmico? Papá me llama «promiscua» a mí por haber mantenido relaciones sexuales con Lu Shing, pero él ha sido mi modelo. Lu Shing no fue el primero. Antes me había acostado con varios estudiantes tuyos, papá. Y para inspirarme usé tus libros con repugnantes fotografías de hombres y mujeres encastrados mutuamente en diferentes posturas. ¡Los libros de texto del profesor Minturn! Es un milagro que no me haya convertido en una pervertida sexual como tú, quc coleccionas asquerosos objetos utilizados para el sexo y la masturbación. ¿Cometo un error por querer conservar a este bebé? ¿No era tuyo el niño que dio a luz la señorita Pond? ¡Has abandonado a tu propio hijo! ¿Qué ha sido de esa pobre criatura? ¿Te da igual que ahora esté languideciendo de tristeza en una cuna o que el día de mañana tenga que ganarse la vida fabricando cordones de zapatos?

No podía parar. No sabía por qué, pero no podía contenerme. Saqué a la luz todos los secretos que la familia tenía guardados y me aseguré de destrozar concienzudamente a todos los presentes, siendo consciente desde el principio de que también me estaba destruyendo a mí misma.

Mi madre salió de la habitación y creo que ya estaba llorando. Mi padre no dijo ni una palabra, pero cuando levantó la vista, vi en sus ojos pena y miedo. Sólo entonces me di cuenta de que había sido tremendamente cruel. Había herido al padre que había querido tanto cuando era niña, y lo había apartado de mí y también de mi madre. Me había convertido en un monstruo.

No podía quedarme en casa ni un día más. Lu Shing y yo tuvimos que alojarnos en una pensión. Cuando me fui, nadie bajó al vestíbulo a despedirme.

Durante las dos últimas semanas antes de partir hacia China, Lu Shing no me cuestionó nada de lo que había dicho a mi familia. Yo le aseguré que había exagerado notablemente mis experiencias con otros hombres y reconocí que había perdido el control y que si bien mis sentimientos eran verdaderos y todo lo dicho era cierto, también me daba cuenta de que había hablado demasiado. Me preocupaba haberlo asustado al revelarle esa faceta turbulenta de mi personalidad. Quizá pensara que yo esperaba más de lo que podía darme. También yo tenía miedo de querer siempre más y de que mis necesidades fueran infinitas.

La duda se hizo presente. Yo había alimentado su remordimiento y lo había empujado a decirme que me quería. Lo había obligado a reconocer su desconsideración y a declarar que no me merecía y que nunca me abandonaría. Un hombre sometido a tortura era capaz de decir cualquier cosa. Ya no recordaba exactamente cómo lo había inducido a decir esas palabras, pero sabía que no las había dicho de forma espontánea ni en una única confesión de amor. Aun así, esperaba que sus declaraciones fragmentarias estuvieran inspiradas por un convencimiento íntegro y firme.

En el último minuto, le envié una nota a la señorita Huffrad, la cantante de ópera. Ella conocía la pasión y me comprendería. Le dije adónde iba y que Lu Shing y yo nos casaríamos en cuanto hubiéramos superado los pequeños obstáculos previsibles tratándose de una unión entre razas. Le dije que le escribiría desde Shanghái y le pedí que me deseara buena suerte. Llevé la carta a la oficina de correos y, cuando el empleado se la llevó, sentí que esa misiva contenía la declaración definitiva de que estaba dejando atrás mi vida para empezar otra nueva. Fue una inyección de confianza.

Cuando llegamos al barco, besé a Lu Shing en la mejilla sin molestarme en disimular porque no me importaba que nos vieran. Estaríamos un mes separados. Él subiría por una pasarela y yo por otra. La suya conducía a la cubierta de los orientales y la mía, a las zonas del barco reservadas a los blancos. Unos días antes, cuando me había enterado de que nos separarían por razas, me había reído de las normas. Estaba segura de que podríamos visitarnos subrepticiamente en nuestros camarotes, tal como hacíamos en casa. Pero Lu Shing me dijo:

—Si me sorprenden en tu camarote o a ti en el mío, me encerrarán en los calabozos de la bodega del barco y a ti te harán desembarcar en Honolulú, antes de llegar a China.

Me aseguró que le asignarían una confortable litera en un camarote privado, en una zona con otros chinos adinerados, y que nos reuniríamos cuando llegáramos a puerto. Su familia ya sabía de mi llegada. Ante mi insistencia, le había escrito a su padre para anunciárselo. No sabía cuál sería su reacción, pero había recibido un telegrama suyo diciendo que su familia lo estaría esperando.

Al segundo día de viaje, deshice mi equipaje. En el fondo de una de las maletas encontré dos cosas que yo no había guardado. La primera era una bolsa de terciopelo rojo con el catalejo de mi padre en su interior. Cuando era pequeña, solíamos subir al mirador para observar con el catalejo los barcos que entraban en la bahía, y mi padre me enseñaba los nombres de los países de procedencia de las naves.

También encontré otra bolsita de ante morado. Contenía tres trozos de ámbar, cada uno con una avispa dentro. Lloré toda la noche sin saber muy bien qué habían querido decirme con esos objetos. Quizá mi padre me estuviera regañando por haberlo espiado, y era posible que mi madre me confirmara que quería a los insectos más que a mí. Admití sin embargo una remota probabilidad de que fueran pequeñas muestras del afecto que debieron de profesarme en otro tiempo. De lo contrario, ¿por qué sentía yo de manera tan palpable y punzante que era amor y no podía ser otra cosa?

Además del malestar propio del embarazo, los primeros tres días estuve mareada a causa de los movimientos del barco. Utilicé el mareo como excusa para las náuseas que padecía ocasionalmente cuando estaba con el resto del pasaje. Me habían asignado un lugar en el comedor junto a otras cinco mujeres que viajaban solas. Eran esposas de diplomáticos y empresarios, que se dirigían a Shanghái para reunirse con sus maridos. Cuando me preguntaron por qué iba a China, les conté la misma mentira que al funcionario del pasaporte. Les dije que tenía un tío que dirigía un colegio y que había aceptado un empleo como profesora de inglés.

—¿Es una escuela para niños chinos? —preguntó una señora mayor.

Yo asentí.

—Es un colegio para hijos de diplomáticos.

Lu Shing había estudiado con ese tipo de niños.

—¡Entonces yo conozco a tu tío! —exclamó una de mis compañeras—. Es el doctor Thomas Wolcott, ¿verdad? Cuando te hayas instalado, nos reuniremos todos para tomar el té.

Murmuré que debía de ser otro colegio porque mi tío se llamaba Claude Maubert. Nadie había oído hablar de él.

—Es un colegio nuevo —dije—. Es posible que aún no acepte alumnos. Mi tío, el doctor Claude Maubert, lleva muy poco tiempo en Shanghái.

—¡Y yo que pensaba que conocía a todo el mundo! —comentó la señora—. Los extranjeros en Shanghái somos un círculo muy reducido, pero también es cierto que la ciudad está creciendo a marchas forzadas.

Mis compañeras me animaron a frecuentar su iglesia y a unirme a algunas de sus asociaciones, como el Círculo de Damas Benefactoras de los Huérfanos y la Sociedad para Rescatar a Niñas Esclavas.

Después de una semana a bordo, me atreví a contarles una historia interesante que había oído.

—Me ha dicho mi tío que conoció en Shanghái a una pareja formada por una mujer norteamericana y un hombre chino. Estaban casados y vivían con la familia de él. Incluso tenían un hijo. Pensé que debía de ser gente muy moderna.

Una de las mujeres, esposa de un diplomático, hizo una mueca de desdén.

—Eso no puede ser. Las uniones entre chinos y estadounidenses son ilegales.

Intenté disimular mi alarma.

—¿Lo prohíbe la ley china o la americana? —pregunté—. Mi tío dijo que estaban casados. Estoy segura.

—Las dos. Mi marido trabaja en el consulado de Estados Unidos y me ha hablado de varios casos parecidos, tanto con la chica china y el hombre americano, como con la chica americana y el hombre chino. En ambos casos, la mujer siempre sale mal parada.

Estuve un buen rato escuchando sus historias de terror. Las mujeres norteamericanas que se relacionaban con un hombre chino eran objeto de escarnio. No tenían estatus legal y nunca eran aceptadas por las familias chinas como esposas a causa de la importancia del linaje y el culto a los antepasados. Mis compañeras sólo recordaban dos casos de mujeres americanas que hubieran vivido con una familia china, y en los dos había sido por poco tiempo. En uno, la chica estadounidense había sido tomada como concubina, es decir, como parte de un harén. La trataban como a una criada y recibía toda suerte de desprecios y castigos por parte de su suegra y de las otras concubinas. Todas mis compañeras de viaje estaban de acuerdo en que las suegras chinas eran terribles. El caso de la pobre chica lo confirmaba, ya que su suegra la había matado a palos.

—El suceso se produjo en la sección china de la ciudad —dijo la esposa del diplomático—, por lo que era jurisdicción de los tribunales chinos. Nadie defendió los intereses de la víctima. No sé qué diría ni qué haría la suegra, pero el tribunal dictaminó que la muerte de la joven estaba justificada.

La otra americana había huido de la casa de su marido y había tenido que dedicarse a la prostitución. No tenía dinero y su familia en Estados Unidos no había querido saber nada de ella. Estaba trabajando en un barco en el puerto, donde recibía marineros.

—Si hablas con esa joven que te mencionó tu tío, sugiérele que acuda al consulado de Estados Unidos para que se pongan en contacto con su familia y la ayuden a regresar cuanto antes —me dijo la esposa del diplomático.

Me pregunté si se habría dado cuenta de que yo era la chica de la historia. Lo que me habían dicho me daba mucho miedo. ¿Por qué no habría querido oír las advertencias de mis padres y de Lu Shing?

Pero las oleadas de miedo que me invadían no tardaron en pasar, lo mismo que las náuseas del embarazo. Me sentía capaz de ganarme a los padres de Lu Shing. Yo era lista y perseverante. Lu Shing ya le había escrito a su padre, como yo le había pedido, por lo que su familia tendría tiempo de asimilar la noticia. Además, les había revelado en su carta que muy pronto yo sería la madre de un hijo suyo, quizá el primer varón de la nueva generación. Me dije que su padre era una persona instruida, un alto funcionario del Ministerio de Asuntos Exteriores, y que seguramente tenía una actitud moderna hacia los norteamericanos. Estaba convencida de que todo saldría bien.

Un mes después de zarpar de San Francisco, me encontré en el muelle, esperando a que Lu Shing desembarcara por la pasarela reservada a los chinos. Estaba a punto de desmayarme por efecto del nerviosismo, el cansancio y el calor, y quizá por no haber podido comer desde la noche anterior. Para empeorar las cosas, llevaba un vestido adecuado para los neblinosos veranos de San Francisco, pero demasiado grueso para la sauna china que era Shanghái. Unos culis se me acercaron corriendo para ofrecerse a llevar mi equipaje, pero yo los ahuyenté con la mano. No veía el momento de que llegara Lu Shing para ocuparse de esos asuntos.

Finalmente lo vi y me quedé atónita. Iba vestido con ropa china, como la primera vez que lo había visto delante de nuestra puerta. Entonces me había parecido un emperador salido de un libro de cuentos y me había cautivado el corazón. Pero allí, en el puerto, en un muelle atestado de chinos, me pareció simplemente un chino más. Un culi en pantalones cortos iba detrás de él, con maletas bajo los brazos, colgadas de las manos y cargadas a la espalda. Lu Shing me vio, pero no vino hacia mí. Le hice señas con la mano, pero tampoco hizo ademán de venir a reunirse conmigo. Me dirigí rápidamente hacia él.

En lugar de abrazarme, dijo:

—Hola, Lucía.

Hablaba como un desconocido.

—Siento no poder abrazarte como me gustaría —añadió con expresión grave y solemne.

Ya me había advertido que debíamos actuar con discreción hasta que su familia se acostumbrara a la idea de nuestro matrimonio.

—Estás diferente —dije—. Esa ropa...

Sonrió.

—Diferente sólo para ti. —Me miró con la amabilidad de un extraño—. Lucía, ¿has reflexionado seriamente durante este mes? ¿Estás segura de que quieres quedarte en Shanghái? Tal vez no lo logremos. Debes estar preparada.

Se suponía que debía tranquilizarme, pero no hacía más que asustarme.

—¿Has cambiado de idea? —le pregunté con la voz quebrada—. ¿Me estás diciendo que me vaya a casa?

Debí de hablar más alto de lo que pensaba porque varias caras de expresión curiosa se volvieron para mirarnos.

Lu Shing siguió hablando, implacable.

—Simplemente, quiero que estés segura. Nuestra separación en el barco es sólo un adelanto de lo que nos espera. Será difícil.

—Ya lo sabía desde el principio —respondí—. Y no he cambiado de idea.

Secretamente estaba aterrorizada, pero durante ese mes había acumulado un tipo diferente de coraje. Me sentía valiente por el bebé. Mi hijo ya no era un problema, sino una parte de mí, y estaba dispuesta a protegerlo.

Lu Shing y el culi se pusieron a hablar animadamente. Me pareció que estaban discutiendo. Fue sorprendente oír a Lu Shing hablando chino con fluidez. Me sonó muy extraño. Nunca lo había oído hablar con otro chino. ¿Dónde estaba mi *gentleman* inglés con facciones chinas? ¿Qué se había hecho de mi apuesto amante con su traje impecablemente cortado y la trenza oculta bajo el bombín? ¿Dónde estaba el deseo que yo solía inspirarle?

El culi me miró con incredulidad. Intercambió unas cuantas palabras más con Lu Shing y al final asintió. ¿Qué habría ocurrido? Nos dirigimos a la calle y, cuando llegamos a la acera, Lu Shing dijo:

—Mi familia está esperando allí enfrente. Han venido todos: mi padre, mis hermanos, mi abuelo enfermo, la chica con la que tengo el contrato de matrimonio, sus hermanos y su padre.

—¿Por qué ha venido ella? —pregunté yo—. ¿Vas a ir del puerto al altar? ¿Qué seré yo? ¿Su dama de honor?

—No puedo impedirle que venga. Esto no es un comité de bienvenida, Lucía. Es la manera que tienen aquí de imponer el orden familiar. Han venido para que me avergüence y asuma mis responsabilidades dentro de la familia. Son mis iguales y mis mayores.

Tenía la cara cubierta de transpiración y yo sabía que no era sólo por el calor. Nunca lo había visto tan nervioso. Pronto tendría que enfrentarse a su familia, tal como había hecho yo con la mía. Pero yo estaría a su lado para apoyarlo en su decisión. El único interrogante que persistía era si nos permitirían vivir en la casa familiar.

—¿Dónde están? —dije, mirando a mi alrededor.

Lu Shing indicó un área a unos diez metros de distancia, donde esperaban dos cabriolés y diez *rickshaws* cubiertos. Parecía una procesión fúnebre. El culi estaba colocando el baúl de Lu Shing en uno de los últimos *rickshaws* de la fila. Cuando Lu Shing echó a andar en dirección a su familia, yo lo seguí.

Entonces él se detuvo.

—Creo que deberías quedarte aquí y esperar a que yo allane el camino —dijo—. No me parece apropiado echarles esto en cara desde el primer momento.

¿«Echarles esto en cara»? ¿Por qué tenía que decirlo de ese modo?

—No voy a dejar que me intimiden —repliqué—. Tu familia no puede ignorarme.

—Por favor, Lucía, deja que lo haga a mi manera.

Le indiqué al culi con un gesto que llevara mi equipaje a uno de los *rickshaws.* El hombre miró a Lu Shing con expresión interrogante, y éste le respondió secamente. El culi le hizo otra pregunta y Lu Shing gruñó. ¿Qué estarían diciendo? Ya no entendía nada de lo que se hablaba a mi alrededor. Estaba en un país de secretos.

¡Al cuerno con el equipaje! Me dirigí sin las maletas hacia la fila de cabriolés y *rickshaws,* pero Lu Shing corrió hacia mí y me bloqueó el paso.

—¡Lucía, por favor, espera! ¡No lo hagas todo más difícil!

Me exasperaba que Lu Shing tuviera más consideración con los sentimientos de su familia que con los míos. Necesitaba demostrarle a su familia desde el principio el tipo de mujer que era yo. Había traído conmigo el libre albedrío y el instinto emprendedor de los americanos. Estaba acostumbrada a tratar con gente de todos los ámbitos sociales, empezando por el señor y la señora Minturn, los pomposos profesores que creían saberlo todo.

Lu Shing se acercó al primer cabriolé y se puso a hablar con un hombre que iba sentado detrás. Yo seguí andando lentamente hasta un lugar desde el cual podía distinguir al hombre de aspecto severo sentado dentro del carruaje. Llevaba puesto un bombín como el de Lu Shing. Mientras el señor mayor hablaba, Lu Shing tenía la vista baja, fija en el suelo. Me aproximé un poco más, hasta quedar a la misma altura que ellos, a unos ocho metros del bordillo de la acera. Hasta mis oídos llegaba un río de palabras chinas, como agua que fluyera sobre un lecho rocoso. El hombre era el padre de Lu Shing, evidentemente. Se parecían mucho y sólo los diferenciaba la edad. Los dos eran apuestos, parecían inteligentes y cultivados, y tenían la misma expresión solemne, sólo que la del padre era más rígida.

Lu Shing hablaba en voz baja y en tono de disculpa, ante el rostro impávido e impenetrable de su padre. Mientras tanto, una agraciada joven sentada en el *rickshaw* justo detrás del segundo cabriolé no me quitaba la vista de encima. Era su prometida, sin duda. La miré fijamente hasta obligarla a apartar la vista.

De repente, el padre de Lu Shing se puso de pie, gritó lo que debía de ser una palabra malsonante, se quitó el sombrero y se lo arrojó a la cara a su hijo, que se llevó una mano a un ojo. El hombre escupió varias palabras más, con sonidos ásperos que se arrancó de las profundidades de la garganta, e impartió lo que me parecieron unas cuantas órdenes, acompañadas de movimientos cortantes de las manos. Lu Shing mantuvo todo el tiempo la mirada baja, sin replicar nada. ¿Qué significaba su actitud? ¿Por qué permanecía inmóvil y sin decir palabra? Pensé que tal vez era así como se hacían las cosas en China. Estaba expresando su rechazo con el silencio. No parecía que su padre fuera a calmarse en breve, por lo que la familia de Lu Shing tendría que volverse a casa sin nosotros.

Justo cuando acababa de sacar esa conclusión, Lu Shing se volvió para mirarme, vino hacia mí y, rápidamente, me puso un poco de dinero en una mano. Después me imploró que esperara un momento, con la cara contorsionada por una mueca trágica.

—Volveré en cuanto pueda. Espérame aquí. Ten paciencia y perdóname por lo que está pasando.

Al minuto siguiente, sin darme tiempo a recuperarme lo suficiente como para protestar, se subió al cabriolé de su padre. Yo me quedé mirando la escena, como en un sueño. El cochero agitó las riendas, el carruaje partió y se llevó a Lu Shing lejos de mí. Le siguió el coche estacionado detrás y, a continuación, todos los conductores de los *rickshaws* levantaron las asas de sus vehículos y echaron a correr. Los parientes de Lu Shing pasaron a mi lado con las caras vueltas al frente, como si yo no existiera. Sólo la chica me miró con gesto desdeñoso. Y se fueron todos.

Sentí náuseas y temí desmayarme. No podía mantenerme en pie. Vi un árbol un poco más adelante. ¿Cómo iba a lograr llegar hasta allí cargada con todo mi equipaje? Mientras lo pensaba, vi que el culi pasaba a mi lado a paso rápido con mis maletas bajo los brazos. Me puse a perseguirlo gritando:

—¡Al ladrón, al ladrón!

Sabía que no podría alcanzarlo jamás. Me detuve y, cuando estaba a punto de desplomarme, vi que el hombre dejaba mis maletas a la sombra del árbol que había visto antes. Dispuso las piezas de mi equipaje formando una especie de canapé y me indicó con un gesto que me sentara. Yo me acerqué lentamente, sin saber muy bien qué pensar, y entonces él me señaló el asiento con un amplio ademán, como si fuera un camarero indicándome una mesa en un establecimiento selecto.

Al cabo de un momento, me di cuenta de que el culi seguía de pie a mi lado, mirándome fijamente. Con expresión interrogadora, se golpeó con un dedo la palma de la mano e hizo el gesto de frotar billetes. Quería que le pagara. Bajé la vista y miré el dinero chino que aún apretaba en la mano. No tenía la menor idea de su valor. Los servicios del culi no podían costar más de unos pocos centavos. Pero ¿cuál de esos billetes valía más? ¿Y cuál menos? El hombre hizo mímica de comer y beber, y se frotó el estómago, como si estuviera hambriento. ¿Sería una estratagema para conseguir que le diera mucho dinero? Dijo algo incomprensible y yo le contesté en lo que para él también sería una jerigonza:

—¡Maldito calor, maldita ciudad! ¡Maldito Lu Shing!

Busqué el billete con el número más pequeño: un cinco. Se lo di. El hombre sonrió. Debía de ser una fortuna. Salió corriendo y me alegré de perderlo de vista. Me puse a mirar los coches de caballos y los *rickshaws* que iban y venían, y que al alejarse me hundían en una desesperación cada vez más negra.

Diez minutos después, volvió el culi. Traía consigo una cesta, en cuyo interior había dos huevos marrones con las cáscaras agrietadas, tres plátanos pequeños y un frasco con té caliente. Me ofreció también un objeto que parecía un bastón, pero que resultó ser un parasol, y me devolvió unas cuantas monedas. Yo no salía de mi asombro. Supuse que Lu Shing lo habría contratado para cuidarme. Me puse a examinar la cesta con comida, cuya higiene me ofrecía ciertas dudas. El culi me aseguró con mímica que todo estaba limpio y que no tenía nada de que preocuparme. Yo estaba hambrienta y sedienta. Los huevos tenían un sabor extraño, pero estaban deliciosos. Los plátanos eran dulces y el té me calmó la sed y me tranquilizó. Mientras comía, no apartaba la vista de la calle, que era una avenida muy animada.

Al cabo de un rato, el sirviente me dio a entender que iba a tumbarse a descansar al otro lado del árbol. Me indicó que le gritara si lo necesitaba y yo asentí. Entonces se echó en el suelo y en seguida se quedó dormido.

Yo también sentía que empezaba a dominarme el sueño, pero no quería ceder. Si lo hacía, todos notarían mi fracaso: una tonta jovencita americana, sola y metida en un lío cuando todavía no hacía ni una hora que había llegado a China. Me senté con la espalda erguida. Quería demostrar que sabía cuál era mi lugar en el mundo, que por el momento se encontraba a la sombra de un árbol, en una transitada calle de una ciudad cuyo idioma desconocía por completo, con la única excepción de la expresión vulgar *chu ni bi.* La grité a voz en cuello, para gran sobresalto del culi.

Estuve esperando durante horas, sentada en aquel ridículo diván hecho con maletas. El orgullo se me fue marchitando y la postura erguida se disolvió por sí sola. Mis párpados parecían tener voluntad propia. Me recosté y dejé que me invadiera el sueño y me llevara lejos.

CAPÍTULO 14
Shanghaianos

Shanghái
Septiembre de 1897
Lucía Minturn

A la hora más tranquila y silenciosa de la noche, el culi fue el primero en divisar a Lu Shing, que se acercaba por la avenida. Me despertó y después corrió a la calzada y se puso a hacer señas cruzando y descruzando los brazos como un náufrago. Habían pasado dieciocho horas desde que Lu Shing me había dejado en el puerto sin que yo supiera si alguna vez iba a regresar.

Sin darle tiempo a bajarse del *rickshaw*, empecé a gritarle:

—¡Maldito seas! ¡Maldita sea toda tu familia!

Rápidamente, me hizo subir a su vehículo, mientras el sirviente saltaba en otro *rickshaw* con todas mis pertenencias. Nada más ver la expresión sombría de Lu Shing, supe que no nos dirigíamos a la casa de sus padres. Entre lágrimas, lo acusé de haberme abandonado en plena calle como a una pordiosera, en una ciudad extraña donde no podía hablar con nadie. ¿Por qué no había dado la cara por mí? ¿Por qué no había venido conmigo en lugar de dejarme sola, a pleno sol, arriesgándose a que muriera de calor con un bebé en el vientre?

El miedo casi me hizo enloquecer. Con diecisiete años, había tomado una decisión de consecuencias inamovibles. Había destruido a mis padres por el odio que sentía hacia ellos y por su falta de amor hacia mí. Había revelado sus viles secretos y la podredumbre de sus almas, y me había reído de ellos. ¿Acaso quedaba alguna verdad desagradable que no les hubiera echado en cara? Durante el viaje en barco, empecé a notar un cambio en mí. Me di cuenta de que había incorporado los rasgos de mis padres, incluso los que más criticaba, y de que mi propia crueldad me había cambiado. ¿Había tenido siempre la capacidad y el deseo de destruir a los demás? En el barco perdí la confianza en mí misma y la mentalidad independiente. Estaba sola y sin nadie con quien fanfarronear. Me sentía empequeñecer a medida que me acercaba a Shanghái, navegando hacia un futuro incierto y dependiente de una única persona que decía quererme, pero que no podía garantizarme el modo en que me lo demostraría cuando me convirtiera en una extranjera en su país. Mis pensamientos iban y venían como el cabeceo del barco, pero no dejaba de aferrarme al convencimiento de que sería capaz de superar todos los obstáculos que se me interpusieran. Después de todo, había conquistado el corazón de mi emperador. Pero con frecuencia me asaltaba el temor de que el coraje americano se transformara en fatalismo chino. Una vez en Shanghái, comprobé que Lu Shing había cambiado. Ya no era mi emperador, sino el hijo sumiso de una familia china.

Cuando se disculpó, habló en voz tan baja y en un tono tan débil que me puso furiosa. ¿Cómo iba a protegerme? Cada vez que intentaba explicarme lo sucedido, aumentaba mi temor de que no tuviera criterio propio. No reconocía a ese hombre. Tendría que haberme dicho, antes de salir de San Francisco, que no sentía nada por mí. Tendría que haberme impedido físicamente que subiera a ese barco. Era cierto que me lo había advertido, pero también me había confesado que nunca había amado a nadie tanto como a mí, lo que después de todo tampoco tenía mucha importancia si no había amado nunca a ninguna otra mujer. Cada endeble esperanza que me había dado me había hecho subestimar el peligro evidente. Sus advertencias se referían al futuro, y yo vivía en el presente, atesorando cada valioso momento y cosechando el amor que me daría fuerzas para enfrentar lo que pudiera venir. Y ahora estaba escuchando sus débiles disculpas y sus excusas inútiles por haber elegido a su familia por encima de mí. Él no entendía mi miedo, ni se daba cuenta de lo mucho que había tenido que padecer por él.

Me habría gustado que él hubiese tenido que escuchar a las señoras norteamericanas del barco, que hablaban de jóvenes blancas muertas a golpes por sus suegras chinas ante la indiferencia general. Me habría gustado que hubiese tenido que pasar horas muerto de hambre, cociéndose al sol por mí; o que hubiese destruido a su familia y todas las posibilidades de volver algún día a su casa, tal como había hecho yo.

—¡Maldito seas! ¡Malditos sean tus padres!

Agotada, al final dejé de gritar y me puse simplemente a llorar. Lu Shing me atrajo hacia sí para que le apoyara la cabeza en un hombro y yo no rechacé ese pequeño gesto de consuelo.

Mientras el *rickshaw* recorría las calles oscuras y húmedas, me contó que había pasado las últimas horas escuchando la diatriba de su padre acerca de sus responsabilidades. Había tenido que aguantar que lo golpeara mientras le enumeraba a gritos los nombres de todos sus antepasados a lo largo de los últimos quinientos años, los mismos nombres que Lu Shing había tenido que memorizar cuando era niño. Su padre le mencionó su cargo en el Ministerio de Asuntos Exteriores, institución a la que debía obediencia y respeto por encima de sus deberes familiares. La gente se preguntaría qué clase de defectos morales le había transmitido a su primogénito para que éste traicionara a su familia y destruyera la reputación y la honorabilidad futura de todos sus parientes. Su madre se merecía una vejez apacible, y no la muerte prematura a la que parecía empeñado en empujarla su propio hijo. La señora se había retirado a su habitación, aquejada de opresión en el pecho y de jaqueca. Los dos hermanos pequeños de Lu Shing, hijos de las concubinas de su padre, se habían enfrentado a él con palabras de reproche, algo que nunca se habían atrevido a hacer hasta ese momento. Le dijeron que la gente pensaría que ellos también querrían relacionarse con mujeres extranjeras y entregarse al libertinaje al estilo occidental. ¿Qué futuro podían esperar si su propio hermano destruía su reputación?

Lu Shing dijo que la suya era una familia de personas instruidas, pero eso no significaba que hubiera renunciado a la tradición ni a los deberes filiales. Si se iba de su casa para vivir conmigo, lo desheredarían y quedaría excluido para siempre de la vida familiar. Eliminarían su nombre de la historia de la familia y no lo volverían a mencionar nunca más. No sería como si hubiese muerto, sino como si nunca hubiese existido. Ni siquiera tendría la posibilidad de cambiar de idea y regresar como el hijo pródigo de la Biblia cristiana.

—Estaría dispuesto a renunciar a mi fortuna por ti e incluso aceptaría que me condenaran a la inexistencia —dijo—, pero no puedo destruir a mi familia.

—Yo destruí a la mía —repliqué—. Ya no tengo nada. ¿Y tú quieres anteponer la reputación de tu familia a mi vida?

—Ni siquiera tengo elección. Si no te han criado bajo el peso de quinientos años de historia familiar, no puedes entenderlo. Como hijo primogénito, llevo esta carga sobre los hombros desde que nací y tengo la obligación de seguir soportándola.

—Eres un cobarde. Nada más bajar del barco te convertiste en un supersticioso adorador de espíritus. Si hubiera sabido que eras así, jamás habría venido contigo.

—Ya te dije en San Francisco que mis ideas y creencias se basan en lo que me enseñaron de niño. No puedo cambiarlas, como tampoco puedo cambiar mi raza, ni la familia en que nací.

—¿Cómo esperabas que entendiera lo que quisiste decir realmente? ¿Si yo te hubiera dicho que había sido criada para escuchar a mis padres y seguir sus consejos, tú habrías pensado que yo iba a cumplir necesariamente sus expectativas?

—Puedo ayudarte a volver a casa, si esto te parece inaguantable.

—¡Qué cobarde eres! ¿Ésa es tu respuesta? He destrozado a mi madre, a mi padre y al matrimonio de ambos. He destruido toda posibilidad de volver algún día a mi casa. Mi familia ni siquiera bajó al vestíbulo para despedirme. Para ellos estoy muerta. No me queda nada en casa, y mucho menos reputación. Parece que no te quieres dar cuenta de lo desesperada que es mi situación. He consumido todo mi coraje. Me estoy hundiendo y ni siquiera sé en qué abismo estoy cayendo. Es un tormento peor que la muerte.

Cuando se me acabaron las palabras, me puse a llorar.

El *rickshaw* nos llevó por el paseo marítimo y después torció por una calle más pequeña. Giramos una vez más y llegamos a una avenida con rejas de hierro y mansiones de piedra. Atravesamos un parque y llegamos a un lugar de casas más modestas, escondidas tras altos muros.

—¿Adónde me llevas? ¿A un hogar para chicas embarazadas?

—A una casa de huéspedes. El propietario es un americano amigo mío, y ya le he pagado tu alojamiento por adelantado. No es lo ideal, pero es lo mejor que puedo hacer por el momento. Además, estarás en la Concesión Internacional, entre personas que hablan inglés. Descansa aquí un tiempo, y más adelante decidiremos qué hacer. Si te quedas, te prometo que no te abandonaré, Lucía. Pero tampoco puedo abandonar a mi familia. No sé cómo lo haré exactamente, pero prometo serte fiel a ti y también a ellos.

Llegué a la hostería una hora antes del alba. Las lámparas de gas estaban encendidas. Un hombre enorme llamado Philo Danner nos recibió con mucho entusiasmo. Aparentaba unos cincuenta años y yo pensé que habría sacrificado su sueño para recibirnos, pero nos aseguró que dormía como los vampiros, entre el alba y el mediodía.

—Llámame Danner —dijo mientras me conducía a la sala de estar—, y yo te llamaré Lucía, a menos que prefieras otra cosa. En Shanghái es muy fácil cambiar de nombre.

«Lucía» era el nombre que me daba Lu Shing, el nombre que nos había unido por intervención del destino.

—Prefiero que me llames Lulú —dije delante de Lu Shing.

Danner era, en una palabra, extravagante. Vestía camisa china dorada sobre amplios pantalones azules de pijama. Su pelo era una masa oscura de largos tirabuzones angelicales y tenía los ojos grandes y enmarcados por espesas pestañas. Poseía una hermosa nariz de patricio romano, como la de muchos ingleses, y una sucesión de papadas carnosas le caían desde la barbilla hasta la base del cuello. Cuando caminaba, todo el cuerpo se le bamboleaba de un lado a otro, y a menudo se quedaba sin aliento y se paraba a respirar entre una palabra y la siguiente.

Era, según dijo, el propietario de esa casa campestre yanqui, un edificio de tres plantas en el pasaje Floral Oriental, en una de las mejores zonas de la Concesión Internacional. La construcción tenía gruesas paredes de piedra que la aislaban del calor en verano y del frío en invierno. Cada centímetro cuadrado de las paredes de la sala de estar, del comedor y de los pasillos estaba cubierto con pinturas al óleo que representaban paisajes del oeste de Estados Unidos o escenas de los indios de las praderas. Sobre las mesas y la repisa de la chimenea había máscaras primitivas, que me hacían pensar en otras presencias que me estuvieran contemplando a mí, la intrusa. En medio de la sala había varios montones de libros que me llegaban a la altura de la cintura, como una réplica a escala de Stonehenge. Danner se abría paso con sorprendente agilidad entre el laberinto de libros. Observé que los cojines de las sillas tenían borlas y pompones, y después descubrí que el mismo adorno se repetía por todas partes. Había borlas moradas, rojas, azules y doradas a lo largo del sofá, en los lazos de las cortinas, en los tiradores de las puertas, en los bordes de los sillones, en las esquinas de los dinteles, en la tapa del piano, en los tapetes, en los vértices de los espejos y en todos los lugares imaginables. Eran una auténtica plaga.

Danner me hizo sentar en el sofá y murmuró que adivinaba, por mi cara, que había sufrido un golpe terrible. Miró a Lu Shing con expresión acusadora.

—¿Qué le has hecho a esta pobre chica?

Me cayó bien en seguida. Un criado nos trajo té y pastas. Cuando Danner vio que me lo acababa todo rápidamente, le ordenó al chico que trajera pan, mantequilla y jamón. La comida tuvo en mí un efecto apaciguador, y muy pronto Danner sacó una pipa.

—Deja que tus problemas se desvanezcan con el humo —dijo—. Opio.

Lu Shing murmuró que no debía probarlo, y eso me impulsó a aceptar con entusiasmo la oferta de mi anfitrión. Mientras Danner hablaba, el criado se puso a hacer complicados preparativos con una pasta café oscura. Danner me pasó la pipa y me indicó que inhalara sólo una pequeña bocanada. El humo tenía al principio un sabor terroso y acre que después se volvía almizclado y al final dejaba un regusto dulce. La fragancia recordaba primero al regaliz y el clavo de olor, y se convertía a continuación en aroma de chocolate y rosas. Al cabo de un momento ya no fue simplemente una cuestión de olor o sabor, sino una sensación más generalizada, una especie de sedosa suavidad que me envolvió en su voluptuosa dulzura. Estaba a punto de preguntarle algo a Danner, pero en seguida lo olvidé porque me di cuenta de que mi anfitrión tenía la cara de un genio oriental. Se había sentado al piano y estaba tocando una música extraña que sonaba como un coro de voces celestiales.

Vi a Lu Shing sentado al otro lado del sofá: una triste figura gris en una habitación llena de color. Parecía perdido. Sentí que ya no estaba enfadada. Di otra calada y entré en éxtasis al descubrir que la luz de las lámparas me hacía sentir ingrávida. Si movía la mano por el aire, veía un millar de manos. El sonido de la voz de Lu Shing llamándome por mi nombre estallaba en chispas delante de mis ojos. Tenía una voz maravillosa, musical y pletórica de amor. Cuando lo volví a mirar, lo vi envuelto en un halo de luz que transmitía deseo sexual. Ansié que volviera a tocarme como la primera noche en el mirador, cuando todo me sorprendía. Nunca había imaginado que fuera posible sentir una alegría y una paz tan profundas. Los momentos felices que recordaba me parecieron anodinos y superficiales en comparación, y sumamente frágiles. En esa fascinante nube de humo que era mi mente, no tenía preocupaciones y sí en cambio la dichosa seguridad de que esa paz duraría para siempre. ¡Había despertado a la realidad!

—Llévame a la cama —le dije a Lu Shing, y las palabras salieron flotando de una en una de mi boca para llegar lentamente hasta él.

Pareció aturdido mientras las palabras le golpeaban la cara, pero Danner se echó a reír y lo instó a obedecerme.

Subimos la escalera sin tocar el suelo. La lámpara estaba encendida y la luz formaba remolinos de perlas doradas en torno a la cama. Al otro lado de una puerta iluminada, vi una bañera que parecía una sopera de porcelana, con florecillas pintadas por dentro y por fuera. El agua resplandecía en tranquila quietud. En cuanto hundí la mano y la moví como un remo, las flores pintadas (rosas y violetas diminutas) se volvieron reales y empezaron a girar sobre sí mismas, perfumando el aire. Rápidamente me quité la ropa rasposa y me sumergí en el agua fresca, feliz de sentir su tacto de seda sobre la piel desnuda. Lu Shing se arrodilló detrás de la bañera y me besó el cuello.

—Lucía, tengo que disculparme...

—Chis —lo hice callar, y el sonido de mi voz se convirtió en un ruido de lluvia que ahogaba sus palabras.

Sentí que flotaba sobre oleadas de flores, salpicada por la lluvia. Sus manos me acariciaban, meciéndome. Suspiré. Me soltó el pelo y volvió a besarme el cuello. Murmuré las palabras vulgares chinas que conocía y le pedí que me llevara a la cama y me enseñara lo que significaban. Cuando me ayudó a ponerme de pie, me pareció que el agua caía por mi piel como una cascada. Me tumbé en la cama y miré a Lu Shing mientras se desvestía. Tenía el cuerpo resplandeciente. Se acostó a mi lado y me acarició la espalda. Yo me reía, repitiendo sin cesar las palabras malsonantes. Me penetró en seguida y, unos momentos después, descubrí fascinada que me había convertido en él. Me había transformado en la cara que me miraba, que parecía terriblemente triste, aunque yo estaba eufórica.

—*Barquita, mi linda barquita...* —dije, remando a contracorriente, y de inmediato conseguí deshacer el nudo que fruncía el entrecejo de Lu Shing.

Seguí mirándolo, mirándome a mí misma en él, mientras sus ojos se ponían en blanco y los dos renunciábamos al miedo que hubiésemos podido sentir alguna vez. Repetí con urgencia las palabras vulgares, las repetí con dureza mientras oía esos mismos sonidos que salían de su boca. La grosera expresión que repetíamos juntos echó abajo su coraza y también la mía para permitirnos alcanzar una dicha mayor y un placer más intenso. Vi que su cara pasaba de la desesperación al éxtasis y me sentí victoriosa porque por fin lo había conquistado y lo había hecho completamente mío. Me eché a reír, feliz de haberlo conseguido.

Cuando me desperté, estaba tan atontada que ni siquiera recordaba quién era. Poco a poco, fui recuperando el sentido. La habitación me pareció desvaída y plana, sin sombras ni fulgores dorados. Alguien se había llevado mi ropa, que ya no estaba en el sofá donde la había dejado. Recordé que la noche anterior había sido deliciosamente feliz, pero no conservaba ni un ápice de esa felicidad. ¿Dónde estaba Lu Shing? ¿Habría vuelto a abandonarme?

Me levanté de la cama y vi mi vestido colgado en un armario, junto con otras prendas. ¿Quién lo habría puesto allí? Antes de que pudiera acercarme, una chica entró a toda prisa en la habitación y sofoqué una exclamación de sorpresa e intenté cubrirme, por pudor. La chica me tendió una túnica de seda azul y giró la cara mientras yo deslizaba los brazos en las mangas. Mágicamente aparecieron unas zapatillas junto a mis pies y me las calcé. La joven me señaló un área pequeña detrás del biombo. La bañera estaba vacía. Era blanca y sin adornos, sin ningún parecido con una sopera pintada. Junto a la bañera, sobre un pedestal, había una jofaina de porcelana llena de agua. La chica me indicó con mímica que me lavara. Empecé a echarme agua en la cara, para tratar de despejarme la cabeza, y me seguí salpicando hasta que la jofaina se vació y el suelo quedó empapado. Pero sólo me recuperé en parte. Entonces ella me indicó una cómoda con cajones, donde estaba guardada mi ropa. Después me enseñó otro cajón, con varios pijamas chinos de seda ligera, pulcramente doblados. En seguida comprendí por qué los usaba Danner. El aire era pesado y bochornoso.

Bajé la escalera y encontré a Danner hablando en inglés con una gata gris, que le respondía con idéntica elocuencia en su idioma felino.

—Ya sé que son las seis, *Elmira*, querida mía, pero no podemos sentarnos a comer sin nuestra invitada. ¡Ah, *voilà*, aquí está Lulú!

¿Cómo era posible que hubiera dormido doce horas seguidas? Tomé una comida de platos fríos de sabor extraño: rodajas de carne de buey y de pichón del tamaño de una moneda, huevos, pepinos salados y unas verduras de color verde brillante. La gata comía de un plato de porcelana, sentada al otro extremo de la mesa. ¿Serían así todas las comidas en esa casa?

—No te preguntaré por tu situación —dijo Danner— a menos que quieras hablarme al respecto. Sin embargo, te diré lo que necesitas saber acerca de los chinos: jamás podrás cambiar mil años de tradiciones sobre el honor y la vergüenza en la familia. En la Concesión tenemos nuestras propias leyes, que regulan lo que pueden hacer los chinos. Pero ninguna ley puede anular su filosofía. La humillación, el honor y el deber son conceptos que no se pueden desechar. No serás feliz con tu joven amigo, ni vivirás a gusto en Shanghái si crees que puedes cambiar esas cosas.

No respondí. No pensaba darme por vencida, ni tampoco volver a casa.

—Veo la respuesta en tus ojos. ¡Ay! Todos los recién llegados encuentran algo desagradable en los chinos y pretenden cambiarlo. He oído todas las quejas posibles y yo mismo he expresado algunas: su costumbre de hacer ruido a horas poco razonables, sus dudosos hábitos de higiene, su comprensión selectiva de la puntualidad y el ineficiente empeño en hacer las cosas tal como se vienen haciendo desde hace mil años. Puede que con el tiempo cambien un poco, pero no pueden alterar sus miedos, que gobiernan gran parte de sus actos. Muchos recién llegados como tú piensan que ellos sí podrán cambiarlos. Es el espíritu pionero de los norteamericanos, que ha servido para explorar ríos y cordilleras, abrir nuevas fronteras y vencer a los indios. ¿Por qué no a los chinos?

Yo fingía comer, pero los platos eran raros, la tarde era calurosa y no tenía mucho apetito.

—Algunos estadounidenses se dan por vencidos y se vuelven a casa —prosiguió Danner en tono ligero—. Los que tienen la obligación de quedarse unos años pasan el tiempo lamentándose y quejándose entre ellos. Pero los shanghaianos como yo, que hemos hecho de China nuestro hogar, adoptamos una actitud china hacia la mayoría de las cosas. No interferimos. Vivimos y dejamos vivir, por lo menos la mayor parte del tiempo.

Más adelante me enteré de que Danner procedía de Concord, en Massachusetts, «bastión de puritanos rezadores», como él mismo decía. De joven había vivido en Italia, y allí había empezado a comprar pinturas, que vendía a buen precio cuando regresaba a América. Alternaba su residencia entre Europa y la costa Este de Estados Unidos, y llegó a ser conocido como coleccionista con buen ojo para el paisajismo europeo, primero el más tradicional y más tarde el impresionista. Hacía alrededor de veinte años que vivía en Shanghái, adonde se había trasladado por razones que no me reveló. Mucha gente llegaba a Shanghái cargada de secretos —decía él—, o los dejaba atrás y fabricaba nuevos escándalos. Había traído consigo varios baúles llenos de pinturas. Conservaba los cuadros que le gustaban y vendía el resto en una galería de arte, donde los occidentales nostálgicos compraban pinturas que les recordaban los paisajes familiares, donde habían disfrutado de tranquilas meriendas campestres, en una tierra muy alejada de la cacofonía de Shanghái.

Lu Shing había empezado a frecuentar la galería de Danner a los doce años y allí había nacido su fascinación por el arte occidental. Su familia esperaba de él que alcanzara un alto nivel de erudición y que aprobara los exámenes imperiales, pero él ansiaba en secreto ser pintor. Pasaba horas copiando los cuadros de la galería de Danner: los populares paisajes con ovejas y caballos, las escenas de cabañas junto al río y las imágenes de blancas embarcaciones sobre mares tormentosos, todos ellos temas muy apreciados por los occidentales.

—Como sabes —me dijo Danner—, pinta bastante bien, aunque sus obras son imitaciones de cuadros de artistas famosos.

Sentí que me mareaba.

—¿Los copia? ¿No ha estado nunca en los lugares que aparecen en sus cuadros?

—Los copia con suficiente destreza para que resulte difícil diferenciar sus cuadros de los originales.

Tuve miedo de preguntar por la pintura que me había llevado a Shanghái. ¿Cambiaría algo su respuesta?

—¿Has visto alguna vez un paisaje con nubes bajas de tormenta y un valle largo y estrecho, con unas montañas al fondo?

—*El valle del asombro*, uno de sus favoritos. Lo compré en Berlín por unos céntimos. *Das Tal der Verwunderung*, obra de un artista poco conocido que murió joven, un tal Friedrich Leutemann. Lo tuve varios años expuesto en la galería, antes de venderlo. Lu Shing pintó varias versiones y añadió un elemento propio: un pequeño valle dorado que se distingue a lo lejos. Debo decir que no me gustó la alteración. El original tenía una belleza oscura, una temblorosa sensación de incertidumbre, que él eliminó. Pero era un artista joven, deseoso de encontrar sentido a las cosas.

Yo había buscado certezas y el cuadro de Lu Shing me había hecho sentir que estaba a punto de encontrarlas. Me alegré de que hubiera cambiado el original. El valle dorado que había añadido era creación suya.

Lu Shing había vendido sus reproducciones en la galería, hasta que reunió suficiente dinero para viajar a Estados Unidos, contrariando los deseos de su familia. Danner le dio una carta de presentación para uno de sus mejores clientes: Bosson Ivory II, coleccionista de paisajes. Al señor Ivory le encantó la idea de sumar un pintor chino a su lista de artistas protegidos. Durante varios años, Lu Shing disfrutó de la hospitalidad de los Ivory en Croton-on-Hudson, que pagó con sus pinturas. En las cartas que escribía periódicamente a Danner, le contaba que el señor Ivory enrollaba sus lienzos y los guardaba fuera de la vista.

Al final de la comida, Danner me anunció que la cena estaría servida a las doce de la noche y que Lu Shing se reuniría con nosotros para cenar, lo mismo que la gata *Elmira* y posiblemente la inquilina del segundo piso, una mujer china que daba clases de inglés a caballeros. Me hizo gracia que enseñara inglés porque justo era la historia que yo me había inventado para las mujeres del barco. Le mencioné la coincidencia a Danner.

—En una ciudad con tantas mujeres desesperadas y tan pocas oportunidades, encontrarás muchas coincidencias —repuso él—. La elección de mi inquilina es bastante común, y en realidad no son clases de inglés lo que ofrece, aunque sus habilidades comunicativas son bastante buenas. La verdad es que tiene un acuerdo con dos hombres, uno de día y otro de noche. Les hace compañía de manera regular, y ellos le dan a cambio una asignación en metálico.

—¿Les hace compañía? ¿Cómo?

—Es una dama de la noche, querida mía. «Prostituta» sería un término demasiado crudo. Digamos que es una amante profesional. Pero no mía, ¿eh? —Se echó a reír—. Veo que te he escandalizado. No dirijo un burdel, si es lo que estás pensando. Es una vieja amiga mía. La conocí hace tiempo, cuando llevaba una vida más respetable. Pero las circunstancias cambian con sorprendente rapidez en esta parte del mundo, y una mujer sin marido tiene pocas salidas. Podría haber sido trapera, lavandera o pordiosera. Podría haber trabajado en un burdel barato o directamente en la calle. Pero en lugar de eso, aceptó mi proposición de alquilar las habitaciones de la segunda planta y recibir allí a caballeros. Nunca te cruzarás con sus visitantes. Entran por el otro lado de la casa, por una puerta que da a otra calle. Cuando la conozcas, verás que es interesante y muy simpática. Le cae bien a todo el mundo. Se llama Paloma Dorada.

A pesar de lo que había dicho Danner, la presencia de esa mujer me alteró los nervios. Tenía la desagradable sensación de que mis circunstancias se parecían demasiado a las suyas. A mí también me visitaba un caballero que me pagaba el alojamiento.

El culi de Lu Shing trajo una nota para confirmar que su patrón nos visitaría esa noche, y tal como había prometido, Lu Shing se presentó poco antes de las doce. Danner ya había hecho servir la mesa con muchos platos recién preparados, pero yo no tenía apetito. Subí inmediatamente con Lu Shing a mi habitación y me puse a observarle la cara para tratar de adivinar su estado de ánimo. Vi fracaso y desesperación. Le hablé de la mujer que vivía en el piso de arriba y le dije que si me abandonaba, correría la misma suerte que ella. Me contestó que no debía atormentarme con ideas desagradables que nunca se harían realidad.

—¿Has vuelto a intentarlo? —pregunté—. ¿Les has hablado de mí?

Danner me había dicho que era imposible cambiar a una familia china, pero yo quería que Lu Shing fuera tan perseverante como yo y también que sufriera tanto como había sufrido yo. Estábamos tumbados de costado en la cama, frente a frente.

—Quizá no debería alimentar falsas esperanzas —dijo—, pero se me ha ocurrido una posibilidad. Creo que primero debería ablandarle el corazón a mi madre para que ella nos ayude con mi padre. Si el niño que esperas es un varón, será el primero de su generación en la familia. Y como será mi primer hijo, su nacimiento se convertirá en un gran acontecimiento. No te garantizo que lo acepten porque no será de pura raza china. Pero como es el primogénito, no podrán ignorarlo.

Esa perspectiva fue una nueva dosis de opio para mí. Volví a sentir la dulzura en el aire. La tristeza se había desvanecido. ¡Había una manera! ¡El primogénito del primogénito! Me alegró tanto su respuesta que ni por un momento consideré la posibilidad de que mi bebé pudiera ser una niña y de inmediato me puse a hacer planes para mi nueva vida con una familia china. Para empezar, tenía que aprender a hablar chino.

Me presenté a la mujer del piso de arriba, Paloma Dorada, que efectivamente resultó ser muy agradable. Tenía unos veinticinco años y era muy atractiva, aunque sus facciones resultaban ligeramente asimétricas, con uno de los pómulos un poco más alto que el otro y el lado derecho del labio superior levemente curvado hacia adentro. Me alegró comprobar que hablaba inglés. Aunque su dominio del idioma no era tan perfecto como el de Lu Shing, podíamos conversar sin problemas. Me habló con franqueza de su vida, adelantándose a todas mis preguntas. Sus padres la habían abandonado al poco tiempo de nacer y había crecido en un colegio de misioneros estadounidenses. A los dieciséis años se había enamorado de un hombre muy guapo y se había fugado del colegio, pero al cabo de un año el hombre la había abandonado y ella había tenido que entrar a trabajar en una casa de cortesanas. La vida allí era bastante llevadera. Tenía muchos admiradores y podía moverse con libertad. En una librería había conocido a Danner, y a menudo solían tomar té juntos. Pero hacía dos años, había cometido el error de iniciar una relación amorosa y su infidelidad había enfurecido a uno de sus pretendientes, que le había roto la mandíbula y la nariz. Danner la había recogido en su casa para que se recuperara de las heridas y desde entonces vivía allí.

—La vida que tenemos no siempre es la que hemos elegido.

No le pregunté por los hombres que recibía. En parte, me daba miedo descubrir similitudes con Lu Shing: familia acomodada, hombre joven que se negaba a hacerla su esposa o su concubina... En cualquier caso, las semejanzas que pudiéramos tener en ese momento no iban a perdurar. Yo era estadounidense y tenía más oportunidades, aunque no estaba muy claro cuáles serían. Mientras tanto, trataría de mejorar mis perspectivas. Le pedí a Paloma Dorada que me diera clases de chino.

—Me has elevado a la categoría de profesora —respondió sonriendo—. Es lo que en otro tiempo deseaba ser.

Lu Shing venía a visitarme a horas impredecibles. Yo esperaba a diario la llegada de su culi, el mismo que me había cuidado el primer día, con una nota para anunciarme si Lu Shing vendría ese día o al siguiente. Lo oía llegar corriendo y atravesar la reja gritando en chino:

—¡Aquí está!

Y entonces se me aceleraba el corazón. Los mensajes de Lu Shing venían escritos en papel de color crema, dentro de sobres a juego, guardados en una bolsa de seda para que las manos sucias del criado no los mancharan.

«*Querida Lucía...*», empezaban las misivas, escritas siempre con la misma caligrafía elegante y perfectamente ejecutada, tanto para presentar una excusa como para anunciar la hora de su llegada, como si en todos los casos Lu Shing escribiera despreocupadamente y sin prisas mientras saboreaba el té de la tarde. Podía visitarme temprano en la mañana, a última hora de la tarde o casi de madrugada. Nunca venía a la hora del almuerzo ni de la cena. Yo intentaba parecer alegre durante sus visitas, consciente de que en los últimos tiempos estaba cayendo en el mismo estado de exasperación y propensión a la crítica que mi madre. Pero no era fácil disimular lo que sentía cuando Lu Shing parecía cómodo y feliz con nuestro arreglo. No podía ocultarlo cuando las manchas rojas de la furia se me empezaban a extender por el cuello y el pecho.

Para que no me hundiera en mi tristeza, Danner se ofreció con entusiasmo para enseñarme Shanghái. Como era tan corpulento, teníamos que contratar dos *rickshaws*. Los conductores siempre se alegraban de verlo porque les daba buenas propinas. Comíamos en restaurantes franceses, visitábamos bazares y tiendas de antigüedades, asistíamos a los espectáculos de vodevil que montaban unos judíos rusos y hacíamos excursiones en barco por el río Suzhou. La ciudad nos ofrecía un sinfín de distracciones, y yo iba enhebrando una con otra para tratar de olvidar mis problemas y la ausencia de mi amante. Pero en cuanto terminaba el paseo, volvía a mis preocupaciones.

Una tarde le pregunté a Danner si podíamos dar un rodeo en el camino de vuelta para pasar delante de la casa familiar de Lu Shing, pero él me dijo que no sabía dónde estaba.

—No te miento —me aseguró—. Un día de éstos te mentiré y entonces comprobarás que lo hago muy mal. En esta ciudad hay muchos mentirosos, por lo que a estas alturas debería haber aprendido de ellos. Sin embargo, nunca he tenido motivos para ser deshonesto. No tengo un pasado criminal, ni estoy aquí para estafar a nadie. Los que vienen a Shanghái siempre tienen un motivo poderoso para hacerlo. La mayoría vienen a hacer fortuna; en los fumaderos de opio encontrarás a muchos que han fracasado. Yo vine con un amigo muy querido, que había conocido en la universidad. Era un artista y se consideraba un orientalista por influencia estética. Tuvimos una vida maravillosa juntos. Murió de neumonía hace nueve años. Hace tanto tiempo, hace tan poco...

—Siento mucho tu pérdida —dije.

Me respondió con una sonrisa triste.

—He engordado hasta adoptar el tamaño de los dos juntos. Éramos inseparables, como hermanos gemelos, como el signo de Géminis, compatibles en todos los sentidos..., excepto en las borlas y los pompones, que eran cosa suya.

Danner era homosexual. Pensé en mi padre y en sus aventuras con hombres y mujeres. Me había enfurecido descubrir que era capaz de dar su amor a tantos otros y nunca a mí. Pero nunca lo había oído hablar con afecto de ninguno de ellos, de nadie, ni siquiera de la señorita Pond. No los quería, como tampoco me quería a mí. Tal vez yo habría seguido siendo incapaz de amar y de ser amada si no hubiera conocido a Lu Shing. Pero a diferencia de Danner, yo no podía decir que tuviéramos una vida maravillosa juntos.

—¿Cómo se llamaba tu amigo? —le pregunté.

—Teddy.

Cada vez que íbamos a una tienda de antigüedades, yo le preguntaba a Danner qué habría pensado Teddy de una estatuilla, de un cuadro o de un juego de porcelana.

—Habría encontrado terriblemente pretenciosas esas baratijas doradas... Y habría dicho que esas obras no son artísticas, sino vulgares imitaciones... Pero le habrían encantado los colores de esos cuencos.

Con el tiempo llegué a ser capaz de adivinar con asombrosa exactitud —como reconocía el propio Danner— lo que habría pensado Teddy en cada caso.

Cuando tenía ganas de llorar, o me sentía furiosa o asustada por las incertidumbres de mi nueva vida, Danner me consolaba.

—Me siento muy sola —le decía yo.

—Teddy me dijo una vez que es natural que nos sintamos solos porque los corazones de cada uno de nosotros son muy diferentes entre sí y ni siquiera sabemos cómo ni en qué sentido. Cuando nos enamoramos, como por arte de magia, nuestros corazones abandonan sus diferencias, encajan perfectamente y tienden juntos hacia un mismo deseo. Con el tiempo, vuelven a aparecer las diferencias, y entonces vienen los desengaños y las separaciones, y entre medias, el miedo y la soledad. Si el amor persiste pese al dolor de las diferencias, hay que preservarlo como una joya rara. Eso decía Teddy y eso era lo que teníamos él y yo.

Lu Shing trajo sus pinturas. Quería pintar mi retrato.

—Nunca nos vemos a nosotros mismos como nos ven los demás —dijo—. Por eso quiero enseñarte lo que veo en ti y lo que siento. Te pintaré como Lucía, la mujer que amo.

Me hizo sentar en un sillón y orientó la lámpara para iluminarme la cara. Me hizo posar con el pecho desnudo, aunque sólo iba a representarme de los hombros para arriba.

—Quiero que la pintura transmita tu sensualidad, tu espíritu libre y el amor que sientes por mí. Desnuda, eres más libre de ser tú misma.

—Es difícil ser yo misma con esta panza enorme.

Estaba un poco enojada porque él había llegado tarde dos noches seguidas.

—Siempre me ha parecido imposible captar el instante inmortal —prosiguió—, pero tú dijiste una vez que yo lo había conseguido. Por eso ahora estoy inspirado para intentarlo.

Cuando le dije que quería ver surgir ese momento sobre el lienzo, me contestó que tendría que esperar hasta que estuviera terminado.

—Un momento no es lo mismo que el tiempo.

Las noches que podía venir a verme, pasaba una o dos horas pintando. Yo simplemente lo miraba a los ojos cada vez que levantaba la vista de su trabajo. Su expresión eran sombría y concentrada, y a veces me daba la impresión de que sentía tan poco por mí como por el sillón donde estaba sentada. Pero entonces dejaba el pincel y ponía punto final al trabajo. Su cara se encendía de adoración y de deseo, y me llevaba a la cama.

Yo estaba impaciente por ver el retrato y saber qué veía él en mí y quién creía que era yo. En *El valle del asombro* había captado mi espíritu inmortal. Recordé lo mucho que me había sorprendido cuando me reconocí en ese largo valle verde y sospeché que mi alma era el valle dorado que se distinguía a lo lejos. Mi verdadero yo no tenía nada que ver con un aspecto pulcro y arreglado, los buenos modales o la arrogante opinión de mis padres. No era necesario que ocultara mis defectos. Ya no los tenía porque no era preciso que volviera a compararme con los demás. Yo sabía algo y tenía la certeza de que era algo importante, pero no podía recordar qué era. Siempre se me escapaba. Si hubiese podido atrapar esa certeza, no me habría atormentado la duda, ni habría sufrido pensando si él me amaba o no, ni si debía irme o quedarme. Esperaba que la nueva pintura me ayudara a recuperar esa certidumbre.

Dos semanas después de empezar, me regaló el cuadro, con una inscripción al dorso en chino y en inglés: «Para Lucía, con ocasión de su diecisiete cumpleaños.» En realidad mi cumpleaños había pasado mientras estábamos embarcados. La pintura era a la vez hermosa y perturbadora. Aparecía yo sobre un fondo negro, en un espacio vacío e informe, como si no perteneciera a ninguna parte. Mis hombros eran de un blanco lechoso por un lado y se confundían con la sombra por el otro. El cuadro se extendía hasta mi cintura, y sobre mi pecho había una lustrosa pieza de satén que yo sostenía con una mano, transmitiendo la erótica sensación de ser a la vez pudorosa y proclive a la indecencia. Los iris verdes de mis ojos eran anillos finísimos, pero las pupilas eran grandes y negras, tan negras como el lugar sin nombre donde me encontraba. Me recordaban la primera vez que había visto de cerca los ojos de Lu Shing y había pensado que eran tan oscuros que nunca podría asomarme a ellos y descubrir quién era él de verdad. Cualquiera que hubiese visto el cuadro habría confirmado que yo era la modelo. Pero aunque estaba bien ejecutado, yo no quería ser esa chica de mirada vacía, incapaz de ver más allá del pintor, como si él fuera a ser siempre todo su mundo. Ése no era mi espíritu, sino lo que quedaba después de perderlo. Lu Shing no me conocía, y lo que más miedo me daba era que yo tampoco. Él amaba a una chica que no existía. No me conocía íntimamente. Sin embargo, la idea de dejarlo era inconcebible porque entonces habría destruido lo que había en la pintura del valle verde: el amor por mí misma.

—Me has hecho muy hermosa —le dije.

Me alegré de que estuviéramos en la penumbra para que no viera que el cuello se me había llenado de manchas rojas. Expresé mi admiración y traté de encontrar multitud de aspectos positivos al retrato para disimular mi decepción. Después le pedí a Lu Shing que cambiara mi nombre en la dedicatoria, tanto en chino como en inglés.

—Prefiero que escribas «Lucrecia Minturn» —dije—. Si el cuadro pasa a las futuras generaciones de tu familia, quiero que conozcan mi verdadero nombre.

Esperé su reacción, pero no me miró.

—Por supuesto —dijo.

Le pedí que pintara otro cuadro para mí.

—La pintura del valle —dije—. ¿Podrías reproducirla de memoria?

Me la trajo tres días después. Sospeché que me había dado una de las muchas copias que tenía en casa, una de las muchas representaciones donde era posible hallar mi auténtico yo.

A los tres meses me había crecido tanto el vientre que ya no podía ponerme la ropa que tenía. Danner y Paloma Dorada me llevaron a un sastre para que me hiciera varios vestidos nuevos, pero me resultaba más cómodo vestir como mi anfitrión, con pijamas y túnicas sueltas. El bebé se había convertido en una presencia real para mí y no simplemente en una solución para conseguir que la familia de Lu Shing me aceptara. Mi futuro dependía de ese niño, pasara lo que pasase. No podía permitirme ninguna otra expectativa. A veces Lu Shing me visitaba todas las noches durante una semana entera, y justo cuando yo empezaba a acostumbrarme, desaparecía durante toda la semana siguiente y entonces yo me hundía en el inframundo de los abandonados. Cuando volvía, siempre tenía una excusa razonable para justificar su ausencia. Me decía que había tenido que asistir a su padre como intérprete en una importante reunión sobre exención de aranceles, o que su madre había caído enferma y le había pedido que se quedara a su lado. Yo desconfiaba de su sinceridad, pero no quería acosarlo con preguntas y descubrir que quizá mis sospechas eran fundadas.

Con el tiempo, dejamos de hacer el amor con tanta frecuencia como al principio. Supuse que sería a causa de mi embarazo: una mujer redonda como un globo no debía de parecerle una consorte atractiva. Pero me di cuenta de que casi nunca se quedaba más de un par de horas y que siempre parecía tener mucha prisa cuando se vestía. Al final empecé a sospechar lo que estaba ocultando y se me formó un nudo en la garganta. Un día, me obligué a mantener la calma, contuve las lágrimas y traté de controlar el sonrojo que me encendía la cara y me llenaba de manchas el cuello. Cuando se detuvo delante de la puerta para despedirse, lo noté incómodo, con una cara de culpabilidad que desmentía todas sus promesas de fidelidad.

—¿Te has casado? —le pregunté casi sin emoción.

Guardó silencio un momento y vino hacia mí.

—No quería decírtelo hasta estar seguro de que podías recibir bien la noticia. Pero a veces te encontraba demasiado triste y otras, demasiado feliz. Ningún momento parecía bueno.

La verdad era perturbadora, pero su razonamiento me pareció débil y poco sincero.

—¿Cuándo creías que iba a ser un buen momento para decírmelo? ¿Cuando tuviera al bebé en brazos?

—Lucía, tú ya sabías que yo tenía una prometida. El matrimonio no cambia nada de lo que hay entre nosotros.

—No vuelvas a llamarme «Lucía». Esa chica ya no te pertenece. Mi nombre es Lucrecia.

—Me han obligado a casarme con una mujer por la que no siento nada. Pero tú todavía puedes ser mi esposa.

—Tu concubina.

—Todos te conocerán como mi Segunda Esposa. No tiene por qué ser una posición de debilidad si eres la madre de mi primer hijo varón. Con nuestro hijo, podrás vivir en tu propia casa, y aun así la familia te reconocerá como mi esposa. Para ti será mucho más cómodo que vivir en la casa familiar en calidad de Primera Esposa. Pregúntaselo a Paloma Dorada y verás que lo que digo es verdad.

—¿Y si no es un niño?

—No podemos pensar así.

Paloma Dorada me confirmó que era cierto lo dicho por Lu Shing acerca de ser su Segunda Esposa.

—Sin embargo —añadió—, hay una diferencia entre lo que es posible y lo que finalmente se hace realidad, sobre todo cuando es el hombre quien habla de posibilidades. Lo sé por experiencia. Pero quizá tus posibilidades no sean como las mías.

La noche que me puse de parto, en la fecha del aniversario del nacimiento de Lincoln, que en Estados Unidos habría sido un día festivo, Danner estaba en la planta baja, esperando al culi de Lu Shing. Paloma Dorada había pasado todo el día a mi lado, repitiéndome en inglés:

—Tienes que ser valiente, tienes que ser fuerte.

Después de soportar diez horas de dolor, no pude aguantar más y me puse a gritar y a jadear. Todas sus tranquilizadoras palabras en inglés se vieron reemplazadas por frenéticas expresiones en chino que yo no entendía y que me hacían preguntarme si no estaría a punto de morir. Por fin llegó el culi, con el familiar sobre de color crema y el mensaje escrito con la pulcra caligrafía de Lu Shing en el que me anunciaba que estaba obligado a asistir a un banquete para celebrar los sesenta años de una tía suya.

«El sexagésimo cumpleaños es uno de los más importantes», explicaba en la nota.

¿Un número era más importante que estar a mi lado el día del nacimiento de nuestro hijo? La única excusa que me habría parecido aceptable habría sido su muerte repentina. Danner le entregó una nota al culi en la que le comunicaba a Lu Shing que yo estaba a punto de dar a luz a nuestro hijo.

Una hora después, la comadrona china anunció solemnemente que el bebé era una niña y en seguida la depositó en mis brazos. Cuando rompió a llorar, yo también estallé en llanto. Lloraba por el dolor que la niña iba a tener que compartir conmigo y por las esperanzas que se habían desvanecido. Pero entonces mi pequeña dejó de llorar, y yo me enamoré perdidamente de ella. Me dije que la protegería y la cuidaría. No la desatendería como había hecho mi madre, ni pretendería cambiarla. La querría tal como era, por ella misma. Sería como las violetas que plantaba en el jardín cuando era niña, las que mi madre consideraba malas hierbas que habría sido mejor arrancar. Yo solía cuidarlas para que crecieran libremente y se extendieran sin trabas por todo el jardín.

Danner estaba encantado de tener en casa una «reina en miniatura», de la que pensaba ser el súbdito más fiel. Cuando le dije que había decidido llamarla «Violeta», por mi flor favorita, dijo que las violetas también estaban entre sus flores preferidas porque tenían unas caritas bonitas y expresivas. Me anunció que por la mañana enviaría a un sirviente a buscar violetas para plantarlas por todo el jardín.

La nebulosa nota de Danner obró el efecto deseado. Al cabo de dos horas, Lu Shing subía corriendo la escalera. Llegó con la mirada expectante, pero un segundo después había adivinado la verdad, por mi cara. Cuando levanté la manta con que había envuelto al bebé, no se inmutó, y si noté alguna emoción en su rostro no fue de maravilla, sino una ligera vacilación que expresaba su desencanto. No pudo disimularlo.

—Es preciosa —murmuró—. ¡Qué pequeñita!

Se esforzó por decir algunas naderías más sobre los rasgos de nuestra hija y después me miró con expresión interrogante. Estaba esperando que yo misma reconociera lo que el nacimiento de una niña significaba para mi futuro. En ese momento, lo odié. Seguramente pensaría que yo estaba decepcionada por haber traído al mundo un bebé sin pene y haber perdido así la oportunidad de ser aceptada en su familia. Entonces me di cuenta de que él veía a Violeta como el origen de todos sus problemas. Ella era la razón por la que yo lo había acompañado a Shanghái. Pero yo no podía permitir que Violeta fuera un motivo de decepción para nadie. Tenía que sentirse bienvenida por ser como era. Era mi hija, mi pequeña, la niña que yo quería más que a nadie en el mundo, más incluso que a Lu Shing.

—La he llamado «Violeta» —dije y, sin mirarlo, añadí—: La quiero más de lo que piensas.

Asintió. No me preguntó por qué le había puesto ese nombre, ni comentó en ningún sentido mi declaración de amor por ella.

Al día siguiente, se presentó una mujer, enviada por Lu Shing, para cuidar a la pequeña. Fue una señal de amor que me reconfortó. Pero ¿realmente era una señal de amor? ¿Una nodriza? Me molestaba tener que cuestionar todos los actos de Lu Shing. Cada vez que venía a visitarnos, traía regalos para Violeta. Yo observaba su cara mientras la sostenía en brazos, y no parecía feliz ni fascinado. Más adelante, cuando la niña aprendió a reír, él empezó a mirarla con más simpatía, pero yo seguía sintiendo que no la quería tanto como yo. Si la hubiese querido de verdad, habría luchado para que su familia la aceptara. Cuando Violeta lloraba con los puños apretados y la cara enrojecida, él se interesaba por ella, pero no sufría tanto como yo y no hacía nada por consolarla.

—Ningún padre tiene ese instinto —me dijo Danner en una ocasión.

—Si es verdad que la quiere, ¿por qué se niega a poner su nombre en el certificado de nacimiento?

—Porque no desea que sea su hija ilegítima. Es mejor que esperes hasta que puedas ocupar una posición oficial dentro de su familia.

—¿Es mejor para ella llevar el estigma de hija ilegítima? ¿Qué pasará si su familia no me acepta nunca? No dejaré que Violeta tenga que vivir con gente que se crea superior a ella, ni que nadie la desprecie.

—Tengo la solución —dijo Danner.

Se fue de la casa sin más y volvió al cabo de dos horas, con un documento que certificaba mi matrimonio con Philo Danner. Supuestamente, nos habíamos casado dos meses antes del nacimiento de Violeta. Después me enseñó el acta de nacimiento de Violeta Minturn Danner.

—La he inscrito en el consulado americano —dijo—. Ya es ciudadana estadounidense. Ahora sólo tienes que enseñarle a cantar el himno.

Me eché a llorar de emoción. Danner le había regalado a Violeta el don de la legitimidad.

—Si prefieres casarte con otro —prosiguió él—, puedo volver a buscar al hombre que hizo los certificados. Es uno de los mejores de Shanghái. Impresos de apariencia perfecta, sellos rojos, caracteres chinos, jerga judicial en inglés...

Para celebrar su paternidad, Danner le compró a Violeta un moisés y un sonajero de plata con una borla.

—Mis puritanas plegarias han sido escuchadas. ¡Por fin soy padre!

Violeta tenía el pelo castaño y los ojos verdes, como yo. Aunque tenía la tez clara, la forma de los ojos la hacía parecer más china que blanca. Danner no estaba de acuerdo conmigo. Decía que había heredado los rasgos del lado italiano de la familia de Teddy. Como para complacerlo, Violeta cambió a lo largo del año siguiente, hasta el punto de que los desconocidos que la veían y la admiraban solían pensar que tenía sangre italiana o española.

Danner y yo vivíamos en muchos aspectos como un matrimonio. Por lo general comíamos juntos. A menudo se nos sumaba Paloma Dorada, que ejercía de tía de Violeta, y los tres nos turnábamos para hablar maravillas de nuestra pequeña. Nos fijábamos en cada cosa nueva que hacía y en todo lo que parecía interesarle. Cuando tenía once meses, Violeta llamó «papá» a Danner, y él se echó a llorar y dijo que pocas veces se había sentido tan feliz en toda su vida. Cuando salíamos a pasear, hablábamos del futuro de la niña, de los colegios a los que asistiría y de los chicos que le convendría evitar. Nos preocupábamos juntos por su salud y discutíamos acerca de los mejores remedios para aliviar sus crisis de llanto.

Danner la llevaba a las jugueterías y le compraba todo lo que ella señalaba. Al final tuve que decirle que doce cajas sorpresa con muñecos dentro eran más que suficientes. Violeta lo adoraba y se reía a carcajadas cuando él la llevaba montada en su barriga enorme. Pero yo me daba cuenta de que cualquier peso extra lo cansaba terriblemente. En seguida tenía que sentarse para recuperar el aliento. Preocupada por su salud, ejercí mis prerrogativas de esposa y le exigí que bajara de peso.

En mayo, cuando aún no había transcurrido un año de mi llegada a Shanghái, Lu Shing cayó en una insatisfactoria pauta de visitas esporádicas. A veces venía a verme tres días seguidos y después desaparecía durante una semana entera. Le había enseñado a Violeta a llamarlo *baba*, «papá», pero ella nunca le tendía los brazos cuando lo veía, como hacía con Danner. Las decepciones que me había causado Lu Shing se habían suavizado gracias a Violeta, que ocupaba la mayoría de mis pensamientos. Ella me había dado la plenitud. Cuando agitaba las manitas, se me pasaba el enojo. Verla gatear por el jardín y caer riendo entre los macizos de violetas me inundaba el corazón de asombrada felicidad.

Una calurosa tarde de mayo, que coincidía con la fiesta tradicional del Doble Cinco, la calle estaba mucho más tranquila que de costumbre. La mayoría de los vecinos, tanto chinos como extranjeros, se habían ido al río Suzhou a ver las regatas de las barcas dragón. Lu Shing estaba de pie en la quietud del jardín, con Violeta en los brazos, y allí le di la noticia. Había vuelto a quedarme embarazada.

Lu Shing le pidió a la nodriza que me diera comida buena para fortalecer al bebé que llevaba en el vientre. Ni una vez pronunció la palabra «niño». Yo sabía que los dos debíamos ser cautos, pero dejé que renaciera en mí la esperanza. No sólo por mí quería ser aceptada por la familia de Lu Shing, sino por Violeta. Esperaba que fuera reconocida como hija suya.

El bebé nació el 29 de noviembre de 1900, el día de Acción de Gracias. Lu Shing me había avisado de que estaría fuera un tiempo, asistiendo a su padre en su trabajo, pero acudió apenas tres horas después de que le enviáramos la noticia. Tomó al niño en brazos y estuvo un buen rato mirándolo y hablando del gran futuro que le aguardaba. Estaba encantado de que su hijo hubiera nacido en un día muy señalado, al día siguiente del cumpleaños de su abuelo. Según dijo, la proximidad entre los dos cumpleaños marcaba la continuidad de las generaciones. Se puso a comparar los rasgos del bebé con los suyos propios y señaló que el niño tenía, indudablemente, «la frente de la familia» y «la nariz de los Lu». Al ver mi expresión, me explicó:

—Es importante que vean el parecido para que sepan sin sombra de duda que el niño es hijo mío.

Entonces me dio un beso en la frente y me agradeció que le hubiera dado un hijo.

Al día siguiente, regresó cargado de regalos: ropa china para el bebé, un relicario de plata y una preciosa manta de seda. Dijo que el niño debía parecer chino cuando se lo enseñara a su madre. Se tenía que notar que pertenecía a una familia acaudalada.

Lo levantó, se lo acercó a la cara y le dijo:

—Tu abuela te ha estado esperando con impaciencia. Hacía ofrendas diarias. Tenía miedo de que sólo le nacieran nietas.

Las palabras de Lu Shing, que había hablado sin pensar, despertaron de inmediato mi suspicacia y me hicieron sentir mal.

—¿Tu mujer le ha dado una nieta a tu madre?

No se disculpó.

—Hoy es un día para estar felices, Lucía. Olvidemos todo lo demás y alegrémonos de que nuestro destino haya cambiado.

—¿Estás dispuesto a convertirme en tu Segunda Esposa? —le pregunté.

—Estoy dispuesto a intentarlo. Ahora tenemos más posibilidades.

—¿Cómo crees que será la actitud de tu familia conmigo? ¿De afectuosa bienvenida? ¿De tolerancia? ¿De resentimiento? Sé sincero. Está en juego mi felicidad.

—Es posible que nos lleve un tiempo.

Me habló de sus planes para hablarle a su madre y proponerle mi reconocimiento, pero yo no lo estaba escuchando. Durante la última hora no había hecho más que pensar en lo mucho que cambiaría mi vida si me iba de la casa de Danner. Allí tenía libertad y no había nadie que gobernara mis actos. Violeta adoraba a Danner y él la adoraba a ella. Además, Danner, Paloma Dorada y yo teníamos una buena amistad, basada en la confianza mutua.

—Prefiero seguir como hasta ahora —le dije a Lu Shing—. Puedes darme la posición que quieras en tu familia, siempre que Violeta y nuestro hijo también sean aceptados y reconocidos como hijos míos. Pero yo seguiré viviendo aquí, en casa de Danner.

Lu Shing pareció aliviado y en seguida volvió a hablar de la posibilidad de conseguir la aprobación de su familia cuando les enseñara a nuestro hijo.

—Quiero que nuestros dos hijos sean aceptados como miembros de la familia Lu —le dije—. Mientras tanto, serán considerados hijos de Danner, y tendremos certificados oficiales estadounidenses para demostrarlo. E incluso cuando sean aceptados, seguirán viviendo conmigo.

—Nuestro hijo tendrá que pasar algún tiempo con sus abuelos, sobre todo en las ocasiones importantes, para que quede establecida su posición legítima dentro de la familia.

—¿Y Violeta?

—Intentaré que la admitan y la traten bien. Pero no puedo cambiar el modo en que mis padres consideran al hijo primogénito de la próxima generación.

Jamás habría aceptado un arreglo semejante dos años antes. Pero ahora me daba cuenta de que sólo por estupidez o por orgullo habría querido imponer mi presencia a la familia de Lu Shing, arriesgándome a sufrir su rechazo. Mi propuesta no era una concesión, sino lo que verdaderamente deseaba. Podía renunciar a mi rencor y Lu Shing ya no tendría que ocultarme nada. Ese día se acostó en mi cama con nuestro hijo entre los dos. Me habló con afecto y me dijo todas las palabras tiernas que no le oía decir desde hacía un año. Pensaba comunicarle a su familia que iba a dividir su tiempo entre su casa y el otro hogar que tenía conmigo en el pasaje Floral Oriental. Pese a nuestra animada charla acerca del futuro, yo era realista. Era posible que sus padres no aceptaran a nuestro hijo como su legítimo heredero, pero no me importaría que así fuera porque yo seguiría teniendo a mis dos niños. Quizá me llevara otra decepción con Lu Shing, pero ya no dependería de él para ser feliz. Danner era mejor marido de lo que Lu Shing podría ser jamás y mucho mejor padre de lo que nunca había sido el mío.

Cuando Lu Shing se fue, le conté a Danner mis planes.

—No ha querido quedarse aquí en calidad de segundo marido —le dije bromeando—, así que tú seguirás siendo el primer marido y yo la Primera Esposa, y nuestra familia estará compuesta simplemente por Violeta, el bebé y nosotros dos. Lu Shing vendrá a visitarnos como antes. Puede ponerle al bebé el nombre chino que quiera, pero su nombre americano será Teddy Minturn Danner.

Danner estaba tan emocionado que se puso a sollozar hasta quedarse sin aliento.

A la mañana siguiente, Lu Shing llegó temprano, cuando Danner, Violeta y yo estábamos desayunando. Me di cuenta de que estaba impaciente por ver a su hijo.

—Está durmiendo y no podemos molestarlo —le dije.

Entonces me pidió hablar en privado.

Cuando salimos al jardín, me di cuenta de que mis sentimientos hacia él habían cambiado. Ya no lo necesitaba para ser feliz, ni para tener un hogar o un futuro. Me había liberado mentalmente y podía verlo tal como era: un hombre del que había estado enamorada y al que era posible que aún quisiera, aunque no lo sabía con certeza. Me pregunté si notaría la diferencia en mí.

—Mi madre ha aceptado ver a nuestro hijo —me anunció—. Le he dicho que tiene muchos de los rasgos de la familia Lu y que no me cabe la menor duda de que pertenece a nuestro linaje. Le dije que desde el primer momento me miró fijamente y me reconoció como su padre.

Su mentira me hizo reír.

—También le he dicho que se llama Lu Shen —prosiguió—. *Shen* significa «profundo». Habría querido elegir el nombre contigo, pero no tenía tiempo. Vi la oportunidad de hablarle a mi madre cuando no había nadie más en casa que pudiera oírme.

—Ciertamente, no puedo criticarte por haberle puesto un nombre chino porque yo ya le he elegido su nombre americano. Se llama Teddy Minturn Danner. «Teddy», y no «Theodore». No es un diminutivo. —Los dos nombres elegidos por separado eran la señal de la distancia que se había abierto entre nosotros—. Ahora me doy cuenta de que nunca te he preguntado qué significa *Shing*, tu nombre.

—«Realización» —dijo él—. Parece una burla porque nunca he realizado nada, ni contigo, ni con mi familia. He fracasado como artista, pero mi hijo compensará todas mis frustraciones y algún día será la cabeza de una gran familia.

Esas últimas palabras fueron como una dosis de opio para mi alma.

—¿Cuándo quiere verlo tu madre?

—Esta noche. Está ansiosa. Será mejor que lo lleve yo solo. Si lo acepta como nieto, se lo presentará a mi padre, y si él está de acuerdo, les diré que es necesario que te reconozcan a ti como su madre.

—¿Qué haremos si se niegan a reconocerme?

—Tú y yo lo criaremos fuera de la familia. Pero en ese caso no sería el hijo legítimo de una familia china y no tendrá derecho a su posición social ni a su herencia, y yo no quiero eso para él.

Le pedí que me dejara pensarlo unas horas y le aseguré que esa misma noche le comunicaría mi decisión y le diría si podía llevarse al niño sin mí.

Corrí a pedir consejo a Paloma Dorada y a Danner. Les dije que la familia de Lu Shing podía rechazarlo y que también era posible que lo aceptara a él, pero no a mí. Pasamos el día entero hablando, sopesando las posibilidades y reflexionando juntos. Sin embargo, si me daban consejos que se apartaban de lo que yo quería, no los escuchaba. Mi mayor deseo era que mis dos hijos, Violeta y Teddy, fueran reconocidos y tuvieran todas las oportunidades posibles para vivir la vida que ellos mismos eligieran.

Cuando Lu Shing se presentó esa noche, yo ya tenía a Teddy preparado y envuelto en su mantita. El padre de mis hijos venía acompañado de una nodriza, que traía un pijama de seda para el bebé. Lu Shing me abrazó con gratitud y me declaró su amor. Me dijo que al día siguiente por la tarde me devolvería a Teddy y que ni siquiera tendría tiempo de extrañarlo. Deposité un beso en la carita dormida de mi bebé y lo dejé irse.

No pude dormir, pensando en lo que sentiría la madre de Lu Shing cuando viera a Teddy. Imaginé lo peor, su cara de disgusto. Danner me hacía compañía e intentaba distraerme, contándome anécdotas del tocayo de mi pequeño Teddy. Le expresé mi preocupación de que todo fuera inútil y le agradecí que enumerara las razones por las que podía confiar en el éxito de Lu Shing. Empezó por la desesperada necesidad de la abuela de ver por lo menos un nieto antes de abandonar este mundo. Dijo que probablemente la señora sería indulgente con Lu Shing porque era su primogénito. Me habló de numerosas familias conocidas por la mezcla de razas. Y para terminar, dijo que Teddy era demasiado guapo para que su abuela lo rechazara.

A las nueve de la mañana, llegó el culi de Lu Shing, con el sobre habitual, dentro de una bolsa de seda.

Querida Lucía:

Nuestras esperanzas están próximas a hacerse realidad. Mi madre está encantada con él. Lancé un grito de alegría y seguí leyendo. *Confía en poder convencer a mi padre de que acepte a nuestro hijo como su nieto. Hablará con él mañana, cuando vuelva a Shanghái. Ahora le gustaría pasar más tiempo con el bebé, pues dice que de ese modo le será más fácil encontrar las palabras justas para superar los obstáculos cuando hable con mi padre. Debemos tener paciencia un día más.*

No me gustó que la madre de Lu Shing se quedara a Teddy otro día. Ya me había costado mucho pasar una sola noche sin él. Me pregunté si debía enviarle una carta a Lu Shing para pedirle que me trajera al bebé. Después de todo, si su madre estaba tan encantada con su nieto como él decía, seguiría encantada cuando volviera su marido. Finalmente, le envié una nota en la que le pedía que me devolviera a Teddy.

Por la tarde, cuando lo esperaba de vuelta con mi hijo, recibí una respuesta a mi mensaje:

Mi querida Lucía:

Cada vez son más los signos esperanzadores. Mi madre le ha enviado un mensaje a mi padre y él ha anunciado que volverá antes de lo previsto. Estará en casa esta misma noche.

Debí alegrarme de que estuviéramos haciendo progresos, pero no era feliz sin Teddy en mis brazos. Tendría que haber insistido en ir con él. ¿Lo estarían zarandeando demasiado? ¿Lo dejarían dormir? De pronto, otro pequeño temor, molesto como un grano de arena, empezó a reptar bajo mi piel. ¿Me lo devolverían? El grano de arena se me metió en el ojo y me puse tan nerviosa que salí a la calle y empecé a recorrerla sin parar, arriba y abajo. Danner no podía seguirme sin quedarse sin aliento. Al final, me sugirió que fumara un poco de opio para quitarme de la cabeza algo que de momento no podía cambiar.

A la mañana siguiente, Lu Shing envió un mensaje con más noticias positivas:

Mis hermanos y sus esposas han visto al bebé y también están encantados. A ellos también les ha parecido que tiene los rasgos de la familia. Mi padre está tan feliz con su nieto que ya ha empezado a hablar de su futuro. Todos los obstáculos están cayendo y cada vez tenemos más libre el camino.

Sentí que no podía celebrar esa victoria mientras no volviera Lu Shing con mi hijo. Danner y Paloma Dorada intentaron distraerme de mis preocupaciones, hablándome de todos los privilegios de que gozaría Teddy. También me advirtieron que tendría que inculcarle valores para que no se convirtiera en un burócrata corrupto. Mientras tanto, Danner hacía saltar a la pequeña Violeta sobre su barrigota, cantándole una cancioncita infantil y levantándola por encima de la cabeza cada vez que llegaba al final de una estrofa. Teddy regresaría por la tarde.

Por la noche, yo estaba frenética. Lu Shing aún no había llegado. Si se había retrasado, tendría que haberme enviado una nota con una explicación. Me puse a repasar todo lo que podía haber pasado, como por ejemplo que Teddy hubiera caído enfermo y no quisieran decírmelo. O tal vez que el padre de Lu Shing hubiera cambiado de idea y su madre quisiera conservar al bebé más tiempo con ellos para hacerle reconsiderar su postura. O también que la esposa de Lu Shing se hubiera puesto en contra y fuera necesario más tiempo para vencer su oposición. Pero ninguno de esos temores era peor que la realidad.

A última hora de la noche, el culi me entregó una nota escrita apresuradamente.

Mi querida Lucía:

No sé cómo contarte lo que ha sucedido...

Los padres de Lu Shing habían decidido quedarse a Teddy. Se negaban a reconocerme como su madre y lo consideraban hijo de la esposa de Lu Shing. Cuando se lo habían comunicado a él, su madre ya se había llevado al bebé. Ignoraba su paradero.

Si supiera dónde está, ya te lo habría llevado, Lucía, y ahora estaría en tus brazos. Estoy asqueado por todo lo sucedido e imagino tu horror.

Después me contaba que su familia lo había amenazado, diciéndole que si hacía el menor intento de volver a verme alguna vez, no le permitirían ver a Teddy nunca más.

Yo estaba temblando y no conseguía entender lo que leía en la carta. Bajé corriendo la escalera, pero el culi ya se había ido. Salí a la calle y corrí por el camino de Nankín, maldiciendo y llorando. Cuando finalmente volví, dos horas más tarde, Danner y Paloma Dorada estaban sentados a la mesa con expresiones sombrías. Habían leído la carta varias veces, intentando interpretar de todas las maneras posibles el significado de cada frase.

—Es un secuestro —dijo Danner—. Lo primero que haremos será ir al consulado de Estados Unidos.

Pero unos segundos después, el terror le transfiguró la cara. Con todo el nerviosismo y la emoción de estar a punto de lograr la aprobación de la familia Lu, habíamos olvidado inscribir a Teddy en el consulado como hijo de Danner y mío. ¿Cómo íbamos a denunciar la desaparición de un bebé que ni siquiera figuraba en los registros? Además, era muy posible que Lu Shing ya lo hubiera inscrito ante las autoridades chinas.

Me quedé tres días en cama, sin comer ni dormir, mientras Paloma Dorada y Danner se ocupaban de Violeta. Repasé minuciosamente todo lo sucedido. Había presentido el peligro. Tendría que haber acompañado a Lu Shing, al menos en el coche hasta su casa. Tendría que haber contratado otro coche para seguir al culi. No podía dejar de pensar que probablemente Lu Shing estaba al tanto del plan de sus padres desde el principio. Por fin se había librado de mí, su problema, la chica americana que nunca podría entender lo que significaba ser chino. No sentía nada por mí ni por la pequeña Violeta.

Danner sufrió casi tanto como yo. La presencia del pequeño Teddy había sido como recuperar un poco a su compañero muerto, y ahora sentía que los había perdido a los dos. Ya no comía insaciablemente, sino que apenas probaba bocado. Paloma Dorada se dispuso a encontrar a Teddy y me aseguró que lo conseguiría. Se dedicó a indagar entre sus amigas de las casas de cortesanas para ver si alguna conocía a un hombre llamado Lu que trabajara en el Ministerio de Asuntos Exteriores. Sin embargo, le dijeron que había miles de hombres con ese apellido.

—¿En qué sección del ministerio trabaja? —le preguntaban.

—Últimamente hay muchos extranjeros que presentan reclamaciones contra la administración —le decían, desconfiadas—. ¿Cuál es tu propósito? ¿Para qué lo buscas?

Cuando me recuperé lo suficiente para levantarme de la cama, lo primero que hice fue estrechar a la pequeña Violeta contra mi pecho por miedo a que ella también desapareciera. Se retorció para que la soltara y entonces la dejé en el suelo. Andando torpemente, se acercó a una pila de libros y la derribó. Me miró, buscando aprobación, y yo hice un esfuerzo para sonreírle. Para ella no existían el odio, ni la traición, ni la falsedad en el amor.

Un mes después de perder a Teddy, Danner se levantó de la mesa del comedor con un gruñido, quejándose de indigestión. Se fue a la cama a las diez de la noche y no volvió a despertarse.

Yo tenía el corazón demasiado maltrecho para sentir el agudo dolor de su muerte. Ya no me quedaba lugar para el sufrimiento y me negué a comprender lo que significaba su pérdida. Pero con el paso de los días, el lacerante vacío de su ausencia se fue haciendo cada vez más grande. ¿Dónde estaba el hombre que me había entregado la plenitud de su corazón, su compasión y su amor, el que me había acompañado en mis esperanzas y en mis derrotas, en mi furia y en mi tristeza? Danner había hecho de mí una mujer decente y le había dado a Violeta el privilegio de ser hija legítima. Me había equipado con una coraza para ser valiente y seguir adelante. Había sido el padre que me habría gustado tener, y me daba pena no habérselo dicho nunca. Nosotros éramos la pequeña familia que él siempre había querido. Le pertenecíamos, y él nos pertenecía a nosotros y lo sabía.

Cuando fui al consulado de Estados Unidos a informar de su muerte, descubrí que me había dejado en herencia todas sus propiedades: la casa, las pinturas, los muebles y todas las borlas y los pompones. Había sido su esposa y me había convertido en su viuda. Pero Danner tampoco había olvidado a Paloma Dorada. Había abierto una cuenta bancaria a su nombre, en la que había ido ingresando durante todos esos años el importe del alquiler que ella le pagaba. Paloma Dorada quería seguir pagándome la renta para poder quedarse en la casa y recibir a sus clientes; pero yo le dije que podía quedarse como invitada, y ella me respondió que yo era mejor que una hermana.

Aunque había heredado la casa, teníamos muy poco dinero para los gastos diarios y ya habíamos usado la mayor parte de las reservas para pagar el funeral. La venta de cuadros era la única fuente de ingresos de Danner. Solía vender uno o dos al mes y sólo después de una larga deliberación para determinar cuáles eran los más prescindibles. Llevé varias pinturas a una galería y me dijeron que no valían prácticamente nada. Como no podía permitir que los cuadros de Danner cayeran en manos de estafadores, me los llevé a casa y les dije a los sirvientes que no tenía dinero para pagarles. Dos de ellos se fueron, pero la niñera y el culi se quedaron. Dijeron que les bastaba con disponer de casa y comida, e incluso se ofrecieron para conseguir provisiones a precios muy inferiores de los que pagaría un extranjero. Se los agradecí sinceramente, pero todos sabíamos que no hacíamos más que aplazar lo inevitable. ¿Adónde irían entonces? Recorrí la casa haciendo un inventario de lo que podía vender: el sofá, el sillón grande con el cojín hundido, la mesa, la lámpara... Iba sorteando las pilas de libros que ocupaban el suelo y se amontonaban sobre la repisa de la chimenea, adornada con profusión de borlas y pompones. Libros y borlas. Me dije que el despilfarro de dos manirrotos serviría ahora para mantener a dos mujeres frugales.

Al principio, decidí vender solamente los libros que no pensaba leer nunca: obras sobre los beneficios médicos de las sanguijuelas, tablas de mareas y tratados sobre la mecánica de los instrumentos musicales y la densidad de los líquidos. Pero esos libros resultaron ser también los que nadie quería leer. Entonces tuve que deshacerme de los más fáciles de vender entre los británicos y los norteamericanos que acababan de llegar a Shanghái. Las historias de la navegación, las biografías noveladas de los grandes capitanes británicos y un atlas geográfico tuvieron un éxito asombroso. Cuando limpié el suelo de libros, empecé a vender los que se alineaban en las estanterías. Según mis cálculos, tardaríamos seis meses en quedarnos sin dinero, o incluso menos, si los libros que quedaban no tenían demanda. En todas las librerías preguntaba por un cliente llamado Lu Shing, explicando que había localizado un libro que le interesaba. Siempre llevaba conmigo una estilográfica con la punta afilada por si lo encontraba. Tenía pensado rajarle la cara, si no me llevaba a donde estaba Teddy, para que llevara bien a la vista la marca de su vergüenza.

Paloma Dorada y yo hicimos una lista de todas las maneras posibles de ganar dinero. Ella podía enseñar inglés y chino, y yo, hacer de guía para mostrar «los misterios de Shanghái» a los visitantes occidentales. Dejamos folletos en los comercios y clubes americanos, y pegamos anuncios en las paredes, cerca del consulado de Estados Unidos. Mientras tanto, yo visitaba las galerías de arte en busca de cuadros con nubes de tormenta, montañas y un valle verde, largo y estrecho. Todos los días recorríamos las calles de la Concesión Internacional en busca de lugares donde promocionar nuestros servicios y nos prometíamos que no nos daríamos por vencidas, pese al creciente número de personas que atestaban la ciudad. Danner me había dicho que la población había alcanzado ya el millón de habitantes, duplicándose en poco tiempo. Muchos de los hombres que veíamos en el Bund, por el camino de Nankín y en otras zonas de la Concesión Internacional, eran chinos adinerados, vestidos con trajes occidentales y bombines como el de Lu Shing. Cada vez que divisaba a uno, apretaba el paso para darle alcance y verle la cara. Cuando volvía a casa, estaba exhausta, pero nunca derrotada.

Todo ese esfuerzo nos sirvió para descubrir que ningún extranjero estaba interesado en aprender chino, excepto los misioneros, que ya tenían sus propios profesores. Encontré a algunos hombres estadounidenses dispuestos a contratar una visita guiada por Shanghái, pero todos nos tomaron por prostitutas y supusieron que les ofreceríamos además una visita guiada por los misterios de los genitales femeninos.

Un día caluroso, un hombre que me vio colgar un anuncio de nuestros servicios de visitas guiadas, me preguntó dónde había un *pub*. Le sugerí que fuera al Club Americano.

—Hay demasiados esnobs —respondió.

Le mencioné las tabernas del Bund. Me dijo que eran demasiado bulliciosas y que siempre estaban llenas de marineros borrachos. Quería un *pub* pequeño, que le recordara el que solía frecuentar en su ciudad.

—Siempre dicen que en Shanghái hay de todo —se quejó—, pero aún no he encontrado un lugar donde un hombre pueda beber una jarra de cerveza con sus amigos, fumar un buen cigarro y cantar viejas canciones al lado de un piano.

—Si lo que busca es un sitio hogareño, conozco el lugar adecuado. Se inaugura la semana próxima.

Le escribí el nombre y la dirección: «Danner's Pub, pasaje Floral Oriental, 18».

Cuando volví a casa, Paloma Dorada se puso a dar saltos de alegría al oír la noticia.

—¡Por fin! —exclamó y en seguida preguntó—: ¿Qué es un *pub*?

—Sea lo que sea —dije yo—, nosotras podemos hacerlo.

El *pub* de Danner fue cobrando forma a lo largo de los meses siguientes, con las sugerencias y las quejas de nuestros primeros clientes. Abrimos la primera semana con una mercancía patética: cerveza, puros baratos y un whisky tan malo que quemaba las entrañas. Nuestra principal baza resultaron ser nuestras canciones sentimentales. Le agradecí interiormente al señor Maubert que hubiera intercedido para que me cortaran los meñiques supernumerarios, ya que de ese modo había podido recibir clases de piano. Encontré junto al piano montones de partituras, la mayoría de baladas románticas. Cuando un cliente me solicitaba una canción que no teníamos, le pedía que me escribiera el nombre en una libreta y le prometía que a la noche siguiente la cantaríamos. Por la mañana, Paloma Dorada y yo recorríamos los anticuarios y las casas de empeño en busca de partituras. A veces teníamos éxito. Nuestros clientes también mencionaban sus preferencias en cuanto a whisky, cerveza y cigarrillos, y nosotras invertíamos cada día los beneficios de la noche anterior en la compra de licores y puros de mejor calidad, que vendíamos a precios cada vez más altos. Apliqué las técnicas memorísticas de mi madre para recordar los nombres de los clientes y darles personalmente la bienvenida cada vez que nos visitaban. Me reservaba un momento para hablar brevemente con cada uno de ellos y hacerlos sentir como en casa:

—¿Has recibido otra carta de tu novia? ¿Se ha recuperado tu madre de la indisposición?

Me compadecía de sus dificultades, les daba la enhorabuena cuando triunfaban y les deseaba buena suerte. Me daba cuenta de que esos pequeños gestos eran los que hacían regresar a nuestros clientes al día siguiente y muchos días más. Al cabo de seis meses, estábamos saturadas de trabajo. En otra calle encontramos una casa con los salones de la planta baja en alquiler. Tampoco nos fue difícil encontrar un piano de segunda mano y músicos sin trabajo. A nuestro segundo negocio lo llamamos Lulu's Pub.

Descubrí que el apetito de éxito de Paloma Dorada era insaciable. La calidad del brandy, el oporto y los licores que vendía iba en aumento, como también los precios que cobraba. Ganábamos mucho dinero, pero ella nunca se daba por satisfecha. Decía que había otras oportunidades y que quienes se movieran con rapidez podían hacer grandes fortunas. Lo sabía porque solía escuchar a nuestros clientes occidentales mientras hablaban de negocios. Tenía un gran talento para escuchar conversaciones ajenas. Nuestros clientes no sospechaban que una mujer china pudiera dominar lo suficiente el inglés como para entender sus coloquios, y ella sabía mantener la sonrisa constante de quien no entiende nada de lo que se dice a su alrededor, de manera que se volvía invisible para ellos.

De ese modo, escuchando sus conversaciones, concibió la idea de abrir un pequeño club social donde los hombres de negocios pudieran reunirse en un ambiente más elegante y tranquilo que el de una taberna. También sería más discreto que el Club Americano y otros lugares donde todo lo que se decía y hacía era de dominio público. No nos fue difícil alquilar unos salones en una casa más señorial. Había muchos locales vacíos, abandonados por empresarios que habían llegado con grandes ideas y habían quebrado. Decoramos las salas con sofás, sillones, mesitas redondas cubiertas con tapetes, macetas con palmeras, detalles de latón reluciente y suelos de mármol. Los mejores cuadros de Danner adornaban las paredes. Los otros se habían quedado en poder de un marchante, un hombre honesto que había sido amigo de Danner y que nos ayudaba a venderlos de uno en uno y a buen precio. Lo llamamos «Club de la Paloma Dorada». Además de buenos licores, servíamos té. En lugar de interpretar al piano melodías tradicionales para que las cantaran los clientes, contratamos a un violinista y a un violonchelista, que tocaban piezas de Debussy. Disponíamos de pequeñas salas privadas en alquiler, donde los hombres podían reunirse para hacer negocios y cerrar acuerdos. Como anfitriona de un club elegante, vestía con sobriedad, pero a la última moda. Lo mismo que en nuestros *pubs*, recibía a nuestros «invitados» —como los llamábamos— saludándolos por sus nombres. Paloma Dorada contrataba a los camareros y se ocupaba de que dominaran el oficio. Controlaba cuánto licor servían en cada copa (una medida y un chorrito más) y se fijaba en las preferencias de cada invitado y en lo que pedía para poder ofrecerle lo mismo la vez siguiente y sentarlo a la misma mesa.

Paloma Dorada ocupaba su puesto en las salas privadas, donde estaba siempre alerta. Se llevaba las copas vacías y regresaba con otras limpias, que procedía a llenar. Entre esos clientes más adinerados, los secretos eran más lucrativos. Allí nos enterábamos de los negocios que disfrutaban de una repentina marea de éxito y de los que se hundían sin previo aviso, y averiguábamos las razones de que así fuera. Sabíamos que algunos bancos recibían información anticipada para quedarse con la mejor parte de los beneficios y conocíamos los mecanismos que empleaban. También llegaban a nuestros oídos algunas maquinaciones ilegales, como la que involucraba a empleados de cuatro empresas diferentes que habían inflado sus cifras de ventas para atraer a inversores ingenuos. Y de ese modo aprendimos a reconocer los tratos fraudulentos.

—Tenemos más información para ganar dinero que la mayoría de la gente —decía Paloma Dorada—. Sólo nos falta decidir qué negocio queremos iniciar para poder utilizarla.

No tardamos mucho en pensárnoslo.

En Shanghái, había muchas cosas que tanto los chinos como los occidentales podían comprar, pero las compraban en diferentes comercios. Si abría sus puertas una lujosa peluquería para occidentales, al poco tiempo se inauguraba otra para chinos adinerados. Un salón de belleza para mujeres occidentales no tardaba en encontrar eco en un salón similar para señoras chinas de clase alta. En otras palabras, todo lo que estaba de moda entre los occidentales encontraba un mercado inmediato entre los chinos acaudalados. Cuando abrimos El Club Dorado para clientes chinos, descubrimos que allí se esfumaba la ventaja secreta de Paloma Dorada. Los huéspedes chinos sabían que ella los entendía y evitaban hablar de sus asuntos confidenciales en su presencia. Yo, por mi parte, no sabía suficiente chino para entender sus secretos, hasta que aprendí el arte del *momo*, que consistía en quedarme callada y memorizar todo lo que oía. Paloma Dorada recibía a los huéspedes, yo escuchaba sus conversaciones y después recitaba lo que lograba recordar. El primer día sólo pude repetir las frases más utilizadas: «¿Cuándo regresaste?», «¿Cuándo te vas?», «¡Eso es una tontería!». Pero en menos de un año ya entendía la totalidad de casi cualquier conversación de negocios. A eso había que añadir un amplio vocabulario de animales, flores y juguetes, aprendido de Violeta, que a los cuatro años hablaba inglés mezclado con el chino que asimilaba de su niñera. Hablaba los dos idiomas como si fueran uno solo.

Si un huésped buscaba una alianza de comercio exterior con una empresa estadounidense, Paloma Dorada mencionaba a nuestros clientes chinos la oportunidad de «una nueva relación de amistad». Yo hacía lo mismo con los clientes occidentales, y de ese modo, los clubes gemelos se convirtieron en proveedores de las piezas de rompecabezas necesarias para triunfar en el comercio exterior. Los pequeños éxitos de nuestros clientes suponían para nosotras un pequeño regalo, y los éxitos más sonados, una suculenta recompensa. Con el tiempo, decidimos cobrar honorarios y asegurarnos un porcentaje de los beneficios. Paloma Dorada seguía inquieta como siempre y me contagiaba a mí su inquietud. Cuanto más ricos eran los clientes, más emocionantes eran los negocios y mayores las perspectivas de ganancias.

—Si queremos atraer a hombres más ricos —me dijo un día—, deberíamos abrir una casa de cortesanas de primera categoría. Conozco una de muy buena reputación, cuya madama está dispuesta a vender el negocio.

Dos años después, inauguramos una casa que combinaba los dos lados de nuestro negocio: un club social para occidentales y una casa de cortesanas para chinos. La llamamos «Casa de Lulú Mimi», en chino, y «Oculta Ruta de Jade», en inglés. La ruta era el camino para que ambos mundos llegaran a encontrarse en un mismo terreno.

—Dentro de diez años —le dije yo en broma a Paloma Dorada—, habrás comprado diez países, y dentro de veinte años, serán cuarenta. Eres insaciable. Tienes la enfermedad del éxito.

A ella le gustó oírlo, pero respondió:

—De momento me doy por satisfecha. Necesitaba volver a mi pasado y cambiarlo. Hace diez años, tuve que irme de una casa de cortesanas con la cara destrozada. Ahora soy la dueña de una de las mejores casas de Shanghái. Y para que esto sea un éxito, sólo me falta convertirme en una mujer tranquila, despreocupada y tal vez incluso un poco perezosa.

Yo no estaba tranquila, ni era despreocupada, por lo que tuve que hacerme cargo de una parte de su trabajo. Al cabo de una semana, cuando Paloma Dorada vio mis ojos hundidos por la falta de sueño, me prometió que se volvería un poco más activa. Creo que sólo se proponía hacerme notar lo mucho que había trabajado hasta ese momento. Desde entonces, siempre lo tuve en cuenta.

Entre el té de la tarde y las fiestas nocturnas, yo jugaba con Violeta, le contaba cuentos, la bañaba, le cantaba canciones en chino y en inglés, y le decía lo mucho que la quería mientras la acostaba, la arropaba y esperaba a que se durmiera. Eran nuestros hábitos de amor y ella podía confiar en que nunca los olvidaría. Su niñera la cuidaba por las mañanas, cuando yo aún estaba durmiendo. De vez en cuando yo me echaba un amante, pero tenía la precaución de escoger siempre hombres inferiores a mí en dinero, poder o capacidad intelectual. Tras poner a prueba a mis candidatos, como había hecho con mis jóvenes estudiantes, conservaba a los que tenían experiencia y desechaba a los que carecían de ingenio y sentido del humor. Los utilizaba de manera egoísta y codiciosa, sin la menor contemplación por sus sentimientos. Me permitía sentir la excitación de los prolegómenos y la complacencia de los impulsos satisfechos, pero nunca la embriaguez del enamoramiento. Tampoco aceptaba preludios que pudieran ser interpretados como pruebas de amor. Mi amor pertenecía únicamente a Violeta, que con cuatro años se había convertido en una niña vivaz y caprichosa. Yo me alegraba de que fuera así porque nunca tendría que encerrarse en sus pensamientos.

Más o menos por esa época, descubrí que el corazón también puede comportarse como un niño caprichoso y que es preciso dominarlo. Cuando se me aceleraba indebidamente, sabía que había llegado el momento de sacar de su escondite los aborrecidos cuadros dejados por Lu Shing. Pasaba largo rato contemplando el retrato que me había pintado cuando yo empezaba a sufrir la incertidumbre, pero aún quería confiar en él, o tal vez me aferraba a una esperanza vana. Miraba el cuadro de cerca y penetraba en aquellas grandes pupilas oscuras, el portal del alma de una jovencita estúpida que amaba al pintor. Dentro de esas brillantes pupilas negras, Lu Shing había visto un espejo de sus deseos y mi voluntad de satisfacerlos, convirtiéndome en quien él quería que fuera. Después estudiaba la segunda pintura, *El valle del asombro*, siempre con el disgusto de haber creído alguna vez en la ilusión de mi auténtico yo, esa pureza interior que me exigía la preservación de mis cualidades originales. No sabía cuáles podían ser esas cualidades, pero estaba decidida a defenderlas para que nadie las alterara ni influyera en ellas. Sin embargo, había dejado que Lu Shing las modificara. ¡Con cuánta facilidad me había olvidado de mí misma! Había permitido que la ilusoria sensación del enamoramiento fuera mi guía, determinara mi camino en la vida y me dirigiera hacia un valle dorado que no existía, hacia una ciudad al otro lado del mar. Había viajado a ese lugar imaginario y había estado a punto de perder la cabeza, el corazón y el alma. Pero había aprendido a ser más lista que el amor. Aún conservaba la determinación de encontrar a Teddy. Sabía que era legítimamente mío, pero cada vez que pensaba en él, sentía un odio asesino y no el dolor de haber acunado alguna vez a un bebé que me reconocía y me sonreía. Cuando intentaba recordar su carita, sólo conseguía ver el rostro de Lu Shing mientras contemplaba a su hijo, y tenía que arrancarme el recuerdo de la memoria.

La única persona a la que me entregaba sin reservas era Violeta. Yo era su constante, la que marcaba las horas del alba y el crepúsculo, la que fabricaba las nubes con sólo señalar el cielo, la que volvía caluroso el tiempo al quitarle el suéter y lo volvía frío al ponerle el abrigo, la que descongelaba sus deditos ateridos con la magia del aliento y volvía fragantes las violetas agitándolas bajo su naricita. Yo era la que provocaba sus aplausos cuando le declaraba mi amor a todas horas y en todos los lugares para que supiera lo que yo sentía. Ella era la razón de mi existencia.

Uno de nuestros primeros huéspedes en la Oculta Ruta de Jade fue un hombre de poderoso atractivo llamado Fairweather, nombre que debería haberme servido como advertencia para no acercarme a él,* como yo misma le dije. Pero él me explicó que era un apodo afectuoso que le habían puesto sus numerosos amigos. Me contó que sus conocidos lo invitaban a sus cenas y fiestas, sabiendo que de no haber sido por el mal estado de sus finanzas, él les habría retribuido su generosidad. Pero algún día, cuando triunfara en Shanghái, les devolvería con creces todas sus invitaciones. Cuando hacía poco tiempo que lo conocía, me confesó que a causa de sus locuras de juventud su acaudalada familia lo había desheredado. Esperaba hacerse rico, o tal vez lograr que su padre lo perdonara, o quizá incluso las dos cosas.

Al comienzo, Fairweather me recordaba al primero de mis jóvenes estudiantes: el dios griego de ojos azules y cabellera oscura. Pero no tardé en encontrarlo mucho más atractivo que los otros hombres de mi pasado reciente. Desde el comienzo me anunció que se proponía hacerme gemir de pasión en la oscuridad de la noche y reír a carcajadas a la luz del día. Al principio me reí, pero de su descaro.

—Veo que me evita, señorita Minturn —me dijo una vez en tono jocosamente solemne—, pero la esperaré como Rousseau esperó a madame Dupin.

Con frecuencia sacaba a relucir ese tipo de referencias históricas, que combinaba con oscuras alusiones y extensas citas de obras literarias, para demostrar que procedía de un ambiente refinado. Sus frases ingeniosas obraban en mí el efecto del opio. Una semana después de conocerlo, le abrí la puerta de mi

* En inglés, *fair weather* significa «buen tiempo», pero *a fair-weather friend* quiere decir «un amigo por conveniencia». *(N. de la t.)*

dormitorio, y para mi desgracia, resultó ser un amante cuyo conocimiento de la naturaleza femenina superaba el de todos los demás. Tenía una disposición infinita para escuchar las quejas de una mujer y las aflicciones de su corazón solitario, y para expresarle después su compasión ilimitada y consolarla entre las sábanas.

Fue así como se enteró de mis pérdidas inesperadas, de las traiciones que atormentaban mi espíritu, de mi sentimiento de culpa por el daño infligido a los demás y de los momentos de soledad autoimpuesta. Supo de la debilidad que me había llevado a enamorarme del emperador de un cuento de hadas. Me consoló por la pérdida de Danner y de Teddy, y por el fin de mi confianza en la gente. Yo le contaba absolutamente todo porque él me daba a cambio las palabras que necesitaba escuchar: «Te han engañado», «Te mereces que te quieran»... Sólo para oírlo decir esas frases, que no eran sinceras, le regalé a manos llenas todos mis secretos, y él, a cambio, me robó lo más valioso que había en mi vida.

San Francisco
Marzo de 1912
Lulú Minturn

Antes de que Shanghái desapareciera a lo lejos, yo ya había registrado todo el barco, de la proa a la popa y de babor a estribor. Irrumpí una docena de veces en nuestro camarote con la esperanza de que apareciera Violeta, como en un número de magia. Iba por todas partes gritando su nombre con una voz que se quebraba en el viento. La sola idea de que aún estuviera en Shanghái me provocaba náuseas. Le había prometido que no me iría sin ella. Aún podía ver su cara, su expresión de alarma mientras yo me apresuraba a guardar todo en los baúles, pensando en lo que necesitaríamos en nuestro nuevo hogar. Había actuado con despreocupación y ligereza, en parte para aliviar sus dudas y su miedo. Pero no había conseguido calmarla. No estaba tranquila cuando Fairweather se la había llevado.

Intenté convencerme de que Fairweather y ella simplemente habían perdido el barco. Era probable que no hubieran conseguido el acta de nacimiento y el visado necesarios. O quizá no habían llegado a tiempo al muelle. Pero entonces recordé que el culi me había traído una nota en la que Fairweather me anunciaba que ya estaban a bordo y que se reunirían conmigo en la popa del barco. De repente, comprendí que me había enviado esa nota para asegurarse de que me embarcara y me fuera de Shanghái. ¿Qué podía significar eso? Repasé los detalles del engaño. Nos había dicho que necesitaba el acta de nacimiento de Violeta para tramitarle el pasaporte, pero no encontré el documento en el cajón. Era posible que la hubiera robado la última vez que había dormido conmigo. Había tenido múltiples oportunidades de espiarme mientras abría los cajones. Supuse que habría devuelto a Violeta a la Oculta Ruta de Jade en cuanto estuvo seguro de que yo me había embarcado. ¿Qué otra cosa podría haber hecho con ella? ¡Maldito canalla! Imaginé la cara de furia de Violeta y a Paloma Dorada intentando calmarla. Paloma Dorada le explicaría que habíamos sido víctimas de un engaño y le haría saber que yo necesitaba un mes para llegar a San Francisco y otro mes para regresar. Y cuando volviera, aún estaría furiosa conmigo por no haber prestado atención a sus temores y haberla dejado en manos de un hombre que nunca le había gustado y por el que incluso sentía desprecio. Le daría igual que me hubieran engañado o que yo estuviera loca de preocupación. Sólo sabría que la había abandonado.

Cuanto más imaginaba la expresión de su cara, más miedo sentía. De pronto, pensé que algo no encajaba. No era probable que Fairweather hubiera devuelto a Violeta a la Oculta Ruta de Jade porque no querría que nadie se enterara de lo que había hecho. Paloma Dorada habría llamado a la policía y lo habría hecho encarcelar. Para Fairweather, era mejor que todos creyeran que Violeta estaba en el barco conmigo. Pero ¿por qué razón iba a querer quedarse con Violeta? ¿No decía que era una niña malcriada? De repente, lo entendí todo: pensaba venderla. ¿Cuánto pagarían en una casa de cortesanas por una niña bonita de catorce años? En cuanto esa posibilidad entró en mi mente, ya no pude desprenderme del terror de que se materializara. Me dirigí de inmediato a un hombre que vestía uniforme blanco.

—Tengo que hablar en seguida con el capitán del barco —le dije.

Me contestó que él era sólo un camarero. Entonces entré corriendo en el comedor y le pregunté al encargado qué debía hacer para hablar con el capitán.

—Tengo que enviar un mensaje urgente. Mi hija no está en el barco.

Sentía que mi pánico aumentaba por momentos y sólo atinaba a pedir ayuda a todo el que veía con chaqueta blanca. Finalmente vino el sobrecargo.

—Por desgracia, se trata de una situación bastante frecuente. Una persona sube a bordo, su acompañante no llega a tiempo... Pero al final todo se arregla.

—Usted no lo entiende —repliqué—. Es mi única hija y está en manos de un rufián. Le prometí que la esperaría. Ella confiaba en mí. ¡Por favor, necesito enviarle un telegrama!

Me contestó que sólo era posible enviar mensajes relacionados con la navegación o avisos urgentes.

—¡Maldita sea su navegación! ¡Esto es una emergencia! ¿Cómo puede ser tan estúpido? ¡Si no puedo enviar un mensaje, entonces dele la vuelta al barco!

Para entonces, el médico de a bordo estaba a mi lado. Me dijo que en cuanto llegáramos a San Francisco, podría zarpar de inmediato hacia Shanghái.

—¿Me cree imbécil? ¿Piensa que no lo sé? ¿No se da cuenta de que se tarda un mes en llegar a San Francisco y otro en volver a Shanghái? ¿Qué habrá sido de mi hija para entonces? ¡Tengo que volver ahora mismo! ¿Hay un bote salvavidas? ¡Dígamelo! ¿Dónde están los chalecos? Soy capaz de volver a nado si es preciso.

El médico del barco me comunicó que harían todos los preparativos para proporcionarme un bote salvavidas y un marinero que me ayudara a remar, y añadió que mientras tanto debía serenarme y sentarme a beber un té y comer algo, antes de emprender el difícil viaje de regreso.

—Siéntese y meriende —me aconsejó—. Le calmará los nervios.

Y así fue, porque no volví a despertar en dos días.

Me desperté mareada, con unas náuseas terribles y con la horrible sorpresa de constatar que toda esa pesadilla no había sido un sueño. Durante lo que restaba de viaje, repasé mil veces los pormenores de lo sucedido. Era como formar una madeja de lana, tejerla en puntos apretados, destejerla y formar otra vez el ovillo, incansablemente. Veía a Violeta en la Oculta Ruta de Jade, en mi despacho, llorando con Paloma Dorada e insultándome. La veía en una casa de cortesanas, muerta de miedo y a punto de ser deshonrada. Veía su cara mientras Fairweather se la llevaba, llena de temor y de dudas. ¿Qué le había hecho yo? ¿Qué daño le había hecho?

Cuando llegamos a San Francisco, un hombre me estaba esperando en el muelle. Me entregó una carta y se fue. La abrí y sentí que las piernas se me ahuecaban y se hundían en el suelo. Era una misiva del consulado de Estados Unidos en Shanghái que me anunciaba la triste noticia de que Violeta Minturn Danner había muerto arrollada por un vehículo cuando cruzaba corriendo el camino de Nankín. Varios testigos habían declarado que la habían visto con dos hombres y que se había separado de ellos gritando que la estaban secuestrando. Por desgracia, los hombres habían huido antes de que pudieran ser detenidos.

No podía ser cierto. Tenía que ser otro engaño. ¿Dónde estaba el mensajero que me había entregado la nota? Casi sin poder hablar, me puse a suplicar a todos los que veía a mi alrededor que por favor me llevaran a la comisaría de policía. Tardé veinte minutos en encontrar un coche de alquiler que accediera a llevarme y una vez allí, tuve que esperar media hora a que me atendieran. Durante otra hora más, los agentes intentaron tranquilizarme, y finalmente, una señorita me aconsejó que me dirigiera a una oficina de correos y le enviara un telegrama a Paloma Dorada. Como en Shanghái era plena noche, la respuesta no podía ser inmediata. Me quedé sentada en la calle, junto a la puerta de la oficina de correos, hasta que por fin llegó el telegrama que esperaba.

Queridísima Lulú:

Lamentablemente, es cierto. Violeta murió en un accidente. Fairweather desapareció. El funeral fue hace tres semanas. Te envío carta.

Con cariño,

PALOMA DORADA

Si solamente hubiera perdido a Violeta, el dolor me habría atormentado toda la vida. Pero además sabía que mi hija había muerto sintiendo que yo no la había querido nunca. Sabía cómo era ese sentimiento porque yo misma lo había padecido cuando el amor me había abandonado. Me dolía que hubiera tenido que irse de este mundo sufriendo esas heridas. Imaginé su desconsuelo en las últimas horas. No importaba cómo había sucedido, si por accidente, por descuido o a causa de un engaño. Ella habría muerto creyendo que yo la había abandonado. No podía dejar de ver el miedo en sus ojos, amplificado para mí en espanto y en el horror de haberla entregado a cambio de un simple trozo de papel, una falsa acta de nacimiento que iba a permitirme ir en busca del bebé que había tenido en los brazos menos de dos días.

Ella siempre había sido una niña muy observadora, incluso demasiado, como lo había sido yo. Reconocía lo que era falso y lo que era obvio. Con su mirada clarividente, había visto el poder destructor del egoísmo. Lo había visto en mí. Había visto que el egoísmo teñía mi orgullo, mi amor y mi dolor. Yo me sentía con fuerzas para conseguir todo lo que quería, pero había dejado de verla a ella, a pesar de que la tenía justo delante de mí.

Violeta habría pensado que no la quería tanto como a su hermano y que estaba dispuesta a dejarla atrás con tal de reunirme con él. Pero él era el bebé que yo había sostenido tan sólo unas horas entre mis brazos, y ella, la hija que durante catorce años había andado agarrada de mi falda. Había creído equivocadamente que ella siempre estaría a mi lado y que si no le daba un día lo que necesitaba, podría dárselo al día siguiente o incluso al otro. La conocía mucho y la quería enormemente. ¡Pero qué poco se lo había demostrado cuando había empezado a crecer! Me parecía que se estaba volviendo independiente, como yo a su edad, y así justificaba que todo mi tiempo estuviera dedicado a los negocios. Se me había olvidado que a su edad yo no era independiente. Era más bien una niña solitaria, que sufría cada día por no ser tan importante para mis padres como un insecto muerto o un par de zapatillas manchúes rescatadas de un palacio quemado.

Si la hubiese tenido delante, le habría dicho que no era cierto que quisiera más al bebé. Estaba obsesionada con una falsa ilusión que había empezado cuando tenía dieciséis años y que no podía dejar atrás. La ira me impulsaba a exigir que todos mis sueños estúpidos se hicieran realidad. El bebé formaba parte de la ilusión. Pero en ese momento, finalmente, pude renunciar también a él.

Volví a la casa de mis padres. No la habían vendido, ni estaba ocupada por desconocidos, como había imaginado. Había resistido al gran terremoto, tal como me había contado la señorita Huffard en una de sus cartas. Mis padres aún vivían allí y no estaban destrozados, como yo pensaba. Mi madre me tomó suavemente de la mano y se puso a llorar. Mi padre se acercó y me dio un beso en la mejilla. El señor y la señora Minturn habían muerto, según me informó mi madre en un tono que me pareció respetuoso. No dijimos nada de lo sucedido.

Durante meses, vivimos instalados en la rutina. Coincidíamos en la mesa, pero llevábamos vidas separadas. No fingíamos alegría. Éramos amables y considerados, y en esos pequeños gestos, reconocíamos el daño que nos habíamos hecho mutuamente. Una vez sorprendí a mi madre mirándome con ojos trágicos. Todavía cuidaba el jardín, pero ya no la veía retirarse a su estudio para mirar los insectos. Los trozos de ámbar ya no estaban a la vista. Las colecciones habían desaparecido del despacho de mi padre. Yo enterré el recuerdo de la Oculta Ruta de Jade, que me parecía tan poco importante como un montón de arena.

Nuestras veladas eran tranquilas. No había fiestas, ni grandes cenas presididas por mi padre. El señor Maubert aún venía a cenar con nosotros tres veces por semana. Tenía la espalda encorvada y se había vuelto más bajo que yo. Cada vez que tocaba el piano para él, decía que hacía años que no se sentía tan feliz. Se conformaba con poco.

Seis meses después de mi regreso, les dije a mis padres:

—Estuve casada con un hombre muy bueno llamado Danner y tuve una hija, pero los perdí a los dos.

Mientras sollozaba, vinieron hacia mí, me rodearon con los brazos y se echaron a llorar. Los tres sabíamos que estábamos llorando por todo el dolor que habíamos causado y por el que seguiríamos padeciendo.

Marzo de 1914

Durante dos años, Lu Shing me envió cartas franqueadas desde San Francisco y desde Shanghái. En todas sus misivas, me decía que me había estado esperando en el hotel donde habíamos convenido reunirnos. Me repetía que su sincero propósito había sido llevarme a ver a mi hijo y añadía que su esposa había aceptado que lo viera. Me aseguraba que aún podía llevarme, pero me advertía que su hijo tenía unos lazos emocionales muy fuertes con la familia Lu. Era su heredero e ignoraba que era mestizo.

«Deberíamos ahorrarle la conmoción de descubrir su complicado origen», escribía Lu Shing. Cada vez que llegaba a esa parte de sus cartas, me ponía furiosa. ¿Me creería capaz de herir deliberadamente a mi hijo?

Su vigésima carta, que recibí hace dos semanas, repetía gran parte de lo que me había dicho en Shanghái. Pero esta vez añadía una nueva confesión:

Una vez te dije que nuestros nombres estaban conectados por el destino: Lucía y Lu Shing. Nuestros nombres fueron la señal para reconocernos y un cuadro nos hizo sentir que éramos almas gemelas. Todavía creo que eres parte de mí. Pero por las muchas maneras en que te he fallado, me enseñaste a verme tal como soy realmente. No eliminaste mis dudas, pero me obligaste a ver mis vacilaciones. Querías profundidad de espíritu, pero no te diste cuenta de que yo no tenía nada más que dar. Tú vives en mares profundos y yo floto en la superficie. Temo que esto que es verdad para mi arte, también lo sea para mi carácter. Por fin, llegado a este punto de mi vida, puedo librarme de las dudas y aceptar que soy menos de lo que esperaba ser y muchísimo menos de lo que tú creíste que era. Soy un hombre mediocre, Lucía. No te estaba escatimando nada. Nací pobre de corazón. Lamento que mis defectos te hayan hecho tanto daño.

Le respondí:

El bebé que perdí tenía dos días y se llamaba Teddy. No lo conocí más allá de esas pocas horas que lo tuve en mis brazos. Después de tantos años de buscarlo en vano, al fin me doy cuenta de que el niño que tan desesperadamente deseaba encontrar no existe. Lu Shen no es ese niño. Es tu hijo, es tuyo por completo, como Violeta es del todo mía. Ella es la única hija que he perdido. Es la única por la que lloro y la única que seguiré buscando vanamente a través de los años, aunque haya muerto.

CAPÍTULO 15
La ciudad al final del mar

Entre la Mano del Buda y Shanghái
Junio de 1926
VIOLETA

Encanto había dicho que cuando llegáramos a lo alto de la Mano del Buda, veríamos la ciudad a nuestros pies. Pero no vimos nada. Miré a Calabaza Mágica y a Pomelo, y me di cuenta de que se estaban mordiendo los labios. Emprendimos el descenso y seguimos avanzando por el estrecho valle, aferradas a una esperanza obstinada, pero no vimos nada hasta llegar al final de la hierba verde, en la cresta de la montaña. Por encima de nosotras, a través de las lágrimas, observé las estrellas como diez mil chispas de luz sobre un cielo negro; pero en seguida, cuando bajé la vista, vi otras diez mil chispas de luz a través de las mismas lágrimas. Seguí mirando a pesar de las dudas y me dije que lo que había allí no era el reflejo de las estrellas en un estanque, ni una nube de luciérnagas, ni las hojas temblando bajo una luna de plata. Me enjugué las lágrimas y vi lo que deseaba ver: un pueblo, una ciudad y un millar de luces que brillaban al otro lado de las ventanas.

Estallamos en gritos de júbilo.

—¡Sabía que tenía que estar ahí!

—¡Lo presentía!

—¡Vi la imagen mentalmente y he conseguido que se haga realidad!

Las estrellas y la luna iluminaban la sinuosa senda. A causa de la emoción, Calabaza Mágica y yo no notamos al principio que Pomelo se quedaba rezagada por el dolor de los pies hinchados. Retrocedimos, nos pasamos los brazos por los hombros para ayudarnos mutuamente y fue tal la dicha que inundó nuestros espíritus que nos sentimos flotar, como si se nos hubiera quitado todo el peso de encima. Mientras nos acercábamos a la población, yo respiraba profundamente para llenar los pulmones de aire fresco, en la confianza de que allí encontraríamos todo lo que nos había faltado la víspera. Antes esperaba lo peor, pero ahora confiaba en hallar lo mejor: una habitación limpia donde alojarnos, un baño caliente, una taza de té y algo de fruta. Imaginé un río que me llevara de vuelta a Shanghái. Ninguna de esas expectativas era demasiado optimista.

Pomelo insistió en que debíamos buscar a su amiga Encanto, que había escapado el año anterior. Queríamos que viera que nos había salvado.

En cuanto pudimos, buscamos dos *rickshaws* para que nos llevaran a la Casa de Encanto. Calabaza Mágica y yo nos sentamos en uno, y Pomelo se acomodó en el otro. Entre quejidos de dolor, logró poner los pies en alto y lanzó un profundo suspiro. Llegamos en diez minutos. No era extravagante, sino un establecimiento de elegancia clásica, adecuado para una ciudad modesta. Un sirviente nos anunció y Encanto debió de saltar de la cama en menos de dos segundos. Corrió a recibirnos en camisón y de inmediato agarró a Pomelo por los hombros, la miró a la cara y se puso a sacudirla con fuerza.

—¡No eres un fantasma! —exclamó al fin—. ¿Has visto que yo tenía razón? Ese canalla nos mintió. ¡Había un camino!

—Perpetuo ha muerto —dijo Pomelo simplemente.

Encanto retrocedió un paso.

—¿Qué? ¿Estás segura?

—Del todo. Vimos su cadáver y su cara. Pero ahora me duelen demasiado los pies para contarte nada más.

Encanto le indicó a la doncella que condujera a Pomelo a su mismo dormitorio para retirarle los vendajes de los pies. Después ordenó que le llevaran agua caliente y hierbas para lavárselos y aliviarle la hinchazón. A nosotras nos enseñaron nuestras habitaciones, que eran bonitos *boudoirs*. Una doncella llenó la bañera con agua suficientemente caliente para que se me desprendieran las capas rasposas de piel y volviera a sentir su suavidad. En cuanto salí del baño, otra sirvienta me envolvió en toallas y me ayudó a ponerme unos pantalones y una chaqueta suelta, al tiempo que otra doncella diferente dejaba té y bocaditos sobre la mesa. Comí vorazmente, como la campesina pobre en que me había convertido. Y en cuanto vacié la taza de té, me acosté y no me desperté hasta muy entrada la mañana siguiente.

Cuando nos sentamos a la mesa del desayuno, Pomelo dijo que parecíamos tan alegres y despreocupadas que casi no nos reconocía. Sin embargo, yo aún me encogía cada vez que maldecía a Perpetuo, temerosa de recibir una bofetada o de que me derribaran al suelo de un golpe. El miedo se había vuelto un hábito y sabía que tardaría un tiempo en superarlo.

Pasamos la mayor parte del día reposando los músculos doloridos. Mientras dos criadas nos masajeaban las piernas, una a cada lado, nos fuimos turnando para repasar las muchas maneras en que nos habíamos ayudado. Habíamos enfrentado juntas el miedo y las tres habíamos vivido para contarlo, lo que era suficiente para hermanarnos para el resto de nuestras vidas. Dejamos que Pomelo revelara a su manera las circunstancias de la muerte de Perpetuo. Al contar la historia, debió revivir en su mente toda la escena. Su expresión se volvió rígida cuando describió el agónico ascenso por las rocas, que había sido para ella como ir pisando brasas candentes. Nos contó que el dolor prácticamente la cegaba y que el sol abrasador se derramaba sobre ella con la intensidad de un horno. Sabía que los tigres esperaban al acecho en el bosque oscuro y el menor ruido la sobresaltaba.

Se volvió hacia nosotras para tocarnos los brazos.

—Ellas me cuidaron más que si hubieran sido mis propias hermanas. Podrían haber pensado en sí mismas, pero prefirieron quedarse para salvarme, aun a riesgo de sus propias vidas.

Respondimos con humildad, diciéndole que nos aburría oír hablar de nosotras. Finalmente, llegó al momento del relato en que Perpetuo estaba en el sendero, justo debajo de ella. Se puso a temblar, me aferró un brazo y bajó la vista al suelo. Nos dábamos cuenta de que se sentía otra vez allí, en la senda rocosa. Tenía los ojos desorbitados y la expresión crispada en una mueca de horror. Se le aceleró la respiración y por un momento no pudo hablar. De pronto, empujó con las dos manos unas rocas imaginarias, que pareció como si volviera a ver rodando por la ladera.

—Eran una docena —explicó—, pero sólo hizo falta una. —Hizo una pausa—. Muchas veces había deseado su muerte —prosiguió—, y con frecuencia pensé en matarlo. Pero si hubiese sabido... lo que iba a ver: el horror de su mirada cuando comprendió lo que iba a sucederle. Jamás podría haberlo imaginado, hasta que lo vi tendido en el suelo, semejante a las raíces retorcidas de un árbol, con la cara convertida en una masa enrojecida. Y yo no dejaba de preguntarme si lo había hecho yo, si había sido capaz de hacer algo así. Ahora ya no podré dejar de verlo con la cara destrozada. ¡Maldito sea! —Con rabia, se enjugó una lágrima—. Lo odio por haberme empujado a matarlo. Él me ha hecho inhumana.

Más tarde, ese mismo día, rememoramos el modo en que Perpetuo nos había engañado a cada una. Ninguna de nosotras lo había amado de verdad, pero con sus falsedades nos había inducido a creer que lo queríamos. Comparamos los poemas, las promesas, los regalos que nos había hecho y las historias familiares que nos había contado.

—¿Qué? ¿A ti te dijo eso? —comentábamos.

Analizamos sus artificios para averiguar si había algo de verdad entre tantas mentiras, si había algo bueno entre tanta maldad.

—Los poemas mediocres debían de ser suyos —dijo Calabaza Mágica—. ¿Para qué iba a robar unos poemas tan horribles?

—No estaba bien de la cabeza —intervino Encanto—. Debió de enloquecer cuando su padre cayó en desgracia.

—Me niego a sentir pena por él —dijo Calabaza Mágica—. Su pasado no lo justifica. Es sólo su pasado.

Yo no perdonaba a Perpetuo, pero conocía esa sensación de sentirse traicionado por mentiras que uno mismo se ha creído. Era como si se abriera una grieta en la pared a nuestras espaldas y no lo supiéramos ni lo notáramos hasta que toda la casa se nos cayera encima.

A primera vista, cualquiera habría pensado que el pueblo de Vista de la Montaña no era más bonito que el Estanque de la Luna por el lugar donde se encontraba. Pero bastaba dar un paseo para ver gente animada y alegre, agua clara y calles limpias. El Estanque de la Luna había sido una ilusión óptica, un lugar hermoso visto de lejos. Sin embargo, los que quedaban atrapados en su interior no tardaban en descubrir que el estanque era una ciénaga, las casas se venían abajo y la gente estaba rendida de tanto trabajar y se había vuelto suspicaz y mezquina.

Pomelo decidió quedarse en Vista de la Montaña. Con su parte del dinero, pensaba comprar una participación en el negocio de Encanto. El pueblo estaba creciendo y empezaba a haber competencia entre las casa de cortesanas.

—Vuelvan para visitarnos —dijo Pomelo.

—Ven a visitarnos tú a Shanghái cuando extrañes el pescado fresco de mar —le respondió Calabaza Mágica.

Encanto nos proporcionó unos trajes sencillos a Calabaza Mágica y a mí, y nos explicó:

—Es para que la gente de Shanghái no sepa de dónde vienen.

Contratamos a un carretero para que nos llevara al pueblo más próximo, a unos quince kilómetros de distancia. Se llamaba Ocho Puentes por el número de puentes que cruzaban el río, que de hecho era ancho y lo suficientemente profundo para permitir el paso de embarcaciones de pasajeros. De este lado de la montaña Celeste, según nos dijo Encanto, había carreteras, ríos navegables y trenes que conducían a Shanghái. Pero del lado del Estanque de la Luna, era como estar varado en la peor parte del pasado.

—Y para llegar a ese lugar de padecimientos, tuvimos que soportar un camino largo y difícil —comentó Calabaza Mágica.

Llegamos a otro puerto, probamos los platos locales de pimientos picantes y pescado de río, y nos quedamos a pasar la noche. Después alquilamos un coche para dirigirnos a otro pueblo ribereño y allí tomamos un barco. Cuanto más nos acercábamos a Shanghái, más grandes eran los barcos y mejores las posadas y la comida. Ya no se veían carros tirados por mulas, ni caminos enfangados, ni carreteros desbocados. Dos semanas después de despedirnos de Encanto y de Pomelo en Vista de la Montaña, llegamos a la estación ferroviaria de Hangzhou. Nos pusimos ropa limpia y, tras estudiarnos mutuamente las caras, tuvimos que reconocer una realidad imposible de ocultar: en el transcurso de un año, habíamos envejecido diez.

De camino a Shanghái, Calabaza Mágica insistía en que debíamos abrir nuestra propia casa. No dejó de parlotear ni un minuto sobre el estilo de la decoración y las características distintivas que fraguarían la gran reputación de la Casa de Calabaza Mágica.

Sin embargo, yo tenía mis propios planes, que empezaban por una visita al despacho de Lealtad Fang. Pero no pensaba pedirle un favor, como la vez anterior, sino un empleo.

Octubre de 1926

No fui a su casa. Me presenté en su oficina. Cuando me vio, se quedó boquiabierto.

—¿Eres un fantasma?

Tras más de un año sin vernos, lo miré con otros ojos. Aunque ya era un hombre de mediana edad, seguía siendo apuesto. De hecho, estaba más atractivo que nunca porque las líneas que le surcaban la cara transmitían madurez y carácter, o al menos eso me pareció.

—Te he extrañado —me dijo con una sonrisa.

Se puso de pie y se dispuso a rodear su mesa para venir a saludarme de la manera acostumbrada: un beso, una palmada en el trasero y una profunda inhalación de mi olor, como si se tratara del encuentro entre dos perros.

—No hagas cumplidos —le dije mientras me sentaba—. Somos viejos amigos.

Asintió.

—Se me olvidaba que eres una mujer casada. Bueno, cuéntame cómo va el matrimonio con ese rústico pueblerino. ¿Te has cansado ya de la niebla en la montaña y de las cascadas?

—Perpetuo ha muerto.

Su mueca burlona desapareció.

—Lo siento. Te ruego que me disculpes.

No pensaba revelarle a Lealtad mis verdaderos sentimientos.

—El matrimonio ya se había terminado antes de que él muriera. Pero ahora he vuelto y quiero empezar de nuevo.

Pidió té, y nos lo sirvieron poco después, en las tazas y los platillos de porcelana que fabricaba su empresa.

—Estás preciosa. Veo que el aire del campo te sienta bien.

—No hace falta que mientas. Envejecí diez años en ese sitio horrendo.

En otro tiempo solíamos bromear durante horas, pero sus comentarios jocosos estaban siendo más hirientes que divertidos. Yo sabía que no podía parecerle atractiva del modo acostumbrado. Para empezar, había renunciado deliberadamente a vestir con estilo y me había presentado con un sobrio vestido azul, un suéter gris abotonado y el pelo recogido en un sencillo chongo. No quería ningún malentendido respecto a lo que iba a pedirle. No me había vestido para seducir a nadie.

—Necesito un empleo —le dije.

—Te ayudaré, por supuesto. Esta misma noche haré una lista de las mejores casas y te daré toda la información que tengo de cada una. De ese modo, podrás escoger la que te parezca mejor, y yo iré a recomendarte.

—¿A cuál? ¿A la Casa de las Cortesanas Envejecidas? Tengo veintiocho años. No soy ninguna niña ingenua con el corazón pendiente de que alguien lo destroce. No quiero volver a una vida que ya no puede ser rentable. Quiero un trabajo aquí, en tu empresa.

Arqueó las cejas.

—¿Qué dices? —preguntó con una leve risita.

Yo mantuve la calma.

—Sabes que tengo algunas habilidades muy útiles, aparte de mi talento para sonsacarte regalos a fuerza de halagos. Entiendo el mundo de los negocios porque es donde crecí. Solía escuchar las conversaciones de los empresarios que cenaban en la casa de mi madre. ¿Recuerdas que di mi opinión en una fiesta ofrecida por ti, cuando nos conocimos? Además, como bien sabes, hablo inglés, shanghaiano y mandarín, los tres igual de bien.

Lealtad me miró con expresión divertida.

—¿Qué me propones? ¿Quieres que te nombre vicepresidenta?

—No. Quiero un empleo de traductora en el Departamento de Comercio Exterior de tu empresa. Cuando yo hago de intérprete, no me limito a traducir las palabras, a diferencia de esos traductores que han estudiado en la escuela de idiomas. En la Oculta Ruta de Jade solía oírlos. Cometían tantos errores y con tanta frecuencia que un inversionista podía acabar comprando un burro en lugar de una empresa. Yo no traduzco como un mal diccionario. Soy capaz de expresar las sutilezas de una negociación. Es una de las cosas que aprendí de mi madre. Si me desempeño bien y me ves preparada para otros cargos, podrás ascenderme. Si no cumplo tus expectativas, podrás rebajarme a un puesto aburrido y sin responsabilidades, o despedirme. O quizá yo misma me vaya.

Se puso serio.

—Hace años, te dije que siempre me sorprendías y que eso me fascinaba de ti. Ahora me sorprendes todavía más, y de hecho me intriga la posibilidad de que trabajes para mi empresa. Sin embargo, no puedo darte un empleo simplemente porque te conozco de otra esfera de negocios bastante diferente. Ninguno de mis clientes confiaría en las traducciones hechas por una mujer.

—Ponme en una habitación sin ventanas y hazme traducir cartas y documentos, y también tus carteles y anuncios, que por cierto están tan llenos de errores que te sonrojarían si los entendieras. Si hubieras sido mejor alumno de inglés, podrías apreciar lo muy cualificada que estoy para el empleo.

—¿Me estás pidiendo que sea tu jefe y ya me estás regañando antes de que te dé el empleo? Muy bien, de acuerdo, te lo daré. Pero tendrás que demostrar que vales. No te confíes sólo porque sabes que me gustas.

—¿Cuándo me he confiado? Te demostraré que soy más que merecedora del empleo y pienso probártelo en una oficina, sentada en una silla, y no en tu cama. He dejado atrás para siempre esa parte de mi vida.

Dos semanas después, Lealtad me consideraba una colaboradora rigurosa e indispensable. Además de traducirle la correspondencia y los documentos, le había sugerido que le diera a su empresa un nombre en inglés, y no solamente una transcripción del nombre chino, que en caracteres occidentales pasaba a ser Jing Huang Mao.

—Ningún americano es capaz de pronunciar ese nombre. ¿Cómo quieres que lo recuerden?

Le sugerí una traducción: «Fénix Dorado Comercio Internacional.» Mandé hacer un rótulo y tarjetas de visita, y él me contrató a tiempo completo.

Una vez asegurado mi puesto de trabajo, llegó el momento de cumplir la promesa que me había hecho a mí misma, mi razón de vivir, el objetivo que me había dado fuerzas para soportar el cautiverio en el Estanque de la Luna. Quería encontrar a Flora y asegurarme de que estaba bien. Y también necesitaba reencontrarme con mi madre. Después de que se llevaran a Flora, yo había leído por fin la carta de Lu Shing en la que me hablaba de mi madre y de su dolor al descubrir el engaño y su pena infinita por creerme muerta. En ella me prometía no revelarle que yo estaba viva y no decirle nada de mí a menos que yo le diera mi permiso. Si había mantenido su promesa, entonces ella todavía debía de creer que yo estaba muerta. Yo siempre había considerado su partida desde la perspectiva de una niña agraviada. Sólo podía pensar que no tendría que haberse ido, ni haber creído que yo estaba muerta. Pero el dolor de perder a Flora me había cambiado. Veía a Flora con ojos de madre y, a través de esos mismos ojos, era capaz de ver a la mía. Las dos temíamos que nuestras hijas creyeran que sus madres no las habían querido y que las habían abandonado deliberadamente. Era posible que Flora no recordara nada de mí, excepto que no me había opuesto a que la arrebataran de mis brazos. Pero yo quería hacerle saber y sentir que siempre la había querido. Y estaba dispuesta a reconocer que mi madre también me quería. Ya no la odiaba como antes.

Sin embargo, no podía perdonarla por lo que había sucedido. Había sido víctima de un engaño, sí, pero por culpa de sus deseos. Yo había padecido las consecuencias de sus decisiones, y el sufrimiento no había sido únicamente emocional. Pero ¿qué habría significado el perdón después de todo? ¿Limpiarla a ella de toda culpa? ¿Ganar para mí la recompensa del cielo? ¿Qué poder divino me permitiría devolverle alegremente la felicidad a ella, sabiendo que yo nunca sería feliz? Deseaba poder perdonarla y librarme del dolor que me atenazaba, pero me faltaba una parte del corazón: la parte donde antaño habían florecido la confianza y la capacidad de perdonar. Mi corazón estaba vacío y ya no tenía nada más que dar.

—Quiero que me ayudes a encontrar a Lu Shing —le dije a Lealtad—. Él conoce la dirección de la familia Ivory en Nueva York y la de mi madre en San Francisco.

—¿No quieres que intente conseguir la dirección de los Ivory a través de su compañía naviera? —respondió Lealtad.

—No, no quiero despertar sospechas. Los Ivory se enterarían de que has estado preguntando y enviarían espías para averiguar el motivo. Además, quiero que Lu Shing comprenda la importancia que tiene Flora para mí. Es su abuelo y tiene que asumir sus responsabilidades. Cuando tengamos la dirección de los Ivory, tú les enviarás una carta que yo escribiré, por supuesto. En la carta les contaremos que fuiste un buen amigo de Edward, de la época en que hacías negocios con su naviera. Les diremos que lo frecuentabas mucho durante su primer año en Shanghái, antes de que me conociera a mí, y que tienes algo que le pertenecía y que te prestó en su momento: un par de gemelos, que yo compraré. Dirás que te quedaste los gemelos cuando te enteraste de que había muerto porque no sabías a quién devolvérselos. Eso les hará pensar que no me conocías. Les explicarás que sólo en los últimos tiempos te has enterado de que tiene una hija en Nueva York y que te gustaría enviarle a esa niña los gemelos para que los conserve como recuerdo de su padre. El paquete llegará antes de Navidad y añadirás un pequeño regalo, quizá una pulsera con dijes, como obsequio navideño del tío Lealtad. Sí, como lo oyes. Serás su tío. Les explicarás a los Ivory que sigues la costumbre china de considerar sobrinos a los hijos de los buenos amigos. Tal como es la familia Ivory, estoy segura de que le pedirán a la pequeña Flora que te escriba una pequeña nota de agradecimiento. A partir de entonces, el tío Lealtad tendrá una excusa para enviarle a Flora una tarjeta navideña y un regalito todos los años. Las cartas de agradecimiento que ella te envíe serán una pequeña parte suya que yo guardaré como un tesoro.

—Es un buen plan —dijo él—. Me gusta la idea de ser tío. Entiendo que quieras localizar a tu hija, pero ¿por qué también a tu madre? ¿No me habías dicho que la odiabas?

—Sí, y antes también te odiaba a ti.

—¿Lo dices en serio?

Pareció herido.

—Sólo un poco y por poco tiempo, hasta que te deshiciste de aquella zorrita, la cortesana virgen que después intentó fastidiarme. Pero mis sentimientos hacia mi madre han sido más complicados. Por fin estoy preparada para anunciarle que no he muerto.

No aparté la cara con suficiente rapidez y él notó mis lágrimas.

Se me acercó y me abrazó.

—Encontraré la manera —dijo.

Lealtad preguntó a sus amigos si conocían a Lu Shing. Uno de ellos había oído que estaba en San Francisco y le pidió a un conocido que tenía allí que lo localizara.

—Todos los chinos de San Francisco se conocen —le dijo a Lealtad.

Le enviamos a su amigo una carta mía para que la hiciera circular entre la comunidad china hasta que llegara a manos de Lu Shing. En menos de un mes, recibimos su respuesta.

Querida Violeta:, empezaba.

Te agradezco que me hayas escrito. Sé que no ha sido fácil para ti. Encontrarás las direcciones de tu madre y de la familia Ivory en hoja aparte, adjunta a esta carta.

Pienso en ti a menudo. Quizá te cueste creerlo, pero es cierto. Como no recibí respuesta a mi última carta, he respetado tu deseo de no decirle nada a tu madre. En cualquier caso, no he vuelto a verla desde nuestro encuentro en Shanghái en 1912. No se ha puesto en contacto conmigo. Después de numerosos esfuerzos para comunicarme con ella, recibí una carta suya en 1914 en la que me decía que no quería verme nunca más, ni tampoco a su hijo. Como te dije en mi última correspondencia, te recuerda con profundo dolor. Vive con sus padres en la casa donde creció. Es todo lo que puedo decirte, ya que se niega a verme.

Si puedo ayudarte en algo más, te ruego que me lo hagas saber.

Con cariño,

LU SHING

Yo ya le había escrito una carta a mi madre varias semanas antes y la había cambiado muchas veces. Cuando tuve la dirección que me envió Lu Shing, la leí una vez más y, con el corazón palpitante, la llevé al correo.

Querida mamá:

Sé que será una gran conmoción para ti enterarte de que estoy viva. Han pasado catorce años y la mayoría han sido muy difíciles para mí. No entraré en detalles en esta carta. No sabría cómo contarte todo lo que ha pasado. Baste decir que estoy bien.

Hace tiempo recibí una carta de Lu Shing en la que me revelaba que tú me creías muerta. Me decía que te culpabas a ti misma y que no dejabas de llorarme. En ese momento no pude escribirte y le hice prometer a Lu Shing que no te diría nada de mí. Aún tenía corazón de niña y me negaba a oír cualquier explicación sobre las circunstancias que te habían llevado a partir de Shanghái. Creía que nunca dejaría de odiarte.

Pero ahora tengo corazón de madre. Perdí a mi hija cuando tenía tres años y medio. Su padre murió durante la pandemia de gripe y su familia se la llevó por la fuerza en 1922. Llevo casi cuatro años llorando su ausencia. No he vuelto a tener noticias suyas y cada vez es mayor mi desesperación por hacerle saber que no la entregué por mi voluntad. Sufro pensando que creerá que no la quise. Tengo miedo de que sea como yo, una niña que se sintió traicionada por quienes debieron amarla y que más tarde le dio la espalda al amor, incapaz de reconocerlo o de tenerle confianza. Necesito que sepa que la he querido siempre, desde el momento en que nació, y más que a nadie en el mundo. Ahora tiene siete años. Me gustaría contar con tu ayuda para encontrarla. Necesito saber que es feliz.

Hace tiempo, con mi corazón de niña, creí que me habías abandonado adrede y te aborrecí. Sé que debes de haber sufrido pensando que yo te odiaba. Yo padezco la misma horrible tortura de manera constante. No puedo perdonarte del todo, pero no quiero que sigas atormentándote.

Tu hija,

VIOLETA

La respuesta de mi madre parecía escrita apresuradamente y estaba llena de borrones, que supuse causados por las lágrimas.

Mi queridísima Violeta:

Tuve que releer una docena de veces la primera línea de tu carta para asegurarme de que era verdad. Entonces, al saber que estabas viva, pude salir del infierno de mi propio corazón. Pero en seguida caí en otro infierno al comprobar que creíste lo que siempre había temido: que no te quise lo suficiente para salvarte. No hay excusa para el fracaso de una madre y llevaré siempre esta marca negra en el alma.

¿Te aliviaría el corazón, aunque sólo fuera un poco, saber que estuve a punto de volverme loca en el barco cuando comprendí lo que había sucedido? ¿Cambiaría algo para ti si supieras que le or-

dené al capitán que volviera a puerto y que tuvieron que sedarme para impedir que me arrojara al mar y regresara a nado? Cuando recibí primero la carta del consulado y después la de Paloma Dorada, que me confirmaban tu muerte, temí que hubieras muerto pensando que yo te había querido menos que a un bebé fantasma. Durante catorce años he visto cada día al despertarme tu cara asustada, la misma que tenías cuando te prometí que no te abandonaría nunca. Repasaba mil veces cada uno de los errores que me llevaron a perderte. Maldecía mis debilidades. Y al final siempre volvía a ver tu cara asustada, mirándome.

Nunca podré ganarme tu perdón. Pero has sido muy buena al escribirme y te agradezco que me pidas ayuda para encontrar a tu hija, invocando la comprensión de una madre que ha sufrido la misma pérdida que tú. Emprenderé esta tarea no como una penitencia, sino como un acto de amor.

¡Me gustaría decirte tantas cosas, mi querida Violeta! Sin embargo, no debo dejar que mis emociones se desborden todavía más. Por eso, sólo te diré que espero que algún día puedas creer, sin la menor sombra de duda, que nunca he querido a nadie más de lo que te quiero a ti.

MAMÁ

Mi madre y yo iniciamos una relación tentativa a través de la correspondencia. Ella comprendía a la perfección mi necesidad de llegar de alguna manera a Flora, mi niña pequeña e indefensa, más inocente de lo que había sido yo y más fácil de contaminar por las ideas y los sentimientos de otras personas. Y tenía razón al esperar que su sufrimiento fuera un consuelo para mí, aunque sus alusiones al miedo que yo había pasado y a mi vacilante confianza volvieran a abrir viejas heridas.

En su siguiente carta, sacaba a relucir la fuerza y el optimismo con que había levantado la Oculta Ruta de Jade. «*Nada es imposible* —me escribía—. *Sólo necesitamos perseverancia e ingenio. La encontraré y te la devolveré.*» Me sentí muy agradecida y más esperanzada que nunca por su determinación. Con cualquier otra persona, habría pensado que sus afirmaciones no eran más que palabras vacías, pero yo sabía que mi madre nunca se daría por vencida. Ella era capaz de hacer lo que nadie más habría creído posible.

La frecuencia de nuestro intercambio epistolar aumentó rápidamente. Le di más datos de Flora y también de Edward, con información que al principio era simplemente objetiva y que con el tiempo empezó a abarcar también las emociones que rodeaban los hechos. Ella me habló a su vez de un pequeño rincón conmemorativo que había construido en su jardín, donde había plantado un mar de violetas que crecían libremente. Había quitado la lápida y había puesto en su lugar una fuente para que se bañaran los pájaros. Me escribió largamente acerca de un hombre llamado Danner, y no Tanner, como yo había creído oír de niña. Había sido él quien me había dado la legitimidad como ciudadana estadounidense. Estábamos seguras de que los Ivory sabían de la existencia de mi acta de nacimiento y suponíamos que habrían sobornado a alguien para que la destruyera. Mi madre se ofreció para conseguírmela si yo quería. Recordamos en nuestras cartas a Paloma Dorada, tal como yo la tenía en la memoria y tal como ella me la reveló, como su guía y su mentora, la amiga que la había ayudado a superar los obstáculos y a servirse de ellos para construir el futuro. *«Sin ella* —me escribió mi madre—, *probablemente no habría dejado de ser nunca una chica norteamericana indefensa y paralizada por mi estupidez y la falta de carácter de Lu Shing.»*

En aquellas primeras cartas, se expresaba con mucha más franqueza que yo. En una de ellas me contó que sus padres eran gente extraña, pero yo me abstuve de contestarle que ahora entendía de dónde salían sus excentricidades. En cada carta me hablaba un poco más de su familia.

> *Yo creía erróneamente que las rarezas de mis padres eran mis enemigas, y su poca atención, falta de amor. La indiferencia es una asesina insidiosa del corazón y el descuido es su cómplice. Las extravagancias de mis padres se fueron desvaneciendo con la edad para ser sustituidas por las debilidades que nos aguardan a todos. Cuando volví, los padres contra los que yo me había rebelado ya no existían. Eran personas diferentes, más amables y dignas de afecto, con pun-*

tos débiles y un profundo desconcierto ante su propia fragilidad. Me necesitaban. Cuando murieron (mi padre primero y mi madre poco después), yo los lloré sinceramente, sobre todo por esa parte de ellos que me había negado a ver de niña.

Mi madre, la mujer con la que yo había crecido en Shanghái, tampoco existía ya. Había sido reemplazada por una persona nueva, que me resultaba a la vez familiar y desconocida. Podía empezar de cero y decidir si podía confiar en ella, como si acabara de conocerla. Me permitía averiguar cómo era a través de las cosas que podían hacerla perder el corazón, el alma y su camino en el mundo, las cosas por las que me había perdido a mí. Era sincera, a veces hasta extremos sorprendentes, y me hacía confesiones que normalmente una madre no habría compartido con su hija.

Me estremezco cuando recuerdo las palabras asesinas que dirigí contra mis padres. A mi madre le dije que todos hablaban a sus espaldas y que se reían de ella por pasar años enteros encerrada en su estudio, contemplando insectos que llevaban millones de años muertos. A mi padre le conté que había leído las cartas de sus amantes y recité delante de todos los apodos vulgares y ridículos que le habían puesto en alusión a sus proezas sexuales. ¡El torbellino del sexo! Creo que estuvo a punto de morir de vergüenza. En retrospectiva, siento haberlos condenado con tanta violencia para justificar mi amor por un pintor mediocre. Por fortuna, mi mal gusto en materia artística tuvo como resultado que nacieras tú. Me alegro de que no puedas ver cómo me sonrojo cuando vuelvo a recordar lo que encontraba tan atractivo de aquel pintor chino y las razones por las que creía que sus cuadros eran obras maestras extraordinarias. ¡Dios mío! Sólo te diré una cosa, Violeta, tienes suerte de parecerte físicamente a tu padre.

Nuestras cartas eran frecuentes, a veces incluso diarias. Yo compartía con mi madre los momentos importantes de mi vida, de uno en uno. Al principio no le hablaba nunca de mi época en la casa de cortesanas, sino del nacimiento de Flora y del día en que Edward murió. Le describí a Perpetuo como mi último recurso para lograr la respetabilidad. Admití que había conocido a Lealtad en una casa de cortesanas, pero no le conté que él había comprado mi desfloración. En asuntos de sexo, prefería mantener la discreción porque, después de todo, ella era mi madre. No importaba que las dos hubiéramos ejercido el mismo oficio.

Aun así, con ella podía hablar de mis esperanzas, desesperanzas y momentos de felicidad con mucha más libertad que con cualquier otra persona. Por fin la entendía. A menudo no le escribía a ella, sino a mí misma, a mi doble espiritual, a la niña solitaria que había sido, a la mujer que habría deseado cambiarse por otra. Mi madre había dicho algo parecido acerca de lo que sentía al escribir esas cartas. Las comparaba con los pasillos de una casa, que partían de extremos opuestos y que al principio se recorrían con inquietud para después sentir la maravilla de encontrarnos juntas en una habitación que siempre había existido.

En un aspecto muy importante, el de la constancia y el ingenio demostrados en la Oculta Ruta de Jade, mi madre era la misma persona que yo había conocido en Shanghái y aplicó esas mismas cualidades en la búsqueda de Flora. Me contó su plan cuando ya estaba en marcha.

> *He alquilado una casita en Croton-on-Hudson, a menos de un kilómetro del lugar donde vive Flora. La localidad es lo suficientemente bonita y aburrida para que los vecinos tengan tiempo de sobra para espiar a los demás.*

En poco tiempo averiguó cuál era el colegio al que asistía Flora (la Escuela Chalmer para Señoritas), cuál era su iglesia (la metodista) y dónde recibía clases de hípica (en los Gentry Farm Stables). Consiguió que la invitaran a una función escolar (con la obra *El susurro entre los pinos*), haciéndose pasar por una cazatalentos enviada por un conocido productor de Hollywood que prefería permanecer en el anonimato. Su imaginaria misión hizo que la recibieran con los brazos abiertos. «*Me dieron un asien-*

to en la primera fila», presumió en una de sus cartas. Al día siguiente, fue a hablar con la directora y le dijo que desgraciadamente no había dado con la pequeña actriz que el famoso productor buscaba: una niña morena, de rasgos mediterráneos y gran temperamento. La directora reconoció que ninguna de las niñas de su colegio cumplía esos requisitos. Entonces mi madre, con mucho tacto, elogió la función y preguntó si había lugar para una colaboradora voluntaria en el Departamento de Teatro.

—En otra época fui actriz —dijo—, sobre todo en películas mudas, pero también en alguna sonora. No creo que recuerde mi nombre: Lucrecia Danner. Nunca tuve un papel protagonista. Hacía de la antigua novia del protagonista, o también, en los últimos tiempos, de madre de la novia rebelde.

Mencionó el nombre de las películas: *La oculta ruta de jade, La dama de Shanghái, Los jóvenes barones...*

La directora dijo recordar vagamente una de aquellas cintas inventadas. Mi madre le contó que había vivido con su difunto marido en Manhattan, pero que ambos adoraban los fines de semana en Croton-on-Hudson.

—A mi marido le encantaba este pueblo. Estar sin nada que hacer es uno de los grandes lujos de la vida, ¿no le parece? Aun así, creo que de vez en cuando hay que tratar de sentirse útil.

Se ofreció para ayudar a montar dos obras de teatro para ese año. Participó en el diseño de los decorados, la confección de los trajes y la práctica de la dicción adecuada para cada personaje, y alardeó de haberse superado como voluntaria. Aun así, no pudo hacer nada cuando la estúpida que dirigía las funciones le asignó a Flora un escuálido papel de espantapájaros en una de las obras y un lugar en el estridente coro formado por tres granjeras y sus vacas, en la otra.

A mí se me desbocaba el corazón cada vez que recibía una carta con matasellos de Croton-on-Hudson. Mi madre me había prometido que no me ocultaría nada en sus informes. Si Flora era feliz, me lo diría. Y si no, me lo contaría también.

Flora tiene la misma independencia de criterio que tú a su edad, pero no parece sentir particular afecto por nadie. Como recor-

darás, tenía un papel mínimo en la función del colegio: era uno de los tres espantapájaros que aparecían en un campo invadido de cuervos. Cuando terminó la función, su aborrecible familia (Minerva, la señora Lamp y la señora Ivory) descendieron como buitres sobre Flora. No he visto señales del señor Ivory, ni he oído nada de él. Si no ha muerto, estará inválido. Las tres mujeres derrocharon alabanzas sobre la actuación de Flora, pero ella no pareció feliz ni orgullosa de oírlas. Su apatía me preocupó. Pero después recordé que cuando tú eras pequeña pasabas largos períodos durante los cuales fingías no prestar atención a nadie. Por otro lado, la obra era espantosa y me pareció ridículo que elogiaran a una niña solamente por pasar un rato con los brazos colgados de una cruz de madera, como si fuera la hermana muerta de Cristo, vestida con un mantel de cuadros.

Debo decir, sin embargo, que nunca he visto a Flora demostrar el menor afecto por Minerva. Nunca la busca. Tú no eras así. A su edad, tú siempre me estabas tironeando de la falda para llamar mi atención.

Me alegró saber que Flora no se sentía próxima a Minerva. Pero después me preocupé. Era terrible que no fuera feliz, ni se sintiera orgullosa. Habría sido trágico que no pudiera querer a nadie. Esperaba que su falta de sentimientos fuera atribuible a la gente despreciable con la que vivía. Unos días después, me llegó otra carta de mi madre:

Es educada con las profesoras y amable con las otras alumnas, pero ninguna parece ocupar un lugar especial en su corazón. Nunca las busca y las demás tampoco la buscan a ella. En el patio del colegio, prefiere estar sola. Tiene un árbol favorito y una ardilla que come de su mano. Desde allí, observa a las demás. Parece muy encariñada con el caballo alazán de las cuadras donde recibe clases de hípica, y su compañero preferido es un perrito de orejas erguidas del color de un trapo sucio. Me he enterado de todo esto después de abrir accidentalmente un pequeño hueco en el seto que rodea la finca de los Ivory. El perro corre en círculos a su alrededor, obedece algunas órdenes y ladra con voz estridente. Fui a la biblioteca y después de buscar en los tomos de la C y la D de la enciclopedia, he llegado a la conclusión de que el animalito es un cairn terrier, una raza cuyo único talento reconocido es el de cavar y robar comida. Pronto me haré con uno.

El «tío Lealtad» recibió una carta bien escrita en la que Flora le agradecía el envío de los gemelos de su padre.

—¡Tiene una caligrafía estupenda para ser una niña de siete años! —exclamó y, poco a poco, leyó en voz alta las palabras escritas en inglés—: *«Querido señor Fang...»* ¿Señor Fang? ¿Por qué no me llama «tío Lealtad»?

Pareció desconcertado, como si su propia hija lo hubiera contrariado. Había desarrollado sentimientos paternales hacia Flora, solamente por haberme ayudado en mi plan para localizarla. Le dije que esa falta de confianza no debía ser un obstáculo para que al año siguiente le enviara otro regalo en nombre del tío Lealtad.

Mi valor para la empresa de Lealtad fue en aumento. Empecé a asistir a las reuniones con los clientes de la empresa, supuestamente en calidad de secretaria. En apariencia, me limitaba a tomar notas de lo que se decía, pero mientras el traductor oficial hacía su trabajo, yo desplegaba mis habilidades para el *momo.* Cuando los clientes hablaban inglés, interpretaba el papel de secretaria china que no entendía ningún otro idioma. Con los chinos, era extranjera. Lo organizábamos todo para que Lealtad y su traductor tuvieran que salir por lo menos dos veces de la sala durante las reuniones, lo que brindaba a sus clientes la oportunidad de hablar discretamente entre ellos, convencidos de que yo no los entendía. Si me miraban, yo les sonreía con expresión vacía. Después, le presentaba mi informe a Lealtad. Podía decirle, por ejemplo, si el principal interés de los clientes era la calidad, la rapidez de fabricación, la honestidad o la existencia de competidores con tarifas más bajas.

También le hice otra observación. Muchos de los nuevos

clientes comentaban sus deseos de visitar uno de los clubes nocturnos que florecían en Shanghái y hablaban de la manera de librarse de las fiestas que solía ofrecerles Lealtad en una casa de cortesanas. Le señalé que las casas de cortesanas se estaban quedando anticuadas y que algunas eran conocidas por desplumar a los clientes. Durante un tiempo, Lealtad se resistió a mi sugerencia de abrir una cuenta en uno de los clubes más frecuentados. En otra época había sido el paradigma del hombre de negocios culto y sofisticado, pero no había sabido cambiar al ritmo de los tiempos. Seguía vistiendo con un estilo que se había quedado desfasado, y tuve que indicarle que de ese modo parecía que ya no tuviera tanto éxito. Finalmente dio su brazo a torcer y se mandó hacer trajes nuevos, que se ponía para frecuentar el Club de la Luna Azul, en cuya sociedad ingresó a instancias mías y donde pronto fue uno de los clientes más apreciados, con mesa permanentemente reservada.

—Violeta, siempre me sorprendes con tu ingenio —me dijo un día, cuando le sugerí que regalara a sus clientes norteamericanos pequeños recuerdos de Shanghái.

Desde nuestros primeros tiempos en la casa de cortesanas, me decía con frecuencia que yo lo sorprendía por una cosa o por otra. Quizá fuera un cumplido, pero teniendo en cuenta nuestra historia juntos, para mí era la expresión de que esperaba muy poco de mí. Cuando era joven, temía dejar de sorprenderlo algún día porque eso significaría que había confirmado sus escasas expectativas. Por fin me animé a decirle que su «sorpresa» me fastidiaba.

—¿Por qué te molesta que te lo diga? Mis otros traductores no hacen nada sorprendente. Tú siempre me sorprenderás porque eres mejor que la mayoría y no sólo en el trabajo, sino en tu manera de ser conmigo. Es algo natural en ti y la razón por la que siempre te he querido.

—No es cierto que me hayas querido siempre.

—Claro que sí. Incluso cuando te casaste (¡las dos veces!), mantuve mis sentimientos. En todos estos años, nunca he querido a nadie tanto como a ti.

—A nadie, salvo a tu esposa.

—¿Por qué insistes con eso? Ya sabes que fue un matrimonio únicamente nominal. Ahora estamos divorciados. Seguimos juntos sólo por nuestro hijo. ¿Por qué no me crees? ¿Quieres que la llame para que hables con ella por teléfono? Porque la llamo ahora mismo...

—¿Por qué estamos hablando de historias del pasado? A partir de ahora, puedes decir que te sorprendo, pero no vuelvas a decir que me quieres porque yo sé en qué parte de mi cuerpo quieres poner todo ese amor.

—Después de todos estos años, aún no sabes aceptar la amabilidad y el amor cuando se te ofrecen.

Lealtad y yo sucumbimos a nuestra vieja atracción física a los cuatro meses de empezar mi trabajo en su empresa. Tuve que reconocer que me hacía reír más de lo que me había hecho sufrir. Él me apreciaba y yo agradecía sus atenciones en la cama. ¡Me conocía tan bien! Pero nuestra relación se había vuelto diferente en muchos aspectos. Yo ya no calibraba su afecto por el número de regalos que me daba, ni tenía los mismos miedos e incertidumbres que antes, cuando esperaba a que él decidiera si vendría a verme o no. Él ya no podía decidir. No era mi cliente, ni yo era su cortesana. Yo vivía en mi propio apartamento y lo veía a diario en la oficina, y fuera del trabajo, dos o tres veces por semana. Lo consideraba un amigo, y no un amante, como él habría preferido.

—Un amigo no es tan especial como un amante —se quejaba.

—Calabaza Mágica es una amiga y estamos muy unidas. Un amante puede ser un hombre que sólo tiene relación con tu cuerpo.

Le dije que yo quería un amante fiel y digno de mi confianza, y no a alguien que me hiciera preguntar qué estaría haciendo cuando se alejaba de mí solamente por treinta minutos, que era el tiempo que necesitaba él para ponerse a flirtear con otra mujer y tratar de llevar el flirteo a un lugar más íntimo. Ya lo había hecho. Y los dos sabíamos que seguía frecuentando las casas de cortesanas.

—¿Qué hombre no mira a una mujer bonita sin imaginar

algo más? Eso no es infidelidad, sino únicamente curiosidad. Un hombre como el que describes no sería natural. ¿De verdad te irías con un hombre así?

—¿Tú no quieres honestidad y confianza en tus negocios? Si sospecharas que uno de tus socios o empleados te engaña, ¿no te lo pensarías dos veces antes de hacer negocios con él? Quizá creas que debo esperar menos de ti porque fui cortesana y tenía que aceptar que mis clientes no me fueran fieles, ni siquiera con un contrato de por medio. Pero incluso cuando trabajaba en ese mundo, aspiraba a un amor tan intenso que mi hombre no se interesara en ninguna otra mujer. Quizá tú no seas capaz de sentir ese tipo de amor. Me dices que pido demasiado. Es posible que así sea, pero lo mismo que tú y tu imaginación, no puedo evitar ser como soy.

Puse fin a nuestra relación muchas veces, gritándole que era un bastardo infiel que sólo fingía amarme. En ocasiones lo acusaba de haber sido falso en determinados momentos de particular ternura, y él se sentía herido.

—Eres tú la que quiere dejarme, y no yo —me decía cuando yo le exponía mis razones para terminar nuestra relación—. Entonces ¿quién de los dos es el más constante y quién el menos fiable?

Su lógica era exasperante. Pero él me decía que mis sentimientos eran ilógicos.

Siguió frecuentando a otras mujeres a mis espaldas. Yo sabía que visitaba las casas de cortesanas al menos una o dos veces por semana y en una ocasión descubrí un regalo en una bolsita de seda roja que sobresalía de su bolsillo. Admitió que pensaba visitar una de esas casas, pero me aseguró que el regalo no era para nadie en concreto y que sólo lo llevaba por si alguna de las chicas cantaba bien o contaba una buena historia. Entonces mis sentimientos por él se esfumaron. Fue extraño que sucediera con tanta rapidez. En lugar de enfurecerme por sus mentiras, me sentí liberada. En ese momento supe que podía poner fin a nuestra relación de forma definitiva. Estaba muy tranquila cuando se lo dije. Le expliqué que éramos dos personas muy diferentes y que nuestros deseos no eran compatibles. Empezó a justificarse acerca del regalo, dijo que ni siquiera le había costado mucho dinero y me enseñó que era un broche para el pelo. Le contesté que ya no me importaba si iba a las casas de cortesanas y que simplemente había dejado de quererlo.

Pareció conmocionado, y poco a poco se le entristeció la expresión.

—Lo veo en tus ojos. Finalmente pasó: te perdí. He sido un estúpido por no tratarte mejor. Lo siento. —Guardó silencio. Tenía la mirada perdida—. Pese a todas mis debilidades, mi amor por ti no ha sido débil. Te he tratado mal, confiando en que tú siempre me perdonarías. Después de todo, no perdonaste a tu madre, pero a mí me perdonaste muchas veces. Ahora es tarde para borrar el sufrimiento que te he causado, pero no puedo soportar la idea de que quizá te haya hecho desconfiar del amor. Tienes que creer que te he amado siempre. Desde el principio, me pareció que me conocías. Cuando no estábamos juntos, sentía que me faltaba algo. Aunque estuviera rodeado de amigos, me sentía solo. Estaba insatisfecho por muchos éxitos que lograra. Nunca he querido admitirlo, Violeta, pero contigo podía permitirme ser un niño otra vez, bueno e inocente. ¡Imagínate! Lealtad, ese hombre con tanto éxito, era en realidad un niño travieso que se despertaba en medio de la noche asustado de quererte tanto y con la necesidad de tocarte la cara para asegurarse de que estabas ahí. Era como si tú pudieras proteger una parte oculta de mí. Y cuando no estabas, sentía que iba a morirme solo. ¡Ojalá te lo hubiera dicho hace muchos años!

Tenía los ojos llenos de lágrimas.

Le abrí los brazos de par en par al niño pequeño y ya no volví a separarme de él. Me mudé a su casa, y seguimos discutiendo, aunque no tanto como antes y reconociendo siempre que nos queríamos. No nos declarábamos nuestro amor, ni lo confesábamos con la embriaguez de haber revelado finalmente un secreto. Lo reconocíamos, como si hubiera sido un defecto.

Una tarde, tras asistir al funeral de un primo, me dijo:

—Prométeme, Violeta, que no te morirás antes que yo. No podría soportarlo. Me volvería loco sin ti.

—¿Cómo puedo prometerte algo así? ¿Y cómo puedes ser tú

tan egoísta? ¡Si eres el primero en morir, todo el sufrimiento será para mí!

—Tienes razón. Entonces debes morir tú primero.

Nos instalamos en la rutina de una pareja casada, una rutina basada en el conocimiento de los hábitos de cada uno y de nuestros gustos y antipatías. Nos dábamos cuenta de que nuestros cuerpos habían perdido firmeza con la edad y de que Shanghái había enloquecido con un ambiente donde la decadencia parecía competir con más decadencia, lo que no nos parecía nada atractivo. Era muy extraño: nos habíamos vuelto anticuados. Teníamos más puntos en común que diferencias y podíamos prescindir de la mayor parte de las cosas que nos molestaban. Sólo muy de vez en cuando los pequeños defectos de Lealtad encendían las mismas discusiones que en otro tiempo nos separaban.

Cuando hacía unos tres años que estábamos juntos, Lealtad me confesó un día que cada vez le costaba más orinar. Hacía tiempo que padecía esa molestia, pero no había querido decirme nada para que no pensara que estaba preocupado, aunque de hecho lo estaba. Les restó importancia a sus temores, diciendo que probablemente era un simple constipado del pene. Unos días después, descubrió sangre en la orina. Cuando me lo dijo, tenía la cara blanca como un papel. De inmediato pedí una cita con el médico.

Sentados en la consulta con las manos entrelazadas, recibimos la noticia de que padecía cáncer de próstata. El doctor nos aseguró que la radioterapia era la mejor opción y añadió que si no obteníamos los resultados deseados, entonces probaríamos otro tratamiento. Lealtad temía que la radiación le encogiera el pene y los testículos, y que el «otro tratamiento» consistiera en extirpárselo todo y convertirlo en un eunuco. Siempre se había comportado como un hombre fuerte y se negaba a demostrar cualquier tipo de debilidad, pero a mí me dolía en lo más hondo ver la desesperación y el miedo reflejados en sus ojos.

—Me niego a dejarte ir —le dije—. Hemos peleado por cosas sin importancia. Ahora voy a luchar para tenerte conmigo. Y ya sabes que soy muy fuerte.

—Violeta, mi niña querida, si un temperamento fuerte es capaz de curarme, entonces puedo contar desde ya con la recuperación.

Se sometió al tratamiento occidental, mientras yo visitaba a los médicos chinos en busca de otras medicinas. Compré grandes cantidades de hongos de la inmortalidad, de los que en otra época tomaban los emperadores.

Lealtad se echó a reír débilmente cuando se lo dije.

—¿De la inmortalidad? ¿Dónde están ahora esos emperadores?

El médico chino venía a diario con sus agujas de acupuntura. Yo procuraba que Lealtad practicara asiduamente el *qigong* y cocinaba para él con ingredientes frescos, atendiendo al perfecto equilibrio del yin y el yang. Contraté a un maestro de feng shui para que expulsara de la casa los malos espíritus. Daba igual que yo no creyera en su existencia. Era mi manera de declararle a Lealtad que lo amaba y que haría todo lo que estuviera a mi alcance para que se curara.

—Aunque te he tratado muy mal —murmuró él—, todavía me quieres y sigues aquí conmigo. Siempre me sorprendes, Violeta. Nada de lo que creía importante lo es en realidad: los negocios, las casas de cortesanas... Nada perdura. Sólo tú eres importante, mi querida niña. Quiero que sólo tú estés conmigo por el resto de mis días, sean muchos o pocos.

—¡Ah!, pero si te curo, amigo mío, ¿no dirás que la enfermedad te afectó el cerebro y que no recuerdas la promesa de no volver a frecuentar las casas de cortesanas?

De repente, el dolor y el miedo se desvanecieron de su cara y pareció que recuperaba la salud. Me tomó de la mano.

—Cásate conmigo, Violeta. No te lo pido porque me esté muriendo. He querido decírtelo muchas veces en el pasado, pero siempre estabas enojada conmigo. No parecía adecuado proponerte que pasáramos juntos el resto de nuestras vidas cuando me estabas gritando que no pensabas volver a dormir nunca más en la misma cama que yo.

Nos casamos en 1929. Su familia se opuso. Después de todo, iba a casarse con una mujer que no parecía del todo china y que tenía una historia familiar bastante turbia. Verlo enfrentarse a su familia por mi causa me hizo derramar un mar de lágrimas. A los catorce años, había soñado con esa boda. A los veinticinco, había perdido a Flora por no estar casada. Después me había casado con Perpetuo por desesperación y miedo al futuro. Pero ahora iba a casarme con Lealtad por amor. Dieciocho meses después de nuestra boda, los médicos nos dijeron que el cáncer de Lealtad había desaparecido. Tanto los médicos occidentales como los chinos se adjudicaron el mérito. Lealtad dijo que estaba vivo gracias a mí.

—Se lo debo a todas esas sopas de sabor repugnante que me preparabas y a tu constante insistencia para que me las tomara —me aseguró—. Ni siquiera el cáncer pudo soportarlo.

Todos los días, antes de desayunar, Lealtad me besaba en la frente y me agradecía el haberle permitido ver la nueva mañana. Después me servía el té, y ese sencillo acto era una muestra extraordinaria de aprecio y amor. Lealtad estaba acostumbrado a que otras personas se ocuparan de todos los pequeños detalles de su vida diaria. Nunca había tenido que atenderme a mí, ni a nadie más.

Todavía discutíamos de vez en cuando, siempre por pequeñeces. Me sacaba de quicio que mirara a otras mujeres. La mayoría de las veces, no había respuesta. Pero cuando una de ellas le sonreía, él le devolvía la sonrisa. Si sucedía en una fiesta, siempre encontraba alguna excusa para desplazarse en su dirección y prolongar aún más el flirteo. Cuando yo lo acusaba de mirar a otras mujeres con ojos lascivos, él lo negaba. Decía que no podía evitar mirarlas porque así le funcionaban los ojos. Entonces yo le preguntaba cómo era posible que no le funcionaran igual con los hombres. Y él me respondía que fuera cual fuese la conducta de sus ojos, él no se iba a la cama con ninguna otra mujer y que yo debería estar contenta con eso. Eso daba pie a la discusión de siempre sobre su deshonestidad y mi falta de lógica, que terminaba cuando yo me iba a dormir sola a mi habitación y cerraba la puerta con pasador. Después él llamaba a la puerta en medio de la noche y a veces tenía que insistir dos noches seguidas.

Nuestros mejores momentos eran las veladas que pasábamos juntos en casa, cuando cenábamos y él me daba un beso por haberle preparado uno de sus platos preferidos. Escuchábamos la radio y hablábamos de las noticias, de Flora o de mi madre. A veces yo rememoraba los tiempos de la Oculta Ruta de Jade y le contaba las cosas que oía a escondidas cuando las cortesanas hablaban de sus desgracias, o le describía a los hombres que se ponían nerviosos en las fiestas, o recordaba las conversaciones que había escuchado oculta detrás de las puertas cristaleras, entre la sala del bulevar y el estudio de mi madre. Muchas veces recordábamos la noche en que nos conocimos y le añadíamos detalles inventados, exagerando lo grande que era *Carlota* o lo asustado que estaba Lealtad, hasta que yo me ahogaba de risa cuando él me contaba que se había orinado en los pantalones al oírme decir que iba a ser preciso amputarle el brazo allí mismo.

Muchas veces acababa el relato diciendo:

—Me pediste que esperara a que crecieras y me dijiste que algún día uniríamos nuestros destinos. Cometí la estupidez de no intentarlo hace años, pero ya ves, aquí estamos.

Entonces me llevaba a la cama, como hacía siempre que hablábamos de nuestros destinos interconectados.

En muchas ocasiones me veía llorar en silencio y entonces dejaba lo que estuviera haciendo y venía a abrazarme, sin preguntarme por qué estaba triste. Él sabía que estaba pensando en Flora, o en Edward, o en mis sentimientos el día en que mi madre se fue. Sencillamente, me rodeaba con los brazos y me acunaba como a una niña pequeña. Por esas razones, ambos sabíamos que nuestro amor era profundo y que nuestro dolor compartido duraría mucho más que el dolor que pudiéramos causarnos el uno al otro.

Calabaza Mágica vivía a pocas calles de distancia. Sus grandes planes de abrir una casa de cortesanas habían caído rápidamente en el olvido cuando se encontró con un antiguo cliente, Armonioso Chen, que había sido rico y ahora dirigía un modesto negocio de venta de máquinas de escribir y «suministros modernos para oficinas modernas». Armonioso había sido uno de sus clientes permanentes y la recordaba bien. Le dijo que la curva de sus labios era memorable y que su personalidad tampoco estaba mal, de modo que se casó con ella, según dijo, para poder ver todos los días esos labios. Armonioso me confesó que Calabaza Mágica lo hacía reír todo el tiempo.

—Es un buen hombre —me dijo ella—. Bueno y considerado. Lo mejor que puede pasarte a partir de cierta edad es tener buena comida en la mesa, buenos dientes para comerla y pocas preocupaciones cuando te vas a dormir por la noche. Un buen marido puede ser una ventaja o un inconveniente, según si aumenta o reduce el número de preocupaciones. En mi caso, las reduce.

Cuando venía de visita, le gustaba rememorar las dificultades que había atravesado por mi causa. Cuando recordaba una nueva, se le iluminaban los ojos.

—¡Eh! ¿Te acuerdas del hombre que conducía el carromato? ¿Cómo se llamaba el bellaco? ¿Viejo Pedo? ¿Te he dicho alguna vez que me hizo proposiciones deshonestas, el muy sinvergüenza? El canalla me invitó a ir al campo para ver el tamaño de las mazorcas.

—Eso es terrible.

Resopló con desprecio.

—Yo le respondí que no me hacía falta ir a ningún sitio porque ya sabía que las mazorcas eran así de grandes. —Me enseñó el meñique—. El imbécil pasó el resto del día enfurruñado.

Con frecuencia mencionaba a Perpetuo.

—¿Te acuerdas de cuando el bastardo te dio aquella paliza tan espantosa? Nunca te conté que intenté apartarlo para que dejara de pegarte y que por eso me dio un puñetazo en un ojo. Casi me deja ciega.

Le di las gracias.

—No, no —dijo en seguida, agitando las manos—. No es preciso que me lo agradezcas. —Pero esperó un momento a que se lo volviera a agradecer, antes de continuar—. ¿Te acuerdas de aquella noche, cuando creímos que todo el pueblo se iba a incendiar? Acabo de recibir una carta de Pomelo en la que me dice que sólo se quemaron su habitación y un cobertizo. Se lo han dicho unos comerciantes que recorren con frecuencia el camino entre Vista de la Montaña y el Estanque de la Luna. El sendero que subía hasta la Mano del Buda ahora es un desfile continuo de gente. Alguien tuvo la inteligencia de convertir la roca blanca en un santuario y ahora aquello está atestado de peregrinos que compran tortas dulces de maíz y bastones. Uno de ellos encontró el cadáver de Perpetuo un año después de su muerte. Sólo quedaban los huesos, unos cuantos jirones y una bolsa de cuero con un poema. ¿Y sabes qué más? Nueve meses después de la muerte de Perpetuo, Azur tuvo otro hijo. Según ella, es de Perpetuo, pero se rumorea que el padre es el sirviente, aquel que era amante de su doncella, aunque también hay quien dice que la madre del bebé es la doncella y el padre, Perpetuo. Pero en cualquier caso, Azur dice que el hijo es suyo.

Cuando mi madre y yo empezamos a hablar de la posibilidad de que viniera a Shanghái para verme, Calabaza Mágica fingió entusiasmarse con la idea.

—¡Será una gran alegría para ti tener otra vez contigo a tu verdadera madre!

Tuve que asegurarle varias veces que ella había sido mucho más madre para mí que mi verdadera madre porque había arriesgado su vida y había sufrido por mí.

—Siempre te has preocupado por mí —le dije.

—Es cierto. Más de lo que crees.

—Yo también me he preocupado por ti.

Me miró con cara de duda.

—Cuando contrajiste la gripe. Pensé que te ibas a morir y me quedé a tu lado, junto a tu cama, sin soltarte la mano ni un momento. Te supliqué que abrieras los ojos y te quedaras con nosotros.

—No lo recuerdo.

—Claro que no, porque te estabas muriendo. Creo que mis palabras te animaron para curarte.

Fuera cierto o no, Calabaza Mágica se emocionó mucho.

—¿Estabas preocupada por mí? —preguntó varias veces—. Nadie en toda mi vida se había preocupado por lo que pudiera pasarme. Nadie, antes que tú.

Pero ella se seguía preocupando cada vez que yo amenazaba con divorciarme de Lealtad. No era que realmente quisiera divorciarme, sino que era una manera de expresar mi enojo. La razón era siempre la misma: Lealtad había estado flirteando con otra. Entonces Calabaza Mágica venía a verme y me daba la razón en todo. Me decía que Lealtad era malvado, desconsiderado y estúpido.

—¡Pero no necesitas divorciarte! —me aseguraba—. Hay unas hierbas que le puedes echar en el té, que le encogerán el deseo y otras cosas que yo me sé. Pero no se las eches demasiado a menudo porque sería malo también para ti.

Después me engatusaba poco a poco, hasta convencerme de que Lealtad no era tan malo en comparación con otros maridos.

—Lealtad hace travesuras, pero nunca maldades. Además, es muy guapo y dices que es buen amante. Y te hace reír. Ya son cuatro ventajas. La mayoría de las mujeres ni siquiera pueden contar una.

Shanghái
1929

Finalmente, mi madre y yo nos pusimos de acuerdo para que viniera a Shanghái. No dijimos explícitamente «antes de que sea tarde», pero las dos lo expresamos de mil maneras diferentes. Le dije que no me parecía conveniente tratar de alterar el pasado, hablando de cosas que podrían haber cambiado el curso de nuestras historias. Habíamos forjado una relación de confidentes entre dos mujeres adultas, que era más que una amistad, pero no llegaba a ser la relación entre una madre y su hija.

Manteníamos conversaciones íntimas por escrito, pero eran intercambios sin rostro, separados por la distancia. Nuestras confesiones y reminiscencias requerían confianza, y si bien nuestras palabras fluían libremente la mayor parte del tiempo, sabíamos que podíamos retirarnos tras la seguridad de la hoja de papel, sin tener que dar explicaciones. No nos preocupaba la posibilidad de ofendernos mutuamente, ya que en la correspondencia nos expresábamos con mesura y seleccionábamos con cuidado las palabras que describían nuestros sentimientos encontrados. Pero una reunión cara a cara en Shanghái podía exponernos a los efectos de un pasado hiriente y deshacer lo que habíamos construido juntas, que era muy importante para nosotras. Aun así, las dos decidimos que valía la pena correr el riesgo. Le advertí que tal vez no sintiera el impulso de abrazarla, como tampoco habría abrazado sus cartas. No sabía lo que sentiría cuando la viera en persona. Quizá su presencia despertara en mí emociones olvidadas. Le pedí por lo tanto que estuviera preparada y que no se ofendiera si yo no me arrojaba en sus brazos como habría hecho una hija feliz de reunirse con su madre. Ella estuvo de acuerdo en que el encuentro podía ser incómodo e impredecible, y me aseguró que estaba preparada para que hubiera cierta distancia entre nosotras. Estuve pensando en esa reunión durante todo el mes antes de su llegada y reviví un torbellino de emociones, desde la niña que se había sentido traicionada, hasta la mujer que se sabía más importante para ella que Lu Shing y su hijo. Volvería a verla sabiendo que había llorado mi pérdida y que había sufrido por mí, como yo por Flora.

Mientras esperábamos la llegada del barco, le advertí a Lealtad que no se le ocurriera mirarla como miraba a muchas mujeres.

—¿Cómo puedes creerme capaz de algo así? —me dijo con fingido enojo.

—Serías capaz de mirar a una vieja en un ataúd.

Se echó a reír y me dio un beso.

—Estaré contigo. Si la situación te parece insoportable, apriétame la mano y encontraré una excusa para sacarte de aquí.

Aunque habíamos intercambiado fotos en nuestra correspondencia, yo había imaginado a mi madre con uno de los lujosos vestidos que se ponía para las fiestas y no con un sencillo traje sastre de color pardo. Seguía siendo atractiva, pero fuera de su mundo carecía de la electrizante cualidad que fascinaba a los hombres. No se movía con gracia mientras buscaba su equipaje, sino a sacudidas nerviosas. Vino hacia mí, se detuvo a tres metros de distancia y se me quedó mirando, como si hubiera visto un fantasma. Se mordió los labios mientras me contemplaba detenidamente la cara.

—Ya sé que hemos acordado no hablar de nuestras emociones, pero llevo dentro los diecisiete años de tu ausencia y no puedo reprimir las palabras que siempre he querido decirte. Te quiero, Violeta, ¡te quiero tanto!

Por segunda vez en mi vida, la vi llorar. Asentí con la cabeza, dejé que me abrazara y yo también permití que fluyeran libremente las lágrimas.

Al cabo de unos minutos, se separó de mí y se enjugó el llanto.

—¡Ya está! Ya lo dije. Ahora podemos volver a ponernos nerviosas por lo que expresemos.

Lealtad trató a mi madre con el mayor respeto.

—Fue en su casa donde conocí a su adorable hija cuando era una chiquilla de siete años. No ha cambiado mucho desde entonces, excepto en la edad.

A mi madre le cayó bien de inmediato y en seguida se puso a hablar con él en su chino un poco oxidado. Fue un alivio que estuviera presente para llevar la conversación a temas más inocuos cada vez que una de nosotras se sentía incómoda. En seguida se pusieron a recordar a conocidos de ambos, hijos de familias acomodadas sobre los cuales Lealtad puso al día a mi madre, contándole si estaban igual, mejor o peor que antes. Muchos estaban peor.

Calabaza Mágica nos estaba esperando en casa. Yo la había mencionado en muchas de mis cartas, tras recordarle a mi madre que veinticinco años antes había expulsado de la Oculta Ruta de Jade a la cortesana Nube Mágica —como entonces se llamaba— por un asunto relacionado con un fantasma y un cliente. También le había contado que Calabaza Mágica había estado a mi lado cuando conocí a Edward, en el nacimiento de Flora, en la muerte de Edward, cuando Perpetuo había estado a punto de matarme y cuando nos fugamos del Estanque de la Luna, es decir, en todos los momentos importantes de mi vida desde que mi madre se había ido. No le había revelado su papel en mi instrucción como cortesana, pero le había dejado claro que había sido como una madre para mí. En la distancia de la correspondencia, no pude ver su cara al leer esas palabras: «Como una madre.» Sin embargo, la caligrafía de su respuesta me pareció más cuidada que de costumbre. En su carta expresaba tristeza por haber tratado mal a Calabaza Mágica, sobre todo después de enterarse de que se había ocupado de mí y de que había dado muestras de las virtudes que debe tener una madre auténtica, una madre protectora, que busca lo mejor para su hija por encima de todo y sin egoísmos, y que está dispuesta a sacrificar su propia vida para que nada malo le suceda a su pequeña. Con esas palabras resumió las diferentes maneras en que me había fallado. A partir de entonces me preguntó en cada una de sus cartas por Calabaza Mágica, y Calabaza Mágica también me preguntaba cortésmente por ella.

Antes de llegar a Shanghái, mi madre ya se había enterado de que Calabaza Mágica se había convertido en la señora de Armonioso Chen y de que había adoptado el nombre de Felicidad, por lo que había pasado a llamarse «Felicidad Chen». Estaba orgullosa de su nuevo estatus social y no le gustaba que nadie la llamara por su antiguo nombre, excepto yo.

En el coche, de camino a casa, mi madre y yo hablamos de la forma en que se presentaría a Calabaza Mágica. Las dos estábamos nerviosas. Habría sido absurdo fingir que no se conocían, y Calabaza Mágica no estaba acostumbrada a disimular sus sentimientos. También le había advertido a mi madre que era posible que no la reconociera. Tenía más de cincuenta años y había ganado mucho peso. Cuando estaba nerviosa o enfadada, le colgaban los cachetes y las comisuras de la boca; pero cuando sonreía o se entusiasmaba, se le levantaban y le redondeaban aún más las mejillas. Todavía tenía los ojos grandes y hermosos, y su mirada solía ser más amable que crítica.

Cuando entramos por la puerta, Calabaza Mágica y Armonioso estaban tranquilamente sentados, tomando el té. Ella fingió sorpresa al vernos.

—¿Ya es tan tarde? —exclamó—. Pensé que tardarían por lo menos una hora más.

Mi madre se le acercó y empezó diciendo que había leído mucho acerca de ella en todas mis cartas, y que se alegraba de poder agradecerle lo que había hecho por mí. No pudo pasar de ahí.

—Te acuerdas de mí, ¿verdad? —le dijo Calabaza Mágica—. Tú me echaste a la calle por culpa de un fantasma y del rumor que difundió una cortesana codiciosa, que estuvo a punto de arruinarnos a todas el negocio. Cuando me fui, le deseé lo peor a la chica que propagó esas habladurías. Después me enteré de que había acabado en una acera de Hong Kong, al lado de la lonja de pescado, pobre y sin dientes. Entonces me dije: «Ya no necesitas preocuparte más.» —Sonrió—. No hace falta que ninguna de nosotras volvamos a pensar al respecto.

Entonces mi madre pudo continuar con sus expresiones de gratitud, utilizando las palabras «como una verdadera madre» y mencionando las cualidades que la caracterizaban. Sus agradecimientos dieron pie a la primera de las interminables historias que Calabaza Mágica tenía preparadas sobre los tiempos difíciles que había compartido conmigo, empezando por nuestra época en el Pabellón de la Tranquilidad. Lo primero fue describir la instrucción que me había dado para que no cayera en manos de clientes baratos. El relato no pareció perturbar a mi madre, que comentó:

—Sin tu ayuda, podría haber acabado en la calle.

Una hora después, Calabaza Mágica le estaba contando la fastuosa fiesta ofrecida por Lealtad en mi honor cuando yo tenía catorce años. Al cabo de un momento, salió a relucir que Lealtad había comprado mi desfloración. Mi madre se volvió hacia él.

—No debes sentirte cohibido. Tenía que suceder con alguien, y Violeta tuvo suerte de que fuera contigo.

Calabaza Mágica le dijo:

—¿Sabes qué pienso? Que no fue solamente suerte. Fue cosa del destino que te fueras en ese barco. Si te hubieras quedado, Violeta no habría conocido a Edward, ni habría tenido a Florita, ni estaría ahora aquí con Lealtad. Lo que le sucedió a Violeta fue terrible, y no estoy diciendo que el destino actúe inocentemente y sin culpa. Pero cuando las cosas nos salen bien, debemos olvidar el mal camino que nos trajo hasta donde estamos. Ahora tenemos que concentrarnos en volver a reunir a la pequeña Flora con su verdadera madre. Si todos colaboramos, no podemos fracasar.

Llevamos a mi madre a recorrer el viejo vecindario. Allí pudo comprobar que la Oculta Ruta de Jade se había convertido en la residencia privada de algún personaje con suficiente poder para apostar guardias armados junto a la entrada.

—Son gánsteres —dije yo—, o políticos amigos de mafiosos. Fairweather tenía negocios con ellos, ¿sabes? No me apena decir que tuvo un final espantoso.

Mi madre preguntó por los detalles y cuando se los conté, hizo una mueca de disgusto.

Pasó la segunda semana en Soochow con Paloma Dorada, que según ella misma decía se había vuelto gorda y perezosa. Era cierto que estaba rellenita, pero seguía tan activa como siempre. Dos años después de irse de Shanghái, se había casado con el dueño de una mueblería, que ella había convertido en un emporio textil. Nos contó que al borde de los cuarenta años había tenido un hijo y que con el pequeño su vida se había vuelto mucho menos apacible. Por lo tanto, era feliz.

Al cabo de tres semanas, mi madre se fue y reanudamos nuestra correspondencia, en la que analizamos nuestra reunión. Reconocimos que secretamente habíamos deseado revivir el día que se fue de Shanghái. Habríamos querido volver a su estudio, escuchar otra vez las mentiras del bellaco y que ella advirtiera el peligro y pudiera protegerme. Pero no podíamos recrear un pasado diferente. Era como ir al cine para ver una película cuyo final ya conociéramos y descubrir que los protagonistas no tenían el aspecto que esperábamos.

Aunque a mi madre y a mí nos alegró mucho poder abrazarnos al comienzo y al final de su visita, las dos estuvimos de acuerdo en que preferíamos el trato íntimo que nos permitían las cartas. En persona, cuidábamos demasiado lo que decíamos. Nos fijábamos en exceso en nuestras expresiones, en los gestos y en la dirección de nuestras miradas para juzgar si podíamos tratar un tema. Cuando hablábamos, había otras personas presentes que intentaban reducir la tensión, aunque no la hubiera, o que añadían un grado de incomodidad fácilmente evitable. Pero en términos generales la visita había sido un éxito. Cuando volvimos a escribirnos, lo hicimos con más franqueza y mejor comprensión. Calabaza Mágica nos había aconsejado olvidar los años de nuestra separación, pero nosotras no queríamos olvidarlos. Las heridas que aún teníamos nos impulsaban a revelarnos todo mutuamente.

Mi madre regresaba todos los años a Croton-on-Hudson para pasar unos meses con Flora fuera del curso escolar. Allí asumía el papel de vecina entrometida. Se encontraba con Flora en la feria, en la iglesia, en el parque o por la calle mientras las dos paseaban a sus perros.

> *Una vez vi que el suyo se alejaba para investigar a otro perro en la acera de enfrente. Un coche estuvo a punto de arrollarlo y entonces Flora gritó:* «¡Cupido!» *Sentí en mi propio corazón el temor de mi nieta y el alivio que la invadió cuando el animalito volvió a ella con la cabeza, la cola y las patas en su sitio.*

Fue la primera vez que llamó «nieta» a Flora. Yo sabía que la había encontrado para ayudarme a mí, pero me daba cuenta de que otras razones se habían añadido a esa primera razón, y me alegraba.

> *Me compré una perrita de orejas erguidas, una cairn terrier parecida al perro de Flora, con la idea de que los dos jugaran juntos. Le puse de nombre* Salomé. *La primera vez que se vieron,* Cupido

vino corriendo a olisquearla y las correas de ambos se enredaron a nuestro alrededor. En la lucha por soltarse, Salomé *estuvo a punto de matar a* Cupido. *Por fortuna, cuando conseguimos desenredarlos, los dos se hicieron bastante amigos, aunque su amistad no tardó en tomar un cariz más bien lascivo que exigió más esfuerzos de separación.*

Gracias a *Salomé,* mi madre se encontraba a menudo con Flora en el parque. Solía llevar galletas para perro para asegurarse de que *Cupido* acudiera siempre a su lado. Una vez le preguntó a Flora si los cairn terriers eran la mejor elección en cuanto a inteligencia perruna.

—No lo sé —respondió secamente la niña, encogiéndose de hombros.

Creo que mi madre habría tomado clases de hípica para encontrarse con ella de no haber sido porque la aterrorizaban los caballos. Fue capaz incluso de superar su antipatía por la religión para incorporarse a la comunidad de la iglesia metodista. A través de sus informes y sus fotografías, yo seguía a Flora desde la distancia. Me enteré de que llevaba el pelo corto, lucía vestidos de cuadros y le gustaba dibujar. Cuando mi madre le hacía una pregunta (acerca del tiempo o de la próxima vez que la feria visitaría el pueblo), su respuesta era siempre la misma: un seco «no lo sé», acompañado de un encogimiento de hombros.

Cuando Flora cumplió dieciséis años, mi madre me transmitió su preocupación porque sus amigos no le parecían «de la mejor calaña». Había un chico en particular que iba a buscarla a menudo. Ella corría hasta su coche y entonces el chico, que la esperaba recostado en la puerta del vehículo, le daba un cigarrillo encendido por todo saludo. Un día mi madre la vio salir corriendo de la iglesia y oyó que le gritaba a Minerva:

—¡Eso no es asunto tuyo!

Después se metió en el coche, donde la estaba esperando su novio, que la recibió con un beso largo y apasionado. Minerva se quedó parada delante de los feligreses, alterada y avergonzada. Mi madre veía en Flora los signos típicos de rebeldía de una chica de dieciséis años, pero le preocupaba que su temeridad pudiera causarle problemas más graves.

Al año siguiente, mi madre me informó de que Flora parecía más calmada. Llevaba el pelo todavía más corto, en un estilo poco atractivo, y pasaba el día dando largos paseos por el parque y dibujando en su cuaderno de apuntes. Una vez mi madre le había preguntado si podía echar un vistazo a sus dibujos y ella le había respondido que sí encogiéndose de hombros. Minerva siempre elogiaba todo lo que hacía Flora, y ella recibía sus alabanzas casi con resentimiento. Pero mi madre sabía actuar con mesura. Era una de las virtudes que había desarrollado en sus viejos tiempos en la Oculta Ruta de Jade.

—La perspectiva me parece muy interesante —le dijo—. Crea una ilusión óptica. Así es como lo veo yo, pero sé que cada persona ve algo diferente en una obra de arte.

—Es lo que yo quería —respondió Flora—. Muchas perspectivas. Pero todavía no lo he conseguido.

Era la primera vez que Flora le respondía de verdad a mi madre. Cuando ella se presentó como la señora Danner, Flora dijo:

—Ya la conozco. Es la señora que quería convertirnos en estrellas de Hollywood.

En 1937, mi madre se enteró de que Flora había terminado los estudios secundarios y se había ido a la universidad, pero no sabía a cuál. Pese a la ausencia de su nieta, siguió alquilando la casita en Croton-on-Hudson para poder volver en verano, en caso de que Flora también regresara. Sin embargo, no volvió a verla.

Cuando me disponía a contestar su última carta, estalló la guerra con Japón. Se habían registrado incidentes aislados, pero en agosto los bombardeos alcanzaron la estación del Sur y mataron a casi todos sus ocupantes. Poco después, varias bombas de la fuerza aérea china cayeron por accidente sobre el Bund y otro día cayó una sobre unos grandes almacenes. Cada vez que sucedía algo así, nos preguntábamos si verdaderamente estaríamos a salvo en la Concesión Internacional, que no se consideraba zona de guerra. De hecho, los japoneses rodeaban la Concesión, listos para atrapar a cualquier chino con sentimientos antijaponeses que tuviera la osadía de asomarse. Había muchos. Pocos días después de cada bombardeo, los clubes nocturnos volvían a abrir sus puertas y la vida continuaba de manera tan extraña y espectral como antes. Lealtad me advertía a diario que no me acercara al camino de Nankín, ni a los límites de la Concesión. Temía que yo me creyera suficientemente norteamericana para ir a todas partes sin preocuparme.

—Por el bien de mi paz mental —me dijo una vez—, quiero que te consideres completamente china. Si una mitad no está a salvo, la otra tampoco.

En enero de 1938, Lealtad me puso una carta en la mano. Era de Flora e iba dirigida al «tío Lealtad». Era la primera vez que lo llamaba «tío» y él me señaló la palabra con un dedo tembloroso y lágrimas en los ojos.

26 de diciembre de 1938

Querido tío Lealtad:

Si has recibido cartas de agradecimiento a lo largo de estos años, has de saber que no las escribí yo. No había visto tus cartas hasta hoy. Minerva Ivory, antes conocida como mi madre, las interceptaba, lo mismo que tus regalos. En primer lugar, te diré que me ha impresionado que hayas guardado los gemelos de mi padre, su estilográfica y su libro de poemas. Debían de ser muy buenos amigos para que te hayas tomado el trabajo de enviarme todas esas cosas desde China. Te lo agradezco mucho. Significa mucho para mí.

También quiero darte las gracias por los regalos de Navidad, sobre todo por el caballito de jade. No sabía que el caballo es mi signo del horóscopo chino. Supongo que los ojos no serán rubíes verdaderos. La pulsera con los dijes me habría quedado perfecta a los diez años, y es una pena que no me la dieran entonces porque cuando era pequeña me encantaban esas pulseras. No te imaginas cuánto me gustaban. De hecho, me sorprende que hayas adivinado tan bien los gustos de una niña pequeña.

Por cierto, mientras buscaba tus cartas, encontré varias escritas por mi padre. En ellas queda claro más allá de toda duda que Minerva Ivory (la mentirosa que te escribió todas las cartas) no es mi madre. Yo siempre lo había sospechado y me alegro de que así sea por todo tipo de razones que no voy a detallar. Pero el hecho de que ella no sea mi madre, me lleva a preguntarme quién será mi madre verdadera. En la última carta que escribió mi padre, le anunciaba a Minerva que se había casado en Shanghái y que su mujer iba a dar a luz a un bebé de ambos (yo). El problema es que no menciona su nombre. ¿No lo sabrás tú, por casualidad? ¿Podría ser que tú conocieras el nombre de mi verdadera madre? Sé que fue hace muchísimo tiempo y que probablemente ella también murió durante la pandemia de gripe, lo mismo que mi padre. En cualquier caso, no te lo pregunto por nada importante, sino sólo por curiosidad. Si la conoces y la ves, dale saludos míos desde Nueva York.

Cordialmente,

FLORA IVORY

P.D.: Nunca me ha gustado la poesía, pero le daré otra oportunidad ahora que sé que a mi padre le gustaba mucho el libro que me enviaste. Nunca se sabe.

Lealtad estaba furioso.

—¡Nunca recibió mis cartas! ¡Esa perra escribía las respuestas! «Querido señor Fang», escribía la muy canalla. ¡Flora me habría llamado «tío» durante todos estos años!

—Flora lo sabe —fue todo lo que conseguí decir.

Estuve debatiendo internamente qué escribir. ¿Debía decirle que me la habían arrancado de los brazos mientras las dos gritábamos, llamándonos? ¿Debía decirle que Minerva y la señora Lamp me habían arrebatado toda posibilidad de quedármela? Al final, le expresé mi gran alegría por haberla encontrado y le dije que mi mayor deseo había sido siempre volver a reunirme con ella.

Tengo muchas cosas que contarte acerca de tu padre y lo mucho que él y yo te queríamos. Mientras tanto, si quieres conocer a tu abuela, la tienes allí mismo, en Croton-on-Hudson, donde te ha estado vigilando durante todos estos años.

Recibimos la respuesta de Flora por telegrama. Quería conocer a su abuela.

Mi madre me contó que había acordado encontrarse con Flora en el parque y que en cuanto Flora la vio, de pie en el pequeño puente, exclamó:

—¡Sabía que te traías algo entre manos! Siempre me estaba topando contigo. Al principio pensé que me espiabas para contárselo a mi familia y después, que eras simplemente una señora mayor un poco loca.

En los primeros momentos, no demostró afecto hacia su abuela. La movía sobre todo la curiosidad y actuaba con cautela. Mi madre lo comprendió y le dijo a Flora que su único propósito había sido comprobar que estaba bien para decírselo a su verdadera madre.

—Puedes decirle lo que quieras —respondió Flora—, pero ¿cómo vas a saber tú si estoy bien o mal? Ni siquiera lo sé yo con seguridad.

Le contó a mi madre que se había enterado de la verdad acerca de mí cuando volvió a su casa a celebrar las fiestas navideñas. Su madre se había ido a Florida para pasar una luna de miel de dos semanas con su nuevo marido, «la sanguijuela profesional», como ella lo llamaba. En el buzón, Flora había encontrado la carta de Lealtad dentro de un paquete que contenía la bufanda que le enviaba de regalo. Le sorprendió que la carta hablara de «una nueva felicitación navideña» y que hiciera alusión a su última nota de agradecimiento. Entonces se puso a registrar el escritorio y todos los cajones, estantes y armarios de su madre. Minerva era una de esas personas que nunca tiran nada y Flora sabía que el resto de la correspondencia de Lealtad tenía que estar en alguna parte de la casa. Encontró en el desván varias cajas de zapatos atadas con una cuerda y, en su interior, gran cantidad de cartas, no sólo del tío Lealtad, sino también de su padre. A medida que las leía, se iba sintiendo cada vez más asqueada porque empezaba a comprender lo sucedido. La mayoría de las cartas estaban fechadas antes de su nacimiento. Eran mensajes en los que su padre le pedía a Minerva que le concediera el divorcio, después de declarar que jamás volvería con ella, que no la quería y que nunca la había querido. En las primeras cartas mencionaba el ardid que habían utilizado Minerva y la señora Lamp para forzarlo a casarse. En otras misivas posteriores, le recriminaba que recurriera a mentiras sobre la salud de su padre para hacerlo regresar. En otra, finalmente, le anunciaba que amaba a otra mujer y que vivía con ella en Shanghái. «Pronto nacerá un niño —había escrito—, uno de verdad, y no el bebé imaginario que te inventaste para que me casara contigo. ¿No te parece prueba suficiente de que nunca volveré?» Esa carta estaba fechada el 15 de noviembre de 1918 y había sido la última.

Flora le dijo a mi madre que quería saber la verdad: quién era su verdadera madre, por qué estaba en Shanghái y cómo había conocido a mi padre.

—Por favor, no me cuentes mentiras bonitas. Llevo toda la vida oyéndolas. No quiero descubrir dentro de un tiempo que me han vuelto a engañar, sólo que de una manera diferente. Si la verdad es desagradable, podré soportarla. No me importa lo que sea, siempre que sea la verdad.

Empecé por contarle que su madre era medio china. Al principio Flora se sorprendió mucho, pero después se echó a reír y dijo: «¡Eso sí que es irónico!» Al parecer, cuando tenía trece o catorce años, pidió ir a un restaurante chino que había en Albany, pero Minerva se empeñó en que no iba a gustarle. Cuando Flora le preguntó cómo podía saberlo, Minerva ni siquiera le contestó y siguió conduciendo en silencio. Flora se puso furiosa. A los dieciséis años, fue a la ciudad con su novio (aquel tan malo que te he mencionado), con el único propósito de comer en un restaurante chino. Lo hizo sólo para fastidiar a Minerva, pero le encantó. Le dije que de pequeña probablemente habría comido más comida china que occidental. Y entonces ella replicó: «Es normal que me guste. ¡Tengo una parte china!»

Después le conté otras verdades menos agradables: «Tuve a tu madre fuera del matrimonio y tu madre te tuvo a ti sin estar legalmente casada. Por esa razón, los Ivory pudieron separarte de ella.» Flora no dijo nada, ni demostró ninguna emoción. Finalmente, me dijo: «Quiero conocerla. Si no me gusta, no estaré obligada a verla nunca más. Pero si se parece a ti, no puede estar muy mal.»

Marzo de 1939

Mi madre y Flora viajaron en primer lugar a San Francisco, donde una semana más tarde iban a embarcarse con destino a Shanghái. Durante su estancia en San Francisco, Flora durmió en el dormitorio que mi madre me había dicho una vez que sería para mí. Yo aún podía imaginarlo, con las paredes pintadas de amarillo soleado y la ventana tan cerca de un viejo roble que era posible treparse por sus ramas. Ese dormitorio había sido para mí un símbolo de la felicidad. Imaginé a Flora trepando por las ramas de ese árbol.

Me había dicho mi madre que la casa estaba muy deteriorada y que necesitaba muchas reformas. Era demasiado grande para una persona sola y entre sus paredes albergaba más recuerdos tristes que alegres. Cuando le dijo a Flora que probablemente la vendería, ella le contestó:

—No, por favor, no la vendas. Quizá yo pueda repararla para venir a vivir aquí. Quiero mudarme lo más lejos que pueda de Minerva, y necesito un lugar donde estar.

No dijo que su abuela también podría vivir con ella. Pero ¿a qué otro sitio iba a ir?

Por fin llegó el momento que mi madre había empezado a temer. Flora quería conocer a «su parte china», es decir, a Lu Shing, a quien mi madre no veía desde 1912. Mi madre no había hecho caso de ninguno de los intentos de Lu Shing de reunirse con ella y disculparse, con la esperanza de que se desvaneciera simplemente de su vida y de su memoria. Reconocía que no podía culparlo por haberla persuadido de ir a San Francisco para ver a Teddy, ya que ella misma se había dejado convencer. Pero no quería ver a una persona que le recordara todas las malas decisiones que había tomado en su vida en nombre del amor. Por mi parte, yo sospechaba que también tenía miedo de que el contacto con Lu Shing hiciera avivar la vieja llama.

Recibí una carta cuando mi madre y Flora ya estaban en el barco. Estaba fechada la semana anterior, cuando todavía no habían salido de San Francisco.

Me convierto en un manojo de nervios cuando pienso en este encuentro. Han pasado veintisiete años desde la última vez que lo vi y aún recuerdo su capacidad de seducción. Temo que cautive a Flora con su encanto y que después ella quiera mantener el contacto con su adorable abuelo chino. Aunque Flora me ha dicho que quiere saber toda la verdad, he procurado presentarle los hechos objetivos y no mis opiniones emocionales sobre Lu Shing. Le conté su relación con el señor Ivory, coleccionista de arte y abuelo suyo, y con mi padre, John Minturn, su bisabuelo. Estaba en plena explicación, contándole que Lu Shing había disfrutado de la protección del señor Ivory y que había vivido varios años en su casa, cuando Flora me interrumpió. «Espera un minuto —dijo—. Creo que me han hablado de él o, mejor dicho, creo que en una ocasión oí que lo mencionaban por casualidad. Mi abuelo estaba hablando de un hombre chino que había vivido en la casa varios años antes. Lo llamó "ese chino bastardo estafador, patán de ojos rasgados, pintor de tres al cuarto" y dijo que había "seducido a la hija de John delante de sus narices". Me hizo mucha gracia la diatriba de mi abuelo contra el pintor y me puse a repetirla, como si fuera un trabalenguas, cada vez más rápido: "ese chino bastardo estafador, patán de ojos rasgados, pintor de tres al cuarto..." ¡Ahora entiendo lo que quería decir! La hija de John eras tú, que tuviste a mi madre, de quien después se enamoró mi padre para después poner todo el árbol genealógico de la familia patas arriba al traerme al mundo a mí. ¡No veo la hora de conocer a ese chino bastardo estafador, patán de ojos rasgados, pintor de tres al cuarto, que te sedujo!» *Entonces le conté algunas cosas más sobre Lu Shing, pero sólo los hechos objetivos, por ejemplo, que se llevó a mi bebé y desapareció durante los doce años siguientes.*

Al día siguiente recibí otra carta.

Flora tiene una manera muy exasperante de decir las cosas. Ayer estábamos preparadas para ver a Lu Shing. Yo estaba nerviosa, como te puedes imaginar, después de veintisiete años sin verlo. Ten en cuenta que en otra época ese hombre podía desnudarme con una sola mirada. Antes de salir por la puerta, Flora me dijo que le gustaba mi vestido porque combinaba con mis ojos verdes. Se lo agradecí. Entonces, siguió: «Es nuevo, ¿no?» Yo estaba un poco confundida, pero ella continuó: «Te han dejado muy bien el pelo en el salón de belleza. Francamente, tal como lo llevabas antes te hacía parecer una vieja loca. Estoy segura de que el pintor de tres al cuarto lamentará el día que te dejó.» Y me hizo un guiño. ¿Te lo puedes creer? Para serte sincera, yo quería tener el mejor aspecto posible para decirle a Lu Shing que se fuera a volar. «A volar», por cierto, es una expresión muy útil que me enseñó Flora. Es una manera educada de decir «a la mierda».

Llegamos a las diez en punto a la galería de arte en Nob Hill donde Lu Shing vende sus cuadros. No es mucho más grande que una caja de zapatos, pero aparentemente es suya. ¿Quién más iba a querer vender sus cuadros? Flora fue amable, con su habitual expresión tranquila e impenetrable. Cuando se estrecharon la mano, vi que estudiaba detenidamente la cara de Lu Shing. Me habría gustado saber qué pensaba en ese momento. Yo lo encontré desmejorado y con poca vitalidad, aunque debo confesar que sigue siendo apuesto y que su voz es igual de melodiosa, con el mismo acento británico. Siempre ha tenido cierta cualidad china imperial que lo hace parecer más importante de lo que es. En un momento dado, lo sorprendí mirándome con una sonrisa, y me pregunté si estaría pensando: «¡Pobre Lulú! Se ha convertido en una vieja loca, pero al menos lleva el pelo bien arreglado.» Se me acercó y me agradeció que hubie-

ra ido a verlo. Tenía los ojos tristes. «Ojalá no hubiera sucedido todo de esta manera —me dijo—. Lo siento.» Mi determinación de insultarlo y maldecirlo se esfumó, y me invadió la nostalgia.

«¿Cómo está tu mujer?», le pregunté en tono alegre. Él bajó la voz y dijo con respeto: «Ha muerto.» En ese momento volví a sentir una pizca de esperanza, no una esperanza real, sino un eco de la vieja esperanza, de la época en que deseaba que algún día estuviera libre para casarse conmigo. Te alegrará saber que dos segundos más tarde recobré la sensatez. «Lo siento —le dije—. Y también siento decirte que ninguno de mis maridos ha muerto. Tuve que divorciarme de todos. Ya voy por el cuarto.» Seguramente sabía que estaba mintiendo, pero no dijo nada.

Flora recorría la pequeña galería estudiando las obras de arte o, mejor dicho, la mercancía. Eran escenas de barcos en la bahía, algunas en calma y otras agitadas y oscuras, dignas de Rebelión a bordo. *También tenía varios cuadros de tranvías que subían la cuesta hacia las estrellas y muchas imágenes del nuevo puente de San Francisco, que se empeña en pintar de dorado, aunque en realidad es rojo. Había escenas de leones marinos en islotes rocosos y una composición que me llamó poderosamente la atención. Tú la conoces.* El valle del asombro. *Había una docena de valles, algunos representados al atardecer y otros al alba, algunos antes de la tormenta y otros después. En uno de ellos, el valle estaba tapizado por una alfombra de flores moradas; en otro, las flores eran azules. En algunos se divisaban a lo lejos, más allá de la abertura entre las montañas, diminutas ciudades doradas, iluminadas por rayos que caían del cielo.*

Te agradará saber que tu hija es una sagaz crítica de arte. Observó que Lu Shing parecía especializarse en escenas felices. Le señaló uno de los cuadros de El valle del asombro *y le preguntó si podía pintarlo más grande y con pájaros en el cielo. Él le respondió que podía hacerlo sin problemas y que con frecuencia adaptaba los cuadros al gusto personal de sus clientes. Nuestra astuta niña le respondió que ya lo suponía, y cuando él le preguntó si quería que le pintara el cuadro, ella le dijo: «No, simplemente sentía curiosidad por saber cómo te ganabas la vida.» Me di cuenta de que él entendía lo que ella había querido decirle y sentí pena porque recor-*

dé que en una carta me había confesado su tristeza por ser un pintor mediocre y sin profundidad, y me había dicho que se sentía decepcionado con su vida. En ese momento, no pude seguir enojada con él. Sentí lástima.

Cuando salimos de la galería, Flora me dijo que Lu Shing era un falso artista, que todos sus cuadros eran copias de la obra de otros pintores y que ni siquiera eran buenas copias. «En sus pinturas, toda la verdad está impregnada de falsa felicidad —me dijo—, sólo que no es felicidad e incluso es peor que falsa. Es peligrosa.»

Lealtad, Calabaza Mágica y yo fuimos al puerto a recibir a Flora y a mi madre. Yo estaba tan nerviosa que me costaba respirar. Volví a pedirle a Lealtad y a Calabaza Mágica que tuvieran cuidado con lo que decían. No quería ni una sola mención de Perpetuo, Fairweather o las casas de cortesanas.

—Nos lo has dicho diez veces —me contestó Lealtad, apretándome la mano—. Yo también estoy nervioso.

—Te reconocerá en cuanto te vea —me dijo Calabaza Mágica, y su comentario hizo que me pusiera todavía más alterada—. En las fotografías, es igual que tú.

Primero vi a mi madre y unos segundos después, distinguí a Flora. Estaban de pie en el muelle, entre el bullicio de cientos de pasajeros y de culis que intentaban distribuirse el equipaje. No vi los detalles de las facciones de Flora, sino únicamente el sombrero campana verde que llevaba puesto. Era alta comparada con mi madre y el resto de la gente a su alrededor. Había heredado la estatura de Edward. La vi moverse hacia mí, deslizándose entre el caos. A medida que se acercaba, reconocí los rasgos de Edward y su expresión grave. Flora tenía su misma piel y su color de pelo. Se detuvo antes de llegar a donde yo estaba, señaló un baúl y le hizo un gesto afirmativo a un culi; después, se paró delante de otro baúl y lo señaló también. Yo había visto fotos suyas de cuando tenía siete, diez, trece y diecisiete años, así como la más reciente, tomada apenas seis meses antes, en la que aparecía como una joven sofisticada. Pero en mi corazón y mi mente, todavía alentaban con fuerza dos imágenes suyas: el bebé que gorjeaba y reía, y la niña que lloraba y gritaba mientras la arrancaban de mis brazos. Había vivido con esos dos recuerdos, y los dos me habían desgarrado el corazón por igual. Había imaginado mil veces que sentía su peso entre mis brazos mientras dormía. Esa mujer elegante de melena corta y labios pintados de rojo no era mi Florita.

De pronto, tuve delante de mí a mi madre, que me abrazó brevemente. Había envejecido en los últimos diez años. El pelo se le había vuelto completamente gris y ya era más baja que yo. Parecía recién peinada y lucía un vestido a juego con el color de sus ojos. Así debía de haberse presentado ante Lu Shing cuando se encontraron en la galería de arte. Seguía activa, vivaz y parecía al mando de todo. Le hizo un gesto a Flora y me señaló a mí, y entonces Flora me miró y asintió con la cabeza, pero sin alterar la expresión. No demostró sorpresa ni felicidad.

Calabaza Mágica me apoyó una mano sobre el hombro.

—¿Lo ves? Tiene la misma expresión que tú cuando tratas de fingir que no quieres lo que quieres. ¿Ves su boca? La tuya está igual ahora mismo. —Me frotó la barbilla—. Tienes los labios apretados.

Hice un esfuerzo para sonreír mientras me inundaba la cabeza todo el repertorio de presentaciones que podía utilizar: «Me alegro de verte.» «Soy Violeta Fang.» «Estoy muy feliz de encontrarte por fin, Flora. Soy tu madre.» «Soy tu madre, Flora.» «Soy Violeta Fang, tu madre.» «¿Me recuerdas, Flora?»

Pero todas las frases ensayadas se me borraron de la mente, y cuando llegué hasta ella, simplemente le dije:

—¿Cómo ha ido el viaje? Debes de estar cansada. ¿Tienes hambre?

Respondió que el viaje había ido bien y que no estaba cansada ni hambrienta. Busqué la cara de bebé que recordaba y la encontré en sus ojos. Cuando los ojos se me llenaron de lágrimas, aparté la vista. Sentí una mano sobre mis hombros y la oí decir:

—Ten. Te hace falta.

Me dio un pañuelo. Después de secarme los ojos, la miré para darle las gracias, esperando que ella también tuviera la mirada húmeda. Pero tenía los ojos secos y tuve miedo. Me pareció que no sentía nada por mí.

Mi madre le estaba diciendo a un culi, en chino, que tuviera cuidado. Su chino estaba todavía más oxidado que la última vez que nos había visitado. Le di instrucciones al culi para que llevara el equipaje al otro lado de la calle, donde nos estaba esperando nuestro coche.

—Resulta un poco raro oírte hablar en chino —dijo Flora—. Ya sé que eres medio china, pero no lo pareces hasta que lo hablas. Supongo que me acostumbraré.

—Tú hablabas chino cuando eras pequeña —le dije—. Tú tía Chen y tú no hablaban otra cosa.

Le señalé a Calabaza Mágica, que asintió entusiasmada.

—¿Yo también hablaba chino? ¡Impresionante!

Le dije a Calabaza Mágica que se acercara y se la presenté a Flora:

—Ésta es la señora Chen, mi amiga más querida, que se ocupó de mí y me cuidó durante muchos años. Es como una hermana para mí.

Calabaza Mágica asintió y dijo una frase en inglés que le había costado mucho aprender y practicar.

—Tú puedes llamarme «tía Feliz».

Mi madre me dio un abrazo.

—Ya te había dicho que se parece a ti. Espera y verás en cuántas cosas más es como tú.

Lealtad estaba esperando pacientemente a que lo presentara. Flora fue hacia él y le estrechó la mano.

—Tú debes de ser el tío Lealtad.

Él resplandeció de orgullo.

—¡Sí, sí, es verdad! Y tú eres mi... Se me ha olvidado la palabra... Mi inglés es horrendo... Tú eres mi... mi hija.

Flora sonrió.

—Sí, digamos que sí.

Abuela, madre e hija nos sentamos en el asiento trasero del coche. Me di cuenta de que mi madre me hizo sentar en el centro a propósito para que Flora estuviera junto a mí, a mi izquierda. Fue un tormento para mí no poder mirarla directamente a la cara, pero me esforcé por mirar hacia adelante mientras le decía al chófer que nos llevara por una ruta que eludiera los puestos de control japoneses en el límite de la Concesión Internacional. No quería asustar a Flora. Se hizo el silencio en el interior del coche. La angustia se me acumulaba en el estómago y me sentía a punto de estallar. No me parecía correcto lo que estaba sucediendo. Después de tantos años de espera, no podía expresar nada de mi dicha, ni de mi dolor. Flora no me conocía. Para ella, yo era una extraña que parecía blanca por su aspecto, pero hablaba en chino. El bebé que se había aferrado a mi pecho se había vuelto indiferente a la madre que viajaba sentada a su lado. Minerva la había vuelto incapaz de todo sentimiento. Sentí que se me cerraba la garganta. Mi madre me había advertido que Flora podía parecerme fría. «Al cabo de unos días, se vuelve un poco menos gélida», me había escrito.

> *Ahora que ha pasado un mes, diría que es un poco más afectuosa. Pero nunca me ha llamado «abuela». Para ella sigo siendo «la señora Danner». No sufras, Violeta, si descubres que no es la niña mimosa que atesoraste en la memoria todos estos años. Piensa en lo extraño que fue para nosotras volver a vernos después de nuestra larga separación.*

Estaba a punto de preguntarle a Flora si quería ver algo en particular de Shanghái, cuando vi que llevaba colgado del cuello el relicario de oro en forma de corazón. Lo había conservado. Minerva no se lo había quitado. ¿Lo habría abierto alguna vez para ver qué guardaba en su interior?

—Llevas puesto el relicario que yo te regalé —le dije—. ¿Lo recuerdas de cuando eras pequeña?

Tocó con los dedos la pequeña joya.

—Recuerdo que jugaba con él en una habitación de paredes amarillas. También recuerdo que una mujer intentó quitármelo. Creo que fue mi madre, o mejor dicho, Minerva. No puedo volver a llamar «madre» a esa mujer. Sea como sea, Minerva trató de quitármelo y yo la mordí. Entonces ella gritó y yo me dije que debería morderla de nuevo. Siempre lo he llevado puesto, pero no sabía que me lo habías regalado tú. Minerva decía que provenía de su lado de la familia. Todo lo relacionado con esa mujer es una gran mentira.

—¿Lo has abierto? —le pregunté.

—No lo había intentado nunca, hasta que leí las cartas de mi padre. Entonces tuve la intuición de que podía ocultar algo dentro. Tuve que esforzarme mucho, pero finalmente lo conseguí. Vi las fotos: mi padre y tú, los dos juntos. Si no hubieras mandado sellar la maldita tapa, puede que hubiera descubierto la verdad mucho antes.

—No quería que las fotos se cayeran por accidente. Siempre estabas mordisqueando ese relicario. ¿No has notado las marcas de los dientecitos?

—Entonces ¿las muescas son marcas de dientes? —Se llevó la palma de la mano al collar—. Este relicario siempre ha sido muy especial para mí, incluso antes de conocer su procedencia. Para mí era un corazón mágico que podía tocar y que me volvería fuerte, o invisible, o capaz de leer la mente de los demás. Cuando era pequeña, lo creía de verdad. Pero no estaba loca. Era sólo algo que necesitaba creer.

Se me volvieron a llenar los ojos de lágrimas y tuve que apartar la cara hacia donde estaba mi madre.

—¿Has perdido el pañuelo que te di? —oí que me decía Flora y yo asentí.

Me pasó una mano por debajo del brazo y me dijo:

—No importa. Puedes llorar, si quieres.

Entre mi hija y mi madre, rompí a llorar.

En el camino a casa, Lealtad nos iba indicando los sitios interesantes de la ciudad. Cuando nos hacía mirar a la izquierda, yo aprovechaba la oportunidad para estudiar la cara de Flora. Ella miraba en mi dirección de vez en cuando y me sonreía levemente.

—Me resulta raro que hables chino —dijo— y también parecerme a ti.

—De hecho, te pareces más a tu padre —contesté. Me miró con los ojos muy abiertos, sorprendida—. La forma y el color de tus ojos, las cejas, la nariz, las orejas...

Flora se inclinó hacia adelante para mirar a mi madre.

—¿Está ciega? —preguntó.

—Ya te he dicho, Flora —respondió su abuela—, que te pareces mucho a tu madre.

Durante los dos primeros días, no mencioné nada acerca del pasado. Los cuatro llevamos a Flora a visitar Shanghái y a ver todo lo que se podía sin salir de la Concesión Internacional. Le interesaba sobre todo la arquitectura, en particular los tejados con sus aleros curvos.

—Tiene que haber algún tejado con una especie de cabeza con la cara levantada hacia el cielo.

Estuvo practicando con Calabaza Mágica algunas palabras chinas básicas, como «árbol», «flor», «casa», «hombre» o «mujer», y al cabo de una hora aún las podía recordar.

Al tercer día, me dijo mientras desayunábamos:

—Estoy lista para oír la historia de mi padre y tú. Cuéntamela simplemente, sin tratar de suavizarla para mis oídos. No me ocultes las partes más jugosas.

—Conocí a tu padre —empecé— cuando me lo presentó tu tío Lealtad para que él tuviera a alguien con quien conversar en inglés. Pero me tomó por una vulgar prostituta de burdel barato y al principio no nos llevamos bien.

Disfrutó mucho con mi explicación del malentendido y del papel que Lealtad había desempeñado en él. Cuando le describí a Edward, me escuchó en silencio, impertérrita. Todavía me costaba mucho expresar en palabras lo que había significado Edward para mí y cómo había sido su padre con ella. Le conté lo maravillosa que era su voz y le canté la canción matinal que había inventado. Le dije que era un hombre serio y a veces triste, pero siempre amable y divertido. Le conté brevemente su desesperación por la muerte de un chico llamado Tom, que se había despeñado a causa de una necedad suya. Me preguntó la opinión de sus abuelos al respecto, y cuando le dije que habían negado cualquier culpa que Edward o ellos pudieran tener, resopló y comentó:

—Lo sabía.

Mientras le contaba todo lo que recordaba, sentí a Edward presente en la fuerza de los detalles y me pareció que se liberaba de la fotografía y del recuerdo inerte, y cobraba vida.

Fui hasta la mesa donde había dejado su diario. Lo puse en manos de Flora y ella pasó los dedos por la suave cubierta marrón. Lo abrió y leyó en voz alta el título que al propio Edward le había parecido grandilocuente:

MÁS ALLÁ DEL LEJANO ORIENTE
B. Edward Ivory III
Un viajero feliz en China

Le enseñé el pasaje que había escrito su padre el día que fuimos al campo y me enseñó a conducir. Mientras ella lo leía en silencio, volví a sentirme con él, que me instaba a conducir más de prisa y a sentir la velocidad de la vida. Huíamos de la muerte que se extendía por todo el país, cuando él sólo quería sentir la felicidad de estar conmigo, la mujer que amaba. Entonces me volví hacia él y le hice sentir que yo también lo quería.

—Ése era el amor que teníamos y que te dimos a ti. Él me purificó. Me hizo dejar de ser la cortesana que las circunstancias me habían forzado a ser. Me sentí amada y fue un sentimiento que nadie pudo quitarme nunca. Cuando la señora Lamp me llamó «prostituta», no pudo arrebatarme su amor. Pero te arrancó a ti de mis brazos. Esa gente te separó de mí y te hizo olvidar quién eras.

La expresión de Flora era sombría.

—En cierto modo, no lo olvidé. Por eso no dejaba que nadie tocara el relicario. Sabía que mientras lo tuviera, alguien como tú vendría a buscarme. Yo te esperaba, pero ellos me decían que no existías, que eras una pesadilla. Me lo repetían todos los días, hasta que te convertiste en un sueño.

Me miró con cara de desesperación. Sus ojos eran los de Edward justo antes de confesarme la historia terrible del niño que había caído por el acantilado.

—Me separaron de ti y trataron de transformarme en otra

persona. Yo no soy una de ellos. Los odio. Pero tampoco soy de aquí. Ya no me conozco. No sé quién soy. La gente me ve segura y confiada. «¡Qué suerte tienes! —me dicen—. ¡Una chica rica y sin preocupaciones!» Pero no soy como ellos piensan. Visto ropa cara y camino con paso firme, como una mujer segura de sí misma, que sabe adónde va. Pero no sé qué quiero hacer con mi vida. Y no me refiero al futuro, después de terminar los estudios, si es que los termino. No sé qué hacer en el día a día. No hay nada que conecte un día con el siguiente. Cada uno es un día separado, sin relación con los demás, y cada mañana tengo que decidir qué quiero hacer y quién quiero ser.

»Minerva intentó decidir quién era yo: su hija. Pero yo no la quería y sabía que ella tampoco me quería a mí. Cuando era pequeña trataba de convencerme de que sí, de que ella me quería, pero de algún modo me daba cuenta de que yo no sentía nada por ella y entonces pensaba que me fallaba algo. Sentía que nadie podía quererme y que yo era incapaz de amar. En la escuela veía a las otras niñas con sus madres. Cuando decoraban las cestas de Pascua, decían: "El azul es el color favorito de mi madre." Yo tenía que fingir tanto entusiasmo como ellas, pero con el tiempo me cansé de fingir. ¿Para quién fingía? ¿Quién era yo si dejaba de fingir?

»De tal palo, tal astilla. Me educaron en la tradición de la familia Ivory: no puedes equivocarte, siempre tienes razón, puedes mentir hasta quedarte afónica y obligar a la gente a hacer lo que quieres porque tienes suficiente dinero para borrar todas tus culpas. Puedes comprar admiración, aprecio, respeto..., todo falso, por supuesto. Los Ivory se conformaban con una endeble fachada de cartón. Pero eso para mí no era suficiente.

»Dejé de estudiar y suspendí todos los exámenes. Si sabía la respuesta correcta, escribía la equivocada. Entonces mi familia acusó a los profesores de tratarme injustamente y consiguió con amenazas que me dejaran repetir los exámenes en casa. Contrataron a un profesor para que hiciera los exámenes por mí, ¡y me convertí en una alumna sobresaliente!

»A los once años empecé a robar en las tiendas. Me resultaba emocionante porque era peligroso y me podían atrapar. Nunca había sentido emociones tan fuertes (al menos hasta donde podía recordar) y empecé a necesitarlas. La primera vez robé un soldadito de plomo de una juguetería. En realidad no lo quería, pero cuando me lo llevé a casa, sentí de pronto que me pertenecía y que tenía derecho a quedármelo. ¡Mi derecho! Robaba cosas valiosas y otras que no lo eran: un vasito de plata, una manzana, unos botones brillantes, un dedal, un perrito de plata que cabía en el dedal, un lápiz... Cuanto más robaba, más crecía mi necesidad de robar. Era como si tuviera una bolsa enorme de Santa Claus en mi interior y estuviera obligada a llenarla, pero no supiera cómo. Suponía que no sabría por qué hasta que la llenara. Finalmente, me atraparon, y mi falsa madre me sentó para hablarme y me preguntó si me faltaba algo. Yo no le respondí porque no podía hablarle de la bolsa vacía de Santa Claus en mi interior. Entonces me dijo que sólo tenía que decirle lo que deseaba y ella me lo daría. Después me dio diez dólares. Tiré el dinero y salí corriendo a la calle. Me indignó que creyera que podía pagarme para hacer desaparecer mi parte mala. Volví a robar. Quería que me atraparan otra vez y cuanto antes, mejor. Pero nadie lo notó. Entonces empecé a robar cosas más grandes y a la vista de todos: una muñeca, una alcancía con forma de cerdito, un rompecabezas de madera... Yo sabía que los dependientes de las tiendas me veían, pero nadie decía nada. Después descubrí que mi falsa madre había abierto una cuenta en varias tiendas y que los vendedores simplemente apuntaban el precio de lo que yo robaba para cobrar a fin de mes. Yo era un motivo de risa para ellos.

»No quería ser mala porque yo no era así. Pero de ese modo me sentía más próxima a lo que debía ser porque yo no era como ellos. Ser como ellos significaba cerrar los ojos y no ver que algo fallaba en ellos mismos, en el mundo y en los que se frotaban las manos y fingían respetarlos, cuando en realidad sólo respetaban su dinero. Ser como ellos significaba creer que el amor era un beso en la mejilla cuando se suponía que el amor tenía que hacerte sentir feliz y menos sola. Tenía que hacerte sentir algo que no sentías con otras personas y estrujarte el corazón. Eso era lo que yo sentía con mi perro. La gente dice que el amor verdadero es constante. Pero la ausencia de amor también lo es.

»Cuando me hice un poco mayor, trabé amistad con la clase de gente que los Ivory consideraban escoria, en particular con un chico llamado Pen. La señora Danner lo vio cuando me estaba espiando. Juntos fumábamos y bebíamos. También hice con él todas las cosas que no debía hacer, hasta que me quedé embarazada. Cuando me di cuenta de que iba a tener un bebé, pensé que por fin lo había conseguido. Había logrado cambiarme y ser otra. Mi cuerpo era diferente. La gente me miraría de otra manera. Las chicas que se quedaban embarazadas eran indecentes y estúpidas. Pero entonces no me gustó el cambio porque yo no era indecente ni estúpida. Me había metido en un lío con un chico al que ni siquiera quería. Al principio pensé que era distinto de los demás porque no le preocupaba lo que pudiera decir la gente. Era divertido y peligroso. Pero yo no estaba enamorada de él. Me habría gustado quererlo, pero no lo encontraba suficientemente inteligente. No me parecía que destacara en nada. Sin embargo, me dijo que quería hacer de mí una mujer decente. Dijo que me quería y me preguntó si su amor "era correspondido". "¡Correspondido!" Debió de ser la palabra más complicada que había dicho en su vida. Había visto la oportunidad de casarse con la señorita Bolsillos Llenos y había estado consultando el diccionario antes de pedírmelo. Hasta él se había convertido en un impostor. El bebé era lo único que no era falso.

»¿Qué podía hacer yo? Todavía no lo había planeado, pero ya lo haría. Sabía que muy pronto tendría que irme de casa porque no podía permitir que mi bebé fuera como el resto de mi familia. Además, estaba convencida de que se alegrarían si me iba. No podrían haber amontonado suficientes mentiras para disimular una barriga que cada día se volvería más grande. Minerva tardó dos meses en darse cuenta de que me pasaba algo. Yo vomitaba todas las mañanas en mi habitación, pero un día me sobrevinieron las náuseas durante la cena. Minerva estaba a punto de llamar al médico, convencida de que tenía una indigestión, cuando yo le dije: "No te molestes. Estoy embarazada."

Entonces cerró las puertas del comedor para estar a solas conmigo. Le dije que no sabía quién era el padre sólo para fastidiarla todavía más. Añadí que podía ser cualquiera de una docena de chicos. Su respuesta fue muy extraña: "Ya sabía yo que pasaría esto. Naciste sin moral, y por mucho que lo he intentado, no he podido cambiarte." Entonces yo no sabía que se estaba refiriendo a ti. Me dijo que había arruinado la reputación y la posición social de la familia Ivory, y que iba a ser el centro de un montón de habladurías. Me encantó oírselo decir. Después añadió con voz chillona: "Jovencita, has atravesado la línea roja que marca el diablo."

»Me eché a reír a carcajadas y ella me gritó que parara de una vez. Sus órdenes me hicieron reír todavía más, con carcajadas histéricas. Cuando me di cuenta de que no podía parar, tuve miedo. ¿Cómo es posible que la risa dé miedo? Me siguió gritando mientras yo seguía riendo. Me dijo que si me iba con uno de esos sucios chicos, tendría que vivir en una casucha con el bebé. No dejé de reír hasta que las carcajadas se convirtieron en resuello asmático porque me había quedado sin aliento. Me estaba sofocando con mi propia risa. Después Minerva me gritó que si me iba de casa para tener al bebé, no volvería a ver ni un solo centavo suyo. De repente, conseguí dejar de reír y le dije: "El dinero lo heredaré yo, y no tú. Eres tú la que no verá ni un solo centavo." Entonces guardó silencio.

»Le dije que seguiría viviendo en la casa y que tendría al bebé, le gustara a ella o no, y que si nos convertíamos en los parias sociales del pueblo, al menos habríamos sido honestos. De inmediato cambió de tono y dijo en una voz falsamente conciliadora que no debía preocuparme por el bebé ni por el futuro. "No te preocupes, cariño —me dijo—. Llamaré al doctor ahora mismo, para que te prescriba algo contra las náuseas." Me llamó "cariño". Mi herencia había comprado esa palabra y se la había hecho escupir. Me sentí agradecida cuando vino el médico. Yo estaba sentada al borde de la cama, devastada por los vómitos. Me dejó un frasco con medicinas en la mesilla de noche y le dijo a Minerva que me diera una pastilla tres veces al día. Después añadió que me pondría una inyección antes de irse para que el alivio fuera inmediato. Sentí el pinchazo, solté una exclamación de dolor y ya no recuerdo nada más hasta que me desperté con un dolor terrible. Minerva dijo que era lo normal con las náuseas del embarazo y me dio una pastilla. Me quedé dormida. Cuando me desperté, me dio otra.

»Pasaron tres días antes de que yo apartara de un golpe la mano de Minerva cuando me llevaba la pastilla a la boca. Sabía que el dolor sordo que sentía en la matriz no eran náuseas. Me habían vaciado. Me habían arrebatado lo que consideraban un error, lo que podría haberla avergonzado a ella y causar su ruina social. Minerva tenía su expresión de falsa amabilidad y, sin que le temblara la voz, me dijo que había sufrido un aborto espontáneo. ¡Lo dijo con tanta sinceridad! Me explicó que no lo recordaba porque el dolor había sido tan tremendo que me había dejado inconsciente. Yo la maldije de todas las maneras que conocía, gritando como una loca, mientras ella me decía que era natural estar melancólica después de todo lo que había sufrido. De repente, guardé silencio. ¿Para qué gritar? ¿Qué cambiaría? No podía ganar contra ella porque no había nada que ganar. Yo era huérfana y no tenía a nadie en el mundo. No podía confiar en nadie más que en mí misma. Pero me sentía indefensa y estaba dispuesta a rendirme porque ya no tenía fuerzas para nada. ¿Para qué iba a luchar?

»Sentía que me estaba muriendo y que nunca conocería la diferencia entre quién era yo y quién no quería ser. Me escapé de casa en cuanto pude levantarme de la cama. La policía me encontró y me llevó de vuelta. Volví a fugarme y me llevaron otra vez. Cada vez que me devolvían a casa, moría una nueva parte de mí. Me corté el pelo casi al rape. Me abrí las venas de las muñecas y recorrí la casa dejando un reguero de sangre a mi paso. Supongo que sufrí un colapso nervioso. Volvieron a llamar al médico. En lugar de ingresarme en un psiquiátrico, Minerva contrató a unas enfermeras para que me atendieran hasta que me sintiera mejor. Me ponían medicinas en la comida o la bebida para volverme dócil. Entonces dejé de comer y tiraba la comida al excusado. Me fui quedando cada vez más débil, pero un día pensé que era una estupidez dejarme morir solamente porque los odiaba. Sabía lo que tenía que hacer para poder huir. Tenía que ser una niña buena y vivir una vida falsa. Tenía que sonreír en la mesa y decir que hacía un buen día y que teníamos mucha suerte de no padecer hambre como otra gente en el mundo, de no ser judíos polacos y de no vivir como los que habitaban las casuchas al otro lado del río. Me puse a estudiar, aprobé los exámenes sin ayuda de profesores pagados y me admitieron en un colegio universitario de New Hampshire, a varias horas de viaje de distancia por carreteras tortuosas de las que mareaban a Minerva.

»No volví a casa, excepto en dos ocasiones. La primera fue cuando murió mi abuela, la señora Ivory. Los abogados anunciaron oficialmente que yo había heredado toda la fortuna de la familia. La había heredado, y no Minerva, pero ella, al ser supuestamente mi madre, tenía potestad para decidir en qué gastar todo el dinero, hasta que yo cumpliera veinticinco años. Prácticamente lo primero que hizo fue casarse con un hombre que decía ser propietario de un pozo de petróleo. Si era cierto que poseía un pozo, debía de ser en algún patio trasero y dudo que contuviera petróleo. La segunda vez que volví a casa fueron las pasadas Navidades, cuando sabía que Minerva estaba con su marido en Florida. Volví para llevarme mis pertenencias. No quería que ninguna parte de mí se quedara en esa casa. Fue entonces cuando encontré en el buzón la carta y el regalo del tío Lealtad.

»Cuando me enteré de que Minerva no era mi verdadera madre, sentí que todo mi mundo se volvía del revés. Era como si mis emociones hubieran estado concentradas dentro de un salero y hubieran ido saliendo muy poco a poco, cada vez que alguien lo agitaba. Pero en ese momento, salieron todas de repente. ¡Por fin entendía muchas cosas! Minerva estaba resentida contra mí. Detestaba mi cara porque le recordaba la cara de la mujer que su marido había amado. No podía quererme, ni yo podía quererla a ella. Mi única culpa era ser la hija de otra. Sentí que me invadía la euforia. ¡Por fin podría ser yo misma! Pero de inmediato tuve miedo porque no sabía quién era yo. Otra vez volví a sentir aquella gran bolsa vacía de Santa Claus.

»Y aquí estoy, la sabelotodo que aún no sabe quién es en realidad. Estoy perdida. Pero me siento mejor en China porque aquí todo es diferente y cualquiera se sentiría perdido. No me refiero a perderse en las calles, sino a lo extraño, discordante y confuso que resulta todo. El idioma es diferente y no conozco las reglas. Y toda esta confusión desplaza el otro caos que he estado sintiendo. Puedo empezar de nuevo y volver a tener tres años y medio. Puedo aprender algunas palabras, como "leche", "cuchara", "bebé" y "levántame en brazos", y sentir que ya las sé. Realmente recuerdo esas palabras. Siento que encierran una parte de mí y que empiezo a recuperar esa parte, que es la memoria de mí misma y de ti. Recuerdo haber dicho "tengo miedo", pero no sé si lo dije en chino o en inglés. También conservo un vago recuerdo de ser una niña pequeña y de estar en brazos de mi madre, en tus brazos. Sé que eras tú porque cuando llegué a Shanghái y estaba sentada en el coche, te miré el mentón y lo recordé. Yo había visto ese mismo mentón, cuando me llevabas en brazos, porque tu barbilla me quedaba a la altura de los ojos. Entonces yo te apretaba el mentón con un dedo y tú sonreías, y la barbilla cambiaba, como una pequeña cara. Era diferente, según estuvieras alegre, triste o enfadada. En el coche, vi que tenías el mentón crispado y entonces me di cuenta de que tenías miedo porque me vino a la memoria un momento, cuando era pequeña, cuando me llevabas en brazos y yo iba dando botes mientras tú corrías. Recuerdo que me agarré con fuerza a tu cuello y te dije: "Tengo miedo." Y tú me respondiste en un idioma que las dos entendíamos: "No tengas miedo, no tengas miedo." Entonces sentí que alguien me arrancaba de tus brazos. Intenté tocarte la cara con las manos y vi que tenías la boca apretada y el mentón crispado. Estabas gritando mi nombre y tenías mucho miedo. Yo también.

Flora y yo salíamos a pasear temprano en la mañana y observábamos la vida cotidiana, que se derramaba por los portales y llegaba a las anchas avenidas y las callejuelas estrechas. Ella quería entender mi vida en Shanghái y las experiencias que había vivido su padre. ¿Cómo era ser chino? ¿Qué significaba ser occidental? ¿Cuál de los dos grupos tenía la moral más severa? ¿Quién podría haber sido yo si mi madre no se hubiera ido?

Yo solía hacerme todo el tiempo esa última pregunta. ¿Quién habría llegado a ser? ¿Habría tenido otra forma de pensar si hubiera vivido en San Francisco? ¿Habría tenido otros pensamientos? ¿Habría sido más feliz?

—Me habría gustado vivir en otro lugar —le dije a Flora—, pero no convertirme en otra persona. Querría seguir siendo la que siempre había sido, la que fui y la que todavía soy.

Fuimos a la casa de la avenida de la Fuente Efervescente, donde habíamos vivido Edward y yo. La encontramos convertida en un colegio para hijos de extranjeros.

—«Extranjeros» —repitió Flora—. Yo soy extranjera.

El árbol grande seguía en pie en el jardín. Nos detuvimos a su sombra, en el mismo lugar donde estábamos cuando se la llevaron. El banco de piedra aún seguía allí, con el nombre de Edward inscrito en una placa. Debajo había violetas. La placa la habíamos puesto mi madre y yo una semana antes, y también habíamos plantado las violetas. Mi madre había hecho una generosa donación al colegio y había contratado a un jardinero para que cuidara las flores.

—¿Realmente está enterrado aquí? —preguntó Flora.

Yo asentí. Recordé la tierra cayendo sobre el armario que había servido de improvisado ataúd para Edward y volví a sentir el viejo dolor. «Edward, ¿cómo puedes haberte ido?»

Flora se acostó encima de las violetas y cerró los ojos.

—Quiero sentir que me está estrechando entre sus brazos.

Volví a ver mentalmente a Edward mientras acunaba a Florita y la miraba maravillado mientras consolaba su llanto y le decía que era pura y sin daño.

Mi madre y Flora se quedaron un mes. Unos días antes de su partida, sentí como si otra vez fueran a arrebatarme a mi hija.

—Deberías venir a visitarnos en San Francisco —dijo mi madre—. Tienes un acta de nacimiento con el nombre de Danner, donde consta que eres ciudadana norteamericana. Puedo ayudarte a conseguirla, aunque te entenderé si prefieres que no lo intente de nuevo.

—No creo que pudiéramos conseguir un visado para Lealtad. Miles de ciudadanos chinos quieren irse del país y en el consulado saben que no piensan regresar. No puedo dejarlo solo —repliqué—. No sabría cuidarse.

No le dije que Lealtad ya me había hecho prometerle que no me iría sin él. Tenía miedo de que sintiera la necesidad de irme a América, ahora que había encontrado a mi madre y a mi hija. Me dijo que cuando la gente se iba a Estados Unidos, no regresaba por mucho tiempo.

—Cuando termine la guerra, Lealtad y yo iremos a visitarlas —le dije a mi madre—, o puedes volver tú y traer a Flora. Podríamos ir a ver la montaña que escalé con Edward, o visitar Hong Kong y Cantón, donde no he estado nunca. Podríamos ir juntas a esas ciudades.

Mi madre me miró con gesto de comprensión. Sabía que yo quería ver de nuevo a Flora.

—Veré qué puedo hacer —respondió mientras me apretaba la mano.

Tres días después, Lealtad, Calabaza Mágica y yo estábamos en el muelle con Flora y mi madre. ¿Cuánto tiempo pasaría antes de que volviéramos a vernos? ¿Cuánto duraría la guerra? ¿Qué otras cosas terribles podían suceder antes de la próxima vez que pudiera verlas? ¿Qué pasaría si no volvía a ver a Flora en otros diez o quince años? ¿Y si mi madre se moría de repente mientras me escribía una carta? Las dos me estaban dejando otra vez. Era demasiado pronto.

Calabaza Mágica puso en brazos de Flora una bolsa enorme de nueces confitadas que llevaba dos días preparando.

—Es igual que tú cuando tenías su edad —me dijo, como había repetido todos los días desde el día de la llegada de Flora—. Antes solía preguntarme qué pasaría si alguien venía a rescatarte, te ibas y me dejabas sola. Quería lo mejor para ti, pero... —Se llevó el puño a la boca para ayudarse a reprimir las lágrimas—. Verla irse es como verte ir a ti.

Flora la abrazó y le agradeció en chino lo mucho que la había cuidado cuando era pequeña.

—Tiene buen corazón —me dijo Lealtad en chino—. Se lo has dado tú. Tres años y medio fueron suficientes para dejar esa huella en ella. Es la hija que podríamos haber tenido. La extrañaré mucho.

Le hizo prometer a Flora que en cuanto llegara nos enviaría un telegrama para que supiéramos que estaba bien.

Entonces llegó el momento. Flora se acercó a mí y me dijo en tono extrañamente formal:

—Sé que volveremos a vernos muy pronto. Y nos escribiremos a menudo.

Yo creía que se había vuelto más afectuosa conmigo, pero observé con sorpresa que no era así. No podía irse tan pronto. Necesitaba estar más tiempo con ella. Sentí pánico y me puse a temblar.

Ella me apretó las manos.

—Esta vez no será tan difícil, ¿verdad? Me voy, pero volveré.

Me rodeó con los brazos y me estrechó con fuerza mientras susurraba:

—¿Cómo te llamaba cuando era pequeña y me estaban separando de tu lado? ¿Mamá? Te llamaba «mamá», ¿no es así? Te he encontrado, mamá, y nunca te volveré a perder. Mi mamá ha vuelto del recuerdo y también ha vuelto Florita.

Le susurré que la quería. Y no pude decir nada más.

—Ya no habrá más sufrimiento —me dijo. Me besó en la mejilla y se separó un poco de mí—. Se te ha formado esa carita en el mentón. —Me tocó la barbilla con un dedo y me la frotó hasta que me hizo reír—. Te quiero, mamá.

Se fue con mi madre hacia la pasarela del barco. Se volvió tres veces para saludarnos con la mano y nosotros la saludamos también. Las vi subir y, al llegar a lo alto de la pasarela, volverse para saludar una vez más. Agitamos furiosamente las manos hasta que Flora dejó de mover la suya. Se quedó un momento quieta, mirándome, y después mi madre y ella subieron a bordo y dejamos de verlas.

Me vino a la memoria el día en que supuestamente habría

tenido que partir de Shanghái con rumbo a San Francisco. Mi madre debió esperarme. Pero no lo hizo. Debió volver a buscarme. Pero no volvió. La vida americana que debió ser mía zarpó ese día sin mí, y ya no volví a saber quién era yo.

En las noches en vela, cuando no podía soportar mi vida, pensaba en ese barco y me imaginaba a bordo. ¡Estaba salvada! Era su única pasajera y estaba de pie en la popa, viendo Shanghái, que se perdía a lo lejos. Yo era una niña americana en un traje marinero, una cortesana virgen con chaqueta de seda de cuello alto, una viuda estadounidense con la cara bañada en lágrimas, una esposa china con un ojo morado... Un centenar de versiones de mí misma, a lo largo de los años, se apiñaban en la cubierta y contemplaban Shanghái desde la popa. Pero el barco no zarpaba nunca y yo tenía que desembarcar y empezar de nuevo mi vida cada mañana.

Volví a verme una vez más como aquella niña de traje marinero. Estaba en la popa del barco y me iba a Estados Unidos, donde crecería junto a mi madre, que me llevaba a San Francisco. Viviría en una casa preciosa y dormiría en una habitación con las paredes pintadas de amarillo soleado, con una ventana que daba a un roble enorme y otra que se abría al mar. Desde esa ventana, alcanzaría a ver una ciudad al otro lado del mar, con un muelle junto al río Huangpu, donde estaríamos de pie Calabaza Mágica, Edward, Lealtad, mi madre, Florita y yo, saludando con la mano a la niña del traje marinero que se iba en el barco, agitando la mano hasta perderla de vista.

AGRADECIMIENTOS

Son muchos los amigos y familiares que me apoyaron durante los ocho años que me llevó escribir este libro. Intentaré retribuirles ofreciéndoles a mi vez mi apoyo a lo largo de los años.

Por su ayuda, que mantuvo viva la historia y también a mí, mi marido, Lou DeMattei, que entendió tanto y tan bien mi necesidad de confinamiento solitario que me traía el desayuno, el almuerzo y la cena al escritorio, donde yo estaba encadenada a un plazo de entrega. Mi agente, Sandy Dijkstra, me salvó una vez más de errores y preocupaciones, regalándome la posibilidad de escribir en paz. Molly Giles, siempre mi primera lectora, fue testigo de los comienzos fallidos y con mucha paciencia y buenos consejos, me impulsó a seguir adelante. Ojalá la hubiera escuchado desde el principio.

Por su información sobre la cultura de las cortesanas y sus fotografías de Shanghái, estoy profundamente agradecida a tres personas que compartieron conmigo con generosidad, a través de innumerables mensajes de correo electrónico, su investigación sobre la cultura de las cortesanas y sus fotografías de Shanghái de comienzos del siglo pasado. Ellas son Gail Hershatter (autora de *The Gender of Memory*), Catherine Yeh *(Shanghai Love)* y Joan Judge *(The Precious Raft of History)*. Les pido públicamente disculpas por cualquier distorsión de su obra achacable a mi imaginación.

Por las facilidades para investigar acerca de los diversos ambientes de la historia, debo dar las gracias a Nancy Berliner, entonces conservadora de arte chino del Museo Peabody Essex, que organizó mi estancia y la de Lou en una mansión de cuatrocientos años de antigüedad en la aldea de Huangcun. Mi hermana Jindo (Tina Eng) nos llevó al pueblo, tras localizar la mejor ruta por tren y carretera desde Shanghái. Como tuve que hablar sólo chino con ella durante cuatro días, mis habilidades idiomáticas mejoraron enormemente, tanto que conseguí entender gran parte de los chismes familiares necesarios para cualquier historia. Lisa See, nuestra compañera de viaje, desafió el frío, pese a las predicciones de buen tiempo, y se deleitó conmigo estudiando los detalles históricos y el desenlace de los dramas humanos. Insistió generosamente en que fuera yo quien usara el nombre del estanque de la aldea en mi libro, aunque «Estanque de la Luna» habría sido un nombre perfecto para una aldea en su novela. Cecilia Ding, del Proyecto Yin Yu Tang, nos ofreció sus extensos conocimientos de la historia de Huangcun, la antigua mansión, las calles del viejo Tunxi en Huangshan y la montaña Amarilla.

Los museos siempre han sido importantes en mi obra literaria, tanto para la investigación como para la inspiración. La exposición «Shanghai» del Museo de Arte Asiático de San Francisco me abrió los ojos respecto al papel de las cortesanas en la introducción de la cultura occidental en Shanghái. Maxwell Hearn, conservador del Departamento de Asia del Museo Metropolitano de Arte de Nueva York, me proporcionó información sobre la mentalidad estética y romántica del erudito chino, y también sobre el poeta de ojos verdes que escribía sobre los espíritus que supuestamente veía. Tony Bannon, entonces director de la Casa George Eastman, en Rochester, Nueva York, me permitió acceder a los archivos de fotografías de mujeres en China a comienzos del siglo pasado y me enseñó un raro cortometraje restaurado que mostraba a una chica de la ciudad que se veía obligada a prostituirse. Dodge Thompson, director de exposiciones de la Galería Nacional de Arte de Washington, me guió en una visita especial para ver los cuadros de los artistas de la Escuela del Río Hudson, entre ellos los de Albert Bierstadt. La inspiración para la pintura titulada *El valle del asombro* surgió de una apresurada visita a la Alte Nationalgalerie de Berlín, que me dejó el recuerdo de un cuadro inquietante con ese título, cuyo autor, por desgracia, olvidé anotar. Probablemente se trataba de Carl Blechen, pintor de paisajes fantásticos, cuya obra ocupa un lugar destacado entre las exposiciones de la Alte Nationalgalerie. Si alguien encuentra el cuadro, le suplico que me lo haga saber. Tengo cierta sensación de fracaso por no haber podido redescubrirlo todavía.

Por la investigación sobre Shanghái, Steven Roulac me presentó a su madre, Elizabeth, que me habló de su vida en Shanghái como habitante extranjera de la Concesión Internacional durante la década de 1930. Orville Schell, director del Centro de Relaciones Estados Unidos-China de la Asia Society de Nueva York, me ofreció perspectivas de varios períodos históricos de China, incluido el ascenso de la nueva República y el movimiento antiextranjero. El ya fallecido Bill Wu me introdujo en el mundo estético del erudito chino: los accesorios, la casa, el jardín, las placas de poemas en la pared, todo ello presente en su casa en las afueras de Suzhou. Duncan Clark encontró planos callejeros del viejo Shanghái, gracias a los cuales pudimos localizar el antiguo distrito de las cortesanas. Shelley Lim pasó muchas horas recorriendo conmigo Shanghái y enseñándome viejas mansiones familiares y casas encantadas, así como los lugares donde ofrecían los mejores masajes de pies a medianoche. La productora Monica Lam, el cámara David Peterson y mi hermana Jindo me ayudaron a hacer mi primera visita a la casa familiar de la isla de Chongming, donde creció mi madre y donde mi abuela se quitó la vida. Joan Chen me ofreció entre risas traducciones al shangaiano de expresiones divertidas, por lo general subidas de tono, para lo que a su vez tuvo que pedir consejo a sus amigos.

Muchas personas me ayudaron a visitar diferentes lugares que influyeron en la ambientación de la historia. Joanna Lee, Ken Smith, Kit Wait Lee y la National Geographic Society hicieron posible mi estancia en tres ocasiones en la remota aldea de Dimen, en las montañas de la provincia de Guizhou. Kit («el Tío») pasó horas, días y semanas conmigo, proporcionándome información sobre las costumbres y la historia del pueblo, y también me presentó a muchos de sus habitantes, algunos de los cuales habían perdido sus casas en un gran incendio que había arrasado la quinta parte de la aldea. Emily Scott Pottruck viajó conmigo como amiga, ayudante, organizadora y desviadora de problemas. Mike Hawley organizó nuestro viaje a Bután, hasta algunos lugares remotos de ese país, que también me sirvieron para ambientar algunas escenas del libro, en particular la de los cuatro hijos de la Montaña Celeste.

Entre las muchas personas que me ayudaron con detalles para la novela, Marc Schuman me proporcionó información sobre la seta de la inmortalidad, *Ganoderma lucidum*, que al final contribuyó a mejorar mi salud. Michael Tilson Thomas me enseñó música compuesta para la mano izquierda, lo que me inspiró para crear el personaje del pianista con una sola mano. Josuha Robison me dio lecciones de *lindy hop* y de música de los años veinte. Los doctores Tom Brady y Asa DeMatteo me iluminaron sobre los perfiles psicológicos de niños secuestrados a las edades de tres y catorce años. Mark Moffett me informó acerca de lo que se ha descubierto sobre la evolución de las avispas conservadas en ámbar. Walter Kirn me convenció para que escribiera un relato corto para *Byliner* y su protagonista se abrió paso hasta convertirse en un importante personaje de la novela.

Por evitar que me descontrolara, a mi secretaria, Ellen Moore, que mantuvo a raya las distracciones y fue la voz de mi conciencia en lo referente a los plazos. Libby Edelson, de Ecco, hizo gala de un tacto y una paciencia notables cuando me retrasaba con los envíos o le mandaba documentos equivocados. La correctora Shelly Perron trabajó a contrarreloj y no sólo me ahorró muchos errores, sino que me indicó en más de una ocasión lo que le habría gustado saber como lectora. Agradezco enormemente la ayuda de muchas personas de la oficina de Sandy Dijkstra y también de Ecco, que han hecho suyo este libro y me han hecho sentir como en casa. No tienen ni idea de lo culpable que me siento por no haber terminado antes, sobre todo cuando noto su entusiasmo.

Considero una gran suerte que este libro caótico haya caído en las acogedoras manos de Daniel Halpern, mi editor de Ecco. Después de ver aquellas primeras páginas, nunca demostró temor, sino únicamente entusiasmo y una confianza absoluta, lo que a su vez me transmitió seguridad. Me animó a terminar amablemente y nunca con exasperación, aunque muchas veces la exasperación habría estado justificada. Sus comentarios, su análisis crítico y su comprensión de la historia, tanto del conjunto como de los detalles, coincidieron con mis intenciones y con mis secretas esperanzas de lo que quería que fuera el libro. Los defectos del libro, sin embargo, son todos míos.